Corina Bomann

# *Lichtpunt*

*Berlijn 1929. Het nationaalsocialisme wint aan kracht,*
*maar het ziekenhuis is een veilige haven.*

Deel 2 van de *Waldfriede*-serie

BOEKERIJ

ISBN 978-90-225-9810-8
ISBN 978-94-023-2037-4 (e-book)
NUR 302

Oorspronkelijke titel: *Leuchtfeuer. Die Schwestern vom Waldfriede*
Vertaling: Lilian Caris en Iris van der Blom
Omslagontwerp: Bürosüd
Omslagbeeld: © Magdalena Russocka / Trevillion Images en Bürosüd
Auteursfoto: © Nadja Klier
Zetwerk: CeevanWee, Amsterdam

# Proloog

*Potsdam, 14 augustus 1925*

Toen ze wakker werd was het donker. Op de tast zocht ze haar lamp en knipte hem aan. Op het nachtkastje stonden een schaaltje havermoutpap en een glas melk. Waarschijnlijk had haar moeder hun dienstmeisje naar haar kamer gestuurd.

Lilly was blij dat ze niet zelf was gekomen en haar een gesprek had opgedrongen. Het was allemaal al moeilijk genoeg.

Ze kwam overeind en dronk de melk op, maar het schaaltje pap liet ze onaangeroerd. Toen ging ze naar haar kledingkast. Ze koos maar drie jurken uit, een voor de zomer en twee voor de winter, en bovendien wat ondergoed, kousen en een paar winterschoenen. Een vierde jurk trok ze aan. Die was gemaakt van groen katoen, afgezet met een randje van gehaakte kant. Door de kleine pofmouwtjes zag ze er daarin uit als het jonge meisje dat ze nog steeds was. Maar na deze nacht zou haar jeugd voorgoed voorbij zijn.

Bij de kleding legde ze twee boeken, haar toilettas, een handdoekje en een beursje met haar spaargeld. Met de honderd mark die ze bezat zou ze het vast een tijdje kunnen uitzingen.

Toen ze klaar was met inpakken, sloop ze op haar tenen met haar tas naar de deur. Alles was stil, het licht in de woonkamer was uit. Een blik op de klok leerde haar dat het al half elf was geweest.

Lilly pakte haar grijze jas van de kapstok en trok hem aan. Even speelde ze met de gedachte een bericht achter te laten. Wanneer haar ouders merkten dat ze weg was, zouden ze de politie misschien naar haar laten zoeken. Dus ging ze terug naar haar kamer en schreef een korte uitleg, die ze op het ladekastje in de gang legde.

Toen deed ze zachtjes de voordeur open. Het messing bord met het opschrift BELASTINGADVIESBUREAU OTTO WEGNER lichtte kort op in het maanlicht, maar ze negeerde het en verdween in het duister van de avond.

De hemel was helder en aan de randen was nog steeds een beetje licht te zien. Boven de daken van de jugendstilhuizen fonkelden sterren. Nog maar weinig vensters in hun buurt waren verlicht en dan vooral die van de kamers van de dienstboden, die nog bezig waren met de laatste werkzaamheden van de dag. Gesjirp van krekels begeleidde haar het hele stuk over het trottoir, waar geen mens te bekennen was.

Terwijl ze luisterde naar het tikken van haar hakken op de stenen, vroeg ze zich af waar ze naartoe kon. Van nu af aan moest ze op eigen benen staan. En daar hoorde bij dat ze een baan vond.

Maar wat voor baan? Ze had alleen de lagere school afgemaakt en kon zich niet op een opleiding beroepen. Ze had er ooit van gedroomd te gaan studeren, maar toen was alles anders gelopen en had ze die droom met zo vele andere moeten laten varen.

Hun dienstmeisje Meta schoot haar weer te binnen. Het werk dat ze deed was eenvoudig, maar ze maakte lange dagen. Lilly had maar zelden in de huishouding hoeven helpen, meestal op Meta's vrije dag. Maar als het moest, zou schoonmaken haar even goed afgaan als aardappelen schillen.

Het woedende gekef van een hond haalde haar met een ruk terug naar het heden. Met ontblote tanden wierp het donkere beest zich tegen de omheining naast haar.

Lilly deinsde achteruit en liep vlug door. Ze ging de hoek om en sloeg de weg naar het station in.

Het witte gebouw met het ronde boogdak en de hoge vensters was al van veraf te zien. Ze wist niet of er om deze tijd nog een trein ging. Zo niet, dan zou ze wel op een bank slapen. Van een terugkeer naar haar ouderlijk huis kon geen sprake zijn.

Een licht briesje kwam haar tegemoet toen ze het gebouw betrad. Het kaartjesloket was nog geopend, maar op dit moment onbezet.

Lilly keek om zich heen. Behalve zijzelf bevonden zich in de wachtruimte maar weinig reizigers. Een man lag languit op een bank. Twee andere mannen waren aan de overkant van de hal met elkaar in gesprek. Een van hen keek haar kant op, waarop Lilly zich vlug afwendde. Het laatste waar ze nu behoefte aan had was een man die haar lastigviel.

Uiteindelijk verscheen de vrouw van het loket. Ze zag er vermoeid uit en een paar haarslierten waren losgeraakt uit haar knotje.

'Waar wil je naartoe?' vroeg ze.

'Naar Berlijn,' antwoordde Lilly.

De vrouw nam haar onderzoekend op. Het leek haar nu pas op te vallen hoe jong Lilly was. 'Waar zijn je ouders?'

'Ik reis alleen,' antwoordde ze en ze telde de munten uit. Daarbij probeerde ze haar handen niet te laten trillen.

De vrouw mompelde iets wat ze niet verstond en gaf haar toen het treinkaartje. Lilly bedankte haar en liep de lange trap naar het perron op.

Er stond hier een iets hardere, maar nog steeds milde wind. Lilly keek langs de rails in de verte. Het duister daar, buiten het station, voelde dreigend aan. Ze was nooit eerder helemaal alleen op reis geweest; altijd had ze haar vader of moeder bij zich gehad. Die bescherming was ze nu kwijt.

Ze voelde boosheid opkomen. Ze hadden haar moeten bijstaan! Er zou vast nog een andere optie zijn geweest...

Achter haar klonk een mannenstem. 'Hé meisje, wat doe jij hier zo alleen?' Lilly legde haar armen beschermend om haar lichaam. Ze huiverde.

Toen ze zich omdraaide, keek ze recht in het gezicht van de conducteur, een oudere heer met een snor en grijzend haar, dat onder zijn conducteurspet tevoorschijn kwam.

'Ik wacht op de trein van elf uur naar Berlijn.'

De man nam haar onderzoekend op; toen viel zijn blik op haar reistas. Zou hij vermoeden dat ze van huis was weggelopen?

'Heb je daar iemand om naartoe te gaan?'

Lilly overwoog hem voor te liegen. Als ze eens zou beweren dat ze haar tante ging opzoeken? Wat ging het die conducteur eigenlijk aan?

Nog voordat ze kon besluiten welk antwoord ze zou geven, leek hij de waarheid al van haar gezicht te hebben afgelezen. 'Als je in Berlijn bent, ga dan naar de zusters van de missiepost op station Lehrte,' zei hij goedhartig. 'Zij zorgen wel voor je.'

'Dank u,' zei Lilly, waarop de man knikte en wegliep. Niet veel later werd de trein van de Wannsee-lijn omgeroepen.

Lilly stond op en pakte het handvat van haar reistas steviger vast. Toen de trein tot stilstand was gekomen, liep ze vastberaden naar het treinportier en stapte in. Ze mocht dan pas vijftien zijn, maar ze zou zich weten te redden! Ze zou haar ouders laten zien dat ze voor zichzelf kon zorgen. En ooit kon ze misschien terughalen wat haar was afgepakt.

# DEEL 1

*'Op 26 maart 1930 vond de eigenlijke herdenkingsplechtigheid ter gelegenheid van het tienjarig bestaan van ons ziekenhuis plaats. Van degenen die hier al sinds het jaar van oprichting van het ziekenhuis werkten, waren behalve dr. Conradi en zijn echtgenote de zusters Elisabeth Bruhn, Maria Kuch en Grete Kraatz, badmeester broeder Rohleder en tuinknecht broeder Lüdtke aanwezig. Ik was zelf in die periode wegens ziekte elders aan het kuren en kon alleen een gedicht als feestelijke groet sturen.'*

*'Intussen was er in Duitsland sprake van voortschrijdend economisch verval; de ene bank na de andere stortte in, wat ook zijn invloed had op het vermogen van onze zieken tot betaling. (...) Menselijkerwijs gesproken moest er rekening mee worden gehouden dat er steeds minder bedden bezet zouden zijn, in welk geval het voortbestaan van het ziekenhuis ernstig zou worden bedreigd, vooral omdat ons nog andersoortige beproevingen te wachten stonden.'*

*(Kroniek van ziekenhuis Waldfriede, 1930-1931)*

# 1

*Berlijn, 30 april 1930*

'Lilly, ben je al bij mevrouw Berger in kamer 18 geweest?' vroeg de hoofdzuster streng. Met haar achterovergekamde haar en de donkere kringen om haar ogen zag ze er minstens tien jaar ouder uit dan ze in feite was.

'Natuurlijk.' Lilly verstijfde onwillekeurig. Het was nooit een goed teken als hoofdzuster Erika als een duveltje uit een doosje de zusterkamer uit schoot.

'En hoe zit het met de verbanden van mevrouw Hansen in kamer 14?'

'Ga ik zo doen.'

'Zo? Voor zover ik weet had dat vanochtend al moeten gebeuren!'

'Ik weet het, hoofdzuster, maar we zitten vandaag een beetje krap omdat Thea ziek is geworden.'

Lilly veegde de zweetdruppeltjes van haar voorhoofd. Hoewel het nog maar eind april was, kon het al flink benauwd worden in de gangen van de vrouwenafdeling chirurgie van ziekenhuis Charité. De rode vloeren verspreidden de geur van boenwas, die geen prettige combinatie vormde met de dampen van ontsmettingsmiddel en jodium. De zon brandde onbarmhartig door de hoge ramen en vanwege de hoge werkdruk kwam niemand eraan toe te luchten.

'Voel je je onwel?' vroeg het hoofd, maar zonder een spoortje medelijden in haar stem.

'Nee, zuster Erika.' Lilly had er al drie opeenvolgende lange diensten op zitten. Ze snakte naar haar bed. De smalle brits in het kamertje voor de nachtzuster was hard en omdat er ook 's nachts werd geopereerd en de patiënten naderhand naar hun kamer moesten worden gebracht, kon je de weinige momenten van rust geen slaap noemen.

'Ik hoef je niet te vertellen dat we van een verpleegster de grootste toewijding verwachten,' zei zuster Erika. 'Professor Sauerbruch zal je de oren wassen als niet alles naar zijn zin verloopt.'

Dat had hij al gedaan toen Lilly was vergeten een koortscurve bij te werken. Je had haast kunnen denken dat er een orkaan door de ziekenkamer woedde.

De nieuwe hoofdchirurg was berucht om zijn stemmingswisselingen. Het personeel dat hem in de operatiekamer assisteerde, werd vaak nog tijdens een ingreep vervangen omdat dr. Sauerbruch zich opwond over hun tekortkomingen. Arts-assistenten leden daar evenzeer onder als verpleegsters en verplegers.

'Wees maar niet ongerust, zuster Erika, het komt allemaal in orde.' Lilly kneep haar ogen dicht. Waarom moest ze juist nu door vermoeidheid worden overvallen?

'Ga naar de wasruimte en gooi een plens water in je gezicht,' zei zuster Erika kortaf. 'En schiet daarna op met die verbanden.'

'Ja, hoofdzuster,' antwoordde Lilly.

In de wasruimte deed ze wat haar was gezegd en keek toen naar haar spiegelbeeld. Waterdruppels parelden van haar voorhoofd over haar neus, die bezaaid was met zomersproeten. De kringen onder haar ogen waren blauw, haar blik had zijn glans verloren en haar wangen waren ingevallen. Onder haar kapje piekten wat weerbarstige blonde lokken uit. Hoewel ze pas twintig was, voelde ze zich een oude vrouw.

Ze had haar verpleegstersopleiding een maand tevoren afgerond, maar had nog steeds geen uitsluitsel gekregen of ze hier in het Charité als zuster kon gaan werken. De economische situatie was slecht en ze hoorde artsen vaak klagen over het afnemende aantal patiënten. En dat terwijl ze niet kon zeggen dat de werkdruk minder werd.

Misschien had ik toch beter dienstmeisje kunnen worden, dacht ze. Maar de goedheid van de missiezusters op het station had zo'n diepe indruk op haar gemaakt dat het algauw voor haar had vastgestaan dat ze net als zij wilde worden en mensen in nood wilde helpen.

Lilly zette haar tanden op elkaar, duwde zichzelf weg van de wastafel en liep terug naar de afdeling. Zuster Erika zou haar niet kleinkrijgen!

Uren later sleepte Lilly zich naar de kleedkamer. Voor het eerst sinds lange tijd hadden ze haar niet met een extra late dienst opgezadeld, zodat ze deze avond eindelijk thuis kon doorbrengen. Behalve zijzelf hadden nog twee zusters een vrije avond. Lilly groette ze met een knikje en liep naar haar kastje.

Ze had haar uniform net uitgetrokken toen zuster Margarete bij haar kwam staan. Ze was een mollige vrouw met een vriendelijk gezicht.

'Hé, heb jij ook vrij?' vroeg Lilly terwijl ze haar jurk over haar hoofd aantrok. Die was van blauwe wol en eigenlijk een beetje warm voor dit weer. Maar 's ochtends kon het nog altijd akelig koud zijn.

'Lilly, je moet onmiddellijk bij het hoofd komen,' zei Margarete met een bedrukt gezicht.

Lilly keek haar verbaasd aan. 'Heeft ze gezegd waarom? Moet ik nog een dienst draaien?'

'Ze zei alleen dat je bij haar moest komen voordat je naar huis ging.'

Lilly knikte. 'Goed dan.'

Even overwoog ze haar verpleegstersuniform opnieuw aan te trekken, maar ze besloot het niet te doen. Ze rechtte haar schouders en liep langs zuster Margarete het vertrek uit.

In het kantoor van de hoofdzuster rook het naar boenwas. Zuster Erika troonde achter haar bureau als een koningin met een verpleegsterskapje.

'Doe de deur achter je dicht,' zei ze streng.

Lilly gehoorzaamde, draaide zich om en streek nog eens over haar rok.

‘Je bent nu in totaal vijf jaar bij ons,’ begon Erika. ‘Je hebt de verpleegstersopleiding heel goed volbracht.’

Was het moment gekomen waarop ze haar zou vertellen dat ze mocht blijven? Lilly onderdrukte een vreugdevol lachje.

‘De economische crisis drukt momenteel zwaar op ons ziekenhuis. Zoals je weet hebben we de meisjes van jouw examenjaar nog niet de zekerheid van een vaste baan kunnen bieden. De geneesheer-directeur heeft nu een besluit genomen.’ Ze zweeg even en nam haar onderzoekend op.

Lilly klauwde met haar handen in haar schort. Dit waren niet de woorden waarop ze had gehoopt.

‘Lilly, we moeten je helaas met onmiddellijke ingang laten gaan.’

De stem van de hoofdzuster trof Lilly als een steen. Ze hapte naar adem, wankelde en zocht houvast aan een van de stoelen.

‘U... U ontslaat me?’

De hoofdzuster stond op en pakte een envelop van haar bureau. ‘Hier is je diploma en het loon dat je nog tegoed hebt.’

Lilly schudde haar hoofd in ongeloof. Dat kon toch niet waar zijn! Een paar uur eerder had Erika haar nog voorgehouden dat ze haar uiterste best moest doen en nu werd ze eruit gegooid?

‘Dat... is niet eerlijk!’ zei ze boos. ‘Ik heb mijn werk altijd gewetensvol en naar beste kunnen verricht!’

‘Dat klopt, maar de kliniek kan zich niet nog meer personeel veroorloven.’

De tranen sprongen Lilly in de ogen, maar ze drong ze terug en liep naar het bureau. Met samengeperste lippen pakte ze de envelop op en stopte hem in de zak van haar jurk.

‘Het beste, Lilly,’ wenste de hoofdzuster haar toe, maar ze antwoordde niet. Ze liep wankelend het kantoor uit, de gang door en vervolgens naar de uitgang.

Er kwamen haar een paar zusters tegemoet die vroegen wat haar mankeerde, maar hun stemmen drongen niet tot haar door. Buiten op de trap bleef ze staan. Haar hart bonsde hevig en ze voelde zich zo duizelig dat ze de trap niet af durfde te lopen.

‘Charité’ betekende barmhartigheid. Maar wie had er medelijden met haar? Alles wat ze de afgelopen jaren had opgebouwd viel nu in duigen. Ze liet haar blik langs de gebouwen van het ziekenhuis gaan: gevels van rode baksteen en witte verf, die dicht op elkaar stonden, gevels met ornamenten die naar de hemel reikten. Ze keek naar een groepje geneeskundestudenten en een paar verpleegsters die haastig over straat gingen. Wat stond haar nu te doen? Waar moest ze naartoe?

Werktuiglijk zette ze zich ten slotte in beweging. Ze liet de chirurgische kliniek achter zich, nam voor de laatste keer de vertrouwde aanblik van de toren bij de hoofdpoort in zich op. Groette de portier voor het laatst. En brak toen in tranen uit.

# 2

*Berlijn, 5 mei 1930*

Onrustig wipte dr. Louis Conradi van het ene been op het andere en hij streek zenuwachtig over zijn baard. Hij had die ochtend vrij genomen, maar als de trein niet binnenkort op spoor 2 verscheen, zou hij onverrichter zake weg moeten gaan.

De zon scheen stralend over de daken van de stad, het was een heerlijke lentedag. De zoete geur van forsythia hing in de lucht. Aan het weer kon de vertraging dus niet liggen.

De economische crisis die sinds Zwarte Vrijdag 1929 vanuit Amerika naar Europa was overgewaaid, manifesteerde zich inmiddels ook in de vervoerssector. Of het nu gebrek aan kolen was, personeelstekort of iemand die uit wanhoop op de spoorbaan sprong om een einde aan zijn leven te maken, vrijwel geen enkele trein arriveerde nog op tijd.

Maar ten slotte klonk er een aankondiging, en even later rolde het stalen monster over de rails. Stoom waaide onstuimig over het perron en belemmerde even het zicht op de wagons. Toen stond de trein stil.

Louis strekte zijn hals. In de menigte uit de wagons dringende passagiers zou Hanna Richter lastig te ontwaren zijn, klein en tenger als ze was. Maar uiteindelijk zag hij haar kobaltblauwe mantel.

'Zuster Hanna!'

Onder het lopen stak Louis zijn hand op en zwaaide.

De aangesprokene keek om zich heen. 'Dokter Conradi!' riep ze verrast uit. 'Wat doet u hier? U hoefde me toch niet te komen afhalen?'

'Ik had een afspraak met de voorzitter van de Berlijnse Maatschappij voor Geneeskunde, en toen dacht ik, ik neem u meteen mee. Mag ik?' Hij pakte haar koffertje. 'Is dat alles?' vroeg hij.

'Ik heb niet veel nodig,' antwoordde Hanna bescheiden. 'De kuurkliniek voorzag in alles waar ik behoefte aan had.'

'Goed, kom dan maar mee.'

Louis liep voor haar uit en voelde Hanna's vragende blik. 'Was u bij de Maatschappij voor Geneeskunde?'

'Dat ze me aannemen is zo goed als zeker,' antwoordde hij. 'Nog een paar formaliteiten, en dan zullen de deuren voor me opengaan.'

'Gefeliciteerd,' zei Hanna verheugd. 'Maar de Maatschappij heeft wel de tijd genomen.'

'De meeste heren wisten niet dat Waldfriede en ik bestaan. Ik ben immers professor Sauerbruch niet, die onlangs in het Charité is begonnen.'

'Dat betekent nog niet dat ze u over het hoofd mogen zien.'

Hij keek haar glimlachend aan. 'Ik heb u echt gemist, weet u dat?'

'Ik u ook, dokter,' antwoordde ze zachtjes.

In een zijstraat vlak bij het station stond de auto geparkeerd die Waldfriede kort voor de beurskrach had aangeschaft.

Louis kon zijn geluk bijna niet op. Tien jaar geleden waren ze, onder dreiging van onteigeningsplannen van een regeringsambtenaar, met het werk aan ziekenhuis Waldfriede begonnen. In versleten kleren, met een vaak nauwelijks gevulde maag omdat de keuken door de inflatie weinig te bieden had. En nu bezat het ziekenhuis zelfs een automobiel!

'Hoe gaat het met uw vrouw?' vroeg Hanna terwijl Fritz Kowalski, de stoker annex chauffeur, invoegde in het verkeer.

'Uitstekend. De afgelopen weken heeft ze me af en toe bij het spreekuur geassisteerd. Ik geloof dat ze er plezier in had.'

Sinds ze vijf jaar geleden het woonhuis voor de geneesheer-directeur hadden betrokken, kwam Catherine nog zelden in de kliniek.

'Dat geloof ik graag,' antwoordde Hanna. 'En wat is er tijdens mijn afwezigheid gebeurd?'

'Dokter Bockhammer is zoals aangekondigd met pensioen gegaan en naar Zwitserland teruggekeerd,' meldde Louis.

'Is er al een vervanger?'

'Dokter Rosenbaum is voor hem in de plaats gekomen. Hij heeft ook de röntgenafdeling overgenomen toen u aan het kuren was. Het is een sympathieke man. U zult hem mogen.'

Hanna knikte bedachtzaam.

'Het is heel jammer dat u het jubileumfeest hebt gemist,' vervolgde Louis. 'Maar het gedicht dat u stuurde is de gasten goed bevallen. Zuster Elisabeth heeft het voorgedragen en uw strofen alle eer aangedaan.'

'Daar ben ik van overtuigd.' Hanna glimlachte desondanks wat treurig.

Aan het begin van het jaar had ze een zware bronchitis opgelopen, waardoor ze drie weken lang het bed had moeten houden. Dr. Meyer was het er met Louis over eens geweest dat Hanna's vatbaarheid voor die infectie het gevolg was van gebrek aan rust. Dus hadden ze haar een kuur op het eiland Rügen voorgeschreven.

Als hij haar zo zag, moest hij erkennen dat het de juiste beslissing was geweest. Hanna had weer rozige wangen, de harde trekken op haar gezicht waren verzacht. Haar ogen hadden de oude glans, die hij had gezien toen ze in 1920 was begonnen, teruggekregen.

Misschien moest ik ook een paar weken op reis gaan, dacht Louis. Het was nog geen jaar geleden dat hij met een mogelijke hartspierontsteking in elkaar was gezakt. Zijn klachten waren weggetrokken, maar soms merkte hij duidelijk dat hij niet meer het herstellingsvermogen van een twintigjarige bezat.

'Wanneer we zijn aangekomen, moet ik u eerst het cadeau van mijn vader laten zien.'

Hanna trok vragend haar wenkbrauwen op. 'Wat is het?'

'Dat zult u zo wel merken.'

Een half uur later passeerden ze de poort van het ziekenhuis. De zon scheen fel op de imposante, torenachtige aanbouw bij de Grunewaldallee, waarmee het ranke, drie verdiepingen tellende vakwerkpand vijf jaar geleden was uitgebreid en die de verpleegopleiding herbergde. Even ving ze een glimp op van een arts die in het leslokaal achter een hoog roedenraam langsliep. De wilde wingerd, die in de zomer vrijwel de hele voorgevel als een sluier bedekte, liet de eerste blaadjes zien. Er stond een ziekenwagen op de rotonde, twee verplegers in gestreepte jasjes droegen een patiënt naar binnen. Een eindje verderop duwde een verpleegster een patiënte in een rolstoel door het park. De bloemperken, die de tuinman zorgvuldig met viooltjes had beplant, straalden van het blauw, geel en rood.

Sinds Waldfriede in 1920 de deuren had geopend, was het voortdurend uitgebreid. In het vroegere restaurant was nu het badhuis ondergebracht, en boven op het gebouw dat onderdak bood aan de wasserij bevond zich de kapel van hun geloofsgemeenschap. Er waren werkschuren bij gekomen, kassen. Enigszins afgezonderd, aan de rand van de Alsenstrasse, stond het woonhuis van de geneesheer-directeur. Het hele complex leek inmiddels wel een stadje.

Louis gebaarde Hanna dat ze met hem mee moest komen. 'Meneer Kowalski kan uw koffertje wel naar binnen brengen.'

De chauffeur knikte en ontfermde zich over haar bagage.

Louis leidde Hanna door het park langs de vierkante fontein, die zachtjes klaterde. Voor een dunne boom die je bijna over het hoofd zag, bleef hij staan. De hartvormige blaadjes glansden frisgroen.

'Dat is mijn vaders cadeau, een *Catalpa speciosa*, oftewel grootbloemige trompetboom,' verklaarde Louis. 'Die vind je voornamelijk aan de oevers van de Mississippi en de Ohio. Van het hout werden vroeger bielzen voor spoorbanen gemaakt, maar in Europa siert hij parken als het onze.'

'Een groet uit uw vaderland dus,' merkte Hanna op terwijl ze voorzichtig een blaadje aanraakte.

Louis knikte. 'Mijn moeder heeft me verteld dat we waar we vroeger ook woonden altijd een trompetboom hadden. Zelf kan ik me dat niet herinneren, maar ik heb er foto's van gezien. De bloemen zijn wit en lijken op bepaalde soorten orchideeën. Van een afstandje zou je ze ook voor bloeiende kastanjes kunnen houden.'

'Dat moet een prachtig gezicht zijn. Maar we zullen nog wel een poosje op bloesems moeten wachten.'

'Mijn vader beweert dat ze groeien als onkruid.'

Zwijgend keken ze naar de boom. Die vertegenwoordigde niet alleen een stukje van zijn bakermat, maar voor Louis was er ook de herinnering aan zijn overleden moeder Lizzie aan verbonden.

Het opkomende verdriet verdrong hij echter vlug. Hij moest naar het leven kijken. Hij had een vrouw, een huis, een levenswerk. En Hanna was terug en zou zijn dagelijkse werkzaamheden weer opvrolijken.

# 3

## *Berlijn, 6 mei 1930*

Toen ze de spreekkamer binnenkwam gleed er een glimlach over Hanna's gezicht. De kuur aan de Oostzee had haar door de infectie geschonden longen goedgedaan. Maar algauw had ze het ziekenhuis gemist. Ze had zich voortdurend afgevraagd hoe alles daar zonder haar zou lopen en of dr. Conradi zich goed wist te redden. De laatste dagen van haar verblijf popelde ze om weer terug te gaan naar Waldfriede.

Vandaag was het haar eerste reguliere werkdag; gisteren had ze de middag doorgebracht met het uitpakken van haar bagage en het lezen van haar post. Er had een brief van haar moeder bij gezeten, en bovendien had een zuster uit Amerika haar geschreven, die ze had leren kennen tijdens de laatste verpleegconferentie.

Het was fijn geweest om 's avonds weer met haar collega's in de eetzaal te zitten. Elisabeth en Else hadden haar het hemd van het lijf gevraagd en haar verteld over het grote feest. Eens temeer was het Hanna duidelijk geworden dat ze hier een familie vormden.

Nu verheugde ze zich op de patiënten en ook op de kroniek waaraan ze in haar vrije tijd werkte. Nauwgezet noteerde ze de gang van zaken in Waldfriede in notitieboekjes, om dan aan het eind van het jaar een samenvatting van de belangrijkste gebeurtenissen te schrijven. Speciaal daarvoor had dr. Conradi een schrijfmachine aangeschaft.

Vanwege haar ziekte was ze er niet toe gekomen de kroniek bij te houden, maar nu voelde ze zich sterk genoeg om ook deze taak weer op te pakken. Met alles wat Elisabeth en Else haar hadden verteld had ze genoeg materiaal voor nog wat bladzijden.

Ze werd uit haar gedachten opgeschrikt door een klop op de deur.

'Binnen,' riep ze, waarop een van de dienstmeisjes binnenkwam.

'Zuster Hanna, er is een brief voor u gekomen,' zei ze terwijl ze haar de envelop overhandigde. De afzender was de Geneeskundige Dienst van Zehlendorf. Waarom schreven ze haar? Ze had geen meldingsplichtige ziekte gehad...

Hanna maakte vastberaden de envelop open en haalde de brief eruit. 'Nee toch!' riep ze het volgende moment verschrikt en ze sloeg haar hand voor haar mond.

~

Met opgezwollen ogen staarde Lilly uit het raam. Ze was nu al een week werkloos en er scheen in heel Berlijn geen ziekenhuis te zijn dat personeel nodig had.

Om de schijn voor haar hospita op te houden verliet ze elke ochtend het huis. Mevrouw Hausmann was in staat haar de huur op te zeggen als ze erachter kwam dat ze was ontslagen.

Maar hoelang kon ze dit nog volhouden?

Haar blik gleed naar het bureautje naast haar. De brief die ze een paar dagen eerder had ontvangen, lag daar nog steeds. Ze had hem eenmaal gelezen, maar verder niet aangeraakt. Hij had haar probleem nog verergerd en ze moest er niet aan denken wat er zou gebeuren als ze niet gauw een baan vond. Het was één ding om haar woning kwijt te raken, maar haar situatie kon nog veel meer verslechteren.

Met een zucht liep ze bij het raam vandaan. Ze trok haar jas aan en pakte haar tas. Daar zaten alle documenten in die ze nodig had, mocht iemand positief op haar sollicitatie reageren.

Onderweg naar beneden hoorde ze een kletterend geluid uit de keuken komen. Blijkbaar was mevrouw Hausmann bezig. Mooi zo, dacht Lilly en ze liep vlug naar de deur.

'Moet ik misschien iets voor u meebrengen van de kruidenier?' klonk een stem op de achtergrond. Lilly hield haar pas in.

'Dank u, mevrouw Hausmann, niet nodig,' antwoordde ze vlug. 'Fijne dag!'

Zonder een antwoord af te wachten deed Lilly de voordeur open en liep naar buiten.

Zoals elke ochtend sinds ze weg was bij het Charité was haar eerste doel de krantenkiosk. Daar lagen tientallen kranten en tijdschriften in stapels uitgestald.

Omdat de verkoper, een gedrongen man met dun geworden haar en bretels over zijn overhemd, verdiept was in een gesprek met een van zijn vrouwelijke klanten, pakte Lilly gauw een exemplaar van de *Berliner Allgemeine Zeitung* van de stapel.

Na een vlugge blik op de verkoper sloeg ze de krant open en zocht naar de advertenties. Twintig pfennig uitgeven aan een krant waarvan slechts enkele bladzijden haar interesseerden was in haar ogen verspilling, vooral nu ze elke cent tweemaal moest omdraaien.

Even later had ze gevonden wat ze zocht en liep ze de kolom met advertenties door. Er werden secretaresses gevraagd en dienstmeisjes, hier en daar een verzorgster voor een oude dame.

Haar oog viel op de volgende regel: 'Vriendelijke geschoolde verpleegster gezocht'. Lilly's hart begon te bonzen. Kon dat waar zijn?

'Hé, meissie, of je koopt 'm, of je smeert 'm!' snauwde de kioskeigenaar.

Betrapt keek Lilly op. Ze was zo geboeid geweest door de advertentie dat ze niet had gemerkt dat de klant was weggegaan.

De man plantte zijn handen in zijn zij en keek haar aan, zijn ogen fonkelden van woede.

'Neemt u me niet kwalijk,' mompelde Lilly en ze haalde haar portemonnee uit haar tas. Toen keek ze nog eens naar de advertentie en dacht: dit is mijn redding!

Ontdaan liep Hanna door de spreekkamer te ijsberen. De brief van de regionale inspectie waarin stond dat ze zich opnieuw moest onderwerpen aan een toetsing van haar kennis van de röntgenologie brandde in de zak van haar schort. Wat had dat te betekenen? Waarom wilden ze haar diploma niet langer erkennen? Ze kon zich de cursus röntgenologie in het Virchow-ziekenhuis nog goed herinneren. En nu deden ze alsof ze geen opleiding had gevolgd?

Een nog groter probleem was de datum. De dag waarop het examen moest plaatsvinden, 31 mei, was een zaterdag! Maar als ze haar vergunning om als röntgenverpleegster te werken wilde behouden, moest ze dit examen doen...

Hanna zuchtte diep. Het liefst was ze meteen naar dr. Conradi gegaan, maar hij liep net visites op de eerste vrouwenafdeling. In de spreekkamer kon ze ook niet blijven. Ze moest haar handen laten wapperen, anders zou ze nog barsten van ongerustheid en emotie!

Met lange passen haastte ze zich door de gang, langs de operatiekamer, waar haar collega's juist voorbereidingen voor een operatie troffen. Daar zou ze niet kunnen helpen, maar ze kon wel gaan kijken of de röntgenkamer in orde was en de ontwikkelvloeistoffen verversen.

Van opzij klonk een stem. 'Pardon,' hoorde ze iemand zeggen.

Hanna draaide zich om. Ze was zo in gedachten verzonken geweest dat ze de slanke jonge vrouw naast de nis die als wachtruimte voor de röntgen fungeerde, bijna over het hoofd had gezien.

'Wat kan ik voor u doen?' vroeg ze en ze probeerde haar irritatie enigszins te onderdrukken.

'Ik...' De vrouw slikte en omklemde het hengsel van haar tas nog steviger.

'Wilt u naar een patiënt? Of hebt u een afspraak bij dokter Conradi?'

'Ik... Ik wilde solliciteren. Naar aanleiding van de advertentie in de krant.'

Hanna trok verrast haar wenkbrauwen op. 'Bent u verpleegster?'

'Ja. Ik ben aan het Charité opgeleid, maar nu zoek ik een nieuwe baan.'

Hanna nam haar eens goed op. Ze was een jaar of twintig, veel jonger dan zijzelf toen ze op Waldfriede aankwam.

'Hoe heet u?' vroeg Hanna. Haar bezorgdheid vanwege de brief verdween nu definitief naar de achtergrond.

'Lilly. Lilly Wegner,' antwoordde de vrouw.

'Kom dan maar even mee! De dokter zal zo wel terug zijn van zijn visiteronde.'

~

Lilly voelde haar hart in haar keel kloppen. Ze vond het gênant dat ze zo onzeker op de woorden van de zuster had gereageerd. Als ze tegenover een zuster al zo hakkelde, hoe zou ze de geneesheer-directeur dan van haar kunde weten te overtuigen?

Ze streek met haar hand over haar tas en wilde juist haar documenten tevoorschijn halen toen de deur van de spreekkamer openging.

De man in de witte jas was vrij groot en had bruin haar, dat aan de zijkanten al wat dunner werd. Onder zijn lange, rechte neus droeg hij een snor; zijn blauwe stropdas stond uitstekend bij zijn ogen.

'Juffrouw Wegner?' vroeg hij en hij stak haar zijn hand toe. 'Ik ben dokter Conradi.'

'Aangenaam kennis met u te maken.' Lilly stond op en nam zijn hand aan.

'Zuster Hanna zei dat u hier bent naar aanleiding van onze advertentie in de krant.'

'Ja, dat klopt,' antwoordde Lilly.

'Ik neem aan dat u al klaar bent met de opleiding?' Conradi liet zijn blik over haar gestalte gaan voordat hij op zijn stoel ging zitten.

'Natuurlijk.' Het ergerde Lilly een beetje dat hij haar voor een leerling hield. Ze wist dat ze er jonger uitzag dan veel andere vrouwen van haar leeftijd. Meestal dachten de mensen dat ze met haar konden omspringen alsof ze nog een kind was.

'Waar hebt u tot dusver gewerkt?' vroeg Conradi.

‘In het Charité, op chirurgie,’ antwoordde ze.

‘Bij professor Sauerbruch?’ Conradi trok geïnteresseerd zijn wenkbrauwen op.

‘Ja, maar ik heb niet met hem op de ok gestaan.’

‘Ik heb veel goeds over hem gehoord.’

Als u eens wist, dacht Lilly, die blij was dat dr. Conradi in tegenstelling tot Sauerbruch niet de gewoonte leek te hebben iedereen te tutoyeren. ‘Hij staat in hoog aanzien.’

‘Waarom wilt u uw baan in het Charité eigenlijk opgeven?’ vroeg Conradi door.

‘Die... Die heb ik niet opgegeven. Ze hebben me na de opleiding uit economische overwegingen niet in dienst genomen.’

Conradi zweeg even. ‘Dan hebt u nog maar weinig werkervaring.’

‘Ik heb voor de opleiding twee jaar als dienstmeisje en ziekenverzorgster gewerkt. En tijdens de stages zijn we niet ontzien...’ Lilly aarzelde. In de advertentie had niets over werkervaring gestaan.

‘Ik heb mijn papieren bij me,’ zei ze vlug en ze pakte de mappen met haar diploma en haar getuigschriften uit haar tas. ‘Ik kan me overal inwerken. Als u me een kans geeft, zal ik u niet teleurstellen.’

Conradi nam de papieren aan en bladerde ze door.

Lilly wrong haar handen. Het diploma was in niet al te enthousiaste bewoordingen gesteld, maar er stond wel een handtekening van dr. Sauerbruch onder.

Na een poosje sloeg dr. Conradi de map weer dicht. ‘Ik zal het overleggen met het dagelijks bestuur,’ zei hij, zonder te laten merken hoe haar kansen lagen. ‘U hoort van me.’

Lilly zonk de moed in de schoenen. Had ze haar kansen verspeeld? Als hij geïnteresseerd was geweest, had hij haar toch wel meteen aangenomen?

‘U kunt me ook telefonisch bereiken,’ zei ze vlug. ‘Als u pen en papier voor me hebt?’

Goedmoedig gaf de dokter haar het gevraagde. Met trillende hand noteerde ze het nummer van haar hospita.

‘Hartelijk dank voor uw tijd,’ zei ze en ze schoof dr. Conradi het briefje toe. Laat hem mij alsjeblieft nemen, dacht ze. Als ik maar één wens mocht laten vervullen, zou het dat zijn.

# 4

*Zehlendorf, 8 mei 1930*

Bedrukt zat Hanna in de wachtkamer van de voorzitter van de examencommissie. In haar tas zat de brief die ze een paar dagen geleden had ontvangen.

Nadat ze telefonisch was afgewimpeld verscheen ze nu persoonlijk om uitstel van de afspraak te vragen. Ze hoopte dat er met professor Leder te praten viel.

Met elke minuut die verstreek werd ze onrustiger. Hoe zou hij op haar verzoek reageren? Ze wilde haar functie niet graag opgeven.

Ze herinnerde zich nog goed hoe dr. Conradi naar sanatorium Friedensau in de buurt van Magdeburg was gekomen om haar als röntgenverpleegster in Waldfriede aan te stellen. In plaats van een röntgencursus had ze echter eerst een cursus 'schrobben en schuren' moeten doen, want de kliniek verkeerde indertijd in desolate toestand. Na hard en lang werken kon Waldfriede in april 1920 de deuren openen.

Niet veel later had ze een opleiding aan het röntgeninstituut van het Virchow-ziekenhuis afgerond en begon ze als röntgenzuster in Waldfriede te werken. Ongelofelijk zoals de tijd was omgevlogen!

'Juffrouw Richter?' vroeg de secretaresse, die haar komst had gemeld.

Hanna stond op. 'Ja?'

'Professor Leder vraagt u binnen te komen.'

Kordaat en met geheven hoofd stapte Hanna naar de deur. Tegenover de voorzitter mocht ze geen vrees tonen.

De man was ongeveer vijftig, had grijs haar en droeg een chic donkerblauw pak met een rood-wit gestreepte das. Een met edelstenen getooide reversspeld blonk op toen hij opstond om haar te begroeten.

'Juffrouw Richter.' Hij gaf haar een hand en wees naar de stoelen voor zijn bureau. 'Neemt u plaats.'

Hanna ging zitten.

'Waar komt u voor?' vroeg Leder, die ook weer was gaan zitten.

'Ik heb deze brief gekregen, waarin de eis wordt gesteld dat ik opnieuw examen doe.' Hanna haalde het schrijven tevoorschijn. Haar vingers trilden licht.

'Ja, helaas is dat noodzakelijk,' zei professor Leder. 'Er is een nieuwe verordening uitgevaardigd om de kwaliteit bij het maken van röntgenfoto's te waarborgen. Alle verpleegsters die voor 1927 hun diploma hebben behaald, moeten opnieuw examen doen.'

Hanna keek de man onderzoekend aan. Kon ze tegen hem zeggen dat ze adventiste was? Sommige functionarissen waren bij voorbaat haatdragend en wilden niet eens luisteren.

'Ik betwijfel de noodzaak van het examen ook niet,' zei Hanna behoedzaam. 'Ik wil u alleen om een andere datum verzoeken.'

Leder trok zijn wenkbrauwen op. 'Dat zal geen probleem zijn, een andere zaterdag...

'De zaterdag is juist het probleem,' flapte Hanna eruit. 'Ik... Ik kan het niet met mijn geloof verenigen op die dag te verschijnen.'

'Ik begrijp het.' Professor Leder nam haar lange tijd op. Hanna probeerde zijn blik te weerstaan, maar na een tijdje begon ze te kijken naar haar handen, die in haar schoot lagen.

'Dat kan ik niet in mijn eentje beslissen,' zei hij. 'Wacht even, ik ga met mijn collega's overleggen.'

Leder stond op en liep de deur uit. Hanna haalde diep adem en richtte haar blik op de hoge boekenkasten. Sommige boeken waren zo dik dat ze de opdruk op de rug moeiteloos kon lezen: *Atlas van de biologie* of *Handboek der geneeskunde.*

Ze wendde haar blik af en keek door het raam. Haar maag was

onrustig. De minuten tikten voorbij en Hanna voelde de spanning toenemen. Stel dat de collega's niet toestemden, wat dan?

Toen de deur openging kromp ze in elkaar.

Leder kwam met vlugge pas naar zijn bureau. 'Mijn collega's gaan akkoord. U kunt het examen op 6 juni om drie uur 's middags doen, dat is een vrijdag.'

Die woorden werkten als een zonnestraal op Hanna's gemoed. 'Echt waar?'

Professor Leder knikte. 'Maar ik raad u dringend aan deze afspraak na te komen. Ditmaal kon ik de leden van de commissie overhalen, maar een volgende keer zal me dat misschien niet meer lukken.'

'Ik zal er zijn,' zei Hanna opgelucht. 'Dank u wel dat u die moeite voor me hebt gedaan!'

Er verscheen een mild glimlachje op Leders gezicht. 'Tot 6 juni dan maar!'

~

Weer ging er een dag voorbij, en Lilly was er inmiddels van overtuigd dat dr. Conradi iemand anders voor de betrekking had gevonden. Zuchtend maakte ze de voordeur open. Haar voeten brandden en haar lichaam voelde stijf en koud. Ze liep de gang door, maar niet hard genoeg om haar hospita te ontlopen.

'Er is vandaag een telefoontje van ziekenhuis Waldfriede gekomen,' riep mevrouw Hausmann opgewonden. 'Ene dokter Conradi wilde u spreken. Met uw familie is toch hopelijk alles in orde?'

'Ja, ja, maak u geen zorgen,' antwoordde Lilly. 'Wat zei hij?'

'Alleen dat u zo vlug mogelijk terug moet bellen.'

Lilly keek op de klok en vervloekte zichzelf. Was ze nu maar gewoon thuisgebleven!

'Hebt u er bezwaar tegen als ik uw telefoon gebruik, mevrouw Hausmann?' vroeg ze terwijl ze haar opwinding probeerde te bedwingen. Misschien had dr. Conradi alleen maar gebeld om haar af te wijzen.

'Nee, natuurlijk niet,' was de reactie van haar hospita. 'Ga gerust uw gang. U weet wel waar hij is.'

'Dank u,' zei Lilly, en toen liep ze naar de keuken. Met trillende handen nam ze de hoorn van de haak en liet ze zich met ziekenhuis Waldfriede doorverbinden. Na een tijdje kreeg ze ene zuster Hedwig aan de lijn.

'U spreekt met Lilly Wegner. Ik zou graag dokter Conradi spreken.' Haar maag verkrampte.

'Dokter Conradi heeft geen spreekuur meer,' antwoordde de stem. 'Als u acute klachten hebt, kom dan naar de kliniek.'

'Ik ben niet ziek,' zei Lilly. 'Ik heb bij Waldfriede gesolliciteerd. Dokter Conradi heeft me gebeld, maar ik was helaas niet thuis.' Ze zweeg even, want ze merkte de afwijzende houding van de zuster. 'Alstublieft, heel even maar. Ik wil alleen weten waar ik aan toe ben.'

Haar smekende toon leek haar gesprekspartner te vermurwen.

'Ik zal zien of ik hem kan vinden, blijf alstublieft aan de lijn.' Er klonk gekraak door de leiding, daarna werd het stil.

Lilly keek om zich heen. Mevrouw Hausmann zou niet zichtbaar meeluisteren, maar haar ontging vast geen woord.

Na een poosje klonk er geruis in de hoorn.

'Conradi,' meldde een mannenstem zich aan de andere kant van de lijn.

'Wegner,' zei Lilly vlug. 'Lilly Wegner. 'U hebt geprobeerd me te bereiken.'

'Zuster Lilly!' antwoordde hij met een lachje in zijn stem. 'Bedankt voor het terugbellen.'

'Het spijt me dat het zo laat is geworden. Ik was...' Ze hield op. Mevrouw Hausmann zou zeker verbaasd zijn als ze iets anders zei dan dat ze gewerkt had. 'Ik was... weg.'

'Geen probleem,' zei dr. Conradi. 'Ik wilde u alleen maar mededelen dat we besloten hebben u aan te nemen. Wanneer kunt u beginnen?'

Lilly slaakte een gilletje, maar hield zich meteen in. 'Excuseert u me, ik... Ik ben gewoon erg blij. Als u wilt, kan ik morgen al komen.'

Conradi lachte. 'Aanstaande maandag is wel goed. Wilt u intern wonen?'

'Eh, ik...'

'Of hebt u een andere mogelijkheid om in Zehlendorf onderdak te vinden?'

'Nee, ik...' Het aanbod overweldigde haar een beetje. Ze was vooral blij dat hij haar wilde aannemen.

'Daar kunt u nog wel even over nadenken. We kijken in elk geval uit naar uw komst.'

'Dank u, dokter. Tot maandag dan.'

'Tot maandag.' Dr. Conradi wenste haar een aangename avond en hing op.

Lilly onderdrukte een vreugdekreet. Het was haar gelukt! Ze haalde diep adem, een golf van opluchting ging door haar heen.

'Is alles goed?' vroeg mevrouw Hausmann van achter de deur.

'Ja, uitstekend,' antwoordde Lilly met een brede glimlach en ze gunde het zichzelf een beetje hoop te koesteren.

# 5

*Zehlendorf, 12 mei 1930*

Opgewonden stond Lilly die ochtend bij de ingang van Waldfriede. Ze was ruim een half uur te vroeg, maar had geen zin om nog een rondje door het park te lopen, hoe mooi dat er in het ochtendlicht ook uitzag.

Langs de paden lagen smalle bloemperken, hier en daar stonden bomen waaraan het eerste voorjaarsgroen al was verschenen. In de hoge taxuskegels langs het pad naar het lichtgekleurde vakwerkgebouw glinsterde de dauw. Op de achtergrond was een imposant bos te zien, waaraan het ziekenhuis waarschijnlijk zijn naam had ontleend.

Het gebouw zelf had meer weg van een reusachtige villa dan van een ziekenhuis. Grof bewerkte brokken natuursteen omzoomden de gevelplint; daarboven waren de muren glad gestuukt. Een aantal ramen was voorzien van een rank balkonhekje. Hier en daar zag je een witte gestalte voorbijschieten.

Ik zal binnenkort een van hen zijn, dacht Lilly en ze voelde een tinteling van vreugde.

Ze keek omlaag naar haar jurk. Ze had de mooiste die ze bezat aangetrokken. Hij was rood met groen gebloemd en stamde nog uit haar oude leventje. Dankzij de lange afstanden die ze tijdens haar werk aflegde, paste hij haar nog steeds.

'Ah, u bent er al!' zei een stem achter haar. Lilly draaide zich vlug om.

Dr. Conradi was de hoek om gekomen. De herdershond naast hem nam haar wantrouwig op en begon te grommen.

'Al goed, Rex.' Conradi klopte hem op zijn rug, waarop het dier zich terugtrok.

'Goedemorgen, dokter.' Lilly maakte een knicksje.

'Goedemorgen, zuster Lilly. U kon zeker niet langer wachten?' zei Conradi schertsend.

Lilly bloosde. 'Ik wilde stipt zijn.'

'Stiptheid zien we hier graag,' voegde hij eraan toe. 'Kom maar mee dan.'

Hij ging Lilly voor door de entree, langs de dienstdoende zuster en een lange gang in. Verderop klonken stemmen, gevolgd door voetstappen en luid gekletter. Even later verschenen twee verpleegsters met karretjes, waarop niervormige bekkens en bekertjes met tabletten stonden.

De spreekkamer van dr. Conradi was groot en baadde in het licht. Bij een van de kasten achter de onderzoekstoel stond een tengere vrouw met blonde krullen in een verpleegstersuniform. Toen ze zich naar hen toe wendde, herkende Lilly de zuster die haar de weg naar dr. Conradi had gewezen.

'Zuster Hanna, kijk eens wat ik onderweg door het park heb gevonden. Zuster Lilly, u hebt al eerder met onze röntgenzuster kennisgemaakt.'

'Goedemorgen,' groette Lilly met een nerveus glimlachje.

'Zuster Lilly!' zei Hanna. 'Hoe gaat het met u?'

'Goed,' antwoordde ze, hoewel ze het gevoel had dat ze van spanning elk moment kon barsten. 'Ik ben alleen een beetje zenuwachtig.'

'Dat is helemaal niet nodig. We zijn hier één grote familie.'

In de daaropvolgende minuten legde Conradi uit wat er van haar werd verwacht. 'Ik ben van plan u in te delen op de afdeling interne geneeskunde, in het bijzonder bij de patiënten van professor Kirsch. Heb ik gelijk met mijn vermoeden dat u geen adventiste bent?'

'Ik ben evangelisch gedoopt,' antwoordde Lilly. Zijn verandering van onderwerp verraste haar.

Conradi knikte. 'Dan zal het u vast niet uitmaken te worden ingeroosterd voor zaterdagse diensten?'

Wat een vreemde vraag! In het Charité had ze ook op zaterdag moeten werken. 'Is dat... voor andere zusters een probleem?'

'Dit is een adventistisch ziekenhuis en voor de zevendedagsadventisten is de zaterdag de vastgestelde rustdag, de sabbat,' legde Conradi uit. 'We kunnen ons er natuurlijk niet altijd aan houden, want ziekten en ongevallen storen zich niet aan rustdagen of religies. Maar we proberen altijd onze adventistische medewerkers de sabbatviering mogelijk te maken. Zoals we degenen die een ander geloof aanhangen ook hun rustdag gunnen.'

Lilly keek hem verbaasd aan. Ze had nog nooit van adventisten gehoord. Ze wist alleen dat joden de zaterdag als rustdag heiligden. Enigszins van haar stuk gebracht knikte ze. 'Ik ben gewend om 's zaterdags te werken, dokter.'

Conradi glimlachte. 'Mooi zo. Dan moeten we het nog over uw salaris en huisvesting hebben. Daarna zal ik u aan zuster Hanna overdragen, zodat ze u het ziekenhuis en uw afdeling kan laten zien.'

Zuster Hanna liet haar eerst de begane grond zien, waar zich de spreekkamers van de artsen, de röntgen- en diathermiekamer, het lab en de operatiekamer bevonden. De linnen- annex naaikamer en de sterilisatieruimten lagen in een aparte vleugel. Op de afdeling voor badtherapie was ze er getuige van dat een patiënt volledig met modder werd bedekt. Badmeester Carl Rohleder, het hoofd van de afdeling, leek heel aardig.

Op de trap kwamen hun enkele verpleegsters met lakens en bedpannen tegemoet. Ze groetten zuster Hanna allemaal respectvol.

Ook op de verpleegafdelingen heerste grote bedrijvigheid. Van een paar kamers die ze passeerden stond de deur open, zodat Lilly een blik kon werpen op de zusters, die bezig waren met het verleggen of verbinden van patiënten.

Opvallend waren de groen geverfde muren en de crèmekleurige gordijnen, die voor een mild licht zorgden. De bedden onderscheidden zich niet van die in het Charité.

Na een kort bezoekje aan de afdeling chirurgie liepen ze naar de afdeling verloskunde.

'Hier zult u waarschijnlijk niet komen te werken,' zei zuster Hanna. 'Daarvoor hebben we speciaal opgeleide verpleegsters. Maar het kan gebeuren dat u in geval van nood moet bijspringen.'

Lilly was opgelucht. Ook op de afdeling chirurgie van het Charité had ze zwangeren alleen dan te zien gekregen als er een andere operatie, bijvoorbeeld aan hun ledematen of hun bovenlichaam, moest worden verricht.

'We hanteren een strikte scheiding tussen de mannen- en de vrouwenafdelingen,' legde Hanna uit terwijl ze nog een trap naar boven namen. 'We hebben inmiddels twee mannen- en drie vrouwenafdelingen. U wordt op de tweede vrouwenafdeling ingedeeld, die door de directrice, zuster Elisabeth wordt geleid.'

Op de tweede verdieping aangekomen liepen ze langs nog meer openstaande deuren van ziekenkamers tot ze ten slotte voor het afdelingskantoor bleven staan. Hanna klopte aan en deed de deur open.

'Zuster Elisabeth, heb je even tijd? De nieuwe verpleegster voor professor Kirsch is aangekomen.'

Lilly hoorde een lage vrouwenstem. 'Laat haar maar binnen.'

Hanna knikte Lilly toe, die vervolgens naar binnen ging. Hoofdzuster Elisabeth droeg een donkerblauwe jurk met een wit kraagje en een schort, was slank en had een knap gezicht, omlijst door donker haar. De vouwen in haar kapje waren messcherp. Ze had nauwelijks iets gemeen met Lilly's hoofdzuster in het Charité.

Hanna stapte opzij en glimlachte Lilly bemoedigend toe.

'Dag mevrouw,' groette ze met een gereserveerde glimlach.

Elisabeth beantwoordde haar groet en vroeg toen: 'Wat is uw naam?'

'Lilly Wegner.'

Hanna raakte Lilly's arm licht aan en trok zich terug.

Zuster Elisabeth wachtte tot ze de deur achter zich had gesloten. 'Dokter Conradi heeft vast al verteld dat we een christelijk ziekenhuis zijn.'

'Ja, zuster.'

'We zijn hier vriendelijk en toegewijd aan onze patiënten, wat de achtergrond van de mensen ook is. Tegelijkertijd hebben we respect voor elkaar en helpen we elkaar waar we kunnen.'

Lilly knikte. Zo was het in het Charité ook geweest.

'Als er problemen zijn, van welke aard ook, meldt u zich bij mij of bij het bevoegde afdelingshoofd,' ging de hoofdzuster verder. 'En u verheft uw stem nooit tegen of in het bijzijn van een patiënt, is dat duidelijk?'

Lilly knikte en zag dat Elisabeth haar nu met een indringende blik aankeek.

'U bent een jonge vrouw en het zou kunnen dat u ooit een relatie met een man aangaat. U moet weten dat onze verpleegsters allemaal ongehuwd zijn, zodat ze zich volledig aan hun patiënten kunnen wijden.'

'Betekent dat dat ik niet mag trouwen?' vroeg Lilly benepen. Ook al boezemde de gedachte zwanger te worden haar angst in, de wens ooit een man te vinden die van haar hield had ze niet opgegeven.

'U mag uiteraard trouwen. Maar dan moet u wel ontslag nemen. Hier werken alleen bij hoge uitzondering gehuwde krachten, en meestal zijn dat mannen.'

Lilly slikte. Zo strikt waren ze in het Charité niet geweest. Daar werkten ook verpleegsters die een man en kinderen hadden.

'Natuurlijk, zuster. Wanneer ga ik kennismaken met professor Kirsch?' vroeg Lilly, in de hoop dat Elisabeth hierdoor van gespreksonderwerp zou veranderen.

'Hij loopt nu visite op de kinderafdeling. Ik zal u eerst aan de anderen voorstellen, daarna kunt u zich nuttig maken.'

'Kinderafdeling?' vroeg Lilly verbaasd.

'Heeft dokter Conradi u niet verteld dat u met professor Kirsch gaat werken?'

'Jawel, maar... hij zei niet dat professor Kirsch kinderarts is.'

Elisabeth trok verbaasd haar wenkbrauwen op. 'Dat is hij ook niet. Hij is specialist in bottuberculose, maar in Waldfriede behandelt hij uitsluitend kinderen.'

# 6

Omdat Hanna weg was en het spreekuur pas over een half uur begon, veroorloofde Louis zich een momentje rust. Hij ging achterovergeleund achter zijn bureau zitten, sloot zijn ogen en probeerde de geluiden op de gang buiten te sluiten.

Hij had die nacht slecht geslapen en het opfrissende effect van zijn ochtendwandeling was alweer verdwenen.

Sinds een paar maanden had hij af en toe last van kwaaltjes die een vijfenveertigjarige man niet hoorde te hebben. Hij werd vooral steeds vaker overvallen door een loodzware vermoeidheid die niet door slaap kon worden verholpen, ook al bleef hij nog zo lang in bed.

Als medicus wist hij natuurlijk dat hij zich meer rust moest gunnen, maar als geneesheer-directeur ontbrak hem daartoe gewoonweg de tijd.

Sinds de laatste boekhouder zijn ontslag had ingediend omdat hij naar Denemarken terugging, had hij de financiële administratie op zich genomen en moeten aanzien hoe de inkomsten afnamen. Ook meer welgestelde patiënten konden zich vanwege de economische crisis geen lang verblijf in het ziekenhuis veroorloven. De verpleegtarieven waren niet zo sterk verhoogd als hij had gedacht, terwijl de kosten voor personeel en medicamenten wel sterk waren gestegen. Waar zou dat allemaal toe gaan leiden?

Geklop haalde hem uit zijn gedachten en even later verscheen zijn vrouw met een dienblad. Haar blonde haar droeg ze in een vlecht. In de donkerblauwe bloemetjesjurk leek ze net een meisje.

Haar zesenveertig jaar zag je haar echt niet aan.

'Ik heb je bij het ontbijt gemist,' zei ze zachtjes terwijl ze het dienblad voor hem neerzette. Daar stonden een kopje koffie en een kommetje havermoutpap met kaneel en suiker op, ernaast lagen wat schijfjes appel.

'Ik heb slecht geslapen en dacht dat mijn hoofdpijn door een wandeling wel over zou gaan,' antwoordde hij.

'En, was dat zo?' Catherine keek hem bezorgd aan.

'Maar eventjes.'

'Je moet wat eten. Ik heb extra veel kaneel over de pap gestrooid. Je kunt niet zonder iets in je maag spreekuur houden. En je hebt vandaag twee belangrijke operaties.'

Er gleed een glimlach over Louis' gezicht toen hij Catherines hand pakte en die kuste. 'Wat zorg je goed voor me.'

'Blijkbaar niet goed genoeg.' Er verscheen een frons tussen haar wenkbrauwen. 'Je ziet zelf wel dat je bent afgevallen. Al dat werk...' Ze stokte. 'Je moet eindelijk eens een nieuwe boekhouder in dienst nemen. Je kunt niet alles zelf doen.'

'Dat weet ik, en ik heb al een aanvraag bij het genootschapsbestuur gedaan. Tot nog toe hebben ze geen geschikte kandidaten voor ons. Afgezien van Gruber, maar die willen we hier in geen geval meer hebben, nietwaar?'

Op Catherines gezicht verscheen een teken van herkenning. Net als Louis was ze het verraad van de voormalige boekhouder niet vergeten.

'Doe me dan tenminste een genoegen en eet iets,' drong ze aan. 'En zorg dat je aanwezig bent bij de maaltijden. Sinds we apart van de medewerkers eten, heb ik het gevoel dat je liever in je werkkamer zit dan in onze keuken.'

Louis knikte. Catherine had gelijk, hij had de neiging om te vergeten dat hij moest eten. Hij pakte de lepel en stak een portie pap in zijn mond. De zoete smaak van kaneel explodeerde als het ware op zijn tong en het kloppen van zijn slapen werd wat minder. Lag het dan misschien gewoon aan gebrek aan voeding?

'Ik kom het blad voor de middag weer halen,' zei Catherine, en ze streelde zacht over zijn wang. 'Hoor eens, doe me een plezier en eet dat op. Ik wil niet dat je tijdens het spreekuur instort.'

~

Professor Kirsch zat achter zijn bureau en hoewel hij haar binnen had geroepen, nam hij eerst geen notitie van haar. In gedachten verzonken staarde hij naar een stapel papier en verzocht met opgestoken vinger om een moment geduld.

Lilly keek onzeker om zich heen. De spreekkamer was crèmekleurig geschilderd en werd overheerst door een groot bureau. In een hoek naast het raam ontwaarde ze een skelet dat iedereen die binnenkwam breed aangrijnsde. Een van de twee medicijnkasten had glazen deuren, zodat ze een blik kon werpen op bruine apothekersflessen en metalen kokertjes.

Dat ze op een kinderafdeling moest werken was een lichte schok voor haar. Ze had overal rekening mee gehouden, maar niet daarmee. Hoe moest ze met kinderen omgaan? Die leken haar zo kwetsbaar, ze zouden vast gaan huilen zodra ze hen vastpakte...

'Pardon, ik wilde niet midden in een zin ophouden.'

Lilly schrok op. Haar hele lichaam spande zich terwijl ze haar handen vouwde om niet te laten merken dat ze trilden van de zenuwen.

De professor schoof zijn papieren opzij en richtte nu zijn aandacht op haar. 'Dus u bent mijn nieuwe verpleegster.'

'Ja,' beaamde Lilly, onzeker of ze hem een hand moest geven. 'Lilly Wegner.'

Zijn jeugdigheid verraste haar. Een professor was voor haar eigenlijk een oudere heer met grijze slapen en een bril op zijn neus, maar Rudolph Kirsch kon hoogstens halverwege de dertig zijn. Hij had een olijfkleurige huid, waardoor hij als een zuiderling overkwam, zwart krullend haar en een zwarte baard en snor. Zijn goudbruine ogen namen haar waakzaam op maar straalden ook warmte uit.

Hij was een van de aantrekkelijkste artsen die ze ooit was tegengekomen.

'Hebt u ervaring met kinderen?' vroeg hij.

'Nee,' antwoordde Lilly. 'Ik werkte vroeger op chirurgie.'

Kirsch leek sceptisch.

'Maar ik leer vlug en krijg het wel onder de knie!' voegde ze er enigszins onzeker aan toe. 'Een kind is ook maar gewoon een mens, toch?'

Blijkbaar had ze iets verkeerds gezegd. Zijn gezichtsuitdrukking verhardde terwijl hij achteroverleunde en haar opnam. 'Het is onjuist om kinderen gelijk te stellen met volwassen patiënten. Kinderen hebben een heel eigen fysiologie en eigen behoeften. Bovendien kunnen ze hun gemoedstoestand niet zo duidelijk kenbaar maken als volwassenen.'

'Zoals ik al zei, professor,' antwoordde ze timide, 'ik ben bereid te leren.'

'Uitstekend. Kom dan maar mee, ik zal u mijn patiënten laten zien.' Hij stond op en liep naar de deur.

'Dokter Conradi heeft me inmiddels zes bedden ter beschikking gesteld,' verklaarde Kirsch, die met wapperende doktersjas vooruitliep. 'Daarnaast heb ik een leerstoel aan de Friedrich-Wilhelms-Universiteit. Als ik niet hier ben, moet ik me op mijn personeel kunnen verlaten. Ik verlang discretie en toewijding aan de patiënten. Alleen als ze naar behoren worden verzorgd kunnen ze genezen.'

'Dat geldt toch ook voor andere ziekten,' bracht Lilly naar voren terwijl ze hem probeerde bij te benen.

'Dat is juist,' antwoordde Kirsch. 'Hebt u ooit met bottuberculose te maken gehad? Weet u wat dat is?'

'Een besmetting van de botten met tuberculosebacteriën,' antwoordde ze. 'Op de opleiding hebben we daarvan gehoord. Maar op interne heb ik maar kort gewerkt, het merendeel van de tijd ben ik op de afdeling chirurgie ingezet.'

'Daar waren ze voornamelijk bezig met het amputeren van de botten van de arme zieken, nietwaar?' De stem van de professor had een spottende ondertoon.

'Niet alleen maar. We opereerden van alles. Professor Sauerbruch...'

'Hebt u hem ooit meegemaakt?' viel Kirsch haar in de rede.

'Hij was ons afdelingshoofd.'

Er gleed een glimlach over het gezicht van de professor.

'Hebt u hem dan al eens ontmoet?' vroeg Lilly enigszins verward door zijn geamuseerdheid. Je kon veel over professor Sauerbruch zeggen, maar niet dat hij reden tot gnuiven gaf.

'Nee, helaas niet. Maar zijn faam gaat voor hem uit. Hij moet een geweldig chirurg zijn.'

Geweldig en opvliegend, schoot het door Lilly's hoofd, maar die lasterlijke gedachte zette ze meteen weer van zich af.

'We zijn er,' zei Kirsch en hij wees naar een deur die voorzien was van het opschrift KINDERKAMER. Daarachter waren luide stemmen te horen, en af en toe ook gepiep. 'De kinderen horen niet allemaal bij mijn afdeling, hier liggen alle jonge patiënten die in Waldfriede behandeld worden.'

Hij klopte even en liep naar binnen. De wanden waren voorzien van schilderingen die Lilly nog nooit in een ziekenzaal had gezien: wolken en zon, vliegtuigen, dieren en bloemen in felle kleuren.

Het aantal kinderen in de ruimte verraste haar. Alle acht bedden waren bezet. De patiëntjes, die even tevoren nog levendig hadden zitten kwebbelen, keken de binnenkomers met grote ogen aan. Sommigen van hen was aan te zien dat ze in hun leven tot nog toe niet genoeg te eten hadden gekregen, anderen leken weldoorvoed, wat ze echter niet voor ziekte had behoed.

Lilly was dusdanig door de aanblik van de kleintjes gefascineerd dat ze de zuster, die opstond van haar plaats bij het raam, niet opmerkte.

'Dit is zuster Martha,' stelde professor Kirsch haar voor. 'De spil van de kinderafdeling.'

Lilly richtte haar blik opzij. Martha was een slanke vrouw met een lang smal gezicht en vooruitstekende tanden. Ze droeg haar blonde haar strak in de nek bij elkaar gestoken en deed merkbaar haar best haar lippen over haar tanden heen te trekken. Lilly schatte haar eind twintig.

'Martha, dit is zuster Lilly. Zij zal vanaf vandaag met u samenwerken.'

Martha knikte en na een korte aarzeling gaf ze Lilly een hand. 'Aangenaam,' zei ze bondig, toen richtte ze zich weer op haar dossiers.

De professor ging bij twee naast elkaar geplaatste bedden staan, waarin een jongen en een meisje zaten. De jongen, die ongeveer zes was, droeg net als het ruim twee jaar oudere meisje metalen beugels om zijn benen. Zoiets had ze nog nooit gezien.

'En, hoe gaat het met jullie?' vroeg hij.

'Goed,' antwoordde het meisje, dat met een aankleedpop speelde, terwijl de jongen bedeesd een blikken motorfiets tegen zijn wang drukte.

Professor Kirsch stelde de kinderen aan Lilly voor. 'Dit zijn Inge en Peter.' Opeens had hij een heel andere gezichtsuitdrukking. Hij glimlachte en keek de kinderen met stralende ogen aan. 'Dit is zuster Lilly. Zij zal samen met zuster Martha op jullie passen.'

'Hallo.' Lilly glimlachte een beetje bedeesd mee.

Professor Kirsch merkte dat en legde uit: 'Met die beugels zorgen we ervoor dat de botten recht blijven en niet breken bij belasting. Met uw hulp zullen Peter en Inge weer leren lopen.'

Lilly slikte. De beugels kwamen haar barbaars voor. Sommige onderdelen leken in de tere kinderdijen te snijden.

'Doet dat geen pijn?' vroeg ze.

Kirsch richtte zich tot Inge. 'Wil je zuster Lilly vertellen hoe het is met die beugels?'

'Goed,' antwoordde ze. 'Soms is het een beetje lastig, maar het gaat wel. Ik kan nu tenminste weer lopen.'

'Zullen we dat zuster Lilly eens laten zien?' vroeg Kirsch.

Inge knikte en schoof haar benen voorzichtig over de rand van het bed. Professor Kirsch liep naar haar toe en stak zijn hand uit.

'Kijk!' riep Inge en ze stond op.

'Heel goed!' zei Lilly lovend, maar ze merkte dat er een brok in haar keel zat. Hoe moest ze het voor elkaar krijgen dagelijks het lijden van die kinderen aan te zien? Ze had geen enkel idee hoe je met kinderen omging! Hoe je ze kon troosten, hoe je met ze praatte...

Inge glimlachte naar haar, daarna keek ze naar de professor.

'En laten we nu eens kijken hoe het met het lopen gaat.' Aan zijn hand lukte het Inge tot aan het raam en weer terug. Ze bewoog een beetje stijf, en Lilly kon vrijwel niets anders zien dan de beugels, maar het meisje leek blij.

Toen ze weer ging zitten hielp de professor Inge om haar benen weer op het bed te krijgen.

'Ik wil ook!' liet Peter weten.

'Ik ook!' riep een eigenwijs ogende blonde jongen die zijn hand opstak alsof hij op school was.

'Later, jongens, ik ga zuster Lilly eerst de andere kamers laten zien.' Glimlachend streelde hij de knul over zijn haar.

'Dragen ze die beugels permanent?' wilde Lilly weten.

'Nee, 's nachts niet. Maar Inge en Peter mogen zich onder toezicht van zuster Martha bewegen wanneer ze willen. Daarom hebben zij ze nu om.'

Lilly keek weer naar Martha. Die was opgestaan en boog zich over een van de kleinere kinderen.

'Kom, dan laat ik u de eenpersoonskamers zien,' zei professor Kirsch en hij liep haastig langs haar heen naar de deur.

De kamer aan de overkant was veel kleiner, en er stond maar één bed in. De jongen die haar met vermoeide ogen aankeek was vijf of zes jaar en zijn benen waren met riemen gefixeerd. Aan zijn voeten hingen zandzakjes, die dienstdeden als gewichten. Het geheel deed eerder denken aan een middeleeuwse martelmethode dan aan therapie.

Lilly hapte naar adem en sloeg haar hand voor haar mond. Toen ze de blik van de professor zag werd ze rood en haalde beschaamd haar hand weg.

Kirsch glimlachte naar het jongetje, daarna nam hij haar mee de kamer uit.

'Doe dat nooit meer!' zei hij woedend.

'Wat? Ik...' stamelde Lilly.

'Laat tegenover de kinderen nooit merken dat u geschrokken bent, hoe nieuw een situatie voor u ook is.'

'Neem me niet kwalijk alstublieft... Het overrompelde me.'

'De kinderen moeten vertrouwen in ons hebben, maar dat kan niet als ze angst of afschuw in onze ogen zien. Begrijpt u dat?'

Lilly knikte. En opnieuw vroeg ze zich af hoe ze dat allemaal voor elkaar moest krijgen.

'Die jongen, Alfred Novak, is het zoontje van een chocoladefabrikant uit Praag,' vervolgde Kirsch. 'Hij lijdt aan tuberculose in het kniegewricht. Gewrichtstuberculose, hetzij in benen of armen, hetzij in de heupen, is een zeldzame aandoening, die lang onopgemerkt blijft en daarom een zeer langdurige behandeling vergt. De botten moeten daarbij absoluut rust krijgen, zodat het lichaam tijd heeft om de infectie te bestrijden en het weefsel kan herstellen. Het fixeren met riemen en de gewichten zorgen daarvoor en ondersteunen het genezingsproces. Voor een buitenstaander mag dat schrikwekkend zijn, maar het dient ergens toe, dus beheers u!'

Met die woorden deed hij de deur weer open. 'Goedemorgen, Alfred, hoe gaat het vandaag met je?'

'Niet zo best,' antwoordde de uitgemergelde jongen, bij wie een donkere haarlok op zijn voorhoofd hing. Hij had blosjes op zijn wangen en er liepen zweetdruppeltjes langs zijn slapen. Lilly was verbaasd dat hij, hoewel hij uit Praag kwam, vrijwel accentloos Duits sprak. 'Ik heb het zo warm.'

'Je krijgt straks een paar ijsklontjes, goed?' Professor Kirsch draaide zich om naar Lilly. 'Dit is zuster Lilly. Voortaan zal zij er voor je zijn.'

'Hallo, Alfred,' zei Lilly en ze deed haar best te glimlachen.

De jongen stak bedeesd zijn hand op bij wijze van groet. 'Wanneer mag ik weer lopen?' vroeg hij aan de professor.

'Dat zal helaas nog wel even duren,' antwoordde Kirsch meelevend. 'Ik heb het je al uitgelegd, er zitten bacteriën in je botten, die ontstekingen veroorzaken. Alleen als je goed stilligt genezen ze.'

'En hoelang duurt dat dan?'

'Een paar weken.'

Alfreds mondhoeken gingen omlaag. 'Ik mis mijn ouders en mijn vriendjes.'

'Dat begrijp ik, dat zou ik in jouw plaats ook doen. Maar als je netjes stil blijft liggen, zul je ze gauw terugzien.' Hij keek naar Lilly, die moeite had om zich groot te houden. Van medelijden met de jongen sprongen de tranen haar in de ogen, maar omdat ze niet nog eens door Kirsch wilde worden uitgefoeterd klauwde ze met haar handen in haar schort. 'Zuster Lilly zal er voor je zijn. Zeg gewoon wat je zou willen hebben, dan proberen wij dat voor je te krijgen.'

Alfred knikte en stak zijn neus omhoog. Ook hij leek op het punt te staan te gaan huilen. En Lilly vond dat hij daar meer reden toe had dan zij.

'Zijn er geen medicijnen waarmee je tuberculose kunt genezen?' vroeg Lilly toen ze de kamer weer uit liepen.

'Sinds 1921 bestaat er een vaccin, ontwikkeld door de Franse artsen Calmette en Guérin, maar wat hebben we aan preventie als het daar te laat voor is, zoals hier?' Hij zweeg even, toen vervolgde hij: 'Bovendien is er de afgelopen maand in Lübeck een akelig incident met die vaccinatie geweest. Kinderen die het middel oraal kregen toegediend, ontwikkelden darmtuberculose en overleden eraan. Ik denk niet dat de komende jaren nog iemand warm zal lopen voor die vorm van immunisatie. Dus moeten we om de kinderen voor een leven in een rolstoel te behoeden blijven werken met een dieet, zon en zuivere lucht.'

Professor Kirsch liep de gang door. 'Nu er sprake is geweest van professor Sauerbruch: een tijdje voor hij naar Berlijn kwam heeft hij op een door hem opgezette lupusafdeling in München een mineraalrijk maar zoutarm dieet ingevoerd dat op de bevindingen van collega Gerson uit Bielefeld is gebaseerd. Dat gebruik ik ook voor mijn patiënten. Operatieve ingrepen komen pas in aanmerking als het aangedane gewricht helemaal kapot is, wat kan gebeuren. Gelukkig is dat Alfred bespaard gebleven.'

Kirsch bleef staan. 'Tot nog toe heb ik alleen met gewone kinderverpleegsters gewerkt, maar ik heb een gekwalificeerde kracht nodig die mijn behandelingsmethode begrijpt. Iemand die me ook bij mijn wetenschappelijke werk kan helpen.' Hij keek haar onderzoekend aan. 'Als u het aandurft, verleen ik u graag toegang tot mijn bibliotheek en mijn publicaties.'

'Ik...' Lilly's keel zat ineens dicht. Wilde hij haar inzage in zijn publicaties geven? Ze was toch maar een verpleegster! Bovendien liep haar hoofd nu al om.

'U hoeft nog geen antwoord te geven. Werk u maar in en kijk of dit vakgebied iets voor u is. We voeren een lange, moeizame strijd tegen deze ziekte en moeten heel veel geduld hebben tot er vooruitgang wordt geboekt. En dan bedoel ik niet ten aanzien van afzonderlijke patiënten, maar van zieken in het algemeen.'

Lilly knikte. Ze voelde zich benauwd en lichte paniek kwam in haar op. Ze was er helemaal niet zeker van of ze het kon verdragen dag in, dag uit vastgebonden kinderen te zien. Of die vreselijke beugels. Maar ze had het geld hard nodig om haar schuld af te betalen. Om haar gezicht te kunnen blijven redden. Ze keek naar de professor en zag in zijn ogen nog steeds de warmte waarmee hij de kinderen had bejegend.

'Ik zal proberen een steun en toeverlaat voor u te zijn, professor.'

# 7

Met een zucht zette Lilly haar kapje af. De spelden drukten in haar schedel en de knoop in haar nek voelde zweterig aan.

Naast haar in de kleedkamer stonden nog drie zusters. Ze waren geanimeerd in gesprek en letten niet op haar. Lilly vroeg zich even af of ze zich aan hen zou voorstellen, maar besloot het niet te doen.

Bijna de hele middag was ze bezig geweest de kinderbedden naar het zonnige terras te rollen en er vervolgens voor te waken dat de kleintjes het koud kregen of zonnebrand opliepen. Naderhand had ze de kinderen weer naar hun kamers gebracht.

Toen ze de kleedkamer verliet kwam ze zuster Hanna tegen.

'Zuster Lilly!' zei Hanna. 'Hoe is het vandaag gegaan?'

'Goed,' antwoordde Lilly en ze voegde er met een onzeker glimlachje aan toe: 'Vermoeiend.'

'U hebt kennisgemaakt met een nieuw ziekenhuis. Ongewone routes, nieuwe mensen...'

Lilly knikte.

'Hoe kunt u het vinden met professor Kirsch? En met zuster Elisabeth?'

'Elisabeth is streng, maar als hoofdzuster zal ze dat wel moeten zijn,' zei Lilly en ze zag dat Hanna knikte. 'En de professor is erg verknocht aan zijn werk, nietwaar?'

Hanna lachte. 'O ja, dat zeker! U hoeft niet te verwachten dat hij hier over iets anders praat. Hij gaat volledig op in de taak die hij zichzelf heeft gesteld. En zijn patiënten waarderen hem daar zeer om.'

'Dat geloof ik graag.'

'Hebt u al nagedacht over de kamer?' vroeg Hanna. 'Ik ben ervan overtuigd dat zuster Martha goed bij u zou passen.'

Lilly had er inderdaad over nagedacht en was tot de conclusie gekomen dat ze veel geld kon uitsparen als ze het aanbod van het ziekenhuis aannam. De huur die mevrouw Hausmann vroeg was weliswaar niet al te hoog, maar momenteel had ze elke cent nodig.

'Nou, ik weet het nog niet helemaal zeker, maar...'

'U kunt vandaag eens de proef op de som nemen. U ziet er behoorlijk vermoeid uit en de reis terug naar huis is nog lang.'

Lilly aarzelde. Na deze dag had ze weinig zin om bij een onbekende te overnachten. Bovendien moest ze haar hospita nog laten weten dat ze ging verhuizen.

'Is het goed als we dat morgen doen? Ik... Ik heb mijn toilettas niet bij me en ik zou graag nog wat andere spullen willen inpakken.'

'Natuurlijk.' Hanna streelde haar arm en glimlachte naar haar. 'Goede reis naar huis en tot morgen, zuster Lilly.'

~

Terwijl de zon langzaam achter Waldfriede onderging maakte Louis zijn avondwandelingetje over het terrein. Naast hem liep Rex, de herder, die er inmiddels ook alweer zeven jaar op had zitten. Af en toe dacht hij terug aan de omstandigheden waaronder hij was aangeschaft. Hanna had de hond voor hem meegenomen van een uitstapje met haar aanbidder. Een tijdlang had het ernaar uitgezien dat hij haar aan die man zou kwijtraken. Maar toen was het tij gekeerd.

Het was natuurlijk mogelijk dat ze ooit iemand vond die van haar hield, maar hij was blij dat het niet zijn arts-assistent Kirchfeld geworden was. Dat was nogal egoïstisch, als je bedacht dat hij zelf al meer dan twintig jaar getrouwd was. Af en toe betrapte hij zichzelf op de gedachte hoe het zou zijn als hij Hanna aan zijn zijde had. Tegelijkertijd wist hij dat dat nooit zou gebeuren.

Catherine was een goede echtgenote, al merkte hij dat zijn gevoelens voor haar steeds meer vervaagden. Ze spraken er nooit over, maar hij vroeg zich af of het haar niet net zo verging. Ze zorgde voor hem omdat het haar plicht was, maar voelde zij misschien ook dat verlangen naar iemand anders? Naar haar vriend Harrow wellicht, die in Engeland woonde?

Hij hield zijn pas even in en liet zijn blik langs het ziekenhuis dwalen; het laatste zonlicht bedekte de gevel met een roodachtig waas. De wingerd aan de muren kleurde inmiddels groen. De tuinman zou hem moeten snoeien, zodat hij niet door de vensters heen drong. Op twee van de spitse dakkapelletjes, waarachter de kamers van de verpleegsters verscholen lagen, zaten duiven luid te koeren.

Hij liep door naar de garage, die naast het kleine mortuarium lag. Broeder Fritz Kowalski was juist bezig de zwarte auto te poetsen. Net toen Louis overwoog naar hem toe te lopen voor een praatje zag hij een in het wit geklede gestalte ineengedoken op een van de parkbanken zitten. Van deze afstand kon hij niet zeggen of het een arts of een verpleegster was.

'Kom!' beval hij de hond, die hem hijgend volgde toen hij over het grindpad snelde dat langs het badhuis liep.

Op het eerste gezicht leek het alsof de gestalte daar doodstil zat, maar toen zag hij wat schokkerige bewegingen. Ging het om een krampaanval?

Hij rende nu en Rex, die wellicht ook aanvoelde dat er iets niet in orde was, stoof vooruit. De hond was net bij de bank aangekomen toen de gestalte zich oprichtte.

'Dokter Rosenbaum?' vroeg Louis. Het haar van de nieuwe artsassistent stond alle kanten op, alsof hij had geprobeerd zich de haren uit het hoofd te trekken.

'Dokter Conradi.' Peter Rosenbaum probeerde zich zichtbaar een houding te geven. Hij rechtte zijn rug.

'Is alles in orde? Gaat het goed met u?'

'Jazeker,' antwoordde hij.

'Ik zag u van een afstand en dacht...' Louis voelde zijn hart in zijn borst tekeergaan. De eerste schrik nam langzaam af.

'Alles is in orde, dokter Conradi. Ik moest gewoon even naar buiten...'

Maar hij zag er niet uit alsof alles in orde was. Zijn blik was somber, zijn mondhoeken hingen omlaag. Hij wekte de indruk uiterst treurig gestemd te zijn.

'Wat is er gebeurd? Er is toch niet een patiënte van ons overleden?' Louis had al gemerkt dat zijn collega, die hem assisteerde op gynaecologie, heel gevoelig was. Als er een patiënte stierf, deed het hem meer dan alle anderen.

'Nee, in dat geval hadden we u wel geroepen. Het is alleen...'

Louis, die er nu van uitging dat het een privékwestie moest betreffen, zei: 'Als u er niet over wilt praten...'

Rosenbaum schudde zijn hoofd en herwon zichtbaar zijn kalmte. 'Ik maak me alleen zorgen om de toekomst. Sinds enige tijd zie ik in ons land dingen gebeuren waardoor ik er niet omheen kan me af te vragen hoe het zou moeten als...' Hij stokte.

Louis keek hem verbaasd aan. 'Spreekt u zich rustig uit.'

'Is het ooit een probleem voor u geweest dat ik Joods ben?' vroeg hij toen.

'Nee, waarom vraagt u dat?'

Rosenbaum verkeerde in tweestrijd. 'Tijdens mijn studie had je bepaalde studentenverenigingen waarvan ik de leden niet tegen het lijf kon lopen zonder het mikpunt van beledigingen te worden. Ik probeerde ze te ontlopen en dacht dat ik van ze af zou zijn als ik eenmaal mijn artsexamen had gehaald...'

Louis knikte begrijpend. Hemzelf waren spot en beledigingen in zijn schooltijd ook niet vreemd geweest. Dat hij 's zaterdags niet op school was – de rector had hem na een gesprek met zijn vader van die plicht ontheven – wekte de ergernis van de andere jongens. Ze vonden algauw een verklaring: hij moest wel een Jood zijn, als hij op zaterdag niet kwam opdagen. Dat werd hem door sommigen naar het hoofd geslingerd, en als hij probeerde uit te leggen hoe het zat, werd het alleen maar erger. En sinds Adolf Hitler met zijn nieuwe partij steeds meer in de openbaarheid trad, was de stemming jegens de Joden in het land merkbaar verslechterd. Maar wat hadden die verhalen uit zijn studietijd ermee te maken dat dr. Rosenbaum zo melancholiek op die parkbank zat?

'Het spijt me, ik kan het niet helemaal volgen,' zei Louis. 'Heeft iemand uit het ziekenhuis u beledigd? Een zuster of broeder mis-schien?'

Rosenbaum keek hem treurig aan en zei toen: 'De man van mevrouw Harmon heeft me afgewezen als behandelaar van zijn vrouw, omdat ik Joods ben.'

# 8

## *Zehlendorf, 16 mei 1930*

'De wachtkamer is leeg, dokter,' meldde Hanna nadat ze door de deur had gekeken. 'Ik denk dat u wel weg kunt.'

Louis knikte en stond op. Al wekenlang keek hij uit naar deze avond. Opgenomen te worden in de Berlijnse Maatschappij voor Geneeskunde was een hele eer en sinds jaar en dag een van zijn doelstellingen. Vandaag zou hij eindelijk worden toegelaten tot het heilige der heiligen!

'Bedankt, Hanna,' zei hij terwijl hij naar de deur liep. 'Als zich iets voordoet...'

'... meld ik me bij dokter Rosenbaum,' maakte ze zijn zin af. 'Die heeft dienst vandaag.'

'Altijd goed op de hoogte, beste Hanna!' Louis verborg het onaangename gevoel dat hem overviel als hij aan zijn gesprek in het park met Rosenbaum terugdacht. Hij had hem natuurlijk zijn steun betuigd, maar toen hij op de afdeling met meneer Harmon gesproken had, had die hem duidelijk gemaakt dat hij zijn vrouw in geen geval door Rosenbaum zou laten behandelen. Dat er onder de bevolking zulke diepe ressentimenten tegen Joden heersten, dat die Waldfriede al bereikten, had hij niet verwacht.

Maar misschien was het allemaal slechts stom toeval geweest, een uitzonderingssituatie...

'Dat moet ik ook wel zijn als uw praktijkassistente.' Hanna's heldere stem haalde hem terug. Ze schonk hem een glimlach en deed de deur open.

Louis haastte zich naar de poort. Een frisse avondbries waaide hem tegemoet toen hij Waldfriede verliet. De automobiel stond al klaar op de rotonde voor de ingang, en op het balkon van het huis van de geneesheer-directeur zag hij de lichte gedaante van zijn vrouw, die naar hem zwaaide. Het gebouw leek met zijn vele erkers, dakkapellen en als een paviljoen vormgegeven balkon eerder een villa. Op de parterre woonde pastor Alfred Behrens met zijn gezin, Louis bewoonde met Catherine de eerste etage.

Oorspronkelijk had ook zijn vriend en collega dr. Meyer er zullen intrekken, maar die had een gunstig aanbod gekregen voor een woning in de stad.

Toen Louis het woonhuis binnenliep hoorde hij kinderen zingen. De Behrensen waren gezegend met twee jongens en drie meisjes, en vooral de eerste tijd had Louis gevreesd dat dit zijn vrouw zou aangrijpen. Nadat in 1918 hun eigen dochtertje dood ter wereld was gekomen, was een tweede zwangerschap haar niet gegeven. Ze hadden het wel geprobeerd, maar hun pogingen waren op niets uitgelopen. Een oorzaak had hij in eerste instantie noch bij haar, noch bij zichzelf gevonden. Inmiddels vermoedde hij dat een infectie haar eierstokken had beschadigd. Hoe het ook zij, het was nu toch te laat voor nakomelingen.

'Waar bleef je nou?' vroeg zijn vrouw, die een lila jurk met hoog aangezette taille droeg. 'We moeten over een uur bij het Langenbeck-Virchow-huis zijn. Het is een heel eind naar de Luisenstrasse!'

'Onze beste Kowalski zal ons er heus wel op tijd naartoe brengen.' Louis deed zijn jasje uit en verdween naar de badkamer. Nadat hij zich gewassen had inspecteerde hij zijn snor, pakte zijn scheermes en verwijderde haastig nog wat stoppels van zijn kin.

Toen hij klaar was trok hij het pak aan dat Catherine voor hem had klaargelegd. Hij had het pas een paar weken geleden van de kleermaker teruggekregen, en toch zat het bij zijn armen en buik behoorlijk wijd.

Catherine heeft gelijk, ik moet meer eten, schoot het door zijn hoofd toen hij het jasje dichtknoopte.

~

Hoge vensters en in frisse tinten geverfde muren gaven de eetzaal een aangename uitstraling. De avondzon scheen door de boomtoppen en tekende lichtvlekjes op de dunne gordijnen. Tot Lilly's verrassing waren bijna alle tafels bezet. Rond dit uur van de dag bereidden sommigen zich voor op een nachtdienst, terwijl anderen na afloop van het werk een hapje aten.

Hiërarchie leek hier niet zo belangrijk – in elk geval niet bij het eten. Artsen, verpleegsters en verplegers zaten bij elkaar en onderhielden levendige conversaties.

Lilly ontdekte haar collega Martha, met wie ze die dag dienst had gehad, aan een tafel bij een van de ramen. 'Pardon, mag ik bij u komen zitten?'

Martha keek een beetje verrast op. 'O, maar natuurlijk.'

Lilly zakte neer op de stoel. 'Zuster Hanna zei dat u...'

'Zeg gerust jij tegen me, we zeggen allemaal jij tegen elkaar,' was Martha's reactie.

'Prima... Martha. Bedankt dat ik bij jou mag wonen.'

'We delen allemaal onze vertrekken,' antwoordde haar kamergenote. 'Leerling-verpleegster Erna ging het huis uit omdat ze getrouwd is. Ze gaat met haar man naar Afrika.'

'Dat klinkt interessant,' zei Lilly terwijl ze naar haar avondeten keek. Aardappelen met kruidensaus en wortelen, met daarbij een creatie die de kokkin als pasteitje had aangeduid. Het rook zo heerlijk dat het water haar in de mond liep.

'Zo gaat dat bij ons.' Martha haalde haar schouders op. 'Als je trouwt, volg je je man.'

Niet onherroepelijk, dacht Lilly, maar ze moest denken aan wat hoofdzuster Elisabeth tegen haar gezegd had en richtte haar aandacht op het eten.

Het pasteitje bestond helemaal uit groente, de saus was romig en heerlijk gekruid en de piepers waren aan de zachte kant maar smaakten niet naar de kelder, wat met aardappelen in deze tijd van het jaar vaak het geval was.

Toen ze haar bord leeggegeten had en zag dat ook Martha haar maaltijd had beëindigd, ondernam Lilly een nieuwe poging om met haar in gesprek te komen.

'Werk je al lang met professor Kirsch?'

'Sinds hij hier is,' antwoordde Martha bondig. Het viel Lilly op dat de anderen aan de tafel levendig met elkaar in gesprek waren, maar niemand leek op het idee te komen Martha erbij te betrekken.

'Wanneer was dat?' Lilly onderdrukte een zucht. Het viel niet mee om informatie uit mensen te trekken.

'In 1928, denk ik.'

'En... ben je altijd al kinderverpleegster geweest?'

'Ik ben op interne begonnen.' Martha stond plotseling op. 'Ik moet nog even weg. Eet rustig door, over een half uur zien we elkaar bij de trap.'

'Goed,' zei Lilly en ze vroeg zich af of Martha haar misschien niet sympathiek vond. Toen bedacht ze hoe het haar was vergaan toen haar hospita nieuwsgierige vragen stelde.

Misschien was Martha verlegen en moest ze haar de tijd geven.

~

Geklop van talloze knokkels op tafels weerklonk door de aula van het Langenbeck-Virchow-huis.

De toetredingsceremonie was voorbij en nu was Louis erop gespitst in gesprek te komen met al die collega's over wie hij tot nog toe alleen had gehoord. Paul Lazarus bijvoorbeeld, wiens publicaties over stralingstherapie hij erg waardeerde, of Arthur Waldemar Meyer, een coryfee op het gebied van hersentumoren en plastische chirurgie. De gynaecoloog Robert Meyer had hij al eens bij een voordracht over vrouwengeneeskunde meegemaakt.

Zoekend liet hij zijn blik door de zaal met bruine tafels gaan, over de rijen stoelen en de plaquettes met antieke scènes tot aan de uitgang. Daarbij vergat hij bijna dat zijn vrouw naast hem zat.

'Dat was een mooie toespraak van de voorzitter, vind je niet?' zei ze, waarmee ze hem aan haar aanwezigheid herinnerde.

'Een heel mooie toespraak,' beaamde hij.

Catherine keek hem onderzoekend aan, toen zei ze: 'Je zou het liefst eropuit gaan en iedereen de hand schudden, is het niet?'

'Ik kan jou toch niet zomaar laten zitten.'

'Waarom niet? Zoals je ziet heeft de Maatschappij voor Geneeskunde nu ook vrouwelijke leden.' Ze wees naar kinderarts Lucie Adelsberger, die bij de uitgang met een collega in gesprek was. 'En ik denk niet dat ik door een van de heren zal worden lastiggevallen.'

'Toch zou het onfatsoenlijk zijn. Bovendien wordt het buffet zo geopend.' Hij stond op en bood Catherine zijn arm. 'Daarna zal ik nog genoeg tijd hebben voor gesprekken.'

Ze verlieten de aula en liepen de foyer door. Voor een muurschildering met belangrijke artsen uit de geschiedenis bleven ze even staan. Louis herkende de oude Rudolf Virchow, en verder stafarts Von Behring.

'Jij bent dus degene van dat ziekenhuisje bij het Grunewald,' zei iemand tegen hem. Toen Louis zich omdraaide zag hij een man met een kaal hoofd, een baard en een ronde bril. Deze nam Louis waakzaam op, een lichte schalksheid twinkelde in zijn ogen. Nog voordat hij zich aan hem voorstelde wist Louis welke grote chirurg hij voor zich had. Onlangs had hij hem nog in een vakblad voor chirurgie zien staan.

Louis stelde zich aan hem voor. 'Louis Conradi.'

'Aangenaam, Conradi,' zei degene die hem had aangesproken en hij reikte hem de hand. 'Sauerbruch. Ferdinand Sauerbruch.'

'Met genoegen,' stamelde Conradi. Dat de baas van de chirurgische kliniek van het Charité zo... zo vrijmoedig was had hij niet verwacht. Toch voelde hij zich vereerd dat deze hem zomaar had aangesproken.

'En ik neem aan dat dat je vrouw is?'

'Ja, dat is mijn echtgenote.'

'Catherine Conradi,' zei ze en ze stak hem haar hand toe. Sauerbruch boog verrassend galant en gaf haar een handkus.

'Hebben jullie er bezwaar tegen als ik jullie vergezel?'

Louis keek naar Catherine. Hij constateerde haar verwondering, maar het zou onbeleefd zijn geweest de professor af te wijzen. Bovendien: het was Ferdinand Sauerbruch!

'Je ziekenhuis is echt mooi. Klein maar fijn,' merkte Sauerbruch op. 'Het heet Waldfriede, nietwaar? Heel toepasselijk.'

Nu Waldfriede de afgelopen maanden zo was gegroeid, zou Louis het niet meer als klein hebben aangeduid. Vergeleken met het Charité was het natuurlijk minuscuul. Maar welk ziekenhuis in Berlijn was dat niet als je dat als maatstaf nam?

'Af en toe rijd ik om de Krumme Lanke en de Schlachtensee heen, dan werp ik er een blik op,' verklaarde Sauerbruch. 'In die omgeving zou ik graag een huis hebben, maar voorlopig zal ik met Wannsee genoegen moeten nemen.'

Alsof Wannsee zo onverdraaglijk was, dacht Louis een beetje spottend. Als hij daar op zaterdag was en met Catherine langs het meer wandelde, bewonderde hij altijd de fraaie villa's en vroeg hij zich af of hij daar op zekere dag ook een stuk grond zou bezitten.

'Bij wie heb je gestudeerd, Conradi?' vroeg Sauerbruch onverbloemd.

'Bij professor Grisson in Hamburg,' antwoordde Louis. 'En bij enkele chirurgen in Zwitserland.'

'Grisson is een geweldige man! Ik heb hem een paar keer ontmoet. Hij lijkt zich niet van zijn kliniek in Hamburg los te willen maken.'

Louis had al een tijdje geen contact meer met zijn oude afdelingshoofd. 'Hamburg is een fijne stad,' zei hij. 'Heel open.'

'Ja, dat is zo!' brulde Sauerbruch, toen keek hij hem weer aan. 'Maar eerlijk gezegd bevalt Berlijn me beter. Zo veel mogelijkheden! Misschien kun je eens met je vrouw bij me langskomen. In Wannsee natuurlijk, niet in het Charité. Als ik omkom in het werk ben ik niet erg sociaal.'

Naar Louis' smaak was professor Sauerbruch bijna al te sociaal. Maar hij knikte en antwoordde: 'Dat zou voor ons een genoegen zijn. En misschien voelt u ervoor ons bescheiden ziekenhuis met een bezoek te vereren.'

'O, dat zal ik zeker doen.' Sauerbruch klopte hem goedmoedig op zijn schouder, maakte een korte buiging voor Catherine en liep weg.

Louis keek hem stomverbaasd na.

'Wat was dat nou?' vroeg Catherine verontwaardigd. 'Hoe komt hij erbij tegen ons te jijen en te jouen alsof we oude schoolkameraden zijn?'

'Dat is de geneesheer-directeur van de chirurgische kliniek van het Charité. De grote Sauerbruch!'

'En een onbeschaamde vlerk zo te zien, handkus of niet.'

Louis wilde daar iets op zeggen, maar toen zag hij Carl von Eicken, dankzij wiens voorspraak hij in de Maatschappij was opgenomen.

'Ah, Conradi, daar bent u!'

Louis schudde zijn verbazing over Sauerbruch van zich af.

'Blijkbaar hebt u ook al kennisgemaakt met onze professor Sauerbruch.' Von Eicken wees met zijn kin over Louis' schouder. Sauerbruch had al zijn volgende slachtoffer gevonden en klopte deze op zijn schouder.

'Nou en of!' antwoordde Catherine, en ze beet op haar lip.

'Ja, het is een apart type, onze Sauerbruch. Ik hoop dat u er niet al te zeer van geschrokken bent dat hij Jan en alleman tutoyeert. Dat is zo zijn gewoonte, en vanwege zijn reputatie zal niemand proberen daar een einde aan te maken. Maar zijn lezingen zijn indrukwekkend, die moet u gehoord hebben!' Hij wierp Louis een opmonterende blik toe. 'Waarom bespreken we dat niet bij een lekker hapje? Het buffet wordt zo meteen geopend.'

Louis wierp nog een blik op Sauerbruch, die zich geanimeerd met andere gasten onderhield, daarna volgden ze zijn collega naar de eetzaal.

~

Nadat ze elkaar bij de trap hadden ontmoet, bracht Martha Lilly naar de zolderetage. Al van buitenaf had Lilly de vooruitstekende dakkapellen gezien waarachter de kamers zich bevonden. Haar collega had er een in het midden van de gang.

Toen ze binnenkwam merkte ze het eerst op hoe spartaans het vertrek was ingericht. Martha leek niet veel om opsmuk te geven.

Op het eerste gezicht zag Lilly niet eens welk bed voor haar bedoeld moest zijn. Maar vanuit het raam had je een prachtig uitzicht over het park en de verdere omgeving.

'Het bed aan de linkerkant is van jou,' zei Martha terwijl ze naar de kast liep. 'Beddengoed haal je normaal gesproken in de linnenkamer, maar ik heb hier nog wat.'

Ze maakte de kast open, waarin slechts drie jurken hingen: een donkerblauwe, een bruine en een crèmekleurige met een klein kraagje.

'Bedankt,' zei Lilly toen Martha haar het stapeltje beddengoed overhandigde.

Het metalen onderstel van de bedden was in een lichte crèmetint geverfd, de matras leek wat versleten maar was schoon. Lilly borg haar spullen op in haar kant van de kast, deed de overtrek om het dekbed en stopte het kussen in de sloop.

Net als in de eetzaal was Martha niet bijzonder spraakzaam. Ze maakte haar avondtoilet en pakte daarna haar bijbel.

Toen Lilly klaar was, glipte ze achter het kamerscherm en verruilde haar verpleegstersjurk voor een nachthemd. Daarna kroop ze onder het dekbed.

Martha keek haar verbaasd en een beetje bestraffend aan. 'Moet je niet bidden?'

Lilly voelde dat ze warm werd. Ze was helemaal vergeten dat ze in een christelijke instelling werkte.

'Ach ja, natuurlijk,' zei Lilly en ze knielde voor het bed neer en vouwde haar handen. Toen ze nog een kind was had haar moeder erop toegezien dat ze een avondgebed deed. Maar dat gebruik was verloren gegaan toen ze groter werd.

Bidden deed ze ook nu niet. In plaats daarvan probeerde ze de gebeurtenissen van die dag na te lopen. Professor Kirsch had haar weer bedden laten duwen, vervolgens moest ze hem met de kleine Alfred helpen. De zandzakken schenen haar nog steeds barbaars toe, maar, zoals de professor opmerkte, ze leken te helpen.

Toen ze weer onder het dekbed kroop hoorde ze Martha's stem van de andere kant van de kamer. 'Het spijt me, ik ben niet gewend veel te praten.'

‘Het is wel goed,’ zei Lilly. ‘Stilte kan ook fijn zijn.’ In het halfduister had ze maar een vaag vermoeden van Martha’s uiterlijk. Glimlachte ze?

‘Ik ben afkomstig van Friedensau,’ zei Martha toen. ‘Dat ligt in de buurt van Magdeburg en is in 1899 door onze gemeenschap gesticht. Het bestaat uit een groot opleidingscentrum en een sanatorium. Vrijwel alle zusters die hier werken behoren tot de gemeenschap van Friedensau.’

‘Daar ben ik nog nooit geweest.’ Lilly was een beetje verrast dat Martha nu toch uit was op een gesprek. ‘Maar ik weet waar het ligt.’ Ze aarzelde even toen ze besefte dat het nu háár beurt was.

‘Ik kom uit Potsdam,’ zei ze uiteindelijk.

‘Daar zijn we ooit tijdens een uitstapje geweest,’ antwoordde Martha. ‘Slot Sanssouci is prachtig.’

‘Inderdaad. We zijn vaak in het park daar geweest, mijn familie en ik. Mijn vader beweerde dat hij de keizer er nog over de paden heeft zien flaneren.’

Lilly stokte. Bij het noemen van haar vader verkrampte haar maag.

‘Mijn vader vindt het goddeloos, met al die pracht en praal,’ antwoordde Martha. ‘Maar ik luister niet naar hem.’ Lilly kon de glimlach die ze opzette als het ware zien. ‘In elk geval mogen we blij zijn dat de keizer weg is. Hij heeft ons met de oorlog veel leed berokkend.’

Was Martha een socialiste? Lilly moest grijnzen. Dat zou haar vader helemaal niet zijn bevallen.

‘Mag ik vragen hoe oud je bent?’ vroeg Lilly.

‘Achtentwintig,’ antwoordde Martha.

‘Ik ben twintig,’ zei ze. ‘Van de zomer word ik eenentwintig.’

‘En je ouders hebben je toestemming gegeven om van baan te veranderen?’

Het interesseert ze niet wat ik doe, had Lilly er bijna uitgeflapt. ‘Jazeker,’ huichelde ze, blij dat Martha haar in het donker niet kon zien.

Plotseling besefte ze waarom Martha ineens zo spraakzaam was. Ze voelde zich zelfverzekerder als je haar niet kon aankijken.

Lilly moest eraan denken dat haar tanden haar het eerst waren opgevallen. Bevrijd van de druk die te moeten verbergen durfde Martha haar mond makkelijker open te doen.

Lilly wenste haar goedenacht en besloot haar te mogen.

# 9

*Berlijn, 6 juni 1930*

Vrijdagmiddag onweerde het. Er trokken grijze wolken langs de hemel, waardoor het donker was in de wachtruimte met de rode lambrisering voor de kamer waar het examen zou worden afgenomen. Hanna snoof de geur van hout, boenwas en papier op.

Op dit moment voelde ze zich niet de verpleegster die al meer dan vijftien levensjaren diensten draaide in het ziekenhuis. Ze voelde zich zoals destijds in Friedensau, toen ze haar verpleegstersexamen moest afleggen. Alleen zat ditmaal niet dr. Meyer in de examencommissie.

Waar ben ik eigenlijk bang voor? vroeg Hanna zich af. Ik werk dagelijks met het röntgenapparaat. Zo nu en dan moest ze het zelfs repareren. En toch bleef ze die onrust voelen. Stel dat ze haar baan zou kwijtraken door dit onzinnige examen?

Ze herinnerde zich nog goed dat dr. Conradi naar sanatorium Friedensau was gekomen om haar een baan als röntgenverpleegster in Waldfriede aan te bieden. Het was haar redding geweest nadat haar verloofde was gestorven aan zijn oorlogsverwondingen en het haar bijna onmogelijk was geworden door te werken als verpleegster vanwege haar doorgemaakte trauma.

Ze hoorde een mannenstem. 'Mejuffrouw Richter?'

Hanna stond op, streek over de rok van haar verpleegstersuniform en voelde of de broche bij haar kraagje goed zat. Toen liep ze naar de man bij de deur. In overeenstemming met de gelegenheid droeg hij een donker pak en hij stapte beleefd opzij om haar binnen te laten.

De examencommissie bestond uit drie personen. Professor Leder zat in het midden en werd geflankeerd door twee andere heren.

'Goedendag, juffrouw Richter,' begon Leder, waarna hij zijn twee gecommitteerden voorstelde. Dr. Heinrich, een slanke blonde man met een nikkelen bril op zijn neus, kwam van het röntgeninstituut in het Virchow-ziekenhuis. Lothar Hohenfeld van de regionale Inspectie voor de volksgezondheid had een grijzende sik en diepe inhammen bij zijn voorhoofd. Hij had een wat harde trek om zijn mond.

'U bent Hanna Richter, geboren op 10 juli 1895 in Magdeburg,' begon professor Leder.

'Ja, dat klopt.'

'En u werkt in ziekenhuis Waldfriede.'

'Jazeker, als röntgenverpleegster en spreekuurassistente van onze geneesheer-directeur, dokter Conradi. Bovendien geef ik les in het vak röntgen aan onze verpleegstersopleiding.'

'Aha, een collega! Daar hebt u tot nog toe niets van gezegd!'

Hanna glimlachte en dacht: u hebt er ook niet naar gevraagd.

'Tot welke gezindte behoort u?' vroeg Hohenfeld opeens. 'Omdat u de afspraak wilde verzetten, nam ik aan dat u orthodox joods was, maar dat bent u klaarblijkelijk niet.'

Hanna had hem het liefst gevraagd waar hij dat aan dacht te zien en wat haar geloof bij dit examen ter zake deed. Maar ze bedwong haar verontwaardiging en antwoordde zo kalm mogelijk: 'Ik ben zevendedagsadventist.'

Hohenfeld keek haar aan alsof hij haar niet goed had begrepen. Maar professor Leder knikte begrijpend.

'Waldfriede is een adventistisch ziekenhuis, nietwaar?' vroeg hij, waarop Hanna knikte.

'Ja, dat klopt.'

'En hoe moet ik uw geloof zien?' vroeg Hohenfeld. 'Is het een splintergroepering van het jodendom?'

'Nee, we zijn christenen.' Hanna voelde haar maag samenballen.

Ze was hier toch zeker niet om over haar geloof te praten, maar om haar kennis van de röntgentechniek te bewijzen. Wilde hij haar met zijn vragen in de war brengen, misschien wraak nemen voor het verzetten van het examen? 'We rekenen onszelf tot de evangelische gezindten. We vieren de sabbat, maar geloven in de Heilige Schrift. We kennen geen hel, maar geloven in de opstanding der rechtvaardigen door Jezus Christus.'

'Uw Kerk is in Amerika gesticht, nietwaar?' Leder schonk zijn buurman aan tafel een bestraffende blik. 'Ik heb gehoord dat er bij u veel gelovigen als zendeling naar Afrika gaan.'

'Dat is juist, meneer de voorzitter,' antwoordde Hanna en ze voegde eraan toe: 'Ik ben een zuster van Friedensau. Waar ik ben opgeleid is nu ook een zendingsschool.'

Een korte blik op Hohenfeld maakte haar duidelijk dat ze er goed aan had gedaan dit te zeggen. Zijn gelaatstrekken werden wat milder.

'Zo, ik denk dat we zuster Hanna nu de vragen moeten stellen waarvoor ze eigenlijk is gekomen,' merkte Leder op.

Dank u, professor, dacht Hanna. Ze stak haar kin omhoog en zei: 'Graag, ik ben er klaar voor!'

~

'Zuster Lilly, ik heb een verzoek aan u,' zei professor Kirsch vlak voor het einde van de dienst tegen haar, toen hij zijn gebruikelijke ronde maakte over de kinderafdeling.

'Ja, professor?' antwoordde ze en ze rechtte haar rug.

'Morgenmiddag krijgen we een nieuwe patiënte, een vierjarig meisje. Vanwege de sabbat zal ik pas 's avonds langs kunnen komen; zou u haar willen ontvangen en het voor haar en haar ouders zo comfortabel mogelijk willen maken?'

Lilly keek haar baas verbaasd aan. Daar was toch geen expliciet verzoek voor nodig! 'Natuurlijk, professor.'

Kirsch ging verder: 'Zou u ook zondag met mij samen kunnen werken? We moeten het lichaam van de kleine meid fixeren en daarvoor heb ik iemand nodig die er is voor het meisje, maar ook voor haar moeder. U als verpleegster schrok al van mijn methode en daarom kunt u zich misschien voorstellen hoe het haar moeder zal vergaan als ze ziet dat we haar dochtertje van haar vrijheid willen beroven.'

'Vanzelfsprekend,' zei Lilly. 'Dat is geen probleem.'

Kirsch glimlachte, voor het eerst sinds ze met hem was gaan samenwerken. 'Dank u. Ik zal zorgen dat u ter compensatie een andere dag vrij krijgt.'

Lilly knikte en trok zich terug. Het maakte haar niet uit om op zondag te werken, ze had immers geen plannen. Maar er was wel iets wat ze tevoren nog moest regelen.

~

Nog tijdens het lopen trok Hanna haar jas uit en legde hem over haar arm. Enerzijds haastte ze zich omdat ze niet kon wachten om dr. Conradi over het verloop van het examen te vertellen, anderzijds had ze een slecht geweten omdat de hele onderneming langer had geduurd dan verwacht.

Nu was het al bijna avond en dr. Conradi vroeg zich vast af waar ze bleef.

De aanblik van de lege wachtruimte stelde haar enigszins gerust. Het was in elk geval niet druk meer. Toen ze binnenkwam, zag ze de geneesheer-directeur aan zijn bureau zitten.

'Zuster Hanna, wat fijn dat u er weer bent!' riep hij uit. 'Hoe is het examen verlopen?'

'Uitstekend!' Trots liet Hanna haar diploma zien, dat haar samen met nog een paar attesten was uitgereikt.

'Ik had niet anders verwacht,' zei dr. Conradi. 'Eigenlijk was het examen onzinnig.'

'Nou, strikt genomen was het ook best grappig,' antwoordde Hanna. 'Een van de gecommitteerden legde een vurige belangstelling voor mijn geloof aan de dag en de andere, dr. Heinrich van het röntgeninstituut, wilde me bij u wegkapen. Ik heb hem verteld dat u en dokter Meyer daar niet erg enthousiast over zouden zijn.' Hanna schoot in de lach bij de herinnering aan die scène.

'Zeker niet, nee,' antwoordde Conradi. 'Maar wat was dat van die ander met uw geloof?'

Hanna rolde met haar ogen. 'Hij dacht dat ik joods was en ik moest hem uitleggen dat wij christenen zijn.'

'En nam hij genoegen met die uitleg?'

Hanna keek hem verbaasd aan. 'Waarom zou hij dat niet doen?'

Conradi's gezicht betrok. 'Er zijn nu tien jaren verstreken sinds Wiedemann ons het ziekenhuis wilde betwisten.'

'Ik weet het,' zei Hanna. 'En sindsdien heeft hij het niet meer geprobeerd.'

'Ook híj heeft me destijds gevraagd of het bij onze geloofsgemeenschap om een afsplitsing van het jodendom gaat. Zoals u weet is de situatie in ons land veranderd. Inmiddels merk ik dat er min of meer openlijk geuite Jodenhaat voorkomt, ook onder onze patiënten.'

Hanna trok verbaasd haar wenkbrauwen op. 'Onder onze patiënten? Wie...'

'Dokter Rosenbaum. De man van een patiënte heeft gezegd dat hij niet wil dat een Jood zijn vrouw behandelt.'

'Maar... dat is toch absurd! Dokter Rosenbaum is een goede arts. Hoe komt die man daar nu bij?' Hanna schudde haar hoofd.

Conradi keek haar recht aan. 'Niemand weet tot welke excessen het in deze krankzinnige tijd nog komt. En wanneer de volgende aanval op ons zal plaatsvinden.' Hij zweeg even. 'Zeg het me alstublieft als iemand nog eens naar uw geloof vraagt. Zowel patiënten als ambtelijke personen. Dan zal ik ze aanspreken en proberen hun die foute meningen uit het hoofd te praten.'

Na zijn woorden werd er geklopt en voordat hij kon antwoorden werd de deur al opengegooid.

'Dokter Conradi, komt u vlug naar de spoedeisende hulp,' zei zuster Grete hijgend. 'Er zijn een vrouw en een klein meisje binnengebracht. Een auto-ongeluk!'

De hoofdstraat en de trottoirs in de binnenstad van Zehlendorf krioelden van de mensen die voor sluitingstijd hun laatste boodschappen wilden doen. Ook op het postkantoor stond nog een lange rij voor de loketten.

Gelukkig hoefde ze daar niet aan te sluiten. Vlak na haar aankomst op Waldfriede had ze een postbus gehuurd, waar ze eens in de week langsging. Natuurlijk mocht je privépost naar het ziekenhuis laten sturen, maar Lilly had goede redenen om haar brieven hier te laten bezorgen. Er was maar één persoon die haar zou schrijven.

Eigenlijk hield ze er geen rekening mee, maar ze wist uit ervaring dat onaangename brieven nogal eens kwamen als je ze het minst verwachtte. Het was beter om te gaan kijken voordat er een compromitterende situatie ontstond.

Toen ze haar postbus had opengemaakt, kromp ze even ineen. Er lag een ansichtkaart in. Op de voorkant stond de afbeelding van een rij huizen onder bäderarchitectuur. Lilly kreeg er warme en koude rillingen van. Ze bleef even naar de afbeelding kijken. Haar maag verkrampte en ze stopte de kaart in haar tas, zonder aandacht te schenken aan de tekst op de achterkant. Daar zou ze later wel naar kijken.

Toen ze zich omdraaide om weg te gaan, botste ze tegen iemand op.

'Pardon, ik...' Ze stokte toen ze de professor herkende. Kirsch droeg een donkere jas en een hoed. Hij had een in bruin pakpapier gewikkeld pakketje in zijn hand.

'Zuster Lilly,' zei hij verrast. 'Wat doet ú hier?'

'Ik...' Lilly voelde dat ze bloosde. 'Ik moest iets regelen.'

Kirsch knikte en leek niet goed te weten wat hij moest zeggen. 'Nu, dan ga ik maar...'

'Een fijne avond, professor.'

Ze zag nog dat hij achter in de rij ging staan en liep toen naar de uitgang.

~

Terwijl Louis in de wasruimte zijn handen inzeepte met zijn blik gericht op de klok, waarvan de wijzers juist naar kwart over zes schoven, recapituleerde hij kort wat hij op de spoedeisende hulp had gehoord.

Rosalind Treskow, drieëndertig jaar, en haar dochtertje Rieke, vier jaar. Volgens de politieagent die de twee gewonden begeleidde, was de vrouw met haar fiets vanuit de Alsenstrasse de hoek omgegaan naar de Potsdamer Chaussee en was ze daarbij door een vrachtwagen geschept.

Terwijl de moeder het trottoir op werd geslingerd, kwam haar kind, dat op de bagagedrager zat, onder de auto terecht en werd op heuphoogte overreden. Als door een wonder had ze dit, weliswaar zwaargewond, overleefd. De moeder had een gecompliceerde breuk aan haar rechterbeen. Hoewel haar toestand veel minder ernstig was dan die van haar dochtertje, besloot Louis haar te opereren.

In hun operatiekamer konden inmiddels twee chirurgen tegelijk werken en Louis was daar vooral bij zulke spoedgevallen erg blij om. Met dr. Lexow had hij een uitstekende jonge chirurg weten binnen te halen, aan wie hij de moeder kon toevertrouwen. Hijzelf zou proberen het kind te redden.

Toen hij klaar was met scrubben liet hij zich door zuster Hanna in zijn operatiejas helpen. Zij zou zuster Maria helpen bij het aanreiken van de instrumenten terwijl zuster Grete hem samen met dr. Schmid zou assisteren.

Toen hij de operatiekamer binnenkwam, heerste er een gespannen bedrijvigheid. 'Hanna, ik heb de röntgenfoto nodig,' riep Louis.

'Staat al op het scherm,' antwoordde ze, nadat ze de opname voor de lichtbak had gehangen.

Louis bekeek de foto. Het meisje had meerdere bekkenfracturen. Vlak bij de darm en de blaas zag hij een paar botsplinters van verschillend formaat. Die moesten direct worden verwijderd! Bovendien leken er enkele vaten te zijn gescheurd, wat te zien was aan de opeenhopingen van bloed.

Toen Louis zich omdraaide, zag hij dat dr. Lexow al aan de operatietafel stond en zijn assistent instrueerde.

Misschien moet ik hem meer verantwoordelijkheid geven, dacht Louis. Hij kan wellicht een deel van mijn operatieprogramma overnemen.

In stilzwijgende overeenstemming ging ook Louis naar zijn patiënte en liet zich het scalpel aanreiken.

# 10

'Opzij, Joods varken!'

Lilly was nog niet ver gekomen toen de mannenstemmen haar tot staan brachten. Geschrokken en ook een beetje nieuwsgierig draaide ze zich om naar het halfopen raam van het postkantoor. Het volgende ogenblik zag ze hoe een jonge man professor Kirsch opzij sleurde en uit de wachtrij duwde. Net als zijn twee maten droeg de knaap een bruin hemd en een zwarte rijbroek.

Kirsch viel uit tegen de knul. 'Hoor eens, hoe durf je! Ik ben in de rij gaan staan zoals het hoort!'

'Let maar eens op, voor jullie zal binnenkort niets meer zijn zoals het hoort, vuile landverrader!' brulde de man.

Lilly werd door angst bevangen. De scène had zo'n dreigend effect op haar dat ze niet verder durfde te gaan. Die bruinhemden, leden van de zogenaamde Sturmabteilung van de NSDAP, maakten al een tijdje deel uit van het stadsbeeld. Ook in de buurt van het Charité had Lilly ze gezien. Haar collega's hadden haar altijd vlug mee naar de overkant van de straat getrokken als ze hen bij het boodschappen doen tegenkwamen.

Het gerucht ging dat ze soms mensen lastigvielen, zelfs slaags met ze raakten als ze op tegenstand stuitten.

Die gedachte schoot Lilly als een bliksemflits door het hoofd. Stel dat ze de professor iets aandeden? Ze wierp een blik op de andere klanten, maar niemand maakte aanstalten de arts te hulp te komen.

De drie knapen bleven Kirsch uitschelden en beledigen, tot een loketbeambte het woord nam.

'Hé, jullie drieën, doe maar niet zo stoer! Ga in de rij staan en laat die meneer met rust. Als jullie je niet gedragen, roep ik de bewaker!'

Nu iemand iets gezegd had ontstond er onrust in de rij. Sommige mensen leken nog steeds nadrukkelijk onverschillig, andere bromden iets wat Lilly niet verstond.

'Ach, hou toch je waffel daar vooraan, Jodenvriend,' bulderde een van de bruinhemden, waarop een man hem een por gaf.

'Dat is een ambtenaar van de Duitse posterijen, weet je niet hoe het hoort, jongen?'

Nu werd ook hij met scheldwoorden belaagd, en de stemmen werden steeds luider. Kirsch verweerde zich, eiste met rust gelaten te worden. Vielen ze hem nu opnieuw aan? Lilly bleef niet kijken, maar er ging een schok door haar heen. Ze ging weg bij het raam en liep naar de deur. Haar hart ging als een razende tekeer, en ze kon aan niets anders denken dan dat professor Kirsch in geen geval gewond mocht raken. Hoe moest het dan met de patiënte die morgen zou komen? Misschien lukte het haar hem daar weg te krijgen voor de bruinhemden hem in elkaar sloegen.

Ze was nog maar net bij de deur toen de arts tegen haar op stormde. Haastig trok hij zijn mantel recht, het pakje had hij nog onder zijn arm.

'Daar gaat hij, die laffe Jood!' klonk er achter hem.

Lilly stak haar arm omhoog om de zijne vast te pakken, maar hij liep langs haar heen zonder haar op te merken.

Angstig keek Lilly naar de deur, maar de bruinhemden vertoonden zich niet.

'Professor!' riep ze en ze liep achter hem aan. 'Is alles in orde met u?'

Kirsch verstarde in zijn beweging en draaide zich abrupt om. Toen zijn blik haar trof, deinsde Lilly achteruit. Zulke woede had ze lang niet op het gezicht van een man gezien. Even later leek hij haar te herkennen.

'Wat doet u hier nog?' vroeg hij.

Lilly wrong hulpeloos haar handen. 'Niets, ik... Ik heb gezien hoe die mannen...'

Kirsch' ogen leken ineens zo zwart als teer. 'Ga terug naar het ziekenhuis, zuster! Dit is uw zaak niet.'

'Maar... U wilde toch een pakje afgeven... Zal ik...?'

'Ga weg!' viel Kirsch tegen haar uit, waarop Lilly verschrikt terugdeinsde. Met een nijdige beweging draaide hij zich om en hij verwijderde zich met lange passen van het postkantoor.

~

Geconcentreerd bekeek Louis het operatiegebied van zijn kleine patiënte. De wereld om hem heen verdween, alleen het gekletter van de instrumenten, het licht, de bewegingen van zijn handen bestonden nog. Af en toe gaf hij een aanwijzing of stelde hij een vraag, verder was het stil. Zoals hij het een paar jaar geleden in Amerika had meegemaakt, toen hij daar meeliep met dr. Cushing, liet hij ook bij hem in de ok de vitale functies van de patiënten regelmatig controleren. Zuster Christa lette op polsslag en ademhaling en noemde de waarden zodra er iets veranderde.

Voorzichtig onderzocht hij het vernietigde weefsel, hij verwijderde botsplinters en klemde hier en daar een bloedvat af.

'Deppen,' instrueerde hij operatiezuster Grete, terwijl dr. Schmid naast hem de wondhaken bijstelde. Een leerling-verpleegster wiste het zweet van zijn voorhoofd.

Zuster Grete deed wat haar was opgedragen, waarna hij weer verder kon. De inwendige verwondingen bleven voor zover hij kon zien binnen de perken. Maar de door de fracturen veroorzaakte botsplinters waren diep in het weefsel doorgedrongen. Hij moest ze allemaal vinden om niet het risico te lopen dat er sepsis ontstond.

Voorzichtig controleerde hij de darmen en de uterus, daarna klemde hij opnieuw vaten af. Toen zag hij de volgende splinter. Die had de blaas maar net gemist.

'Tang,' zei hij. Zuster Maria gaf hem die aan. Nadat Grete weer had gedept, pakte hij de splinter voorzichtig vast met de tang. Als hij het op de röntgenfoto goed had gezien, was dit de op een na laatste. Er moest er nog eentje wat dieper zitten, in de lies. Het zou beter zijn als hij daar zekerheid over had.

'Dokter Schmid, wilt u afklemmen? Ik moet de röntgenfoto nog eens bekijken.'

Terwijl hij zich omdraaide naar het lichtscherm waarop de foto hing, wierp hij een blik op de andere kant van de ruimte, waar dr. Lexow bezig was de botten van het rechteronderbeen met krammen en een plaatje te fixeren. De vrouw had een gecompliceerde breuk opgelopen en zou een tijd in het gips moeten. Morgen zou hij Lexow daar nadere instructies voor geven.

'Dokter!' riep zuster Christa, die de vitale functies controleerde, plotseling verschrikt. 'De bloeddruk van het meisje daalt!'

Louis onderdrukte een vloek. Hij keek naar de buikslagader van het dochtertje, maar de klem daar deed zijn werk. Wat kon dan de oorzaak zijn?

Hij droeg zijn assistent, dr. Schmid, op het meisje een stabiliserend middel te geven. Zijn hart, dat normaal gesproken bij operaties heel rustig sloeg omdat hij zeker was van wat hij deed, begon als een razende tekeer te gaan.

Het medicijn had geen effect. 'Ze ontglipt ons!' hoorde hij dr. Schmid roepen. Een ogenblik later gaf het hart van het meisje het op.

Vlug klemde Louis vrijliggende vaten af, toen ging hij achter het kind staan. Terwijl hij, zoals de reanimatie van Silvester het voorschreef, haar armen gekruist op de borst drukte en ze aansluitend naar achteren trok, vroeg hij telkens weer naar polsslag en ademhaling.

Christa schudde verslagen haar hoofd, maar hij zette zijn inspanningen voort. Na een tijdje merkte hij het. Het meisje was bezig te sterven, en daar kon hij niets tegen doen.

Tien minuten later moest hij zijn pogingen staken. Rond de operatietafel heerste stilte, zijn assistent boog bedrukt het hoofd. De ogen van zuster Grete vulden zich met tranen.

Louis keek naar de klok boven de deur van de operatiekamer. 'Tijdstip van overlijden twintig uur achtendertig,' zei hij toen met monotone stem.

Een uur later herinnerde niets meer aan de tragische gebeurtenis in de ok. De verpleegsters hadden het bloed opgeruimd, de instrumenten weggehaald, de ok-tafels schoongemaakt. Louis ging ernaast staan en raakte het koude metaal aan.

De moeder had de ingreep overleefd. Dankzij dr. Lexow zou ze de komende dagen misschien al de eerste pogingen doen om weer te gaan lopen.

Hoe ze het bericht over de dood van haar kind zou opnemen, kon Louis zich voorstellen. Hij wist nog goed hoe het hem was vergaan toen hij zijn doodgeboren dochtertje zag.

Hij liet zijn blik gaan over de groene tegels, over het glanzende staal van de tafels, lampen en schalen op de ok-wagens.

Zo vaak verliepen ingrepen zonder complicaties, zo vaak was het hem gelukt levens te redden. Maar als het misging, zoals deze keer, bleef het schuldgevoel hem langer bij dan de vreugde over het slagen. Hoe ouder hij werd, hoe langer de beelden bleven hangen, gezichten die nooit meer zouden lachen. Die voor hun familie voor altijd verloren waren.

Hij kende collega's die dat verdriet met alcohol bestreden. Sommige namen opium. Zelf ontzegde hij zich zulke verdovende middelen omdat zijn geloof het verbood. Maar op dit soort momenten vroeg hij zich af of hij zo langzamerhand niet te oud voor dit werk werd. Sinds enige tijd werd hij geteisterd door uitputting, die elke dag leek toe te nemen.

Voetstappen haalden hem uit zijn gedachten. 'Dokter Conradi?'

Dr. Lexow bleef in de deuropening staan. 'Het lichaam van het meisje bevindt zich in de obductiekamer,' gaf hij te kennen. 'Wilt u dat ik de sectie op me neem?'

Louis knikte. 'Ik zal assisteren,' zei hij en daar voegde hij na een korte pauze aan toe: 'Ik moet weten wat de oorzaak was.'

# 11

*Zehlendorf, 7 juni 1930*

Het meisje had blonde krulletjes en stralend blauwe ogen. Ze zag bleek en met gefronst voorhoofd hield ze haar knuffelbeer tegen haar wang gedrukt. Het viel Lilly op dat ze verzwakt leek en blijkbaar niet in staat was zelfstandig te lopen.

'Ilse is straks voor het eerst alleen van huis,' zei haar moeder en ze streek haar dochtertje, dat ze op schoot had, liefdevol over haar krullenbol.

'Maakt u zich geen zorgen, professor Kirsch is een specialist op dit gebied,' zei Lilly in een poging haar gerust te stellen. 'Uw dochtertje is bij ons in zeer goede handen.'

'Waar is de professor eigenlijk?' vroeg de moeder, Renate Gebhard. Voor zover Lilly wist, kwam ze uit Oldenburg en was ze getrouwd met een waard, die een klein café-restaurant in de stad had.

'Hij is momenteel verhinderd en heeft mij daarom gevraagd u te ontvangen,' zei Lilly vlug. Ze wilde de vrouw niet vertellen dat Kirsch vanwege de sabbat niet in het ziekenhuis was.

Het voorval op het postkantoor liet haar maar niet los. Het had haar de hele nacht wakker gehouden, zodat ze had liggen woelen. Het ijzeren frame en de veren van haar bed hadden piepend geprotesteerd, waardoor ook Martha uiteindelijk wakker was geworden.

'Wat doe je toch?' had ze geïrriteerd gemompeld. 'Lig eens stil!'

Lilly had geprobeerd te doen wat ze vroeg, maar er schoot van alles door haar hoofd.

‘Als particuliere patiënten horen we toch eigenlijk door de professor zelf te worden verwelkomd,’ zei de vrouw nerveus.

‘Mama, ik ben moe,’ zei het meisje en ze vlijde zich tegen haar moeder aan.

‘Als ik u eens de kamer liet zien waar Ilse zolang zal verblijven?’ vroeg Lilly, zonder op de opmerking van de vrouw in te gaan.

‘Krijgt ze een eenpersoonskamer?’ vroeg de moeder. ‘Mijn man heeft doorgegeven dat ze een eenpersoonskamer moet krijgen.’

‘Natuurlijk, mevrouw Gebhard,’ antwoordde Lilly en ze gebaarde de vrouw haar te volgen. Met de kleine Ilse op haar arm liep mevrouw Gebhard met haar mee.

De gangen van het ziekenhuis leken op zaterdagmiddag vrijwel verlaten. Onderweg naar de ingang was Lilly dr. Conradi en zijn vrouw tegengekomen. Lilly had gegroet en was vlug en met neergeslagen blik doorgelopen. Ze vond het nog steeds een beetje vreemd om ook de echtgenotes van sommige artsen in het ziekenhuis te zien. Dat was in het Charité alleen voorgekomen als de dames behandeld moesten worden.

Op de tweede vrouwenafdeling ging Lilly moeder en dochter voor naar de kinderkamers. In het voorbijgaan wierp ze een korte blik door de deuropening van de recreatiezaal. De kinderen, die nu hun middagslaapje moesten houden, hielden zich stil.

‘Ilse komt toch hopelijk niet in contact met die zieke kinderen?’ vroeg de moeder naast haar bezorgd. Ze was kennelijk vergeten dat haar dochtertje ook ziek was.

Lilly wendde zich tot haar. ‘Uw dochtertje komt eerst in isolatie te liggen, zodat ze op krachten kan komen. Later, als het beter met haar gaat, zal ze ook andere kinderen ontmoeten, maar niemand die acuut besmettelijk is, daar letten we op.’

Mevrouw Gebhard hield Ilse nog steviger tegen zich aan.

Lilly maakte de deur tegenover hen open. De kleine Alfred, die eerst in deze kamer had gelegen, kon inmiddels voorzichtig zijn eerste stapjes wagen. Lilly begreep ondertussen waarom de kinderen zich niet beklaagden over de beugels die ze kregen aangemeten na de lange periode van stilliggen met zandzakjes. De beugels betekenden vrijheid. Maar het zou nog even duren voordat Ilse ze kon dragen.

De kamer was relatief klein; behalve een bed stond er alleen een smal kastje voor de spullen van de patiënt. Maar er was wel een raam, waardoor je de boomtoppen en de hemel kon zien.

'We brengen de kinderen van wie de gezondheid het toelaat elke dag naar ons zonneterras,' vertelde Lilly terwijl ze het kussen van het bed opschudde. De apparatuur waar de zakjes aan hingen was nog niet gemonteerd, om het patiëntje en haar moeder geen angst in te boezemen. 'Bovendien zullen we de maaltijden van uw dochtertje zo aanpassen dat haar lichaam een goede weerstand tegen de bacteriën ontwikkelt. U hebt misschien toen u hierheen kwam iets van onze kassen kunnen zien?'

Mevrouw Gebhard knikte en keek de kamer rond. De muren waren zacht lindegroen geverfd. Boven het bed hing een belkoord met onderaan een grote kleurige kraal.

Toen Lilly de blik van de moeder opmerkte, legde ze uit: 'Daarmee kan uw dochtertje ons altijd roepen als ze iets nodig heeft.'

'Komt er dan geen zuster bij haar zitten?'

'Mijn collega's en ik zullen haar voortdurend in het oog houden.'

Lilly voelde de lichte tegenzin van de vrouw om hun haar dochter toe te vertrouwen.

'Ze... Ze zal meer dan een half jaar weg zijn,' zei mevrouw Gebhard. Haar ogen vulden zich met tranen.

'We zullen goed voor haar zorgen,' beloofde Lilly. 'En u mag haar altijd opzoeken, wanneer u maar kunt.'

Het leek alsof er een steen op haar borst werd gelegd. Ze was op de afdeling al aan heel wat gewend geraakt, maar te zien dat een moeder gescheiden werd van haar kind zou haar waarschijnlijk nooit onverschillig laten.

~

Zwijgend liep Louis naast zijn vrouw over het bospad. Normaal gesproken hield hij van het meer Krumme Lanke, vooral nu, aan het begin van de zomer, als de libellen over het water scheerden en de vogels hun veelstemmig gezang in de boomtoppen oefenden.

In de jaren die achter hen lagen had hij zo nu en dan een patiënt verloren. Maar het geval van dit kleine meisje had hem harder geraakt dan de voorgaande. Had hij werkelijk alles gedaan? Alles in acht genomen? Of was hij langzamerhand op zijn retour?

'Je bent zo stil,' merkte Catherine na een poosje op. 'Zit je ergens mee?'

Louis antwoordde niet. In gedachten liep hij telkens weer de handelingen van de operatie door.

Nee, hij had geen fout gemaakt. Dat had dr. Lexow, die sectie op het kind had verricht, hem ook al verteld. Louis had erbij gestaan en meegekeken toen zijn collega haar borstkas had geopend en hem even later de bloedprop had laten zien die een van haar longaderen had verstopt.

'Longembolie,' had hij op de overlijdensakte geschreven.

'U hebt uzelf niets te verwijten, dokter Conradi. De embolie was een gevolg van het ongeluk.'

Maar waarom kreeg hij het dan niet uit zijn hoofd dat hij meer had moeten doen om dit kind te redden?

'Louis?'

Pas toen zijn vrouw zijn arm aanraakte, kwam hij terug in de werkelijkheid. 'Ja?'

'Wat is er toch?' vroeg Catherine. 'Misschien voel je je beter als je je hart hebt gelucht.'

Normaal gesproken sprak hij niet met zijn vrouw over zijn patiënten. Ook toen ze nog in het ziekenhuis werkte, had hij haar nooit iets verteld. Alleen al zijn zwijgplicht verbood hem dat. Maar nu had hij zo'n zwaar gemoed.

'Ik zou er eigenlijk aan gewend moeten zijn dat er wel eens een patiënt overlijdt, nietwaar? Het is in mijn carrière tenslotte al heel wat keren gebeurd.'

'Een arts mag er niet aan gewend raken dat mensen komen te overlijden. Dat ligt niet in je aard, Louis, en dat weet je best.'

Hij knikte. 'Misschien heb je gelijk. Maar dit kind... Het blijft me bezighouden.'

Catherine zweeg na zijn woorden. Toen hij haar aankeek, zag hij dat er een sombere blik in haar blauwe ogen was verschenen. Hoewel het warm was, trok ze haar crèmekleurige gebreide vest strakker om haar bloemetjesjurk.

Hij kon zich voorstellen waar ze met haar gedachten was.

Op die regenachtige middag, toen ze voortijdig weeën had gekregen, had ze hem uit de kliniek laten roepen. Hij had haar te midden van andere vrouwen uit hun gemeenschap aangetroffen en geprobeerd haar ertoe te bewegen naar de kliniek te gaan. Maar dat wilde ze niet. Ze had het gevoel gehad dat er iets niet in orde was, en daar zou ze gelijk in krijgen. Nog geen uur later werd hun dochtertje geboren, blauw in het gezicht en zonder te ademen. Zijn pogingen om het kindje te beademen hadden geen effect. Het had waarschijnlijk al in het lichaam van haar moeder niet meer geleefd.

Hij herinnerde zich nog goed hoe ontredderd hij bij dat kleine wezentje had gestaan. Zijn kind, gestorven voordat hij het kon leren kennen. Dat beeld had zich in zijn geheugen gegrift en hem nooit verlaten. Zijn vrouw verging het net zo, dat wist hij.

'Het is altijd zwaar om een kind te verliezen,' zei Catherine bedroefd. 'Vooral voor de ouders.'

'Zo is het. En ik heb geen idee hoe haar moeder zal reageren. Het was een ongeval. Zij heeft het overleefd, het meisje niet.'

'Ik zal voor hen allebei bidden,' antwoordde Catherine met gebogen hoofd.

Louis zuchtte. Hij voelde zich nog steeds niet beter. De last die op hem drukte, leek zelfs nog zwaarder te zijn geworden.

Toen schoot hem te binnen wat hij tegen Hanna had gezegd toen bijna tien jaar eerder een patiënte met eclampsie was overleden: *We rouwen en gaan door, want het is onze roeping...*

Ja, daar ging het om. Ze moesten doorgaan en erop vertrouwen dat de schaduwen ooit zouden verbleken.

~

Toen het donker werd ontwaakte Waldfriede uit zijn zaterdagsrust. De adventistische zusters keerden terug naar hun afdeling, terwijl hun collega's hun vrije weekend tegemoet gingen. Op de gangen werd het weer drukker. Het eten werd rondgebracht en de medicijnen voor de avond werden uitgedeeld.

Lilly had mevrouw Gebhard in de patiëntenkamer achtergelaten, zodat ze zich daar met haar dochter kon bezighouden. Ze kon zelf niet meer doen dan zorgen dat ze beiden een maaltijd en een drankje kregen.

Onrustig keek ze op haar verpleegstershorloge. Professor Kirsch had beloofd dat hij er 's avonds weer zou zijn. Het was inmiddels zeven uur en er was nog geen spoor van hem te ontdekken.

De scène op het postkantoor schoot haar weer te binnen. De kreten, de beledigingen... Hoe zou hij het hebben verwerkt?

Ze had geen idee gehad dat hij Joods was. Waaraan zou je een Jood ook moeten herkennen? Hoe hadden die bruinhemden het geweten? Kenden ze hem?

Ze was verontwaardigd dat hij zoiets vreselijks had moeten ondergaan. Ook al was hij soms wat knorrig, hij leek een goed hart te hebben. Dat zag je vooral aan zijn omgang met de kinderen. En hoewel hij tegenover haar af en toe streng was, mocht ze hem graag. Ze was gefascineerd door zijn karakter en zijn grote kennis, de manier waarop hij met mensen sprak en hun iets uitlegde.

De kinderen benaderde hij heel vriendelijk en open en ook tijdens het werk straalden zijn woorden en zijn blikken altijd weer een warmte uit die haar hart sneller deed kloppen.

Toen Martha kwam om haar op de kinderafdeling af te lossen, vroeg Lilly: 'Heb jij professor Kirsch soms gezien? Hij zou al lang weer hier moeten zijn.'

Haar kamergenote haalde haar schouders op. 'Geen idee waar hij is. Misschien heeft dokter Conradi iets met hem te bespreken.'

Lilly voelde onrust opkomen. Stel dat die bruinhemden hem hadden gevolgd? Hem voor zijn woning hadden opgewacht?

'Ik ga even kijken,' zei ze. 'Mevrouw Gebhard en haar dochtertje zijn hiernaast. Zou jij ze willen vragen of ze iets nodig hebben?'

Martha keek haar verbaasd aan, maar knikte toen.

Buiten op de gang strekte Lilly haar nek, maar afgezien van een paar zusters die de beddenpannen verzamelden, zag ze niemand. Zou hij zich hebben verslapen? Zou hij opgebeld kunnen worden?

Ze liep naar de deur van de afdeling, in de hoop dat Kirsch inderdaad gewoon door een collega was opgehouden. Toen ze hem ook daar niet aantrof, wilde ze beneden gaan kijken. Bij de receptie konden ze haar vast vertellen of de professor al was binnengekomen.

Eenmaal bij de trap haalde ze opgelucht adem toen ze de donkere bos haar van Kirsch zag. Hij had zijn doktersjas al aangetrokken en liep met zijn handen in zijn zakken.

'Professor Kirsch!'

Op haar uitroep keek hij op. 'Zuster Lilly! Het is wat later geworden, ik werd opgehouden. Is de kleine Ilse goed aangekomen?'

'Jazeker. Ik heb haar naar haar kamer gebracht en erop toegezien dat moeder en dochter goed verzorgd worden.'

'Dat hebt u uitstekend gedaan.' Kirsch glimlachte naar haar.

Lilly voelde dat haar wangen begonnen te gloeien. Zou ze hem nog eens aanspreken over het voorval van gisteren?

Haar mond besliste voor haar verstand.

'Professor, ik wilde alleen nog zeggen...' Lilly stokte toen Kirsch haar aankeek.

'Wat dan, zuster Lilly?'

'Dat van gisteren op het postkantoor... Ik vind het zo erg dat die mannen u hebben lastiggevallen.'

Kirsch snoof. 'Zoiets kan ieder van ons overkomen.'

'Misschien wel, maar ze hebben u...' Ze kon zich er niet toe zetten het woord te herhalen.

'Wat?' vroeg hij nors. 'Me "Joods zwijn" genoemd?' Zijn ogen spuwden vuur.

'Ik... Ik dacht dat u adventist was,' antwoordde ze schuchter.

'Lilly, luister eens,' zei Kirsch. Hij probeerde zich zichtbaar te beheersen. 'In dit ziekenhuis hoeft u zich maar om één ding zorgen te maken: onze patiënten. Wat ik ben en wat mij overkomt is uw zaak niet; heb ik me duidelijk uitgedrukt?'

Zijn woorden deden Lilly geschrokken terugdeinzen. Ze had het toch alleen maar goed bedoeld! De tranen sprongen haar in de ogen. Niet huilen, sprak ze zichzelf toe. Hij heeft immers gelijk. Jij wilt toch ook niet dat hij zijn neus in jouw zaken steekt?

Lilly probeerde de brok in haar keel weg te slikken. 'Ja, professor.'

# 12

## *Zehlendorf, 8 juni 1930*

De zondag onderscheidde zich in Waldfriede nauwelijks van andere weekdagen, alleen het klokgelui van de kerken in Zehlendorf gaf aan dat het voor de meeste inwoners van de stad een rustdag was.

Lilly luisterde naar de veelstemmige klanken terwijl ze door de gang naar de eetzaal liep. Ze vreesde een beetje dat ze de professor daar zou aantreffen. Artsen die nachtdienst hadden gehad, ontbeten vaak samen met het inwonende personeel. Hoe moest ze hem na de aanvaring van de vorige dag bejegenen?

Bij binnenkomst liet ze haar blik over de rijen tafels gaan. Dr. Rosenbaum en dr. Lexow waren met elkaar in gesprek. Ook waren er een paar medische stagiairs. Maar geen professor Kirsch. Mooi, dacht ze.

'Wat is er met jou?' vroeg Martha toen ze met haar dienblad naast haar kwam zitten. Ondanks haar nachtdienst leek ze frisser dan Lilly zich op dat moment voelde. 'Je ziet eruit alsof je geen oog hebt dichtgedaan.'

'Er is niets,' zei Lilly. 'Ik heb alleen slecht geslapen.'

Dat leek Martha niet tevreden te stellen.

'Heb je gisteren onenigheid met de professor gehad?' vroeg ze door. 'Op de een of andere manier wekten jullie een vreemde indruk toen jullie op de kinderafdeling kwamen.'

Lilly vroeg zich af of ze hun gesprek had afgeluisterd. Ze wilde het niet beamen, maar ook niet liegen, dus zweeg ze en stak een lepel havermoutpap in haar mond. De kokkin had er kersenjam op gedaan, wat heel lekker smaakte.

'Maak je er maar niet druk om,' vervolgde Martha, die haar zwijgen blijkbaar voor een bevestiging hield. 'Hij is af en toe een knorrepot. Ik heb er ook wel eens van langs gekregen. Op sommige dagen kun je hem beter met rust laten. Je moet het niet persoonlijk opvatten.'

Lilly vatte het niet persoonlijk op, maar om een of andere reden raakte het haar. Ze verkeerde in tweestrijd of ze Martha over het voorval zou vertellen. Die zou het vast met haar eens zijn dat het gedrag van de jonge mannen verkeerd was geweest.

Toen besefte ze dat die hele geschiedenis onaangenaam voor de professor kon zijn en dus hield ze het voor zich.

'Bedankt voor je bemoedigende woorden, Martha,' zei ze. 'Maar het is echt allemaal in orde. Ik ben alleen moe, en ook was er mevrouw Gebhard. Het raakte me dat ze haar dochtertje zo lang bij ons alleen moet laten.'

'Ja, dat is echt erg,' zei Martha, en Lilly merkte dat haar afleidingsmanoeuvre gewerkt had. 'Het arme kleintje, nu kan ze zich niet eens meer bewegen. Waarom God juist de allerkleinsten met zulke ziekten treft...'

Achter haar klonk een mannenstem. 'Nou, nou, zuster Martha, twijfelt u soms aan Gods goedheid?'

Toen Lilly zich vlug omdraaide, zag ze dr. Conradi staan. Die kwam niet vaak als gast in de eetzaal. Zoals ze uit de gesprekken van de andere zusters had opgemaakt, had hij vroeger altijd samen met de anderen gegeten, maar daar was een einde aan gekomen toen hij naar het woonhuis van de geneesheer-directeur verhuisde.

'Natuurlijk niet, dokter,' antwoordde Martha met hoogrood hoofd.

'We kennen Zijn wegen en bedoelingen dan misschien niet, maar we kunnen er zeker van zijn dat Hij ons bijstaat. Vooral de jongsten.'

Lilly perste haar lippen op elkaar. Ook zij twijfelde af en toe aan de gerechtigheid in de wereld. Hoe kon Hij bijvoorbeeld toelaten dat een arts in het openbaar werd uitgescholden?

'Zuster Lilly, ik hoop dat u zich goed hebt kunnen inwerken?' Dr. Conradi wendde zich nu tot haar.

'Zeker, dokter, dank u wel,' zei Lilly.

'En kunt u goed met professor Kirsch overweg?'

Lilly wierp een zijdelingse blik naar Martha, die ineens druk met haar ontbijt bezig was.

'Ja, dokter. Hij is een zeer bekwaam arts.'

Conradi knikte tevreden. 'Goed dat te horen. Een fijne dag, zuster Lilly en zuster Martha.'

'U ook, dokter Conradi,' antwoordden ze in koor.

Een half uur later liep Lilly de trap naar de vrouwenafdeling op. Boven haalde ze diep adem en stapte de deur door. Even later kwam professor Kirsch de artsenkamer uit stuiven.

'Zuster Lilly, kom mee naar onze patiënte.'

Het was geen vraag of verzoek, het klonk als een bevel.

Lilly gehoorzaamde. Eigenlijk had ze hem goedemorgen willen wensen, maar de woorden bleven in haar keel steken.

Omdat de moeder tot de vorige avond was gebleven, hadden ze de kleine Ilse nog geen gordel omgedaan. Mevrouw Gebhard moest 's avonds op een gegeven moment afscheid hebben genomen – waarschijnlijk had Martha daar een aantekening van gemaakt in het patiëntendossier.

Zwijgend liep Lilly achter de professor aan. Zijn stem had koel geklonken, maar hij had haar medewerking gevraagd. Dat was tenminste iets!

'Goedemorgen Ilse,' zei hij ter begroeting tegen het meisje, dat hem een beetje verschrikt vanuit haar bed aankeek. Zijn stem kreeg nu een warme klank. 'Heb je goed geslapen?'

Ilse zweeg en keek onzeker van de een naar de ander.

Kirsch ging naast haar op de rand van het bed zitten en begon haar te onderzoeken. Daarbij praatte hij vriendelijk tegen haar. 'Doet het hier pijn? En daar?'

Het meisje knikte of schudde haar hoofd, maar zei geen woord.

De arts bewoog voorzichtig haar benen, betastte haar heupgewricht. Lilly observeerde hem gefascineerd. Hij ging zorgzaam met het meisje om, net alsof het om een rauw ei ging.

'Zuster, wilt u Ilse naar zuster Hanna in de röntgenkamer brengen,' zei hij ten slotte, zonder haar aan te kijken. 'Als we foto's hebben, zullen we beginnen met fixeren.'

'Ja, professor,' zei Lilly, maar Kirsch rende de deur al uit. Lilly zuchtte en wendde zich tot het meisje. 'Dan gaan we je daar maar eens op voorbereiden, hè?'

Even voorzichtig als de professor tilde Lilly het kleine meisje uit bed.

'Hoe heet je?' vroeg Ilse ineens.

Lilly keek haar verrast aan. Ze kon dus toch praten. 'Lilly.'

'Lili,' herhaalde het meisje, en ze giechelde.

Lilly verstijfde. Even verzonk ze in een herinnering, tot het haar lukte die opzij te zetten.

'Ik breng je nu naar een groot fototoestel, Ilse,' verklaarde ze vlug terwijl ze haar omzichtig in een kinderrolstoel zette. 'Weet je wat een fototoestel is?'

Ilse knikte, maar zei niet hoe ze dat wist. Het was echter een begin, en ze leek niet bang te zijn.

Lilly duwde haar behoedzaam de kamer uit. Aan de tuinkant van het gebouw bevond zich een moderne lift, die slechts een paar maanden geleden in gebruik was genomen. Martha had haar verteld dat ze voorheen alles en iedereen via de trappen hadden moeten vervoeren – zelfs de patiënten voor de badtherapie. Toen had dr. Conradi besloten de lift te laten bouwen. Die werd aangedreven door een grote machine in het souterrain, een dikke kabel haalde de cabine naar boven en beneden. Op elke verdieping was er een traliehek, dat de liftbediende dichtdeed voor de rit vervolgd werd.

Bij de lift werden ze niet alleen opgewacht door de liftbediende, het was er een drukte van belang. Een paar verpleegsters duwden patiënten voor de badtherapie in rolstoelen, andere patiënten, die nog wel konden lopen maar niet in staat waren de trap op te komen, zaten op banken te wachten.

Vooral de oudere patiënten wierpen het meisje in de rolstoel meewarige blikken toe.

'Komt u met de kleine maar eerst, zuster,' zei de liftbediende en hij keek rond. 'Als dat voor iedereen in orde is...'

Geen van de aanwezigen protesteerde. Zwijgend gingen ze achter Lilly en Ilse in de rij staan.

In de lift klampte Ilse zich vast aan Lilly's hand terwijl ze met grote ogen naar het traliehek keek. 'Dat piept,' zei ze, en ze pakte Lilly's hand nog steviger vast.

Beneden aangekomen reed Lilly het meisje naar de röntgenafdeling. De wachtkamer daar was leeg en zuster Hanna viel niet te bekennen. Lilly liep naar de deur en klopte, maar er kwam niemand. Toen ze de klink omlaag probeerde te drukken, merkte ze dat de deur dicht was. Dus moest ze naar dr. Conradi's spreekkamer.

'Ilse, hoor eens,' zei ze tegen het kind. 'Ik ga alleen maar even zuster Hanna halen. Wees een braaf meisje en blijf hier wachten, ja?'

Het meisje knikte energiek. Wat kon ze ook anders doen? Haar pijnlijke heupgewrichten maakten elke stap tot een kwelling.

'Ik ben zo weer terug,' zei Lilly en ze liep weg.

Lilly kreeg zuster Hanna te pakken op het moment dat ze de volgende patiënt voor het spreekuur van dr. Conradi binnenriep.

'Zuster Hanna, kan ik u even storen?'

'Waar gaat het om?'

'Professor Kirsch moet een röntgenfoto hebben van een patiëntje, hebt u daar tijd voor?'

Hanna keek rond. 'Een momentje, ik kom eraan.' Daarop verdween ze achter de deur.

Lilly wierp een blik in de wachtkamer. Blijkbaar was het geen goed tijdstip, want behalve de man die Hanna zojuist had binnengeroepen zaten er nog twee mannen en drie vrouwen te wachten.

De seconden regen zich aaneen. Lilly hoopte dat Ilse geen gekke streken zou uithalen. Net toen ze het wilde opgeven en naar haar terug wilde gaan, verscheen Hanna in de deuropening.

'Nou, dan moeten we maar gaan,' zei ze, en samen haastten ze zich naar de röntgenkamer. Lilly schetste kort wie de patiënte was en wat voor foto de professor wilde hebben.

'Arm kleintje,' zei Hanna. 'Bottuberculose is nog lastiger te behandelen dan die in de longen.'

Eindelijk kwamen ze bij de röntgenkamer.

'Dat is...' Lilly stokte en werd warm van schrik. De rolstoel was leeg. 'Mijn god!' Lilly sloeg haar hand voor haar mond. Paniek overviel haar. 'Ze is weg! Het meisje... Ilse...'

Hanna keek haar verbijsterd aan, maar toen besefte ze wat er gebeurd was. Onmiddellijk kwamen de twee zusters in beweging. 'Waar kan ze naartoe zijn gegaan?'

'Ze kan helemaal niet lopen,' antwoordde Lilly en ze riep: 'Ilse? Ilse, waar ben je?'

Antwoord kregen ze niet. Ze keken onder de banken, renden door de gang.

'Hebben jullie een klein blond meisje gezien?' vroeg Lilly aan twee tegemoetkomende zusters, maar die schudden hun hoofd.

Hanna stelde voor om uit elkaar te gaan. 'Ze kan overal zijn.'

Lilly's ogen vulden zich met tranen. Waar was het meisje toch?

Toen kwam dr. Rosenbaum de hoek om. 'Goedemorgen.' Hij viel stil toen hij beide vrouwen beter bekeek. 'Wat is er gebeurd?'

'Er is een meisje verdwenen!' riep Hanna.

'Ilse Gebhard,' zei Lilly ter verduidelijking. 'Ik heb haar even alleen gelaten om zuster Hanna naar de röntgenkamer te halen. Toen we terugkwamen was ze weg.'

De jonge arts-assistent sloot zich bij hen aan. Ze holden door de gangen, zochten in kamers en zalen, maar het kleine meisje was nergens te bekennen.

'De tuin!' riep Lilly. Het was onwaarschijnlijk dat Ilse daarheen was gelopen, maar misschien had ze gekropen.

Met dr. Rosenbaum en Hanna in haar kielzog liep ze langs de receptie en stormde de deur uit. Ze keek naar alle kanten. Waar zit je toch? dacht ze paniekerig.

Een schel gehuil maakte dat Lilly zich omdraaide.

'Daar!' riep ze, en ze wees naar een gedaante met een been in het gips die naar de taxusstruiken strompelde. Ze had een kersrode badjas aan die om haar lijf fladderde, en in haar armen droeg ze een blond kind.

# 13

Ondanks de pijn in haar borst en keel versnelde Lilly haar pas. Dr. Rosenbaum slaagde erin haar bij te houden.

'Mevrouw Treskow!' riep hij, waarop de vrouw bleef staan. Toen ze zich omdraaide, straalde haar blik een lichte waanzin uit.

Lilly hapte verschrikt naar lucht. Het meisje op haar arm was inderdaad Ilse! Ilses wangen en ogen zagen rood van het huilen. Toen ze Lilly herkende, stak ze haar armen wanhopig naar haar uit. 'Lili, Lili!'

Lilly wilde naar haar toe lopen en haar van mevrouw Treskow afpakken, maar die draaide weg. 'U krijgt mijn kind niet!' snauwde ze haar toe.

De vrouw had haar verstand verloren! Lilly keek de arts hulpzoekend aan. 'Dit is het meisje. Ilse Gebhard.'

Dr. Rosenbaum knikte en fluisterde iets tegen zuster Hanna, die inmiddels ook bij hen stond. Vervolgens liep hij voorzichtig op de patiënte af. 'Mevrouw Treskow, wat doet u hier buiten?' vroeg hij. 'Ik heb u toch gezegd dat u niet aan de wandel mag gaan?'

Ze keek hem verwilderd aan. 'U zei dat mijn dochtertje dood was! Maar dat is niet waar. Kijk maar, hier is ze!'

'Dat is niet uw...' Lilly verstomde toen Rosenbaum haar hand pakte, waarmee hij haar beduidde te zwijgen.

'U moet weer teruggaan en het meisje ook. Jullie zijn geen van beiden gezond.'

'U zult haar doodmaken. En mij ook!' beet ze hem toe. 'Ik wil naar huis!'

'Niemand wil u doodmaken,' zei dr. Rosenbaum. 'Als uw behandelend arts zeg ik u dat u beter mee kunt komen.'

'Waarom hebt u gelogen?' schreeuwde ze terwijl ze over haar hele lichaam begon te beven. 'Waarom hebt u gezegd dat mijn dochter dood is?'

Van opzij hoorde Lilly een mannenstem. 'Omdat we u niet kunnen voorliegen.' Toen ze zich omdraaide zag ze dr. Conradi aankomen. 'Mevrouw Treskow, het meisje op uw arm is uw dochtertje niet.'

'Lili!' riep Ilse en weer strekte ze haar armen uit.

'Mevrouw Treskow, wees toch verstandig,' ging dr. Conradi verder. Lilly merkte dat hij haar de pas wilde afsnijden. 'Dit meisje is uw kind niet en dat weet u. Ik begrijp dat u wanhopig bent, maar kijk eens naar haar.'

Mevrouw Treskow kromp ineen en keek het kind toen inderdaad eens goed aan.

'Lili!' brulde Ilse hees. Haar gezicht zag vuurrood en zat vol tranen en snot.

Toen liet de vrouw haar plotseling los. Ze leek te beseffen dat dr. Conradi gelijk had. Het meisje viel naar de grond.

Op hetzelfde moment schoot Lilly naar voren, wierp zichzelf voor de voeten van de vrouw en ving Ilse met haar lichaam op. Toen ze hard op haar borst neerkwam, werd de lucht uit Lilly's longen gedrukt. Ze sloeg haar armen om het kind heen en behoedde haar ervoor in het gras te tuimelen.

De beide mannen grepen mevrouw Treskow vast en trokken haar weg. Ilse zette het op een schreeuwen.

'Het is voorbij, lieve Ilse,' zei ze tegen de kleine meid terwijl ze overeind kwam. Ze werd opeens ongerust. Stel dat haar toch al aangedane heupgewricht was gebroken? 'Ik ben bij je. Het komt allemaal goed.'

Meteen was Hanna bij haar. 'Heb je je bezeerd?' vroeg ze terwijl ze Lilly overeind hielp.

'Nee, hoor, niets aan de hand,' loog Lilly. Haar schouder deed pijn van de klap. 'We moeten vlug een röntgenfoto maken. Haar heup... Ze heeft tuberculose in haar heupen en het kan zijn dat er door de klap een fractuur is ontstaan.'

Hanna knikte ernstig. 'Kom, dan gaan we dat meteen bekijken.'

Terwijl Lilly Ilse met geruststellende woorden tot bedaren bracht, droeg ze haar terug naar het ziekenhuis en vervolgens naar de röntgenkamer.

De schrik sloeg haar om het hart. Stel dat professor Kirsch haar voor dit voorval verantwoordelijk zou houden...

Ze zette die gedachte van zich af. Het ging nu eerst om het meisje.

Hanna ontsloot de röntgenkamer en liep vlug vooruit. Met geroutineerde gebaren schakelde ze het röntgenapparaat in en maakte ze de tafel klaar. Lilly voelde dat de haartjes op haar armen overeind gingen staan door de elektrische lading.

'Leg haar daar maar op,' zei Hanna. Behoedzaam legde Lilly het meisje op de röntgentafel.

'Er is niks aan de hand, dit is dat grote fototoestel! Nu moet je even heel stil blijven liggen.'

Ilses lichaampje schokte nog steeds van het snikken. Toen Lilly haar wilde loslaten, pakte ze haar hand. 'Niet weggaan!'

Lilly voelde dat ze beefde van angst. 'Ik moet jammer genoeg even de kamer uit. Maar ik beloof dat je niets overkomt.'

'Nee!' riep Ilse met hese stem. Lilly keek hulpzoekend naar Hanna.

'Je kunt niet in de kamer blijven,' zei ze. 'De röntgenstralen kunnen schadelijk voor je zijn.'

'Maar ze zal me niet laten gaan.'

Hanna wendde zich tot het meisje. 'Luister eens, Ilse, wil je zuster Lilly heel even loslaten? We willen immers niet dat zij ook op de foto komt die ik van jou wil maken?'

'Waarom niet?' vroeg Ilse met grote ogen.

'Omdat de professor alleen jou wil zien. En het gaat heel vlug, goed?'

Het meisje keek naar Lilly en liet toen los.

Hanna trok Lilly mee de kamer uit.

'Waar hebt u zo goed met kinderen leren omgaan?' vroeg Lilly terwijl Hanna op de ontspanner drukte. 'U hebt zelf toch geen kinderen?'

‘Natuurlijk niet, anders was ik hier niet,’ antwoordde Hanna. ‘Maar ik heb in al die jaren dat ik als verpleegster werk telkens weer met kinderen te maken gehad. Als je eenmaal zo oud bent als ik, kun jij het ook.’ De zuster keek haar even aan en glimlachte toen. ‘Of je leert het al eerder, als je zelf moeder wordt.’

Hanna bedoelde er niets kwaads mee en toch staken haar woorden Lilly. Ik zal nooit een goede moeder zijn, dacht ze bitter, maar ze zette haar opkomende droefenis meteen opzij.

~

Louis keek door de kier van de deur de ziekenkamer in.

Het leek of Rosalind Treskow onder haar deken ineengezakt was. Haar armen waren voor de veiligheid aan de bedrand gefixeerd. Apathisch staarde ze in het niets.

Toen Louis er samen met dr. Rosenbaum in was geslaagd haar naar haar kamer te brengen, hadden ze haar een kalmerend middel gegeven. Maar Louis wist heel goed dat haar toestand niet alleen door dat geneesmiddel werd veroorzaakt. Ten eerste was daar het besef dat haar dochtertje dood was, ten tweede het inzicht dat ze op het punt had gestaan een misdrijf te plegen.

‘Wat moeten we nu met haar?’ vroeg Rosenbaum toen hij naast hem was komen staan. Zijn smalle gezicht zag nog steeds een beetje rood van de achtervolging en tussen zijn brede wenkbrauwen verscheen een diepe rimpel in zijn voorhoofd. ‘We zouden dit voorval eigenlijk bij de politie moeten melden.’

Louis verkeerde in dubio. De arts-assistent had gelijk. Je moest er niet aan denken dat de vrouw erin zou zijn geslaagd met het meisje het ziekenhuisterrein te verlaten! Anderzijds hadden dr. Rosenbaum, Hanna en de nieuwe zuster Lilly erger weten te voorkomen.

‘Eigenlijk wel, ja. Maar wat voor nut zou dat hebben... Het meisje lijkt er niet onder te hebben geleden. En mevrouw Treskow heeft al genoeg te verwerken. Ze is niet alleen zelf bij het ongeval gewond geraakt, maar heeft ook nog eens haar kind verloren.’

‘En haar verstand bovendien,’ voegde dr. Rosenbaum eraan toe. ‘Om zomaar een kind te stelen...’

'Ik ben geen zenuwarts, maar ik vrees dat mevrouw Treskow er een nodig heeft. Het verlies van een kind treft je diep in je ziel.' Hij verstomde toen hij aan de dood van zijn eigen dochtertje dacht. Zou zijn jonge collega ten volle kunnen aanvoelen wat voor littekens zo'n verdriet achterliet?

'We moeten haar in de gaten blijven houden en zo vlug mogelijk vaststellen of ze na haar lichamelijke genezing dient te worden opgenomen in een psychiatrische kliniek. En wat de politie betreft...' Louis stokte. Deze kwestie ging niet alleen hemzelf aan, maar ook haar behandelend arts en de ouders van het kind. 'Ik zal het met professor Kirsch bespreken. Het meisje is tenslotte zijn patiënte.'

Dr. Rosenbaum knikte. Louis wendde zich af en liep naar de tweede vrouwenafdeling. Voor zover hij wist was het meisje geröntgend, maar was de uitslag nog niet bekend.

Toen hij de kinderafdeling bereikte, kwam Rudolph Kirsch hem al tegemoet.

'Ah, professor, u zocht ik,' zei Louis. 'Hoe is het met uw patiëntje?'

'We hebben haar weer naar haar kamer gebracht. De schrik zit er bij haar natuurlijk nog flink in, maar ik heb geen ernstige kwetsuren vastgesteld.'

'Een geluk bij een ongeluk dus.' Louis haalde opgelucht adem. Het laatste wat ze konden gebruiken was een klacht van familieleden.

'Dat kun je wel zeggen,' antwoordde Kirsch. 'Toch moeten we dit voorval bespreken.'

Louis knikte. 'Ik ben het helemaal met u eens, professor.'

Zwijgend liepen ze de gang door en de trap af. Even later kwamen ze bij Louis' spreekkamer aan.

Zuster Hanna was juist bezig de onderzoekstoel te ontsmetten. 'Zal ik u even alleen laten?' vroeg ze toen de beide mannen binnenkwamen.

'Nee, zuster Hanna, blijf gerust en vertel ons nog eens wat er volgens u allemaal is gebeurd.'

'Moeten we zuster Lilly er niet ook bij halen?' opperde ze.

'Dat zal niet nodig zijn,' zei Kirsch. 'Haar rol in het geheel is duidelijk.'

Hanna keek de professor ernstig aan. Louis zag dat ze het niet met hem eens was.

'Als het nodig blijkt te zijn zuster Lilly vragen te stellen, halen we haar erbij,' zei hij. 'Maar we willen eerst van u weten wat er is gebeurd.'

~

Uitgeput liet Lilly zich op de stoel in de zusterkamer zakken. Er was op dit moment niemand aanwezig die haar kon storen, dus gunde ze zich een kort moment van rust. Haar lichaam voelde zwaar en geradbraakt aan. Haar schouder deed nog steeds pijn, maar daar had ze geen aandacht voor. Ze vroeg zich eerder af wat er nu met haar zou gebeuren.

Ze had het kind uit het oog verloren. Haar baan stond op het spel en ze vreesde de reactie van de ouders zodra ze van de ontvoering hoorden.

Een klopje op de deurpost haalde haar uit haar gedachten. Een leerling-verpleegster van wie ze de naam niet kende, vroeg: 'Bent u zuster Lilly?'

'Ja, dat klopt,' antwoordde ze en in de veronderstelling dat ze ergens nodig was, stond ze op.

'Dokter Conradi vraagt of u naar zijn spreekkamer wilt komen. Nu meteen.'

Bij die woorden kreeg ze een knoop in haar maag. Het moment van bestraffing was aangebroken.

'Ik kom eraan,' zei Lilly. Ze streek haar rok glad en haastte zich de gang door. De leerling-verpleegster liep achter haar aan.

Toen Lilly de spreekkamer binnenkwam, zag ze professor Kirsch naast dr. Conradi staan. Ze liep tot aan het bureau en sloeg haar ogen neer. In haar binnenste woedde angst. Wat moest er van haar worden als ze haar zouden ontslaan? Of haar zelfs zouden aangeven bij de politie?

Er verstreken enkele seconden zonder dat iemand iets zei.

'Zuster Lilly,' begon de professor ten slotte. In zijn blik lag bittere teleurstelling. 'Tot uw plichten als verpleegster behoort dat u goed let op de patiënten die u worden toevertrouwd.'

'Ik weet het, professor,' antwoordde ze zachtjes.

'Ik hoef u vast niet te vertellen dat het voorval van zojuist slecht had kunnen aflopen.'

'Het spijt me, professor,' zei Lilly. 'Er was niemand aanwezig die Ilse kon röntgenen. Ik moest Hanna halen en ik dacht...'

'Het meisje zat in een rolstoel,' antwoordde Kirsch. 'U had haar makkelijk kunnen meenemen.'

Lilly perste haar lippen opeen. Er rolde een traan uit haar ogen. De professor had gelijk, dat had ze kunnen doen. Maar op dat moment had ze er geen rekening mee gehouden dat er iemand langs kon komen die de kleine meid zou ontvoeren.

'Dat had ik inderdaad kunnen doen,' gaf ze toe en ze onderdrukte een snik. 'En ik heb er begrip voor als u me wilt ontslaan. Ik had beter moeten opletten.'

Geen van beide artsen reageerde daarop.

Schiet eens op, dacht Lilly nerveus. Zeg dan dat ik ontslagen ben!

Nu mengde dr. Conradi zich in het gesprek. 'Het had bij die ontvoering slecht met het meisje kunnen aflopen. Ze had haar heupgewricht kunnen breken als ze hard op de grond was gevallen. De gevolgen zouden vreselijk zijn geweest.'

Lilly barstte nu in snikken uit en merkte daardoor bijna niet dat de dokter eraan toevoegde: 'Dankzij u is dat niet gebeurd.'

Door een waas van tranen keek ze op. 'Zuster Hanna heeft verteld hoe alert u hebt gereageerd en dat u zichzelf voor de vrouw op de grond hebt geworpen om het kind op te vangen.'

'Dan... heeft ze dus... niets gebroken?' vroeg ze en ze wreef over haar gezicht.

'Nee,' bevestigde Kirsch. 'Het meisje is met de schrik vrijgekomen.'

Lilly haalde opgelucht adem. Misschien veranderde dit niets aan haar ontslag, maar ze was blij dat Ilse erger bespaard was gebleven.

'We hebben het een tegen het ander afgewogen en besloten ditmaal van consequenties af te zien,' zei dr. Kirsch.

'Ook omdat mijn afdeling een zekere verantwoordelijkheid voor de situatie niet van de hand kan wijzen,' voegde dr. Conradi eraan toe. 'We hadden moeten beseffen in welke mentale toestand de ontvoerster zich bevindt. Toch had niemand kunnen zien aankomen dat ze tot een dergelijke daad zou overgaan.'

Lilly keek beide mannen verbaasd aan en veegde vlug de tranen uit haar ogen. 'U ontslaat me dus niet?'

'Nee,' antwoordde Conradi. 'Maar ik denk dat ik ook namens u spreek, waarde collega, als ik u op het hart druk beter op uw patiënten te letten. Laat ze in geen geval alleen als ze zichzelf niet kunnen redden.'

'Ja, dokter Conradi.' Lilly keek naar professor Kirsch. Op zijn gezicht was teleurstelling te lezen en zijn ogen keken haar koeltjes aan. Haar diensten zouden voortaan vast nogal onaangenaam verlopen.

'U kunt gaan, zuster Lilly,' zei Conradi.

'Dank u wel.' Lilly draaide zich om. Voor de deur bleef ze staan en keek Conradi over haar schouder aan. 'Mag ik u nog één ding vragen?'

'Ga uw gang,' zei dr. Conradi.

'Hoe is het met die arme vrouw? Ze heeft haar kind verloren...' Ze stokte toen de professor haar een strenge blik toewierp.

Maar de geneesheer-directeur leek haar zo ook te begrijpen.

'We hebben haar een kalmerend middel gegeven en ervoor gezorgd dat ze voorlopig haar kamer niet kan verlaten. Verder blijft het afwachten.'

Lilly knikte en verliet de spreekkamer. Op de gang viel de spanning enigszins van haar af. Ze dacht weer aan de woorden van Kirsch. *In dit ziekenhuis hoeft u zich maar om één ding zorgen te maken: onze patiënten.*

Daar zou ze zich in het vervolg aan houden.

# 14

*Zehlendorf, 12 juni 1930*

Lusteloos zat Lilly in haar eten te prikken. Het was even na vijven en de aflossing van de diensten op de afdelingen was ophanden. Het was de laatste kans om nog wat energie op te doen, maar Lilly kon nauwelijks een hap door haar keel krijgen. Terwijl er die dag komkommersalade was bij de met kaas en kwark belegde boterhammen.

Als straf voor haar nalatigheid had professor Kirsch haar voor de rest van de week tot nachtdiensten veroordeeld. 'Let erop dat er ditmaal niemand aan uw aandacht ontsnapt,' had hij daarbij streng opgemerkt. Nachtdienst was voor Lilly niets nieuws, het idee dat ze de professor teleurgesteld had woog voor haar veel zwaarder.

'Zuster Lilly?'

Ze keek op en merkte dat Hanna bij haar stond.

'Hebt u er bezwaar tegen als ik bij u kom zitten?' vroeg ze.

'Allesbehalve' antwoordde Lilly, hoewel ze meer zin had om in haar eentje te blijven piekeren.

Hanna zette haar dienblad op de tafel en ging zitten. Even heerste er stilte tussen hen, toen vroeg ze: 'Is alles in orde?'

Lilly wilde al automatisch met ja antwoorden, maar het bord voor haar gaf bepaald niet blijk van een gezonde eetlust.

'Ik... Ik heb momenteel veel aan mijn hoofd.'

Hanna nam haar aandachtig op. 'Is het vanwege die kwestie met dat kleine meisje?' vroeg ze.

Lilly knikte en vroeg zich aarzelend af of ze haar gedachten met haar collega moest delen. Zelfs met Martha had ze het er niet over gehad, maar omdat ze op verschillende dagdelen waren ingezet was het eenvoudig om haar te ontlopen.

'Ik... Ik wil u bedanken dat u me hebt gesteund,' zei ze om te beginnen.

'Ik heb alleen eerlijk verslag gedaan van wat ik gezien heb.'

'Ik weet niet of ik bij professor Kirsch wel goed zit,' zei Lilly uiteindelijk zachtjes. 'Het ontbreekt me aan ervaring in de omgang met kinderen.'

Hanna wachtte even voor ze antwoord gaf. 'Ervaring doe je op tijdens het werk. Hoe oud bent u nu? Twintig?'

Lilly knikte.

'Toen ik twintig was had ik, precies zoals u, net de opleiding achter de rug. Ik deed wat de directrice me opdroeg, ik was simpelweg een radertje in het mechaniek van het sanatorium. Toen kwam de oorlog, die diepgaande veranderingen teweegbracht.' Ze stokte even, ten slotte vervolgde ze: 'Mijn verloofde stierf, en plotseling stond mijn wereld op z'n kop.'

'U was verloofd?'

Hanna knikte. 'En als hij niet was gestorven, zou ik misschien niet eens hier zijn geweest. Dan was ik vast in Friedensau gebleven en had ik kinderen gekregen. Maar God leidt mensen soms over andere wegen.'

'En hoe bent u in Waldfriede terechtgekomen?'

'Dokter Conradi vroeg me bij hem te komen werken. Als röntgenverpleegster. Dat moest ik wel eerst zien te worden. Net zoals veel zusters had ik gehoord dat de stralen je onvruchtbaar maken, en ik was er zeker niet op ingegaan als mijn verloofde nog had geleefd. Maar op dat moment had ik de hoop ooit nog kinderen te krijgen opgegeven.'

Ze keek naar haar handen. Lilly zag een zweempje van verdriet op haar gezicht. Hanna zette het met een glimlach vlug van zich af. 'Ik ben erop ingegaan, en elke keer dat een foto niet naar tevredenheid van de dokter was twijfelde ik aan mijn kunnen. Dat doe ik nu af en toe ook nog.'

'Maar u... U bent de praktijkassistente van dokter Conradi. Ik heb het gevoel dat iedereen hier respect voor u heeft.'

'Wat aardig dat u dat zegt,' antwoordde Hanna. 'Toch blijft twijfel me niet bespaard. Inmiddels vraag ik me zelfs af of de machines waarmee ik werk niet al te zielloos zijn en of ik me niet meer op de mensen moet concentreren. Maar ik blijf doorgaan tot God me een teken geeft. Als Hij wil dat ik een andere plaats inneem zal Hij me dat laten zien.'

En wie wijst mij de weg, als ik niet in God geloof? dacht Lilly verdrietig.

'Die kwestie met dat kleine meisje was vervelend, maar ik geloof niet dat professor Kirsch het u kwalijk neemt,' vervolgde Hanna. 'Hij is een goede arts, bij wie zijn patiënten altijd voorrang krijgen. Maar dat hebt u vast al gemerkt.'

Lilly knikte. 'Zo zie ik dat ook. Maar ik ben bang dat ik hem kwaad heb gemaakt.'

'Zou u dat in zijn plaats ook niet zijn geweest? Hij draagt de verantwoordelijkheid voor zijn patiënten. Als het kind iets was overkomen, hadden de ouders hem aangeklaagd en was hij misschien zijn bevoegdheid verloren. Hij moet erop kunnen vertrouwen dat wij geen fouten maken. Als u de verhouding met hem wilt verbeteren, moet u uw best doen. U bent nog steeds hier en kunt uw fout goedmaken. Benut die kans in plaats van bang te zijn.'

Hoe moet ik die fout dan goedmaken? dacht Lilly. Gebeurd is gebeurd. Maar toen begreep ze wat Hanna zei. Kirsch mocht haar misschien niet, maar dat wilde niet zeggen dat ze geen goede verpleegster kon zijn.

'Dank u wel, zuster Hanna.'

'Zeg maar Hanna tegen me.' Met een glimlach voegde ze eraan toe: 'En wat denk je ervan om elkaar te tutoyeren? U behoort nu tot de familie van het instituut, eigenlijk zijn we zussen, en die zeggen jij tegen elkaar, is het niet?'

Het aanbod verraste Lilly. Even wist ze geen antwoord te geven. Nooit was ze in het Charité op het idee gekomen een zuster die hoger in rang was te tutoyeren. Maar Hanna was niet haar meerdere en ze had zo vriendelijk met haar gepraat, dus gaf ze te kennen: 'Het zou me een eer zijn.'

'Mooi, Lilly,' zei Hanna, en ze proostte haar toe met haar theekopje. 'Je kunt altijd bij me terecht als je iets op je hart hebt.'

Stipt om zes uur 's avonds stond Lilly in de zusterkamer, klaar om de dienst over te nemen. Die middag waren er nieuwe leerling-verpleegsters van de A-cursus van de verpleegopleiding naar de vrouwenafdelingen gekomen. Ze waren bezig met hun tweede jaar en hadden eerst op de mannenafdeling stage gelopen.

De kinderkamer op de tweede vrouwenafdeling was toebedeeld aan Gerda Franke, een knappe blondine met stralend blauwe ogen en een kuiltje in haar kin. Om haar te leren hoe het er bij de wisseling van de dienst aan toeging liet Martha haar verslag uitbrengen.

'De kleine Ilse wil niet eten,' zei Gerda een beetje bezorgd. 'Zowel het ontbijt als het middageten heeft ze laten staan. Ik heb professor Kirsch op de hoogte gesteld en hij heeft haar onderzocht, maar niets gevonden. Hij zei dat ze misschien heimwee had.'

Lilly knikte en dacht weer aan wat Hanna haar had aangeraden. 'Misschien kan ik haar overhalen. En hoe staat het met de anderen?'

'De moeder van Minna heeft aangekondigd dat ze dit weekeinde op bezoek komt. Minna heeft vandaag weer loopoefeningen gedaan en gaat goed vooruit. Alfred mag na de gewenningsfase met beugels proberen te lopen.'

Lilly keek naar Martha, die haar een bevestigende blik toewierp. 'En Peter?'

'O, die wordt morgen door zijn ouders afgehaald.' Ze keek naar zuster Martha. Die knikte vergenoegd.

'Verder krijgen we morgen een nieuwe patiënt, maar daar is de professor nog niet helemaal zeker van.'

'Hoezo?'

'De jongen is met veertien jaar eigenlijk al te oud voor de kinderkamer. Misschien gaat hij wel naar het Charité.'

Lilly knikte, daarna nam ze de statussen van Martha over en wenste haar welterusten.

Toen ze de zusterkamer verliet, liep Gerda achter haar aan. 'Zuster Lilly?'

'Ja?'

'Ik wilde alleen zeggen dat ik ernaar uitkijk met de zusters hier samen te werken.'

Lilly trok verbaasd haar wenkbrauwen op. 'Het zal beslist niet de enige afdeling zijn waar u wordt ingezet.'

'Maar ik wil graag kinderverpleegster worden,' antwoordde Gerda, en ze voegde eraan toe: 'Mag ik u af en toe iets vragen als iets me niet duidelijk is?'

'Natuurlijk,' antwoordde Lilly en ze bekeek het meisje eens beter. Gerda was ongeveer zeventien of achttien, en Lilly herinnerde zich nog goed hoe timide zij zich had gevoeld toen ze voor het eerst op een afdeling werkte.

'U kunt altijd naar me toe komen.'

'Dank u wel. Een goede dienst dan maar, zuster Lilly.'

'En u een fijne avond, zuster Gerda.'

Toen ze in Ilses kamer kwam zag ze dat het meisje met het kralenkoord speelde dat er eigenlijk toe diende om in geval van nood de zusters te roepen. Ilse sloeg er met haar hand tegen tot het tegen de muur ketste, en liet het heen en weer gaan.

Ook toen Lilly dichterbij kwam hield ze niet op. Het bord met eten stond onaangeroerd naast haar.

'Hallo Ilse,' zei ze tegen de kleine meid, maar die keurde haar geen blik waardig.

Wat was er aan de hand? Had ze weer koorts? Lilly legde voorzichtig haar hand op Ilses voorhoofd, maar dat voelde niet bijzonder warm aan.

'Heb je geen trek in je avondeten?' vroeg Lilly.

Ilse reageerde niet. Nam ze het haar nog steeds kwalijk dat ze haar aan die gestoorde vrouw had overgelaten?

Lilly wenste heimelijk dat Hanna nu hier was. Zij had geen idee wat kinderen betreft, maar tot nog toe was speciale deskundigheid ook niet vereist geweest. De andere kinderen leken toegankelijk, ze gaven antwoord, aten en lieten zich verhaaltjes vertellen.

'Ilselief,' zei ze zachtjes terwijl ze haar arm aanraakte. 'Ik maak me zorgen om je. Ik... Ik beloof je dat ik je nooit meer alleen laat als we ergens naartoe gaan, goed?'

'Goed,' zei Ilse en ze liet het koord weer heen en weer gaan.

Lilly keek een poosje hulpeloos naar haar. 'Is er iets wat je verdrietig maakt? Of waar je last van hebt?'

'Mijn benen... Het is stom dat ik ze niet kan bewegen.'

Lilly knikte begrijpend. 'Dat geloof ik graag. Maar je hebt gehoord wat de professor zei. Om je botten weer te laten genezen moeten ze onbeweeglijk blijven. Als je ze steeds beweegt, kunnen je heupen niet tot rust komen en dan gaan de bacteriën niet weg.'

'Toch is het stom,' zei Ilse zonder op te kijken. 'Ik wil weer lopen. En ik wil naar mijn mama.' Ineens balde ze haar vuistjes en begon te schreeuwen. 'Mama! Ik wil naar mama!'

Lilly wist in eerste instantie niet wat ze moest doen. Nog nooit had ze een kind zo woedend meegemaakt.

'Stil maar,' zei ze onbeholpen en ze onderdrukte de tranen die bij haar opwelden. 'Je zult vast gauw weer bij je mama zijn.'

Haar woorden leken echter niet aan te komen, Ilse begon te huilen. Lilly hurkte bij haar neer en probeerde haar te kalmeren. Ze was zo met het meisje begaan. Zo jong nog, alleen in een vreemde omgeving, vastgebonden aan een bed en zonder de steun van haar moeder. Haarzelf zou het in Ilses plaats waarschijnlijk niet beter zijn vergaan.

Na een poosje ging het huilen over in verstikt gesnik. Lilly streelde over Ilses haar en wangen, maar het duurde even voor die aanrakingen tot het meisje doordrongen. 'Ilse, kalmeer alsjeblieft,' zei ze zachtjes. 'Ik ben er voor jou tot je weer naar je mama kunt. En ze zal heel erg blij zijn dat je dan weer kunt lopen!'

Ilse keek haar met behuilde ogen aan, haar lijfje schokte van het snikken. Maar uiteindelijk leek ze weer tot zichzelf te komen. Na een tijdje vroeg ze: 'Beloof je dat ik straks weer kan lopen?'

Lilly knikte en veegde voorzichtig de laatste tranen uit Ilses gezicht. 'Dat beloof ik. En ik heb vertrouwen in professor Kirsch. Die weet hoe hij je weer beter kan maken.'

Het meisje knikte en stak haar handje naar haar uit. Lilly pakte haar vingers vast en streelde ze licht. 'Ik heb dorst,' zei Ilse na een poosje.

'Ik geef je iets te drinken,' zei Lilly en ze gaf haar de tuitbeker aan. Gulzig nam Ilse een slok. Was nu het moment gekomen om haar aan het eten te krijgen?

'Om ervoor te zorgen dat we je benen gauw weer los kunnen maken moet je ook iets eten,' begon Lilly behoedzaam. 'Als je het eten niet lekker vindt, zal ik proberen iets anders voor je te regelen.'

Ilse keek haar aan, toen likte ze over haar lippen. 'Radijsjes,' zei ze uiteindelijk.

'Radijsjes?' vroeg Lilly verbaasd, waarop het meisje knikte.

Een golf van verlichting ging door haar heen. Als dat alles was... 'In de keuken zijn er vast wel wat te vinden. Ik ga ze voor je halen, maar dan moet je me beloven dat je ze ook opeet.'

'Beloofd,' zei Ilse, en Lilly stond op. Ze wendde zich naar de deur en zag daar professor Kirsch staan. Hoelang zou hij haar al hebben gadegeslagen?

'Professor, ik heb helemaal niet gemerkt dat u er was.' Haar wangen begonnen te gloeien.

Kirsch zei niets.

'Ik... Leerling-verpleegster Gerda vertelde me bij de overdracht dat Ilse niet wilde eten. Ik ga nu radijsjes halen. Als u dat goedvindt.'

Een tijdlang bleef Kirsch haar opnemen, toen vroeg hij: 'Had u het aan me gevraagd als ik niet hier had gestaan?'

Lilly hield even haar adem in. Nee, eerlijk gezegd zou ze dat niet hebben gedaan. 'Radijsjes staan niet op de lijst met verboden levensmiddelen,' antwoordde ze ad rem.

'Voor het welzijn van onze patiënten is het belangrijk dat ik over elke verandering in het dieet word ingelicht. Eigenmachtig handelen kan schadelijk voor ze zijn.'

Lilly perste haar lippen op elkaar. Wat had het voor zin te zeuren over iets wat geen kwaad kon!

'Professor, hebt u er iets op tegen dat ik voor onze patiënte het door haar gewenste eten haal? Ze heeft al twee maaltijden laten staan en omdat we haar niet mogen dwingen stel ik voor vandaag bij hoge uitzondering dit compromis te sluiten.'

Kirsch trok zijn wenkbrauwen op. Voor het eerst zag Lilly de gouden spikkeltjes in zijn irissen.

'Nee, daar heb ik niets op tegen,' gaf hij uiteindelijk toe.

'Dank u.' Lilly rechtte haar rug en verliet de kamer.

Toen ze terugkwam met de radijsjes was de professor verdwenen. De oogjes van Ilse lichtten op toen ze de rode knolletjes op het bord zag. Lilly had ze in de keuken in plakjes gesneden en er wat fijngehakte peterselie overheen gestrooid.

Met een voldane glimlach keek Lilly toe terwijl het meisje de radijsjes verorberde.

'Krijg ik die morgen weer?' vroeg ze toen ze uitgegeten was.

'We moeten afwachten wat de professor ervan zegt,' verklaarde Lilly toen ze het bord weghaalde. 'Maar ik zal hem proberen over te halen.' Ze streek een haarlok uit Ilses gezicht en vroeg: 'Wil je misschien iets anders hebben om mee te spelen dan dat koord? Dat moet toch vreselijk saai zijn.'

Ilse knikte zuchtend.

Lilly herinnerde zich speelgoed dat ze als klein kind had gehad. 'Ik denk dat ik wel iets weet.' Ze lachte geheimzinnig, en Ilse keek haar met grote ogen aan. 'Als je morgen braaf je ontbijt opeet, breng ik je iets waar je plezier in zult hebben.'

Hoewel ze hondsmoe was en eigenlijk zou moeten gaan slapen, ging Lilly na haar nachtdienst niet naar haar kamer maar haalde ze haar vest om de stad in te gaan.

Martha had haar al een paar dagen geleden de weg naar een fourniturenzaak beschreven waar je goedkoop aan garen en wol kon komen.

Niet veel later kwam ze bij de winkel, die zich in de buurt van een speelgoedzaak bevond. De eigenares, een oude vrouw, wier handelsmerk het volgens Martha was dat ze zomer en winter een gehaakt mutsje droeg, opende zojuist de deur.

'Nou, zuster, waartoe die haast?' vroeg ze verbaasd. De muts van zachtgroen garen die ze die dag ophad was in een bladmotief gehaakt.

'Ik... Ik heb...'

'Kom binnen en kom eerst maar eens op adem,' zei de vrouw en ze liep voor haar uit. Lilly's blik zwierf langs de etalage van de speelgoedwinkel. Daarin stond een huis van rode, gele en blauwe blokken. Maar zoiets was voor Ilse niet geschikt.

Lilly keek rond in de fourniturenzaak. Die bestond in feite uit een smalle gang met hoge bruine rekken die gevuld waren met kleurige doosjes. Op sommige ervan zaten knopen, op andere stukjes koord, garen of ritssluitingen. Wat verder naar achteren bevonden zich rollen stof en grotere dozen met wol.

'Waarmee kan ik u van dienst zijn?' vroeg de oude vrouw vriendelijk.

'Ik wil graag een punnikklosje hebben,' zei Lilly.

'Voor uw dochter?'

'Nee, voor een patiënte,' flapte Lilly eruit. 'Een heel jong patiëntje.'

'Een ogenblikje,' zei de winkelierster en ze trok een gordijn open, waardoor het achterste deel van de zaak zichtbaar werd. Rollen stof in alle mogelijke kleuren lagen daar in rekken opgestapeld, linten met kant, pareltjesband. Alles wat voor mooie kleding nodig was.

Haar moeder had altijd een voorraadje stof en kant in huis gehad, waarvan ze jurken voor zichzelf en haar dochters naaide. Als echtgenote van een belastingadviseur ontving ze thuis af en toe cliënten voor het diner en moest ze ervoor zorgen dat alles blijk gaf van hun stand. Bij die gedachte kwam een oude bitterheid bij Lilly op.

De eigenares van de winkel haalde haar uit haar overpeinzingen. 'Hier heb ik twee modellen die geschikt zijn voor kinderhandjes.' Ze hield Lilly twee kleurig gelakte punnikklosjes voor die eruitzagen als poppetjes, het ene in roodtinten, het andere in het blauw met een madeliefje op het rokje. 'Welke kleur vindt het meisje het mooist?'

Op die vraag wist Lilly geen antwoord. Het zou makkelijk zijn geweest om te zeggen dat Ilse als meisje vast meer van rood zou houden, maar toen herinnerde Lilly zich de jurkjes die ze voor haar in de kast had opgehangen. Die waren turquoise en geel, zoals de zee waarboven de zon straalde.

'Ik neem het blauwe,' zei Lilly.

De vrouw glimlachte en knikte. 'En u moet zeker ook wol hebben?'

'Ja, vanzelfsprekend.'

De winkelierster liep naar een van de wandrekken en haalde een doosje tevoorschijn. 'Ik heb hier een zakje met restjes die niet zo lang zijn. Om mee te beginnen is dat beter, anders is het plezier misschien van korte duur.'

'Die neem ik,' zei Lilly. 'Wat kost dat alles bij elkaar?'

'Het punnikklosje kost 5 mark, de wol krijgt u er voor niets bij. Ik weet toch niet wat ik ermee moet.' Ze overhandigde Lilly een propvolle papieren zak.

'Dank u wel, dat is heel aardig van u,' antwoordde ze verrast.

De vrouw maakte een afwerend gebaar. 'Ach, dat is het helemaal niet. Uw patiëntje boft dat ze zo'n lieve verpleegster heeft. Ik hoop dat ik zo een beetje tot haar genezing kan bijdragen.'

Bij haar terugkeer op Waldfriede waren de artsen nog steeds bezig met hun visiteronde. Lilly trok haar vest uit, legde het over haar arm en vloog de trap naar de vrouwenafdeling op. Als ze geluk had was professor Kirsch al bij Ilse geweest.

Ze liep de afdeling op, begroette de leerling-verpleegsters, die bezig waren het ontbijt op te ruimen. De professor was nergens te bekennen.

Hoe zou Ilse reageren? dacht Lilly vol verwachting terwijl ze zich door de gang haastte. Ver kwam ze niet.

'Bent u niet vrij van dienst?' vroeg de professor streng toen hij haar tegenkwam bij het verlaten van de kinderafdeling.

'Zeker,' antwoordde Lilly. 'Maar ik moet iets brengen.' Ze liet hem het punnikpopje zien en het zakje met wolresten.

'Wat is daar de bedoeling van?' vroeg Kirsch.

'Het is voor Ilse,' antwoordde Lilly.

'Is ze daar niet nog wat te klein voor?'

'Ze verveelt zich vreselijk,' zei Lilly. 'Haar enige speelgoed is het kralenkoord. Toen ik gisteren bij haar in de kamer kwam liet ze dat de hele tijd tegen de muur knallen. Het leek haast catatonisch. Ik dacht, ik geef haar vingers iets te doen nu ze haar benen niet kan bewegen. Ik wil niet dat haar geest in die lege kamer volkomen verarmt.'

Daarop zweeg Kirsch, en het schoot Lilly weer te binnen wat hij de vorige avond had gezegd.

'Als u daar bezwaar tegen hebt, professor, laat het me dan alstublieft weten. Ik wil niet in strijd met uw therapiebeleid handelen. Maar als verpleegster heb ik een beeld van patiënten dat soms voor artsen verborgen blijft. En ik ben ervan overtuigd dat Ilse vlugger geneest als je haar iets te doen geeft zolang ze van andere kinderen geïsoleerd is.'

Kirsch verstrengelde zijn handen op zijn rug en wipte heen en weer. 'U kunt haar dat punnikklosje geven, maar alleen als u erbij blijft. Ik wil niet dat ze zich bezeert.'

'Ik zal haar laten zien hoe ze koorden kan knopen zonder een naald te gebruiken. Dat heb ik als kind ook gedaan.'

Kirsch keek haar aan alsof hij zich voorstelde hoe ze als klein meisje was geweest.

'Ze zal er blij mee zijn,' zei Lilly en ze draaide zich om. 'Een aangename dienst, professor.'

Kirsch hield haar tegen. 'Zuster Lilly?'

'Ja, professor?'

'Ik heb voor Ilse wat bewegingstherapie voorgeschreven. Daarom zal ik u weer voor de dagdienst indelen. Ilse heeft een vaste verzorgster nodig die haar houvast biedt.'

'Dank u.' Lilly glimlachte en liep toen naar Ilses kamer.

De oogjes van de kleine meid lichtten op toen ze binnenkwam. 'Lilly!' riep ze en ze strekte haar handjes naar haar uit.

Hoewel ze intussen aan de riemen en gewichten gewend zou moeten zijn, voelde Lilly een knoop in haar maag. Des te blijer was ze dat ze voor Ilse een pleziertje in petto had.

'Hallo Ilse,' zei ze. 'Ik heb iets voor je meegebracht, zoals beloofd.'

Het meisje klapte in haar handen toen ze het punnikpopje zag. 'Een popje!' riep ze uit.

'Een punnikpopje!' corrigeerde Lilly haar. 'Daarmee kun je koorden voor armbandjes maken. Of schoenveters. Ik zal je laten zien hoe dat gaat.'

'Nu meteen?'

Lilly bedacht dat zijzelf beter kon gaan slapen, maar ze zat door de tocht naar de stad en Ilses enthousiasme zo vol energie dat ze zeker wist dat ze geen oog dicht zou kunnen doen.

'Tot de professor komt om je te behandelen.' Ze haalde het zakje met wol tevoorschijn. 'Kijk,' zei ze en ze legde Ilse uit hoe je een punnikklosje moest gebruiken. Daarbij hoopte ze dat ze ooit zou kunnen kijken naar haar eigen spelende kind.

# 15

*Zehlendorf, 14 juli 1930*

'Hebt u al een besluit genomen over het uitstapje?' vroeg Hanna nadat ze de dossiers van de patiënten die die dag zouden komen op Conradi's bureau had gelegd.

Het was sinds een paar jaar traditie op Waldfriede om in de zomer een uitstapje met het personeel te maken.

Louis zuchtte en schudde bezorgd zijn hoofd. 'Ik ben bang dat ons daarvoor de middelen ontbreken.'

Hij schoof het grootboek opzij en drukte zijn duim en wijsvinger in zijn ooghoeken. Hanna kende hem goed genoeg om te weten dat hij door hoofdpijn geplaagd werd. Ook leek hij de laatste tijd vermoeider dan anders. Waarschijnlijk had hij de nacht weer doorgebracht met piekeren over de balans.

'Dus er komt dit jaar geen uitje?' vroeg Hanna teleurgesteld. 'We hadden ons er allemaal al op verheugd.'

'Ik weet het,' zei hij. 'Ik zou natuurlijk bij mijn vrienden uit Werder kunnen informeren.'

'De familie Hermann?'

De arts knikte. 'Onze vriend Peter Hermann heeft onlangs een boot gekocht, die hij van een motor heeft voorzien. De omgeving en het meer zijn heel pittoresk en misschien kunnen we onze medewerkers daar even op adem laten komen.'

'Wat een goed idee! Maar kunnen er zo veel mensen in die boot?'

'We zouden zo'n tochtje natuurlijk zoals altijd in groepjes maken.' Het gezicht van de dokter betrok weer. Hanna voelde dat hij nog iets anders op zijn hart had.

'Is er iets wat ik voor u kan doen?' vroeg ze. 'U ziet er de laatste tijd zo bedrukt uit.'

'Tja, als u een kundige boekhouder voor me weet...' Er verscheen een droevige glimlach op zijn gezicht. Hij zweeg even en voegde er toen aan toe: 'Ik weet ook niet wat er met me aan de hand is. Vroeger hadden we immers ook al problemen. En die hebben we allemaal weten op te lossen.'

Hanna knikte. 'Dat is waar.'

'Waarom heb ik dan het gevoel dat alles me boven het hoofd groeit?'

'Misschien omdat dat ook zo is?' Ze legde haar hand op zijn arm. 'U hoeft uw kruis niet alleen te dragen, dat weet u best. Ik neem graag taken van u over, als dat in mijn macht ligt.'

'U hebt al genoeg te doen met de röntgenafdeling en mijn spreekuur. Ik kan u niet met nog meer belasten.'

'Dat kunt u wel,' antwoordde Hanna. 'Dat ik afgelopen winter ziek ben geworden, kwam door een infectie, niet door het werk. Een paar van de verpleegsters die ik zelf heb opgeleid, doen het heel goed in de röntgenkamer en kunnen mij vervangen.'

De dokter keek haar aan. 'Ik ben u dankbaar voor uw aanbod, Hanna. Maar ik wil echt niet dat u te veel hooi op uw vork neemt. Bovendien zijn er verplichtingen die ik werkelijk niet kan uitbesteden...' Hij stokte en voegde er even later aan toe: 'Maar de organisatie van dat boottochtje zou u inderdaad van me kunnen overnemen. Ik zal met Peter gaan praten en dan brengt u de afdelingshoofden en zuster Elisabeth op de hoogte, goed?'

~

'Zo, Ilselief, laten we de zon maar weer eens opzoeken.' Lilly glimlachte naar het meisje. In de maand die ze nu bij hen was, was niet alleen haar lengte maar ook haar gewicht toegenomen. Ze leek niet langer zo zwak als eerst en dankzij haar punnikpopje was ze ook handiger met haar vingers geworden.

De tuberculose had ze nog niet overwonnen, maar professor Kirsch vond dat ze goed vooruitging. Hij voorspelde dat ze misschien in de herfst al kon beginnen met opnieuw leren lopen. Mits ze even goed vooruit bleef gaan als tot nog toe.

'Ik heb geweldig nieuws,' zei Lilly terwijl ze een dekentje over de benen van het kind uitspreidde. 'Je mama komt je dit weekeinde bezoeken.'

'Echt waar?' Ilse klapte in haar handen van plezier.

Lilly knikte. 'Dan kunnen we haar laten zien hoe mooi bruin je bent geworden.'

'Als een aardappel!' riep Ilse vrolijk uit.

Tijdens de uurtjes op het dakterras had het meisje gelegenheid om met de andere kinderen uit het ziekenhuis te babbelen. Lilly was verrast geweest hoeveel van hen uit andere landen kwamen. Ze waren natuurlijk niet allemaal patiënt van professor Kirsch. Sommige kinderen hadden een amandel- of blindedarmoperatie achter de rug, andere leden aan rachitis. De zoon van een medewerker van de Russische ambassade had een huidziekte, waardoor hij veel zonlicht nodig had, de dochter van een warenhuisdirecteur uit Frankrijk leed, hoewel ze nog maar tien was, aan reumatische klachten.

Dan waren er nog een Engelse tweeling en twee Deense kinderen die voor hun herstel naar Waldfriede waren gestuurd.

Ilse kon bijzonder goed overweg met de buitenlandse kinderen. Afhankelijk van de taal van degene wiens bed het dichtst bij het hare stond, somde ze naderhand voor Lilly een rijtje getallen in het Engels, Russisch, Frans of Deens op. Alle zusters waren er rotsvast van overtuigd dat ze ooit tolk zou worden.

Lilly haalde het bed van de rem en duwde het naar de openstaande kamerdeur. Dat was niet heel gemakkelijk, want een van de wielen blokkeerde telkens weer. Lilly was ervan overtuigd dat dit bed al in de vorige eeuw was gebruikt, zo hard piepte het.

'Zal ik je helpen duwen?' Leerling-verpleegster Gerda kwam naast haar staan. In de afgelopen weken was Lilly een beetje bevriend met haar geraakt en had ze gezien dat het meisje steeds meer zelfvertrouwen had gekregen.

Alsof hij had gemerkt dat ze goed met elkaar overweg konden, had professor Kirsch hen heel vaak samen ingeroosterd, wat hun de kans gaf het ook over privézaken te hebben. Lilly was daarin wel wat terughoudend.

'Als je niets anders te doen hebt,' antwoordde Lilly dankbaar.

Gerda hielp mee en meteen ging het iets makkelijker.

'Eigenlijk is het zo langzamerhand tijd voor het jaarlijkse uitstapje,' zei Gerda, toen ze het bed naar de lift reden. 'De leerlingen gaan dan ook altijd mee.'

Er gleed een glimlach over Lilly's gezicht. Een uitstapje zou heerlijk zijn, vooral nu, met die hitte van de laatste tijd, waardoor haar lichaam en geest om ontspanning schreeuwden.

'Jij weet daar natuurlijk nog niets van,' vervolgde Gerda, 'omdat je er vorig jaar nog niet was. Wie belangstelling heeft, kan zich bij zuster Hanna aanmelden. De dokter laat de organisatie aan haar over.'

'Dan moeten we ons beslist aanmelden,' zei Lilly en ze voelde dat haar hart sneller begon te kloppen. 'En misschien gaat zelfs de professor wel mee.'

Lilly kon niet goed zeggen waarom ze hem zo aantrekkelijk vond, maar ze moest de laatste dagen voortdurend aan professor Kirsch denken. Waar zou zijn belangstelling naar uitgaan? Hield hij van muziek? Wat voor boeken zou hij lezen, afgezien van zijn vakliteratuur? Ging hij wel eens naar een film? Ze durfde er in het ziekenhuis niet naar te vragen, hier had hij het altijd alleen over het werk. Maar misschien was hij tijdens zo'n uitstapje wat losser...

Gerda schudde haar hoofd. 'Dat kun je vergeten; hij is al vanaf het begin niet met die uitjes mee geweest. Dan heeft hij "toevallig" iets op de universiteit te doen of hij moet naar een congres.'

'Denk je dat dat smoesjes zijn?' Ze wist dat hij tussen Waldfriede en het Charité pendelde en wel degelijk colleges en lezingen gaf.

'Martha en de anderen waren in elk geval niet overtuigd.'

'Nou, misschien gaat het dit jaar anders,' zei Lilly vastberaden toen ze bij de lift aankwamen.

Nadat ze Ilse had overgedragen aan 'zonnezuster' Emma, die verantwoordelijk was voor de patiënten op het dakterras, liep Lilly terug naar de afdeling. De gedachten aan het komende uitje en aan wat Gerda had verteld lieten haar niet los. Zou de professor werkelijk zo afwijzend reageren als zij had gezegd?

Lilly ging naar de artsenkamer. Ze wist dat Kirsch daar om deze tijd zijn patiëntendossiers doornam.

'Professor Kirsch?' vroeg ze, en toen hij reageerde stak ze haar hoofd om de deur.

'Wat is er, zuster Lilly?' vroeg hij zonder van zijn papieren op te kijken.

'Ik heb gehoord dat er binnenkort een uitje komt. De datum zal nog wel niet vastliggen, maar wie belangstelling heeft, kan zich bij zuster Hanna aanmelden.'

'En?' Hij keek nog steeds niet op.

Lilly was er in de afgelopen weken aan gewend geraakt dat hij soms wat afwezig was en geen zin leek te hebben om met anderen te praten.

'Ik zou dat meteen voor u kunnen doen als ik me aanmeld,' zei ze.

'U weet dat ik veel te doen heb. Maar bedankt dat u aan me hebt gedacht.'

Lilly stond versteld. Was dat alles?

'Maar misschien kunt u zich een paar uurtjes vrijmaken? De arts-assistenten zouden voor de patiënten zorgen en een beetje zon en frisse lucht heeft nog nooit iemand kwaad gedaan.'

Nu keek Kirsch dan toch op. 'Zuster Lilly, heb ik u niet gezegd dat mijn welbevinden uw zaak niet is?' vroeg hij streng.

'Inderdaad,' antwoordde Lilly in een vlaag van onverschrokkenheid. 'Maar hoe kunt u nu uw patiënten zon en lucht voorschrijven zonder dat u zichzelf iets gunt? Bedenk alstublieft dat u er alleen voor uw patiënten kunt zijn als u zelf gezond bent.'

Lilly zette zich schrap voor een donderpreek, maar tot haar verrassing zweeg de professor en keek hij haar alleen aan. 'Ik heb iets op de universiteit te doen; de komende weken moet ik college geven.'

Blijkbaar had Gerda het bij het rechte eind, dacht Lilly. 'Nou, zoals ik zei weten we nog niet wanneer het uitje plaatsvindt,' zei ze. 'Misschien wel op een dag waarop u mee kunt.' Ze zette een smekend gezicht op. 'Alstublieft, professor, doe ons en uzelf dat genoegen. Het wordt vast...' Lilly stokte toen ze bedacht dat 'een vrolijke boel' bij de professor geen animo zou wekken. '... interessant!'

Kirsch snoof. Lilly vroeg zich af of het niet beter zou zijn zich terug te trekken.

'Goed dan,' zei Kirsch toen. 'Ik zal zien of ik het kan regelen. Maar mag ik nu weer doorgaan met mijn werk?'

'Natuurlijk, professor,' zei ze heimelijk glimlachend.

~

'Catherine, zou je morgen de Hermanns willen bellen om te vragen of we over drie weken hun boot mogen lenen?'

Energiek hing Louis zijn jasje aan de kapstok en liep naar de woonkamer. Toen hij zijn vrouw licht voorovergebogen voor de secretaire zag zitten, hield hij zijn pas in.

'Catherine?' vroeg hij zachtjes.

Catherine reageerde eerst niet. Haar schouders schokten. Ongerust liep Louis naar haar toe. Was ze niet in orde?

Hij ging naast haar staan en zag de stapel brieven liggen die ze was begonnen door te nemen. Een van de brieven hield ze in haar hand.

Nu keek ze op. 'Ulla Morton is overleden,' zei ze verdrietig. Haar wangen zagen rood en er stonden tranen in haar ogen. 'Ik... Ik wist niet eens dat ze ziek was.'

Ulla was een voormalige collega van haar uit Skodsborg, een kleine badplaats ten noorden van Kopenhagen, waar zich een sanatorium onder adventistische leiding bevond. Catherine was samen met haar opgegroeid en al op school met haar bevriend geraakt. Ze waren onafscheidelijk geweest. Zijn vrouw had hem prachtige verhalen over Ulla's bruiloft verteld.

'Wat erg,' antwoordde Louis terwijl hij zijn hand op haar schouder legde.

‘Ik had haar moeten schrijven,’ snikte Catherine zonder op zijn woorden in te gaan. ‘Ik had moeten vragen hoe het met haar ging.’

Louis wist niet wat hij daarop moest zeggen. Toen ze in Zwitserland woonden hadden Ulla en Catherine nog regelmatig contact gehad, maar sinds ze hier in Berlijn waren had zijn vrouw het nog maar zelden over haar gehad.

‘Heeft Diana je geschreven?’

Catherine knikte en veegde haar tranen weg. Ze gaf Louis de brief. In een licht, zwierig handschrift deelde Ulla’s dochter het overlijden van haar moeder mee. Ulla had borstkanker gehad, inoperabel, volgens de artsen in Skodsborg en Kopenhagen.

Waarom heeft ze zich niet tot ons gewend, vroeg hij zich af. Toen zag hij dat de uitvaart komende vrijdag zou plaatsvinden.

‘Wil je naar de begrafenis gaan?’ vroeg hij.

‘Ja,’ antwoordde ze en in haar ogen las hij de wens dat hij mee zou gaan. Hij verkrampte. Zelf had hij nauwelijks een band met Ulla en hij kwam om in het werk.

‘Als je wilt, laat ik broeder Kowalski weten dat hij je met de auto naar Skodsborg moet brengen.’

‘En jij dan?’ vroeg ze. ‘Wil jij niet meegaan?’

‘Ik heb een volle agenda,’ antwoordde hij. ‘Vrijdag heb ik drie operaties en om op tijd in Skodsborg te kunnen zijn, zouden we op z’n laatst donderdag moeten vertrekken.’

‘Maar Hanna kan je patiënten toch naar een andere dag verzetten? En die operaties...’

‘De patiënten die ik moet opereren, vertrouwen op mij. Wat zouden ze ervan zeggen als ik ze opeens naar dokter Lexow doorschoof?’

Catherines gezicht verstrakte. Louis stond in dubio. Was het echt zo erg als hij niet meeging?

Hij deed nog een poging. ‘En als een van onze verpleegsters eens met je mee zou gaan? Of een van de vrouwen uit de keuken? Je hebt toch altijd goed met hen samengewerkt?’

‘Zij hebben geen band met Ulla en ik kan het hun niet aandoen naar de uitvaart te gaan van iemand die ze niet eens kennen.’

Wat de band met Ulla betrof, die had Louis ook niet echt. Als ze in Skodsborg waren was hij haar wel eens tegengekomen, maar daar kwamen ze ook niet zo vaak meer sinds ze Waldfriede hadden overgenomen.

'Goed, ik zal zien wat ik kan doen.' Hij streelde Catherines rug, boog naar voren en gaf haar een kus.

'Dank je,' zei Catherine en er verscheen een glimlachje op haar gezicht. 'Wat zei je daarnet over de Hermanns?'

'Ik wil ze vragen of we hun boot mogen lenen voor een bedrijfsuitje. Dat kan ik zelf wel doen, rust jij maar een beetje uit. Ik zal de kok vragen of hij ons de avondmaaltijd kan laten brengen.'

~

In de eetzaal gonsde het van het geroezemoes, al waren de tafels niet zo dichtbezet als anders.

'Lilly,' zei Hanna toen ze haar collega in het oog kreeg. 'Heb je er iets op tegen als ik bij je kom zitten?'

'Nee, natuurlijk niet,' antwoordde ze kauwend. 'Ga gerust zitten!'

Hanna nam plaats op de stoel tegenover haar. Het viel haar op dat Lilly er zo blozend uitzag. Ook straalde ze veel meer rust uit dan anders. Zou dat komen doordat ze nu beter met professor Kirsch overweg kon?

'Hoe gaat het bij jou op de afdeling?' vroeg ze. 'Ik heb al een tijd geen gelegenheid gehad om professor Kirsch te spreken.'

'Heel goed,' zei Lilly. 'Ik ben bezig de professor ertoe te bewegen met ons uitje mee te gaan.'

'Nieuwtjes doen snel de ronde,' antwoordde Hanna meesmuilend. 'Maar dokter Conradi moet nog wel een paar voorzorgsmaatregelen treffen.'

Hanna wilde net aan haar aardappelpuree beginnen toen ze vanuit haar ooghoeken een beweging waarnam. Intuïtief keek ze opzij en toen zag ze dat de geneesheer-directeur zich tussen de tafels door een weg baande. Af en toe bleef hij staan om met een collega te praten en vervolgens liep hij rechtstreeks op haar af.

'Misschien is alles nu geregeld,' merkte Lilly op.

Hanna legde haar vork neer.

'Eet smakelijk,' zei dr. Conradi glimlachend, waarna hij zich tot Hanna wendde. 'Hebt u straks misschien even tijd? Ik zou graag iets met u bespreken.'

Beleefdheidshalve zei Hanna: 'Als u wilt, kunnen we dat ook meteen doen,' maar ze merkte dat de dokter haar liever onder vier ogen wilde spreken.

'Ik wil u niet storen tijdens uw avondmaaltijd.'

Hanna stond op. 'De puree is toch nog een beetje te heet. Lilly, zou jij er even op willen letten?'

Lilly knikte en Hanna liep met de dokter mee. Hij ging haar voor naar de gang.

'Is het gelukt met de boot?' vroeg Hanna.

Hij schudde zijn hoofd. 'Ik heb net gehoord dat een vriendin van mijn vrouw is overleden.'

Hanna's verwachtingsvolle glimlach stierf weg. 'O, wat erg.'

De dokter knikte. 'De uitvaart is aanstaande vrijdag. Ik overweeg of ik haar met de auto naar Skodsborg zal laten gaan. Dat zou minder vermoeiend zijn dan een treinreis.'

'Is de auto hier dan niet nodig?' vroeg Hanna en toen drong het tot haar door dat hij het alleen over zijn vrouw had gehad. Wilde hij dan niet mee? 'Voor zover ik weet moet er een grote bestelling linnengoed worden opgehaald.'

'Dat is waar ook.'

Hanna voelde dat hij iets op het hart had. Hij wekte de indruk niet te weten hoe hij onder woorden moest brengen wat hij wilde zeggen. 'Zal ik de afspraken van de patiënten voor donderdag en vrijdag verzetten? U zult vast een poos onderweg zijn naar Skodsborg.'

Conradi keek haar aan. 'Hanna, zou u met mijn vrouw mee willen gaan?'

Hanna trok verrast haar wenkbrauwen op. Hij wilde dat zij meereisde? Maar ze kende de vriendin van zijn vrouw toch helemaal niet!

'Ik kan onmogelijk met haar mee,' vervolgde hij. 'Maar ik wil haar ook niet alleen laten reizen. Een beetje aanspraak zou haar vast goeddoen.'

'En hoe moet het dan met de röntgenfoto's?' vroeg ze. 'Bovendien hebben we een druk spreekuur...'

'Ik moest het ook zonder u doen toen u begin dit jaar afwezig was,' antwoordde hij, bijna een beetje nors. 'Zuster Grete kan voor u invallen. U zou zondagavond weer terug zijn.'

Hanna wist niet hoe ze moest reageren. Het vooruitzicht met Conradi's vrouw op reis te gaan stond haar niet aan. Al zagen ze elkaar zelden en hadden ze weinig gelegenheid om elkaar te spreken, er heerste nog altijd een zekere spanning tussen hen.

'En zuster Elisabeth dan?' vroeg ze. 'Zij is met uw vrouw bevriend.'

'Ik kan haar helaas niet van haar dienst op de afdeling ontheffen.'

Maar ik kan zeker wel gemist worden, dacht Hanna gekwetst.

'Hanna, alstublieft,' zei de dokter en hij legde zijn hand op haar arm. 'U zou me een groot plezier doen. U bent al vanaf het begin lid van onze ziekenhuisfamilie. Er is hier niemand die ik meer vertrouw dan u.'

Die woorden wogen zwaar. Ja, ze was al sinds het begin hier. En ze had veel aan de dokter te danken. Maar dat wilde niet zeggen dat ze het plezierig vond om een aantal dagen met zijn vrouw door te brengen.

'Goed dan,' zei ze. 'Ik ga met uw vrouw mee. Mits ze er niets op tegen heeft. Hebt u het haar al gevraagd?'

'Nee, nog niet. Maar ik ben ervan overtuigd dat ze blij zal zijn u aan haar zijde te hebben.'

Daar was Hanna niet zo zeker van, maar ter wille van de dokter glimlachte ze.

'Dank u, Hanna,' zei hij en hij legde zijn handen even op haar armen. 'Ik zal u weliswaar ontzettend missen, maar de dagen zullen voorbijgaan en wie weet doet u in Skodsborg een paar interessante ontdekkingen.'

Louis wist niet goed wat Catherine zou vinden van wat hij geregeld had. Om haar een beetje te laten bijkomen had hij de avondmaaltijd, die hij eigenlijk had willen laten brengen, zelf uit de keuken gehaald. De keukenmeisjes hadden hem aangekeken alsof ze een geestverschijning zagen.

Ik moet me echt weer vaker in de eetzaal laten zien, bedacht hij terwijl hij het dienblad met zijn handen in evenwicht hield. Er stond behalve een salade en aardappelpuree ook nog wat pudding van het middageten op, waarmee hij zijn vrouw wilde opmonteren.

Toen hij hun woning binnenging zat Catherine op de sofa, met op haar schoot het bruine fotoalbum waarin ze foto's uit haar jeugd bewaarde. Eigenlijk hield ze er niet van in de woonkamer te eten, maar in dit geval konden ze best een uitzondering maken. Louis zette het dienblad neer op het tafeltje voor de sofa.

'Kijk eens wat ik in de keuken heb gevonden,' zei hij en hij ging naast haar zitten.

Catherine keek hem met gezwollen ogen aan. 'Dank je wel. Maar ik heb niet veel trek.'

'Ook niet in pudding?' vroeg hij en hij hield haar het schaaltje voor, waaruit een zoete vanillegeur opsteeg.

Een klein glimlachje vloog over het gezicht van zijn vrouw. 'Je weet toch dat ik geen klein meisje ben?'

'Natuurlijk weet ik dat. Maar dat zijn de meesten van onze patiënten ook niet en ik heb me laten vertellen dat die pudding hun heel goed smaakt. Bovendien is hij balsem voor de ziel.'

Catherine nam het schaaltje aan en at een lepeltje. 'Dank je,' zei ze.

'Graag gedaan.' Peinzend keek Louis haar aan en zei toen: 'Ik heb een oplossing gevonden wat je reis naar Skodsborg betreft.'

'Het zal niet zo lastig voor Hanna zijn om je patiënten te verzetten,' antwoordde Catherine en ze nam nog een hapje pudding.

'Hanna gaat met je mee naar Skodsborg.'

Catherine hield op met eten en legde haar lepel demonstratief langzaam neer op het dienblad. Haar ogen leken vuur te spuwen toen ze hem aankeek.

'Je moet wel je verstand zijn verloren! Jij hoort met me mee te gaan, niet Hanna!'

'Maar ze heeft er al mee ingestemd om mee te gaan. Zoals ik al zei: ik kan niet!' Louis slaakte een zucht. Hij had gedacht haar een plezier te doen.

'Je móét gewoon kunnen!' zei Catherine kwaad. 'Je bent mijn echtgenoot! Jij hoort aan mijn zijde te zijn als ik mijn vriendin naar haar laatste rustplaats begeleid, en niet je praktijkassistente!'

Haar woorden rolden als donderslagen door de kamer.

'Je echtgenoot is ook geneesheer-directeur van een kliniek en is daar op het moment onmisbaar!' antwoordde Louis, ook luider dan hij eigenlijk had bedoeld.

'Je bent de laatste tijd voortdurend onmisbaar,' snauwde Catherine, en nadat ze hem nog een woedende blik had toegeworpen stoof ze langs hem heen. Even later sloeg er een deur achter haar dicht.

Louis keek haar niet na. Had ze gelijk? Natuurlijk moest hij zich met het ziekenhuis bezighouden en hij had ook nog andere verplichtingen, maar was het echt zo dat hij daardoor zijn echtgenote over het hoofd zag?

Nadat er tien minuten waren verstreken liep Louis naar de slaapkamer.

'Catherine,' zei hij zachtjes. 'Het spijt me dat ik tegen je heb geschreeuwd. Maar ik kan echt onmogelijk met je mee.'

Zijn vrouw zweeg.

'Hanna zal aangenaam gezelschap zijn. Er is geen medewerker in het ziekenhuis die ik zo vertrouw als haar.'

Catherines ogen fonkelden van woede toen ze zei: 'Geloof me, dat weet ik maar al te goed!'

# 16

*Zehlendorf, 17 juli 1930*

De ochtend was zonnig en fris. Er hing nog wel een lichte nevel over het bos achter het ziekenhuis, maar Hanna twijfelde er niet aan dat hun opnieuw een stralende, warme dag wachtte. Ze keek naar de koffer aan haar voeten.

Voor de rouwplechtigheid had ze een zwarte jurk ingepakt en voor haar vrije tijd een witte katoenen. Op reis droeg ze de donkerblauwe uitgaansjurk met het witte kraagje en de broche die de zusters van Friedensau kenmerkte. Verder had ze nog een apart tasje voor haar ondergoed, zeep en een potje crème mee en haar reisbijbeltje, dat ze lang geleden van Else Rogel, de vroedvrouw, cadeau had gekregen.

De vraag waarom juist zij en niet Elisabeth het verzoek had gekregen met mevrouw Conradi mee te gaan hield haar nog steeds bezig. De directrice was onvervangbaar, maar zij niet? Hanna wist niet wat ze daarvan moest denken.

Ze keek naar de zwarte auto, die Fritz Kowalski alvast op de rotonde voor het ziekenhuis had neergezet. De chauffeur stond ernaast de spiegels te poetsen.

'Zuster Hanna?' Catherine Conradi kwam aanlopen. De kiezelsteentjes van het pad knarsten onder haar schoenen. Ze droeg een elegant donker mantelpakje en een hoedje, zwarte kousen en zwarte schoenen. Haar haar was volgens de laatste mode langs haar gezicht naar binnen gekruld. Bagage had ze niet bij zich.

'Goedemorgen, mevrouw Conradi,' zei Hanna ter begroeting. 'Hebt u goed geslapen?'

'Dank je, redelijk,' antwoordde mevrouw Conradi. 'Heb je alles voor de reis bij je?'

Hanna tilde haar koffertje op.

Catherine knikte. 'Mooi zo, dan kunnen we vertrekken.'

Terwijl de chauffeur Catherines bagage uitlaadde en aan een kruier overdroeg bleef Hanna bij de auto wachten. Het was druk geweest op de weg en ook in de hal van station Lehrte heerste grote bedrijvigheid.

Hanna had er al rekening mee gehouden dat mevrouw Conradi geen aangenaam reisgezelschap zou zijn, maar de kille houding waarmee ze haar bejegende was uitzonderlijk. Catherine zei slechts het hoognodige tegen haar en volstond vaak met een gebaar, zoals ze dat nu deed om aan te geven dat ze mee moest komen.

Zwijgend liep Hanna achter haar aan.

Toen ze bij het juiste spoor waren keek Hanna op de klok. Vijf voor acht. Ze verlangde opeens naar haar gebruikelijke dagindeling. De dokter zou zo met het spreekuur beginnen en mevrouw Walter binnenroepen, die zoals gewoonlijk iets eerder aanwezig zou zijn. Waarschijnlijk zou dr. Lexow kort daarop langskomen omdat hij röntgenfoto's van een patiënt nodig had.

De mededeling van de stationsomroeper dat de trein naar Hamburg over enkele ogenblikken zou arriveren onderbrak haar gedachten. Hanna omklemde het handvat van haar koffertje wat steviger. Even later reed de locomotief het station binnen en kwamen de wagons voor hen tot stilstand.

In hun coupé waren ze de enige reizigers. Zoals ze eerder in de auto ook had gedaan, haalde mevrouw Conradi haar aantekenschrift tevoorschijn. Wat ze opschreef wist Hanna niet, en algauw vond ze de stilte onverdraaglijk.

'Hoelang kende u uw vriendin eigenlijk al?' begon ze, want ze wilde haar medeleven aan mevrouw Conradi laten blijken.

Catherine keek haar aan alsof ze een vreemde was. 'Pardon?'

‘Uw vriendin,’ herhaalde Hanna. ‘Hoelang kende u haar al?’

‘Al heel erg lang.’ Catherine richtte haar aandacht weer op haar schrift.

‘Kende u haar van het werk?’ vroeg Hanna door. Een gevoel van onmacht bekroop haar. Met haar patiënten had ze nooit moeite een gesprek te beginnen.

Catherine zuchtte hoorbaar, sloeg toen haar schrift dicht en keek haar aan. ‘Luister eens, Hanna, je hoeft heus geen praatje met me aan te knopen. Ik begrijp je goede bedoelingen en die waardeer ik ook, maar geloof me, het is echt niet nodig.’

Hanna perste haar lippen op elkaar. Ze wist heel goed dat mevrouw Conradi verdriet had, maar op dit moment voelde ze zich zoals tien jaar eerder, toen ze net in Waldfriede was aangekomen.

‘Neemt u me niet kwalijk,’ zei ze zo beheerst mogelijk en ze richtte haar blik door het raam naar buiten.

Het station van Skodsborg was een gebouw van rode baksteen met prachtig versierd vakwerk; het lag half verscholen in een donkergroen bos. Toen Hanna uit de trein stapte kwam de frisse, zilte zeelucht haar al tegemoet. In de verte hoorde ze het ruisen van de Oostzee. Die indrukken verdreven de sombere stemming die het gezelschap van de doktersvrouw bij haar had opgeroepen. Ze had geen pogingen meer gedaan om een gesprek te beginnen en had in plaats daarvan geprobeerd zich als een schaduw te gedragen door Catherine waar nodig te volgen, maar verder op de achtergrond te blijven.

Voor het station stond een zwarte auto te wachten. Toen de chauffeur hen zag stapte hij uit en gaf hun met een handgebaar te kennen dat hij hier was om hen af te halen.

Na een korte rit door de rustige badplaats kwamen ze bij het sanatorium aan. Hanna had er al veel over gehoord en toch benam de aanblik van de witte gebouwen haar even de adem. Vroeger moesten de huizen waarin het sanatorium was ondergebracht reeds schitterende villa’s zijn geweest, maar nu waren ze door zuilengangen tot een overweldigend geheel met elkaar verbonden.

Toen Hanna verder om zich heen keek ontdekte ze een hoge

bouwsteiger, waarachter nog een wit gebouw werd opgetrokken.

Intussen had Catherine de chauffeur laten weten waar de koffers naartoe moesten. 'We logeren in het sanatorium,' verklaarde ze. 'Meneer Andersen is zo vriendelijk ons onderdak te bieden.'

Hanna hoopte vurig dat ze geen kamer zouden hoeven delen. Als ze haar dagen al in stilte moest doorbrengen, dan graag alleen.

Ze liepen over de geplaveide voorplaats, waar een aantal automobielen stonden. Hanna keek opzij en liet haar blik verlangend naar het park gaan. Wat zou ze graag even op zo'n bankje gaan zitten! Of naar het strand afdalen!

Eenmaal aangekomen in de hal van het sanatorium kwam er een man naar hen toe die Hanna goed kende van zijn bezoeken aan het ziekenhuis en de verpleegconferenties die in Waldfriede georganiseerd werden.

Gustav Andersen was een lange, slanke man met donkerblond, aan de slapen grijzend haar en een snor. 'Catherine!' riep hij uit, waarna hij iets in het Deens zei wat Hanna niet verstond. In Waldfriede sprak Andersen meestal Engels, maar hier was hij thuis.

Terwijl mevrouw Conradi en hij in gesprek waren keek Hanna eens rond in de hal. Dit was dus waar Catherine Conradi, die toen nog Möller heette, was opgegroeid.

Waarom zou ze hebben besloten naar Hamburg te gaan? Hoe zou ze dr. Conradi hebben leren kennen?

Hij had ooit laten doorschemeren dat hun ontmoeting hier in Skodsborg door hun ouders was gearrangeerd. Pas in Hamburg, waar ze in hetzelfde ziekenhuis werkten, was er echt iets tussen hen opgebloeid.

'Ah, en daar hebben we zuster Hanna,' riep Andersen opeens in het Engels uit. Hij kwam naar haar toe. 'Het doet me genoegen u te zien!'

'Het genoegen is geheel mijnerzijds,' antwoordde Hanna.

'U bent voor het eerst in Skodsborg, nietwaar?'

Hanna knikte.

'Was u bevriend met Ulla Morton?'

'Met wie?' vroeg Hanna, toen besefte ze dat hij het over de vriendin van mevrouw Conradi had. 'O, nee, ik heb de overledene niet gekend. Ik ben alleen met mevrouw Conradi meegekomen.'

'Als chaperonne?' Andersen schoot in de lach. Hij verwachtte geen antwoord, maar voegde eraan toe: 'Dan zal ik jullie maar eens jullie kamers laten zien.'

Meneer Andersen ging hun voor naar het gebouw dat vanaf de straat gezien aan de linkerkant lag, door een gang met vensters met uitzicht op zee. Hanna kon haar ogen slechts met moeite van het schouwspel afhouden. De avond viel en boven het water trokken met roze versluierde wolken voorbij. Ze hoorde zacht gekrijs van meeuwen.

Wat had ze in Rügen genoten van vergezichten als dit! Heel even vergat ze zelfs dat ze op reis was met de narrige echtgenote van haar baas.

Hun kamers lagen tegenover elkaar aan het einde van de gang.

'Catherine, jij kent onze gastenkamers al,' zei Andersen. 'Zuster Hanna, u hebt dat genoegen nog niet gehad en daarom heb ik voor u een kamer met zeezicht.' Met die woorden deed hij de deur open.

Het zachte avondlicht viel op een tapijt met een patroon van rozen. Op het hemelbed lag een crèmekleurige sprei en op het nachtkastje stond een vaasje met één witte roos.

Hanna had nooit eerder in zo'n mooie kamer overnacht. Zelfs haar onderkomen in het kuuroord op Rügen was hierbij vergeleken spartaans geweest.

'Laat het me weten als u iets nodig hebt,' zei Andersen. 'Ik neem aan dat u naar de uitvaartdienst gaat.'

Catherine schraapte haar keel. 'Ik laat het aan Hanna over of ze de begrafenis wil bijwonen.'

Andersen keek naar Hanna. Ze glimlachte onzeker. Eigenlijk had ze weinig zin in een uitvaartdienst waar ze niemand kende, terwijl mevrouw Conradi haar aanwezigheid waarschijnlijk slechts als een last zou ervaren.

'Ik denk er nog even over na,' zei ze ontwijkend.

'Goed. Ik wil u beiden graag uitnodigen voor de avondmaaltijd. Mijn vrouw verheugt zich erop eindelijk weer eens gezichten uit Duitsland te zien. Frist u zich even op, dan zien we elkaar om acht uur in onze privévertrekken.'

Hanna bedankte hem, keek naar mevrouw Conradi, die haar aandacht weer volledig op Andersen had gericht en trok zich terug.

Toen de deur achter haar in het slot was gevallen haalde Hanna diep adem en liep naar het raam. Het uitzicht was hier net zo grandioos als eerder in de gang. De zee ruiste zachtjes en de afstand tot het strand was nog geen honderd meter. Wat was ze graag even naar buiten gelopen! Maar de Andersens verwachtten haar voor het avondeten.

Misschien maak ik morgenochtend vroeg een wandeling, dacht Hanna. Een beetje zee en zon in mijn hart zou geen kwaad kunnen.

# 17

*Skodsborg, 18 juli 1930*

Vrijdagochtend stond Hanna in alle vroegte op. De avondmaaltijd bij de Andersens was zonder echte hoogtepunten verlopen en later op de avond had het ruisen van de golven haar algauw naar dromenland gebracht.

Toen ze klaar was met haar ochtendtoilet deed ze de deur naar het kleine terras voor haar raam open en liep blootsvoets naar buiten. Ze droeg haar witte vrijetijdsjurk en haar haar hing los over haar schouders. Meteen kreeg de ochtendbries er vat op.

Hanna sloot haar ogen en ademde diep in. Er hing een lichte geur van algen en zeewier in de zilte lucht. Het ruisen van de golven had een opwekkende werking op haar lichaam en ze voelde een tinteling in haar buik in afwachting van wat komen zou.

Toen begon ze te lopen. Het zand was nog koel en voegde zich zacht naar haar voeten. De branding wierp uitnodigende slierten zeeschuim op het strand. Dromerig staarde Hanna naar de horizon.

Achter haar klonk een mannenstem. 'Goedemorgen! U gaat toch niet zo het water in?'

Hanna keek op en zag een rijzige, slanke man in een beige linnen pak. Hij droeg een strohoed, waaronder vandaan blauwe ogen fonkelden. Ze schatte hem zo midden veertig.

Het volgende moment spoelde er een golf over het zand en voordat ze opzij kon springen stroomde het koude water over haar voeten. Met een kreetje sprong ze naar achteren.

'Nee, dat was ik eigenlijk niet van plan,' antwoordde ze geërgerd en toen pas drong tot haar door dat hij haar in haar moedertaal had aangesproken.

De onbekende lachte. 'U spreekt Duits! Wat een verrassing!'

'Had u dat niet verwacht?'

'Nee. Ik spreek vaak voor de grap mensen in vreemde talen aan. De meesten reageren dan heel verbaasd.'

'Komen er verder dan geen Duitsers naar Skodsborg?' Hanna probeerde het vochtige zand van de zoom van haar jurk te schudden.

'Soms wel.' Hij keek haar met een fijn lachje aan. 'Bent u een patiënte van het sanatorium?'

'Nee, ik logeer hier dit weekeinde alleen maar,' antwoordde Hanna, hoewel ze hem eigenlijk kwalijk moest nemen dat hij haar voor de gek had willen houden.

'Ik heet Eike Rasmussen,' zei hij.

Dat klonk als een Deense naam. 'Hoe komt het dat u zo goed Duits spreekt?' Hanna trok verbaasd haar wenkbrauwen op.

'Een van mijn Deense voorouders is ooit verdwaald en kwam in Ostfriesland terecht, waar hij zijn grote liefde heeft ontmoet,' antwoordde Rasmussen glimlachend.

'En hoe bent u in Denemarken verzeild geraakt? Bent u aan het kuren?'

'Nee, ik heb een advocatenkantoor in Kopenhagen.'

'En waarvoor hebt u het Duits dan nodig?'

'Om onbekende mensen aan te spreken die me interesseren.' Er verscheen een schalks sprankje in zijn ogen. 'Maar als u er de voorkeur aan geeft ons gesprek in het Deens te voeren...'

'Nee, laat maar, ik kan vrijwel geen Deens.'

Hanna nam hem eens goed op. Hij straalde het zelfvertrouwen uit van een man die zich maar al te bewust was van zijn uitwerking op de medemens.

'En hoe heet u?' wilde hij weten.

'Hanna,' antwoordde ze. 'Hanna Richter.'

'Hanna Richter,' herhaalde hij alsof hij haar naam in zijn geheugen wilde griffen. 'Mag ik vragen wat u de hele dag zoal doet? Voor zover uw echtgenoot er niets op tegen heeft dat ik met u praat.'

'Ik heb geen echtgenoot,' antwoordde Hanna. Het fatsoen gebood dat ze weg zou gaan, maar ze had plezier in het gesprek met deze onbekende. De man was aantrekkelijk, had een aangename stem en wekte de indruk zeer ontwikkeld te zijn. Zo zou ze aan iets leuks kunnen terugdenken als ze straks bij de begrafenis was en op de terugreis, als ze weer tegen die muur van zwijgen op liep. 'Ik ben verpleegster.'

'Dus u bent hier niet alleen maar op bezoek?'

Hanna verklaarde: 'Ik ben met de echtgenote van mijn geneesheer-directeur meegereisd. Ik kom eigenlijk uit Berlijn.'

'Een fraaie stad en een mooi beroep,' zei Rasmussen, waarna hij haar zijn arm aanbood. 'Hebt u misschien zin om me een stukje op mijn wandeling te vergezellen?'

'Heeft uw vrouw daar dan geen bezwaar tegen?' vroeg Hanna.

'Ik ben niet getrouwd. En het is toch niet onoorbaar om een vrouw die zojuist bijna de woelige baren van de Oostzee in is gesleurd je arm aan te bieden?'

'Nu overdrijft u nogal!' Hanna bekeek hem even en haakte toen bij hem in.

'Dus u bent advocaat in Kopenhagen,' zei ze terwijl ze langs het strand slenterden.

'Handelsrecht. Vrij droog allemaal. Misschien voel ik daarom 's morgens de aantrekkingskracht van de zee.'

'Komt u hier vaker?'

'Elke ochtend. Mijn kantoor gaat om negen uur open en dan ben ik alweer terug. Zo heb ik iets waarop ik kan teren als ik me met de belangen van mijn cliënten bezighoud.'

'Waarom doet u dan niet iets anders?' vroeg Hanna.

'O, maar ik hou van mijn beroep. Dat is echter niet levensvervullend, nietwaar? Af en toe hebben we ook rust nodig en iets zo overweldigend moois als slechts de natuur ons kan bieden.'

Daar had hij gelijk in en opeens vroeg Hanna zich af hoe ze er zelf in dat opzicht voor stond. Ze werkte nu tien jaar in Waldfriede en het was bijna zes jaar geleden dat ze het had uitgemaakt met

Alexander Kirchfeld. Ze had hem sindsdien uit haar leven gebannen en elke gedachte aan hem altijd meteen in de kiem gesmoord.

'En u?' vroeg Rasmussen, alsof hij haar gedachten kon lezen. 'Houdt u van uw beroep?'

'Jazeker,' zei Hanna beslist. 'Het is mijn roeping.'

'En u denkt er niet aan die voor een man op te geven?'

'Zou u de uwe dan voor een vrouw opgeven?' vroeg Hanna op haar beurt.

'Aha, ik bespeur heel moderne opvattingen bij u! Bent u soms zo'n voorvechtster van vrouwenrechten?'

'Nee, maar in ons ziekenhuis heersen strenge regels. Met een huwelijk geven we onze baan op. Waarom zou ik voor maar één persoon gaan zorgen als ik me geroepen voel om alle mensen te dienen?'

Rasmussen keek haar even aan. 'Behoort u ook tot de adventisten?'

'Inderdaad.' Hanna bleef staan en trok haar wenkbrauwen op. 'Is dat een probleem voor u?'

'Nee hoor, geenszins. Maar ik heb gemerkt dat er hier bepaalde... vooroordelen jegens het sanatorium heersen.'

'Ze lijken zich niet te hoeven beklagen over gebrek aan toeloop.'

'Nee, de gasten vinden de behandelingen hier aangenaam en vertellen dat ook door. Maar sommigen van hen vinden adventisten verdacht.'

'Waarom?' vroeg Hanna. 'Omdat we de sabbat vieren? Omdat we niet in de hel geloven zoals de katholieken? Omdat we ons misschien iets strenger aan de Bijbel houden dan andere christenen?'

De man hief afwerend zijn handen. 'Ho, ho, ik hoor niet bij degenen die er een probleem in zien. Integendeel, ik heb een paar cliënten en zelfs vrienden onder uw geloofsbroeders en -zusters.'

'Dat had u wel eens eerder kunnen zeggen,' antwoordde Hanna. 'Ik kan het niet uitstaan als er dingen over ons worden geïnsinueerd die nergens op slaan. Natuurlijk is onze gemeenschap hecht, maar we staan open voor iedereen die bij ons komt. En we helpen de mensen naar beste vermogen.'

'Dat weet ik.' Er verscheen een goedmoedige glimlach op Rasmussens gezicht. 'Misschien vind ik u daarom zo aardig.'

'Praat geen onzin!' antwoordde Hanna, maar ze had moeite om boos op de onbekende te zijn. Waarom zou ze ook? Hij beweerde immers positief tegenover hun gemeenschap te staan...

'Ik meen het serieus, zuster Hanna,' zei hij. 'U hebt iets wat de aandacht van de mensen trekt. En ik denk dat degenen die u beter kennen niet anders kunnen dan u graag mogen.'

Hanna keek de man aan. Had hij zijn verstand verloren? Kon ze maar beter omkeren?

'Ik moet terug,' zei ze ten slotte.

'Neem het me alstublieft niet kwalijk als ik u heb beledigd. Dat was echt niet mijn bedoeling.'

'Ik ben niet boos op u,' zei Hanna, hoewel dat niet helemaal waar was. Zijn uitspraak dat de mensen hier vooroordelen jegens adventisten hadden had haar wel degelijk boos gemaakt. En zijn hoge mate van zelfvertrouwen bracht haar van de wijs. Maar was het niet zinloos om met hem in discussie te gaan terwijl ze hem waarschijnlijk nooit meer zou zien? 'Degene met wie ik ben gekomen zal vast al wakker zijn.'

'Dan rest me niets anders dan u te laten gaan.' Hij glimlachte en lichtte even zijn hoed op. 'Het ga u goed, zuster Hanna.'

'Dank u, u ook, meneer de advocaat!' Nog eenmaal keken ze elkaar in de ogen; toen maakte Hanna rechtsomkeert en liep met lange passen weg door het zand.

~

'Goedemorgen, Ilse,' zei Lilly opgewekt terwijl ze met een dienblad in haar handen de kamer binnenkwam. Er stonden een waskommetje en een zeepdoos op; ook lag er een washandje bij. 'Heb je lekker geslapen?'

Het kleine meisje bewoog even. Ze had niet veel speelruimte, het gewicht van de zandzakjes hield haar benen omlaag. Maar het volgende moment keek ze Lilly stralend aan.

'Is mama er al?' vroeg ze.

'Nog niet, maar de ochtend is nog jong.'

Lilly glimlachte naar Ilse. Ze pakte een kammetje uit haar zak en begon voorzichtig de krullen van het kind te kammen.

Toen ze klaar was met het ochtendtoilet liet Ilse haar een van de strengen zien die ze had gepunnikt. Hij bestond uit gemêleerde blauwe wol, die Lilly voor haar had meegebracht toen ze laatst boodschappen had gedaan.

'Denk je dat mama dit mooi vindt?'

'Natuurlijk!' zei Lilly. 'Als je wilt, maken we er een armbandje van.'

De ogen van het kind straalden toen Lilly de eindjes netjes aan elkaar knoopte en het haar teruggaf.

'Ik ga je ontbijt even halen. Vandaag krijg je de eerste ingemaakte kersen bij je griesmeelpap.'

Op de gang kwam ze Gerda tegen.

'Zeg, ga je vanavond mee dansen?' vroeg die vrolijk. 'Het schijnt een dolle boel te zijn in Clärchens Ballhaus.'

'Laat de directrice het maar niet horen,' antwoordde Lilly, waarna ze in de lach schoot.

'Ze is er toch niet. En, ga je mee?'

'Ik weet het nog niet.'

'Dat zeg je elke keer.' Gerda trok een pruillip. 'Terwijl het je goed zou doen weer eens onder de mensen te komen.'

'Ik ben hier elke dag onder de mensen.'

'Maar die dragen geen mooie jurken en pakken. Wil je soms geen man vinden?'

Het was niet voor het eerst dat Gerda haar probeerde over te halen. Tot nu toe had ze haar steeds afgewimpeld, want de vrijdagavond was gereserveerd voor boodschappen doen.

Gerda bleef aandringen. 'Ach, toe nou! Je begint steeds meer op professor Kirsch te lijken! Geen wonder dat je hem er niet toe kunt overhalen aan ons uitstapje deel te nemen. Je gaat zelf immers nooit ergens heen, dat voelt hij aan!'

Lilly zuchtte. 'Goed dan. Ik ga mee.'

'Echt?' vroeg Gerda verrast.

'Als ik het toch zeg.'

Gerda klapte in haar handen. Op dat moment kwam de directrice de hoek om.

‘Heb je reden tot vreugde, Gerda?’ vroeg ze streng.

Meteen verborg de leerling-verpleegster haar handen achter haar rug en antwoordde met een ernstig gezicht: ‘Het is een mooie dag, zuster Elisabeth.’

De directrice keek hen beiden onderzoekend aan en liep toen door. Gerda kon haar gegiechel nauwelijks onderdrukken.

‘Dus om acht uur, goed?’ vroeg Gerda ten slotte.

Lilly knikte en ze voelde een prikkelende opwinding. Ze was nog nooit naar zo’n dansfeest geweest en sinds haar vijftiende had ze zich ook niet meer onbekommerd gevoeld.

Misschien zou het vanavond lukken om haar zorgen een paar uurtjes te vergeten en zich jong en vrij te voelen.

# 18

Hanna bracht de ochtend door aan haar bureau. Ze schreef een kaart aan haar vriendin Rosa Schulze, die voor haar huwelijk als dienstmeisje in Waldfriede had gewerkt. Ze had al een hele poos niets van haar gehoord en zelf had ze ook geen contact opgenomen, zodat het hoog tijd was om haar ten minste een korte groet te sturen.

Toen ze even voor elf uur de kapel in kwam, kon ze haar ogen niet geloven. Onder de begrafenisgasten bevond zich ook de advocaat die ze had ontmoet!

Hanna kreeg het er warm van in haar donkere jurk. Wat had hij hier te zoeken? Hij maakte deel uit van een groepje mannen die op gedempte toon stonden te praten. Zijn vrolijke gezichtsuitdrukking van die ochtend was verdwenen, hij keek ernstig en gaf ten slotte de rouwende weduwnaar een meelevend schouderklopje.

Na enige tijd bespeurde ze Catherine Conradi, die al op een van de banken had plaatsgenomen. Ze ging zwijgend naast haar zitten, maar wierp telkens weer een steelse blik op de mannen.

Blijkbaar had mevrouw Conradi haar blikken opgemerkt. 'Alle vrienden van Ulla's man zijn gekomen en sommige hebben zelfs hun echtgenotes meegenomen,' hoorde Hanna haar uiteindelijk zeggen, met een licht verwijt in haar stem.

Hanna deed alsof ze die bijklank niet had gehoord. 'Het moet erg zwaar voor hem zijn.'

'Hij was bijna vijfentwintig jaar met Ulla getrouwd. Het zal wel even duren voordat hij zijn verlies heeft verwerkt en een nieuwe vrouw kan nemen.'

Hanna keek Catherine verrast aan. 'Een nieuwe vrouw? Moet dat dan?'

'Een man heeft een vrouw aan zijn zijde nodig,' antwoordde Catherine resoluut. 'Ik ben ervan overtuigd dat hij een geschikte echtgenote zal vinden. Er komen niet alleen vrouwen, maar ook mannen te overlijden. En wie weet kan hij nogmaals een gezin stichten.'

Hanna perste haar lippen op elkaar. Als leden van hun gemeenschap elkaar het jawoord gaven, dan deden ze dat voor altijd. Of in elk geval tot een van hen de eeuwige rust had gevonden.

'Ik weet zeker dat Ulla het zo had gewild,' voegde Catherine eraan toe.

'En zijn kinderen?' Het leek Hanna niet makkelijk om een stiefmoeder te accepteren.

'Die zijn grotendeels zelfstandig. Diana, hun dochter, verwacht deze winter haar eerste kind. Het is jammer dat Ulla dat niet meer kan meemaken. Maar ik weet zeker dat het geluk van hun vader de kinderen na aan het hart ligt. En een nieuwe echtgenote maakt daar nu eenmaal deel van uit.'

De harde klank in mevrouw Conradi's stem ergerde Hanna een beetje. Ze dacht terug aan dr. Conradi's vader. Die had na het overlijden van zijn vrouw geen nieuwe echtgenote gekozen. Had zijn zoon dat liever anders gezien? Ze kon het zich niet voorstellen.

Toen klonk het harmonium en begaven ook de laatste bezoekers zich naar hun plaats. Even later verscheen de pastor en de uitvaartdienst begon.

Op de begraafplaats vormden de familieleden, vrienden en kennissen een rij voor het graf om de overledene de laatste eer te bewijzen. Hanna bleef op de achtergrond. Ze wilde niet dat men zich zou afvragen wat haar relatie met Ulla Morton was geweest.

Ze keek om zich heen naar Eike Rasmussen, maar zag hem nergens. Zou hij maar even zijn langsgekomen om de weduwnaar te condoleren? Zou hij terug naar kantoor zijn geroepen?

Toen de rouwstoet langs de kist was gelopen verzamelden de bezoekers zich bij de poort van het kerkhof. Mevrouw Conradi stond bij twee mannen en een jonge vrouw van een jaar of twintig met een goed zichtbare zwangere buik. De jonge man naast de vrouw moest haar broer zijn. De gelijkenis met hun vader was overduidelijk. Ze zagen er alle drie bleek en ontdaan uit.

Hanna dacht aan haar ouders. Ook zij liepen inmiddels tegen de zestig, maar haar vader weigerde met pensioen te gaan. Hoe zou het gaan als een van hen beiden stierf?

Er kwam iemand naast haar staan. Eerst zag ze slechts een schaduw, toen hoorde ze een stem. 'Zo kom je elkaar weer tegen.'

Hanna keek opzij en bespeurde een glimlachje op Rasmussens gezicht.

'U had best kunnen zeggen dat u naar de uitvaartdienst zou gaan.'

'Dat had u ook kunnen doen,' antwoordde hij.

'U hebt er niet naar gevraagd.'

Toen ze zich naar hem toe wendde zei hij: 'Wat zou u ervan denken om zondagochtend nog eens samen te gaan wandelen? Ik moet morgen naar mijn ouders, maar zondag ben ik er weer.'

'Jammer genoeg vertrekken we zondagochtend,' zei Hanna.

Rasmussen trok een pruillip. 'Pak morgenavond alvast uw koffer. Dan hebben we nog een of twee uurtjes voordat u weg moet.'

'Ik vrees dat dat niet mogelijk is. Mevrouw Conradi zal erop staan dat we gezamenlijk ontbijten.' Hanna dacht even na en vroeg toen: 'Waarom wilt u eigenlijk nog eens afspreken?'

'Omdat u me een heel interessante vrouw lijkt. En mooi bent u ook.'

Hanna's hart begon te bonzen. 'Ik ben straks terug in Berlijn en u bent hier...'

'We zouden elkaar kunnen schrijven. En misschien belandt u nog eens in Skodsborg, of ik in Berlijn.' Hij haalde een kaartje uit zijn zak en gaf het haar. Zijn naam stond erop en daaronder het adres van zijn kantoor en een telefoonnummer.

'Schrijf me maar eens, Hanna. Dat zou me plezier doen.'

Hij glimlachte naar haar en keek opzij. 'O, ik geloof dat uw reisgenote eraan komt. Dus nogmaals: vaarwel, Hanna.'

'Vaarwel, meneer Rasmussen.'

Voordat mevrouw Conradi zich bij hen kon voegen draaide hij zich om en liep de poort van het kerkhof uit.

'Wie was dat?' vroeg Catherine terwijl ze de advocaat nakeek.

'Een kennis van de familie,' antwoordde Hanna. Ze verborg het visitekaartje vlug in haar hand. 'Dat geloof ik althans. Hij vroeg ergens naar.'

Ze zag aan de blik van mevrouw Conradi dat ze wilde weten waarnaar dan wel, maar ze stelde de vraag niet.

'Als je wilt, kun je teruggaan naar het sanatorium,' zei ze in plaats daarvan. 'Er is bij de Mortons nog een bijeenkomst in kleine kring.'

Hanna knikte. 'Dat is goed.'

Mevrouw Conradi pakte haar hand. Hanna schrok, want ze dacht even dat ze het kaartje had gezien. Maar toen zei Catherine: 'Ik ben blij dat je bent meegegaan naar de dienst.'

'Dat... was vanzelfsprekend,' antwoordde ze verbaasd. Na die langdurige kille houding jegens haar nu dit?

Mevrouw Conradi gaf haar een knikje en wendde zich weer tot de Mortons. Hanna keek naar het kaartje in haar hand, dat nu een beetje verkreukeld was, en vroeg zich af of ze Rasmussen zou durven schrijven. Hij was aantrekkelijk en aangenaam gezelschap, een verstandig man met een open blik op de wereld bovendien. Maar zou hij bij een vrouw als zij passen?

~

'Is Ilses moeder al gekomen?' vroeg professor Kirsch toen hij Lilly tijdens zijn middagvisite tegenkwam. Ze had net de borden opgehaald en liep met het karretje naar de lift.

'Nog niet,' antwoordde ze, en zoals altijd als ze hem zag voelde ze vlinders in haar buik. Ze begon te glimlachen maar werd meteen weer serieus, want professor Kirsch had haar een beroepsmatige vraag gesteld. 'De bezoektijd is nog lang niet voorbij.' Tijdens het werk had ze er niet op gelet, maar nu viel het haar ook op.

'Stuur haar meteen naar mij toe als u haar ziet. Ik moet iets met haar bespreken.'

Het viel Lilly op dat hij bezorgd klonk. 'Is er iets niet in orde met Ilse?'

Kirsch haalde diep adem. 'De röntgenfoto's zijn niet volgens verwachting. De tuberculose lijkt zich uit te breiden naar haar gewrichten.'

Lilly zette grote ogen op. 'Maar... daar hebt u vanmorgen tijdens de visite niets over gezegd.' Ze had Ilse gisteren al naar de röntgenkamer gebracht en omdat professor Kirsch die ochtend niets had gezegd, had ze aangenomen dat haar toestand was verbeterd.

'Ik zou het u nog wel verteld hebben,' zei Kirsch. 'Ik wil met haar moeder een nieuw therapieplan bespreken. En de mogelijkheid van een operatie.'

Lilly had bijna een bord van het karretje gestoten. 'Een operatie?'

'Er is nog niets besloten. Misschien slagen we erin de ontsteking op tijd in te dammen. Maar als de heupkop wordt aangetast zullen we geen andere keuze hebben.'

Daar schrok Lilly hevig van. Ze was zojuist nog bij Ilse geweest en had gezien hoe ze zich op de komst van haar moeder verheugde, en nu...

De professor leek te merken dat het haar aangreep, want hij zei: 'Ik weet dat Ilse u inmiddels heel dierbaar is. En ik beloof u dat ik al het mogelijke zal doen. Maar vooralsnog blijft alles zoals het was en u laat het me weten als mevrouw Gebhard er is. Afgesproken?'

# 19

Hoewel ze die avond heel legitiem vrij had, verliet Lilly Waldfriede aan Gerda's arm met een slecht geweten. Professor Kirsch was vertrokken zonder dat hij mevrouw Gebhard had kunnen spreken. Ilses moeder was gewoon niet komen opdagen. Daarover was Ilse heel verdrietig geweest.

Ze had gehuild en aan de riemen van haar spalken getrokken en Lilly uiteindelijk verweten dat ze gelogen had. Slechts met veel moeite had Lilly haar een beetje weten te kalmeren en troosten.

De rest van de dag keek Lilly tijdens haar werk telkens weer uit het raam in de hoop dat de vrouw nog zou verschijnen. Maar ook zuster Hedwig bij de ingang had haar niet gezien. En uiteindelijk was haar dienst ermee geëindigd dat ze haar arm om een snikkende Ilse heen had geslagen.

Ze had zachtjes op het kind ingepraat. 'Je mama is vast verhinderd. Misschien kwam de trein wel niet. Ik weet zeker dat ze van zich zal laten horen. Misschien staat ze morgenochtend wel voor de deur.'

Nauwelijks getroost en met een flinke pruilmond had Ilse haar ten slotte laten gaan.

'Hé, wat is er?' Gerda onderbrak haar gedachten. 'Twijfel je toch nog of je wel meegaat?'

'Nee, hoor,' antwoordde Lilly. 'Het duurt gewoon even tot ik de dag van me heb afgeschud.'

'Dat herken ik. En dan werken we nog niet eens op een afdeling waar veel mensen komen te overlijden.' Gerda zweeg even en voegde eraan toe: 'Maar we moeten het werk nu wel achter ons laten. De dansavondjes in het Ballhaus zijn altijd iets bijzonders.'

'Zouden ze me in deze kleren eigenlijk wel binnenlaten?' vroeg Lilly terwijl ze zichzelf bekeek. Onder haar lichte zomerjas droeg ze haar groene jurk met de pofmouwen, die geschikter was om boodschappen mee te doen dan voor een bruisende dansavond. Sinds ze haar ouderlijk huis had verlaten, vroeg haar sociale leven niet meer om een feestelijke garderobe en bovendien ging haar geld aan andere zaken op.

Gerda daarentegen zag er prachtig uit in haar crèmekleurige satijnen jurk. Lilly wist dat ze vaak uit dansen ging, maar hierin had ze haar nooit eerder gezien. Ze vroeg zich af hoe ze aan het geld voor zo'n jurk kwam.

'Zou het niet wat zijn als we dokter Conradi daar tegenkwamen?' merkte Gerda op toen ze het U-Bahnstation Krumme Lanke in liepen.

Lilly proestte het uit en schudde haar hoofd. 'Het Ballhaus lijkt me niet echt iets voor hem.'

'Hij is momenteel onbestorven weduwnaar. Zij vrouw is op reis, heb ik gehoord.'

'Ik kan me niet voorstellen dat hij zich voor dansen interesseert. Bovendien is de sabbat al begonnen, dus is hij waarschijnlijk al bezig zich voor te bereiden op de eredienst.'

Gerda dacht even na en vroeg toen: 'Wat zouden adventisten eigenlijk doen als ze plezier willen maken?'

'Ik ben ervan overtuigd dat ze even goed kunnen feesten als wie ook,' antwoordde Lilly. 'Maar als je het precies wilt weten, zou je het aan de directrice kunnen vragen.'

'Goeie genade! Die zou nog zorgen dat ik van school word gestuurd.'

'Zuster Hanna dan. Je hebt immers les van haar.'

'Ja, maar ik zou niet durven. Ze is dokter Conradi's rechterhand.'

'Tja, dan moet je iets anders verzinnen.'

Gerda zweeg een poosje. 'Ik heb even gedacht dat jij ook een van hen was. Je bent zo braaf en stil. Altijd vriendelijk.'

'Zijn dat tegenwoordig nadelige eigenschappen?'

'Nee, maar daardoor lijk je erg... vroom.'
Lilly keek haar collega verbluft aan. Zou dat waar zijn?
'Ik wil gewoon mijn werk doen, dat is alles,' antwoordde ze.
'Maar je moet toch ook een beetje plezier hebben in je leven!' Gerda gaf haar een kneepje in haar zij.
'Daarom ben ik nu immers met jou op stap,' zei ze en ze wenste opnieuw dat ze net zo onbezorgd kon zijn als haar vriendin.

Het Ballhaus lag in het Scheunenviertel, een wijk waar je als jonge vrouw beter niet zonder begeleiding kon komen. Althans, zo had Lilly's moeder erover gedacht. Vreemd dat haar dit juist nu te binnen schoot. Ze dacht niet vaak aan haar ouders. Alleen op feestdagen kwam er af en toe een herinnering naar boven, die ze snel weer verdrong. Soms miste ze haar vader en moeder, miste ze de geborgenheid van thuis. Maar dan schoot haar meteen weer te binnen wat er was gebeurd en waarom ze de beschutting van haar ouderlijk huis achter zich had gelaten.

Maar zulke gedachten waren nu niet passend. Ze had zich ingesteld op een avond vol muziek en dans en wilde die niet laten bederven.

Om deze tijd waren er nog heel veel voetgangers op straat. Lilly kreeg alle mogelijke soorten avondjurken te zien: korte en lange, strapless, hooggesloten, met een diep decolleté of een lage rug. Tussen al die parels en glimmende pailletten viel haar eigen kleding vreselijk uit de toon.

De mannen droegen krijtstreeppakken in blauwe tinten of zandkleur, vele droegen een ring aan hun vinger. Sommigen van hen kwamen zo intimiderend over dat het niet bij Lilly zou zijn opgekomen in hen een mogelijke echtgenoot te zien. Hun partners, die zich tegen hen aan vlijden, leek het echter niet te storen. Ze bekeken Lilly met minachting, in de wetenschap dat ze geen concurrentie voor hen vormde.

'Kijk nou eens!' riep Gerda opeens uit en ze pakte haar zo stevig bij haar arm dat het pijn deed.

'Wat is er?' vroeg Lilly terwijl ze de oorzaak van Gerda's opwinding probeerde te ontdekken.

'Kijk daar eens!' zei Gerda en ze wees met haar kin naar een elegant gekleed stel. 'Is dat niet onze professor?'

Lilly wilde al vragen of er iets aan haar ogen mankeerde, maar toen keek de man opzij. Lilly stond paf toen ze hem herkende. Het was inderdaad professor Kirsch! Hij flaneerde op zijn gemak over het trottoir in een donker pak met een hoed op zijn hoofd. Aan zijn arm had hij een vrouw die zo'n twee of drie jaar jonger was. Haar donkere haar was modieus gewatergolfd en haar slanke lichaam stak in een elegant zwart mantelpakje. Ondanks of juist dankzij de afwezigheid van elke vorm van glamour leken de twee te stralen in de menigte.

'Wat zeg je daar nou van!' fluisterde Gerda haar ginnegappend toe. 'Wie zou die dame aan zijn arm zijn?'

Lilly wilde het niet weten. Op dat moment had ze het gevoel dat de grond onder haar voeten wegzakte. De professor in gezelschap van een dame... Hier, in de uitgaanswijk! Ze had van alles verwacht, maar dit niet.

'Misschien is het zijn vrouw,' antwoordde Lilly vlak.

'Of een meisje van lichte zeden!' Gerda giechelde, maar Lilly reageerde niet. 'Nou, het is hem gegund, het gaat ons niets aan,' zei Gerda en ze trok Lilly mee.

Lilly was te zeer van streek om ertegen in te gaan. Een kort moment bleef haar blik nog aan professor Kirsch en zijn partner hangen; toen verdwenen ze uit haar gezichtsveld.

Voor de deur van het Ballhaus stond een lange rij wachtenden. Gerda zuchtte gefrustreerd. 'Het kan nog wel uren duren voordat we binnen zijn.'

'Misschien kunnen we beter ergens anders heen gaan,' stelde Lilly voor, ook al omdat ze de professor niet nog eens wilde zien. Wie wist wat ze hem dan zagen doen. Zijn partner in een donker hoekje kussen misschien... Lilly werd wee bij de gedachte en zette die vlug opzij.

'Ik weet het al!' zei Gerda nu en ze trok haar weer mee. Lilly struikelde en kon maar net haar evenwicht hervinden voordat ze besefte dat Gerda haar meesleurde naar de achteringang. Daar zat een potige kerel in een te krap, versleten pak, die kennelijk moest opletten dat er geen onbevoegden naar binnen glipten.

'Hé Kalle,' zei Gerda, die hem blijkbaar kende. 'Laat je ons binnen?'

'Jou altijd, schatje!' antwoordde de man met een grijns. Toen richtte hij zijn blik op Lilly. 'Maar zij daar... Waar heb je die opgescharreld?'

'Een collega uit het ziekenhuis. We willen vieren dat de week om is.'

'Nou, ken ze niet wat meer moeite doen wat d'r kloffie aangaat?'

'Ach joh, doe niet zo!' zei Gerda. 'We hebben niet allemaal ezeltje-strek-je in de kelder staan.'

'Goed dan, voor deze keer knijp ik twee oogies dicht.'

Hij stapte opzij en liet hen door.

Even later werd Lilly door warme vochtige lucht omgeven, een mengeling van diverse parfums en keukengeuren. De foyer stond propvol mensen die hun overjassen en capes bij de garderobe kwijt wilden. In de danszaal zelf verspreidde de menigte zich een beetje, maar daar kwamen weer andere indrukken op haar af.

Hoge spiegels aan de muren weerkaatsten de aanblik van de mensen, het schijnsel van de lampen en het avondlicht dat door de ramen kwam. Een orkestje speelde swingende muziek waarop de gasten bijna extatisch dansten. Zoiets had ze zelfs in goede tijden in Potsdam nooit meegemaakt.

Nooit had Lilly zich ergens zo misplaatst gevoeld en toch wilde ze de zaal in geen geval verlaten. De lucht vibreerde en de muziek was opwindend.

'En, wat vind je ervan?' vroeg Gerda.

'Overweldigend,' antwoordde Lilly verrast.

'Het is een beetje veel als je het voor het eerst meemaakt, maar je went eraan.' Gerda knipoogde naar haar. 'Kom, we gaan naar de bar, kijken of niet iemand je ten dans wil vragen.'

Lilly dacht opeens hoe het zou zijn om met de professor te dansen. In al die weken dat ze inmiddels met hem samenwerkte had ze af en toe fantasieën gehad hoe het zou zijn om met hem te dansen of gewoon een persoonlijk gesprek met hem te voeren.

Maar dat zou voorbij zijn nu ze wist dat hij vergeven was. Ze liep achter Gerda aan naar de bar.

'Champagne!' riep deze als een dame van de wereld en ze gaf Lilly een knipoog. 'Dat heb je toch wel eens gedronken?' vroeg ze toen de barman hun glazen vulde.

'Nee,' zei Lilly en ze voegde er wat zachter aan toe: 'En ben jij niet wat te jong voor alcohol?'

'Sssst, dat hoeft niemand te weten!' fluisterde Gerda. Ze nam glimlachend de glazen in ontvangst.

'Proost, vandaag hou ik je vrij!' zei ze en ze klonk met haar.

'Proost!' antwoordde Lilly en terwijl de champagne op haar tong parelde besloot ze de gedachte aan de professor te verdringen en van hun avond te genieten.

# 20

Doodmoe maar vervuld van een zeldzaam geluksgevoel kwam Lilly tegen twee uur 's nachts met Gerda terug in Waldfriede. Ze vroeg zich af waarom ze zichzelf nooit eerder een pleziertje had gegund.

'Bedankt dat je me hebt overgehaald,' zei ze tegen Gerda terwijl ze de rotonde overstaken.

'Graag gedaan,' antwoordde de leerling-verpleegster. 'Je zult zien dat het werk je morgen veel makkelijker afgaat.'

'Als ik tenminste mijn bed uit kan komen.' Lilly giechelde. De champagne die Gerda haar had laten proeven was haar naar het hoofd gestegen, maar leek haar benen zwaarder te hebben gemaakt.

Ze waren al bijna bij de entree toen Gerda zei: 'We kunnen beter de achterdeur nemen. Ik wil niet dat de directrice te weten komt dat we uit zijn geweest en gedronken hebben.'

'Zij zit toch niet bij de receptie!'

'Nee, maar ik acht Hedwig ertoe in staat haar mond voorbij te praten.' Gerda trok haar mee naar het park. Net als in het ziekenhuis zelf heerste daar rust. Van de waakhond hadden ze niets te vrezen. Als Rex al uit zijn hok kwam zou hij vlug in de gaten hebben dat ze hier thuishoorden.

Ze hadden nog maar een paar stappen gelopen toen Lilly op een bank een ineengedoken gestalte in een bruine wollen jas zag zitten.

'Wacht eens,' zei ze. Ze liet Gerda's arm los en liep ernaartoe. 'Hallo?' vroeg ze. 'Is alles goed met u?'

Kreunend kwam de vrouw overeind. Ze keek Lilly slaapdronken aan.

'Mevrouw Gebhard!' riep Lilly verschrikt uit. 'Wat doet u hier?'

Het duurde even tot de vrouw weer tot zichzelf gekomen was. Hoewel het Lilly geruststelde Ilses moeder te zien, was ze ook erg geschrokken van de gedachte dat ze waarschijnlijk al enkele uren hier buiten had doorgebracht.

'Zuster...' zei mevrouw Gebhard enigszins gegeneerd. Ze leek zich niet meer te herinneren dat Lilly degene was die haar en haar dochtertje in het ziekenhuis had verwelkomd. 'Ik wilde naar mijn meisje.'

Lilly hurkte bij haar neer. 'We hadden u gistermiddag al verwacht. Wat is er gebeurd?'

'Niks, ik...' De vrouw knipperde met haar ogen en wreef toen met haar handen over haar gezicht. 'Ik ben alleen in de verkeerde trein gestapt. Dat had ik pas na een tijdje in de gaten en toen duurde het nog lang voordat ik de trein naar Berlijn kon nemen. Het spijt me.'

'U hoeft zich niet te verontschuldigen,' antwoordde Lilly. 'Maar u had zich gewoon bij de entree kunnen melden. We maakten ons al zorgen om u.'

'Ik dacht dat het ziekenhuis gesloten zou zijn... Ik wilde niemand last bezorgen.'

'In Waldfriede staat de deur altijd open. Niemand hoeft in het park te overnachten.' Lilly stond op en reikte de vrouw de hand. 'Kom, ik neem u mee naar binnen en zorg dat u iets warms te drinken krijgt.'

Zuster Hedwig keek hen slaperig aan toen ze binnenkwamen en ging rechtop zitten zodra ze de vrouw tussen Lilly en Gerda zag.

'Moet ik de dienstdoende arts roepen?'

'Nee, niet nodig,' zei Lilly. 'Mevrouw Gebhard wilde haar dochtertje bezoeken, maar er ging iets mis met de trein.'

Lilly zette de vrouw op een bank in de wachtruimte en wendde zich toen tot Gerda. 'Zou jij misschien in de keuken willen kijken of daar nog een thermoskan met koffie staat?'

'Natuurlijk,' antwoordde ze en ze liep de gang in.

'Hedwig, zou mevrouw Gebhard de rest van de nacht hier mogen blijven? Ik wil haar niet buiten laten zitten.'

'Ja, hoor,' antwoordde de nachtzuster. 'Maar comfortabel zijn de banken hier niet.'

'Dat geeft niet,' zei mevrouw Gebhard. 'Dat was die bank in het park ook niet.' Ze trok haar bruine jas uit en legde hem over haar arm.

Even later kwam Gerda terug met een kop koffie en een stuk wortelcake.

'Die cake heb ik van het dienblad gejat,' verklaarde ze en ze zette de koffie en de cake op de bank neer. 'Hier, nu moet u eerst wat eten en drinken.'

'Bedankt!' De ogen van mevrouw Gebhard lichtten op.

'Ga maar slapen, ik zorg wel voor haar,' zei Lilly tegen Gerda. Die knikte en verdween naar haar kamer.

Mevrouw Gebhard nam gretig een hap van de cake. Niet alleen leek ze in de verkeerde trein te zijn gestapt, maar ook had ze blijkbaar niets gegeten sinds ze van huis was vertrokken.

'Wilt u dat we uw man bellen? Hij zal wel ongerust zijn.'

'Nee, dat hoeft niet. Hij weet dat ik twee dagen wegblijf.'

'Hebt u hier dan ergens onderdak?'

Weer schudde de vrouw haar hoofd.

Hoe had ze nu twee dagen voor een reis kunnen uittrekken zonder een kamer in een hotel of een pension te reserveren, dacht Lilly. Ze vond het allemaal maar merkwaardig.

'Ik... Ik zou de nacht op het station hebben doorgebracht,' zei de vrouw vlug toen ze Lilly's verbaasde gezicht zag. 'We zijn veel geld kwijt aan Ilses behandeling, dus moeten we op andere zaken bezuinigen. En dan is er nog de economische crisis...'

Wilde dat zeggen dat hun hotel-restaurant niet meer liep? Lilly had altijd gedacht dat de Gebhards het beter hadden dan veel andere mensen. 'Het station is echt geen goede plek,' zei Lilly. Ze wist maar al te goed hoe verloren je je daar kon voelen. 'Dan is het veel beter dat u hier overnacht. Ik zal eens zien of ik in de linnenkamer een kussen kan vinden.'

Ze schonk mevrouw Gebhard een glimlach en liep weg.

In de gang gingen haar gedachten vijf jaar terug, naar het moment waarop ze zelf op het station had gezeten toen ze net haar ouderlijk huis had verlaten. De conducteur had meteen gezien dat ze was weggelopen. Ze was hem nog altijd dankbaar dat hij haar naar de missiepost op het station had verwezen. De zusters daar hadden haar net als vele andere gestrande mensen bij zich opgenomen en haar iets te eten en hete thee gegeven. Die onbekenden hadden haar liefdevoller behandeld dan haar ouders op het laatst hadden gedaan.

Toch had ze gehoopt dat haar ouders haar zouden gaan zoeken, ondanks het briefje dat ze had achtergelaten. Dat ze zouden proberen haar naar huis te halen, haar om vergiffenis zouden vragen met de belofte dat het allemaal goed zou komen.

Maar ze waren niet komen opdagen.

Veel later, toen ze al intern in het Charité was, werd er eens midden in de nacht een meisje binnengebracht dat overvallen was. Dat had zij geweest kunnen zijn! Pas toen had ze ingezien aan welke gevaren ze blootgesteld was geweest.

Maar ze had geluk gehad, net als mevrouw Gebhard nu. En ze was trots dat ze iets kon teruggeven van wat ze destijds had ontvangen.

# 21

*Zehlendorf, 19 juli 1930*

Lilly werd wakker met een loodzwaar gevoel in haar lijf. Hoeveel slaap zou ze hebben gehad? Twee uur? Drie? Een blik op de wekker naast haar leerde haar dat het tien voor vijf was. Tweeënhalf uur dus.

Ze keek naar het bed van Martha. Zij had haar afwezigheid vast opgemerkt. Ze sliep nog, en dus moest ze de kans benutten zich klaar te maken voor de dag om zo vlug mogelijk aan haar indringende vragen te ontkomen.

Lilly glipte onder het dekbed vandaan en liep op haar tenen naar de waskom. Wat een nacht was het geweest! Het feit dat Ilses moeder was opgedoken had haar nog een tijdje beziggehouden, maar ze was in slaap gevallen met het beeld van professor Kirsch en zijn mooie partner voor ogen. Zou ze echt zijn vrouw zijn? Ze had geen idee waarom ze zo had opgekeken van die gedachte. Hij bekleedde tenslotte een leerstoel en was een gerenommeerd arts. Hoe had ze kunnen denken dat hij geen vrouw aan zijn zijde had?

Toen Martha ten slotte wakker werd, had Lilly haar verpleegstersuniform al aan.

'Waar was je gisteren eigenlijk?' vroeg ze slaapdronken. 'Ik wist niet dat je dienst had.'

'Ik was in Clärchens Ballhaus,' antwoordde Lilly eerlijk, al besefte ze dat Martha daar afkeurend tegenover stond. Maar haar kamergenote wist ook dat ze zelf geen adventiste was en dat de sabbatregels daarom niet voor haar golden.

'Die poel van verderf?' Martha fronste haar wenkbrauwen. 'Heb je daar soms ook gedronken? Je weet dat dokter Conradi dat niet goedkeurt!'

'Nee, natuurlijk niet,' loog Lilly. 'Ik wist toch dat ik zou moeten werken.'

Martha bromde iets wat ze niet verstond.

'Als ik niet was weggegaan, had ik mevrouw Gebhard nooit in het park gevonden.'

'Was ze in het park?' Martha sperde verschrikt haar ogen open.

'Haar trein had vertraging en toen is ze op een bank gaan liggen.'

'Heb je haar mee naar binnen genomen?'

'Natuurlijk. En ik heb ook gezorgd dat ze iets te eten kreeg. En koffie.'

'Mooi zo! Is ze er nog?'

'Ja, ik heb Hedwig gevraagd om op haar te letten. Ik ga zo even bij haar kijken. Weet je eigenlijk hoe professor Kirsch privé te bereiken is?'

'Nee, natuurlijk niet,' antwoordde Martha. 'Waarom wil je dat dan?'

'Omdat hij mevrouw Gebhard wilde spreken over de therapie voor Ilse. Het leek dringend.'

'Ga maar naar een van zijn assistenten. Dr. Michel heeft volgens mij vandaag dienst.'

'Ja, dat zal ik doen,' zei Lilly en nadat ze had gecontroleerd of haar kapje goed zat, liep ze de kamer uit.

Toen ze in de hal aankwam was Ilses moeder al wakker. Haar jas lag netjes opgevouwen naast haar en ze zat in een dun boekje te lezen. Zuster Hedwig aan de receptie zag er vermoeider uit dan eerst, maar het einde van haar dienst was nabij en daarmee ook een welverdiende 'nachtrust'.

'Goedemorgen,' zei Lilly ter begroeting. 'Ik hoop dat u ondanks alles een goede nacht hebt gehad.'

'Het ging wel,' zei mevrouw Gebhard en ze probeerde te glimlachen. 'Beter dan als ik buiten was blijven liggen.'

Lilly knikte. 'Als u wilt, kunt u zich een beetje opfrissen in een van onze bezoekerstoiletten. Ik zal kijken of ik een ontbijt voor u kan regelen.'

'Dank u wel, u bent al te aardig.'

'In een ziekenhuis kun je nooit te aardig zijn voor mensen die hulp nodig hebben.' Met die woorden draaide Lilly zich om en liep naar de keuken. Toen ze met een kommetje pap en een beker melk terugkwam, was de vrouw weg.

'Ze is in de wasruimte voor gasten,' verduidelijkte Hedwig.

Lilly zette het kommetje en de beker op de bank en liep naar haar collega aan de balie. 'Hedwig, weet jij of professor Kirsch eventueel telefonisch bereikbaar is?'

De nachtzuster keek haar net zo verbaasd aan als Martha eerder had gedaan. Maar toen knikte ze. 'Ja natuurlijk. Maar het is vandaag sabbat en dan storen we de heren doktoren niet.'

'En als het belangrijk is?' vroeg Lilly en ze keek naar de plek waar Ilses moeder had gezeten.

Hedwig snoof. 'Hij zal het niet leuk vinden.'

'Wat hij met de informatie doet is zijn zaak,' antwoordde Lilly. 'Maar ik wil naderhand niet te horen krijgen dat ik hem niet op de hoogte heb gebracht.'

'Goed dan.' Hedwig deed een la open en pakte er een zwart boekje uit. Ze bladerde het even door en leek toen te hebben gevonden wat ze zocht. 'Hier,' zei ze terwijl ze het nummer achter de naam van de professor aanwees. 'Kun je dat onthouden?'

'Ik denk het wel.' Lilly zei de cijfers hardop.

'Je weet waar de telefoon hangt.'

'Ja. Dank je wel.'

Lilly liep naar het kamertje achter de receptie. De moed zonk haar in de schoenen toen ze voor het toestel stond. Ze wist bijna niets van joodse gebruiken, maar ze had wel begrepen hoe serieus in elk geval de adventisten de zaterdagsrust namen. Een van hen voor werk oproepen was een vergrijp dat niemand hier zonder goede reden zou begaan.

Natuurlijk kwam dr. Conradi ook op zaterdag naar de operatiekamer als het om een moeilijke bevalling ging die een arts-assistent niet alleen afkon. Maar gewoonlijk hielden de adventisten zich verre van het werk. Waarschijnlijk was dat bij joden net zo.

Weer moest ze denken aan Kirsch en de vrouw aan zijn zijde. Ze zag hem voor zich, hoe hij die vrouw in bed in zijn armen nam, hoe ze zich tegen hem aan vlijde.

Lilly kneep haar ogen dicht om dat beeld te verdrijven en nam toen de hoorn van de haak. Ze gaf de telefoniste het nummer en toen werd het stil. Seconden gingen voorbij en Lilly begon er al rekening mee te houden dat ze diezelfde vrouwenstem zou horen, met de verontschuldiging dat de andere partij de telefoon niet opnam.

'Kirsch,' zei de professor toen.

Lilly's stem weigerde dienst.

'Hallo?' vroeg Kirsch ongeduldig.

Lilly schraapte haar keel. 'Professor Kirsch, u spreekt met zuster Lilly. Neem het me alstublieft niet kwalijk dat ik u stoor.'

Stilte. Lilly haalde diep adem. 'Mevrouw Gebhard is hier. Ik moest het u laten weten als ze er was.'

Weer zei de professor niets. Zou hij ondertussen hebben opgehangen?

'Ik weet dat het tegen de regels van de sabbat is en ik wilde u echt niet storen, maar ik dacht...'

Hij onderbrak haar. 'Wanneer is ze gekomen?'

'Gisteravond laat. Ik heb haar in het park gevonden, waar ze op een bank lag te slapen. Ze zei dat ze in de verkeerde trein was gestapt. In plaats van naar huis terug te gaan is ze toen toch naar Berlijn gekomen, maar...'

'Ik kom er meteen aan. Vraag haar om nog even geduld te hebben.'

Inderdaad kwam professor Kirsch nog geen half uur later aan op Waldfriede. Lilly bood opnieuw haar excuses aan voor haar telefoontje, maar Kirsch negeerde wat ze zei en vroeg mevrouw Gebhard hem te volgen.

Met een diepe zucht keek Lilly hem na en ging toen naar Ilses kamer. Om haar een beetje te troosten voor de verlate komst van haar moeder had ze haar een bekertje sap beloofd. Toen ze binnenkwam sliep het meisje nog. Lilly zette het bekertje op haar nachtkastje neer, ging naar haar toe en streek een lok van haar voorhoofd. Zo klein nog en al zo veel leed. Ze voelde tranen opwellen.

Ze had net het raam op een kier gezet toen de professor samen met mevrouw Gebhard binnenkwam.

'Zuster Lilly!' fluisterde ze verheugd. 'Nog heel hartelijk bedankt dat u me onder uw hoede hebt genomen!'

'Dat was toch vanzelfsprekend.' Ze wilde hen alleen laten, maar de professor hield haar tegen.

'Blijf maar gerust, zuster Lilly. U bent immers degene die hoofdzakelijk de zorg voor de kleine meid draagt.'

Moet ze dan toch geopereerd worden? vroeg ze zich angstig af en het werd haar zwaar te moede.

Toen Ilse de stem van de arts hoorde, kwam ze in beweging en sloeg ze haar ogen op. Ze had even nodig om zich te oriënteren, maar herkende algauw haar moeder.

'Mama!' riep ze blij en met stralende ogen strekte ze haar armen naar haar uit.

'Hallo, lieveling,' zei mevrouw Gebhard en ze ging naast Ilse op het bed zitten.

Meteen begon de kleine meid te snikken. 'Waar bleef je toch? Ik dacht dat je niet meer kwam.'

De ogen van mevrouw Gebhard vulden zich met tranen. 'Het spijt me,' zei ze. Ze boog zich over Ilse heen en nam haar in haar armen. 'Er ging iets niet goed met de trein, maar de volgende keer kom ik op tijd, dat beloof ik.' Ze streelde haar over haar wangen en gaf haar een kus.

Het duurde even voordat Ilse weer tot bedaren was gekomen. Toen mevrouw Gebhard zich tot de professor wilde wenden, pakte haar dochtertje haar hand en liet hem niet meer los.

Dat gebaar raakte Lilly zoals ze nooit eerder had meegemaakt. De band tussen het meisje en haar moeder was ongelofelijk sterk. Geen wonder dat Ilse zo had moeten huilen.

'We hebben besloten nog niet te opereren en in plaats daarvan een geneesmiddel te proberen waarmee in Amerikaanse klinieken goede resultaten zijn bereikt,' legde professor Kirsch uit. 'Als dat geen effect heeft, zullen we niet onder een ingreep uit komen. Maar voorlopig moeten we de hoop niet opgeven.'

Lilly slaakte een zucht van opluchting.

'Zuster Lilly, u gaat zorgen dat ze de medicatie volgens voorschrift inneemt.'

'Ja, professor,' antwoordde Lilly, waarop Kirsch zich weer tot de moeder wendde.

'Uw dochtertje is bij ons in uitstekende handen, dat verzeker ik u.'

Mevrouw Gebhards ogen stonden vol tranen. 'Ik vertrouw op u allen.'

Kirsch knikte. 'Dan zullen we u nu alleen laten. U mag tot het einde van de bezoektijd blijven als u wilt.'

De professor gebaarde naar Lilly dat ze de kamer moest verlaten.

Bedremmeld liep Lilly achter hem aan de gang op. 'Professor,' zei ze toen ze een eindje bij de kamer vandaan waren.

Kirsch draaide zich naar haar om.

'Ik wilde alleen zeggen dat ik weet hoe belangrijk de sabbat voor u is. Maar in dit geval... Mevrouw is speciaal hierheen gekomen en wat u over Ilse had gezegd klonk dringend.'

'U hebt volkomen juist gehandeld, zuster Lilly,' antwoordde hij. 'Dacht u soms dat ik daarover wrok jegens u koesterde?'

'Ik zou het u niet kwalijk kunnen nemen.'

'Het welzijn van onze patiënten gaat boven alles. Ook boven de door God gegeven rustdag. Het gesprek had natuurlijk nog wel even kunnen wachten, maar mevrouw Gebhard is lang onderweg geweest. En het ziet ernaar uit dat de ziekte van haar dochter ook belastend is voor haar huwelijk.'

'Heeft ze dat gezegd?'

'Ze zinspeelde erop.' Kirsch stak zijn handen in zijn jaszakken en slaakte een zucht. 'Ik wilde dat ik een universeel middel tegen deze ziekte had, druppels misschien, of tabletten, die je de patiënt voor een week of twee kunt voorschrijven. Maar tuberculose is hardnekkig. En ik ben bang dat we die ziekte er nooit echt onder zullen krijgen.'

'Ach, misschien lukt het u ooit toch eens. Wie weet ligt er ergens een geneesmiddel te wachten. We moeten het alleen nog vinden.'

Er verscheen een glimlachje op het gezicht van de professor. 'Ik ga nu weer naar huis. Houdt u een oogje op mevrouw Gebhard?'

Lilly knikte.

'Dat hebt u goed gedaan,' zei hij. 'Zoals u zich om mevrouw Gebhard hebt bekommerd – dat is precies de spirit die ik van mijn verpleegsters verwacht.'

'Dat sprak toch vanzelf.' Lilly bloosde maar wendde haar blik niet af. De professor nam haar even op en zei voordat hij vertrok: 'Een fijne dag nog, zuster Lilly.'

~

Op het station van Skodsborg waren ze die zondagochtend de enige reizigers. Na het ontbijt bij de Andersens waren ze hier per auto naartoe gebracht. Hun trein zou om negen uur aankomen; ze hadden nog een half uur.

Ook nu was mevrouw Conradi erg zwijgzaam. Maar het stoorde Hanna niet langer dat ze haar blik op haar notitieboekje gericht hield. Ze dacht weer aan het visitekaartje dat ze in de zak van haar jurk bij zich droeg.

Die ochtend was ze bijna in de verleiding gekomen om naar het strand te gaan, in de hoop dat Eike Rasmussen daar zou verschijnen. Maar bij nader inzien had ze ervan afgezien. Wat had ze eraan om haar hart te verliezen aan een man die ze nooit zou bereiken?

'Soms benijd ik je, Hanna,' zei Catherine opeens terwijl ze haar potlood weglegde en het boekje dichtklapte.

'In hoeverre?' vroeg Hanna verrast.

'De relatie die je met mijn man hebt... Soms heb ik de indruk dat hij jou meer vertelt dan mij.'

Hanna kreeg een kleur. Over welke relatie had ze het? Ze werkten toch alleen maar samen! 'Ik ben zijn spreekuurassistente. Ik probeer te zien hoe het met hem gaat en zorg ervoor dat hij optimaal kan werken.'

‘Dat is meer dan ik kan doen.’ Mevrouw Conradi’s blik gleed langs haar heen naar de verte. Hanna zag een zweempje bitterheid – en eenzaamheid.

‘Dat is toch niet waar,’ zei ze. ‘U bent zijn echtgenote. U zorgt voor tegenwicht ten opzichte van zijn werk. Voor een rustpunt, een plek waar hij zich kan ontspannen.’

De verbittering was nu duidelijker van mevrouw Conradi’s gezicht te lezen. ‘Alleen heb ik soms het gevoel dat hij zijn werk verkiest boven zijn “rustpunt”. Ik merk al een tijdje dat hem dat geen goed doet. Hij is bezig met zijn patiënten, de ok, de boekhouding... Zo nu en dan verdwijnt hij zelfs ’s avonds of ’s nachts. En er is niets wat ik ertegen kan doen.’ Ze keek Hanna nu recht in de ogen. ‘Ik maak me zorgen om zijn gezondheid, als dit zo doorgaat.’

Haar openhartigheid verraste Hanna. Wanneer had ze mevrouw Conradi ooit zo horen spreken? Dit waren woorden waarvan je verwachtte dat ze ze tot zuster Elisabeth zou richten, met wie ze bevriend was, maar niet tot haar.

Opeens pakte mevrouw Conradi haar hand. ‘Beloof me dat je hem in de gaten houdt. Dat je zorgt dat hij niet overwerkt raakt.’

Maar als u hem al niet kunt tegenhouden, hoe moet ik dat dan doen, schoot het door Hanna heen. Maar ze knikte slechts. ‘Ik zal het proberen. Maar wat ik hem niet uit het hoofd zal kunnen praten is dat hij er altijd wil zijn voor zijn patiënten.’

‘Dat is ook niet nodig. Hou gewoon een oogje op hem.’ Catherine keek haar doordringend aan en concentreerde zich toen weer op haar aantekeningen.

Hanna nam haar peinzend op. Hoe zou haar huwelijk ervoor staan, als ze dacht dat een personeelslid meer bij haar man kon bereiken dan zijzelf?

Haar relatie met dr. Conradi was natuurlijk wel bijzonder, maar haar jeugdige gedweep met hem was verleden tijd. Hoewel ze nog steeds gevoelens voor hem koesterde, had ze geaccepteerd dat het nooit meer tussen hen zou worden. Toch zou ze proberen hem buiten de gevarenzone te houden. Maar er waren nu eenmaal dingen waarover ze gewoon geen controle had.

# 22

*Zehlendorf, 7 augustus 1930*

Niet vaak was er zo veel medisch personeel op perron 1 van station Zehlendorf-West te zien als op dit moment. Lilly liet haar blik over de menigte dwalen. Ruim de helft van de huidige negentig medewerkers van Waldfriede liep verspreid over het hele perron. Artsen, verpleegsters, broeders en keukenmeisjes stonden in kleine groepjes bij elkaar te kletsen.

Maar professor Kirsch kon ze nergens ontdekken. Was hij op het laatste moment van gedachten veranderd? Dagenlang had ze geprobeerd hem over te halen om mee te gaan en uiteindelijk ontfutselde ze hem een 'misschien'.

'Wie zoek je?' vroeg Gerda, die merkte dat ze ongedurig was.

'Professor Kirsch,' gaf Lilly toe terwijl ze haar rok gladstreek. Ze had hem onlangs gekocht in een modewinkel, samen met de witte blouse die ze nu droeg. 'Hij heeft het me eigenlijk beloofd.'

'Dat heeft hij waarschijnlijk alleen maar gedaan opdat je hem met rust zou laten. Volgens mij komt hij niet.'

'Dat zou heel jammer zijn.' Lilly strekte haar hals weer, maar de professor was nergens te bekennen. Had Gerda dan misschien gelijk?

'Je vindt hem leuk, hè?' fluisterde haar vriendin samenzweerderig.

'Ik?' vroeg Lilly blozend. Ze vond hem zelfs aardiger dan voor een verpleegster eigenlijk gepast was. Zeker nadat ze erachter was gekomen dat hij een relatie had. Ze moest gewoon steeds aan hem denken. Maar zolang het haar geheim was... Met geheimen bewaren had ze immers de nodige ervaring. 'Ik wil gewoon dat hij zich ook eens een beetje rust gunt,' voegde ze er vlug aan toe.

Een subtiele glimlach verscheen op het gezicht van haar vriendin.

'Bovendien heb je zelf de vrouw gezien met wie hij uit was,' zei Lilly. 'Hij is onze baas, meer niet.'

Gerda keek over haar schouder. 'Nou, het lijkt erop dat onze baas zich toch door jou heeft laten overtuigen.'

Lilly trok vragend haar wenkbrauwen op, draaide zich om en toen zag ze hem. Rudolph Kirsch droeg een zandkleurig pak alsof hij op safari ging. Daaronder een stralend wit overhemd, waardoor zijn olijfkleurige teint des te meer opviel.

In haar maag voelde ze het aangenaam kriebelen. Hij was gekomen!

Kirsch knikte kort naar haar toen hij Lilly's blik opving voor hij naar zijn collega's liep.

Gerda stootte haar breed grijnzend aan. 'Misschien verlaat hij die vrouw wel voor jou.'

'Och, wat een onzin!' reageerde Lilly afwerend. 'Pas maar op dat de directrice je niet hoort!'

~

De tuin van de Hermanns grensde aan de rivier de Havel en had een eigen aanlegsteiger. Bijen zoemden, de takken van de appelbomen bogen door onder hun gewicht.

Toen de eerste lading passagiers weer aan land was, kwam Peter Hermann bij Louis en Catherine, die zich op een kleed in het gras hadden geïnstalleerd.

Ze hadden Peter en Amalie Hermann ontmoet op een zomerfeest waarvoor de nieuwe burgemeester van Zehlendorf ondernemers, advocaten en artsen had uitgenodigd.

Vijf jaar geleden waren de Hermanns naar Brandenburg verhuisd en ze woonden in het stadje Werder an der Havel, dat vlakbij lag. Peter Hermann had een boekhandel in de Zehlendorfer Hauptstrasse, pal naast een zeepwinkel. Ook al was hij geen adventist, Louis had hem meteen sympathiek gevonden. Hetzelfde leek ook op te gaan voor Catherine en Amalie.

'Jullie hebben je goed geïnstalleerd,' zei Peter lachend. 'Hoe zit het, gaan jullie met het volgende tochtje ook mee? Tot nu toe hebben we geen schipbreukeling gehad.'

'En dat moet vooral zo blijven, dus daarom ga ik niet mee,' antwoordde Catherine afwimpelend. 'Ik voel me niet op mijn gemak op een schommelende boot.'

'Maar je gaat wel mee op een schip,' weersprak Louis haar.

'Ja, en jij weet als geen ander hoe groen ik dan zie als het buiten stormt,' antwoordde ze. 'Bovendien is een schip veel groter en kan het de golven veel beter opvangen.'

'Nou, je hoort het,' zei Louis tegen Peter. 'Ik denk niet dat we Catherine kunnen overhalen.'

'Nou, als jullie het hier zo mooi vinden, wat denken jullie van het huis daarginds?' Peter wees naar een gebouw met een puntgevel in de buurt. 'Het staat al een tijdje leeg en het zou vast blij zijn met een nieuwe eigenaar.'

'Ik weet het niet,' antwoordde Louis terwijl hij Catherine gadesloeg, die er met dromerige blikken naar keek. 'Er moet veel aan gedaan worden. Wie is de verkoper?'

'Tot nu toe nog niemand. De erfgenamen moeten het eerst eens worden. Maar als het zover is...' Hij zweeg veelzeggend. 'Ik zou me kunnen voorstellen dat dit huis heel geschikt is voor jullie na je pensionering.'

'We zijn nog lang niet op een leeftijd dat we aan ons pensioen denken,' antwoordde Louis lachend. 'Tenslotte heb ik mijn ziekenhuis pas tien jaar geleden geopend.'

'Het betekent ook nog lang niet dat je al met pensioen moet. Maar de tijd vliegt en het is hoe dan ook fijn om zo'n aangename plek te hebben waar je je terug kunt trekken.' Peter wees naar de loop van de rivier. 'Een perceel als dit is binnen de kortste keren weg zodra het in de verkoop komt.'

Daarin had hij gelijk. Het huis lag niet alleen dicht bij de rivier, er was ook een tuin bij met verschillende soorten fruitbomen.

Louis verkeerde in tweestrijd. Catherine had het vrij vaak over een lap grond aan het water, over een huis dat wat verder van Waldfriede af lag. En zelf was hij ook al eens op het idee gekomen naar de Wannsee te verhuizen. Maar tot nog toe had hij er niet echt over nagedacht. 'We zijn net verhuisd naar de woning van de geneesheer-directeur,' zei hij altijd. Maar nu hij zijn vrouw zo zag, merkte hij dat het idee van een buitenverblijf hier, waar zijn werk niet constant op de achtergrond aanwezig was, haar wel aanstond.

'Wil je het voor ons in de gaten houden?' vroeg ze met een stem waarin haar verlangen doorklonk. 'Voor het geval dat het in de verkoop komt?'

'Natuurlijk,' antwoordde Peter. 'Amalie zegt altijd dat ik talent heb om makelaar te worden.'

'Weet je dat wel zeker, Catherine?' vroeg Louis weifelend. 'We hebben immers veel te doen in Waldfriede en 's avonds moet ik beschikbaar zijn vanwege de diensten.'

'Maar toch niet altijd,' zei Catherine. Haar blik kreeg iets sombers. 'Je hebt capabele artsen die de nachtdienst kunnen overnemen. En zo ver ligt Werder nu ook weer niet van Zehlendorf vandaan. We zouden hier niet gestoord worden...'

Ze wierp een hulpzoekende blik naar Peter.

'Catherine heeft gelijk,' viel hij haar bij. 'Hier zouden jullie rust vinden en jij zou van je werk kunnen bijkomen. Ook al valt je dat zwaar.' Hij gaf Louis een vriendschappelijk schouderklopje.

'We zullen zien,' zei deze en omwille van Catherine voegde hij eraan toe: 'En ja, ik zou het heel fijn vinden als je het ons in dat geval laat weten. Het is echt een mooi perceel.'

Peter knikte. 'Eens zien wat ik kan doen. Maar nu moet ik waarschijnlijk met de tweede lading de rivier op.' Hij glimlachte en haastte zich toen naar de inmiddels volle boot.

Louis voelde Catherines blik op hem gericht en hij hoorde haar zeggen: 'Onthoud alsjeblieft dat je niet getrouwd bent met Waldfriede, maar met mij.'

~

Lilly was teleurgesteld. Ze had graag samen met de professor in de boot gezeten, maar hij had een levendig gesprek gevoerd met dr. Conradi en miste het vertrek van de eerste boot, waarin zij zat. Lilly zag zijn gestalte op de oever kleiner worden en ze kon niet wachten om weer aan land te gaan.

Ondertussen was Rudolph Kirsch met dr. Rosenbaum aan boord van de tweede boot gegaan en ze had zich door haar vriendin onder de laaghangende takken van een paar wilgen laten trekken.

'Misschien kunnen we gaan zwemmen,' zei Gerda enthousiast.

'Maar hoe zit het met de anderen?' vroeg Lilly terwijl ze naar de boot keek. Kirsch wendde zich net lachend tot dr. Lexow. Wat had ze graag in diens plaats willen zijn, naast de professor. Maar ze kon onmogelijk naar de boot rennen en vragen of ze nog een keer mee mocht.

'O, dat vinden ze vast niet erg,' antwoordde Gerda. 'Niet voor niets kregen we te horen dat we badpakken mee moesten nemen. Als de anderen geen zin hebben...'

Lilly stond in dubio. Het was alweer een tijdje geleden dat ze had gezwommen. De laatste keer was haar wereld nog in orde geweest. Ze wilde Gerda echter niet teleurstellen, dus stemde ze toe. 'Maar alleen in de buurt van de oever. We weten niet wat er midden in de rivier is.'

Gerda juichte vrolijk en trok vlug haar kleren uit. Blijkbaar was ze tevoren al van plan geweest om te gaan zwemmen, want ze had haar oranje badpak eronder aan. Het had een zeer moderne snit, met korte pijpjes en een diepe halslijn. Dat van Lilly was wat braver en ze had het lang niet meer gedragen. Nu vond ze het bijna een beetje gênant om zich erin te vertonen.

Toen Gerda haar verlegenheid opmerkte, nam ze haar bij de hand. 'Niemand ziet dat als je in het water bent. En na een paar baantjes gaan we er weer uit en het valt niemand op.'

Omzichtig liepen ze naar de oever. Lilly wierp nog een blik op de anderen, maar niemand keek naar hen.

'Kom nou, ik tel tot drie!' riep Gerda. 'Een, twee...' En voordat ze 'drie' riep nam ze een aanloop, rende door het riet en plonsde met een grote sprong in het water.

'Hé, wacht!' riep Lilly, maar ze dacht er niet over om haar achterna te springen. Wie wist hoe diep het daar was? Ze deed een paar stappen naar voren totdat het ten slotte steil naar beneden afliep. Ze hapte even naar adem toen ze het koude water op haar borst voelde, maar daarna bewogen haar armen en benen als vanzelf. Ze zwom! Hoelang had ze dat al niet meer gedaan!

Met grote slagen probeerde ze Gerda te volgen. Die bewoog zich als een jonge zeehond in het water, dook hier en daar onder, kwam dan weer boven en spuugde water in de lucht.

Dat kon Lilly niet, het kostte haar genoeg moeite om tegen de stroom van de Havel in te zwemmen. Maar ze voelde zich vrij en licht, alsof er geen last in haar leven was, niets om voor te boeten. De stroom van het water voerde haar mee en uiteindelijk wist ze zelfs Gerda in te halen. Haar vriendin bleef nu wat achter en riep iets wat ze wel hoorde maar niet verstond. En het kon haar niet schelen. Ze wilde gewoon meegevoerd worden door het water, waarop de brandende zon weerkaatst werd.

De kramp kwam plotseling op en schoot helemaal door haar been. Opeens besefte Lilly dat ze in het midden van de rivier was en steeds verder afdreef. Met haar been, dat ze alleen met veel pijn kon bewegen, zou ze de oever niet kunnen bereiken, laat staan tegen de stroom in kunnen zwemmen.

'Gerda!' riep ze terwijl ze wanhopig met haar armen maaide. Maar haar vriendin was ver achter haar. Lilly keek wanhopig om zich heen.

'Lilly!' hoorde ze Gerda achter zich schreeuwen.

'Help!' riep ze, maar ze merkte dat haar stem niet ver droeg. 'Help!' riep ze weer uit alle macht. Toen ineens had ze het gevoel dat er iets aan haar trok en dat ze niet meer de kracht had zich ertegen te verzetten.

# 23

'Denk je echt dat dat perceel iets voor ons zou zijn?' vroeg Louis terwijl hij de boot nakeek, waarmee Peter Hermann met het volgende groepje medewerkers de rivier op ging.

'Het ligt schitterend,' zei Catherine. 'Als we er een beetje werk in investeren, zou het een heerlijk huis kunnen worden om onze oude dag in door te brengen.'

'Alleen heb ik mijn drukke bezigheden in het ziekenhuis en zal ik dus niet veel kunnen doen,' gaf Louis te bedenken. 'Zo'n boomgaard moet goed onderhouden worden. En het huis...'

'Onze tuinman, broeder Lüdtke, zal ons vast wel willen helpen. Hij onderhoudt ons park toch ook heel goed en als we het vragen, gaat hij ongetwijfeld akkoord. En voor de renovatie van het huis hebben we hoe dan ook bouwvakkers nodig.'

Desondanks bleef Louis sceptisch. Kon hij nu al aan zijn oude dag denken? Hij was immers nog geen vijftig!

'Ooit zul je je witte jas aan de wilgen moeten hangen en dan heb je een plek nodig om te wonen.' Catherine zweeg even en voegde eraan toe: 'We hebben allebei zo'n plekje nodig. En waarom dan niet hier aan het water?'

'Ik zal erover nadenken,' antwoordde Louis met tegenzin. Hoelang zou hij nog aan het hoofd van Waldfriede kunnen staan? Tien jaar? Twintig? Dat was een lange tijd, waarin hij eigenlijk geen eigen huis nodig had.

Hij werd uit zijn overpeinzingen gehaald door een luide kreet.

'Wat is daar aan de hand?' vroeg Catherine verschrikt.

Toen Louis opkeek zag hij dat enkele passagiers op de boot op een kluitje stonden en naar iets wezen wat hij niet kon zien.

'Ik ga even kijken,' zei hij, en voordat zijn vrouw kon antwoorden zette hij de pas erin.

~

Lilly was ervan overtuigd dat haar einde gekomen was. Haar armen deden vergeefse pogingen haar hoofd boven water te houden. Ze kreeg water binnen, spuugde het weer uit, maar het liep meteen haar neus weer in. Intuïtief hield ze haar adem in. Hoelang zou ze het nog redden? De kramp in haar been werd steeds erger en haar hart ging tekeer van paniek.

Opeens was daar een herinnering. Ze hoorde de naam die ze zo veel jaren geleden had gefluisterd.

Benjamin...

De wind liet het gordijn voor het raam opbollen, maar bracht geen verkoeling in de kleine kamer. Door de hitte van de afgelopen dagen was het er benauwd en bedompt en er hing een metalige, zoetige lucht.

Lilly lag badend van het zweet op haar bed en had een onaangenaam vochtig gevoel tussen haar benen. Nooit eerder in haar leven had ze zo'n pijn gehad.

Haar moeder had weliswaar onmiddellijk de dokter en de vroedvrouw geroepen, maar het zou nog wel een tijd duren voordat ze hier aankwamen. Aan het begin van de middag was het in Potsdam erg druk op straat.

Lilly klauwde met haar handen in het laken toen er weer een wee door haar lichaam trok. De onzekerheid, de telkens weer opkomende krampen en de angst voor de bevalling overtroffen zelfs de gevoelens die ze had ervaren voordat ze haar zwangerschap had opgebiecht.

Het leek noch bij haar moeder, noch bij haar vader op te komen om haar bij te staan, haar hand vast te houden en kalmerend op haar in te praten. Ze was de afgelopen maanden hoe dan ook als een melaatse behandeld. Ze hadden haar het huis niet uit gegooid en gaven haar nog steeds de kost, maar het grootste deel van de tijd had ze alleen op haar kamer doorgebracht, geplaagd door zorgen en angsten.

Toen de wee wegtrok, hoorde ze hen in de keuken praten.

'We kunnen haar beter wegsturen,' stelde Lilly's moeder Herta voor. 'Als de buren merken...'

'Die hebben het toch allang in de gaten!' antwoordde Otto Wegner, nog meer gefrustreerd dan anders. 'Dacht je soms dat ze iets aan hun ogen hebben?' Hij slaakte een diepe zucht.

'Maar we kunnen haar niet hier laten. Met het kind... Ze zullen het overal rondvertellen! En denk eens aan je kantoor...'

'Nou ja, misschien loopt het wel verkeerd af,' zei Otto. 'Het kan zijn dat de navelstreng om het halsje zit, zoals toen bij Sylvia.'

Lilly voelde haar hart ineenkrimpen. Hoopte haar vader dat het kindje dood zou gaan? Het dochtertje van zijn oudste nicht was destijds bij de geboorte gestorven.

Maar nog erger was dat haar moeder er niets van zei.

'En je zus Cecilia?' vroeg Otto even later. 'Kunnen we haar daar niet naartoe sturen tot alles in het vergeetboek is geraakt?'

Herta snoof. 'Wat moet ze bij haar?'

'Nou, daar kent niemand haar. En als ze oud genoeg is...'

'Cecilia zal ervoor bedanken.' Nu leek haar moeder na te denken. 'Maar wie weet is er een andere...'

Ze werd onderbroken door het geluid van de bel. Lilly hoorde haar moeder naar de deur lopen. Toen kwam de dokter haar kamer in, gevolgd door een vroedvrouw. De uren die volgden waren de afschuwelijkste die Lilly ooit had meegemaakt. De intensiteit van de weeën nam toe en algauw was haar keel rauw van het schreeuwen. De arts en de vroedvrouw voelden afwisselend tussen haar benen en het ergste van alles was dat het kindje niet wilde komen.

'Persen, meisje! Kom op nou!' De onbarmhartige stem van de vroedvrouw schalde over Lilly heen, maar ze kon nauwelijks de kracht opbrengen door te gaan. Haar lichaam baadde in het zweet, haar spieren trilden en haar hart ging tekeer.

'Dokter, zo wordt het niks,' hoorde ze de vroedvrouw zeggen. 'Zonder keizersnee gaat die kleine dood. Ze moet naar het ziekenhuis.'

'Ik acht een keizersnee niet nodig,' oordeelde de arts. 'Ik zal proberen de geboorte op een andere manier te laten vorderen.'

Zonder nog iets te zeggen liep hij om haar heen en wierp zich zijdelings met zijn volle gewicht op Lilly's buik.

Tijd om te protesteren had ze niet. De pijn verdreef elke gedachte. Lilly schreeuwde het uit tot haar stem weigerde. Toen voelde ze iets scheuren, alsof iemand haar onderlichaam van de rest had gescheiden.

Het zware mannenlichaam verhief zich weer en door het ruisen van haar hartslag in haar oren heen hoorde Lilly de vroedvrouw zeggen: 'Nou, daar is hij dan eindelijk!'

Benjamin, klonk het als een luide kreet in Lilly's hoofd terwijl ze water binnenkreeg en haar krachten steeds verder afnamen. Het gezicht van haar zoontje stond haar zo duidelijk voor ogen alsof hij hier was. Zijn ronde wangetjes, zijn blauwe ogen, zijn wipneusje en zijn blonde haardos.

Het spijt me dat ik geen moeder voor je kon zijn, dacht ze wanhopig. Dat ik heb toegelaten dat ze je van me afnamen.

Een diepe rouw nam haar in zijn greep, maar ook woede. Ze hadden me moeten bijstaan, dacht ze. Mijn ouders hadden mijn kindje kunnen houden, hun kleinzoon en hun dochter hadden belangrijker voor hen moeten zijn dan hun goede naam...

Toen greep iets haar vast en werd ze omhooggetrokken. Haar hoofd, dat al onder het wateroppervlak was beland, brak weer door die natte barrière heen. Lilly hapte paniekerig naar lucht. Iemand rukte aan haar, was haar komen redden.

'Ik heb u vast,' hoorde ze een stem door het ruisen heen. 'Niet bang zijn; ik breng u aan land.' Terwijl hij probeerde haar hoofd boven water te houden, zwom hij met haar naar de wal. Daar trok hij haar het zand op en draaide haar om. Een hoestaanval deed haar lichaam schudden en er kwam een guts water naar buiten. Lilly gaf over, hoestte, gaf opnieuw over. Pas na een tijdje voelde ze de hand die over haar rug wreef.

Zwaar hijgend leunde ze op haar armen. Er liep speeksel uit haar mond, maar ze had niet langer het gevoel dat haar hele lichaam was volgelopen met water.

'Doe maar rustig aan,' zei haar redder. Het was professor Kirsch!

Ze ging rechtop zitten en zat nu druipend in het zand, trillend over haar hele lichaam. Het water droop uit haar haar en haar benen deden pijn. De kramp in haar kuit werkte nog na.

Professor Kirsch ging gehurkt naast haar zitten. 'Gaat het?'

Lilly merkte dat er ook uit zijn haar en zijn snor water droop. Nooit eerder had ze die uitdrukking in zijn ogen gezien. Hij keek haar angstig, bezorgd en tegelijkertijd opgelucht aan.

'Ja, het gaat wel,' zei Lilly en ze begon weer te hoesten. Ditmaal kwam er echter geen water meer, het was maar een kriebel in haar keel. 'Bedankt dat u me eruit hebt gehaald,' zei ze toen.

'Niets te danken. Gelukkig was de boot nog niet zo ver de rivier op.'

'Ik dacht dat mijn leven voorbij was,' gaf Lilly toe. Bij elke andere gelegenheid zou de nabijheid van de professor haar hart sneller hebben doen kloppen, maar nu vond ze het alleen maar ontzettend gênant om zo voor hem te zitten: nat en ook nog in dat ouderwetse badpak.

'Het kan gebeuren dat je een verkeerde inschatting maakt bij zo'n groot wateroppervlak,' zei Kirsch begripvol.

'Het was geen verkeerde inschatting,' antwoordde Lilly schuchter. 'Het is alleen lang geleden dat ik heb gezwommen en mijn been...' Ze pakte haar kuit vast, die nog altijd strak gespannen was. 'Ik kreeg kramp.'

Kirsch knikte en vroeg: 'Mag ik even kijken?'

Lilly keek naar hem en voelde het bloed naar haar wangen stijgen. Door zijn kletsnatte kleren kreeg je een idee van zijn figuur. In zijn doktersjas was zijn lichaamsbouw nauwelijks te zien, maar nu viel haar op dat hij sterke armen en benen had.

Voordat ze kon antwoorden kwam dr. Conradi aanlopen. 'Wat is er gebeurd?' vroeg hij. 'Is ze overboord geslagen?'

'Nee, ze is kennelijk gaan zwemmen,' zei Kirsch. Zijn geïrriteerde toon ontging Lilly niet. Had ze het mis of was hij liever met haar alleen gebleven? 'Samen met leerling Gerda, heb ik begrepen.'

Lilly keek opzij en zag Gerda een paar stappen van hen af staan, met haar kleren. Zelf had Gerda haar jurk alweer over haar badpak aangetrokken.

Conradi sprak haar bestraffend toe: 'Dat had u iemand moeten laten weten. Ik moet er niet aan denken dat u was verdronken!'

'Het spijt me,' zei ze. 'Ik kreeg kramp in mijn kuit. Ik heb waarschijnlijk te lang niet gezwommen.'

Conradi snoof en keek naar de professor. 'Ik wist niet dat het reddend zwemmen tot uw vaardigheden behoorde.'

Ter verklaring zei Kirsch: 'In mijn studententijd heb ik wat bijverdiend als badmeester en dan kwam het wel eens voor dat je iemand uit het water moest halen.'

'Een geluk voor onze zuster Lilly,' antwoordde Conradi met een blik op haar. 'De volgende keer dat u het water in gaat, laat u dat een van ons weten, is dat duidelijk?'

'Ja dokter,' antwoordde Lilly.

'En dat geldt ook voor jou, Gerda!'

De leerling-verpleegster boog schuldbewust haar hoofd.

De vriend van de dokter, die de boot had bestuurd, kwam er nu ook bij. 'Is alles in orde met het meisje?'

'Ja, het gaat goed met zuster Lilly,' antwoordde Kirsch en hij wendde zich weer tot haar: 'Denkt u dat u kunt opstaan?'

'Ik kan het proberen.' Gesteund door de professor, die zijn arm behoedzaam om haar heen had gelegd, probeerde Lilly overeind te komen. Ze was een beetje bang dat ze weer kramp in haar kuit zou krijgen, maar dat gebeurde niet. Toch voelde ze zich gemangeld.

'Ik neem u mee tot achter die bomen,' zei hij. 'Daar kan niemand u zien en kunt u zich omkleden. Zuster Gerda?'

Gerda, die er de hele tijd als een zoutpilaar bij had gestaan, kwam in beweging. 'Loop maar even mee en geef zuster Lilly haar spullen.'

Gerda knikte en langzaam gingen ze op weg.

Toen ze onder de wilg waren aangekomen, ging Lilly voorzichtig in het zand zitten.

'Zo, nu ga ik uw been even bekijken,' zei Kirsch.

Ze voelde dat haar hart begon te bonzen toen Kirsch haar mogelijk verrekte spier onderzocht. Toen hij een pijnlijke plek aanraakte, kreunde ze.

Kirsch constateerde dat het inderdaad slechts om kramp in haar kuit ging. 'U moet misschien weer wat gaan trainen.' Hij liet haar kuit los. 'Probeer die spier eens voorzichtig te rekken. Dat gaat het best door uw grote teen op te trekken.'

Lilly deed wat haar was gezegd. Het was nog steeds een beetje pijnlijk, maar de pijn nam af naarmate de spier verder oprekte.

'Blijf vandaag maar bij het water vandaan, goed?'

Lilly knikte. Professor Kirsch gaf haar een klopje op haar schouder, stond op en liep weg.

Even later kwam Gerda aanzetten met haar kleren en tassen.

'Het spijt me ontzettend,' zei ze toen ze naast Lilly neerknielde. 'Ik... Ik wilde niet dat je iets zou overkomen.'

'Nee joh,' zei Lilly terwijl ze zich omkleedde, afgeschermd van de blikken van de anderen. 'Als ik geen kramp had gekregen, was er niets aan de hand geweest.'

Nu de paniek was geweken begon Lilly irritatie te voelen. Wat zou de professor wel niet van haar denken! En dan had hij haar ook nog in haar badpak gezien! Ze was het liefst naar het station gerend en in de eerste de beste trein naar Berlijn gestapt.

'De volgende keer moet je je benen eerst opwarmen,' zei Gerda.

'Dat had je eerder moeten zeggen,' antwoordde Lilly terwijl ze haar jurk dichtknoopte.

Gerda perste haar lippen op elkaar.

Lilly zuchtte en trok haar in haar armen. 'Ach, het is allemaal goed afgelopen. Maak je niet druk!' Over Gerda's schouder heen zag ze Rudolph Kirsch, die achter Peter Hermann het huis in liep.

De herinnering die vlak voordat ze zou verdrinken bij haar was opgekomen, stak opnieuw de kop op. Haar lichaam was nog steeds een beetje bibberig; de schrik zat haar nog in de benen. Ze wilde nu niemand om zich heen hebben, wilde alleen even gelegenheid hebben om haar gedachten te ordenen.

'Zou je me eventjes alleen willen laten?' vroeg ze. 'Ik moet even bijkomen.'

'Natuurlijk,' antwoordde Gerda. 'Zeg het maar als je iets nodig hebt.'

Lilly knikte en ging weer in het zand zitten. Ze trok haar knieën tegen haar borst. Vandaag was ik bijna doodgegaan, dacht ze, en er trok een rilling door haar lichaam. Vandaag, op Benjamins verjaardag. Was dat een teken van het lot?

Opeens zag ze de dingen helder. Het lot bestond niet, het kwam erop aan wat je deed. En ze nam een besluit: vanaf dit moment zou ze er voor haar zoontje zijn.

# 24

*Hamburg, 10 augustus 1930*

Er was een dichte menigte op het centraal station van Hamburg toen Lilly uit de trein stapte. Blijkbaar wilden veel passagiers van het mooie weer in het weekeinde profiteren door eropuit te gaan.

Ze hield haar tas steviger vast en liep naar de uitgang. Haar tante woonde niet ver van het station, dus ze hoefde geen geld aan een taxi uit te geven.

Lilly wist niet zeker of haar tante blij zou zijn met deze verrassing. Nooit eerder had ze Cecilia onaangekondigd bezocht. Bovendien had ze 's ochtends nog niet zeker geweten of ze wel zou gaan. Maar ze was in de trein gestapt en tijdens de reis had ze een definitief besluit genomen.

Toen ze bij het huis van haar tante was belde Lilly aan. Als ze er nu eens niet zijn? dacht ze ongerust. Het was immers zomer en misschien gingen ze er 's zondags op uit.

Maar toen ging de deur open.

Lilly betrad de koele hal die naar boenwas en bastvezelmatten rook. Bovenaan de trap wachtte Cecilia haar op. Ze was lang en slank, haar bruine krullende haar was in een bob geknipt en ze had een zwak voor de kleur lavendel, zoals aan haar blouse te zien was. Haar armen hield ze op een afwijzende manier voor haar borst gekruist.

'Zit je in de problemen? Ben je alweer je baan kwijt?'

'Nee, waarom denk je dat?' vroeg Lilly verontwaardigd toen ze boven was aangekomen. 'Ik wilde gewoon...'

Voordat ze haar zin kon afmaken, werd er een deur opengegooid. 'Lilly!' riep een kinderstem.

Lilly hapte onwillekeurig naar adem. Daar was hij! En even had ze het gevoel dat de grond onder haar voeten wegzakte.

Sinds haar laatste bezoek was hij weer behoorlijk gegroeid, intussen kwam hij bijna tot haar middel. Hij had een rozig gezicht en zijn ogen straalden. Zijn blonde haar was iets korter dan bij haar vorige bezoeken.

'Hallo Benjamin,' zei ze ontroerd. Ze ging op haar hurken zitten, want ze had slappe knieën en ze probeerde de opwellende tranen tegen te houden. 'Ik wilde je feliciteren met je vijfde verjaardag. Dat was toch drie dagen geleden?'

De jongen knikte en liep naar haar toe. Lilly omhelsde hem stevig en haalde daarna de blokkendoos uit haar tas, die ze had gekocht in de speelgoedzaak naast de wolwinkel. 'Hier, die is voor jou.'

Benjamins hand reikte naar de doos. Hij gilde het uit van plezier terwijl hij hem tegen zijn borst drukte. Toen keek hij naar Cecilia. 'Kijk eens mama, wat Lilly me gegeven heeft.'

Mama. Dat woord gaf Lilly een pijnlijke steek. Natuurlijk noemde hij Cecilia mama, hij wist niet beter. Niemand had hem tot nu toe de waarheid verteld.

'Ja, heel mooi,' zei Cecilia op een milde toon die Lilly alleen van haar kende als ze met de jongen sprak. 'Wat zeg je dan?'

'Dank je wel, Lilly,' zei Benjamin gehoorzaam.

'Je kunt er een huis mee bouwen, maar ook een boot of een auto,' zei Lilly door haar tranen heen, terwijl ze voelde dat er iets in haar was veranderd. Aan de ene kant wilde ze wegvluchten uit Cecilia's woning, aan de andere kant was ze bang voor het moment waarop ze Benjamin weer moest achterlaten. 'Ga je alvast naar de woonkamer? Ik kom zo dadelijk en dan bouwen we iets moois, goed?'

'Ja, maar schiet op!' Terwijl hij trots de nieuwe blokkendoos omhooghield, verdween Benjamin door de deur van de woonkamer.

‘Hoe gaat het met hem?’ vroeg Lilly met betraande ogen. De laatste keer dat ze op bezoek was geweest, was ruim een jaar geleden, kort voor haar ontslag bij het Charité.

‘Het gaat goed met hem,’ zei Cecilia tegen haar terwijl Lilly nog op haar hurken zat. ‘En zoals je kunt zien, heeft de kuur hem erg goedgedaan. Je hebt mijn kaart toch gekregen?’

‘Ja.’ Lilly veegde de tranen uit haar ogen. ‘Bedankt dat je me hebt geschreven.’

‘Mooi dat het je zo gauw is gelukt om een nieuwe baan te vinden. Je weet wat onze afspraak is.’

Dat wist Lilly maar al te goed. Zij betaalde, haar tante zorgde voor haar zoon en zei niets tegen andere mensen.

‘En? Wanneer neem je hem mee?’ Cecilia’s stem deed haar uit haar gedachten opschrikken.

Lilly draaide zich verbaasd om. ‘Je weet toch dat dat niet kan.’

‘Over twee weken word je eenentwintig. Dan kun je hem meenemen als je wilt.’

Lilly voelde dat dit een van de wrede spelletjes was die Cecilia graag met haar speelde. Ineens besefte ze weer waarom ze Benjamin zo zelden opzocht.

‘Ik werk de hele dag als verpleegster en soms ook ’s nachts. Wie moet er in die tijd op hem passen?’

‘Nou, je zou het probleem ook anders kunnen oplossen en een man zoeken. Misschien praten je ouders dan ook weer met je.’

Lilly was sprakeloos dat ze haar ouders noemde. Ze herinnerde zich nog goed hoe die twee over het kind hadden gepraat terwijl ze aan het bevallen was en ze een beetje getroost had willen worden.

Lilly keek door de deur van de woonkamer. Benjamin was naast de bank gaan zitten en gooide de blokken juichend uit de doos. Wat zou ze hem graag meenemen! Maar ze kon haar baan niet op het spel zetten. Hoe moest ze hem onderhouden? Wie kon op hem passen? Naar haar ouders kon ze hem niet brengen.

‘Nou, zolang je maar betaalt...’ redde Cecilia haar. ‘Je zult je nieuwe baan toch niet kwijtraken?’

Lilly moest er ineens aan denken hoe ze een paar maanden geleden bijna was ontslagen. 'Natuurlijk niet,' antwoordde ze.

'Je weet dat ik voor hem zorg omdat ik je ouders daarmee een plezier doe,' voegde Cecilia eraan toe. 'Maar als er geen geld meer komt, zie ik geen reden meer om voor hem te zorgen. Het leven is duur.'

En van mijn betalingen leef jij goed, dacht Lilly boos. Maar ze beheerste zich. 'Ik ben niet van plan om daar iets aan te veranderen,' zei ze.

'Je moet meer betalen,' eiste Cecilia. 'De jongen is geen peuter meer, hij wordt steeds duurder. Dan is het toch logisch dat je je bijdrage verhoogt.'

Lilly staarde haar aan. 'Wat zeg je? Ik verdien nauwelijks meer dan vroeger.'

'Je woont toch in het ziekenhuis, of niet soms? En je hebt ook geen kleren nodig, want je hebt je uniform.' Een kille glimlach gleed over Cecilia's gezicht. 'Denk er maar over na. Twintig mark meer per maand lijkt me gepast. Ik kan immers geen baan nemen vanwege hem. Ik moet ergens van leven als ik jouw fout moet gladstrijken.'

Lilly's nekharen gingen overeind staan en het leek of er een ijzige rilling door haar heen ging. Als ik al iets fout heb gedaan, dacht ze, dan is het dat ik hiernaartoe ben gekomen om haar aan mijn bestaan te herinneren.

'Ik zal je dat bedrag betalen,' zei ze. Daarbij moest ze moeite doen om met vaste stem te spreken. 'Maar dan wil ik hem vaker bezoeken.'

'Dat staat je vrij. Laat het me alleen weten en kom niet zomaar binnenvallen.'

'Ik zal van tevoren bellen.' Lilly stond op het punt naar de woonkamer te gaan om met Benjamin te spelen toen Cecilia zei: 'Misschien had je het toen anders moeten aanpakken.'

'Wat bedoel je?'

'Geloof je nu echt dat ik niet kan bedenken wie zijn vader is? Ik heb toch ogen in mijn hoofd?'

Lilly verstijfde. Hoe kon ze dat weten?

'Benjamin zit op me te wachten,' zei ze en ze glipte de woonkamer in, waar de jongen net een toren begon te bouwen. Ze merkte Cecilia's tevreden glimlach op.

Ze had haar antwoord gekregen.

# DEEL 2

*'1931 werd een zwaar jaar in de geschiedenis van ons ziekenhuis...'*

*'Maar nu voelden allen die met Waldfriede vergroeid waren de zware last van de zorg om onze geneesheer-directeur. Het leek er aanvankelijk op dat dr. Conradi slechts aan een vorm van algehele uitputting leed, maar zijn toestand verslechterde gestaag, zodat hij zich gedwongen zag zijn geliefde werk neer te leggen.'*

*(Kroniek van ziekenhuis Waldfriede, 1931)*

*'In deze lente prijkte ons park in volle schoonheid, doordat grote oppervlakten van het bosrijke terrein waren voorzien van nieuwe gazons, waarin overal schitterende gele en blauwe krokussen, sneeuwklokjes en andere voorjaarsbloemen bloeiden, die ons hoop schonken die het menselijk verstand niet meer kon opbrengen.'*

*(Kroniek van ziekenhuis Waldfriede, 1932)*

# 25

*Zehlendorf, 12 januari 1931*

De winter vergde veel van Louis' mentale kracht. De wolken hingen als een zwaar, grijs laken aan de hemel en lieten geen enkel zonnestraaltje door. De zangvogels die de zomer met hun gezang hadden begeleid, waren al lang vertrokken, alleen de bonte kraaien vulden de atmosfeer met hun onwelluidend gekras. In de omgeving van het Grunewald-bos waren die vogels talrijk en soms deden ze hem aan een kerkhof denken.

Waldfriede was inderdaad wel eens een plaats van de dood, maar het was veel meer een plaats van het leven, want er werden voornamelijk mensen genezen en kinderen geboren.

Een dure plaats, vonden de ziekenfondsen. Geruchten deden de ronde dat ze de enorm oplopende kosten niet meer konden dekken. Op grond van de slechte economische situatie overwoog het Berlijnse stadsbestuur zelfs enkele ziekenhuizen te sluiten.

Ook in de boekhouding werden de effecten van de crisis steeds zichtbaarder. Financieel draagkrachtige patiënten bleven weg. En er werden minder warmtebehandelingen geboekt dan ze in voorgaande jaren gewend waren.

Daar kwam nog bij dat Louis zich al een paar weken eigenaardig onwel voelde. Hij maakte zichzelf wijs dat het slechts oververmoeidheid was en hij probeerde zijn toestand zo goed en zo kwaad als het ging voor zijn personeel te verbergen. Maar op een moment als dit zag hij de toekomst met angst tegemoet.

'Dokter Conradi, meneer Kahl is hier. Hij komt solliciteren voor de functie van boekhouder,' zei zuster Hanna, die uit de röntgenkamer kwam. 'Ik heb hem daarnet op de gang zien staan.'

Er gleed een glimlach over Louis' gezicht. Eindelijk! Een veelbelovende kandidaat voor die functie, iemand die hem zou ontlasten. Catherine zou net zo blij zijn als hijzelf wanneer hij zich niet langer met de boeken bezig hoefde te houden.

'Dank u, zuster Hanna. Vraag hem maar binnen te komen.'

~

'Kijk eens, Ilse, dit zijn je nieuwe beugels,' zei Lilly terwijl ze de twee beugels van metaal en kunststof op het bed neerlegde. 'Professor Kirsch zal ze je straks omdoen en dan kunnen we proberen op de gang een paar stapjes te lopen.'

Het meisje knikte enthousiast. De afgelopen maanden waren haar klachten dankzij het nieuwe geneesmiddel sterk afgenomen, zodat de professor had besloten dat ze het met de beenbeugels konden proberen.

Nog steeds kwam dagelijks de jonge heilgymnast langs, die met Ilse oefende om haar benen beweeglijk te houden. Hij was ook degene geweest die had beweerd dat de zandzakjes aan Ilses voeten er waren om te zorgen dat haar benen later mooi lang werden. 'Als van een ooievaar,' had hij eraan toegevoegd, waarna hij Ilse over haar neusje had geaaid.

Toen Rudolph Kirsch binnenkwam trok Ilse een ernstig gezicht. Ze leek hem intimiderend te vinden, hoewel hij altijd aardig was en haar een paar woordjes probeerde te ontlokken.

'Alles is er klaar voor, professor,' zei Lilly en ze stapte bij het bed vandaan. Sinds hij haar van de verdrinkingsdood had gered was hun relatie beter geworden. Natuurlijk waren er altijd nog dingen die ze liever niet ter sprake bracht, maar Kirsch was over het algemeen toegankelijker en vriendelijker tegen haar en probeerde haar zo veel mogelijk te leren.

'Mooi zo,' zei hij en hij begon de beugels te bevestigen. Later moesten ze voor langere tijd worden gefixeerd, maar voorlopig hoefde Ilse er alleen aan te wennen.

Toen Kirsch klaar was, tilde hij Ilse op zijn arm en liet hij haar heel voorzichtig zakken.

'Als het je te veel wordt, zeg je het, goed?'

Ilse keek weifelend naar Lilly. Die knielde voor haar neer en stak haar handen naar haar uit. Ze beloofde haar: 'Ik hou je vast.'

Ilse klampte zich aan haar vingers vast terwijl de professor haar behoedzaam op haar voeten liet neerkomen.

Lilly's adem stokte toen Ilses voeten de vloer raakten. Het zou te ver hebben gevoerd te verwachten dat ze meteen ging lopen, maar ze zakte in elk geval niet direct door haar knieën.

Professor Kirsch hield Ilse nog een poosje vast en liet haar toen voorzichtig los. De greep van haar handjes om Lilly's vingers werd sterker. Heel even kon het meisje overeind blijven, toen kiepte ze achterover. Professor Kirsch ving haar een fractie van een seconde later op.

'Dat heb je geweldig gedaan!' zei hij vol lof en hij keek Lilly aan. Zijn ogen straalden en ook Lilly moest glimlachen.

'Ik denk dat je gauw weer door het gras kunt dartelen als je zo doorgaat,' merkte Kirsch op toen hij Ilse optilde. 'Maar eerst moet je nog flink oefenen. Beloof je dat?'

Het meisje knikte bedeesd.

'Mooi. Zuster Lilly, dan laat ik u nu zien hoe u de beugels op de juiste manier afdoet en weer aanbrengt. De heilgymnast komt zo en gaat wat oefeningen met Ilse doen, daarna kan ze haar bed weer in.'

'Ja, professor,' zei Lilly.

Ze was blij met Ilses vooruitgang, bijna alsof het om haar eigen kind ging. En ze was dankbaar dat Benjamin zo'n ziekte bespaard was gebleven.

In augustus zou hij zes jaar worden. Volgend jaar werd hij leerplichtig. Hij was vorig jaar genezen van kinkhoest en was tijdens zijn verblijf met Cecilia in een kuuroord goed opgeknapt.

Ze zette de gedachte aan haar zoontje opzij en richtte haar aandacht op de instructies van de professor.

Toen Kirsch haar alles had uitgelegd kwam de heilgymnast binnen, die begon met Ilses bewegingsoefeningen.

Lilly maakte van het moment gebruik om naar de linnenkamer te lopen. Ilse had die dag melk op haar deken gemorst. Voor de visiteronde was ze er niet meer aan toegekomen het bed te verschonen.

Op de gang kwam Lilly Hanna tegen, die er enigszins ontredderd uitzag. 'Wat is er gebeurd, zuster Hanna?' vroeg ze.

'Ze hebben ziekenhuis Hindenburg gesloten,' antwoordde Hanna zonder haar pas in te houden. 'We zijn net gebeld met de vraag of wij hun patiënten kunnen overnemen.'

'Kan ik iets doen om te helpen?'

'Dank je, Lilly, maar voorlopig kun je niet veel doen. Ik moet dokter Conradi spreken.' Met opgehouden rok rende Hanna door.

Het Hindenburg gesloten!

Toen ze een baan probeerde te vinden, had Lilly ook overwogen bij dat ziekenhuis te informeren. Gelukkig had Waldfriede haar aangenomen. Ze moest er niet aan denken dat ze nu opnieuw op zoek had moeten gaan...

~

Louis slaakte een diepe zucht nadat Hanna hem de inhoud van het telefoongesprek met ziekenhuis Hindenburg had verteld.

Na zijn heel aangename onderhoud met de nieuwe boekhouder had hij hoop zien gloren. En nu dit. De sluiting van ziekenhuis Hindenburg toonde aan hoe slecht het in de zorg ging. Ze mochten dan vandaag nog hun patiënten overnemen, morgen konden ze zelf het slachtoffer van de bezuinigingen worden.

'Het is er dus toch van gekomen,' zei hij bedrukt.

'Helaas wel,' antwoordde Hanna. 'En dat terwijl het Hindenburg nog maar drie jaar oud is.'

Het voormalige opvoedingsgesticht aan de Gimpelsteig was in 1927 omgebouwd tot een ziekenhuis dat de naam van de rijkspresident had gekregen. Op Waldfriede had de opening van deze nieuwe voorziening tot bezorgdheid geleid. Louis wist dat concurrentie goed kon zijn, maar in dit geval betekende het dat Waldfriede patiënten kwijt zou raken. Het lot leek het ziekenhuis echter niet gunstig gezind te zijn.

'Als de financiën in het gedrang komen, maakt het niet uit hoe oud een ziekenhuis is,' zei hij. 'Dan wordt het gewoon gesloten.'

'Denkt u dat het ons ook kan overkomen?' vroeg Hanna bezorgd.

'Nu ze hun patiënten bij ons willen onderbrengen?' Louis schudde zijn hoofd. 'Dat denk ik niet. Maar wie weet welke gevolgen de financiële crisis nog meer heeft.'

Het was hem niet ontgaan dat er in Zehlendorf plannen waren om een nieuw ziekenhuis te openen. De kuurinstelling Hubertus zou worden omgebouwd tot een kliniek – nog meer concurrentie voor Waldfriede. Maar zouden die plannen nog wel worden gerealiseerd?

'In elk geval zullen we nu rekening moeten houden met de komst van meer slachtoffers van ongevallen,' vervolgde hij. 'Voorheen werden de meeste zwaargewonden naar het Hindenburg gebracht...' Hij liep bij het raam vandaan toen hem iets te binnen schoot. 'Ik zal eens navragen hoeveel patiënten er precies komen. Dat hebben ze u niet verteld, of wel?'

Hanna schudde haar hoofd en Louis liep de spreekkamer uit. Hij was nog maar net op de gang toen hij een steek in zijn borst voelde. Kreunend boog hij voorover. Had hij zich te haastig omgedraaid?

Een tijdlang bleef Louis voorovergebogen staan. Er verschenen zweetdruppels op zijn voorhoofd, hij kreeg het koud en werd overvallen door een eigenaardig gevoel van onrust. Waren zijn hartklachten teruggekomen?

Trillend haalde hij adem. Gelukkig konden de patiënten die in de wachtruimte zaten hem van daaruit niet zien.

Na een poosje nam het stekende gevoel langzaam af. Louis richtte zich op. Er stonden nog steeds zweetdruppels op zijn voorhoofd, maar hij had het gevoel weer meer lucht te krijgen. Geleidelijk verdween ook zijn onrust en kreeg hij het weer warm.

Louis sloot zijn ogen en concentreerde zich op wat hij voelde, maar er was niets meer aan de hand. Ook zijn hartslag werd weer rustiger. Blijkbaar was de boosdoener een tussenwervelschijf of een rib geweest.

Hij liep weer door en kwam even later bij de receptie, waar hij zich met ziekenhuis Hindenburg liet doorverbinden.

~

Samen met Gerda en een paar andere zusters en broeders stond Lilly laat in de middag voor de ingang van het ziekenhuis te kijken naar de colonne ziekenwagens die de poort door kwamen rijden en vervolgens de rotonde namen tot voor de ingang. Er verscheen een zachtroze waas voor de grijze wolken. De wind bracht de geur van sneeuw mee en als het weerbericht in de krant klopte, konden ze zich binnenkort instellen op wervelende sneeuwvlokken.

Toen de voertuigen tot staan waren gekomen stapten de chauffeurs en enkele verplegers uit en begonnen de patiënten eruit te halen.

Enkelen van hen, die hun dagelijkse kloffie provisorisch hadden aangetrokken, konden zelf lopen, anderen lagen op brancards. Directrice Elisabeth had Lilly en haar collega's aangewezen om de nieuwe vrouwelijke patiënten te verwelkomen. De meeste patiënten waren echter mannen en over hen ontfermden zich zuster Maria en haar collega's.

Ten slotte werden de eerste vrouwen gebracht. Terwijl Lilly afwachtte tot ze een patiënte kreeg toegewezen, keek ze toe hoe degenen die zich zelfstandig konden voortbewegen het ziekenhuis werden binnengeleid. Daarna volgden de brancards.

Gerda haastte zich met de aan haar toegewezen patiënte langs haar heen en toen was ze zelf aan de beurt.

'Dit is Herta Wegner. Ze is niet volledig bij kennis,' zei de broeder die aan het voeteneinde van de brancard stond. De vrouw was stevig ingepakt in een met banden vastgezette deken; alleen haar gezicht was te zien. Haar bezwete haar plakte tegen haar voorhoofd, haar ogen waren gesloten.

Toen Lilly naar de vrouw keek, schrok ze. Vlug sloeg ze haar hand voor haar mond.

'Waar moeten we haar naartoe brengen?' vroeg de broeder.

Even was Lilly te zeer uit het veld geslagen om te antwoorden.

'Nou, waarheen?' drong de tweede verpleger aan.

'Tweede vrouwenafdeling,' antwoordde Lilly. 'Kom maar, ik ga jullie voor.'

Met het patiëntendossier tegen haar borst gedrukt liep Lilly voorop. Haar hart ging tekeer en haar mond was opeens kurkdroog.

Hoe zou haar moeder in het Hindenburg terecht zijn gekomen?

Lilly's gedachten tolden terwijl ze de verplegers de weg wees. De twee mannen droegen Herta Wegner naar een van de gereedstaande bedden. Onder Lilly's toezicht legden ze haar erin en lieten het aan Lilly over haar naar de lift te rijden. Terwijl ze stond te wachten sloeg Lilly het dossier open. Haar moeder bleek een geperforeerde blindedarmontsteking te hebben gehad. Ze was twee dagen eerder geopereerd en had nog steeds hoge koorts. Ze was nauwelijks aanspreekbaar.

Lilly sloeg de map dicht en keek naar het gezicht van haar moeder. Hoewel hun verhouding op het laatst niet goed was geweest, was ze nu toch bezorgd. Stel dat ze zou sterven? Ze zag er zo mager, zo kwetsbaar uit...

Toen ging de liftdeur open. Ze spande haar spieren, gaf het bed een stevige zet en reed het de lift in.

Twee van haar collega's ontvingen haar in de vierpersoonskamer waarin haar moeder een plaats was toegewezen. Helga en Friedel hielpen haar om het bed te installeren en namen toen het dossier van haar over.

'Wij zorgen wel voor haar,' beloofde Friedel en ze maakte aanstalten om haar moeder wat beter neer te leggen.

Lilly trok zich terug, met haar blik nog op haar moeder gericht. Ze voelde een lichte pijnscheut in haar borst. In haar oren weerklonken de woorden die ze had opgevangen toen ze weeën had: *We kunnen haar beter wegsturen. Als de buren merken...*

Toen er tranen in Lilly's ogen opwelden draaide ze zich vlug om en verliet ze de kamer.

# 26

Hanna had niet verwacht dat de overplaatsing van de patiënten zo lastig te realiseren zou zijn.

Tegen dr. Conradi was gezegd dat er maar een paar zouden komen, maar uiteindelijk hadden de ambulances vierentwintig mensen gebracht.

In de loop der jaren was het aantal bedden steeds uitgebreid, voorzichtig, omdat je niet kon weten wanneer er een volgende slappe periode dreigde. Nu zouden ze blij zijn geweest als ze wat meer lef hadden getoond.

De meeste patiënten waren op de mannenafdeling terechtgekomen. Onder hen waren veel chirurgische gevallen. Algauw was duidelijk dat er niet voldoende bedden waren. Daarom hadden ze patiënten die aan de beterende hand waren naar andere afdelingen overgeplaatst.

Dr. Conradi was de hele tijd op de been geweest en had er overal op toegezien dat alles ordelijk verliep. Soms had Hanna zelfs het gevoel gehad dat hij op verschillende plaatsen tegelijk was, wat natuurlijk niet waar kon zijn.

Maar nu waren alle patiënten ondergebracht en zorgde de nachtdienst voor de voortzetting van hun behandeling.

Zuchtend maakte Hanna de spelden van haar verpleegsterskapje los. Ze deed haar schoenen en uniform uit en trok haar nachthemd aan.

Toen ze naar haar bureau keek, viel haar oog op het visitekaartje, dat ze met een punaise op de onderlegger had geprikt. De ontmoeting met Eike Rasmussen, de advocaat, was inmiddels enkele maanden geleden. Soms had ze met het idee gespeeld hem te schrijven, die gedachte weer verworpen, en uiteindelijk was ze het in de dagelijkse hectiek vergeten. Waarschijnlijk dacht hij ook niet meer aan haar.

Na het avondgebed kroop ze onder het dekbed. Zodra haar gezicht het kussen raakte zonk ze weg in een diepe slaap.

Toen er op de deur werd gebonsd, schrok ze op in de veronderstelling dat ze zich had verslapen. Versuft kwam ze overeind en keek ze om zich heen. Buiten was alles donker, behalve het licht dat onder de deur door viel.

'Ja?' vroeg ze vermoeid, toen werd de deur opengerukt.

Het was zuster Hedwig van de receptie. 'Hanna, kom vlug! De dokter is ingestort.'

~

Het duurde een poosje voordat de nevel die hem leek te omhullen verdween. Daarnet was hij nog bezig geweest zich klaar te maken om naar bed te gaan. Was het al ochtend?

Het bezorgde gezicht van dr. Meyer verscheen boven hem. Wat deed die hier? Duidelijker dan anders vielen hem de witte strepen in het haar en sikje van zijn vriend op. Ook de lijnen rond zijn ogen waren dieper geworden.

'Louis? Kun je me horen?' vroeg hij. Zijn stem klonk een beetje onduidelijk, maar dat kon door het ruisen in zijn oren komen.

'Erich,' antwoordde hij met zwakke stem. 'Wat is er gebeurd?'

Dr. Meyer keek opzij. Hij volgde zijn blik en zag zijn vrouw, die naast zijn vriend stond. Haar gezicht had een hevig ontdane uitdrukking en ze was lijkbleek.

'Je hebt een hartaanval gehad,' zei Meyer tegen hem. 'We moeten je meenemen. Denk je dat je kunt opstaan?'

Louis probeerde het, maar hij had geen kracht in zijn armen. 'Zo dadelijk gaat het wel weer,' zei hij en hij probeerde het opnieuw. Waar was al zijn energie gebleven?

'Blijf liggen,' zei Erich. 'Ik heb zuster Hanna al op de hoogte laten brengen. Zo dadelijk is ze hier met een paar broeders en een brancard.'

Louis liet zich terugzakken. Dit kon toch allemaal niet waar zijn!

Het schoot hem te binnen dat hij eerder die dag pijn had gevoeld. Had hij toch naar een dokter moeten gaan? Die gedachte leek hem absurd. Hij was zelf arts! Waarom had hij de signalen niet serieus genomen?

Even later verscheen zuster Hanna en achter haar liepen twee broeders met een brancard. Haar gezicht was krijtwit. Het spijt me, had Louis graag tegen haar willen zeggen, maar hij had niet de kracht om te praten.

'Wat is er gebeurd?' vroeg ze ademloos.

'Mijn man is in de slaapkamer in elkaar gezakt,' zei Catherine. 'Ik heb meteen dokter Meyer laten komen.'

Hanna wierp een bezorgde blik op Louis.

'Dokter Conradi moet naar het ziekenhuis worden gebracht,' besloot dr. Meyer. 'Dan kan ik hem grondig onderzoeken. Daarna kijken we of we hem op de afdeling kunnen opnemen.'

'We hebben nauwelijks bedden voor de patiënten van het Hindenburg-ziekenhuis,' mompelde Louis. 'Ik neem niet het bed van iemand anders in.'

'Ik ben je arts,' zei Meyer nadrukkelijk. 'En zolang je niet op eigen benen kunt staan, beslis ik wat er met je gebeurt.'

Bevend haalde Louis diep adem. Hij kende de toon waarop Erich sprak maar al te goed. Als het om het leven van een patiënt ging, viel er niet met hem te spotten.

'Op de brancard met hem,' droeg dr. Meyer de broeders op. 'Zuster Hanna, u gaat met me mee. Catherine, jij blijft nu hier. Ik breng je op de hoogte als ik meer weet.'

Louis voelde dat hij werd opgetild. De broeders bonden hem met een riem vast op de brancard, zodat hij er tijdens het transport niet af zou vallen. Hij werd door vermoeidheid overmand. Zijn hart haperde even en dat maakte hem aan het schrikken.

Hartaanval, had Erich gezegd. Stel dat ik doodga? Wat gebeurt er dan met Waldfriede? Er was nog zo veel te doen...

De broeders droegen hem door de duisternis naar het ziekenhuis. Louis hoorde dr. Meyer met Hanna praten. Alsof hij er helemaal niet bij was. Voelde je je zo als patiënt?

Hij was voor het laatst ernstig ziek geweest in zijn kindertijd, toen hij de mazelen had. Zijn moeder Lizzie had dag en nacht bij hem gezeten en voor hem gezorgd, terwijl zijn vader in Bulgarije was en hem niet eens kon bezoeken.

In Waldfriede was het op dat tijdstip erg stil. De gangen waren leeg, op het nachtpersoneel na. Zuster Maria had dienst op de mannenafdeling en staarde hem verschrikt aan toen hij de onderzoekkamer van dr. Meyer in werd gedragen.

'Dokter, wat is er gebeurd?'

Erich Meyer vertelde het haar in het kort, waarna ze vroeg: 'Zal ik een bed klaarmaken?'

'Dat zou geen slecht idee zijn,' antwoordde Meyer. 'In elk geval voor vannacht.'

'Denk je dat het goed is als de patiënten me zo zien?' vroeg Louis met zwakke stem.

'Niemand ziet je hier,' zegt Erich. 'De kamer waar je komt te liggen is de laatste van de eerste klasse op deze afdeling. Je bent volledig afgeschermd.'

Het zou Louis liever zijn geweest als hij weer naar huis had kunnen gaan, maar tegen de wil van zijn vriend kon hij niets inbrengen.

Erich onderzocht hem grondig, klopte op zijn borst en rug, luisterde naar zijn harttonen. Toen hij de thermometer onder Louis' tong vandaan haalde, fronste hij zijn wenkbrauwen.

'Wat is er?' vroeg Louis.

'Je hebt koorts. Heb je dat niet gemerkt?'

'Ik had het druk.'

'Dokters,' snoof Erich. 'De lastigste patiënten die ik ken.'

'Je overdrijft.'

Erich ging naast hem staan en keek hem ernstig aan. 'Vannacht hou ik je hier op mijn afdeling. Misschien ook wel twee of drie nachten. Het is immers niet de eerste keer dat je instort, in de herfst van '29 is het ook al eens gebeurd.'

Destijds was gebleken dat hij alleen maar een beetje overwerkt was. Louis wilde zichzelf nog steeds wijsmaken dat Erich zich vergiste. Maar zijn vriend en collega was al langer arts dan hij en had heel wat meer ervaring.

Louis keek naar Hanna. Tussen haar wenkbrauwen was een zorgelijke frons te zien.

'Wat vindt u, zuster Hanna?' vroeg hij.

'U moet naar dokter Meyer luisteren,' antwoordde ze. 'U merkt het toch zelf, u bent te zwak om op te staan. Wat zal er van Waldfriede en van ons allemaal worden als u er niet meer bent?'

Louis herinnerde zich het gesprek dat ze tijdens de overtocht naar Engeland hadden gehad. Hanna had toen gevraagd of hij ergens anders wilde gaan werken. Dat had hij ontkend. Maar als God hem nu naar de eeuwigheid riep?

'Nou goed, breng me dan maar naar die kamer, Erich,' zei hij terwijl hij de vermoeidheid voelde opkomen die zijn lichaam zwaar maakte. 'Ik heb altijd al willen weten hoe onze patiënten zich voelen.'

~

'Hoelang gaat dit al zo?' vroeg dr. Meyer aan Hanna, die voor de afdelingsdeur stond en bezorgd haar handen wrong.

'Hoe bedoelt u?'

'Die lichte koorts is typerend voor myocarditis.'

Met wijdopen ogen van schrik keek Hanna hem aan. 'Een ontsteking van de hartspier? Maar hij was niet ziek, hij...' Ze maakte haar zin niet af. Was haar niet zijn zwakte opgevallen, de vermoeidheid die op zijn gezicht geschreven stond? Vorig jaar al had ze gemerkt dat hij niet helemaal fit was. Maar ze had dat toegeschreven aan het feit dat hij behalve zijn patiënten ook de boekhouding moest verzorgen en dat hij verantwoordelijk was voor de leiding van het ziekenhuis.

'Hij hoeft niet evident ziek te zijn geweest. Alleen zwak, oververmoeid, uitgeput... Heeft hij nooit geklaagd over pijn op de borst?'

'Nee, in elk geval niet tegen mij.' Hanna dacht weer aan het gesprek met mevrouw Conradi. Dat de dokter aan haar meer zou vertellen dan aan zijn eigen vrouw. Dat deed haar plezier, maar het verontrustte haar ook. Ze wist heel goed dat er niet meer tussen hen mocht zijn. Maar zo nu en dan laaiden er bij de gedachte aan hem warme gevoelens in haar op die een gewone medewerkster niet hoorde te hebben. 'Maar hij zag wel bleek en leek een beetje overwerkt...'

'Zo'n ziekte kan enkele weken of maanden aanhouden. Als hij zichzelf nu niet ontziet, bestaat de kans dat zijn hart onherstelbare schade oploopt.'

Hanna's maag verkrampte van angst. Nu en dan behandelden ze patiënten met chronische hartaandoeningen; sommige overleden heel vroeg.

'Kunt u dan niets doen?' vroeg ze.

Meyer perste zijn lippen op elkaar. 'Rust en middelen ter versterking zijn het enige wat helpt.' Hij zweeg even en zei toen: 'Ga alstublieft na wat er voor de komende dagen in zijn agenda staat. Dan zullen we kijken welke arts welke patiënten kan overnemen.'

'Misschien moeten we ook voor vervanging zorgen. Borchard is vast bereid waar te nemen.'

'Kunt u dat aan uw baas voorstellen? Ik wil hier niet ingrijpen, hij is nog altijd onze geneesheer-directeur.'

'Dat is goed. Hebt u me nog nodig?'

'Nee, u kunt gaan, Hanna. Morgen hebt u een hoop werk te doen.'

Maar Hanna had geen zin om naar haar kamer terug te gaan. Ze verliet het ziekenhuis en liep naar het woonhuis van de geneesheer-directeur. Daar brandde volop licht; Catherine Conradi was vast nog op.

Ze belde aan en even later werd er opengedaan. Mevrouw Conradi droeg nu een jurk en had haar haar slordig opgestoken.

'Hanna,' zei ze. 'Hoe gaat het met mijn man?'

'Dokter Meyer zegt dat hij weer een hartspierontsteking heeft. Ditmaal is het echter ernstiger. Hij zal het u zeker nog zelf vertellen, maar ik vind dat u het moet weten, zodat u de nacht niet in onzekerheid doorbrengt.'

Catherine sloeg haar hand voor haar mond en schudde toen vol ongeloof haar hoofd. 'Maar de vorige keer was hij helemaal genezen en voelde hij zich goed! En verder had hij nooit iets aan zijn hart!'

'Myocarditis kan plotseling ontstaan. Misschien was er sprake van een verwaarloosde verkoudheid, of heeft hij gewoon kougevat.'

Catherines gezicht versomberde, haar ogen vernauwden zich. 'Ik had je toch gevraagd om op hem te letten!'

Hanna deinsde verschrikt achteruit. 'Dat heb ik ook gedaan, maar...'

'Dat heb je niet gedaan!' snauwde ze. 'Ik heb tegen je gezegd dat hij bezig was zich over de kop te werken, maar jij...' Haar ogen fonkelden.

Hanna begreep niets van die woede-uitbarsting. 'Als uw man zich niet goed voelde, dan heeft hij dat verborgen gehouden omdat hij de patiënten niet in de steek wilde laten. Ik wist het echt niet.'

Er volgde een stilte op haar woorden. Catherine Conradi had zichtbaar moeite om kalm te blijven.

'Verdwijn uit mijn ogen!' zei ze kil. 'En zorg ervoor dat hij een vervanger krijgt.'

Hanna trok zich terug. Toen ze de deur achter zich dichttrok, hoorde ze Catherine luid huilen.

# 27

*Zehlendorf, 13 januari 1931*

In haar droom keerde Lilly terug naar dat ene weekeinde in november, jaren geleden, toen ze op bezoek gingen bij haar oom en zijn nieuwe vrouw, met wie hij de voorgaande zomer was getrouwd. Hubert Wegner had een boerderij in Altes Land, waar Lilly, die net vijftien was geworden, wel eens de vakantie doorbracht.

Maar ditmaal verheugde ze zich niet alleen op de hoeve met de uitgestrekte appelboomgaarden, maar ook op een weerzien met haar aangetrouwde neef Theodor, die al negentien was en zo aantrekkelijk kon glimlachen. Hij had blond haar, zinnelijke lippen en ogen die de lichtbruine kleur van koffie met melk hadden. Ieder meisje van haar school zou in hem de gedroomde aanbidder zien.

Al toen ze elkaar op de bruiloft leerden kennen had ze het gevoel gehad dat hij in haar iets bijzonders zag. Tijdens het feest had hij haar verteld dat zijn vader vroeg was overleden en dat zijn moeder moeite had gehad om een nieuwe man te vinden. Omdat hij, Theodor, het ouderlijk huis al gauw zou verlaten, was hij blij dat ze Lilly's oom Hubert had ontmoet.

Na de bruiloft hadden ze elkaar geschreven. In het begin alleen over onschuldige dingen, maar toen was hij begonnen complimentjes te maken over haar ogen en haar blonde haar.

Haar hart sloeg op hol bij het vooruitzicht hem eindelijk terug te zien en misschien zelfs heel even met hem alleen te zijn.

Toen ze bij het huis van haar oom en tante arriveerden, kwam hij haar met stralende ogen tegemoet. Ze vond het moeilijk haar gevoelens voor hem te verbergen. Vol ongeduld hoopte ze dat ze met hem alleen zou kunnen zijn.

En dat moment kwam. Theodor, die het net zo scheen te vergaan, stelde voor een wandeling door de boomgaarden te maken. In het zonnetje zou het daar ondanks de kale takken aan de bomen nog altijd schilderachtig mooi zijn.

En zo wandelden ze door de tuin. Lilly's liefste wens was in vervulling gegaan nu ze aan de arm van haar nieuwe neef liep. Ze glom van trots, en de vraag of het mogelijk zou zijn met hem te trouwen als ze eenmaal ouder was, benevelde haar verstand zodanig dat ze nauwelijks iets van de omgeving opmerkte.

Uiteindelijk kwamen ze uit bij een schuurtje. 'Kom, ik wil je iets laten zien,' zei hij toen hij de grendel opzijschoof waarmee de deur was afgesloten.

In de schuur zag ze dikke houten balken en enorme balen stro en hooi. Iets bijzonders kon Lilly niet ontdekken. Maar toen ze vroeg wat hij haar wilde laten zien, veranderde Theodors gezichtsuitdrukking opeens. Hij kwam op haar af, trok haar ruw tegen zich aan en kuste haar.

Lilly, die er stiekem van had gedroomd, maar nooit had gedacht dat het zo zou gebeuren, week verschrikt achteruit. Hij schoot in de lach.

'Wat is dat nou? Eerst naar me lonken en dan nu de preutse maagd spelen?'

Lilly staarde hem aan. 'Ik... Ik heb...'

Hij onderbrak haar. 'Kom nou, zeg. Ik weet heus wel waarom je met me wilde gaan wandelen.'

Alles in Lilly schreeuwde dat ze het op een lopen moest zetten, terug naar haar ouders, maar ze kon zich niet verroeren.

De momenten die volgden kon ze zich alleen herinneren als in een dichte mist gehuld. Theodor had haar vastgepakt en tegen de grond geduwd. Ze had geschreeuwd, maar op zo'n afstand van het huis hoorde natuurlijk niemand haar. Hoewel ze zich verweerde, drong hij zich tussen haar benen.

'Stel je niet zo aan, je zult het leuk vinden,' zei hij en toen voelde

Lilly iets warms tegen haar dijbeen. De pijn die volgde was de ergste die ze tot dan toe ooit had gevoeld.

'Hou op, hou op alsjeblieft!' Ze smeekte het hem, maar Theodor liet zich niet weerhouden. Pas een paar minuten later zeeg hij kreunend op haar neer.

Lilly voelde niets anders dan de pijn tussen haar benen...

'Nee!' zei Lilly naar adem snakkend. Ze kwam met een ruk overeind. In paniek sloeg ze om zich heen, haar handen raakten haar dekbed en toen besefte ze dat ze op Waldfriede was. Het is voorbij, verleden tijd, dacht ze in een poging de angst te bezweren die haar hart liet razen alsof ze een marathon had gelopen. Maar hoewel ze haar ogen wijd open had, bleef ze de beelden voor zich zien. Van Theodor, die zich uit haar terugtrok. Die haar waarschuwde om er niets over te zeggen. Die haar wilde wijsmaken dat dit erbij hoorde als je ouder werd. Van zichzelf, toen ze bijna stierf van angst nadat ze uiteindelijk had vastgesteld dat ze zwanger was...

Pas toen ze haar benen over de rand van haar bed zwaaide en het bedlampje aanknipte verdween het gezicht van haar belager. Lilly haalde trillend diep adem en voelde haar nachthemd aan haar lichaam plakken. De plotselinge verschijning van haar moeder leek een deur naar haar herinneringen te hebben geopend – een deur die ze al die jaren stevig op slot had gehouden. Zelfs haar bezoekjes aan Benjamin hadden nooit zo'n effect op haar gehad.

Klappertandend trok ze haar dekbed over zich heen, toen keek ze naar Martha's slaapplaats. Haar collega had nachtdienst, ze zou haar pas de volgende ochtend aflossen. Daar was ze blij om. Martha zou haar zeker hebben gevraagd wat er aan de hand was en hoe had ze dan moeten antwoorden?

Toch zou ze nu graag getroost willen worden, op de manier waarop alleen een moeder dat kon doen. Haar moeder was hier, maar tegelijkertijd zo ver weg dat ze evengoed in Potsdam had kunnen zijn. Ze kon niet naar haar toe gaan, ze kon haar hart niet bij haar uitstorten. Ze had Lilly net zo verraden als haar vader.

Ze trok het dekbed dicht om zich heen. Zouden die nachtmerries nu elke nacht terugkomen?

Wat moest ze doen? Haar moeder uit de weg gaan of haar confronteren met haar aanwezigheid?

Het bericht dat dr. Conradi ziek was, ging als een lopend vuurtje door Waldfriede. Lilly hoorde het van Martha toen ze haar 's ochtends trof bij de overdracht.

De beelden uit haar droom waren inmiddels weer vervaagd en het werk hielp haar zich te concentreren op het hier en nu. De nacht zat haar nog wel in de botten, maar dat zou wel overgaan.

'Wat een consternatie!' zei Martha ter afsluiting van haar relaas van de gebeurtenissen van de avond tevoren. 'Zo denk je dat onze geneesheer-directeur een rots in de branding is, en dan gebeurt dit...'

'Dokter Conradi is ook maar een mens,' antwoordde Lilly terwijl ze probeerde het dienblad met het koffiekopje en het bord in evenwicht te houden. Ze had er een gewoonte van gemaakt professor Kirsch een ontbijt te brengen, omdat ze had gemerkt dat hij anders de hele dag niets at. Sinds ze beter met elkaar overweg konden, verheugde ze zich op dit moment, waarop ze de dag die voor hen lag even konden doorspreken.

Helaas zou vandaag de plotselinge ziekte van dr. Conradi ook vast onderwerp van gesprek zijn.

Ze wenste Martha veel plezier op haar welverdiende vrije dag en liep naar het kantoor van professor Kirsch. Hij leek vandaag iets later te zijn gekomen, want hij had zijn jas nog aan toen hij riep dat ze mocht binnenkomen. Op zijn bureaublad lag de bruine aktetas die hij alleen bij zich had als hij op de universiteit moest werken.

'Goedemorgen, zuster Lilly,' zei hij zakelijk terwijl hij zijn jas uittrok. 'Is er nog nieuws?'

Dat vroeg hij altijd als hij haar 's morgens zag. Lilly zette het blad op zijn bureau neer.

'Dokter Conradi is ziek. Hij is gisteravond in elkaar gezakt, vertelde Martha. Sindsdien ligt hij op de mannenafdeling. Dokter Meyer heeft hem onder behandeling. Martha zei dat hij zo min mogelijk bezoek moet krijgen.'

'Wat vreselijk!' Kirsch liet deze informatie even bezinken en knikte toen. Er verscheen een zorgrimpel in zijn voorhoofd. 'Laten we maar hopen dat hij vlug opknapt. Is het al bekend wat hij heeft?'

Lilly schudde haar hoofd. Martha had alleen verteld dat hij in elkaar was gezakt.

'Nou, ik denk dat hij in heel Berlijn niet in betere handen kan zijn dan hier. Dokter Meyer is een uitstekend arts.'

Lilly had het gevoel dat hij met deze woorden niet alleen haar maar ook zichzelf wilde geruststellen. Hij zweeg even, er leek van alles door zijn hoofd te gaan. Toen zei hij: 'Ik heb gehoord dat een zekere Herta Wegner vanuit ziekenhuis Hindenburg bij ons is binnengebracht. Kent u haar misschien?'

Lilly kreeg het warm en koud tegelijk. 'Die naam komt veel voor,' zei ze afwerend, maar ze kon niet verhinderen dat haar hoofd begon te gloeien.

'Ja, dat zal wel,' zei hij. 'Ik dacht alleen... Omdat ze net als u uit Potsdam komt.'

Hij had onthouden waar ze vandaan kwam? Lilly wist niet of ze daar blij om moest zijn. Stel dat hij erachter kwam dat ze wel degelijk haar moeder was?

'Zoals ik al zei.' Ze dwong zichzelf tot kalmte. 'Die naam komt veel voor, ook in Potsdam.'

Kirsch keek haar even onderzoekend aan en vroeg toen: 'Zou u zin hebben om aanstaande zondag met me mee te gaan naar het Charité? Ik geef daar een lezing en kan wel wat assistentie gebruiken.'

Verrast door deze verandering van onderwerp keek Lilly op. 'Maar...'

'U bent de zuster met wie ik inmiddels het nauwst samenwerk en die het best lijkt te begrijpen waar het in mijn vak om draait. Ik ga de onlangs ontwikkelde beugels presenteren, die ook Ilse binnenkort zal krijgen.'

Lilly herinnerde zich dat hij het daarover had gehad. Hij was al geruime tijd 's woensdags niet in het ziekenhuis, omdat hij dan met een orthopedisch technicus samenwerkte.

'Ik weet niet...' zei ze aarzelend. 'Mag dat wel?' Lilly's wangen begonnen te gloeien.

'U werkt voor mij,' antwoordde Kirsch. 'En voor zover ik weet hebt u zondag vrij. Als u afspraken maakt buiten werktijd en blijk geeft van belangstelling voor wetenschappelijk onderzoek, kan niemand daar toch bezwaar tegen hebben?'

Lilly was bang dat hij het hevige bonzen van haar hart kon horen. Hij wilde dat ze met hem meeging! Dat ze hem bij zijn voordracht assisteerde!

'Wat zou ik dan moeten doen?' vroeg ze en ze zag op het anders zo strenge gezicht van de professor een glimlach verschijnen.

'Ik heb uw vaardigheid nodig bij het aanbrengen van de beugels. Durft u dat aan voor publiek?'

Lilly was er niet zeker van dat ze het zou aandurven, maar ze besefte dat zo'n kans zich niet nog eens zou voordoen.

'Ja hoor,' antwoordde ze vlug. 'Natuurlijk durf ik dat aan. En ik ga heel graag met u mee!'

~

Op vrijdagochtend, drie dagen na Louis' nachtelijke spoedopname, vond dr. Meyer het goed dat hij weer naar huis terugkeerde. Maar niet zonder een ernstige vermaning. 'Als je voor je vrouw en de hele ziekenhuisfamilie behouden wilt blijven, blijf je in bed, Louis! Wij zorgen er wel voor dat alles vooralsnog goed blijft lopen. Het is belangrijk dat je hart niet verder belast wordt.'

'Ik ben zelf arts, Erich,' antwoordde hij, toen hij zich op het bed liet zakken. Hij voelde zich nog steeds slap en ook bleef hij lichte koorts houden.

'Dan hoef ik je niet te vertellen dat je, als je mijn advies in de wind slaat, risico loopt op ernstige schade aan je hartkleppen, wat niet alleen tot arbeidsongeschiktheid maar ook tot een vroegtijdige dood kan leiden.'

Louis knikte bedremmeld. 'Ik heb het welzijn van ons ziekenhuis hoog in het vaandel staan,' zei hij.

'Je zou ook je eigen lichamelijk welzijn hoog in het vaandel moeten hebben staan!' Erich keek Catherine aan. Ze had een starre uitdrukking op haar gezicht.

Na Erichs vertrek maakte Catherine Louis duidelijk dat er ook met haar niet te marchanderen viel.

'Wat er moet worden besproken of afgehandeld, doe je vanuit je bed,' zei ze terwijl ze het kussen aan zijn kant opschudde en hem toedekte toen hij was gaan liggen. 'Hanna helpt je wel.'

Hij had zijn spreekuurassistente al de eerste instructies gegeven toen ze hem in zijn ziekenhuiskamer had bezocht. Dat ze hem in zo'n zwakke toestand te zien kreeg beviel hem helemaal niet. Als hoofd van hun ziekenhuisfamilie mocht hij niet zwak zijn. Hoe kon hij anders voor zijn mensen opkomen?

'Vind je het dan goed dat ze in onze privévertrekken komt?' vroeg hij en hij leunde achterover in de kussens. Hij had gemerkt dat Catherine zich tegen Hanna enigszins bars en koeltjes gedroeg, hoewel daar toch echt geen reden voor was.

'Hoe moeten we het dan anders doen?' vroeg ze zonder hem aan te kijken. 'Nu ze je zo heeft verwaarloosd?'

Louis pakte haar hand. 'Zij kan er niets aan doen,' zei hij zachtjes. 'Ik heb mijn toestand helemaal aan mezelf te wijten.'

Catherine perste haar lippen op elkaar. Haar ogen glansden verraderlijk. 'Ik had haar gezegd dat ze op je moest letten.'

'Ze is mijn kindermeisje niet. En ze heeft zelf genoeg te doen.' Hij zweeg even. 'Zou je haar straks even willen roepen? Ik wil een paar patiënten met haar bespreken.'

Catherine trok haar neus op en knikte. Toen liep ze de kamer uit. Louis zakte verder achterover in de kussens. Hij had pijn op zijn borst en voelde lichte steken in zijn hoofd. Het vooruitzicht Hanna te zien was in elk geval één lichtpuntje op deze dag.

~

Een half uur later haastte Hanna zich door het park, met onder haar arm het afsprakenboek van de dokter. Dr. Rosenbaum, die ze bij het spreekuur assisteerde, was bezig met zijn visiteronde, zodat ze zich even had kunnen vrijmaken.

Het voelde heel ongewoon aan dat dr. Conradi niet in zijn spreekkamer was. Het was alsof iemand op een verkeerde plaats een boom had geveld, zodat er nu een lelijke open plek prijkte.

Ze belde aan bij het doktershuis en mevrouw Conradi deed vrijwel meteen open. Hanna hield het afsprakenboek tegen zich aangedrukt. Sinds hun confrontatie hadden ze nauwelijks met elkaar gesproken. Hanna begreep wel dat Catherine bezorgd was om haar man, maar haar trof geen enkele blaam.

'Dag mevrouw Conradi,' zei ze. 'Hoe gaat het met uw man?'

'Hij zou het liefst uit bed springen en aan het werk gaan,' antwoordde Catherine grimmig. 'En dat terwijl hij daar volstrekt niet toe in staat is.' Ze wachtte even en voegde er vermanend aan toe: 'Zorg dat u hem niet te veel vermoeit.'

'Natuurlijk mevrouw,' zei Hanna en ze liep achter haar aan de trap op. Ze vroeg zich af hoe de dokter al die treden op had kunnen komen. Zouden ze hem onder de ogen van de patiënten Waldfriede uit hebben gedragen?

Zoals hij daar in bed lag leek hij wel gekrompen, dacht Hanna toen ze Conradi's kamer binnenkwam. Zijn gelaatskleur was vaal en zijn blik vertroebeld door de koorts.

'Dag dokter,' zei ze en ze nam plaats op de stoel die zijn vrouw haar aanbood. Het afsprakenboek legde ze op haar schoot. 'Hoe voelt u zich?'

'Niet veel beter,' antwoordde hij. 'Maar het werk moet doorgaan.'

Hanna knikte. 'Voordat we ons met de patiëntes gaan bezighouden, wil ik graag weten of we dokter Borchard moeten informeren. Dokter Rosenbaum neemt als arts-assistent voorlopig uw gynaecologische spreekuur waar. Maar de chirurgische gevallen kan dokter Lexow niet alleen aan met zijn assistenten.'

Conradi stemde met tegenzin toe. 'Licht Borchard maar in. Misschien kan hij twee, drie weken meedraaien...'

'Twee, drie weken?' riep Catherine uit. Ze was achter Hanna in de deuropening komen staan. 'Erich had het over zes, misschien acht weken! En ga er maar van uit dat ik je deze kamer niet eerder uit laat komen.'

'Maar Catherine, ik...'

'Zes tot acht weken!' Catherine keek hem streng aan.

'Goed dan,' antwoordde hij met een zucht. 'Zes tot acht weken.'

Hanna keek van de een naar de ander. Ze vond het onprettig getuige te zijn van meningsverschillen tussen de echtelieden. 'Ik zal hem meteen bellen,' zei ze, 'en hem kennende zal hij hier zo snel mogelijk beginnen.'

De dokter knikte en wachtte tot zijn vrouw de kamer had verlaten. Toen pakte hij Hanna's hand. 'Het spijt me dat ik u en het ziekenhuis narigheid bezorg.'

Hanna schudde haar hoofd en probeerde de tranen die zijn toestand haar bezorgde te onderdrukken. 'Ik had beter op u moeten letten.'

'Dat hebt u toch gedaan!' zei hij. 'Maar ik was eigenwijs. Heb mezelf niet in acht genomen. Dit is een vingerwijzing van God dat ik Zijn tempel niet heb gekoesterd.'

'Iedereen kan wel eens ziek worden, dat weten wij toch als geen ander,' zei ze en ze drukte hem bemoedigend de hand. 'Luister alstublieft naar dokter Meyer en neem uzelf in acht.'

'Ik zal wel moeten,' antwoordde hij gelaten en hij trok zijn hand weer terug. Er parelde zweet op zijn voorhoofd, alsof de aanraking hem enorm had vermoeid.

'U moet geduld hebben, dokter,' zei Hanna. 'Een ziekte als deze verdwijnt niet binnen twee of drie dagen. Het is nu eenmaal geen verkoudheid.'

'Ja, helaas... Maar als ik denk aan wat er van Waldfriede moet worden... Aan al die mensen die op me rekenen.'

'We zullen ons uiterste best doen om alles op de gebruikelijke voet door te laten gaan,' zei Hanna. 'Soms moet degene die alle zorgen draagt zichzelf ook eens laten verzorgen.'

'Als u eens wist hoe moeilijk ik dat vind. Ik kan aan niets anders denken dan de toekomst van het ziekenhuis. Het Hindenburg...'

'Wij zijn ziekenhuis Hindenburg niet!' antwoordde Hanna. 'U zei immers dat er bij de onderhandelingen met de ziekenfondsen...'

'Maar het zou ons ook zomaar kunnen overkomen,' onderbrak de dokter haar. 'Als de patiëntenaantallen teruglopen...'

'Onze kamers en ziekenzalen liggen vol,' wierp Hanna tegen. 'En we hebben inmiddels een goede naam. Ú hebt een goede naam, dokter!'

Conradi slaakte een zucht. 'Maar wat hebben we daaraan als ik niet aanwezig kan zijn?'

Hanna zag in de ogen van de dokter tranen opwellen.

'U zult er binnenkort weer zijn. Wat zijn nu zes weken? Het wordt lente en dan zomer. Ik ben ervan overtuigd dat we over een paar weken op deze beproeving zullen terugkijken in het besef dat het goed was dat u zich in acht hebt genomen.'

Conradi haalde zijn hand over zijn gezicht en keek naar het raam. Hanna volgde zijn blik. De takken waren nog kaal, maar je zag de knoppen al, die alleen nog wachtten op zonneschijn en mildere lucht.

'Goed, Hanna,' zei hij uiteindelijk, 'laten we dan onze patiëntes maar even doornemen.'

# 28

*Zehlendorf, 18 januari 1931*

Die zondagochtend bonkte Lilly's hart van opwinding toen ze station Zehlendorf-West in liep. Ze had al een hele tijd gewenst dat ze samen met professor Kirsch iets kon ondernemen, maar ze had nooit voor mogelijk gehouden dat die droom werkelijkheid zou worden.

In haar tas voelde ze het gewicht van zijn collegedictaat. Ze had het een paar keer gelezen en was onder de indruk van zijn grote kennis en de manier waarop hij uitleg gaf over de ziekte waarmee ze dagelijks te maken hadden. Ze hoopte alleen dat ze niet tekort zou schieten bij het assisteren.

Op dit vroege uur waren er heel weinig mensen op het perron. Nevel hing tussen de bomen en vanaf de grote overkapping drupte het. Lilly trok haar jas dichter om zich heen. Eronder droeg ze haar donkerblauwe uitgaansjurk. De broche waarmee ze het witte ronde kraagje bij elkaar hield had alleen een rood kruis, net zoals die in het Charité, maar in tegenstelling tot de broche van de verpleegsters uit Friedensau die in het ziekenhuis werkten.

Uiteindelijk naderde de geel-rode trein van de S-Bahn met zacht elektrisch gezoem. Sinds vorig jaar reden er op dit traject nog maar heel weinig stoomtreinen. Lilly vond dat heel aangenaam omdat je anders na elke reis stonk alsof je voor de poorten van de hel had gestaan. Ze ging vlak bij de deur van de coupé zitten en toen de trein optrok, zag ze de fraaie villa's van Zehlendorf voorbijvliegen.

In de Hamburger Bahnhof stond de professor haar al op te wachten.

Hij droeg een beigekleurige mantel met bijpassende hoed, daaroverheen een flanellen sjaal, een donkere pantalon en glimmend gepoetste schoenen. Hij leek zo meer op een dandy dan op een arts, maar dat beviel Lilly wel.

'Goedemorgen, professor,' zei ze terwijl ze hem een hand gaf.

Kirsch glimlachte naar haar. 'Goedemorgen, zuster Lilly. Ik hoop dat uw dienst gisteren niet al te enerverend was.'

'Het was heel rustig. En de meeste kinderen hadden bezoek, dus ze hadden ons vrijwel niet nodig.'

'Dat doet me plezier. Zullen we dan maar?' Hij wees naar de uitgang van het station en liep met grote passen voor haar uit, waardoor Lilly moeite had hem te volgen.

In een smalle straat waarvan Lilly in het voorbijgaan niet op de naam had gelet, hoorden ze plotseling luid kabaal. Lilly kromp van schrik in elkaar en bleef staan.

Een man schreeuwde en drie anderen gingen enorm tegen hem tekeer.

'Nou, hoe bevalt je dat, judas?'

De professor verstijfde toen ze het geluid van klappen en schoppen hoorden. Hij werd ineens bleek.

'Kom, vlug,' zei Kirsch. Hij greep haar hand en trok haar met zich mee.

'Maar moeten we niet kijken...'

'Daar moeten we ons niet mee bemoeien.'

Voordat Lilly kon protesteren trok hij haar een zijstraat in. Pas toen er een flinke afstand tussen hen en de aanvallers was, ging hij langzamer lopen.

'We hadden de politie moeten bellen,' zei Lilly. 'Die man...'

Kirsch schudde zijn hoofd. 'Het is beter om je er niet mee te bemoeien. Ik wil u niet in gevaar brengen.' Zijn stem klonk nu bruusk, opgejaagd.

Lilly herinnerde zich hoe verward hij had gereageerd toen ze hem had aangesproken over de gebeurtenis in het postkantoor.

Ze liepen een klein steegje in en bereikten ten slotte het Charité.

De rode toren van het hoofdgebouw verwelkomde hen als een oude wachter en de ramen weerspiegelden de wolken die langs de hemel bewogen.

Ze groetten de portier en liepen het terrein op, dat een stadje op zichzelf leek. 's Zondags was het er rustig, slechts af en toe zag je verpleegsters of iemand in een wapperende witte jas.

Voor de collegezaal nam Kirsch Lilly apart. Hij leek haar spanning te voelen.

'Hoor eens, zuster Lilly, ik begrijp dat u wilde helpen, maar in dit geval zou bemoeienis ons alleen maar in gevaar hebben gebracht. Als u met mij op stap bent, bestaat er geen veiligheid. Die mannen... Het zou voor hen geen verschil hebben gemaakt of u wel of geen Jodin bent. Ze hadden u waarschijnlijk in elkaar geslagen. Net als mij.'

'Maar waarom?' vroeg Lilly ontzet. 'Waarom doen ze dat? De politie...'

De droevige blik van Kirsch bracht haar tot zwijgen.

Toen zei hij zachtjes: 'We moeten het er na de lezing maar over hebben. Hier vlakbij is een café waar we rustig kunnen zitten. Wat vindt u daarvan?'

'Ik... Ik wil niet indiscreet zijn...'

'Daar is geen sprake van. Ik neem echter aan dat u met andere ogen naar de wereld kijkt dan ik. Ik wil er graag met u over praten, zodat u begrijpt waarom ik het over sommige dingen niet wil hebben, of waarom ik bij sommige gebeurtenissen voorzichtig ben. Bij een kop koffie of wat u ook maar graag lust.'

Lilly knikte en nu verscheen er weer een glimlachje op het gezicht van de professor.

'Goed. Dan betreden we nu een wereld waarin we allebei volkomen veilig zijn. Kom.'

In haar stoutste dromen had Lilly zich niet kunnen voorstellen hoe het voelde om in een collegezaal van het Charité te staan en de ogen van het publiek op zich gericht te voelen. Ze had het warm en koud tegelijk en het kostte haar moeite het trillen van haar knieën te verbergen.

Professor Kirsch leek daar totaal geen last van te hebben. Alsof hij geen onzekerheid kende gaf hij in het bijzijn van collega-professoren, artsen en enkele studenten zijn lezing over de nieuwste bevindingen in de behandeling van bottuberculose. Vragen beantwoordde hij rustig en hij bleef kalm, ook als iemand een van zijn stellingen tegensprak of wilde dat ze in detail werden uitgelegd.

Tijdens het praktische gedeelte was Lilly aan de beurt. Vlug en vaardig hielp ze met het aanbrengen van beugels bij een achtjarig jongetje en een twaalfjarig meisje, en bij twee andere patiënten liet de professor haar zelfstandig de handelingen uitvoeren om aan te tonen dat verpleegsters en broeders ook goed met de beugels overweg konden.

Toen het publiek hen met luid geklop op de banken bedankte voor de lezing was ze euforisch. Had je dat gevoel als je arts en onderzoeker was? Ze had altijd veel respect voor professor Kirsch gehad, maar nu was ze ook trots dat ze voor hem mocht werken.

Zoals hij had beloofd nam Rudolph Kirsch haar na afloop van de lezing mee naar een klein café in de buurt van de Hackescher Markt. Het lag een beetje verborgen en ze zou het waarschijnlijk niet eens hebben opgemerkt. Er stonden halfronde lampenkappen op de tafels, een grammofoon speelde jazzmuziek en in de vitrine naast de toonbank lagen allerlei lekkernijen. De geur van suiker hing in de lucht. Het water liep Lilly in de mond toen ze de taarten en koekjes met zachtroze, groen en geel glazuur zag.

'Ah, de professor!' riep de man achter de toonbank. Hij was zeker al zestig, had dunner wordend haar en een lange baard. 'Ik heb u lang niet gezien, ik miste u al!'

'Ik had veel te doen, Wilhelm,' antwoordde Kirsch terwijl hij Lilly naar de zithoeken loodste.

Het was niet erg druk in het café. Twee grijze mannen zaten ieder apart aan een tafeltje bij het raam en wat verder achterin zag Lilly een ouder echtpaar.

Ze namen plaats en even later verscheen Wilhem en vroeg wat ze wensten. Lilly bestelde een stuk appeltaart en koffie, de professor hield zich in.

'Alleen koffie, graag. Zwart.'

'Zoals u wilt, professor.' De man draaide zich om en verdween achter de toonbank.

'Komt u... hier vaak?' vroeg Lilly haperend. Zo alleen met de professor, dat voelde ineens een beetje vreemd. Je zou bijna denken dat ze een afspraakje hadden.

'Als ik in het Charité moet zijn, ja,' antwoordde hij. 'Dat het afgelegen en rustig is bevalt me.' Hij zweeg, leek zijn woorden zorgvuldig te kiezen voordat hij verderging. 'Er zijn de laatste tijd steeds minder plekken waar je rustig kunt zitten.'

Lilly fronste haar voorhoofd en probeerde te begrijpen wat hij bedoelde.

Ober Wilhelm verscheen en bracht hun bestelling. Lilly omsloot het kopje dampende koffie met haar koude handen.

Kirsch keek een tijdje naar haar en zei toen: 'Het voorval van daarstraks... U zult wel denken dat ik een lafaard ben.'

Lilly deed haar mond open om te zeggen dat dit niet het geval was, maar hij weerhield haar met een gebaar. 'Zeg maar niets. Ik vind zelf dat ik een lafaard ben. Een paar maanden geleden nog zou ik de man te hulp zijn geschoten. Maar inmiddels weet ik dat het beter is om je er niet mee te bemoeien. U hebt gezien hoe de mensen zich gedroegen toen ik werd aangevallen in het postkantoor.'

Meteen zag ze het tafereel weer voor zich. 'Maar de klanten hebben er toch iets van gezegd.'

'Pas nadat de bruinhemden de postbeambte hadden uitgescholden. Die was immers een van hen. Voor mij interesseerden ze zich niet. Alleen u was echt bezorgd. En ik heb u daar nog niet eens voor bedankt.'

'Maar dat sprak toch vanzelf.'

'Voor veel mensen is dat niet zo vanzelfsprekend. Eerlijk gezegd was ik erg aangedaan. Maar mijn woede en machteloosheid voerden de boventoon. En ik wist niet wie u was. Bedankt, Lilly.'

Hij keek haar een tijdje aan en nam toen een slok uit zijn kopje. Lange tijd hing er een stilte boven hun tafel. Lilly's wangen gloeiden. Ze had gedacht dat ze iets verkeerds had gedaan, maar het tegendeel was waar.

'Dit zijn geen op zichzelf staande gevallen van Joodse burgers die worden lastiggevallen,' vervolgde Kirsch ten slotte, alsof hij college over het onderwerp gaf. 'Die bruinhemden lijken altijd te weten waar we zijn en zijn erop uit ruzie met ons te maken. Meestal heeft het geen zin om de politie te bellen, want dan verdwijnen ze vlug. Daarom wilde ik ook liever meteen het postkantoor uit, voordat ze op het idee konden komen achter me aan te gaan en me een pak slaag te geven.'

'Maar...' Lilly schudde verward haar hoofd. 'Maar u ziet er toch niet Joods uit.'

Kirsch trok twijfelend zijn wenkbrauwen op. 'Echt? Hoeveel mannen met mijn uiterlijk kent u?'

'Ik heb veel donkerharige mannen ontmoet, ook toen ik in het Charité werkte.'

'Kijk eens nauwkeuriger!'

Natuurlijk had Kirsch een olijfkleurige huid, maar dat hadden veel anderen ook. Hij was gewoon een donker type. Dat was nu juist wat ze zo aantrekkelijk vond.

'Ik zou denken dat u een Italiaan was,' zei ze eerlijk.

Kirsch moest lachen. 'Ach Lilly, brave ziel! Nou, ik zal het u eens uitleggen.'

Hij begon haar te vertellen over het boek dat Adolf Hitler, de voorzitter van de NSDAP, tijdens zijn gevangenschap na een mislukte staatsgreep had geschreven. Het ging onder meer over mensen- en rassenvraagstukken. 'Als het aan hem ligt, moet de ideale Duitser op u lijken: met een haarkleur die varieert van blond tot bruin, lang, blauwe ogen...'

Lilly bloosde en ze schaamde zich plotseling.

'Het zal u duidelijk zijn dat ik niet aan dat beeld voldoe,' voegde hij eraan toe.

'Maar er bestaan toch niet alleen blonde mensen.'

'Nee, maar er zijn mensen die elk voorwendsel aangrijpen om ons Joden in diskrediet te brengen. Het maakt niet uit of we in de laatste oorlog voor het vaderland hebben gevochten of niet.' Hij snoof spottend. 'Hitler beschuldigt ons er zelfs van dat we syfilis moedwillig verspreiden om het Duitse volk schade toe te brengen.'

‘Maar dat gelooft toch niemand!’

‘Het staat geschreven. En wat geschreven staat, blijft uiteindelijk bij de mensen hangen.’ Kirsch zweeg even en keek bedachtzaam naar de rand van zijn koffiekopje. ‘Die bruinhemden zijn aanhangers van Hitler. Nu zijn het nog kleine aanvallen hier en daar, intimidatie waar de politie niets tegen doet. Er zijn altijd mensen die ons beledigen en aanvallen, dat is niets bijzonders. Wij Joden kennen dit al vele eeuwen. Maar nu dragen sommigen van die mensen een soort uniform en ze organiseren zich, dat vind ik zorgelijk. Wie weet wat de komende jaren ons zullen brengen.’

‘En wat kunnen we ertegen doen?’ vroeg Lilly benepen. ‘Ik bedoel, dit kunnen we toch niet accepteren.’

Er gleed een korte glimlach over het gezicht van de professor. ‘Het strekt u tot eer dat u “wij” zegt.’

‘Dat bedoel ik ook zo. Ik... ik zou...’

‘U kunt niets doen,’ antwoordde Kirsch bedroefd. ‘Maar bedankt dat u het zo ziet. Ik heb heel veel respect voor u als verpleegster, Lilly, en ook voor u als persoon.’

Lilly voelde dat hij van onderwerp probeerde te veranderen. Tegelijkertijd bloosde ze door die bekentenis.

‘En ik heb respect voor u, professor,’ zei ze, terwijl ze over de tafel heen stoutmoedig naar zijn hand reikte. ‘En wat er ook gebeurt, ik sta aan uw kant.’

Het deed Lilly bijna verdriet dat de middag al voorbij was, hoewel het had aangevoeld als een ritje in een veel te vlug draaiende carrousel. Allerlei emoties tolden in haar rond, van woede over de bruinhemden die de vrijheid namen om fatsoenlijke burgers lastig te vallen en vrees dat Kirsch gelijk zou krijgen met zijn voorgevoel, tot vreugde dat hij zo vertrouwelijk tegen haar was geweest. En dan waren er ook de aanraking en de tedere handdruk, die ze zich tijdens de terugreis telkens voor de geest haalde.

Ze wist niet hoe het de komende tijd zou gaan, mogelijk trok hij zich weer helemaal terug. Maar voorlopig wilde ze het beeld van hem zoals hij tegenover haar in het café had gezeten vasthouden.

Toen ze bij haar kamer kwam, vond ze een envelop die tussen de deurpost stak. Verbaasd pakte ze hem. Op zondag werd er toch geen post bezorgd?

*Lilly,*

*Was hier net om je moeder te bezoeken. Je weet vast wel dat ze hier is, nietwaar?*

Cecilia's handschrift! Ze werd warm van de schrik, waardoor alle aangename gevoelens verdwenen. Haar tante was hier geweest! Aan wie zou ze de brief hebben gegeven? Had ze misschien iedereen hier verteld dat ze haar tante was? Haar maag verkrampte van angst. Ze waren overeengekomen geen enkele buitenstaander over Benjamin te vertellen.

*Ik heb niet gevraagd of ze je had gezien, het gaat nog steeds niet goed met haar en ik wilde haar niet van streek maken. Ik had gehoopt je te treffen, maar toen ik naar je vroeg kreeg ik te horen dat je vrij had en dat je er niet was. Omdat ze me niet in jouw kamer wilden laten, heb ik deze brief geschreven.*

Lilly voelde zich misselijk worden. Cecilia had met haar collega's gesproken. En dat terwijl de afspraak was dat ze niet naar haar werk zou komen. Het was een vergissing geweest dat ze haar geschreven had dat het huren van de postbus te maken had met haar nieuwe baan en dat ze in Waldfriede werkte.

Ze las verder.

*Er is een kwestie waarover ik het met je moet hebben. Zoals je weet, gaat Benjamin volgend jaar met Pasen naar school. Ik zou hem naar een school willen sturen waar het niet wemelt van arbeiders en Joden. Daar ben je het toch mee eens, nietwaar? Bovendien is er iemand die ik graag aan je wil voorstellen. Dus neem contact op of kom naar Hamburg als je kunt. Dergelijke zaken kunnen beter persoonlijk besproken worden.*

*Cecilia*

Lilly liet de brief zakken. Haar knieën voelden slap aan en even kon ze alleen maar voor zich uit staren. De woorden van haar tante dreunden als een donderslag in haar na. Die vraag over de school, Joden en dan dat ze haar aan iemand wilde voorstellen. Had ze nu ook de brutaliteit om een man voor haar te zoeken?

Alleen al het feit dat ze naar haar had gevraagd... Welke verklaring had ze gegeven? Dat Cecilia haar tante was en Herta Wegner haar moeder?

Tot nog toe was Cecilia niet indiscreet geweest, maar misschien had ze geen zin meer om verstoppertje te spelen.

De envelop woog plotseling zwaar in haar hand en Lilly zag dat er een scheur in zat. In de paniek die haar had overvallen had ze niet gezien of hij gesloten was geweest. Maar nu zag ze dat Cecilia hem had dichtgeplakt.

Lilly leunde tegen de muur. Ze haalde zich allerlei schrikbeelden in haar hoofd. Dat haar collega's zouden ontdekken dat Herta Wegner haar moeder was. Dat ze zich afvroegen waarom zij, haar dochter, haar niet bezocht. Dat ze erachter zouden komen dat ze een onwettige zoon had die bij familie opgroeide...

Iets in de woorden van haar tante maakte haar bang. Lag het aan het gesprek met professor Kirsch dat het haar opviel hoe Cecilia over Joden dacht?

Ongerust stak ze de brief in haar tas. Martha had weer nachtdienst, dat zou volgende week veranderen en dan was zij 's nachts weg. Ze gingen steeds meer op weermannetjes lijken, als het ene buiten was, was het andere binnen.

Maar toen Lilly in haar kamer kwam, was ze blij dat niemand aan haar kon zien wat er was gebeurd.

Hoewel ze een rusteloze nacht had gehad en verwarde dromen haar hadden achtervolgd, verscheen Lilly zoals gewoonlijk 's ochtends op de afdeling om de dienst over te nemen.

'Gistermiddag heeft een vrouw naar je gevraagd,' zei Gerda toen ze haar bij de deur van de afdeling tegenkwam. 'Ik heb gezegd dat je er niet was, en toen vroeg ze me je een brief te geven.'

Opluchting maakte zich van Lilly meester.

'Heb je hem gevonden?' vroeg haar vriendin verder.

'Ja, inderdaad.' Ze probeerde het trillen van haar stem te verbergen. 'Heeft ze nog iets gezegd?'

'Nee, ze vroeg alleen naar jou, dat is alles. Daarna heeft ze die brief geschreven. Is er iets niet in orde?'

'Jawel, het is gewoon... Het was...' Lilly stokte. Als Gerda wist wie Cecilia had bezocht, zou ze misschien een en een bij elkaar optellen. 'Het was gewoon een kennis,' zei ze uiteindelijk.

'Maar wel een interessante kennis,' zei Gerda. 'Zo opgedirkt! Ze droeg zelfs een vossenpels om haar nek. Zoiets heb ik tot nu toe alleen in etalages gezien. Is haar familie rijk?'

Gerda's woorden kletterden als een waterval over haar heen. Een vossenpels? Voor zover Lilly wist had haar tante er nooit een gehad. En opgedirkt? Natuurlijk, Cecilia zorgde er altijd voor dat ze correct gekleed was, maar je kon haar niet opgedirkt noemen. Wat was er met haar aan de hand?

'Zo is ze nu eenmaal,' zei Lilly met een onzekere glimlach. 'Maar het meeste is gewoon voor de show en wat die pels betreft, misschien denkt ze dat ze die hier in Berlijn dragen.' Ze lachte en Gerda deed mee.

'Zoals je over haar praat is het misschien maar goed dat je er niet was,' zei ze, terwijl ze vriendschappelijk op haar arm klopte. 'Nou, hoe dan ook, heb een goede dienst. Ik ga op één oor.'

Lilly wenste haar welterusten en verdween in de zusterkamer. Omdat die op dat moment leeg was, haalde ze trillend adem en leunde tegen de muur. Het was deze keer goed gegaan, maar ze wist dat ze komende zondag naar Hamburg zou moeten als ze niet het risico wilde lopen dat Cecilia zich hier nog eens zou vertonen.

# 29

*Zehlendorf, 21 januari 1931*

Het is jammer dat de kapel net wordt gerenoveerd, dacht Hanna toen ze zich met het afsprakenboek onder haar arm geklemd over het terrein haastte. Natuurlijk waren de bouwwerkzaamheden hard nodig. Maar op dit moment voelde ze de sterke behoefte om daar te bidden voor het herstel van haar geneesheer-directeur.

Ze had net weer een bespreking met dr. Conradi achter de rug en ze maakte zich grote zorgen. De dokter probeerde zich flink te houden, maar ze voelde duidelijk aan hoe slecht het eigenlijk met hem ging. De rust noch de geneesmiddelen die dr. Meyer hem had voorgeschreven leken effect te hebben.

Inmiddels had dr. Borchard het chirurgische spreekuur overgenomen, maar zijn werkwijze was anders dan ze gewend was. Enkele jaren eerder, toen dr. Conradi in Amerika verbleef en zijzelf in Engeland, had ze hem tijdens zijn waarneming nauwelijks meegemaakt. Nu bleef haar niets anders over dan zich op haar nieuwe baas in te stellen.

Gelukkig had Borchard veel te doen op de afdelingen en in de operatiekamer. Het gynaecologisch spreekuur werd door dr. Rosenbaum gedaan. Met hem kon ze het in elk geval goed vinden.

Nog voordat ze de ingang van het ziekenhuis had bereikt kwam zuster Maria op haar af. 'Hanna, ik moet je spreken!' Ze wekte een gejaagde indruk.

'Wat is er aan de hand?' vroeg Hanna. Maria pakte haar bij haar elleboog en trok haar mee opzij.

'Er is zojuist een patiënt binnengebracht,' zei ze haastig. 'Ik vond dat je het moest weten.'

Hanna trok haar wenkbrauwen op. Sinds wanneer had zij iets te maken met patiënten die op de mannenafdeling werden opgenomen?

'Ik zou niet weten wat mij dat aangaat, zuster Maria,' antwoordde ze.

Maria trok een ernstig gezicht. 'Het is dokter Kirchfeld. Weet je nog?'

Hanna had het gevoel dat iemand haar een klap tegen haar borst had gegeven. Opeens zag ze alles weer voor zich. Die onbeschaamde jongeman die haar een kus had afgedwongen in ruil voor iets uit de delicatessenwinkel. De man die haar zorgen leek te begrijpen en die ze zo vaak had gekust...

'Wat is er met hem?' vroeg ze als verdoofd.

Maria trok een ernstig gezicht. 'Maagkanker.'

Het woord trof haar als een baksteen. Haar verstand wilde het niet bevatten.

'Zijn vrouw is bij hem, maar zodra ze weggaat...' zei Maria.

'Ik ga direct naar hem toe,' zei Hanna vastberaden en ze holde langs haar heen.

Een paar jaar eerder zou ze nog een smoesje hebben verzonnen en hebben gezegd dat ze hem niet wilde zien. Maar nu wilde ze dat wel. Ze wilde weten wat er van hem was geworden.

Haastig rende Hanna de trap op, soms met twee treden tegelijk. Boven aangekomen hield ze even in, rechtte haar rug en liep de afdelingsdeur door. Ze keek om zich heen op zoek naar een verpleegster die haar kon vertellen in welke kamer Alexander lag.

'Hanna, wacht!' hijgde Maria, die haar achterna gekomen was. 'Je mag hem geen last bezorgen!'

'Maak je niet ongerust!' antwoordde Hanna. 'Ik wil gewoon een oud-collega bezoeken, meer niet.'

Maria keek haar weifelend aan.

'In welke kamer ligt hij?' vroeg Hanna nadrukkelijk, maar toen dwong ze zichzelf tot kalmte. 'Maria, alsjeblieft!'

‘Kamer 36. Eerste klasse.’

‘Dank je.’ Hanna ging op weg.

Ze wist niet wat ze kon verwachten. Haar beeld van Alexander was inmiddels vervaagd, al kon ze zich sommige episoden uit hun relatie nog goed herinneren. Nadat ze hem met die andere vrouw had gezien, had ze hem uit haar leven gebannen. Maar wat ze nu voelde was overduidelijk bezorgdheid. Dat verraste en verwarde haar tegelijkertijd.

Bij kamer 36 aangekomen klopte ze aan. Een vrouwenstem vroeg haar binnen te komen. Toen ze dat deed, viel haar als eerste de heel knappe, heel jonge vrouw naast het bed op. Ze was het toonbeeld van de echtgenote van een arts, goedgekleed, stralend. Haar blonde haar was aan de zijkanten naar binnen geslagen en liep in haar nek uit in een vlecht. Haar kaki mantelpakje met witte blouse liet haar slanke figuur prachtig uitkomen.

Toen zag ze hem. Hij was een beetje bleek, maar verder zag Alexander er op het eerste gezicht gezond uit. In zijn blik lag echter iets wat ze bij hem nooit had gezien toen ze nog samen waren: angst. Hij droeg een blauw-wit nachthemd en hij had een dik kussen in zijn rug. Hij was slanker dan ze zich hem herinnerde.

‘Dag, dokter Kirchfeld,’ zei Hanna en ze zette een vriendelijk glimlachje op.

Het duurde even tot hij haar herkende.

‘Zuster Hanna!’ zei hij toen.

De jonge vrouw richtte haar blik op haar.

Alexander stelde zijn metgezellin voor. ‘Dit is mijn vrouw Natalie. Natalie, dit is zuster Hanna. Ze is al sinds mensenheugenis op Waldfriede, als ik dat zo mag zeggen.’

‘Uw man en ik hebben jaren geleden samengewerkt,’ zei Hanna nadat ze de vrouw met een knikje had begroet. ‘We hebben elkaar al een eeuwigheid niet meer gezien.’

‘Hij wilde eigenlijk naar ziekenhuis Hindenburg,’ zei mevrouw Kirchfeld. ‘Maar ja, dat is nu gesloten.’

‘Ja, dat is heel triest,’ antwoordde Hanna. Natuurlijk was Waldfriede niet zijn eerste keus geweest. Wie kwam er nu graag terug op de plaats waar hij was weggestuurd? ‘Maar we zullen hier heel goed voor uw man zorgen. Hebt u al kennisgemaakt met uw chirurg?'

'Ik neem aan dat dokter Conradi me zal opereren,' zei Alexander. 'Hij werkt hier toch nog steeds?'

'Jazeker, maar hij is momenteel niet aanwezig,' antwoordde Hanna. 'Ik ga ervan uit dat dokter Lexow de operatie op zich zal nemen.'

Op dat moment verscheen dr. Meyer met een stapeltje dossiers onder zijn arm in de deuropening. 'Collega, ik heb...' Hij stokte toen hij Hanna zag.

'Dan ga ik maar eens,' zei ze.

Toen ze weer op de gang stond, verdween het beklemmende gevoel op haar borst en haalde ze even hijgend adem. Hanna nam een moment om tot zichzelf te komen. Nooit van haar leven had ze verwacht Alexander nog eens tegen te komen. Maar daar was hij dan toch! En nog ernstig ziek ook.

Er was meer dan vijf jaar verstreken sinds ze hem voor het laatst had gezien. Destijds had ze geconstateerd dat de liefde die hij haar had voorgespiegeld niets anders dan een leugen was geweest.

Na alles wat er was voorgevallen zou zijn toestand haar koud moeten laten, maar waarom voelde ze zich dan zo ontdaan?

~

Met gesloten ogen zat Lilly op de bank in het park en ze probeerde niet aan haar pijnlijke voetzolen te denken. Op de kinderafdeling was het een drukte van belang geweest. Ze had ettelijke beugels moeten bevestigen en weer moeten verwijderen en bovendien waren er nieuwe patiëntjes opgenomen.

Na de terugslag van enkele maanden eerder ging Ilse eindelijk goed vooruit. Professor Kirsch was heel tevreden.

'Als het zo doorgaat kun je van de zomer vermoedelijk naar huis,' had hij tegen Ilse gezegd. Lilly was er blij om, maar ze voelde ook een zekere weemoed. Ilse had haar hart gestolen en ze vreesde nu al de dag waarop er een ander kind in haar bed zou komen te liggen.

Zoals zo vaak schoof het beeld van haar zoon in haar gedachten over dat van het meisje heen. Ze dacht weer aan de brief. Ze had nog geen contact met haar tante opgenomen, maar dat moest ze binnenkort wel doen als ze niet wilde riskeren dat Cecilia hier nog eens opdook.

Bovendien werd ze geplaagd door een slecht geweten.

Sinds haar moeder hier was opgenomen was Lilly nog niet één keer bij haar gaan kijken. Af en toe verkeerde ze in tweestrijd of ze haar aanwezigheid bekend zou maken en zou proberen het gesprek met haar aan te gaan, maar tot dusver was de moed haar steeds in de schoenen gezonken. Het is mijn afdeling niet, dacht ze in een poging zichzelf te overtuigen, maar ze wist heel goed dat ze het niemand hoefde te vragen als ze een patiënte wilde bezoeken.

Nadat ze een tijdje had zitten piekeren stond Lilly op.

Het kon toch geen kwaad als ze alleen even informeerde hoe het met haar ging? Tenslotte lagen de kinderafdeling en de kamer van haar moeder aan dezelfde gang en ze had haar zelf naar boven gebracht...

Op de zusterpost van de afdeling was niemand aanwezig; haar collega's waren over alle kamers verspreid aan het werk. Ze wierp een blik op de koortscurven, maar de formulieren lagen zo opgestapeld op het bureau dat ze ze niet door elkaar wilde halen.

Dus besloot ze naar kamer 42 te gaan. De deur was dicht. Stel dat haar moeder daar niet lag? Met het voornemen in geval van nood te vragen of ze iets voor de aanwezige patiënten kon doen, klopte ze kort aan en ging naar binnen.

Lilly zag dat het bed naast haar moeder was weggereden. Haar moeder zelf sliep, tot haar opluchting. Ze ging naast haar staan en keek naar haar. Haar wangen waren rood. Zelfs zonder haar aan te raken voelde Hanna de warmte die ze uitstraalde. Ze was nu al meer dan een week bij hen, maar het leek niet beter met haar te gaan. Wat was er aan de hand? Het was toch alleen maar een blindedarmoperatie geweest... Kon ze maar even in haar dossier kijken.

Op dat moment bewoog haar moeder. Ze haalde zuchtend adem en draaide zich om. Voordat Lilly kon reageren deed ze haar ogen open. Haar blik leek vertroebeld, wat waarschijnlijk aan de pijnstillers lag.

'Zuster,' zei ze opeens zacht. 'U ziet eruit als... mijn dochter.'

Lilly staarde haar verschrikt aan. Er ontsnapte haar een snik. Ineens had ze het gevoel dat iemand haar de keel dichtsnoerde. Vlug verliet ze de kamer en liep over de gang naar de afdelingskeuken, waar niemand was. Daar leunde ze tegen een kast en probeerde door rustig te ademen de paniek kwijt te raken die haar had overrompeld. Haar moeder had haar herkend!

De woede die in haar gistte sinds ze haar ouderlijk huis had verlaten, werd overstemd door de liefde die ze vroeger als kind voor haar moeder had gevoeld. Haar benaderbare moeder, die er altijd was, terwijl haar vader, die belastingadviseur was, voortdurend aan het werk was geweest.

Waarom kon ze het niet opbrengen zich bekend te maken, met haar te praten? Waarom was ze toch zo laf?

~

Rond het middaguur ging Hanna naar de eetzaal om te zorgen dat ze op krachten bleef. Ze was inmiddels gewend aan de gedachte dat Alexander bij hen was opgenomen. Tegelijkertijd maakte ze zich grote zorgen om zijn toestand. Ze had graag meer willen weten, maar ze wilde dr. Meyer niets vragen.

Aan een van de tafels zag ze dr. Lexow zitten, die bezig was een grote berg aardappelen met bruine saus te verslinden.

'Eet vooral langzaam, dokter,' zei ze lachend.

Lexow hield even in en glimlachte een beetje bleu. 'U hebt groot gelijk, zuster Hanna,' zei hij. 'Ik kom alleen net uit de ok en rammel van de honger. We hebben vandaag een aantal verkeersslachtoffers gehad, en daarnaast ook nog het normale programma... Ik ben er vanmorgen gewoon niet aan toegekomen iets te eten.'

'Al goed hoor,' zei Hanna. 'Mag ik u even gezelschap houden?'

'Maar natuurlijk!'

Hanna zette haar theekopje op tafel en ging zitten. De vraag naar Alexander brandde haar op de lippen, maar kon ze wel zomaar met de deur in huis vallen?

'Vandaag is er ene dokter Kirchfeld opgenomen. Is hij al aan u voorgesteld?'

Lexow, die juist een veel te volle vork in zijn mond had gestopt, fronste zijn voorhoofd. Het was dan ook ongebruikelijk dat een verpleegster hem tijdens het eten aansprak over zijn patiënten.

'Dokter Kirchfeld is een oude vriend uit de begintijd van Waldfriede,' legde ze uit.

Lexow trok zijn wenkbrauwen op. 'O ja?'

'Hij was een van de eerste arts-assistenten van dokter Conradi. Aan hem hebben we onze waakhond te danken.' Er gleed een weemoedig glimlachje over haar gezicht. Daar waren ze weer, die beelden van hun zomerse wandeling.

'O, in dat geval...' zei hij. Hij slikte en vervolgde: 'Dokter Kirchfeld lijdt aan een maagtumor die naar alle waarschijnlijkheid kwaadaardig is. Ik wilde dat dokter Conradi hem zelf kon opereren. Ik heb nog maar zelden een maagresectie uitgevoerd.'

Hanna keek hem verschrikt aan. Een kwaadaardige tumor!

'U bent een goede chirurg, dokter Lexow,' antwoordde ze. 'U krijgt het wel voor elkaar.'

'Ik hoop het.' Lexow zuchtte. 'Hij is nog zo jong. Begin veertig. Dat is geen leeftijd om dood te gaan.'

Hanna schrok. 'Maar als u de tumor verwijdert, heeft hij toch een kans?'

Lexow trok een gezicht. 'Als hij geluk heeft... Het kan zijn dat hij er twee jaar mee wint, of zelfs vijf. Misschien gebeurt er een wonder en wordt hij er stokoud mee. Maar recidiven zijn niet uit te sluiten.'

Hanna knikte. Nu was het niet alleen dr. Conradi om wie ze zich zorgen moest maken, maar ook Alexander. Al bestonden er tussen hen geen romantische gevoelens meer.

Hanna bleef nog even toekijken terwijl dr. Lexow doorat – hij kon het beslist gebruiken, als je zag hoe dun hij was – en stond toen op.

'Zou u mij willen laten weten hoe de operatie is verlopen?' vroeg ze.

'Natuurlijk, zuster Hanna.'

'Dank u wel.' Hoewel het niet strookte met haar gevoelens, glimlachte ze; haar theekopje nam ze mee. Ze vroeg zich ongerust af wat het voor haar zou betekenen als Alexander stierf.

# 30

*Hamburg, 25 januari 1931*

Lilly deed haar donkerrode sjaal om en verliet het stationsgebouw. Het was guur in Hamburg en er leek een deken van ijzige nevel over de stad te liggen.

Toch wemelde het op straat van de auto's en fietsers en ze moest uitkijken dat ze niet werd overreden.

Voor het huis van haar tante bleef ze staan. Zoals altijd moest ze zich even vermannen voordat ze kon aanbellen. Alleen al de gedachte aan het vermoedelijke verloop van haar bezoek! Het zou weer verwijten en terechtwijzingen regenen en...

Lilly dwong zichzelf tot kalmte. Cecilia had geschreven dat ze iemand aan haar wilde voorstellen. Dan zou ze zich wel inhouden.

Uiteindelijk drukte ze op de bel.

'Ik ben het, Lilly,' antwoordde ze door de intercom op de vraag van haar tante. Meteen klonk de zoemer en ze duwde de deur open.

Ze was gewend om dagelijks veel te lopen, maar toen ze de trap op ging voelden haar benen onmetelijk zwaar aan.

Boven werd ze al opgewacht.

'Stipt op tijd,' zei haar tante afgemeten. Ze droeg een beige jurk die Lilly nooit eerder had gezien. Ook de ketting van kunstparels die ze omhad was nieuw. Het schoot haar te binnen dat Gerda Cecilia als 'opgedirkt' beschreven had.

Als altijd verspilde Cecilia geen onnodige woorden en beleefdheden aan haar. 'Kom, hij zit al op je te wachten.'

'Wie?' vroeg Lilly, maar haar tante liep door alsof ze haar niet had gehoord.

Lilly ontdeed zich haastig van haar jas en sjaal, hing ze beide aan de kapstok en liep haar toen achterna. Benjamin was nergens te bekennen.

Wel zag ze een man, die direct opstond van de sofa toen ze binnenkwam. Hij droeg een krijtstreeppak en had zijn haar met behulp van pommade strak naar achteren gekamd. In de kamer hing de geur van eau de cologne.

Cecilia stelde hem voor: 'Lilly, dit is Reinhard Heller. Reinhard, dit is mijn nichtje Lilly.'

'Aangenaam kennis te maken,' zei hij joviaal en hij drukte haar de hand.

'Insgelijks,' antwoordde Lilly. Ze keek zoekend om zich heen. Waar was haar zoon? Wat had dit te betekenen?

'Waar is Benjamin?' vroeg ze. Ze probeerde haar paniek niet te laten merken.

'Hij doet zijn middagdutje,' antwoordde Cecilia. 'We moeten toch eerst even praten, als volwassenen onder elkaar.'

Lilly ging op de sofa zitten. Het voelde alsof ze een baksteen in haar maag had. Vol verwachting keek ze naar haar tante, die op haar beurt een blik met de man wisselde.

'Tja, waar zal ik beginnen... Ik bedoel, alleen al vanwege Benjamin moet je dit weten.'

Lilly's maag verkrampte. Benjamin? Wat was er aan de hand? Wilde ze hem definitief van haar afpakken?

'Welnu, Reinhard en ik... We hebben elkaar een aantal weken geleden leren kennen en er was tussen ons meteen wederzijdse sympathie.'

Leren kennen? Sympathie? Lilly fronste verward haar voorhoofd.

'Ja, er ontstond meteen iets tussen ons waar we niet omheen konden,' zei hij ter aanvulling en hij wierp Cecilia een overduidelijk verliefde blik toe.

Toen begon er bij Lilly iets te dagen. Heel even voelde ze zich opgelucht, maar algauw laaide er een ander soort ongerustheid in haar op.

'We hebben gemerkt dat het tussen ons steeds serieuzer werd en inmiddels...'

Lilly's mond viel open. Die man wilde met haar tante trouwen?

'Daarom wil ik graag dat ook wij elkaar leren kennen,' voegde Reinhard Heller eraan toe. 'Ik zal immers vroeg of laat ook met uw zoon te maken krijgen.'

Toen hij over Benjamin begon, werd het Lilly licht in het hoofd. Heller wist dus dat zij Benjamins moeder was? Ze wierp haar tante een woedende blik toe.

'Het is een heel pienter knaapje. Een echte Duitse jongen!' zei Heller met een innemende glimlach, die Lilly echter niet wenste te beantwoorden.

'Dat is hij inderdaad,' antwoordde ze desondanks instemmend en ze voelde dat ze vanbinnen verkrampte.

'Alleen jammer van de voornaam die hij heeft gekregen. Benjamin is een Jodennaam. Een die een arisch kind niet zou moeten dragen. Zijn vader is toch ariër?'

Lilly sperde verschrikt haar ogen open. Wat was dat voor onzin?

Cecilia schoot haar te hulp. 'Ik kan je verzekeren dat hij een raszuivere Duitser is,' zei ze. 'De omstandigheden waren alleen... een beetje ongelukkig.'

'Nou, misschien is een andere naam het overwegen waard. Hans of Friedrich zou een mooie, passende naam zijn.'

'Mijn zoon hoeft geen andere naam te krijgen!' antwoordde ze fel. 'Wie bent u eigenlijk dat u zoiets verlangt voor een kind dat niet eens met u verwant is?'

Heller keek haar verbaasd aan. 'Het spijt me, ik... Ik wilde u niet beledigen. Het was zomaar een gedachte.'

Lilly keek afwisselend naar Heller en Cecilia. Het schoot haar weer te binnen wat ze over die school had geschreven. Een school waar geen Joden op zaten...

Had Heller haar dat allemaal aangepraat? Ze had opeens het gevoel geen lucht meer te krijgen. Het verlangen om die schaamteloze vent tegenover haar een klap in zijn gezicht te geven werd bijna allesoverheersend.

Maar Lilly stond op voordat ze haar zelfbeheersing verloor en zei zo ingehouden mogelijk: 'Tante Cecilia, zou ik je onder vier ogen kunnen spreken?'

~

Alexander Kirchfelds operatie vond plaats op zondagochtend. Hanna stond voor de ok te wachten tot hij van de afdeling naar beneden werd gebracht. Dr. Lexow had haar eerder die ochtend al laten weten dat hij voor de operatie een actuele röntgenfoto nodig had. 'Zijn huisarts heeft ons wel opnamen gestuurd, maar die zijn niet zo goed als die van u.'

'Ach, nu vleit u me!' had Hanna gezegd in een poging haar gevoel van onbehagen met een grapje te verdoezelen. Hoe moest ze zich tegenover Alexander gedragen als ze alleen waren?

Haar blik viel op de openstaande deur. De zusters waren bezig de instrumenten voor de operatie klaar te leggen. Het rook naar ontsmettingsmiddel en jodium. Later zou daar nog de geur van ether bij komen. Omdat het narcosegas licht ontvlambaar was en de dampen ook op het personeel konden inwerken, moest er tijdens de ingreep steeds gelucht worden.

Op de gang klonk een rammelend geluid. Hanna draaide zich om. Het was zover. Ze haalde diep adem, rechtte haar schouders en liep de zusters die het ziekenhuisbed voortduwden tegemoet.

Haar collega's wisten wat hun te doen stond. Ze hielpen Alexander overeind en namen hem mee naar de röntgenkamer, die vervuld was van het zachte gonzen van de röntgenbuizen.

'Wie had gedacht dat we elkaar op deze manier zouden terugzien,' zei hij enigszins verlegen toen de andere twee zusters de kamer hadden verlaten. 'Het zal je wel voldoening geven me zo te zien.'

Hanna keek hem niet aan terwijl ze antwoordde. 'Nee, absoluut geen voldoening. Als je dat denkt, ben je vergeten hoe we waren toen we elkaar leerden kennen.'

'Neem me niet kwalijk.' Alexander liet zijn hoofd zakken. 'Ik vrees dat ik door mijn ziekte cynisch ben geworden.'

Hanna zei niets terug. Ze was hevig verontwaardigd. Hoe kwam hij erbij haar professionaliteit in twijfel te trekken?

'Ga maar op de tafel liggen,' zei ze koeltjes terwijl ze de röntgenbuizen in positie bracht. 'En doe je hemd omhoog alsjeblieft.'

'Weet je het zeker?' vroeg hij.

'Ik kan je maag niet door de stof heen röntgenen, dat weet je best.'

Alexander deed wat hem was gezegd.

Zo ontbloot had Hanna hem tijdens hun relatie nooit gezien, want ze waren niet met elkaar naar bed geweest, zover was het niet gekomen. Ze verborg haar verlegenheid door de buizen tot boven zijn buik te laten zakken en een nieuwe filmcassette te halen.

'Ik heb je nooit kunnen zeggen dat ik het mezelf kwalijk neem dat je er op die manier achter moest komen,' zei hij.

'Waarachter?' vroeg Hanna onbewogen. 'Dat je ziek was? Dat was mijn zaak niet meer.'

'Dat bedoel ik niet. Ik bedoel wat er gebeurde toen je terugkwam...'

'Dat je me met je praktijkassistente bedroog?' antwoordde Hanna. Ze dwong zichzelf tot kalmte. Wat er ook tussen hen was geweest, deze man was een patiënt en als zodanig diende ze hem goed te behandelen. 'Blijf nu even heel stil liggen en volg mijn instructies op.'

Ze liep naar de deur. 'Inademen en adem vasthouden tot het geluid stopt,' riep ze en ze drukte op de ontspanner. Er klonk gezoem, daarna kwam ze de kamer weer in en haalde de cassette uit de houder.

'Hanna,' zei hij en hij raakte haar arm licht aan. 'Ik wil mijn excuses aanbieden. Ik... Ik had eerlijk tegen je moeten zijn, maar ik wist niet hoe ik je het moest vertellen.'

Hanna schudde haar hoofd. 'Dat is allemaal verleden tijd.'

'Ja, maar het was niet correct. Onze relatie... Ik dacht dat er toekomst in kon zitten, maar jij... Je komt uit een andere wereld.'

'Een wereld waarin moraal en fatsoen hoog aangeschreven staan?' zei Hanna bits. 'Een wereld waarin je ervan uitgaat dat de persoon die zegt dat hij van je houdt je trouw is?'

Ze had gedacht dat ze het achter zich had gelaten, maar alles kwam weer boven.

'Als je wilt dat ik het je vergeef, dan is dat bij dezen gebeurd,' zei ze stijfjes. 'Wat er ook is voorgevallen, hier zal niemand je daarom slechter behandelen.' Hanna dacht terug aan de woorden waarmee hij het ziekenhuis en de zedelijkheidsopvattingen die er heersten had bespot. Ze zei: 'We dienen God door de zieken onze zorg te geven en te proberen ze te genezen. Wat ze hebben gedaan, interesseert ons niet.'

Er viel een stilte na haar woorden.

'Ik breng de cassette even naar de donkere kamer,' zei Hanna en ze verdween in haar domein. Daar kneep ze haar ogen dicht. Ze zou haar tranen niet lang meer kunnen inhouden. Ze schudde haar hoofd en stapte vastberaden de röntgenkamer weer in, waar ze Alexander overeind hielp. 'Sterkte met de operatie,' zei ze. 'Dokter Lexow is een uitstekend chirurg.'

'Dank je,' zei Alexander en hij keek haar aan. Hij had duidelijk nog iets op het hart. Maar wat het ook was, Hanna wilde het niet horen.

Ze droeg hem over aan de collega die hem naar de preoperatieve ruimte zou brengen. Toen ging ze terug naar de donkere kamer en terwijl ze het rode lampje aanzette, probeerde ze de herinnering aan vroeger tijden te onderdrukken.

~

Lilly plofte bijna van woede. Cecilia liep achter haar aan met een sleutelbos in haar hand. Ze deed de deur dicht en zei: 'En, wat wil je tegen me zeggen dat Reinhard niet mag horen?'

'Je hebt het hem dus verteld?' snauwde Lilly haar toe, zonder op haar vraag in te gaan.

'Moeten we het daar op de gang over hebben?' was Cecilia's reactie.

'We kunnen het moeilijk bespreken waar hij bij is!' Lilly's ogen spuwden vuur. Wat moest die vent wel niet van haar denken? Waarschijnlijk dat ze een sletje was dat zich lichtzinnig met mannen inliet.

'Ik weet niet wat je bezielt. Hij weet het, nou en? Hij vindt het geen reden om me te laten vallen. Integendeel, hij zal voor Benjamin zorgen alsof hij zijn eigen zoon is.'

'Zelfs zijn naam zint hem niet!' zei Lilly woedend. 'Hans. Friedrich. Namen voor een Duitse jongen!'

'Hij bedoelt het toch alleen maar goed.'

'En wat houdt dat in?' Lilly gloeide van verontwaardiging. 'Voor zover ik weet is zijn naam nooit een probleem voor je geweest.'

'Ik wist niet dat Benjamin iets Joods was,' zei Cecilia.

'Nou, dan is het maar goed dat Reinhard in je leven is gekomen,' zei Lilly spottend en ze voelde het maagzuur branden in haar borst.

'Het is echt beter dat je de jongen een andere naam geeft. Anders zou hij wel eens voor een Jood kunnen worden aangezien als hij naar school gaat.'

'En waarom is dat opeens een probleem voor je? Alleen omdat Reinhard het zegt?'

Cecilia zweeg even. Aan de manier waarop ze haar lippen op elkaar perste zag Lilly dat ze zich afvroeg of ze haar iets al dan niet zou vertellen.

'De tijden veranderen,' zei ze na een poosje. 'Op enig moment zullen we moeten beslissen aan welke kant we staan.'

Waar had ze het over? Welke kant moesten ze kiezen?

'Met Reinhard sta ik aan de veilige kant,' vervolgde Cecilia. 'En je zoon ook. Reinhard zal ons beschermen. Wat maakt zo'n kleine naamsverandering dan uit? Hij is nog jong en accepteert het wel.'

Het duizelde Lilly. Reinhard zou hen beschermen? Waartegen dan?

'Ben je soms van plan met hem te trouwen?' vroeg Lilly als verdoofd.

'Waarom niet? Ik mag hem graag, hij heeft invloed en geld. En hij is dol op de jongen.'

Lilly zag aan Cecilia's gezicht dat ze vastbesloten was.

'Je zult er alleen maar baat bij hebben, geloof me maar.'

De woorden troffen Lilly als een zweepslag. Hoe kon zij baat hebben bij een man die haar zoon niet eens zijn eigen naam wilde laten behouden?

'Wees dus maar blij dat ik op het punt sta zo'n goede partij aan de haak te slaan. Door hem ben je binnenkort misschien verlost van alle druk en krijg je een nieuwe kans.'

Deze woorden, die bijna als een lawine over Lilly heen kwamen, dreigden haar te verstikken. Wat had dat te betekenen? Verlost van alle druk? Een nieuwe kans? Over welke nieuwe kans had ze het?

'En kom nu maar weer mee naar binnen,' vervolgde Cecilia. 'Je wilde Benjamin toch zien? Het maakt mij niet uit of je blijft of weggaat, maar als je ons wilt blijven bezoeken, kom je nu mee naar binnen en ben je aardig tegen Reinhard.'

Het verkapte dreigement ontging Lilly niet. En dan was daar nog die toespeling op de invloed die Heller zou hebben. Misschien was het toch beter eerst te weten te komen wat die behelsde.

'Goed dan. Omwille van Benjamin,' zei ze en ze keek haar tante strak aan. 'Maar je moet me in alles wat hem aangaat betrekken!'

Cecilia knikte zelfvoldaan en deed de deur weer open.

~

Hanna keek omhoog naar de kale takken boven haar hoofd. Er zaten wat mussen op, met opgezette veren. De waterkoude lucht drong door haar wollen jas heen, maar ze dacht er nog niet aan naar binnen te gaan.

Alexanders operatie was al meer dan een uur aan de gang. In de spreekkamer was nu niets te doen. Dr. Rosenbaum liep visite op de vrouwenafdelingen en zij maakte gebruik van de gelegenheid om een frisse neus te halen.

Het liefst had ze haar zus verteld over haar ontmoeting met Alexander. Leni was dit weekend echter niet in Berlijn, maar bij hun ouders in Magdeburg om te zien hoe het met hun ziekelijke moeder ging.

Alexander had zich niet verontschuldigd voor zijn bedrog. Hij had alleen om vergiffenis gevraagd voor het feit dat ze er op die manier achter was gekomen. Alsof een bekentenis het minder erg had gemaakt...

Ze hoorde iets ritselen en keek opzij.

Een gestalte gekleed in jas en hoed kwam heel traag op haar af.

'Dokter Conradi, wat doet u hier buiten?' vroeg Hanna verschrikt. Ze sprong overeind van de bank waarop ze zat.

'Mijn vrouw... is naar kennissen... in de stad,' antwoordde hij kortademig. 'Ik hield het... in bed niet langer... uit.'

Hijgend liet hij zich op de bank naast haar zakken. Hanna zag wel dat elke beweging hem zwaar viel. Het was onvoorzichtig van hem geweest de trap af te lopen. Toch was Hanna blij hem te zien.

'Wat is er aan de hand, Hanna?'

'Niets,' antwoordde ze. 'Ik wilde gewoon een frisse neus halen.'

'U zit altijd... op deze bank als... er iets niet in orde is,' zei hij. 'En omdat ik niet... verwacht dat dokter Rosenbaum... u boos heeft gemaakt...'

'Dokter Kirchfeld wordt op dit moment geopereerd,' gaf Hanna toe. De dokter kende haar veel te goed om hem iets op de mouw te kunnen spelden.

'Ik heb het gehoord,' zei Conradi. 'Maagcarcinoom... De arme kerel... is nog maar begin... veertig.'

En daarmee was hij maar weinig jonger dan Conradi zelf. Waar was hun jeugd toch gebleven?

Hanna zweeg eerst, maar zei toen: 'Hij heeft me om vergiffenis gevraagd.'

'Het is goed om schoon schip te maken als je voor een grote beproeving staat,' zei hij. De frisse lucht en het zitten leken een gunstige uitwerking op zijn ademhaling te hebben, hij praatte weer vloeiender.

'Misschien wel,' antwoordde Hanna. 'Ik heb hem vergeven wat er destijds is voorgevallen.'

'En toch hebt u geen voldaan gevoel.'

Hanna schudde haar hoofd. 'Nee. En eerlijk gezegd had ik liever gehad dat hij me nooit meer onder ogen was gekomen.'

'We weten niet altijd wat er de zin van is dat we in een bepaalde situatie terechtkomen.'

Hanna keek de dokter aan. Zijn woorden waren ook op hemzelf van toepassing. Want wat kon de zin zijn van het feit dat hij niet meer kon werken?

'Ziekten dienen als waarschuwing voor ons,' voegde hij er meteen aan toe. 'We moeten ervan leren onszelf weer in acht te nemen. En soms wijzen ze ons ook op niet-afgehandelde zaken.'

'Hij zal geen maagkanker hebben gekregen omdat hij mij nog geen excuses had aangeboden.'

'Dat is waar. Maar al onze daden laten sporen in onze ziel en in ons lichaam na.'

Een windvlaag deed Hanna huiveren.

'Vergeef hem maar,' vervolgde de dokter. 'Dat is het beste wat u in deze situatie kunt doen.'

'Dat heb ik allang gedaan.'

'Zeg dat dan tegen hem. Misschien helpt het hem de kwestie af te sluiten.'

Hanna perste haar lippen op elkaar. Had Alexander eigenlijk wel iets af te sluiten? Hij had geen aanstalten gemaakt om haar terug te winnen of om iets uit te leggen. Als het Hindenburg-ziekenhuis nog in bedrijf was geweest, had ze hem misschien nooit meer gezien.

'Ik zal kijken of dat lukt,' zei ze terwijl ze opstond. 'Wilt u dat ik met u mee naar huis loop, dokter?'

'Nee hoor, Hanna, laat me maar rustig nog even zitten. Als Catherine merkt dat ik weg ben, komt ze vanzelf kijken.'

Hij gaf Hanna een knipoog en ze voelde zijn ogen in haar rug tot ze de hoek om was.

# 31

Met lange passen haastte Lilly zich de trap van U-Bahnstation Krumme Lanke op. Een paar mensen kwamen haar tegemoet, maar ze lette niet op hen. Ze was nog steeds woedend op haar tante en die nieuwe levensgezel van haar. Ze pasten uitstekend bij elkaar, nou en of!

Alleen, hoe zou het Benjamin in deze situatie vergaan?

Het gesprek met Cecilia en Heller was verder stijfjes en eigenaardig verlopen. De man was telkens weer over de Joden begonnen, de plaag die ze waren voor de Duitse maatschappij, en over de gevaren die er van het communisme uitgingen.

Lilly was blij geweest toen haar zoontje eindelijk wakker werd. Ze had met hem gespeeld en was graag te weten gekomen wat hij van 'oom Reinhard' vond, maar ze had er in diens bijzijn niet naar willen vragen.

Bij het afscheid had Heller haar een cadeautje gegeven. Cecilia was er verrukt van geweest, maar Lilly had het het liefst in de dichtstbijzijnde vuilnisemmer gegooid. Om haar tante niet voor het hoofd te stoten had ze netjes bedankt en het meegenomen.

Later in de ondergrondse had ze het uitgepakt en een boek aangetroffen. Het ging om *Mein Kampf* van Adolf Hitler. Ze herinnerde zich nog goed wat professor Kirsch erover had gezegd. Er liep een ijskoude rilling over haar rug toen ze het in haar tas stopte en ze had zich voorgenomen het weg te gooien zodra ze de kans kreeg.

Toen ze het station van de U-Bahn uit kwam en de straat naar

Waldfriede overstak, was ze onder haar jas klam van het zweet, maar haar woede was enigszins getemperd.

Bij de poort van het ziekenhuisterrein bleef ze staan; ze keek op naar het hoge gebouw. Achter een van die ramen lag haar moeder. Wat zou zij zeggen van de nieuwe levensgezel van haar zus?

Cecilia had het niet over Herta gehad, maar het lag voor de hand dat ze haar tijdens haar bezoek over Heller had verteld.

Opeens overviel Lilly het verlangen met haar moeder te praten. Ze verzamelde moed en liep door.

Bij de ingang groette ze de dienstdoende zuster en liep naar boven. Een paar bezoekers kwamen haar tegemoet. Het bezoekuur was bijna afgelopen; zo zou ze niet het risico lopen per ongeluk andere leden van haar familie tegen het lijf te lopen.

Voor de kamer van haar moeder maande ze zichzelf tot kalmte en klopte aan. Maar er kwam geen reactie.

Voorzichtig deed ze de deur open en deinsde toen terug. Het bed waarin haar moeder had gelegen was leeg. Het kussen en de deken waren verdwenen en over de matras lag slechts een schoon laken.

Wat was er gebeurd? Angst bekroop Lilly. Was er nog een operatie nodig geweest? Of was haar moeder misschien overleden?

Toen hoorde ze naast zich de stem van directrice Elisabeth. 'Zuster Lilly! Wat doet u hier?'

Lilly draaide zich om. Haar hart ging in paniek tekeer en ze kreeg pijn in haar buik.

'Mevrouw Wegner... Ik wilde kijken hoe het met haar ging, maar...'

'Ze is ontslagen,' zei Elisabeth vriendelijk.

'Ontslagen?' Lilly schudde haar hoofd. In de toestand waarin ze haar voor het laatst had meegemaakt, was het allesbehalve raadzaam om haar te verplaatsen.

'Haar man wilde het zo,' antwoordde Elisabeth. 'Hij zei dat hij haar dichter in de buurt wilde hebben.'

Dus haar vader was hier geweest! Lilly slikte. 'En... hoe ging het met haar toen ze werd afgehaald?'

Elisabeth hield haar hoofd schuin. 'Waarom wilt u dat weten? Kent u mevrouw Wegner?'

'Ik... Ik heb haar naar boven gebracht toen ze hier vanuit het Hindenburg was aangekomen en nu dacht ik...' Schaamte dwong haar tot zwijgen.

'Ze heeft buikvliesontsteking. De operatie in het Hindenburg heeft blijkbaar niet volstaan. Dokter Lexow heeft een tweede operatie voorgesteld, maar haar man wilde er niets van weten. Hij heeft zijn vrouw tegen het advies van de arts in laten ophalen.'

Tegen het advies van de arts in, schoot het door Lilly heen. Had haar vader zijn verstand verloren?

Even later verliet Lilly nog steeds ontdaan het ziekenhuis. Martha had late dienst en zou nu wel in hun kamer zijn. Lilly had geen zin om aan haar vragen te worden blootgesteld.

Ze liep een tijdje door het park zonder goed te weten waar ze naartoe moest gaan. Uiteindelijk ging ze op een bank in de buurt van de schuilhutten zitten. De woorden van de directrice echoden door haar hoofd en ten slotte kon ze haar tranen niet meer inhouden.

Waarom stelde het leven haar toch telkens voor zulke beproevingen?

Door het ruisen van haar hartslag in haar oren had ze bijna het knerpende geluid van voetstappen op het pad niet gehoord.

'Zuster Lilly, wat is er aan de hand?' vroeg professor Kirsch bezorgd. Hij hurkte naast haar neer. 'Is u iets overkomen?'

Lilly veegde haastig de tranen uit haar gezicht. 'Het... Het is... niks,' snikte ze.

'Maar waarom huilt u dan?' Kirsch stak zijn hand in zijn broekzak en hield haar een schone, gestreken zakdoek voor. 'Niemand huilt zomaar, tenzij hij aan depressies lijdt.'

Lilly pakte de zakdoek aan en bette haar ogen.

'Deze zondag... Het was een beetje veel,' zei ze. 'Eerst mijn tante en toen mijn moeder...'

'Bent u dan weg geweest?' vroeg Kirsch.

Lilly knikte. 'Ja. Naar Hamburg.'

'Hebt u daar familie?'

'Ja, ik...' Ze stokte. Sinds wanneer had de professor belangstelling voor haar familie? 'Mijn tante woont daar.' Ze keek naar haar tas. Nadat ze had gezien wat ze van Heller had gekregen, had ze het niet meer aangeraakt. 'Ze heeft een nieuwe man leren kennen.'

'Nou, dat lijkt me geen reden voor tranen.'

Lilly opende haar tas en liet hem het cadeau zien, waarvan ze de verpakking maar half had afgescheurd.

Kirsch sperde zijn ogen open alsof ze hem een giftig insect liet zien.

'Ziet u!' zei ze toen en ze liet het weer in haar tas verdwijnen. 'Zo'n man is het!'

Kirsch trok een ernstig gezicht. 'Tja, je hebt niet de hand in andermans partnerkeuze.' De ongerustheid in zijn stem was niet te negeren.

'Maar zo een! Dat kan toch niet!' Weer vloeiden er tranen.

'Heeft die man iets negatiefs tegen u gezegd? Heeft hij u beledigd?'

Lilly schudde haar hoofd. Ze wenste dat ze Kirsch over haar zoontje kon vertellen. Dat hij naar een school zou worden gestuurd waar gegarandeerd geen Joden op zaten. Maar wat zou hij dan wel van haar denken?

'Nee, ik vind het gewoon een heel nare man.'

Kirsch knikte. 'Zonder kennis van nadere bijzonderheden zou ik zeggen dat u beter wat afstand van uw tante kunt houden. Het is haar leven, dus ze zal helaas niet naar uw raad willen luisteren.'

Was het maar zo eenvoudig, dacht Lilly, maar het deed haar goed dat er iemand was die zich voor haar interesseerde. Dat had ze al zo lang niet meer meegemaakt, als ze de nieuwsgierigheid van haar vroegere hospita niet meerekende.

'Ja, daar hebt u vast gelijk in.'

Er viel een stilte tussen hen en eigenlijk was dit het aangewezen moment voor Kirsch om op te staan en naar het ziekenhuis terug te lopen. Maar hij bleef.

'Wilt u me misschien vertellen wat er met uw moeder aan de hand is?' vroeg hij vriendelijk.

Normaal gesproken verschool Lilly zich bij dit soort vragen altijd achter haar zorgvuldig opgetrokken muur. Maar uit zijn stem spraken oprechte belangstelling en een warmte die maakte dat ze zich wel tegen hem aan zou willen vlijen.

Maar dat mocht ze net zomin doen als dromen dat hij ooit meer voor haar zou zijn dan alleen haar baas. Hij zou haar hoe dan ook niet willen hebben als hij hoorde dat ze een kind had. En hij had een vrouw!

'Het spijt me dat ik het verzwegen heb. Mevrouw Wegner, die als patiënte bij ons opgenomen was, is mijn moeder. Ze is ernstig ziek,' zei ze en ze probeerde haar opkomende verwarring te onderdrukken. 'Mijn vader heeft haar uit de kliniek weggehaald. Terwijl haar toestand niet eens toeliet dat ze vervoerd werd.'

Kirsch haalde diep adem, alsof hij aanvoelde wat er werkelijk achter haar woorden school. Hij keek haar vol medelijden aan. 'Hebt u geprobeerd het hem uit het hoofd te praten?'

'Ik heb hem al meer dan vijf jaar niet gezien. Mijn familie en ik... We zijn niet op een aangename manier uit elkaar gegaan.'

Lilly bereidde zich voor op de vraag naar het waarom, maar Kirsch stelde hem niet. In plaats daarvan zei hij: 'U moet toen nog heel jong zijn geweest.'

'Inderdaad. En ik heb hun bewezen dat ik mijn weg alleen wel weet te vinden. Maar nu zou ik willen dat ik naar hen toe kon gaan om tegen mijn vader te zeggen dat hij hier verkeerd aan heeft gedaan.'

'En waarom doet u dat niet?'

Weer hoorde Lilly in gedachten wat haar ouders hadden gezegd toen ze alleen in haar kamer lag te wachten op de geboorte van een kind dat ze nooit had willen hebben.

'Dat gaat niet. Ze zouden me niet willen zien.' Lilly staarde naar de rand van het pad, die bedekt was met een korst van bevroren sneeuw. Er was een kuiltje zichtbaar waar het ijs onder het gewicht van een wandelaar was versplinterd.

'En als u hem eens zou schrijven?' vervolgde Kirsch. Het ontroerde Lilly dat hij zo met haar begaan was. 'Of opbellen? Wat er ook is voorgevallen, uw ouders lijken u nog steeds na aan het hart te liggen.'

‘Dat is waar. Maar… er is te veel gebeurd om ooit nog op een verzoening te kunnen hopen.’

‘Een verzoening is nooit uit te sluiten. Je moet het alleen willen en proberen.’

Lilly keek de professor een poosje zwijgend aan. Wist hij waarover hij sprak? Ze wist niets over zijn familie, over de vrouw aan zijn zijde en al helemaal niets over zijn ouders. Hij leek heel evenwichtig, maar niemand kon raden wat zich achter die façade afspeelde.

‘Ik zal het proberen,’ beloofde ze en ze stond op. ‘Dank u dat u me hebt willen aanhoren.’

Kirsch knikte en glimlachte. Toen pakte hij zachtjes haar hand. ‘U kunt altijd bij me terecht als u ergens mee zit. Ik kan niet beloven dat ik een oplossing paraat zal hebben, maar mijn luisterend oor hebt u.’

# 32

Lilly stond voor de jugendstilgevel van het gebouw en keek omhoog; haar adem veranderde door de vrieskou in kleine wolkjes. Haar vaders werkkamer had een raam aan de straatkant en er brandde licht, terwijl alle andere vertrekken donker waren.

Wat doe ik hier eigenlijk? dacht ze. Toen ze in de trein naar Potsdam was gestapt, had ze al geweten dat ze er misschien verkeerd aan deed hen te bezoeken. Maar het ging om het leven van haar moeder. Lilly wilde niet dat ze zou sterven, al had ze weinig liefde van haar ontvangen sinds haar zwangerschap was uitgekomen.

Uiteindelijk vermande ze zich en belde aan. Lilly sloot haar ogen en wachtte op de stem van haar vader, maar in plaats daarvan klonk meteen de zoemer.

Bij binnenkomst snoof ze de geur van haar jeugd op en even voelde ze een lichtheid die ze in jaren niet had ervaren. Maar toen ze de eerste trap op was, leek het opeens of ze een enorme steen had ingeslikt.

Het kan nog, zei ze tegen zichzelf terwijl haar maag verkrampte. Je kunt nog weggaan zonder dat iemand te weten komt dat je hier ooit bent geweest.

Toen dacht ze weer aan de professor. Hij had gelijk gehad en ze mocht nu niet laf zijn. Hoe haar vader ook zou reageren, ze moest hem vertellen dat hij fout had gehandeld en ervoor moest zorgen dat haar moeder niet nog zieker werd dan ze al was.

Haar vader stond al bij de voordeur te wachten.

'Lilly!' zei hij verbijsterd. Maar de verbazing in zijn blik veranderde al vlug in fonkelende woede. 'Wat doe je hier? Heb je geld nodig?'

Lilly schudde haar hoofd. 'Ik heb gehoord dat moeder ziek is.'

'En, interesseert je dat tegenwoordig?' zei Otto Wegner bits.

Lilly negeerde zijn opmerking. 'Als u ook maar iets om moeder geeft, zorg er dan voor dat ze nog eens wordt geopereerd.' Ze balde haar vuisten. 'Anders overleeft ze die buikvliesontsteking niet.'

Haar vader keek haar aan alsof haar woorden het schandaligste waren wat hij ooit had gehoord. 'Hoe kom je er eigenlijk bij...?'

'Ik ben verpleegster, vader!' antwoordde Lilly, luider dan ze bedoeld had. Maar het kon haar niet schelen of het hele trappenhuis hoorde wat er aan de hand was. 'Ik kan haar toestand beter inschatten dan u!'

Het gezicht van haar vader werd dieprood en zijn ogen schoten vuur. 'En waar was jij de afgelopen vijf jaar, sinds je stiekem het huis hebt verlaten nadat wij hadden gezorgd dat niemand iets over jouw toestand te weten kwam?' siste hij. 'Waar was je toen ze zo ziek was?'

Ze kon niet meteen antwoorden. Haar jurk, haar jas, alles zat opeens veel te krap. Daar kwam bij dat ze zich schuldig voelde. Haar vader had gelijk, ze had zich in het ziekenhuis moeten laten zien.

'Ik ben er nu,' zei ze, op wat mildere toon. 'Ze is toch nog thuis?'

Haar vader perste zijn lippen op elkaar en maalde met zijn kaken.

'Otto?' klonk het zwak op de achtergrond. 'Hebben we bezoek?'

'Vader, alstublieft. Voor de laatste keer!'

Hij verkeerde even in tweestrijd, maar stapte uiteindelijk opzij en liet haar binnen.

De vertrouwde aanblik van het appartement bezorgde haar een gevoel van weemoed. Alles was nog net zoals ze het had achtergelaten.

Ze trof haar moeder in de slaapkamer in bed aan. Haar gezicht zag rood en op haar bezwete voorhoofd plakten wat plukjes haar. Ze keek Lilly glazig aan.

'Zuster,' zei ze toen. 'Heb ik u niet al eens gezien?'

Lilly ging naast haar bed staan. 'Ik ben het, Lilly. Hoe gaat het met u?'

Herta moest haar gedachten even ordenen. 'Lilly, ben jij hier? Dan heb ik het dus niet gedroomd...'

Het volgende ogenblik kwam haar vader de slaapkamer binnen. Zijn ogen fonkelden nog steeds van woede.

'Nee, dat hebt u niet.' Lilly hurkte naast haar neer en pakte haar hand, die ze voelde gloeien tussen haar eigen ijskoude vingers. 'Ik was er inderdaad, in Waldfriede. Ik ben bij u gaan kijken, maar had niet de moed om u aan te spreken.'

Ze keek naar haar vader en verwachtte min of meer dat hij tussenbeide zou komen. Maar Otto Wegner zweeg.

'Het spijt me dat ik er destijds zomaar vandoor ben gegaan,' zei ze en ze probeerde haar tranen in te houden, wat niet lukte. 'Maar ik had geen andere keuze. Jullie hebben mijn kindje bij Cecilia ondergebracht. We hadden afgesproken dat ik haar voor het onderhoud van mijn zoontje zou betalen. Ik moest wel gaan!'

Haar moeder deed haar mond open alsof ze iets wilde zeggen, maar gezien haar toestand betwijfelde Lilly dat ze haar woorden goed had begrepen. Toch ging ze verder.

'Maar ik heb iets weten te bereiken. Ik ben verpleegster geworden. En als zodanig vraag ik u of u zich alstublieft nog eens naar het ziekenhuis wilt laten brengen. Het hoeft niet Waldfriede te zijn; het maakt niet uit welk ziekenhuis.'

Herta vertrok haar mond tot een onzeker glimlachje. 'Je bent verpleegster.'

'Ja.'

'En waar is je zoontje dan?'

Lilly onderdrukte een snik toen ze besefte dat haar moeder in de war was door de koorts. Zou ze zich hun ontmoeting herinneren als ze weer weg was?

Ze keek op naar haar vader. 'Alstublieft,' smeekte ze. 'Bel een ziekenwagen. Laat haar naar het St. Josef brengen. Ik begrijp toch al niet waarom u haar naar het Hindenburg hebt laten gaan.'

'De artsen daar zijn beter.'

Lilly schudde haar hoofd. 'Het Hindenburg-ziekenhuis bestaat niet meer. Doe iets, alstublieft! Wat dan ook!'

Haar moeder kwam tussenbeide. 'Otto, ik heb zo'n dorst.'

'Ik haal wel een glas water voor u,' zei Lilly, en ze stond op.

Haar hart ging tekeer toen ze in de keuken een glas uit de keukenkast met kraanwater vulde. Haar handen trilden, niet alleen vanwege de ruzie met haar vader.

Al die geuren waren haar zo vertrouwd dat het haar beklemde. Het was alsof ze de woning pas een paar uur eerder had verlaten. Maar in de vensterruit zag ze niet het spiegelbeeld van een vijftienjarig meisje maar dat van een volwassen vrouw.

De stem van haar vader haalde haar uit haar gedachten. Toen ze de keuken uit liep, zag ze hem bij de telefoon in de gang staan.

'Zou u een ziekenwagen willen sturen; het gaat niet goed met mijn vrouw. – Ja. – Dank u.'

Hij legde de hoorn op de haak en hun blikken ontmoetten elkaar.

Lilly zag in de zijne alles terug wat er tussen hen was voorgevallen. Maar hij had naar haar geluisterd en getelefoneerd.

'Dank u,' zei Lilly, waarop haar vader knikte.

Even bleven ze onbeweeglijk staan. Nu of nooit, dacht Lilly. Je kunt in elk geval aan hém laten weten wat je al zo lang op het hart hebt.

'Weet u, jullie hadden hem best hier kunnen houden,' begon ze toen. 'Het is een heerlijk joch.'

'Je weet dat dat niet ging.'

Lilly schudde haar hoofd. 'Het was heus goed gegaan. We hadden wel een oplossing gevonden. Ik had hetzelfde kunnen gaan doen als ik nu heb gedaan. Jullie hoefden me alleen maar te helpen en me bij te staan.'

'We hebben je geholpen.'

'Jullie hebben hem van me afgepakt en hem aan een vrouw gegeven die zich laat betalen voor haar zorg. Heeft Cecilia dat nooit gezegd? Ze doet het niet uit naastenliefde, ze doet het omdat ze er geld voor krijgt.'

Otto schudde zijn hoofd in ongeloof, maar hij kon er niets tegen inbrengen.

'Hebben jullie hem ooit bezocht?'

'Hij heeft schande over onze familie gebracht.'

'Dat is niet waar! Hij kan er niets aan doen dat hij bestaat. En hij is jullie kleinzoon, of jullie het willen of niet.'

Weer voelde ze woede opkomen. Er was niets veranderd. Zou ze hem vertellen hoe het kind was ontstaan? Wie er werkelijk schande over hen had gebracht?

Na enige overweging besloot ze dat niet te doen. Haar vader zou haar waarschijnlijk niet geloven.

'Maar het doet er niet toe,' vervolgde ze uiteindelijk. 'Ik ga mijn eigen weg. En ooit zal ik Benjamin bij me nemen. En dan is het aan jullie of jullie hem willen erkennen.'

Na die woorden liep ze weg om afscheid van haar moeder te nemen. Wie kon zeggen of ze haar nog zou terugzien.

~

Eigenlijk was Hanna's werkdag voorbij, maar een vreemde onrust weerhield haar om naar haar kamer te gaan. In plaats daarvan ging ze terug naar de spreekkamer van dr. Conradi. Morgen, maandag, zou de drukte weer losbarsten en dan was er weinig tijd om de medicijnkast bij te vullen en te controleren of de instrumentenkasten compleet waren.

Ze wist nog niet hoe Alexanders operatie was verlopen. Ze had erop vertrouwd dat Maria haar zou inlichten, maar die was nog niet langsgekomen.

'Zuster Hanna!' klonk een stem. Eigenlijk hoorde er om deze tijd niemand in de wachtruimte te zitten. Hanna keek op en zag Natalie Kirchfeld.

'Mevrouw Kirchfeld,' zei ze verrast. 'Ik kan u helaas niet vertellen hoe de operatie is verlopen.'

'Ik heb dokter Lexow zojuist gesproken,' antwoordde de vrouw.

Hanna verstijfde. En? schreeuwde een stem in haar hoofd.

'Tot dusver is alles in orde, maar hij is een groot deel van zijn maag kwijt. De komende dagen moet blijken welke kant het op gaat.'

Hanna pakte meelevend haar arm.

'Denkt u dat er kans op genezing is?' vroeg de vrouw. Ze pakte een zakdoek om haar ogen mee te deppen.

'Ik kan u helaas niets anders vertellen dan dokter Lexow,' zei Hanna, die ook moeite had zich te beheersen. 'Misschien wint hij er twee jaar mee, misschien vijf. Benut die tijd zo goed als u kunt. Ga liefdevol met elkaar om.'

Natalie Kirchfeld staarde haar met grote ogen aan, toen vertrok haar mond zich tot een glimlach. 'U hebt gelijk, dat moeten we doen.'

Hanna knikte naar haar en wilde al doorlopen toen ze Alexanders vrouw hoorde zeggen: 'Als het moment daar is... Ik bedoel, als hij... komt te overlijden...' Ze stokte toen Hanna haar aankeek. 'Wilt u dat ik het u laat weten? Zodat u afscheid kunt nemen?'

Hanna aarzelde. Had ze er wel behoefte aan te weten hoe het Alexander zou vergaan?

'Ik... Ik heb gemerkt dat jullie een bijzondere band hebben,' verduidelijkte Natalie. 'Hij heeft het nooit over u gehad, maar toen ik jullie samen zag... Jullie moeten goed bevriend zijn geweest.'

En dat had ze weten op te maken uit de weinige woorden die zij met haar man had gewisseld?

'Dat klopt, ja,' gaf ze toe. 'Maar dat is lang geleden. En wat uw vraag betreft...' Ze nam de vrouw nog eens goed op. Wanneer zou ze in zijn leven zijn gekomen? 'Ik zou het fijn vinden als u het me laat weten als zijn tijd is gekomen.'

Natalie Kirchfeld knikte. Haar ogen stonden nu vol tranen. Maar ze leek te hebben gezegd wat ze wilde zeggen. Ze bedankte Hanna nogmaals en draaide zich om. Hanna keek haar na. Dat had ik kunnen zijn, dacht ze bedroefd. Als het allemaal anders was gelopen, was ik degene geweest die hem op zijn weg had moeten begeleiden – en hem langzaam had moeten zien sterven.

# 33

*Zehlendorf, 14 juli 1931*

Die ochtend werd Lilly wakker in de zekerheid dat ze de kleine Ilse voor het laatst op de afdeling zou zien.

Met trots had Lilly de afgelopen weken de vorderingen van haar patiëntje gadegeslagen, maar nu ging het haar aan het hart dat ze haar moest laten gaan. Ilse was voor haar bijna zoiets als een petekind geworden, voor wie ze zich verantwoordelijk voelde.

Nadat ze zich had gewassen trok ze haar verpleegstersuniform aan. Martha kwam intussen in beweging in het bed naast het hare.

'Waarom ben je nu al op?' vroeg ze slaperig. 'Ik dacht dat je nachtdienst had.'

'Dat is ook zo,' antwoordde Lilly. 'Maar vandaag wordt Ilse ontslagen en ik wil afscheid van haar nemen.'

'Doe wat je niet laten kunt,' zei Martha en na een blik op de wekker draaide ze zich nog eens om.

Lilly verliet de kamer en liep de trap af naar de eetzaal. De keukenmeisjes lieten de pannen en het servies kletteren. Lilly's ledematen voelden loodzwaar aan en de stilte droeg er niet toe bij dat haar oogleden lichter werden. Maar voor Ilse wilde ze er zijn als die Waldfriede verliet.

'Meisje toch, je ziet eruit alsof je wel een opkikker kunt gebruiken,' zei Hilde, een van de vrouwen uit de keuken, toen ze de gang in kwam. 'De nachtdienst loopt zeker op z'n eind?'

'Ik hoef pas vanavond weer,' antwoordde Lilly. 'Maar als u een kop koffie voor me hebt...'

'Dokter Conradi heeft liever dat we allemaal thee drinken. Maar natuurlijk heb ik ook koffie voor je. Kom maar mee.'

Vanuit de keuken kwam haar een verrukkelijke geur tegemoet. De ontbijtpap van havermout met melk, op smaak gebracht met bruine suiker en kaneel, was de beste die Lilly ooit had gegeten.

Hilde liep naar de grote koffiekan en schonk een mok voor haar vol. 'Hier. Maar doe voorzichtig, het is heet.'

Lilly kwam in de verleiding te vragen of ze in de keuken mocht eten, maar zag ervan af toen ze de keukenmeisjes druk heen en weer zag lopen en liep naar de eetzaal.

Ze had verwacht daar de enige te zullen zijn, maar toen zag ze Rudolph Kirsch aan een van de tafels zitten.

Wat kwam hij hier nou doen? vroeg Lilly zich af, maar het was te laat om terug te gaan. Normaal gesproken bracht zij hem altijd zijn ontbijt als ze dienst had. Ze was ervan uitgegaan dat Martha daarvoor zorgde als zij vrij had.

'Goedemorgen,' groette ze en ze maakte aanstalten om aan een andere tafel te gaan zitten, want ze wilde hem niet storen bij het lezen.

'Ik heb geen besmettelijke ziekte, hoor. Kom gerust hier,' zei hij en hij boog zich weer over zijn tijdschrift.

Lilly liep naar hem toe en nam tegenover hem plaats.

Kirsch nam eerst geen notitie van haar, maar sloeg toen zijn tijdschrift dicht en keek haar aan. 'Goedemorgen, zuster Lilly. Als ik het zo zie, hebt u geen goede nachtrust gehad. Waarom bent u eigenlijk al op? Ik dacht dat u late dienst had?'

'Ik wil afscheid nemen van Ilse,' antwoordde ze. 'Ze wordt immers om elf uur opgehaald?'

'Maar dat duurt nog even.' Kirsch nam haar een tijdje op en zei toen: 'U hebt dat meisje in uw hart gesloten.'

'Wie niet op onze afdeling?' antwoordde ze.

'Maar u hebt een speciale band met haar.'

Lilly sprak hem niet tegen. Ilse was bijna als een dochter voor haar. Vanwege haar beroep mocht ze voor haar zorgen, terwijl ze zich niet om haar eigen zoon mocht bekommeren.

'Hoe gaat het eigenlijk met uw moeder?' vroeg Kirsch. 'Ik heb u al lang niet meer over haar gehoord.'

'Het gaat goed,' zei ze. 'Ze heeft haar ziekte overwonnen.'

Toen haar moeder eenmaal in het St. Josef-ziekenhuis in Potsdam was opgenomen en opnieuw was geopereerd, was ze gestaag vooruitgegaan. Lilly had haar daar bezocht, maar had gemerkt dat de kloof tussen hen nog steeds diep was. Zodra het weer goed met haar ging, toonde ze weinig belangstelling voor Lilly of Benjamin. En net zomin als haar man zag ze in dat ze iets fout had gedaan.

'Valt er inmiddels een redelijk gesprek met uw ouders te voeren?' vroeg Kirsch meelevend.

'Niet in mijn geval.' Lilly perste haar lippen op elkaar. Ze voelde dat ze op het punt had gestaan hem de waarheid te vertellen. Maar hij kon beter niet van Benjamins bestaan afweten.

'Ik denk dat ik beter kan gaan,' zei ze, want ze wilde niet in de verleiding gebracht worden iets te zeggen waar ze later spijt van zou krijgen.

'Nee, blijf hier!' zei Kirsch op een toon die ze nooit eerder van hem had gehoord. Hij keek haar aan met een blik die vlinders in haar buik leek te laten ontwaken. 'Ik zal u geen persoonlijke vragen stellen als u dat vervelend vindt. Maar blijf gewoon nog even. Alstublieft.'

Lilly keek hem verbaasd aan en ging toen weer zitten.

'Neem me niet kwalijk, ik... Ik ben soms een beetje onhandig in de omgang met mensen.'

'Dat bent u niet.'

'Jawel. En het spijt me.' Kirsch keek haar aan en Lilly had het gevoel dat hij haar iets wilde vertellen. Maar wat dat was, kwam ze niet te weten, want op dat moment kwamen de keukenmeisjes binnen om de tafels te dekken.

~

'Goedemorgen, dokter, hoe gaat het met u?' vroeg Hanna zoals altijd toen ze op de stoel naast hem ging zitten. De zon stond al hoog boven Waldfriede en je voelde dat het een warme dag zou worden.

'Goed, Hanna, dank je,' antwoordde Conradi, maar ze wisten allebei dat het niet waar was. Als het werkelijk goed met hem ging, hadden ze elkaar in de spreekkamer ontmoet en niet in zijn woonkamer, waar hij op de sofa lag.

De zomer was aangebroken, maar dr. Conradi bleef kortademig en zwak, en telkens als het ernaar uitzag dat hij vooruitging, kreeg hij een terugval die hem weer tot bedrust dwong.

Hanna maakte zelden mee dat dr. Meyer zo ten einde raad was.

'Het ziet ernaar uit dat zijn aandoening chronisch wordt,' zei hij toen hij haar na haar les tegenkwam. 'Een verblijf in een kuuroord zou het beste voor hem zijn.'

'Maar hij kan het nu al nauwelijks uithouden om niets omhanden te hebben.'

'Daarom zou zo'n kuur van belang zijn,' antwoordde dr. Meyer. 'En dan niet hier, waar hij voortdurend aan zijn werk denkt en zich bezwaard voelt. Ik zou hem graag naar Skodsborg sturen.' Hanna had meteen weer de witte villa's en dat heerlijke strand voor zich gezien. 'Kunt u niet eens met hem praten?'

'Ik ben zijn spreekuurassistente en röntgenverpleegster maar,' antwoordde Hanna bescheiden.

'U bent zijn rechterhand,' wierp dr. Meyer tegen. 'Naar u luistert hij wel.'

Dat hoopte Hanna van harte, maar ze gaf er de voorkeur aan nog niet met de deur in huis te vallen. In plaats daarvan richtte ze haar aandacht weer op dr. Conradi.

'Mevrouw Behrens moet binnenkort bevallen; ze komt vandaag nog een keer op controle.' Hiermee begon Hanna aan haar overzicht van wat er speelde in het ziekenhuis. 'Dokter Rosenbaum is ervan overtuigd dat het allemaal naar tevredenheid zal verlopen.'

De dokter nam de informatie met een knikje tot zich. 'En hoe is de bevalling van mevrouw Henning gegaan?'

'Ze heeft een tweeling gekregen, een jongen en een meisje,' antwoordde Hanna. 'Ze zijn allebei gezond, echte wolken van baby's.'

Conradi slaakte een zucht. 'Ach, kon ik zelf toch maar weer op de verloskamer staan!'

Hanna zweeg bedremmeld. Nog maar een paar weken geleden zou ze hebben geantwoord: 'Dat duurt niet lang meer.' Maar inmiddels waagde ze zich niet meer aan een prognose.

'Misschien zou u moeten gaan kuren,' stelde ze voor.
'Kuren? Terwijl het nog niet echt beter met me gaat?'
'Zeelucht doet soms wonderen.' Hanna zweeg even en vervolgde toen: 'Als ik terugdenk aan mijn eigen kuur... Het was geweldig om elke dag die zeelucht op te snuiven. In het sanatorium in Skodsborg zouden ze vast heel blij zijn met uw komst.'
Dr. Conradi keek haar weifelend aan. 'Heeft dokter Meyer u opgedragen me over te halen?'
Hanna bloosde. 'Hij heeft uw welzijn voor ogen.'
'En is blijkbaar aan het eind van zijn Latijn. Maar dat zou ik zelf ook zijn met een patiënt als ik.'
Hanna hield vol: 'Misschien moet u het echt proberen. U zou in een andere omgeving zijn en wellicht niet langer zo'n... druk voelen.'
'Druk?'
'U kijkt elke dag van achter uw raam uit op het ziekenhuis. Ik hou u op de hoogte, verstoor elke ochtend uw rust. Als u in Skodsborg was...'
Catherine stak haar hoofd door de kier van de deur. 'Duurt het nog lang, Hanna? Mijn man moet nu echt even rusten.'
'Hanna heeft me een voorstel gedaan,' zei Conradi bijna vrolijk.
'Ik geef alleen door wat dokter Meyer me heeft geadviseerd,' antwoordde Hanna bescheiden, maar ze voelde ogenblikkelijk de afwerende houding van Catherine.
'En wat is dat dan?'
'Een kuur in Skodsborg,' zei hij.
Mevrouw Conradi keek bezorgd. 'Het is een lange reis naar Skodsborg. Denk eens aan de treinen en...'
'Broeder Kowalski kan ons toch brengen,' antwoordde Conradi. Hij leek er steeds meer zin in te krijgen.
'Maar dat neemt een hele dag in beslag. Zo niet meer.'
'Ik hoef toch niet te bewegen, dat doet de auto immers voor me.'
Catherine keek naar Hanna. 'Zijn er verder nog belangrijke kwesties?'
Hanna wist niet hoe ze mevrouw Conradi's reactie moest duiden. Was het inderdaad bezorgdheid vanwege de reis of speelde er

iets anders? 'Niets wat we niet later kunnen afhandelen,' antwoordde ze en ze stond op. Ze keek de dokter aan en hoewel de argusogen van zijn vrouw op haar waren gericht, glimlachte ze hem bemoedigend toe. 'Tot morgen dan maar. Als er in het ziekenhuis iets gebeurt wat voor u van belang is, zal ik me melden.'

Hij glimlachte terug. 'Doe dat, Hanna.'

Toen Hanna terugkwam in de spreekkamer was dr. Rosenbaum niet aanwezig. Wel stond er een onbekende bij het bureau. Hij was groot en breedgeschouderd, en verstrakte zichtbaar toen hij haar zag.

'Zuster, ik had gehoopt dat dokter Conradi hier zou zijn!'

'Dokter Conradi is momenteel niet beschikbaar,' antwoordde Hanna ontwijkend, zoals ze dat al maandenlang deed. 'Kan ik iets aan hem overbrengen?'

'Mijn naam is Felix Mertens. Ik ben vrouwenarts in Zehlendorf en wilde vragen of het mogelijk was om hier in het ziekenhuis bedden voor mijn patiënten te krijgen en gebruik te maken van de operatiekamer. Maar ik kan de details beter aan de dokter zelf voorleggen.'

Hanna beet op haar lip. Tot dusver hadden ze de ziekte van dr. Conradi niet naar buiten gebracht. Natuurlijk werden de vaste patiënten wel ingelicht, maar de meeste namen genoegen met behandeling door dr. Rosenbaum.

'Ik zal het de dokter laten weten. Als u uw kaartje achterlaat, zal hij contact met u opnemen.'

'Tja, ik hoopte dat ik snel met hem tot overeenstemming kon komen,' antwoordde Mertens. 'Ik wil best wachten als hij aan het opereren is.'

Opereren, weerklonk het in haar hoofd. Natuurlijk.

'Wilt u even in de wachtruimte op de gang plaatsnemen? Dan laat ik hem weten dat u er bent.'

Met die woorden verliet ze de spreekkamer, waarna ze meteen dr. Rosenbaum tegen het lijf liep.

'Zuster Hanna, ik heb u al overal gezocht!' zei hij. 'Er is iemand die dokter Conradi wil spreken.'

'Hebt u hem verteld dat de directeur ziek is?'

'Nee, natuurlijk niet! Ik heb gezegd dat ik naar hem op zoek zou gaan en wilde met u overleggen.'

'Ik regel het wel. Hebt u nog patiënten? Op weg hierheen zag ik dat de spreekkamer van dokter Lexow vrij is. Hij is in de ok bezig.'

'Nee, op dit moment niet, maar bedankt voor uw medewerking. Nu hoef ik geen smoes te verzinnen.'

Hanna glimlachte naar de arts-assistent en liep door.

~

'Het is een goed voorstel, Catherine,' zei Louis tegen zijn vrouw. 'En Hanna heeft gelijk: als ik elke dag zicht heb op Waldfriede, voel ik me verplicht mijn werk te doen.'

'De reis zou te belastend voor je zijn,' antwoordde Catherine. 'Stel dat je onderweg iets overkomt!'

'Mijn hart mag dan momenteel zwak zijn, het wordt er niet beter op als ik hier maar blijf liggen.' Hij slaakte een zucht. 'Ik verveel me ontzettend en het enige waaraan ik kan denken is hoe graag ik in mijn spreekkamer zou zitten. Lijkt je dat bevorderlijk voor mijn gezondheid?'

Zijn vrouw stond zichtbaar in dubio.

Louis nam haar een poosje op, tot hem duidelijk werd wat de ware reden was.

'In Skodsborg hoef je haar ook niet elke dag te zien,' zei hij ernstig.

'Wie?' vroeg Catherine.

'Hanna.'

Ze zweeg betrapt.

'Ik weet dat je het niet prettig vindt dat ze elke dag bij ons in en uit loopt. Als ik werk ligt het anders, dan krijg je haar alleen tijdens de sabbatsdienst onder ogen.'

'Ik heb niets tegen Hanna,' zei Catherine, maar uit de klank van haar stem bleek iets anders.

Voordat Louis kon reageren ging de bel. Zijn vrouw stond op en even later kwam Hanna opnieuw de kamer in.

'Dokter Conradi,' zei ze en ze probeerde zich zichtbaar een houding te geven. 'Neem me niet kwalijk, maar er is ene dokter Mertens uit Zehlendorf in het ziekenhuis. Hij wil u spreken over bedden die hij graag zou gebruiken. Wat wilt u dat ik doe?'

'Kan dat niet wachten?' vroeg Catherine Conradi.

Hanna schudde haar hoofd. 'Ik heb hem in de waan gelaten dat u aan het opereren bent.'

'Daar hebt u goed aan gedaan,' antwoordde Louis. 'Is het een idee hem te vragen om twee uur naar mijn spreekkamer te komen?'

'Maar zou het niet beter zijn als hij hierheen kwam?' wierp Catherine tegen.

'Ik kan dokter Mertens niet liggend ontvangen,' zei Louis terwijl hij rechtop ging zitten.

Zijn vrouw zuchtte gefrustreerd en keek Hanna aan.

'Het is alleen dit gesprek maar,' zei Louis. 'Ik voel me vandaag sterk genoeg om dat aan te kunnen.'

'Maar Louis, je...'

Hij onderbrak haar. 'Dat deze dokter Mertens langskomt is een godsgeschenk. Misschien kan hij dokter Rosenbaum tijdens mijn afwezigheid bijstaan.' Hij stond op. 'Kijk maar, Catherine. Het lukt me best. Hanna helpt me wel.'

'Ik kan een rolstoel halen,' bood ze aan.

Maar hij schudde zijn hoofd. 'Die paar stappen krijg ik wel voor elkaar.'

# 34

'Gaat het echt wel?' vroeg Hanna toen ze de woning van de Conradi's hadden verlaten. Dr. Conradi leunde op haar arm en ze merkte dat hij licht beefde van de inspanning. 'Het is een flink stukje lopen.'

'Het is heerlijk om eindelijk weer eens buiten te zijn en de zomerlucht op te snuiven,' antwoordde de dokter terwijl hij zijn blik over het park liet glijden. 'Ik was al bijna vergeten hoe mooi ons park is.'

Hij bekeek de trompetboom, die in de afgelopen maanden hoog was opgeschoten en veel nieuwe bladeren had gekregen.

'Weet u, ik ben me ervan bewust dat ik nooit in de schaduw van deze boom zal zitten,' zei hij toen, wat Hanna zowel verbaasde als deed schrikken. 'Maar ik wil hem op z'n minst één keer in bloei zien staan.'

'Dat zult u ook, dokter,' antwoordde ze, maar meteen kwam er een onbehaaglijk gevoel bij haar opzetten. Voelde de dokter dat hij niet lang meer in deze wereld zou zijn?

Op haar woorden volgde een stilte. Hanna merkte duidelijk hoezeer hij zich op het lopen en zijn ademhaling moest concentreren.

'Ik heb dokter Rosenbaum naar een van de andere spreekkamers gestuurd,' zei ze na een poosje. 'Dan hebt u geen patiënten voor de deur zitten die op u af zouden kunnen stormen.'

'Dank u.' Conradi zweeg even en zei toen: 'Ik hoop van harte dat mijn vrouw bij u niet de indruk wekt dat u binnen onze vier muren onwelkom bent.'

Hanna trok verbaasd haar wenkbrauwen op. 'Hoe komt u daar nu bij?'

Conradi schudde zijn hoofd. 'Het was zomaar een idee.'

Hanna sloeg haar ogen neer. Had zijn vrouw iets gezegd? Ze vreesde dat ze waarschijnlijk nooit echt met Catherine overweg zou kunnen.

Bij de deur van de spreekkamer aangekomen haalde de dokter bevend diep adem. Hij leunde met zijn hand tegen de deurpost en Hanna was al bang dat hij zou flauwvallen, maar hij richtte zich uiteindelijk weer op. Er leek een stoot energie door zijn lichaam te gaan toen hij zijn jasje gladstreek.

'Zullen we dan maar?' zei hij en hij deed de deur met onvoorzien elan open.

'Het is me een grote eer kennis met u te maken,' zei dr. Mertens terwijl hij op de aangeboden stoel plaatsnam. 'Ik heb al veel over u gehoord.'

'Dat doet me plezier,' antwoordde dr. Conradi. 'Ik hoop dat het in positieve zin was.'

'Beter kon niet! De kraamafdeling van Waldfriede heeft een uitstekende reputatie. Dat is ook de reden dat ik heb besloten juist met u te komen praten.'

Hanna, die schuin achter Mertens stond, sloeg de twee mannen gade. Je kon dr. Conradi zijn ziekte aanzien, bleek en vermagerd als hij was, maar verder vertoonde hij geen spoor van zwakte. Integendeel, het verblijf in zijn spreekkamer leek wonderen te doen.

'Zuster Hanna zei dat u het wilde hebben over bedden die u als extern arts graag ter beschikking zou krijgen.'

'Ja, ik ben sinds kort bevoegd om gynaecologische ingrepen uit te voeren, maar dat is in mijn eigen praktijkruimte niet mogelijk. Bovendien heb ik geen kamers om mijn patiëntes in onder te brengen.'

'Waarom benadert u het Charité niet?' informeerde Conradi. 'Daar kunnen ze u vast en zeker meer capaciteit bieden dan wij hier.'

'Misschien wel, maar dat ligt te ver weg. De meesten van mijn patiëntes komen uit Zehlendorf. Ik wil het hun en hun familieleden niet aandoen naar Berlijn te moeten reizen. Bovendien zou ik me zo autonoom met mijn patiëntes bezig kunnen houden, zonder capaciteit onder de arts-assistenten weg te hoeven nemen.'

Het klinkt bijna te mooi om waar te zijn, dacht Hanna. Een arts die patiënten naar het ziekenhuis brengt...

'Welke ingrepen hebt u in gedachten?' vroeg Conradi belangstellend.

'Cystevorming aan de eierstokken, tumoren, zo nu en dan ook een sectio... Het zal aanvankelijk niet om veel ingrepen gaan, omdat die tak van mijn praktijk nog moet groeien. Ik ben bovendien graag bereid u te assisteren bij operaties. De kans om kennis op te doen bij een chirurg als u...'

De dokter hief zijn hand en bracht hem daarmee tot zwijgen. 'Alstublieft, vleien is niet nodig. Ik waardeer uw aanbod om op de reguliere ok mee te werken. Hebt u ook diploma's, getuigschriften of andere documenten bij u, die ik kan inzien?'

'Natuurlijk.' Mertens maakte zijn aktetas open en haalde er een klemmap uit. 'Hier zijn mijn getuigschriften en mijn artsenbul. Als u wilt, stuur ik u ook graag mijn proefschrift.'

'Dank u, deze documenten zijn voorlopig voldoende. Ik zal ze bekijken en dan contact met u opnemen. Akkoord?'

'Zoals u wilt,' antwoordde Mertens verbouwereerd.

Hanna voelde aan dat dr. Conradi het gesprek kort probeerde te houden.

'Ik laat uiterlijk morgen telefonisch van me horen. Ik moet eerst overleggen met onze raad van bestuur. Ik mag hier dan geneesheer-directeur zijn, het ziekenhuis behoort toe aan onze gemeenschap. Daarvan bent u vast op de hoogte.'

'Natuurlijk. Ik ken zelfs enkele leden van uw gemeente in de stad.'

Conradi trok zijn wenkbrauwen op. Daar had hij blijkbaar geen rekening mee gehouden.

'Welnu, collega, het was me een genoegen.' Hij stond op en reikte zijn gesprekspartner de hand. 'U hoort uiterlijk morgen van me.'

Hanna merkte dat hij de grenzen van zijn krachten had bereikt en hoopte maar dat Mertens nu ook echt zou vertrekken.

Gelukkig bedankte Mertens hem nu en schudde hij Conradi de hand, waarna hij zich omdraaide om te vertrekken. Nauwelijks had hij de deur achter zich dichtgedaan of de dokter boog snakkend naar adem voorover en leunde zwaar met zijn armen op het bureaublad.

Hanna snelde naar hem toe. 'Wat is er?' vroeg ze verschrikt. 'Moet ik dokter Meyer roepen?'

'Nee,' hijgde Conradi en hij strekte zijn hand naar haar uit. 'Hou me alleen even vast. Mijn hart... Het gaat zo wel weer.'

Hanna werd door paniek bevangen. Het was kennelijk toch een grote fout geweest om hem hiernaartoe te laten gaan.

De hand van de dokter was koud en trilde; de kracht die hem even tevoren bezield had leek zijn lichaam acuut te hebben verlaten. Wat een enorme zelfbeheersing moest hij hebben opgebracht!

Dr. Conradi ademde tegen de benauwdheid in en toen Hanna wilde weglopen om hulp te halen, zakte hij een beetje in elkaar.

'Dokter!' riep Hanna verschrikt.

Toen hief Conradi zijn hoofd op en keek haar aan. 'Het gaat alweer,' verzekerde hij haar. 'Het was gewoon... Ik heb al mijn krachten verzameld voor dat gesprek. Het is niet zo dat ik er geen meer heb, maar ik ben genoodzaakt ze te verdelen.'

Hanna keek hem sceptisch aan. 'Weet u zeker dat ik dokter Meyer niet hoef te halen?'

'Zodat hij me de mantel kan uitvegen omdat ik een stap buiten mijn slaapkamer heb gezet?' Dr. Conradi schudde zijn hoofd en wees naar de stoel voor hem. 'Ik heb trouwens besloten die kuur te volgen. Het kan geen kwaad om wat zeelucht op te snuiven.'

'Dat zal dokter Meyer plezier doen.'

'En u?'

'Ik ben er ook blij om, maar ik zal onze gesprekken in de ochtend wel missen.'

~

Ditmaal kwam mevrouw Gebhard niet met de trein. In een blauw gebloemde zomerjurk met een bijpassend gebreid vest erover stapte ze uit de auto die op de rotonde was gestopt. Ze werd vergezeld door een man van wie Lilly aannam dat het haar echtgenoot was. Hij droeg een knickerbocker en een wit overhemd.

'Ze zijn er!' zei Lilly en ze wendde zich van het venster af. Omdat ze er rekening mee had gehouden dat Ilses moeder rond deze tijd zou komen was ze naar de kamer van de kleine meid gegaan, die al heel ongeduldig zat te wachten.

'Eindelijk!' Ilse kraaide van plezier en klapte in haar handen. 'Is papa er ook? Zijn ze met de auto gekomen?'

'Ja, ze zijn met de auto.'

'Als papa hard rijdt, gaat het altijd zo lekker kriebelen in mijn buik,' zei het meisje.

'Dat kan ik me voorstellen.' Lilly ging naar haar toe, fatsoeneerde het ronde kraagje van haar blouse nog eens en streek haar over haar krullen. 'Lijkt het je leuk om je mama tegemoet te lopen? Ze zou vast heel trots op je zijn.'

'O ja! Help je me?' Ilse strekte haar armen naar haar uit om aan te geven dat ze van het bed wilde worden getild. Haar benen zaten weer in de beugels, en ze kon zich er inmiddels vrij goed mee bewegen.

Lilly tilde haar op haar arm, maar liet haar nog niet zakken. Het duurde even voordat ze op de afdeling zouden zijn en het zou kunnen dat meneer en mevrouw Gebhard eerst nog door professor Kirsch zouden worden aangesproken.

'Weet je, Ilse, ik zal je missen,' zei ze glimlachend tegen het meisje.

'Ik jou ook!' antwoordde Ilse. 'En de duifjes ook.'

Lilly fronste verbaasd haar voorhoofd, maar toen schoot haar te binnen dat ze niet de duiven in de bomen bedoelde, maar de gebraden duifjes die af en toe 's zondags op het menu stonden. De professor had ze voor Ilse als voeding aanbevolen.

'Ik weet zeker dat je ouders je gebraden duifjes zullen voorzetten als je dat wilt,' zei Lilly.

Kort daarop klonken er voetstappen. Toen die voor de deur stilvielen en Lilly de stem van Rudolph Kirsch hoorde, zette ze Ilse neer. 'Nou, laat je ouders maar eens zien wat je kunt.'

De deur ging open en mevrouw Gebhard kwam binnen, gevolgd door Kirsch en haar echtgenoot.

'Mama, papa, kijk eens!' riep Ilse uit en ze liep langzaam naar hen toe. Door de beugels zag het er nog wat stijfjes uit, maar algauw kreeg ze meer zelfvertrouwen.

'Ilse!' riep haar moeder uit. De tranen sprongen haar in de ogen toen ze hurkte om haar kind op te vangen. Haar vaders gezicht werd vuurrood terwijl hij tegen zijn ontroering vocht.

Lilly sloeg beide ouders gade en werd door weemoed overmand. Als Benjamin onder andere omstandigheden was verwekt, had zij ook zoiets kunnen hebben, een echt gezin. Maar zou ze er ooit zo voor haar zoon kunnen zijn als ze tegen haar vader had gezegd?

'Professor, als er ooit iets is waarmee we onze dankbaarheid kunnen tonen...' begon de man ten slotte.

Kirsch onderbrak hem door nee te schudden. 'Dat is helemaal niet nodig, meneer Gebhard. Dat uw dochter weer beter is, is de beste beloning die een arts kan krijgen.'

'Maar toch, als er iets is...' Hij keek zijn vrouw aan, die hem met een licht hoofdschudden liet weten dat het niet nodig was.

Kirsch gaf hun beiden een hand. 'We zien elkaar over een half jaar terug, als we officieel afscheid nemen van de beugels. Houdt u zich tot dan alstublieft aan mijn adviezen en let erop dat Ilse veel beweging krijgt.'

'Ik denk dat dat geen probleem zal zijn,' zei meneer Gebhard met een blik naar het meisje op zijn arm. 'Voordat ze ziek werd, was ze nauwelijks in te tomen.'

'En dat zal weldra weer zo zijn,' verzekerde Kirsch hem.

Ze spraken nog een tijdje over de maatregelen in het kader van de nazorg en toen vroeg de vader: 'Mogen we misschien een foto van u met ons dochtertje maken?'

'Maar natuurlijk,' zei Kirsch goeiig. 'Wat vindt u ervan, zuster Lilly?'

Ze keek Ilse aan en knikte. Ze namen de lift naar het zonneterras, waar Ilse naast Lilly ging staan. Meneer Gebhard had een mooie camera, waarmee hij veel foto's maakte, niet alleen van Lilly met het meisje, maar ook van Ilse met de professor.

'Zou ik misschien een afdruk kunnen krijgen?' vroeg Lilly toen meneer Gebhard zijn camera weer opborg.

'Natuurlijk,' beloofde hij.

Toen het moment van het afscheid ten slotte was aangebroken, stak Ilse haar armpjes naar Lilly uit. 'Lili!' riep ze vrolijk.

'Het allerbeste, lieverd,' antwoordde ze terwijl ze zich aan de omhelzing van het kind overgaf. 'En pas goed op jezelf.'

Ilse knikte ernstig en sloeg toen haar armen weer om de schouders van haar moeder.

Lilly en Kirsch liepen nog even met het gezin mee naar de uitgang beneden. Daar namen ze nog een laatste keer afscheid, waarna de Gebhards met Ilse in de auto stapten.

Toen ze de auto nakeek, die door de poort wegreed, kwamen bij Lilly de tranen. Met een verstolen beweging veegde ze ze weg, maar Rudolph Kirsch zag het toch.

'Nou nou, zuster Lilly, huil maar niet,' zei hij. 'Het gaat uitstekend met het meisje. En over een half jaar ziet u haar weer terug.'

'Dat weet ik,' antwoordde ze en ze wreef onbeholpen over haar gezicht. 'Maar ik zal haar toch missen.'

'Zo gaat het nu eenmaal in ons beroep. We mogen eigenlijk geen band met onze patiënten krijgen, maar soms gebeurt dat toch. En dan moet u zich voorhouden dat dit mensenkind door uw werk en uw toewijding een gezond en goed leven zal hebben. Zo iemand is als een verre vriend, maar ik weet zeker dat Ilse u nooit van haar leven zal vergeten.'

'Dat is een hele troost,' zei Lilly terwijl ze in haar ogen wreef.

Eigenlijk hadden ze nu weer naar binnen moeten gaan, maar Kirsch bleef staan en keek nadenkend de tuin in. Toen Lilly zich al wilde omdraaien, begon hij: 'Hebt u er ooit over nagedacht of u een gezin zou willen? Een man, kinderen...'

Zijn woorden deden haar even verstarren.

'Nou ja, ik...' Ze stokte. Een kind had ze al, maar zou ze ooit een man vinden? 'Om de waarheid te zeggen kan ik er momenteel alleen aan denken hoe ik er voor mijn patiënten kan zijn,' antwoordde ze. 'En u?'

'Ik leef voor mijn wetenschappelijk onderzoek,' zei hij. 'Als arts leef ik ervoor mensen te kunnen helpen. Maar als ik dan een tafereeltje als dit zie... Een gelukkig herenigd gezin.' Hij haalde diep adem. 'Soms is dat precies wat ik zou willen.' De blik die hij Lilly schonk greep haar aan. 'Met de juiste vrouw aan mijn zijde zou ik me dat zelfs heel goed kunnen voorstellen.'

Lilly wist niet wat ze daarop moest zeggen. Haar hart ging harder kloppen en het duizelde haar. Ze dacht terug aan de vrouw die op de avond van het dansfeest arm in arm met hem had gelopen. Was die dan niet de ware voor hem?

# 35

*Onderweg naar Skodsborg, 7 augustus 1931*

Het sonore gebrom van de motor maakte Louis moe. Ze waren nu drie uur onderweg en er was niets op tegen om zijn ogen te sluiten en zich aan de slaap over te geven. Maar hij wilde de reis bewust meemaken, zoals ook elk ander moment van zijn leven, want hij kon niet zeggen hoelang hij nog op Gods mooie aarde zou vertoeven. Eigenlijk hoorde hij niet bang te zijn, want zijn geloof hield hem voor dat hem een betere wereld wachtte als hij voorgoed zou inslapen. Toch voelde hij angst.

Toen hij afscheid van Hanna nam, had hij het gevoel gehad dat hij haar nooit zou terugzien. Hij had zich grootgehouden, had beloofd terug te komen. Maar zou hij zijn belofte kunnen nakomen?

Terwijl hij nog opging in zijn gedachten voelde hij de hand van zijn vrouw op zijn arm. 'Hou je het nog een tijdje vol of moet broeder Kowalski een pauze inlassen?'

'Ik hou het wel vol,' zei hij. 'Ik kan immers niets anders doen dan zitten.'

Catherine keek hem bezorgd aan. 'Toch zou het geen kwaad kunnen om even de benen te strekken en wat frisse lucht op te snuiven.'

Louis keek uit het raam. Ze hadden Brandenburg achter zich gelaten en kwamen langzamerhand in de buurt van Hamburg.

Zijn vader verbleef momenteel weer in Amerika, hem konden ze niet bezoeken. Daar was hij eigenlijk wel blij om. Louis herinnerde zich hun laatste telefoongesprek nog goed. Hij had zijn vaders toenemende ontevredenheid over hun gemeenschap, zijn twijfels over de stichteres van hun religie en de meningsverschillen met de afdelingsvoorzitters als onaangenaam ervaren. Door zijn ziekte had Louis een diepgaander gesprek uit de weg kunnen gaan. Maar wie weet zou hij ook zijn vader nooit meer zien...

Catherine wendde zich tot de chauffeur. 'Meneer Kowalski, wilt u een geschikte plek zoeken waar we even de benen kunnen strekken?'

'Jazeker, mevrouw Conradi,' antwoordde de man aan het stuur. Even later kwam de auto aan het begin van een bosweggetje tot stilstand.

Catherine stapte uit, liep om de auto heen en opende het portier voor Louis. 'Kom, we gaan een eindje lopen.'

'Is het hier niet te slecht begaanbaar?'

'Een paar stapjes maar. Goed?' Ze reikte hem haar hand.

Louis vroeg zich af of het een vergissing was geweest haar mee te nemen. Toen voelde hij de frisse naar dennennaalden ruikende boslucht om zich heen. Hij sloot zijn ogen en ademde zo diep mogelijk in. Opeens hoorde hij het gekwetter van de vogels en het ruisen van de wind in de hoge boomkruinen. Ook rond Waldfriede waren bomen en vogels, maar wanneer had hij daar voor het laatst echt op gelet?

Een tijdlang bleef hij zo staan, omgeven door de indrukken van de natuur. Hij voelde geen plicht, geen druk. Het was bijna zoals toen hij naar Zwitserland was gegaan...

Zijn vrouw haalde hem terug in de werkelijkheid.

'We zouden toch een paar stappen lopen?' zei ze.

'Ja, inderdaad.'

Catherine nam hem bij de hand en stapje voor stapje liepen ze bij de auto vandaan.

'Misschien moet het wel zo zijn dat ik mijn werk opgeef,' zei hij zachtjes, toen ze eenmaal buiten gehoorsafstand van de chauffeur waren. Louis vond het nooit aangenaam om privézaken in het bijzijn van Kowalski te bespreken.

'Wat wil je dan gaan doen?' vroeg Catherine ongelovig.

'Ik zou me net als mijn vader met religieuze belangen bezig kunnen houden.'

Ze schudde haar hoofd. 'Nee, ik zie in jou beslist geen predikant.' Ze keek hem aan. 'Je bent altijd arts geweest en dat zul je ook blijven.'

'Wie weet hoelang nog,' antwoordde hij bedroefd. 'Als ik eraan denk dat ik nooit meer...'

Catherine legde haar vinger op zijn lippen. 'Zeg zoiets niet.'

'Het ligt in Gods hand hoelang ik het kan blijven doen.' Louis keek naar zijn vrouw. Al die tijd zorgde ze zo liefdevol voor hem, eigenlijk al sinds hun huwelijksdag, en hij gaf haar maar zo weinig terug. Nu speet het hem dat hij zo vaak de voorkeur aan zijn werk boven hun samenzijn als paar had gegeven. Hij had vaker met haar moeten gaan wandelen, haar vaker in zijn armen hebben moeten houden, in plaats van zich met alle aspecten van het ziekenhuis te bemoeien, tot aan de boekhouding toe, iets waarvoor de pas aangenomen meneer Kahl veel geschikter was.

'God zal maken dat je beter wordt,' zei ze. 'En dan ga je terug naar Waldfriede. Heb een beetje vertrouwen.'

Louis wist niet zeker of hij dat nog had. Zijn geloof gaf hem in dat hij niet mocht morren, maar hij kon weinig anders dan de toekomst somber tegemoetzien.

'We moesten maar eens naar de auto teruggaan,' zei Catherine ten slotte.

'Ja,' zei hij en hij wierp nog een blik op de bomen. Boven de boomtoppen krijste een roofvogel. Welke soort het was kon hij niet zien, maar in zijn hoofd klonken weer de coupletten van het lied dat zo lang geleden op de verjaardag van zijn vrouw was gezongen: 'Op adelaarsvleugels gedragen boven het bruisende meer des tijds...' Wat wenste hij op dit moment vurig een vogel te zijn, vrij van menselijke zorgen.

~

Zonlicht viel door het raam van de trein vanwaar Lilly een prachtig uitzicht had op de velden, waarboven nog flarden lichte nevel hingen. Het was niet moeilijk geweest Rudolph Kirsch ervan te overtuigen dat ze toe was aan een vrije dag. De volgende dag was het zaterdag, dan had ze dienst en zou ze weer terug zijn.

Deze dag, 7 augustus, was er voor haar een waarop vreugde en verdriet samenvielen als op geen enkele andere dag van het jaar. Enerzijds was er de herinnering aan haar vreselijke bevalling, anderzijds had die dag haar Benjamin gebracht, haar zonnestraaltje, voor wie ze steeds meer liefde voelde.

De eerste jaren, toen Benjamin nog heel klein was, had ze zich op zijn verjaardag niet vertoond. Ook het afgelopen jaar was ze pas later gegaan, vlak nadat ze bijna verdronken was. Maar al voordat ze die keer vertrok had voor Lilly vastgestaan dat ze er dit jaar, op de dag van zijn zesde verjaardag, bij zou zijn.

Ze deed de tas open waarin het in fleurig papier verpakte cadeau voor hem zat: een klein telraam, dat hij vast goed kon gebruiken als hij komend voorjaar voor het eerst naar school ging. Ze had erin toegestemd dat Cecilia hem aanmeldde op de school die ze had uitgezocht. Dat betekende ook dat ze nog meer voor zijn onderhoud zou moeten betalen, maar Lilly voelde zich te zwak om daar met haar tante de strijd over aan te gaan.

Een uur later kwam de trein aan in Hamburg. Het was minder druk op het perron dan ze had verwacht.

Zoals altijd zag ze nogal tegen de ontmoeting met haar tante op, maar ze verheugde zich enorm op het weerzien met haar zoon. Met een glimlachje op haar gezicht stapte ze uit de wagon en liep met stevige tred over het perron. Aanvankelijk nam ze weinig notitie van de andere passagiers, maar toen ze iemand hoorde lachen draaide ze haar hoofd naar links. Die lach kwam haar bekend voor...

Het volgende moment zag ze dat hij haar van die kant tegemoetkwam.

Hij droeg een bruin krijtstreeppak en een elegante hoed. Hij liep gearmd met een gracieuze blonde vrouw in een crèmekleurige jurk.

Lilly hapte onwillekeurig naar adem. Het was Theodor!

Ze raakte in paniek. Haar voeten weigerden nog maar één stap te verzetten. Haar hart begon te bonzen en haar ledematen werden koud. Wat had hij hier te zoeken? Had hij haar gezien?

Ze zag een glimlach op zijn gezicht verschijnen toen hij zijn hoofd naar de vrouw aan zijn zijde keerde. Dezelfde charmante glimlach die zij destijds op het feest van haar oom had gezien.

Wie was die vrouw? Een kennis? Zijn echtgenote misschien? Ze had geen contact meer met haar familie. Behalve met Cecilia, en zij had niet gezegd dat Theodor getrouwd was...

Toen hij zijn hoofd naar haar toe draaide, slaakte ze bijna een jammerkreet. Maar ze besefte direct dat hij langs haar heen keek. Geen herkenning op zijn gezicht, geen emotie. Als hij haar al had opgemerkt, liet hij het niet merken.

Een paar minuten later stond Lilly nog steeds buiten adem voor het station. De mensen stroomden voorbij, sommige botsten tegen haar op, maar ze verroerde zich niet. Ze zou niet eens kunnen zeggen hoe ze buiten was gekomen.

'U staat in de weg!' snauwde een man haar toe. Nu kwam Lilly pas weer tot zichzelf. Ze mompelde een verontschuldiging en liep toen haastig het stationsplein af.

'Wat zie je bleek,' merkte Cecilia op toen ze opendeed. 'Het lijkt wel of je een geest hebt gezien.'

'Het gaat uitstekend met me,' zei Lilly afwerend. Tijdens haar wandeling had ze geprobeerd de opkomende woede en verbittering achter zich te laten. Daar was ze kennelijk niet helemaal in geslaagd.

'Nou, kom maar binnen.'

Lilly trok haar jas uit. Even later kwam Benjamin eraan.

'Lilly!' jubelde hij.

Zijn blonde haar was vanaf een scheiding naar rechts gekamd, maar dat stond hem heel goed. Hij was niet alleen weer langer geworden, ook zag hij er in zijn gezicht wat ouder uit. Hij was duidelijk zijn babyvet aan het kwijtraken.

Blijkbaar had hij al een cadeau gekregen, want hij had een houten zwaard in zijn hand, dat ze nooit eerder had gezien. 'Ik ben een ridder,' riep hij en hij deed zijn best er grimmig bij te kijken.

'Dat zwaard heeft hij van Reinhard,' zei haar tante, die achter haar stond.

Lilly verstijfde. Echt iets voor Heller om hem een wapen te geven. Ze kwam hem tijdens haar bezoekjes zelden tegen, maar als dat gebeurde maakte hij nooit een geheim van zijn opvattingen en zijn bewondering voor Hitler. Hij had haar zelfs eens gevraagd of ze het boek dat hij haar had gegeven had gelezen. Nog niet, had Lilly ontwijkend geantwoord, waarbij ze weer voor zich zag hoe ze dat broddelwerk in de vuilnisbak van de kliniek had gekieperd.

Gelukkig was de naamsverandering voorlopig van tafel. Daar stond tegenover dat hij er de laatste tijd op uit leek te zijn van haar zoon een soldaat te maken.

Maar toen ze Benjamin in haar armen sloot, zette ze die gedachten uit haar hoofd.

'Hartelijk gefeliciteerd met je verjaardag, lieve schat.' Ze drukte een kus op zijn wang en merkte voor het eerst dat ze hem aansprak zoals een moeder dat zou doen.

# 36

*Zehlendorf, 18 augustus 1931*

De dagen verstreken en Hanna vroeg zich af hoe het met dr. Conradi zou zijn. Heimelijk hoopte ze dat hij zou opbellen, maar de telefoon bleef stil. Uiteindelijk kwam het dienstmeisje een brief brengen, die aan haar geadresseerd was. Nieuwsgierig scheurde Hanna hem open. Ze las:

*Beste Hanna,*

*In de hoop dat het u goed gaat schrijf ik u deze regels op de vroege ochtend van 12 augustus. Dit is de tijd van de dag dat ik nog enigszins op mijn lichaam kan vertrouwen en dat noch mijn longen, noch mijn hart zo verzwakt zijn dat ik het bed moet houden. Het kan aan de zeelucht liggen of aan de verandering van omgeving, maar ik voel me inderdaad iets beter. U had gelijk: afstand nemen van Waldfriede helpt echt, al ben ik voortdurend met mijn gedachten bij onze ziekenhuisfamilie. Gaat alles zijn gewone gangetje? Heeft dr. Mertens zich goed weten aan te passen? Deze maar ook andere vragen houden me bezig en er is niet veel wat ik daartegen kan doen.*

*Gelukkig mag ik van de jonge collega's die me behandelen mijn bed uit. Mijn zwakke hart staat geen lange wandelingen langs het mooie strand toe, maar ik heb onlangs een schildersezel gekregen. Heb ik u wel eens verteld dat ik in Zwitserland ben begonnen met schilderen? Als u wilt zal ik u, als ik terug ben, mijn schilderijen laten zien.*

*Voor zover ik het kan inschatten zijn de heren medici zeer competent, maar toch betrap ik mezelf erop dat ik bij elke behandeling kritische vragen stel. Artsen zijn vaak slechte patiënten, zegt men, en daar zit zeker een kern van waarheid in. Ik dacht dat het alleen voor anderen gold, maar ik heb nu tijd genoeg om te reflecteren op mijn eigen gedrag. Waarschijnlijk ben ik een van de lastigste patiënten die ze ooit hebben gehad, want wie anders zou het wagen hun therapieën in twijfel te trekken?*

*In deze periode word ik me meer dan ooit bewust van het feit dat ik een gewone sterveling ben, wiens tijd op aarde beperkt is. Als ik tussen de behandelingen en de gesprekken met mijn vrouw door tijd heb, denk ik aan onze ziekenhuisfamilie en vraag ik me af hoe het Waldfriede verder zal vergaan. Hebben we genoeg gedaan om het voortbestaan van het ziekenhuis veilig te stellen? U weet immers ook hoeveel jonge artsen bij ons zijn begonnen, maar later weer zijn vertrokken. Wie moet ik tot mijn opvolger benoemen, als het ervan komt dat ik mijn werk niet kan hervatten?*

*Maar zo is het wel genoeg met die trieste vooruitzichten. Ik hoop echt dat u en alle anderen Waldfriede goed gaande houden. Weet dat uw persoonlijke welzijn me ook aan het hart gaat, beste Hanna. U bent mijn belangrijkste steun en toeverlaat in het ziekenhuis; ik vertrouw niemand meer dan u.*

*Blijf gezond!*

*Met hartelijke groet,*
*Dr. Louis Conradi*

Hanna vouwde de brief weer op. Ze moest gniffelen bij de gedachte dat de dokter zijn jongere collega's in discussies betrok. Toch stemde zijn brief haar een beetje zwaarmoedig.

Toen ze hier in 1920 waren begonnen, had hij geblaakt van optimisme. Zelfs onder tegenzittende omstandigheden, zoals voedselschaarste of een kapotte verwarming, had hij het niet opgegeven.

En nu overwoog hij de leiding van het ziekenhuis over te dragen. Ze moest er niet aan denken voor iemand anders te moeten werken.

'Zuster Hanna?' Dr. Borchard kwam naar haar toe. Hij zag er wat wanordelijk uit: er zaten witte vlekken op zijn donkere broek en ook op zijn gezicht zaten witte spatjes. Hanna vermoedde dat hij in de kapel was geweest, die momenteel werd verbouwd.

'Er kwam een bouwvakker bij me langs met een vraag over de kleur van het linoleum dat wordt gelegd. Heeft dokter Conradi daar soms instructies over achtergelaten?'

'Ja,' zei ze. 'Inderdaad. Ik zal het met de heren bespreken.' Ze liep naar het bureau en pakte een mapje uit een van de laden. Ze haastte zich ermee naar de uitgang aan de achterzijde.

De kapel bevond zich boven de wasserij en hoewel hij nog maar tien jaar bestond was een renovatie al hard nodig, want de permanente vochtigheid had de constructie ernstig beschadigd. Bovendien was gebleken dat de naoorlogse bouwmaterialen veelal van slechte kwaliteit waren geweest.

In het voorbijgaan groette ze de vrouwen die in de wasserij werkten, waarna ze de trap op liep.

Zonder de houten banken, die evenals de preekstoel tijdelijk waren opgeslagen, leek de ruimte groter en elk geluid klonk driemaal zo hard.

Zoals elke keer dat ze hier boven was, voelde ze ontzag bij het zien van de spreuk op de boog boven de houten preekstoel: 'kom tot mij, allen die vermoeid en belast zijn'.

Ze dacht aan de dokter. Sinds het begin van de renovatie was hij hier niet meer geweest. Zou hij de troost van zijn eigen omgeving missen?

'Wat kan ik voor u doen, zuster?' vroeg een van de bouwvakkers.

'Ik kom vanwege het linoleum,' zei ze en ze overhandigde hem de map van de dokter. 'Hierin vindt u alles wat u nodig hebt, ook wat de muurverf betreft.' Hanna was ervan overtuigd dat dat zijn volgende vraag zou zijn geweest.

'Wat moet er eigenlijk met die spreuk daarboven gebeuren?'

vroeg de man terwijl hij naar de boog wees. 'Moeten we die laten zitten of eroverheen schilderen?'

'Laten zitten,' zei Hanna. 'De mensen moeten weten dat dit een plaats is waar ze met hun zorgen terechtkunnen.'

'We kunnen hem ook opnieuw aanbrengen.'

'Laat hem maar zitten. Dokter Conradi heeft me geen andersluidende instructies gegeven.'

De man knikte en bromde wat. Hanna keek nog eens naar de spreuk. Ze hoopte al zo lang dat iemand haar de last van de schouders zou nemen! Ze wist echter dat ze hem moest blijven dragen – en ze hoopte maar dat dr. Conradi gauw weer naar Waldfriede zou terugkeren.

~

Louis' hand beefde licht toen hij het penseel op het doek zette. De geur van olieverf en terpentijn prikte in zijn neus en de verfstreek viel niet zo strak uit als hij had gewild. Maar hij was blij weer iets met zijn handen te kunnen doen.

Driekwart jaar geleden had hij nog op de ok gestaan en met deze zelfde handen mensen van hun kwalen bevrijd. Hij had kinderen ter wereld geholpen, zonder de minste beving het scalpel gevoerd, hechtingen aangebracht, benen gespalkt. Nu leek hij wel een oude man die zijn levenseinde tegemoetzag, en er waren dagen dat hij krachtig weerstand moest bieden tegen de wanhoop die in hem opkwam.

Toen de deur achter hem opengina onderbrak hij zijn werk. Was het een zuster, die hem zijn geneesmiddelen bracht?

Hij hoorde iemand een dienblad neerzetten, maar het was geen personeelslid. Toen zijn vrouw naast hem kwam staan, rook hij een lichte viooltjesgeur.

'Schilder je de bergen?' vroeg Catherine verrast.

'Ja,' antwoordde hij en hij ging verder met schilderen. Bergtoppen die uit mistflarden opdoemden, met op de voorgrond een paar eenzame, omhoog reikende boomstammen naast een ravijn.

'Waarom niet de zee?' vroeg ze vervolgens. 'Die ligt immers voor je neus.'

'De bergen waren de plek waar wij het gelukkigst leken te zijn.' Hij maakte de sneeuwkap van een van de bergtoppen af, spoelde het penseel uit in de terpentijnoplossing en keek zijn vrouw aan. De zeelucht deed ook haar goed. Ze zag er ontspannener uit, hoewel ze zich nog steeds zichtbaar zorgen om hem maakte. Zo nu en dan zag hij in haar de jonge vrouw terug met wie hij al die jaren geleden was getrouwd. 'Sinds we hier zijn aangekomen, blijf ik maar piekeren over hoe het verder moet.'

Catherine pakte een stoel en ging bij hem zitten. 'In de allereerste plaats moet je weer beter worden.'

'Wie weet word ik dat niet meer. En wat dan?'

Er verscheen een droevige trek op haar gezicht. 'Zo moet je niet praten.'

'Misschien niet. Maar ik draag nog altijd de verantwoordelijkheid voor Waldfriede. En als ik moet gaan, wil ik het in goede handen achterlaten.'

'Wie zou je dan moeten opvolgen?'

Louis dacht na. De laatste jaren was er een groot verloop van artsen geweest. De enigen die waren gebleven, waren Erich Meyer en hijzelf. Jonge artsen als dr. Steiner lokte de wijde wereld. Sommige waren zelfs als zendingsarts naar Afrika en Azië vertrokken.

'Erich zou geneesheer-directeur kunnen worden. Hij heeft immers ook al aan het hoofd van het sanatorium in Friedensau gestaan. En dr. Lexow zou de afdeling chirurgie heel goed kunnen leiden.'

'En wat doe je dan met gynaecologie en verloskunde?'

'Dokter Rosenbaum is nog aan de jonge kant, maar hij is een deskundig vrouwenarts. Als we dokter Mertens ertoe zouden kunnen overhalen zijn eigen praktijk op te geven en naar Waldfriede te komen...'

'En als je de kwestie van je opvolging hebt opgelost, wat dan?'

Louis' blik dwaalde af naar zijn schilderij. 'We zouden daarheen kunnen gaan. Naar Zwitserland.'

Er viel een stilte na zijn woorden. Buiten klonk slechts het ruisen van de zee.

'Eerlijk gezegd,' begon Catherine na een korte pauze, 'was ik niet gelukkig in Zwitserland. En als jij eerlijk bent, was jij dat ook niet. Dus als het je niet meer vergund zou zijn Waldfriede te leiden, kunnen we het best iets in de buurt zoeken. Een huis van waaruit je af en toe naar Waldfriede kunt rijden om te zien of alles daar in orde is. Ik ben er namelijk van overtuigd dat je dat niet zult kunnen laten.'

Daar had ze gelijk in, hij zou het niet kunnen laten zich met zijn levenswerk te bemoeien. Daarom bezorgde de gedachte het over te dragen hem bijna fysieke pijn.

'Weet je nog wat Peter Hermann ons vertelde? Over dat perceel aan het water in Werder?'

Wat leek dat personeelsuitje lang geleden; toen was hij nog gezond geweest! Hij had bijna spijt dat hij niet mee het meer op was gevaren. En hij had ook spijt dat hij niet meer was teruggekomen op wat Peter had gezegd.

'Dat perceel kan inmiddels wel verkocht zijn.'

'Dus je zou ermee akkoord gaan?' Catherine pakte zijn hand. 'Ik bedoel, als ze nog geen koper hebben gevonden?'

'Ja,' zei hij. Hij boog naar voren en gaf haar een kus op haar slaap. 'En als het al weg is, kijken we of we iets anders kunnen vinden. Maar eerst moet ik beter worden.'

'Dat komt wel goed,' antwoordde Catherine en ze legde haar handen op zijn schouders.

Hun samenzijn werd door een klop op de deur onderbroken. Catherine liet hem los en keek om. 'Binnen.'

Louis had een arts verwacht, of de zuster die hem zijn geneesmiddelen bracht. 'Goedendag.' Hij hoorde een zware mannenstem die hij maar al te goed kende.

Langzaam draaide hij zich om. Zijn vader moest naar de kapper zijn geweest, want niet alleen was zijn inmiddels sneeuwwitte haar korter, ook zijn snor was bijgepunt. Hij droeg een al wat ouder grijs krijtstreeppak, dat een beetje om zijn lichaam flodderde. Blijkbaar had Richard het advies van zijn arts om op dieet te gaan ter harte genomen.

'Vader?' vroeg Louis verward. 'Wat komt u hier doen?'

'Mag ik mijn zoon soms niet bezoeken?' antwoordde Conradi

senior en nadat hij Catherine kort had omhelsd, kwam hij bij hem staan. 'Ik heb tenslotte voor je vertrek geen afscheid van je kunnen nemen.'

Dat klopte, want zijn vader was sinds het begin van het jaar onafgebroken op reis geweest, eerst naar Friedensau, daarna naar de algemene vergadering in New York. Daarvan was hij verrassend vroeg teruggekomen.

'Natuurlijk wel. Ik ben blij u te zien.' Louis gaf hem een hand. De handdruk van zijn vader was stevig vergeleken met de zijne. En dat terwijl Richard Conradi al vierenzeventig was en hijzelf pas zesenveertig. 'Je krijgt de groeten van de Wakehams. Ik zal ze schrijven dat je in Skodsborg bent. Ze zullen zeker bidden voor een spoedig herstel.'

Louis kon zich de familie van zijn moeder goed herinneren: zijn talrijke neven en nichten en zijn bejaarde oom, die in tegenstelling tot zijn moeder altijd een blakende gezondheid had genoten.

Richard Conradi nam plaats op de stoel waarop Catherine had gezeten.

'Ik zal eens kijken of ik koffie en iets te eten voor u kan krijgen,' zei Catherine, waarna ze de kamer verliet. Louis wist dat ze zich nog steeds ongemakkelijk voelde in de nabijheid van haar schoonvader, al was het onderwerp kleinkinderen allang niet meer aan de orde. Vroeger had Richard haar verantwoordelijk gehouden voor hun kinderloosheid. Maar zij kon er niets aan doen dat hun dochtertje doodgeboren was, en ook hun mislukte pogingen om een nieuwe zwangerschap tot stand te brengen vielen haar niet aan te rekenen, dat wist Louis als vrouwenarts maar al te goed.

'Hoe is het in Friedensau verlopen?' vroeg Louis. Zijn vader had geprobeerd een paar hervormingen door te voeren.

'Slecht,' zei Richard. 'Zo slecht dat we een flinke discussie moesten voeren. Ze hebben zelfs even overwogen me mijn preekbevoegdheid af te nemen.'

'Dat kunnen ze toch niet maken! Zonder u zou de gemeenschap in Europa niet zijn wat ze is.'

Richard legde zijn hand op de arm van zijn zoon. 'Wind je niet op, jongen. Het komt allemaal goed. Ze hebben me mijn bevoegdheid voorlopig laten houden. En ik weet nu welke weg ik moet bewandelen.'

Louis fronste zijn voorhoofd. De bedachtzaamheid van zijn vader verontrustte hem. Het was alsof hij al zijn schepen achter zich had verbrand. Alsof het niet de moeite waard was er verder over na te denken.

'Word eerst maar weer beter,' zei Richard op een goedmoedige toon die Louis eigenlijk niet van hem kende. Vroeger was zijn vader veel op reis geweest, waardoor Louis als opgroeiende jongen weinig aan hem had gehad. Wanneer zijn moeder met haar gezondheid sukkelde was hij degene die voor haar zorgde, niet zijn vader.

'Ik wilde dat ik uw gezonde gestel had,' zei Louis. 'Maar ik vrees dat mijn hart even zwak is als dat van moeder.'

'Je moeder had geen zwak hart,' wierp Richard tegen. 'Ik heb te veel van haar gevergd en toch bleef ze tot het einde achter me staan. Ik vertrouw erop dat ook jij die kracht in jezelf weet te vinden.'

# 37

*Zehlendorf, 18 december 1931*

De winter kwam en nog steeds was er geen bericht wanneer dr. Conradi naar Waldfriede terug zou keren. Elke dag weer hoopte Hanna op een brief van hem, maar terwijl hij aanvankelijk bijna wekelijks had geschreven, had ze nu al lange tijd niets van hem gehoord.

Hanna wist niet hoe ze dat moest opvatten. Had zijn vrouw gemerkt dat hij contact met haar had? Keurde ze dat af? Of ging het slechter met hem?

Ze kon goed met dr. Mertens en dr. Borchard overweg, maar de eigenlijke geneesheer-directeur werd node gemist.

De wachtkamer zat niet zo vol als gewoonlijk. Dr. Borchard weet het aan de komende feestdagen, maar Hanna vreesde dat de lange afwezigheid van dr. Conradi er de oorzaak van was.

Kortgeleden had een patiënte haar nog aangesproken: 'Er wordt gezegd dat dokter Conradi niet meer in Waldfriede werkzaam is.'

'Jawel, hij werkt hier nog steeds,' had Hanna geantwoord. 'Hij is alleen aan het kuren.'

Ze merkte zelf dat het haar steeds zwaarder viel om smoesjes en excuses te bedenken. Ze wist niet welke praatjes er in de stad de ronde deden, en Borchard probeerde haar vrees weg te nemen, maar ze bleef een onbehaaglijk gevoel houden.

'Goedemorgen, zuster Hanna,' zei dr. Mertens, die ze in de gang tegenkwam. Hanna schudde haar zorgelijke gedachten van zich af en dwong zichzelf te glimlachen.

'Goedemorgen, dokter Mertens. U hebt vandaag weer een dag in de ok?'

'Inderdaad, ja. Een eierstoktumor, een verkleving na een sectio en mogelijk vandaag nog een bevalling, al lijkt het kind geen aanstalten te maken.'

'Is de patiënte al op de afdeling?'

Mertens schudde zijn hoofd. 'Ze is vandaag uitgerekend, maar ik heb nog niets van haar gehoord. Wie weet wordt het een kerstkindje.'

'Laten we er maar het beste van hopen,' antwoordde Hanna en ze wenste hem een aangename dag.

Voordat ze bij de spreekkamer was, kwam een van de keukenmeisjes haar met wapperende rokken tegemoet.

'Zuster Hanna!' riep ze. Ze haalde een envelop uit haar zak en gaf hem aan haar. 'Dit is zojuist voor u gekomen.'

'Een telegram?' Hanna streek over het papier, waarop de rijksadelaar gedrukt stond.

'De bode was net hier. Hij zei dat het uit Denemarken kwam.'

Wat had dat te betekenen? De dokter stuurde haar eigenlijk altijd brieven en geen telegrammen!

'Dank je wel,' wist Hanna ten slotte uit te brengen, waarop het meisje zich omdraaide en naar de keuken terugging.

Hanna stond als aan de grond genageld.

Het moest iets dringends zijn, te dringend voor de lange weg die post aflegde. Liet hij haar misschien weten dat hij binnenkort naar huis kwam en dat ze alle voorbereidingen moest treffen?

Haar hart begon vol verwachting sneller te kloppen. Met ongecontroleerde bewegingen scheurde ze de envelop open, haalde er vervolgens het velletje papier uit en las:

*+++ dr. c. in levensgevaar+++bid voor hem.+++ c.c.+++*

Aan geen periode had Lilly een grotere hekel dan aan die voor Kerstmis. Als ze de stad in ging zag ze overal feestversieringen in de etalages. Gerda herhaalde tot vervelens toe hoezeer ze zich verheugde op de gebraden eend van haar moeder en ook haar andere collega's hadden het vrijwel alleen maar over de komende feestdagen.

Haar eigen feest was al jaren hetzelfde: kerstavond treurig op haar kamer doorbrengen met haar herinneringen en op tweede kerstdag naar Hamburg, waar ze weliswaar een versierd huis aantrof, maar ook het doelwit van Cecilia's kilte en snibbige opmerkingen was. Dit jaar zou bovendien ook nog haar vreselijke levensgezel aanwezig zijn, wat haar bezoek er beslist niet aangenamer op zou maken.

In haar eigen omgeving was tenminste niets van Kerstmis te merken. Martha had verteld dat het kerstfeest bij de adventisten niet uitgebreid werd gevierd. In plaats daarvan vierden ze oudjaar uitgebreid. En haar kamergenote had niet zo veel op met feestjes, wat Lilly prettig vond.

'Zuster Lilly?' Ze schrok op uit haar gedachten. Nu pas besefte ze weer dat ze midden in een bespreking zat waaraan ook zuster Gerda en zuster Martha deelnamen.

Lilly bloosde. 'Ja, professor?'

'Is alles in orde met u? U lijkt er met uw gedachten niet bij.'

'Jawel.' Ze schraapte verlegen haar keel. 'Neem me niet kwalijk.'

Kirsch keek haar enigszins sceptisch aan en ging toen verder: 'Voor zover ik het heb begrepen kunnen drie kinderen van onze afdeling niet voor de kerstdagen worden opgehaald: Richard, Willy en Marie. Daar komen de acute gevallen Lina en Sophie nog bij, want zij mogen hun bed niet uit.'

'Hebben hun ouders dan geen enkele mogelijkheid om de kinderen mee naar huis te nemen?' vroeg Gerda. 'Zo alleen in het ziekenhuis, en ook nog met de kerstdagen...'

'We zullen zoals altijd zorgen dat ze het fijn hebben,' zei Martha. 'Dat hebben we al die jaren steeds gedaan.'

'Inderdaad,' zei Rudolph Kirsch instemmend. 'Het betekent natuurlijk wel dat er in het dienstrooster rekening mee moet worden gehouden. Door de sluiting van de derde vrouwenafdeling en het vertrek van een aantal medewerkers komen we wat mensen tekort, en de protestantse en katholieke zusters zullen kerst willen vieren.'

'Ik kan met de feestdagen aanwezig zijn,' zei Lilly spontaan.

Aller ogen waren op haar gericht.

'Weet u het zeker?' vroeg Kirsch.

'Ja. Ik... Ik heb niemand om kerst mee te vieren. Dus kan ik best voor de kinderen zorgen.' Ze zou Benjamin missen, maar ze kon hem vast wel tussen kerst en nieuwjaar bezoeken en zo misschien ook Heller en diens opvattingen ontlopen.

Lilly zag dat Gerda en Martha haar medelijdend aankeken. Ook Kirsch leek aangedaan.

'Goed dan, als u het zo wilt,' zei hij na een poosje en hij maakte een aantekening.

~

Het telegram voelde de hele lange dag loodzwaar aan in haar zak. Eigenlijk had ze het bestuur op de hoogte moeten brengen, maar dat had Hanna tot dusver nog niet over haar hart kunnen krijgen.

Wanneer ze zich onbespied wist, haalde ze het telegram tevoorschijn en las het telkens opnieuw, maar de inhoud veranderde niet. En elke keer weer voelde ze dezelfde angst, dezelfde radeloosheid.

Hoe kwam het dat de dokter in levensgevaar was? Wat was er gebeurd?

Om meer te weten te komen moest ze mevrouw Conradi opbellen, maar was dat wel verstandig? Tenslotte vond Catherine dat zij schuld had aan de ziekte van haar man. Hanna was nog steeds teleurgesteld over haar verwijt, want er was haar echt niets ongewoons opgevallen.

Nadat ze een tijdje naar het papiertje had gestaard kreeg ze een idee. Ze liep naar haar kamer en pakte het visitekaartje dat Eike Rasmussen haar had gegeven. Misschien kon hij iets te weten komen zonder dat Conradi's echtgenote het merkte.

Toen dr. Rosenbaum naar de afdeling ging, liep ze naar de telefoon en legde het kaartje voor het toestel neer. Hoe zou hij reageren? Hun ontmoeting was al anderhalf jaar geleden. Ze had hem sindsdien nooit geschreven en nu belde ze opeens op...

Hanna sloot even haar ogen, vatte moed en pakte de hoorn van de haak.

'Een internationaal gesprek naar Denemarken alstublieft,' zei ze tegen de telefoniste en ze noemde het nummer van de jurist.

'Ik verbind u door,' beloofde de jonge vrouw en toen werd het stil. Er was alleen een zacht elektrisch geknetter te horen.

Het duurde een hele tijd tot er iets gebeurde. Maar ten slotte hoorde ze een mannenstem. 'Rasmussen.'

'Hallo, u spreekt met... Hanna. Hanna Richter. Ik weet niet of u zich mij herinnert...'

'Die knappe verpleegster uit Duitsland!' zei hij verrast. 'Ik had er niet op gerekend ooit nog van u te horen.'

'Het spijt me, ik... Ik wilde u schrijven, maar het werk...'

'U hoeft zich niet te verontschuldigen, hoor,' antwoordde hij lachend. 'Ik heb u mijn kaartje alleen gegeven opdat u me niet zou vergeten. Het was een aanbod. En kijk eens aan, nu hoor ik van u.'

'Ja,' zei Hanna lichtelijk onzeker. 'Maar ik ben bang dat ik u niet helemaal belangeloos bel.'

'Waar gaat het dan om?' vroeg Rasmussen.

'Dokter Conradi is in Skodsborg in het ziekenhuis opgenomen.'

'Uw baas?'

'Ja, onze geneesheer-directeur. Ik... We hebben een telegram gekregen dat hij in levensgevaar verkeert...'

'Wat erg,' zei Rasmussen.

Er viel een stilte.

'En wat kan ik nu voor u doen?' vroeg hij.

'Ik wilde vragen of u misschien iets meer te weten kunt komen.'

'Waarom wendt u zich dan niet tot die kliniek?'

'Omdat ik denk dat we meer hadden gehoord als zijn vrouw dat had gewild. Ze heeft vast haar redenen, maar toch zou ik graag willen weten...'

Ze hoorde de jurist diep ademhalen.

'Goed dan,' zei hij ten slotte. 'Ik zal eens informeren.'

'Echt? Dank u wel!' bracht Hanna uit.

'Hoe kan ik u bereiken?'

'Het best op het nummer van de spreekkamer.' Hanna noemde

de cijfers op en hoorde een pen over papier krassen.

'Mooi. Ik meld me zo spoedig mogelijk.'

Hanna bedankte hem en legde de hoorn op de haak.

~

Na het avondmaal wilde Lilly eigenlijk meteen naar haar kamer gaan, maar ze werd onderschept door professor Kirsch. Hij had zijn doktersjas verwisseld voor zijn grijze wollen mantel en droeg zijn aktetas.

'Zuster Lilly, hebt u een momentje?'

'Natuurlijk, professor,' antwoordde ze. 'Waar gaat het om?'

Kirsch keek over haar schouder en zei toen: 'Loopt u even mee naar buiten? Ik wil iets met u bespreken wat niet voor allemans oren bestemd is.'

Lilly fronste haar voorhoofd. 'Ik haal alleen even vlug mijn vest,' zei ze toen.

Terwijl ze de trap op liep vroeg ze zich af wat Kirsch wilde. Een ziekenhuiskwestie had hij toch ook op de gang kunnen bespreken...

Er kwam een gevoel van onbehagen bij haar op. Stel dat hij haar moest vertellen dat ook zij niet mocht blijven? De afgelopen weken waren de meeste verpleegsters van de derde vrouwenafdeling ontslagen of met verlof gestuurd. Op haar eigen afdeling liep het nog heel behoorlijk, maar stel dat daar verandering in was gekomen? Of dat er sprake was van ander akelig nieuws?

Haastig sloeg ze haar dikke vest om en liep naar beneden. Kirsch wachtte bij de ingang.

De kou beet in haar wangen toen ze achter hem aan naar buiten liep. Het was al donker. In het lichtschijnsel dat uit de ramen viel liepen ze naar het hek. Bij de grote taxuskegels bleven ze staan. Slierten nevel zweefden langs de straatlantarens, die lange schaduwen, afkomstig van de omheining, op de licht met rijp bedekte gazons wierpen.

Lilly keek de professor angstig aan. 'Waar gaat het om?' vroeg ze met trillende stem. 'Is er slecht nieuws?'

'Nee, hoe komt u daar nu bij?' vroeg Kirsch. Hij stokte en er verscheen een lichtelijk onzekere uitdrukking op zijn gezicht. 'Toen we het eerder over het dienstrooster voor Kerstmis hadden, zei u dat u niemand had... Heb ik gelijk als ik daaruit opmaak dat de relatie met uw ouders niet is verbeterd?'

Lilly voelde een koude rilling over haar hele lichaam. 'Die is inderdaad niet verbeterd.' Opeens zag ze de kerstfeesten van vroeger weer voor zich, de grote kerstboom in de woonkamer, cadeaus, ook als het haar vader zakelijk niet voor de wind ging.

Deed ze haar ouders misschien onrecht aan? Ze hadden in haar kinderjaren altijd binnen hun mogelijkheden alles gedaan om haar een fijn leven te bezorgen. Tot de dag waarop Theodor in haar leven was gekomen en ze zwanger raakte.

'Nou, het is erg nobel van u,' vervolgde Kirsch, 'om de diensten met kerst op u te nemen, maar ik kan u nog steeds wel een dag vrij geven. Alle anderen krijgen immers ook vakantie...'

Lilly keek hem in de ogen en bespeurde in zijn blik waarachtige zorg en medeleven. Maar ze schudde haar hoofd.

'Nee, het is zo in orde. Ik zou toch alleen maar op mijn kamer zitten en dan kan ik me net zo goed nuttig maken.'

Kirsch knikte. 'Goed, dan... wens ik u een fijne avond.'

'Dank u, ik u ook, professor.' Lilly glimlachte naar hem, trok haar gebreide vest wat strakker om zich heen en liep terug naar het ziekenhuis.

~

Hanna ijsbeerde door de spreekkamer, van de ene hoek naar de andere. Niemand wist dat ze hier was, en om niet te worden gestoord had ze de deur op slot gedaan.

Ze kon niet met zekerheid zeggen dat Rasmussen nog dezelfde avond zou opbellen, maar ze vond het prettiger om hier te zijn dan op haar kamer. Hier kon ze de aanwezigheid van de dokter bijna voelen. Wat zou ze hem graag bijstaan...

Ze kromp ineen toen de telefoon rinkelde. Haar hart sloeg een slag over, toen pakte ze de hoorn en noemde haar naam.

Het was inderdaad Rasmussen.

'Het gaat niet zo goed met uw baas,' zei hij onomwonden. Zijn stem klonk ernstig. 'Wat ik heb gehoord is dat hij lijdt aan inflammatoir hartfalen. Hij heeft vrij hoge koorts en de artsen weten niet goed hoe ze vat op de situatie moeten krijgen.'

Hanna hapte verschrikt naar adem. Angst joeg door haar lichaam.

'Hanna?' vroeg Rasmussen na een korte stilte. 'Het spijt me. Als u wilt, zal ik meer te weten zien te komen.'

'Dank u wel,' zei ze bedeesd. 'Maar u hebt het zelf druk.'

'De kerst komt eraan, zuster Hanna! Dan zijn de meeste mensen vreedzaam gestemd en vallen ze elkaar niet lastig met rechtszaken.' Hij zweeg even en voegde eraan toe: 'Ik meen het, ik laat het u graag weten als ik iets nieuws hoor.'

'Dat is erg aardig van u.'

'Tot gauw dan, zuster Hanna. En denk eraan dat u me ook best mag schrijven.'

'Dat weet ik.' Hanna zei hem gedag en legde de hoorn terug op de haak. Alle kracht leek uit haar lichaam weg te trekken. Ze liet zich op een stoel vallen en begon te snikken.

# 38

*Zehlendorf, 19 december 1931*

Hoezeer ze ook weerstand probeerde te bieden aan de gedachte binnenkort naar de begrafenis van haar geneesheer-directeur te moeten gaan, telkens kwam die toch weer bij haar op.

Tegen vijf uur 's ochtends gaf Hanna haar pogingen in slaap te komen op. Haar lichaam voelde als gebroken, maar haar geest draaide op volle toeren. Eigenlijk moest ze vandaag, op de sabbat, de eredienst bijwonen. Het zou een goed moment zijn om de gemeente op de hoogte te brengen van de toestand van de dokter.

Maar Hanna kon het niet over haar hart verkrijgen. Ze bleef lang uit het raam staren en zag de loodgrijze wolkensluier langzamerhand goud kleuren. Toen stond ze op.

Buiten Waldfriede kende ze maar één persoon die ze vertrouwde: haar jongere zusje Leni. Indertijd, toen haar verloofde Martin aan zijn oorlogsverwondingen was gestorven, had Leni haar al bijgestaan. En ze was er ook voor haar geweest toen Alexander Kirchfeld haar had bedrogen. Als ze bij iemand kon uithuilen, dan was het bij haar.

Na haar ochtendtoilet trok ze een blauwe wollen jurk aan die ze onlangs had aangeschaft. Ze stapte in haar winterlaarzen en sloeg een zilvergrijze jas om. Toen liep ze haar kamer uit.

Overal in het ziekenhuis heerste nog rust. Alleen in de keuken klonk gekletter van serviesgoed. De keukenmeisjes waren al bezig met de voorbereidingen van het ontbijt voor de patiënten en het personeel.

Hanna nam de achteruitgang, want ze wilde de nachtzuster bij de ingang niet hoeven uitleggen waar ze naartoe ging. Een half uur later stapte ze in de U-Bahn naar de binnenstad.

Haar zusje Leni hoefde pas morgen weer op het parochiekantoor te zijn, waar ze als huishoudster werkte. Er werd slechts van haar verwacht dat ze de eredienst bijwoonde. De rest van de dag had ze vrij en Hanna hoopte dat ze niet weer naar hun ouders in Magdeburg was gegaan.

De afgelopen jaren was hun verhouding weliswaar iets minder hecht geworden, maar ze hielden elkaar nog steeds op de hoogte, zeker als er iets belangrijks was gebeurd. Hoewel er soms weken en maanden verstreken zonder dat ze contact hadden, deed dat geen afbreuk aan hun wederzijdse genegenheid.

In de Uhlandstrasse verliet Hanna het station van de U-Bahn en vandaar liep ze naar het parochiekantoor, waar Leni nog steeds een zolderkamer bewoonde. Ze was er tevreden mee en was niet van plan te trouwen. Daarin waren ze eensgezind.

Hanna belde aan en haalde opgelucht adem toen ze de stem van haar zusje hoorde. 'Ik ben het, Hanna. Heb je even tijd voor me?'

Als antwoord klonk de zoemer.

Hanna liep de trap op terwijl er herinneringen aan eerdere jaren bij haar bovenkwamen.

Wat was de tijd omgevlogen! Hanna zag het voor zich als de dag van gisteren: Leni, die onverwacht in Waldfriede was verschenen, dr. Conradi, die haar als kokkin had aangesteld en het moment waarop ze was ingegaan op het verzoek om in het parochiekantoor te komen werken. Ze had een goede reputatie binnen hun gemeenschap opgebouwd en het meisje dat bang was geweest met een zendeling te moeten trouwen, was veranderd in een jonge, daadkrachtige vrouw die op eigen benen stond.

Zou Leni haar misschien kunnen helpen om een nieuwe baan te vinden als ze bij Waldfriede zou worden ontslagen?

'Hanna!' riep Leni toen ze bij de deur op haar afvloog. Ze had haar groene jurk voor de kerkgang al aan. Haar blonde haar was korter dan Hanna het zich herinnerde en modern gewatergolfd. Maar haar blauwe ogen schitterden als vanouds. Ze sloeg haar armen om Hanna's schouders en drukte haar stevig tegen zich aan. 'Fijn om je te zien! Wat is de reden van je komst?'

Hanna had een flinke brok in haar keel toen ze antwoordde: 'Ik wil met je praten.'

Leni trok haar wenkbrauwen op. 'Is er iets gebeurd? Heb je bericht van onze ouders gekregen?'

Hanna schudde haar hoofd. Als er iets met haar ouders was, zouden ze eerder contact met Leni opnemen.

'Ik heb een telegram van mevrouw Conradi gekregen,' zei ze. 'De dokter zweeft op het randje van de dood.' Nu kon ze haar tranen niet langer inhouden. Snikkend wierp ze zich in de armen van haar zusje.

Leni nam haar mee naar haar kamertje, dat er als altijd heel netjes en opgeruimd uitzag. Op de tafel stonden een kommetje en een koffieservies. Het rook er naar koffie en heel licht naar appel.

Hanna probeerde zich te beheersen, maar de tranen bleven stromen. Leni bracht haar naar de smalle sofa en legde haar arm om haar heen. Zo bleven ze een poosje zitten en toen Hanna weer enigszins gekalmeerd was, streek Leni haar haar uit haar gezicht.

Ze wachtte geduldig tot Hanna er klaar voor was om te praten.

'Hij is al sinds de zomer in Skodsborg,' zei ze. 'We hoopten allemaal dat de kuur daar zijn genezing zou bevorderen. Maar het lijkt er alleen maar erger op te worden.'

'Je hebt helemaal niet verteld dat hij ziek was.'

'Ik had het druk en dacht dat het vanzelf in brede kring bekend zou worden. Bovendien heb jij je eigen zorgen.'

'Maar je vindt bij mij ook altijd een luisterend oor. Misschien ben ik zelfs de enige die weet hoeveel dokter Conradi voor je betekent.'

Hanna's wangen begonnen te gloeien. Het antwoord 'Hij is nu eenmaal mijn baas' lag haar op de lippen, maar ze hoefde haar zusje niets wijs te maken. 'Ik mag hem graag.'

'Je mag hem niet alleen graag,' zei Leni. 'Je houdt van hem. Op welke manier dan ook. Ik durf te wedden dat jullie nog steeds een eenheid vormen in de spreekkamer en dat hij je vrijwel alles vertelt.'

Hanna knikte en veegde de tranen van haar gezicht. 'Je hebt gelijk. En ik mis hem zo! Tegelijkertijd voel ik me machteloos, want hoe vaak ik ook voor hem bid, het lijkt maar niet te helpen.'

'Wonderen hebben soms tijd nodig,' antwoordde Leni en ze trok Hanna naar zich toe. Hanna liet zich tegen haar aan vallen. Door Leni's warmte en haar stevige omhelzing werd ze rustiger. Zou er een wonder gebeuren met dr. Conradi? De tijd zou het leren.

'Dank je wel,' zei ze ten slotte en ze gaf haar zusje een kus op haar wang.

'Ik ben er altijd voor je, dat weet je best.' Ze hielden elkaar nog een poosje vast en uiteindelijk vroeg Leni: 'Heb je al iets gegeten? Ik was net een pannenkoek met appelcompote aan het maken.'

Hanna glimlachte. 'Als je nog wat extra hebt...'

'Natuurlijk,' zei Leni en ze trok haar mee het keukentje in.

Toen de trein station Zehlendorf-Centrum binnenreed, voelde Hanna zich al iets beter. Leni's troostrijke woorden hadden haar goedgedaan en haar de kracht gegeven om te doen wat haar te doen stond.

Ze stapte uit en ging op weg naar dr. Meyer, die op de bovenverdieping van een huis in een buitenwijk van Zehlendorf woonde. Van veraf kon ze zijn auto al voor het huis zien staan. Dr. Meyer had hem een jaar eerder aangeschaft om bij spoedgevallen buiten werktijd vlugger in Waldfriede te zijn.

Hanna liep naar de voordeur en belde aan. Even later deed dr. Meyer open. Hij droeg een donkere pantalon en een lichtblauw overhemd – een ongewone aanblik voor Hanna, die hem meestal alleen in zijn doktersjas zag.

'Goeie genade, Hanna, waar komt u vandaan?' vroeg hij verschrikt. 'We misten u bij de eredienst en dachten dat u ziek was.'

'Ik was bij mijn zusje,' antwoordde ze. 'Ik moet u iets zeggen.'

De rimpel tussen zijn wenkbrauwen werd dieper. Toen deed hij de deur verder open en vroeg haar binnen te komen. Ze liepen de trap op en even later zat Hanna in dr. Meyers woonkamer. Zijn vrouw was bij een kennis, op tafel stond een theepot.

'Dit is gisteren gekomen.' Hanna haalde het telegram uit haar tas en gaf het hem. 'Ik weet dat ik dit eerder aan de staf en het personeel had moeten vertellen, maar ik... kon het niet.'

'Grote god,' mompelde Meyer en hij sloot zijn ogen. 'Hoe kon zijn toestand zo vlug verslechteren? Ik dacht echt dat die kuur hem goed zou doen...'

Hanna vertelde dat ze naar Skodsborg had gebeld, maar verzweeg dat het daarbij om Rasmussen ging. Dr. Meyer luisterde met een uitdrukking van ontzetting op zijn gezicht naar haar relaas. Na een tijdje had ook hij een verraderlijke glans in zijn ogen.

'En dat juist nu,' zei hij. 'We hebben al een afdeling moeten sluiten en er heerst grote onzekerheid onder het personeel.'

'Maar wat kunnen we ertegen doen?' snikte Hanna. 'Ik ben die machteloosheid beu!'

'Onze mensen hier gewoon het gevoel geven dat we deze crisis zullen overwinnen. Dat is precies wat dokter Conradi van u zou verwachten. U kunt hem niet helpen en als het Gods wil zou zijn...' Hij stokte en slikte zijn tranen in. 'Als het Zijn wil is dat we hem overgeven aan de eeuwige slaap, kunnen wij dat niet verhinderen.'

Hanna schudde bedroefd haar hoofd. Nee, dat konden ze inderdaad niet. Maar moest het dan zover komen?

# 39

*Zehlendorf, 24 december 1931*

De dag van kerstavond begon met grijze wolken en een lichte motregen, die de sneeuw die de voorgaande dagen was gevallen zwaar en papperig maakte.

Lilly stond bij het raam van de kinderafdeling en keek uit op de binnenplaats, waar een van de arts-assistenten met wapperende doktersjas de afdeling badtherapie uit liep. Hij verdween om de hoek van het gebouw uit haar gezichtsveld.

De patiëntjes die in het ziekenhuis moesten blijven, speelden 'Ik zie, ik zie wat jij niet ziet'. Straks zou de heilgymnast komen voor hun oefeningen, verder bood de dag geen wezenlijke hoogtepunten.

Maar Lilly had iets bedacht om te zorgen dat hun kerstavond niet al te treurig zou verlopen. Ze hoopte dat het zou lukken.

'Goedemorgen!' zei dr. Wolf, een van de nieuwe arts-assistenten, die tijdens de feestdagen dienst op haar afdeling had. Hij had kort bruin haar en een kuiltje in zijn kin en was ruim een kop groter dan Lilly. De mouwen van zijn witte jas leken altijd net iets te kort voor zijn lange armen.

Professor Kirsch was wegens vakantie afwezig.

'En, zuster Lilly, hoe gaat het vandaag met onze patiënten?'

'Goed, voor zover ik het kan inschatten. Misschien kunt u het ze zelf vragen.'

Lilly glimlachte en ging achter de arts staan. Toen hij klaar was met de visiteronde vroeg ze: 'Verheugt u zich al op het kerstfeest, dokter?'

'Ja en nee,' antwoordde hij. 'Het is eigenlijk elk jaar hetzelfde. Als kind vond ik het geweldig, maar nu... Mijn moeder verwacht dat ik kom en ze is erop uit me tot wanstaltige proporties vet te mesten met haar gebraden gans en knoedels.'

'Dat klinkt helemaal niet zo slecht. Een beetje moederliefde kan toch geen kwaad?'

'Nee, daar hebt u gelijk in,' antwoordde Wolf een beetje bedremmeld. Lilly wist dat de meeste medewerkers ervan uitgingen dat ze geen ouders meer had. 'Ik zal de heilgymnast instrueren. Als er iets is, ik zit op interne.'

'Prima,' antwoordde Lilly.

Toen badmeester en heilgymnast Carl Rohleder kwam om een paar kinderen te helpen bij hun dagelijkse oefeningen, ging Lilly naar de keuken. Ze had een paar dagen eerder haar plan voorgelegd aan meneer Frank, de keukenchef, en gevraagd of het mogelijk was *lebkuchen* voor de kinderen te krijgen.

'Ik zal zien wat ik kan doen,' had hij gezegd. 'We leven in allesbehalve rooskleurige tijden, ik kan dus niet te veel beloven.'

In de keuken trof ze Erna en Waltraud, die wortelen voor het middagmaal zaten te schillen.

'Meneer Frank zou iets voor me opzijleggen,' zei Lilly terwijl ze om zich heen keek, maar de jonge kok, die de een jaar eerder overleden meneer Klein had opgevolgd, was nergens te bekennen.

De meisjes keken haar verbaasd aan, maar toen leek Waltraud een licht op te gaan.

'Ach ja!' zei ze. Ze draaide zich om, liep weg en kwam terug met een pakketje dat een kruidige geur verspreidde.

Lilly bedankte haar en liep de keuken weer uit.

Haar volgende bestemming was het huisje van de tuinman, vlak bij de kassen, waarin momenteel potten met plantgoed stonden; de ruiten waren bedekt met dikke ijskristallen. Ze zag aan de rokende schoorsteen dat de tuinman thuis was. Lilly klopte aan en even later stond ze oog in oog met Wilhelm Jasper. Hij was een pezige man met een rond nikkelen brilletje en opzij gekamd blond haar.

Het litteken op zijn wang stamde uit de Grote Oorlog, toen hij door de Fransen krijgsgevangen was gemaakt. Hij was vijf jaar geleden bij Waldfriede begonnen en was na de dood van zijn voorganger Lüdtke benoemd tot hoofdtuinman van het ziekenhuis.

Lilly had zelden rechtstreeks met hem te maken, maar ze zag hem vaak tijdens het eten en dan luisterde ze wel eens naar de verhalen die hij ten beste gaf.

'Meneer Jasper, neemt u me niet kwalijk dat ik u tijdens de sabbat lastigval,' begon ze. 'Ik heb gezien dat u jonge sparren opkweekt. Zou u mij er een willen lenen?'

De borstelige wenkbrauwen van de tuinman gingen verbaasd omhoog. 'Waar hebt u zo'n onvolgroeid boompje voor nodig?'

'We hebben hier een paar protestantse en katholieke kinderen die Kerstmis niet bij hun ouders kunnen doorbrengen. Ik wil ze graag een plezier doen met een klein boompje.'

De tuinman dacht na.

'Ik zal het niet beschadigen, het moet alleen wat vreugde brengen. Na de kerst krijgt u het ongeschonden terug.'

'Goed dan, zoek er in de middelste kas maar een uit.'

Lilly bedankte hem en liep de kas in. Ze koos een van de wat grotere exemplaren, dat al als spar te herkennen was. Daarmee keerde ze naar het ziekenhuis terug.

Toen de kinderen het boompje zagen, begonnen hun ogen te stralen.

'Krijgen we een kerstboom?' vroeg Marie.

'Ja,' antwoordde Lilly.

'En cadeautjes?' wilde Willy weten.

'In elk geval iets kleins,' antwoordde Lilly. 'En vanmiddag gaan we de versiering knutselen.'

In de tuin had Lilly genoeg strohalmen gevonden waarvan ze met behulp van wat garen sterren konden maken. De hele middag zat ze met de kinderen te knutselen, zodat ze zich niet hoefden te vervelen. Tegen de avond deelde ze cadeautjes uit: voor ieder een stukje lebkuchen, door de kok met suikerglazuur gedecoreerd.

Toen de avond viel voelde ze zich uitgeput maar gelukkig. Martha zou haar algauw aflossen voor de nachtdienst en dan kon ze hopelijk gaan slapen zonder door dromen te worden achtervolgd.

Een klop op de deur van de kinderkamer deed haar opschrikken. Voordat ze kon reageren kwam Rudolph Kirsch binnen. Hij droeg een hoed en een mantel en had een cognackleurige sjaal losjes om zijn hals geslagen.

'Professor, wat doet u hier?' vroeg Lilly verbaasd. 'Het is toch sabbat?'

'Het was inderdaad sabbat, maar de zon is onder en dus is de nieuwe week begonnen,' antwoordde hij. 'U hebt nu toch vrij?'

'Ja, over een paar minuten.'

Kirsch keek verrast. 'Wat is dat?' vroeg hij. Hij wees naar het boompje op de tafel, dat met een paar strooien sterren was versierd.

'De tuinman heeft me een van zijn boompjes geleend en ik heb er met de kinderen versiering voor geknutseld.'

Kirsch glimlachte. 'U bent werkelijk een zegen voor de kinderafdeling,' zei hij. 'Maar u moet ook aan uzelf denken. Tenslotte is kerstavond een feest voor de christenen.'

'En hoe kun je dat beter vieren dan met kinderen,' antwoordde Lilly melancholiek.

'Daar hebt u gelijk in. Toch hebt u wat vrije tijd verdiend.'

Op dat moment kwam zuster Martha binnen. Ook zij was verbaasd over de aanwezigheid van Kirsch.

'Ik wilde nog even bij mijn patiëntjes kijken.' Hij wendde zich tot Lilly. 'Loopt u even mee? Ik heb nog iets met u te bespreken.'

'Natuurlijk, professor.'

Lilly volgde Rudolph Kirsch door de gang de afdeling af. Toen ze bij de trap kwamen zei hij: 'Wilt u misschien uw jas halen? Het is buiten behoorlijk koud.'

'Buiten?'

Kirsch vertrok geen spier. 'Doe me alstublieft dat plezier.'

Verward liep Lilly de trap op. Wat wilde Kirsch van haar?

In haar kamer pakte ze haar jas en sjaal, trok haar laarzen aan en liep toen weer naar beneden.

'Kunt u me niet net zo goed hier vertellen wat u wilt zeggen?'

vroeg ze terwijl ze haar jas aantrok en de sjaal omsloeg.

'Nee, dat gaat niet.' Een subtiel glimlachje vloog over zijn gezicht. 'Bent u zover?'

'Ja.' Lilly knikte en liep met Kirsch mee.

'Denkt u dat zuster Martha de kinderen vandaag iets zal voorzingen?' vroeg hij toen ze beneden kwamen.

'Dat... weet ik niet,' zei Lilly beduusd.

'Ze heeft eigenlijk een heel redelijke stem. Ik weet niet of u haar wel eens tijdens de vrijdagbijeenkomsten hebt horen zingen.'

'Dan ben ik meestal al weg,' antwoordde Lilly enigszins uit het lood geslagen.

'Ik ook, maar af en toe ben ik niet vlug genoeg. Dat zingen is wel iets bijzonders, u zou er eens naar moeten luisteren. Je zou bijna denken dat muzikaal talent aan het adventistisch geloof gekoppeld is. Bijna allemaal bespelen ze een instrument.'

Lilly keek opzij. Wat had dat te betekenen? Kirsch was toch niet van plan met haar over het koor van de adventistengemeenschap te keuvelen?

Inmiddels waren ze in het park aangekomen, maar Kirsch leek er niet aan te denken daar te blijven.

'Waar gaan we naartoe?' vroeg Lilly.

'Nog een klein stukje lopen,' antwoordde hij monter. 'Kom, het is niet ver meer.'

Lilly trok haar jas strakker om haar schouders. De hoge bomen langs het terrein ruisten onheilspellend. Toen ze omkeek lag het ziekenhuis al een flink stuk weg, zodat het licht dat door de ramen viel hen niet meer bereikte. Slechts een paar straatlantarens schenen tussen de bomen door.

Toen doemde er opeens een gebouwtje voor hen op. Het was van hout, en ineens wist Lilly wat het was. Tijdens een wandeling had Gerda haar attent gemaakt op de schuilhutjes.

'Hier slapen we 's zomers af en toe,' had ze uitgelegd. 'Ze zijn bedoeld voor de verpleegsters, maar soms denk ik dat dokter Conradi ze eerder heeft laten neerzetten om daklozen een onderkomen te verschaffen.'

Het venster was verlicht. Er kwam een vermoeden bij Lilly op.

Had hij hier een patiënte verstopt? Iemand die door geldgebrek het ziekenhuis niet durfde binnen te gaan?

'Kom maar,' zei hij en hij deed de deur open.

Wat Lilly in het hutje zag, deed haar ogen stralen.

# 40

In het zachte schijnsel van twee petroleumlampen zag Lilly geen behoeftige ziel, maar een gedekte tafel. Op het rood-wit geruite tafellaken stonden een mandje met broodjes, een terrine en schalen met fruit en diverse gerechten uitgestald.

'Wij Joden vieren geen kerst,' legde hij uit. 'Maar wat weerhoudt me ervan vandaag een gezellige avond met u door te brengen?'

Even wist Lilly niets te zeggen. Ze stond als aan de grond genageld in de deuropening en vroeg zich af of dit alles niet slechts een droom was.

'Maar... waarom?' vroeg ze terwijl ze een haar onbekende zoete geur opsnoof.

'Omdat ik vind dat u op deze dag niet alleen op uw zolderkamer moet zitten.'

Lilly draaide zich om. De tranen sprongen haar in de ogen en vertroebelden de aanblik van de professor. 'Hebt u dat allemaal voor mij gedaan?'

'Mijn zus. Dit is over van het sabbatmaal. Ze maakt altijd veel te veel klaar en normaal gesproken eet ik er dan een hele week van. Maar deze keer dacht ik dat ik u er een plezier mee zou kunnen doen. U hebt toch niets tegen koosjer eten?'

Lilly's mond viel open, maar ze zei niets. Ze kon nog steeds haar ogen niet geloven. 'Nee, ik...' stamelde ze uiteindelijk. 'Wat is koosjer eten eigenlijk?'

Kirsch duwde haar zachtjes naar binnen en sloot de deur achter hen. 'U wilt vast niet dat het allemaal bevriest.'

Hij zette zijn hoed af en deed zijn sjaal wat losser. Er was geen kachel, waardoor de temperatuur hierbinnen nauwelijks van die in de buitenlucht verschilde. Maar de lampen gaven gelukkig wel wat warmte af.

'Ga zitten,' zei Kirsch. 'Dan vertel ik u wat het allemaal is en wat koosjer betekent.'

Lilly ging op een van de houten stoelen zitten. Haar blik gleed langs de gerechten. Sommige zagen eruit als ovenschotels, andere als stoofpotjes. Toen Kirsch het deksel van de terrine haalde, zag ze een in aspic ingelegde vis, gevuld met ei en iets ondefinieerbaars.

Kirsch wees de gerechten een voor een aan. 'Dat zijn met ui gevulde eieren, tsjolent en challa.' Bij dat laatste woord wees hij naar een gevlochten brood. 'Dan hebben we hier nog een stukje koegel, dat is een ovenschotel en dat gefilte fisj. Een traditioneel sabbatmaal.'

Lilly liep het water in de mond, al had ze nog niet de helft begrepen.

'Waarmee... moet je beginnen?'

'Challa en koegel zijn zoet, dus die wilt u vast graag als nagerecht eten. Al het andere is hartig. U zou met tsjolent kunnen beginnen. Ik heb ook nog wat augurken.'

Lilly knikte en de professor schepte haar een portie van de stoofschotel op, waarin ze linzen en aardappelen ontdekte. Hij nam er zelf ook van, sprak in het Hebreeuws een kort gebed uit en wenste haar vervolgens smakelijk eten.

Al bij de eerste hap vulde Lilly's mond zich met smaken die ze nooit eerder had geproefd.

'Welk feest viert u dan in plaats van kerst?' vroeg ze al kauwend. 'Of hebben jullie zoiets niet?'

'In november of december vieren we Chanoeka,' antwoordde hij. 'Dat feest kent geen vaste datum; Joden hebben namelijk traditioneel een andere tijdrekening. Chanoeka begint bij ons op de vijfentwintigste dag van de maand Kislev en dat was dit jaar 4 december. Volgend jaar valt ons feest waarschijnlijk samen met dat van jullie.'

'En wat wordt er dan gevierd? Ik bedoel, u eert God toch ook?'

'Natuurlijk, alleen noemen wij hem Jahweh. Dat schrijf je als JHWH, omdat het Hebreeuws geen klinkers kent en het ons verboden is Gods naam voluit te schrijven.' Hij zweeg even en vervolgde toen: 'Chanoeka is het feest van de lichtjes. In vroeger tijden hebben de Grieken eens een joodse tempel ontheiligd. Toen die na de herovering opnieuw gewijd moest worden, wilde men de menora, een zevenarmige kandelaar, ontsteken, die nooit gedoofd mocht worden. Ze hadden echter nog maar één kannetje olie, voldoende voor hoogstens een dag. Maar door Gods wil bleef hij wel acht dagen branden. Daarom hebben we voor Chanoeka een speciale achtarmige kandelaar, die we achter ons raam laten staan zolang het feest duurt.'

Het duizelde Lilly. Twee tijdrekeningen in één land, vreemde gewoonten. Wat de mensen elkaar over Joden vertelden waren zulke andere verhalen. En wat Reinhard Heller over hen zei was te afschuwelijk om het Kirsch te vertellen.

'Wat fascinerend allemaal,' zei ze. 'Ik wilde dat het onderdeel van de lessen op school was welke andere gebruiken er in ons land bestaan.'

Er verscheen een droevige glimlach op het gezicht van Rudolph Kirsch. 'Ik denk niet dat de mensen die hier verantwoordelijk zijn voor het onderwijs zich voor onze cultuur interesseren. Op Joodse scholen worden deze zaken wel onderwezen.'

'Krijg je op een Joodse school ook les over... christelijke feestdagen?'

'Natuurlijk! Zoals over alles wat met het dagelijks leven te maken heeft. We zijn tenslotte Duitse staatsburgers.'

'Dan zijn de gewone leerlingen in het nadeel.'

'Dat kun je wel zeggen.'

De manier waarop Kirsch naar haar keek maakte dat er een warme tinteling door haar lichaam joeg.

Er kwam een vraag bij Lilly op. Het was niet vanzelfsprekend dat Kirsch hier was. Hij kon natuurlijk tegen zijn vrouw hebben gezegd dat hij dienst had. Maar hoe verklaarde hij het feit dat hij zo veel eten had meegenomen?

'Mist uw vrouw u niet?' vroeg ze, nu hardop.

Kirsch hield even op met eten. Ze zag hem slikken en toen vroeg hij: 'Hoe komt u daar nu bij?'

'Ik... Ik zag u een tijdje geleden toen ik op een vrijdagavond met Gerda in het Scheunenviertel was. U liep daar arm in arm met een vrouw... Een heel mooie vrouw.'

Kirsch fronste zijn voorhoofd. Toen leek hem een licht op te gaan. 'Ach, u zult mijn zus bedoelen.'

'Uw zus.'

'Ja, Sarah. Met iemand anders ga ik vrijdags nooit over straat.' Hij liet een stilte vallen en zei toen: 'Ze studeert geschiedenis aan de Friedrich-Wilhelms-Universiteit.'

'Dat is een mooi vak,' zei Lilly en ze probeerde niet te laten merken hoe opgelucht ze was.

'Ze zal het leuk vinden dat te horen.' Hij schoot in de lach. 'Ik haal haar elke vrijdagavond op en dan gaan we samen naar de synagoge. Zo probeer ik te voorkomen dat mannen haar lastigvallen.'

'Er zijn ook mannen op de universiteit.'

'Dat klopt. En zoals u terecht hebt vastgesteld, is Sarah een schoonheid. Er zijn nogal wat mannen die een oogje op haar hebben. Maar de clientèle die op vrijdagavond in het Scheunenviertel rondloopt is van heel ander allooi. Ik kan dan beter met haar meegaan.'

Ze dacht terug aan het voorval in het postkantoor, toen Kirsch door bruinhemden werd lastiggevallen. Had dat ook een Jodin kunnen overkomen? Zouden die kerels zelfs vrouwen molesteren?

'Maar om antwoord te geven op de vraag die u me niet wilt stellen: ik ben niet getrouwd. Sarah is het enige familielid dat ik nog heb. Onze ouders zijn overleden aan de Spaanse griep. Vanwege mijn werk en mijn wetenschappelijk onderzoek heb ik tot dusver geen tijd gehad om een serieuze relatie met een vrouw aan te gaan. Je wordt op je vierendertigste geen professor als je geen excellent werk levert. En ik zeg dat niet om de loftrompet over mezelf te steken.'

Hij gaf haar een knipoog. 'U weet toch wel dat jonge vrouwen niet in een gevaarlijke buurt als het Scheunenviertel horen rond te struinen?'

Nu veroorloofde Lilly zich ook een glimlach. 'O, ik denk dat u zich om Gerda geen zorgen hoeft te maken. Ze mag dan nog heel jong zijn, ze heeft haar op haar tanden en weet zich uitstekend te weren.'

'Ik maak me eerder zorgen om u, Lilly!' antwoordde hij en de blik die hij haar schonk bezorgde haar vlinders in haar buik.

Tegen middernacht verlieten ze de schuilhut weer. Alles was stil en de meeste lampen in het ziekenhuis waren gedoofd. De maan en de straatlantarens wierpen hun licht door de bomen.

'Hartelijk dank voor het heerlijke eten,' zei Lilly, die wist dat deze woorden in de verste verte niet konden uitdrukken hoezeer ze had genoten van wat hij voor haar had gedaan.

'Ik vond het erg gezellig,' antwoordde hij. 'En als u wilt, kunnen we het nog eens doen. Maar dan in een warme kamer. Bij mij thuis bijvoorbeeld.'

Lilly bloosde. 'Weet u, ik... Ik moet u iets vertellen, maar ik weet niet waar te beginnen.'

'Begin maar gewoon,' zei Kirsch vriendelijk.

'Ik... Ik kan het niet, maar ik moet wel.' Lilly legde haar hoofd in haar nek en keek omhoog. De sterren fonkelden helder boven hen. Het was een volmaakte nacht. Ook vanwege de tijd die ze met Rudolph Kirsch had doorgebracht. Maar op de achtergrond loerde de schaduw van haar verleden. Ze werd door angst overvallen. Stel dat Kirsch haar erom zou afwijzen? Dat hij spijt zou hebben van zijn grote gebaar jegens haar?

Ze wist niet wat het was dat ze voelde en waar Kirsch op uit was. Maar kon ze zich met hem inlaten terwijl ze zo'n geheim met zich meedroeg?

Een ogenblik lang bleef ze heel stil staan. Toen keek ze hem aan. 'Ik... Ik heb een zoontje.'

Lilly's hart klopte zo luid dat ze bijna bang was dat hij het kon horen. Had ze er verkeerd aan gedaan het te zeggen?

Kirsch sperde zijn ogen open van verbazing. 'Maar u... Er staat niets over in uw personeelsdossier en u woont toch ook intern?'

Lilly perste haar lippen op elkaar. Zou ze nu alles verliezen? Zo ja, dan had ze het vast verdiend...

Haar ogen vulden zich met tranen toen ze vervolgde: 'Hij woont bij mijn tante. Ik was vijftien toen ik hem kreeg.'

Kirsch was als versteend. Maar ze kon niet meer terug. Zelfs als hij haar niet meer wilde, moest hij op z'n minst weten waarom ze dit voor zich had gehouden.

'Ik ben niet lichtzinnig geweest, ik... Ik heb me alleen in iemand vergist. Een aangetrouwde neef. Hij... Hij heeft misbruik gemaakt van mijn gedweep en me...' Ze slikte. Ze had dit nooit eerder aan een onbekende verteld. En de man tegenover haar was nog haar baas ook! Al had ze het gevoel dat hij meer dan dat wilde zijn. 'Hij heeft me geweld aangedaan.'

Er viel een loodzware stilte. Opeens leek het om hen heen nog kouder te worden. Lilly durfde zich niet te verroeren. Het was alsof de bodem onder haar bewoog, maar ze viel niet.

Ook Rudolph Kirsch bleef roerloos staan. De seconden tikten traag weg. Lilly was niet in staat tot enige gedachte, laat staan dat ze hem kon vragen niet bij haar weg te gaan.

Uiteindelijk schraapte hij zijn keel. 'Vroeger is geweest,' begon hij. 'Ik voel op dit moment alleen woede en verachting voor de man die u dat heeft aangedaan. En ik voel... affectie voor u. Voor jou, Lilly.'

Lilly keek hem aan. Haar lichaam reageerde meteen, nog voor haar verstand goed besefte wat hij had gezegd.

Ze zette een stap vooruit, sloeg haar armen om hem heen en toen kusten ze elkaar.

Weer leek de tijd stil te blijven staan, maar nu werden ze door warmte omgeven, door een stralend licht dat uit henzelf leek te komen. Ze koesterde zich in Rudolphs warmte en had hem het liefst nooit meer losgelaten.

Toen hun lippen vaneen weken, vermengden hun ademwolkjes zich en ze legde haar voorhoofd tegen het zijne.

Weer konden ze geen van beiden iets uitbrengen. Ze keken elkaar minutenlang alleen maar aan. Uiteindelijk herpakte hij zich, stapte een eindje naar achteren en keek naar haar.

'Ik... Ik hoop dat je niet al te erg van mijn verhaal bent geschrokken,' zei ze toen ze naar Waldfriede liepen. Het bevroren gras en de sneeuw knerpten zachtjes onder hun schoenen.

'Ik ben er wel van geschrokken,' zei hij. 'Maar ik zie alleen maar een fascinerende vrouw. En ik kan nauwelijks wachten om alles over je te weten te komen.'

Lilly deed haar mond open om iets te zeggen, maar Rudolph schudde zijn hoofd. 'Niet nu. Niet hier. We nemen er de tijd voor en jij bepaalt het tijdstip. Afgesproken?'

Ze knikte.

'Lilly,' zei hij en hij nam haar handen zachtjes in de zijne. 'Je hebt morgen vrij.'

'Maar...'

'Ik heb Liane en Berta van de vrouwenafdeling bij de kinderen ingeroosterd.' Hij keek haar aan. 'Ga je zoontje bezoeken, ook al is de nieuwe vriend van je tante bij haar. Vier kerst met dat jochie. Ik ga de zevenentwintigste met vakantie, maar als ik terug ben, kijken we of het wat wordt met ons. Als je dat wilt.'

'Ja,' zei Lilly. 'Dat wil ik wel.'

Weer sloot hij haar in zijn armen en kuste hij haar.

'Welterusten, Lilly.'

'Welterusten... Rudolph.'

# 41

*Zehlendorf, 26 december 1931*

'Je hebt dus toch kerst gevierd!' merkte Martha op toen ze van haar nachtdienst bovenkwam. Ze zagen elkaar voor het eerst sinds kerstavond. 'Professor Kirsch zei dat je van gedachten was veranderd.'

'Ja, het... kwam voor mij ook als een verrassing.' Bij de herinnering aan het feestelijke diner en hun kus voelde ze vlinders in haar buik. Ze dacht aan zijn sterke armen, aan hoe hij haar had vastgehouden en ze verlangde ernaar hem terug te zien.

Het geluk dat ze vanbinnen voelde leek ook effect te hebben op andere dingen. Zo was haar bezoek aan Cecilia aangenamer dan anders verlopen. Heller was niet aanwezig geweest omdat hij naar zijn eigen, eerste gezin moest. En Benjamins ogen hadden gestraald toen ze hem een houten paardje gaf. Zonder naar Cecilia's opmerkingen te luisteren had ze de hele tijd met hem gespeeld en van elk moment met hem genoten.

Nu verlangde ze naar Rudolphs terugkeer en had ze de hele nacht bijna geen oog dichtgedaan vanwege de vraag hoe het verder met hen zou gaan.

Martha keek haar glazig aan. Toch was ze kennelijk niet te moe om vragen te stellen. 'Je vertelt nooit iets over je familie.'

'Dat is... niet zo makkelijk.' Lilly besloot tot de tegenaanval over te gaan. Het was immers ook niet zo dat Martha haar alles over haar familie vertelde. 'En jij? Ga jij voor oud en nieuw niet bij je ouders langs?'

‘Mijn ouders wonen in Zuid-Duitsland,’ zei ze. ‘En volgens mij zijn ze blij dat ik op Waldfriede ben.’

‘Waarom? Omdat je hier in goede handen bent?’

Martha plukte nerveus aan de mouw van haar uniform. ‘Kijk me eens goed aan,’ zei ze toen. ‘Met mij zal nooit een man trouwen.’

Lilly fronste haar wenkbrauwen. Ja, Martha had vooruitstekende tanden, maar heel mooie ogen. Ze kon goed luisteren en je kon op haar vertrouwen. Bovendien paste er op elke pot een dekseltje, of niet soms?

‘Hebben ze dat tegen je gezegd?’ vroeg Lilly.

Martha gaf daarop geen antwoord.

‘Ik ben namelijk van mening dat je heel goed aan de man kunt komen, als je maar zou willen.’

‘Dat is lief van je, maar het is niet waar,’ antwoordde ze. Er klonk een zweempje verbittering in haar stem door.

Lilly zuchtte. Ze wilde dat ze niet over dit onderwerp was begonnen.

‘Het spijt me, ik wilde je niet van streek maken,’ zei ze sussend.

‘Geeft niet, ik...’ Martha dacht even na en ging op haar bed zitten. ‘Het is gewoon zo dat mijn ouders hebben geprobeerd een man voor me te vinden. Ze hadden weinig hoop, omdat ik er altijd al zo uit heb gezien... Degene die ze hadden gevonden en aan me voorstelden, zei dat hij niet met me kon trouwen omdat mijn kinderen vast ook zo’n gebit zouden krijgen. Hier word ik in elk geval niet op mijn uiterlijk beoordeeld en scheef aangekeken.’

De hopeloosheid in Martha’s stem maakte Lilly verdrietig.

‘Hebben je ouders je naar Waldfriede gestuurd?’

‘Nee, dat heb ik zelf besloten. Ik wilde van nut zijn voor de gemeenschap. En hoe kon ik dat beter doen dan door de mensen te helpen en daarmee God te dienen? De andere mogelijkheid zou zijn als zendingsverpleegster naar Afrika te gaan, maar dat boezemt me angst in.’

Lilly liep naar haar toe en legde een hand op haar schouder. Ze vond het moeilijk iets te zeggen. Ze hoorde verlangen en frustratie in Martha’s woorden.

'Jij zou er in elk geval geen moeite mee hebben een man te vinden,' zei Martha opeens. 'Met jouw uiterlijk.'

'Ach, wat klets je nou!' antwoordde Lilly blozend.

'Ik zie toch hoe de mannen hier naar je kijken. Vooral de artsassistenten.'

Wanneer zou Martha dat hebben gezien?

'Die interesseren me niet,' antwoordde Lilly. 'En nu moet je even gaan liggen. Als je moe bent, krijg je heel rare gedachten.'

'Je hebt gelijk,' zei Martha en ze begon zich uit te kleden. 'Prettige dienst!'

'En voor jou welterusten.'

Terwijl ze de trap af liep, kreeg Lilly een licht onbehaaglijk gevoel. Keken de mannen inderdaad op die manier naar haar of was het slechts inbeelding van Martha, omdat ze haar om haar uiterlijk benijdde? Lilly had daar nooit bij stilgestaan. Maar ze wist nu dat ze zich in Martha's aanwezigheid in acht moest nemen. Wie kon zeggen of ze niet ook in de gaten had hoe Rudolph Kirsch naar haar keek?

~

Het bericht over dr. Conradi's slechte gezondheid was als een lopend vuurtje rondgegaan. Hanna voelde de druk van de blikken van al die mensen die zich afvroegen wat er van Waldfriede moest worden als de geneesheer-directeur zou komen te overlijden.

Bijna dagelijks ging ze nu naar de kapel om te bidden. Het linoleum was inmiddels gelegd en ook waren de banken opnieuw geschilderd. De kansel stond weer op zijn plaats. Hanna keek naar de spreuk erboven en vroeg zich af wat God wilde doen om de last die ze allen droegen te verlichten.

Het jaar leek echter zonder een sprankje hoop te eindigen. Eike Rasmussen liet niet van zich horen en Hanna durfde hem niet nog eens om informatie te vragen. Hij had al veel meer gedaan dan van hem kon worden verwacht. Dr. Borchard en dr. Meyer waren het erover eens dat oudejaarsavond, afgezien van verjaardagen een van de weinige feesten die ze vierden, rustiger dan anders moest verlopen. Dat de medewerkers, met name de niet-adventisten, een klein feestje moest worden aangeboden stond buiten kijf, maar er mocht niet gezongen worden en ook werden de leerling-verpleegsters en -verplegers gemaand niet te luid te praten of lachen.

Die dag was nu gekomen en Hanna was blij dat er na dit moeilijke jaar een nieuw zou aanbreken.

Zoals altijd zorgden de keukenmeisjes voor lekker eten en je kon niet zeggen dat het er aan de tafels erg stil aan toeging. Toch was er geen sprake van een opgewekte sfeer en de gesprekken werden op gedemptere toon dan anders gevoerd. Alleen de geur van cacao en kaneel bracht een enigszins feestelijke stemming met zich mee. Toen meneer Frank, de keukenchef, een zending cacao van hun geloofsgenoten uit Zwitserland had ontvangen, had hij de kans niet laten schieten om alle medewerkers een kopje chocolademelk te serveren.

Hanna, die met de andere hoofdzusters aan tafel zat, voelde zich gespannen. Behalve Elisabeth, Grete en Maria waren ook de afdelingshoofden aanwezig. Enkelen van hen waren nog maar een of twee jaar op Waldfriede en voelden de zorgen van de oudgedienden misschien niet goed aan.

'Hoe zou de dokter het maken?' vroeg Elisabeth zich met een zucht af terwijl ze haar hand om haar kopje legde.

'Heb je dan nog niets van mevrouw Conradi gehoord?' vroeg Hanna en ze nam een slokje uit haar kopje. Het brouwsel gleed warm en zoet haar keel in en maakte dat ze zich heel even geborgen voelde.

'Ja, jullie zijn toch vriendinnen,' zei zuster Maria. 'Zou ze je dan niet op de hoogte moeten houden?'

'Ze heeft al een tijdje niets van zich laten horen.' Elisabeth keek Hanna aan. 'Het verbaasde me dat ze dat telegram aan jou had gericht.'

'Ja, mij ook.' Eigenlijk was ze nooit eerste keus als mevrouw Conradi iemand in vertrouwen wilde nemen. 'Maar vaak heeft ze niet geschreven. Waarschijnlijk heeft de dokter erop aangedrongen.'

Ervan uitgaand dat hij daar nog toe in staat was, voegde Hanna er in gedachten aan toe en ze onderdrukte een zucht.

'Ik bid elke avond voor hem,' zei Maria, en Hanna merkte haar zijdelingse blik op. 'Wat denk je, Hanna, wie zou het ziekenhuis kunnen overnemen, mocht hij niet meer terugkomen?'

Hanna's maag verkrampte. 'Zo mag je niet praten,' zei ze. 'We mogen de hoop niet opgeven.'

Grete viel haar bij. 'Daar denk ik precies zo over. De gemeenschap kan zich daar het hoofd over breken als het zover is.'

Een tochtvlaag bij haar rug maakte dat Hanna zich omdraaide. Achter haar verscheen zuster Hedwig, die zoals zo vaak late dienst had aan de receptie.

'Zuster Hanna, er is telefoon voor u,' zei ze. 'Uit Denemarken.'

Haar woorden troffen Hanna als een klap in het gezicht. De andere zusters richtten hun blik op haar.

'Ik kom eraan,' antwoordde ze. Ze depte haar mond met haar servet en stond op.

Terwijl ze achter de nachtzuster aan liep, had ze opeens het gevoel te moeten overgeven, maar ze slaagde erin de misselijkheid te onderdrukken.

Was dr. Conradi stervende? Ze zou het liefst vooruit zijn gerend, maar ze beheerste zich en probeerde zich tegelijkertijd tegen het nieuws dat haar misschien wachtte te wapenen.

Bij de receptie aangekomen verdween Hanna in de kamer waar de telefoon hing.

Ze meldde zich. 'Zuster Hanna.'

'Zuster Hanna, u spreekt met Catherine.' Tot haar grote verbazing was Catherine Conradi aan het andere einde van de lijn.

'Ik... Het doet me plezier van u te horen,' antwoordde Hanna verward. 'Hoe gaat het met u en de dokter?'

Even vielen alle geluiden weg. Terwijl Hanna naar de muur staarde, voelde ze alleen haar hart bonzen. Angst joeg als stroom door haar lichaam.

Catherine haalde diep adem. 'Zijn toestand is inmiddels stabiel en hij is aan de beterende hand.'

Hanna sloot haar ogen en aan haar lippen ontsnapte een zucht van verlichting. Tranen stroomden over haar wangen. Dr. Conradi leefde nog!

'Godzijdank!' Haar stem trilde.

'Het herstel is nog maar heel licht, maar het levensgevaar is geweken,' vervolgde mevrouw Conradi. 'Ik dacht, nu jullie vast allemaal bij elkaar zitten voor de oudejaarsviering, moeten jullie dat weten.'

Hanna's knieën knikten. Ze trok een stoel bij en ging zitten.

'Hartelijk dank, mevrouw Conradi, dat is heel vriendelijk van u,' zei Hanna, terwijl ze een heleboel vragen had. Wat had de kentering teweeggebracht? Hoe goed ging het precies met hem? Kon hij opstaan?

Mevrouw Conradi aarzelde even en zei toen: 'Ik wil je bedanken voor alles wat je tijdens zijn afwezigheid voor mijn man doet. Ik kan me voorstellen dat dat niet makkelijk is...'

'Dat is het inderdaad niet,' gaf Hanna toe, enigszins verward door de verzoenende toon die Catherine aansloeg. 'Maar we zijn één familie en kunnen op elkaar bouwen. En we zullen uw man Waldfriede zo ongeschonden mogelijk teruggeven als hij weer aan het werk kan gaan.'

'Ik vrees,' zei Catherine, 'dat dat niet gauw zal gebeuren. Als dat moment al ooit komt. Ik kijk maar één dag vooruit, verder dan dat durf ik niet.'

'Stapje voor stapje,' beaamde Hanna. 'Ik ben ervan overtuigd dat u er samen uitkomt.'

'Dank je. Dan nog een goede jaarwisseling gewenst,' zei Catherine.

'Dat wens ik u ook, mevrouw Conradi. En brengt u de dokter onze beste wensen voor zijn herstel en onze groeten over!'

Toen ze de hoorn op de haak had gelegd, bleef Hanna nog even zitten. Ze keek naar de klok die boven de deur hing. Het was een van de klokken in het ziekenhuis die door de elektrische impulsen van de moederklok voor de röntgenkamer werden aangestuurd. Overal in het ziekenhuis dezelfde tijd. Overal stonden de wijzers nu op tien voor twaalf.

Ook Denemarken kende geen andere tijd dan deze. Ook voor dr. Conradi, ook voor mevrouw Conradi was het nieuwe jaar nog maar tien minuten verwijderd.

Uiteindelijk stond Hanna op. Haar benen voelden alweer steviger aan en de knoop in haar borst leek wat minder strak. Dr. Conradi leefde. Iets anders telde op dit moment niet.

Toen ze in de eetzaal terugkwam waren aller ogen op haar gericht. Het bericht dat er telefoon uit Denemarken was moest de ronde hebben gedaan, want alle gesprekken verstomden direct. Hanna haalde diep adem.

'Broeders en zusters, beste collega's, ik kan jullie vertellen dat dokter Conradi de crisis heeft overwonnen. Hij is aan de beterende hand.'

Er klonken zuchten van opluchting, een paar medewerkers applaudisseerden. En meteen daarna luidden de klokken van de Pauluskerk in Zehlendorf, die je zelfs hier nog kon horen, het jaar 1932 in.

# 42

*Zehlendorf, 7 januari 1932*

De kussen hadden alles veranderd. Als Lilly in bed lag, dacht ze terug aan hun aanrakingen en kon ze een glimlach niet onderdrukken. Tegelijkertijd vroeg ze zich af of het wel juist was om een liefdesrelatie met haar baas te beginnen.

Wat had ze vooral de afgelopen weken vaak gewenst nader tot deze man te komen! Hij was professor, zeker, maar ook mens, vooral mens. En lang voordat hij haar uit de Havel had gered, had ze zich al tot hem aangetrokken gevoeld.

Het liefst had ze het iemand verteld, maar na Martha's opmerking over de arts-assistenten, die een oogje op haar zouden hebben, durfde ze zelfs haar vriendin Gerda niet in vertrouwen te nemen.

Maar ook Gerda had haar ogen niet in haar zak, zoals Lilly op een ochtend kon constateren. Toen ze samen na het middagmaal de eetzaal verlieten om even de benen te strekken vroeg ze: 'Zeg eens, wat is er met jou?'

'Wat zou er moeten zijn?'

'Je gedraagt je zo anders.'

'In welk opzicht?' Lilly was er niet van overtuigd dat Gerda zich door haar onschuldige toontje in de luren zou laten leggen.

'Je glimlacht de hele tijd, lijkt soms in gedachten verzonken, maar niet op een zorgelijke manier. Eerder alsof je verliefd bent.'

'Misschien ben ik dat ook,' gaf ze toe, waarop Gerda grote ogen opzette.

'Nee toch!' flapte ze eruit. 'Wie is de gelukkige?'

'Dat kan ik je niet vertellen,' antwoordde Lilly. 'En maak er vooral geen heisa over. Als de directrice het merkt, zet ze me zo op straat.'

Gerda's mond viel open en ze produceerde een eigenaardig geluidje. Lilly legde haar hand tegen haar onderkaak en duwde hem omhoog. 'Mond dicht, anders krijg je nog vliegen binnen. Ik vertel het je heus wel, als ik zeker van mijn zaak ben.'

Een paar dagen later kwam Rudolph Kirsch terug van vakantie. Lilly's eerste ontmoeting met hem in de gang op de afdeling bezorgde haar een eigenaardig gevoel. Hier stond de man die haar dagelijks werkopdrachten gaf, maar ook de man die ze had gekust. Onzeker keek ze hem aan. Zou wat hij haar had gezegd nog steeds gelden?

'Een gezond nieuwjaar,' wenste hij Lilly toen hij haar zag. 'Ik hoop dat je een fijne jaarwisseling hebt gehad.'

Lilly glimlachte een beetje bedeesd. 'Ik heb... je gemist.'

Ze verwachtte min of meer dat de grond onder haar voeten zou verdwijnen omdat ze de professor tutoyeerde. Ze keek gejaagd om zich heen, maar er waren geen collega's in de buurt.

'Ik jou ook,' antwoordde hij. 'Ik heb heel veel aan je gedacht.'

Ze keken elkaar lang in de ogen. Lilly vroeg zich af of ze iets moest doen of zeggen. Het was allemaal zo vreemd. Als ze met Rudolph alleen was, ergens op een weide of in de schuilhut, zou ze zich vast niet zo ongemakkelijk voelen.

'Dokter Conradi is trouwens weer aan de beterende hand,' zei ze vlug toen ze voetstappen hoorde naderen. Ze wist niet wie het was, maar ze wilde onder geen beding dat iemand zou merken wat er tussen Rudolph en haar opbloeide.

'O ja? Daar ben ik blij om,' antwoordde hij opgelucht. 'Ik zou niet weten wat we hier zonder hem moesten beginnen in deze wisselvallige tijden.'

Lilly wachtte tot de verpleegster was doorgelopen en vroeg toen: 'En hoe... was je vakantie?'

'Plezierig, maar een beetje eenzaam. Wat zou je ervan vinden om niet dit weekeinde, maar het volgende met me te gaan wandelen, zodat ik je erover kan vertellen?'

'Waarom niet dit weekeinde al?'

'Omdat ik naar een congres moet. Ik heb een uitnodiging uit Dresden ontvangen.'

'Daar heb je nog niets over gezegd.'

'Ik weet het ook pas sinds gisteren.' Hij keek haar aan. 'En? Wat denk je ervan?'

'Volgende week zondag zou geweldig zijn. Maar heb je 's zondags wel tijd?'

'Ik maak tijd vrij.'

Kirsch keek haar nog eens diep in de ogen en zei toen: 'Ik ben tot het middaguur in de ok, bij onze kleine Willy.'

Lilly knikte bedrukt. De tuberculose had zijn SI-gewricht zo sterk aangedaan dat er necrose was opgetreden. Ze konden er niet onderuit een stuk bot te verwijderen.

'Veel succes!' riep Lilly hem na terwijl ze hem door de afdelingsdeur zag verdwijnen.

Dromerig bleef ze staan glimlachen. Een zondagse wandeling met hem. Ze zouden een goede locatie moeten zoeken, waar niemand hen zou zien. Lilly wilde niet de indruk wekken dat ze zich aan haar baas opdrong. In het Charité had ze genoeg gesmiespel meegemaakt toen een collega een relatie met een arts-assistent was begonnen. Eigenlijk was daar niets op tegen, toch wist ze maar al te goed dat er vrouwen waren die door afgunst gedreven hun lelijke kant lieten zien.

Hoe dan ook, ze zou eindelijk weer wat tijd met hem alleen doorbrengen!

Een kletterend geluid haalde haar terug naar de realiteit. Gerda kwam eraan met het etenskarretje.

'Goedemorgen!' riep ze vrolijk naar haar vriendin terwijl ze naar haar toe kwam.

'Je loopt alweer zo te grijnzen!' antwoordde Gerda koket. 'Dacht je aan iets onfatsoenlijks?'

'We zijn hier in een ziekenhuis,' antwoordde ze. 'Daar horen we zulke gedachten niet te hebben.'

Gerda lachte diep vanuit haar keel en vroeg toen: 'En, hoe staat het ervoor? Ga je vrijdag weer mee naar het Ballhaus?'

'Nou, misschien, ik...'

'Aha, je wacht liever af wat je vrijer in petto heeft!'

Lilly gaf haar een stomp tegen haar schouder. 'Praat geen onzin. Ik moet alleen nog zien of ik niet te moe ben.'

Opeens bevroor de glimlach op Gerda's gezicht en maakte plaats voor een van pijn verwrongen uitdrukking. Ze kreunde luid, drukte haar arm tegen haar buik en zakte door haar knieën.

'Gerda, wat is er?' vroeg Lilly terwijl ze probeerde haar vriendin te ondersteunen.

'Mijn buik,' zei ze. Haar stem klonk opeens mat en zwak. 'Ik heb ineens zo'n vreselijke buikpijn.'

Toen zakte ze bewusteloos in Lilly's armen.

'Help!' riep Lilly zo hard ze kon. Ondertussen probeerde ze Gerda weer bij te brengen. Haar lippen hadden een angstaanjagend blauwige tint. 'Help! Er moet een dokter komen!'

Ergens ging een deur open. Even later kwam zuster Elisabeth aangelopen.

'Wat is er gebeurd?' vroeg ze.

'Ik weet het niet,' zei Lilly terwijl ze zachtjes tegen Gerda's wangen tikte. Daarbij voelde ze dat haar gezicht gloeide. 'Gerda werd opeens niet goed en toen viel ze flauw. En ze lijkt ook koorts te hebben.'

'Waar is professor Kirsch?'

'In de ok, bezig met een botresectie.'

'Dan haal ik dokter Meyer,' zei de directrice en ze holde weg.

Lilly bleef proberen Gerda bij te brengen. 'Hou op met die gekkigheid, meisje,' fluisterde ze haar toe. 'Je kunt toch niet zomaar flauwvallen.'

Even later verscheen dr. Meyer, met in zijn kielzog de directrice en zijn praktijkassistente, zuster Sieglinde.

Gerda was nog steeds buiten bewustzijn.

'Laat me eens kijken,' zei hij en hij duwde Lilly zachtjes opzij. Ze stond op en hield haar hand voor haar mond. Dr. Meyer voelde

Gerda's pols, deed haar oogleden open en toen haar mond.

'Had ze bepaalde klachten, dat u weet?'

'Ja, ze zei dat ze erge buikpijn had.'

Meyer knikte.

'Is het haar blindedarm?' vroeg Lilly.

'We zullen zien. We brengen haar naar mijn afdeling,' zei hij beslist.

Sieglinde stond op en wendde zich tot Lilly. 'Hebben jullie een brancard?'

Als verdoofd knikte ze en ze nam haar collega mee naar de onderzoekkamer. Ze kwamen terug met de brancard.

Inmiddels had Gerda haar ogen weer geopend. Dr. Meyer praatte op rustige toon tegen haar en stelde haar een vraag waar ze bijna onhoorbaar antwoord op gaf. Lilly hoorde wat er werd gezegd, maar de betekenis drong niet goed tot haar door.

Toen hij merkte dat de twee verpleegsters achter hem stonden, zei de arts: 'Til haar maar voorzichtig op en breng haar dan naar beneden.'

Lilly hurkte neer achter Gerda's hoofd. Toen ze haar zag, glimlachte haar vriendin dunnetjes.

'Ik heb je zeker erg laten schrikken?'

'Enorm,' antwoordde Lilly, waarna ze haar behoedzaam onder haar armen pakte, en toen Sieglinde zover was legden ze haar voorzichtig op de brancard.

'Mag ik blijven?' vroeg Lilly terwijl ze Gerda in dr. Meyers spreekkamer op de onderzoekbank tilden. 'Een paar minuutjes maar? Ik zal niet storen.'

Dr. Meyer knikte. 'Ik heb u toch nog het een en ander te vragen.'

Lilly knikte. Ze was al blij dat ze Gerda's hand kon vasthouden.

De dokter onderzocht Gerda, eerst haar buik en daarna de lymfeklieren in haar liezen. Ten slotte zei hij tegen Lilly: 'Maakt u zich maar even nuttig en neem wat bloed van onze patiënte af. Dan kunt u dat meteen naar het lab brengen.'

Lilly deed wat haar was opgedragen, al moest ze wat schroom overwinnen om een naald in Gerda's arm te steken.

'Laat je wel wat over,' grapte Gerda zwakjes.

'Tuurlijk!' antwoordde Lilly.

Toen de buisjes gevuld waren gaf dr. Meyer haar een briefje. 'Zeg maar tegen de laborante dat ze deze bepalingen moet doen.'

'Ja, dokter,' antwoordde Lilly. Ze wierp nog een bezorgde blik op Gerda en verliet de spreekkamer.

Het lab bevond zich in het souterrain en meestal heerste er een geconcentreerde stilte. Lilly wendde zich tot een van de laborantes, een jonge vrouw met donkerbruin haar.

'Ik kom van dokter Meyer. Of u dit alstublieft wilt nakijken.'

Ze gaf haar de buisjes met bloed en het briefje. Terwijl ze het briefje las, fronste de laborante even haar voorhoofd en toen vroeg ze: 'Is dat onze Gerda?'

'Ja, zuster Gerda van de tweede vrouwenafdeling.'

De laborante knikte aangedaan. 'Dit gaat even duren. Ik geef de uitslagen zo vlug mogelijk door.'

'Dank je.'

Lilly vroeg zich af waarom de laborante zo had gereageerd. Ze kende Gerda natuurlijk, en door haar opgewekte karakter was ze geliefd bij iedereen die met haar te maken had. Nu wenste Lilly dat ze op het briefje had gekeken...

Bij haar terugkeer stond de dokter haar voor zijn spreekkamer op te wachten. Een blik door de deuropening zei haar dat Gerda er niet meer was. 'Is er iets gebeurd?' vroeg ze panisch.

'Nee hoor, we hebben haar naar een vrije kamer gebracht. Ik betwijfel dat het een blindedarmontsteking is. Heeft juffrouw Franke de laatste tijd klachten geuit? Bloedingen, blauwe plekken, tandvleesproblemen...'

Lilly schudde haar hoofd. 'Nee, ze zei alleen dat ze buikpijn had, vlak voordat ze flauwviel.'

Meyer knikte. 'Goed, laten we de labuitslagen maar afwachten. De operatiekamer is momenteel bezet, maar ik zal zorgen dat ze als eerstvolgende aan de beurt is.'

'Dank u, dokter,' zei Lilly.

'Ze is een vriendin van u, nietwaar?'

'Ja,' antwoordde ze.

'Gaat u dan maar naar haar toe. Ze kan wel wat troost gebruiken.'

Lilly knikte en liep naar de kamer waar Gerda lag.

~

Zo bleek als dr. Meyer nu zag had Hanna hem nooit eerder meegemaakt.

'O, ik dacht dat collega Borchard hier zou zijn,' zei hij rondkijkend. Hij had een patiëntendossier onder zijn arm.

'Hij is even weg,' antwoordde Hanna. 'Kan ik u van dienst zijn?'

Meyer keek besluiteloos naar de papieren in zijn hand. Pas na een poosje zei hij: 'Dit is de status van een van onze leerling-verpleegsters, Gerda Franke.'

'Ze zit in ons laatste jaar.' Hanna fronste haar voorhoofd. 'Wat scheelt haar?'

'Ze is vanmorgen met acute buikklachten flauwgevallen. Ik dacht eerst aan een blindedarmontsteking, maar bij palpatie is het teken van McBurney negatief.'

'De laatste keer dat ik haar in de les had, leek ze nog kerngezond.'

'Ze heeft een bloeding in haar buik,' zei dr. Meyer. 'En haar labuitslagen...' Hij stokte en Hanna merkte dat hij zijn emoties met moeite in bedwang kon houden. 'Het aantal witte bloedlichaampjes is het dubbele van de normaalwaarde.'

Hanna sloeg verbijsterd haar hand voor haar mond.

'Ze heeft blauwe plekken op haar ledematen, hoewel ze beweert zich niet te hebben gestoten. En haar buik...' Hij keek Hanna aan. 'We moeten het bloed verwijderen.'

'Dan moet u misschien met dokter Lexow gaan praten. De operatie waar hij nu mee bezig is moet bijna klaar zijn; het is maar een routine-ingreep.'

Meyer knikte en keek haar toen aan. 'Weet u, ik heb me nooit eerder zo machteloos gevoeld. Dat meisje is nog zo jong. Een ziekte als deze treft meestal ouderen, die hun leven al hebben geleefd...' Hij haalde diep adem. 'Ik weet niet of een operatie wel de juiste keus is. Het probleem is dat ze een heel sterke neiging tot bloeden heeft. Dat was bij de bloedafname al te zien. De zuster was uiterst voorzichtig, maar er ontstond een grote blauwe plek.'

Hanna had het gevoel dat de grond onder haar voeten wegzakte. 'Mijn hemel,' mompelde ze mat.

'U begrijpt ook wat het is, nietwaar?' zei Meyer bedroefd.

Ze bleven even sprakeloos staan.

'Is er iets wat ik kan doen?' vroeg Hanna hulpeloos.

'Nee, ik... Ik moet met een collega overleggen. Het bloed moet uit haar lichaam voordat het een ontsteking veroorzaakt. Misschien lukt het dokter Lexow om de stolsels uit haar buikholte te halen. We kunnen bloedstelpende middelen en methoden gebruiken.'

Hij zweeg even en haalde zijn hand langs zijn ogen, die verraderlijk glansden. 'Ze is een van onze beste leerlingen,' zei hij toen, en Hanna zag dat hij zijn zelfbeheersing meer en meer verloor. 'Ik wilde dokter Conradi adviseren haar hier te houden.'

Hanna knikte en nu welden ook in haar ogen tranen op. Patiënten met deze aandoening overleefden nooit langer dan twee of drie weken.

~

'Hé lieverd, hoe is het met je?' vroeg Lilly nadat ze de deur van de ziekenkamer achter zich had dichtgedaan. Na haar gesprek met dr. Meyer was ze even bij haar patiëntjes gaan kijken en nu was ze weer terug.

'Slecht,' gaf Gerda eerlijk toe. 'Ik hoop dat ze die blindedarm er gauw uit halen.'

'Vast en zeker.' Lilly probeerde niet te laten merken hoe bedrukt ze zich voelde. Dr. Meyer had Gerda blijkbaar in de waan gelaten dat het om haar blindedarm ging.

Maar Lilly kon nu wel aan haar zien dat er iets anders aan de hand was. Ze was krijtwit en haar haar zat aan haar voorhoofd geplakt van het zweet. Op de arm waar Lilly bloed had afgenomen prijkte een grote blauwe plek.

'Ik kan dit echt niet gebruiken,' morde Gerda. 'Ik had dit weekeinde willen gaan dansen.'

'Dat komt wel goed. Na je operatie,' zei Lilly. Ze streelde haar zachtjes over haar arm. 'Het spijt me dat dit is gebeurd.'

'Ach, dat geeft niks. Mijn aderen zijn altijd al een beetje raar geweest. Een zuster heeft wel eens gezegd dat ze te dun waren, en dan kan het gebeuren dat je erdoorheen prikt.'

Lilly keek bezorgd naar de bloeduitstorting.

'Ik vrees dat je morgen ook mijn dienst moet draaien,' zei Gerda en ze richtte haar blik op het raam.

'Dat is geen probleem. Ik val net zolang voor je in tot je weer aan de slag kunt. Ik zal het straks meteen met professor Kirsch bespreken.' Ze boog voorover en gaf Gerda een kus op haar voorhoofd. 'Alles komt goed.'

Er werd geklopt. De deur ging open en dr. Meyer kwam binnen, samen met een verpleger.

'Ah, zuster Lilly, goed dat u er bent,' zei hij, waarna hij zich tot Gerda richtte. 'We brengen u nu naar de ok.'

'Gaat die blindedarm er eindelijk uit?'

Lilly hoorde duidelijk dat haar stem trilde. Natuurlijk was ze bang voor de operatie. Maar in haar huidige toestand moest worden ingegrepen.

'Dokter Lexow gaat uw buik nauwkeurig bekijken en beslist dan wat er moet gebeuren,' zei dr. Meyer en hij legde zachtjes zijn hand op haar arm. 'U kunt het wel aan, Gerda.'

Ze knikte dapper, maar Lilly las angst in haar ogen.

'Ik kom na afloop bij je kijken,' zei ze terwijl ze het veiligheidsrek omhoog klapte. Toen pakte de verpleger het bed vast en reed het de kamer uit.

Lilly was het liefst mee naar de ok gegaan, maar niet alleen zou ze daar in de weg lopen, ze werd ook terugverwacht op haar afdeling.

De deur van Rudolphs spreekkamer stond open, maar Lilly zag dat hij nog niet terug was.

In de zusterkamer trof ze zuster Elisabeth, de directrice, aan.

'Lilly!' riep ze uit. 'Weet u al iets over Gerda?'

‘Ze is net naar de ok gebracht.’

‘Het is dus toch haar blindedarm?’

‘Dokter Meyer heeft er niets over gezegd, maar ik neem aan van wel,’ antwoordde Lilly en ze hoopte dat het dat was en niet iets ergers.

‘Laten we dan maar bidden dat ze er goed doorheen komt.’

‘Ja, zuster Elisabeth.’

Lilly nam vlug de patiëntenstatussen door en ging naar de kinderkamer. Daar zag ze het lege bed van de kleine Willy, die op dat moment ook geopereerd werd. Elvira, een elfjarig meisje dat vriendschap met hem had gesloten, vroeg wanneer hij terugkwam.

‘Heel gauw,’ antwoordde Lilly en ze begon zijn beddengoed op te schudden.

‘En als hij doodgaat?’

‘Hij gaat niet dood, Elvira. Wees maar niet bang,’ zei Lilly. Tegelijkertijd besefte ze dat ze zelf door een dergelijke angst bevangen was. Stel dat Gerda dood zou gaan?

‘De dokters zorgen wel dat het allemaal goed gaat,’ zei ze, meer tegen zichzelf dan tegen het meisje. ‘Alles komt goed.’

Hoewel ze de hele ochtend naar hem had uitgekeken, kwam ze Rudolph pas tijdens zijn visiteronde tegen. Willy lag inmiddels weer in zijn bed. Hij was nog erg moe van de operatie. Lilly had het voor hem bestemde schaaltje appelmoes weer terug naar de keuken gebracht, waar het koel bewaard kon worden, want aan eten was hij voorlopig niet toe.

Rudolph was in gezelschap van de twee artsen die hem in de ok geassisteerd hadden. Hij vroeg hoe het met Willy ging en of hij al wakker was. Haperend vertelde Lilly dat hij zijn ogen even had opengedaan, maar al met al een erg vermoeide indruk maakte.

Rudolph leek aan haar te merken dat er iets niet in orde was. Hij keek haar vragend aan, maar ze durfde pas tegen het einde van de visites iets te zeggen.

‘Hebt u misschien een momentje, professor?’

De twee jonge artsen keken haar aan.

‘Wat is er, zuster Lilly?’

'Ik weet niet of u het hebt gehoord, maar zuster Gerda... is vanmorgen naar de ok gebracht.'

Kirsch schudde aangedaan zijn hoofd. 'Nee, dat wist ik niet. Ik heb alleen terloops gehoord dat de operatie na de mijne een spoedgeval betrof.'

'Ik neem in elk geval haar diensten over zolang ze niet kan werken,' vervolgde Lilly.

'Dat is erg aardig van u.' Rudolph leek meer te willen horen. Maar na een blik op zijn collega's leek hij te beseffen dat dit niet het juiste moment was.

'We hebben het er later nog over.' Hij gaf de jonge artsen een knikje. 'Heren, als u me wilt volgen...'

Toen de middagpauze was aangebroken en haar patiëntjes waren verzorgd, ging Lilly naar beneden. De operatie moest al voorbij zijn en met een beetje geluk was Gerda weer terug op haar kamer.

Lilly liep naar binnen en zag Gerda inderdaad in bed liggen. Ze keek apathisch uit het raam, wat natuurlijk aan de nawerking van de narcose kon liggen.

'Gerda?' vroeg ze voorzichtig.

Haar vriendin draaide haar hoofd om. In haar ogen glinsterden tranen.

'Hé, Lilly!' zei ze hees.

Lilly ging bij haar bed staan en glimlachte. 'Hoe gaat het?'

'Niet goed,' gaf Gerda toe.

'Dat is niet zo vreemd na een blindedarmoperatie.'

'Het was mijn blindedarm niet.'

Lilly fronste haar voorhoofd. Ze dacht terug aan de vragen die dr. Meyer haar had gesteld.

'Ze zeiden dat ik bloed in mijn buik had. Veel bloed. Ze... Ze hebben niets kunnen doen.'

Lilly schudde verward haar hoofd. 'Maar... ze kunnen het daar toch niet bij laten?'

'Dokter Lexow zei dat hij met een collega moest overleggen. Ze hebben wel geprobeerd wat van het bloed weg te halen, maar het zal zeker blijven vloeien.'

Geschokt ging Lilly op de rand van het bed zitten. Even zeiden ze geen van beiden iets.

'Lilly, wat is er toch met me aan de hand?' vroeg Gerda ten slotte. 'De artsen hebben me niets verteld, maar ik kon zien dat ze het wisten.'

'Je krijgt het nog wel te horen,' antwoordde Lilly. Ze boog voorover en gaf haar een kus op haar voorhoofd. 'En ik weet zeker dat ze je weer beter zullen maken.'

De dag kroop voorbij en tijdens het werk kon Lilly alleen aan Gerda denken. Toen Martha haar kwam aflossen, vertelde ze haar wat er allemaal was voorgevallen.

Haar kamergenote was ontzet. 'Maar ze is nog zo jong!'

'Inderdaad, ja. En ik kan echt niet bedenken wat er aan de hand is.'

'Ik zal voor haar bidden,' beloofde Martha. 'En doe jij dat ook maar.'

'Ja,' antwoordde Lilly, al was ze er niet van overtuigd dat bidden zou helpen.

Beneden voor de eetzaal stond Rudolph haar op te wachten.

'Ik moet met je praten, Lilly.' Met een ernstig gezicht gaf hij aan dat ze hem naar zijn spreekkamer moest volgen. Daar deed hij de deur achter hen dicht.

'Ik heb zojuist dokter Meyer gesproken over Gerda.'

'En wat zei hij?'

Rudolph liet zijn hoofd zakken en haalde diep adem. 'Ze heeft acute leukemie.'

Geschrokken ademde Lilly hoorbaar in. 'Maar... Dat... Ze was altijd zo gezond...'

Rudolph keek weifelend en fronste zijn voorhoofd. 'Jullie hadden nooit tegelijkertijd dienst en daarom heb je niets gemerkt. Maar het is mij wel opgevallen dat ze af en toe erg vermoeid was. Ze beweerde dan dat ze slecht geslapen had, maar ik heb het blijkbaar toch goed gezien.'

Lilly staarde Rudolph even aan voordat ze door een hevige huilbui werd overmand.

Rudolph verkeerde een moment in tweestrijd, maar ging toch naar haar toe en trok haar in zijn armen. Lilly hield hem stevig vast. 'Maar dat kan toch niet,' wist ze uit te brengen. 'Gerda is zo'n schat...' Tegen hem aan geleund begon ze onbedaarlijk te snikken.

Rudolph drukte haar tegen zich aan, verborg zijn gezicht in haar haar en zei zachtjes: 'Ik weet het, het is oneerlijk. En in dit soort gevallen zou ik zo graag willen dat we een geneesmiddel hadden. Je moet nu sterk zijn, sterk voor Gerda zoals ik sterk voor jou zal zijn wanneer je me nodig hebt.'

# 43

## *Zehlendorf, 20 januari 1932*

Terwijl Lilly machteloos moest toezien hoe Gerda's toestand steeds verder verslechterde, probeerden dr. Meyer en zijn assistenten vergeefs de bloedingen in haar lichaam te stoppen.

Aanvankelijk had ze elke dag bij haar gewaakt, maar Lilly ging op den duur zo tegen de bezoekjes opzien dat ze last van haar maag kreeg. Toch bleef ze komen en probeerde dan haar fysieke ongemak te verbergen, die immers niet in verhouding stond tot het lijden van haar vriendin.

Ook andere zusters waren begaan met Gerda's lot. Zelfs zuster Hanna, die een van Gerda's docenten aan de opleiding was, waakte zo nu en dan aan haar ziekbed. Op een middag zag Lilly dat ze bij het verlaten van Gerda's kamer in bittere tranen uitbrak.

'Zuster Lilly,' zei ze gegeneerd toen die haar opmerkte, en ze haalde een zakdoek uit haar schort. 'Neem je het van me over?'

'Ja,' antwoordde Lilly benepen.

'Het is triest dat dokter Conradi er niet is,' verzuchtte Hanna terwijl ze probeerde haar zelfbeheersing te herwinnen.

'Denk je dan dat hij haar zou kunnen helpen?'

'Ik weet het niet. Hij heeft soms ideeën waar andere artsen niet op komen. Zijn expertise zou van onschatbare waarde zijn.'

'Misschien moet je hem dan schrijven,' zei Lilly, die natuurlijk net zo goed als Hanna wist dat geen arts ter wereld iets tegen acute leukemie kon doen.

Hanna schudde haar hoofd. 'Hij is zelf op het nippertje aan de dood ontsnapt. Ik wil niet dat zijn toestand weer verslechtert. Bovendien ken ik dokter Meyer en weet ik dat hij zijn uiterste best doet.'

Het was dr. Meyer ook aan te zien hoe dit uitzichtloze geval hem aangreep. Hij was bleker en ook stiller dan anders. Als ze hem in de eetzaal zag, zat hij meestal een eindje van de anderen af te piekeren.

Lilly moest erkennen dat Hanna gelijk had. Het bericht dat een van zijn leerling-verpleegsters hier wegkwijnde zou dr. Conradi niet helpen bij zijn herstel.

Troost vond Lilly bij Rudolph, die haar, wanneer het ook maar mogelijk was en niemand hen zag, over haar rug streelde en met haar praatte.

'Hoe zit het eigenlijk met onze afspraak voor zondag?' vroeg hij toen ze de patiëntendossiers bij hem in de spreekkamer bracht. 'Gaat die nog door?'

Lilly aarzelde. Kon ze haar vriendin alleen laten?

'Ik bedoel, ik zou er begrip voor hebben als je het wilt uitstellen...'

'Het gaat door,' zei ze vlug. 'En ik verheug me erop.'

Rudolph leek opgelucht. 'We zouden naar de bioscoop kunnen gaan. Of naar dat cafeetje waar we al eens geweest zijn.'

'Ik zou het eerlijk gezegd prettiger vinden om niet zo veel mensen om ons heen te hebben.' Lilly vroeg zich af wat Gerda ervan zou zeggen, en meteen wist ze het antwoord: *geniet ervan!*

'Goed, dan verzin ik wel iets,' beloofde hij en hij streek haar zachtjes over haar wangen.

Zondagochtend zat Lilly bij het raam in haar kamer uit te kijken op de kale boomkruinen die voor de daken van de huizen aan de Alsenstrasse oprezen. Haar lichaam voelde zwaar aan, terwijl ze zich er eigenlijk zo op had verheugd met Rudolph te gaan wandelen. Onder normale omstandigheden zou ze nu van huis zijn gegaan en aan niets anders hebben gedacht dan aan de geweldige man die haar had uitgenodigd om tijd met hem door te brengen.

Maar nu kon ze nauwelijks van haar bed opstaan. Stel dat er tijdens haar afwezigheid iets ergs met Gerda gebeurde?

Toen schoot haar te binnen hoe lief Rudolph voor haar was geweest. Hoe hij haar door zijn blikken of lichte aanrakingen van zijn steun had verzekerd. Ze kon de afspraak met hem niet verzetten!

Bovendien was het vandaag zonnig, al was het ijzig koud, en zo'n dag mocht je niet onbenut voorbij laten gaan.

Ze stond dus op, trok haar jas aan, hing haar tas over haar schouder en verliet de kamer. Om nieuwsgierige vragen van de zuster bij de receptie te vermijden ging ze via de achterdeur naar buiten.

Rudolph had haar gevraagd hem in de Königstrasse te ontmoeten. De daarop aansluitende Königsweg bood volgens hem genoeg privacy en bovendien een schilderachtig uitzicht.

Nadat Lilly de Alsenstrasse en de Potsdamer Chaussee achter zich had gelaten, kwam ze bij een wijkje met fraaie huizen en enorme villa's, die door braakliggende tuinen werden omgeven. In de zomer moest het er hier prachtig uitzien, maar ook de licht besneeuwde oppervlakten en de met ijspegels versierde takken hadden hun bekoring.

Rudolph stond op de hoek van de straat op haar te wachten, de kraag van zijn jas opgeslagen tegen de kou, zijn handen in zijn zakken. De grijze sjaal had hij meermaals om zijn hals geslagen, maar die kon hem toch niet helemaal tegen de kou beschermen, zoals aan zijn rode neus te zien was. Lilly's hart maakte een sprongetje toen ze hem zag en ze voelde vlinders in haar buik. Ze kon nog steeds niet geloven dat ze een afspraakje met de professor had, buiten het gezichtsveld van haar collega's.

'Fijn dat je er bent,' zei hij ter begroeting en hij nam haar in zijn armen. 'Ik was al bang dat je niet zou komen. Na die toestand met Gerda...'

'Ze is in goede handen,' antwoordde Lilly. 'Bovendien kan ik maar weinig doen om te zorgen dat het beter met haar gaat. Vandaag zorgen haar medeleerlingen voor haar.'

Rudolph kuste haar en nam haar handen in de zijne. 'Toch ben ik blij dat je voor mij hebt gekozen.'

'Ik kon niet anders.' Ze legde haar hoofd tegen zijn borst en bleef zo even staan, zoog de warmte die van hem uitging in zich op.

Hand in hand slenterden ze over het trottoir langs de klinkerstraat. Hier en daar vertelde Rudolph haar iets over de villa's en de andere gebouwen. 'Kijk, dat' – hij wees naar een leuk huisje met een rieten dak – 'was ooit van een schilder, tot hij een aanstelling bij het Bauhaus in Weimar kreeg.'

'Als ik zo'n huis had zou ik hier nooit weggaan.' Lilly glimlachte zwijmelend.

'Zou je dan in een omgeving als deze willen wonen?'

'Jazeker. Als ik het geld ervoor had.' Lilly keek dromerig over de omheiningen heen. 'Ik heb altijd al een eigen tuin willen hebben. Helaas had zelfs mijn ouderlijk huis er geen.'

'Misschien krijg je die tuin ooit nog eens,' zei Rudolph. Hij pakte haar hand en stopte hem in zijn jaszak. 'Zo blijft hij warm,' legde hij uit.

'En mijn andere hand dan?' vroeg Lilly lachend.

'Die komt aan de beurt als deze warm is.'

Ze liepen verder, lieten uiteindelijk de huizen achter zich en doken toen een klein bos in. Hier ruiste de wind door de bomen en bracht de toppen van de dennen en sparren in beweging. Er lag een laagje rijp op de bladeren op de grond. Het zonlicht werd hier enigszins getemperd.

'Hoe gaat het met je, met het oog op alles wat er de afgelopen weken is gebeurd?' vroeg Rudolph uiteindelijk.

Goed, wilde Lilly zeggen, maar ze stokte. Het zou een leugen zijn geweest.

'Het is allemaal zo verwarrend. Wat jou betreft kan ik de hele dag door wel glimlachen. Maar nu is Gerda ziek geworden. Ik heb nooit het gevoel gehad dat we beste vriendinnen waren, maar we mogen elkaar graag. Haar lot grijpt me erg aan en maakt me verdrietig.' Ze stokte. 'Waarom zit de wereld zo in elkaar? Waarom voel je je de ene dag gelukkig en een dag later intens verdrietig?'

'Dat zal onze bestemming zijn. Waar licht is, is helaas ook schaduw. Maar als je in de schaduw staat, straalt het licht des te helderder. En soms heb je dagen met alleen zonneschijn.'

En soms dagen met alleen regen, dacht Lilly. Zulke dagen had ze al vaak gekend in haar leven. Maar met Rudolph had ze het gevoel dat er eindelijk een beetje licht in haar wereld was verschenen.

Ze keek hem aan. 'Waarom ik?' vroeg ze toen.

Rudolph beantwoordde haar blik; haar vraag had hem van zijn stuk gebracht. 'Hoe bedoel je?'

'Waarom heb je mij gekozen? Je werkt met zo veel verpleegsters samen en je komt andere vrouwen tegen...'

Rudolf nam de tijd om te antwoorden. 'Ik heb overdag geen tijd om op zoek te gaan naar een vrouw. Mijn roeping is de geneeskunde. Dat heb ik tot dusver altijd gedacht en daar heb ik naar geleefd. Onderzoek, patiënten, nieuwe medische inzichten. Mijn privéleven stelt weinig voor. Ik vier de sabbat en andere feesten in de familiekring. Als ik toch wat vrije tijd heb lees ik. Ik ben dus nogal saai.'

'Dat ben je niet!'

'In de ogen van normale mensen zeker wel. Maar jij bent anders. Bij jou heb ik het gevoel dat je me begrijpt. Je bent leergierig en zou zelf een goede arts zijn.'

'Daar heb ik de opleiding niet voor,' antwoordde Lilly. 'Dan had ik naar het gymnasium gemoeten. Vanwege mijn zwangerschap heb ik alleen de lagere school kunnen afronden.'

Rudolph dacht lang na. 'Ik weet niet of ik je dit mag vragen, maar...'

'Vraag gerust.'

'Als dat voorval er niet was geweest... Ik bedoel dat met je zoon...'

'Maar het is nu eenmaal wel gebeurd,' antwoordde Lilly. 'Het heeft geen zin erover na te denken welke deuren er voor mij zouden zijn opengegaan.'

Rudolph zweeg bedremmeld, maar de greep van zijn hand bleef warm en stevig. Een tijdlang liepen ze over het berijpte weggetje. Toen vroeg Lilly: 'Wat zal je zus van me vinden? Ik heb tenslotte een... verleden.'

'Ze zal blij zijn dat ik eindelijk een vrouw mee naar huis neem. Ze vraagt zich al een tijdje af of er met mij iets niet in orde is.' Hij schoot in de lach.

‘En mijn zoontje? Wat zal ze daarvan zeggen?’

‘Dat weet ik niet,’ antwoordde hij. ‘Zoiets is bij ons nog niet voorgekomen. Maar is het niet belangrijker dat ik er geen probleem mee heb?’

Lilly liet de woorden op zich inwerken. Woorden waarvan ze niet had gedacht ze ooit te zullen horen. Alle angst om vanwege haar zwangerschap veroordeeld te worden viel van haar af, en ineens leek het haar niet langer onrealistisch om ooit gelukkig te worden.

Hij zweeg even en vroeg toen: ‘Mag ik eens kennis met hem maken?’

‘Zeker,’ antwoordde Lilly, maar meteen overviel haar een onbehaaglijk gevoel. Dat Rudolph Benjamins bestaan accepteerde leek haar bijna te mooi om waar te zijn. Welke prijs zou ze daarvoor moeten betalen?

‘En ben je van plan hem ooit bij je te laten wonen?’ Zijn stem haalde haar terug uit haar gedachten.

‘Daar... heb ik nog niet over nagedacht. Als alleenstaande vrouw red je het met een kind niet zo makkelijk. Ik moet werken voor de kost en waar laat ik hem dan? Bovendien zouden de mensen kunnen denken dat ik lichtzinnig ben. Als je geen oorlogsweduwe bent, denken ze vaak dat je je die ellende zelf op de hals hebt gehaald.’

‘Heb je...’ Hij stokte. Lilly voelde zijn ongemak. ‘Heb je de man die je dat heeft aangedaan ooit teruggezien? Weet hij van de jongen af?’

Lilly dacht terug aan de ontmoeting op het perron en de gedachte snoerde haar keel dicht. ‘Ik zag hem een paar weken geleden toevallig op het station. Ik dacht dat mijn hart het zou begeven.’

‘Herkende hij je?’

‘Nee. Ik denk ook niet dat hij me heeft gezien. Gelukkig maar.’ Ze keek naar de neuzen van haar schoenen. Ze had het niet voor mogelijk gehouden hierover ooit met iemand te kunnen praten. Het was op een ramp uitgelopen toen ze haar ouders haar zwangerschap had opgebiecht. ‘Maar nee, hij weet het niet van mijn zoon.’

Rudolph knikte. Een tijdlang liepen ze zwijgend naast elkaar.

Stel dat alles wat er was gebeurd te veel zou blijken te zijn, vroeg Lilly zich angstig af. Dat hij alsnog van mening verandert...

'Hoe schat je je tante in? Zou ze hem op de hoogte kunnen hebben gesteld?'

'Dat weet ik niet,' antwoordde Lilly. Opeens leek het om haar heen kouder te worden. 'Wat Cecilia doet, doet ze om er zelf voordeel uit te halen. Ik zeg er verder niets over, maar ik weet dat ze goed leeft van het geld dat ik haar stuur. Maar wat zou ze eraan hebben...' Lilly aarzelde. Ze kreeg de naam van haar neef niet over haar lippen. '... om hem over Benjamin te vertellen? Niets!'

'Je had eigenlijk aangifte tegen hem moeten doen,' zei Rudolph nijdig. 'Hij heeft tenslotte geweld tegen je gebruikt!'

'Welke politieagent zou me hebben geloofd?' Ze schudde droevig haar hoofd. 'Ze zouden hebben gezegd dat het mijn eigen schuld was. Dat ik hem had verleid... En dan had je de familie nog. Er zou een enorm schandaal van zijn gekomen. Wie helpt er nou een zwanger meisje?'

Rudolph snoof. Lilly voelde zijn woede duidelijk. Zijn kaken maalden en zijn handen trilden licht. 'Als ik die vent te pakken krijg...'

Lilly legde sussend haar hand op zijn arm. 'Het zou geen zin hebben. Het enige wat ik kan doen is hem vergeten. En zorgen dat hij nooit achter Benjamins bestaan komt.'

Minutenlang keken ze elkaar aan. Op Rudolphs gezicht tekenden zich alle mogelijke emoties af die ze nooit eerder bij hem had gezien. Hij leek elk woord te menen. Maar hij was arts en kon zijn reputatie niet op het spel zetten door iemand in elkaar te slaan.

Uiteindelijk bedaarde hij en vroeg: 'Je zoon heet dus Benjamin?'

'Ja,' antwoordde Lilly. De herinnering aan de discussie met Cecilia's nieuwe vriend deed een rilling over haar rug lopen. 'Een Jodennaam, zoals die Heller zei.'

'Inderdaad een naam die stamt uit het Hebreeuws.' Ze voelde zijn hand steviger om de hare. 'Benjamin betekent "zoon van het geluk".'

Lilly keek hem aan. De tranen sprongen haar in de ogen. 'Dat wist ik niet.'

'We denken maar zelden na over de betekenis of herkomst van iets.'

'Ik vond het gewoon een mooie naam. En hij past bij hem. Ook al waren de omstandigheden moeilijk voor mij, hij heeft het tot nu toe niet slecht getroffen. Cecilia is dan wel zoals ze is, ze behandelt hem fatsoenlijk. En als ik bij hem op bezoek ben, heb ik de indruk dat hij gelukkig is.'

Rudolph trok haar in zijn armen en toen voelde ze zijn lippen op haar mond. Ze omhelsden en kusten elkaar lang en ten slotte streek hij haar teder over haar wang.

'Dat wil ik ook voor jou. Dat je gelukkig bent. Ik wil je beschermen, zodat jou van nu af aan nooit meer iets verdrietigs overkomt.'

Lilly snikte even en legde toen haar hoofd tegen zijn borst.

Hij streelde haar haar en bleef haar stevig vasthouden.

'Ik hou van je, Lilly,' zei hij zacht maar met vaste stem.

Ze keek op naar hem. 'Ik ook van jou.'

Ze wist maar al te goed dat hij haar niet voor elk onheil zou kunnen behoeden. Maar dat verlangde ze ook niet. Ze had alleen iemand willen hebben die haar steun gaf. En die leek ze in Rudolph eindelijk te hebben gevonden.

# 44

*Zehlendorf, 29 januari 1932*

In de tijd die volgde liet Rudolph niet na Lilly op allerlei manieren te bemoedigen. Zo vond ze een gedroogd viooltje in een naslagwerk dat hij haar had geleend, met een briefje erbij waarin hij haar voorstelde voortaan langs deze weg berichtjes uit te wisselen.

'Ik hou van je,' stond er op een van de briefjes die hij haar schreef, en Lilly beantwoordde het door een ander boek terug te geven met daarin: 'Ik ook van jou.'

Als het mogelijk was en niemand hen kon zien, spraken ze af in de schuilhut, waar ze minutenlang in elkaars armen lagen. Op de gangen benutten ze elke gelegenheid voor heimelijke aanrakingen.

Haar collega's leken niets in de gaten te hebben.

Martha was het slechts opgevallen dat er telkens een ander boek op haar nachtkastje lag. Lilly had haar verteld dat professor Kirsch haar speciaal voor de behandeling van bottuberculose wilde opleiden. 'Wil hij soms een dokter van je maken?' vroeg ze.

'Kennis kan toch nooit kwaad?' antwoordde Lilly en ze lette erop de briefjes uit de boeken te halen voordat ze de kamer verliet.

Zo ging de week voorbij met werk, berichtjes en bezoekjes aan Gerda.

'Wat doe je hier bij mij?' vroeg haar vriendin toen ze haar vrijdagavond opzocht. Op haar armen waren nieuwe bloeduitstortingen verschenen, die eruitzagen als huiduitslag. 'Je moet gaan dansen.'

'Ik ga toch niet zonder jou,' antwoordde Lilly. Ze trok een stoel bij. Op het nachtkastje zag ze het dienblad met avondeten staan. Gerda had het niet aangeroerd, hoewel de melkpap op smaak was gebracht met kaneel en suiker en makkelijk door te slikken was.

'Ik mis het Ballhaus,' zei ze. 'En de mensen daar. Ze vragen zich vast af waar ik blijf.'

Ze viel even stil en keek Lilly aan. 'Jij vertelt het ze toch wel? Ik wil niet dat ze zich ongerust maken.'

Lilly had het gevoel dat iemand haar een stomp tegen haar borst had gegeven.

'Dat doe je mooi zelf maar als je weer op de been bent!' zei ze, waarop Gerda glimlachte en haar hoofd schudde.

'Ik weet dat ik dat niet meer zal kunnen.' Ze pakte Lilly's hand.

Lilly wierp een blik op de pleisters, die langzamerhand weer doordrenkt raakten omdat haar bloed maar niet wilde stollen. 'Wil je me beloven dat je erheen gaat om ze te vertellen wat er aan de hand is? En als je daar toch bent, doe dan meteen een dansje. Voor mij. Ik laat je ook mijn jurken na, zelf heb ik ze toch niet meer nodig.'

'Dat beloof ik,' antwoordde Lilly in tranen.

Toen werd aangekondigd dat de nachtrust inging moest Lilly Gerda's kamer verlaten. De nachtzuster zou verder voor haar zorgen.

Gerda's verzoek liet haar niet los.

Ze dacht aan de portier, de barman en de vele andere mensen met wie Gerda bij haar bezoeken aan het Ballhaus was omgegaan. Ze leek met iedereen goed overweg te kunnen. Ze zouden haar vast en zeker missen.

Toen ze de deur van haar kamer zachtjes opendeed, stond haar besluit vast. Martha lag in bed te snurken. Ze moest tijdens het lezen in de Bijbel in slaap gevallen zijn, want het boek lag nog op haar dekbed.

Lilly sloot de deur achter zich en sloop naar de kledingkast. Daar pakte ze haar grijze winterjurk en verdween ermee achter het kamerscherm. Het was geen jurk voor een dansavond, maar hij was goed genoeg om Kalle, de portier, op de hoogte te gaan stellen.

Toen ze was omgekleed trok ze haar jas aan en deed ze haar sjaal om.

'Waar ga jij op dit uur nog naartoe?' vroeg Hedwig van achter de receptie toen Lilly haastig naar de deur liep.

'Ik moet iets regelen. Voor Gerda.'

Hedwig knikte en richtte haar blik beschroomd op haar krant.

De koude nachtwind deed Lilly huiveren, maar kon haar vastberadenheid niet verdrijven. Ze liep de Alsenstrasse door, op zoek naar de dichtstbijzijnde bushalte. Ze wist dat er soms vreemde kostgangers in de nachtbus zaten, maar ditmaal was ze niet bang.

Het voelde min of meer als toen ze haar ouderlijk huis verliet om op eigen benen te gaan staan. Alleen wist ze nu waar ze heen ging.

In het Scheunenviertel volgde ze de weg die ze met Gerda had genomen. Deze keer lette ze nauwelijks op de voorbijgangers. Ze werd door een man aangesproken, maar deed alsof ze hem niet had gehoord.

Ze had een sprankje hoop dat ze Rudolph zou tegenkomen. Hij ging vast nog steeds met zijn jongere zus naar de synagoge. Maar toen besefte ze dat het al te laat was voor een eredienst.

Toen ze bij het Ballhaus aankwam zag ze dat er geen rij meer voor de deur stond. Slechts een paar mensen in kennelijke staat wankelden haar tegemoet. Door de muren heen klonk gedempte muziek en achter de ramen gleden schaduwen van onvermoeibaar dansende mensen voorbij.

Toch liep Lilly om naar de achteringang. De portier die daar de wacht hield stond met twee andere mannen te roken.

'Goeienavond, Kalle,' zei ze ter begroeting, waarop hij verbouwereerd ophield met praten.

Lilly had hem nog nooit met die naam aangesproken, maar ze wist dat Gerda hem altijd zo noemde.

'Wat mot je?' vroeg hij uitdagend.

Toen ze dichterbij kwam en er een lichtschijnsel op haar gezicht viel, leek er iets bij hem te dagen. 'Ik ken je ergens van...'

'Ik ben hier met Gerda geweest,' zei Lilly terwijl ze de andere mannen een korte blik toewierp. Ze waren twee koppen groter dan zijzelf en het zou geen probleem voor hen zijn haar een donker hoekje in te sleuren. Maar bij het horen van Gerda's naam weken ze iets terug.

'Wat is er met 'r? Ik miste d'r al.'

'Ze... is ernstig ziek,' antwoordde Lilly terwijl ze haar opwellende tranen terugdrong. 'Ik moest jullie van haar vaarwel zeggen.'

'Wat?' Kalles gezicht vertrok.

'Ze heeft leukemie en de artsen geven haar nog maar heel weinig tijd. Ze heeft me gevraagd het aan jullie te vertellen. Aan haar vrienden.'

De man keek haar nog steeds verward aan en schudde zijn hoofd.

'Kolere,' fluisterde een van de anderen.

'Mag ik even naar binnen om met de barman te praten? Met hem was ze volgens mij ook goed bevriend. En met de serveersters.'

'Als dit een truc is om binnen te komen...'

Lilly deed haar jas open en liet hem haar grijze jurk zien. 'Zie ik eruit alsof ik hier voor mijn plezier kom?'

Ze keken elkaar even aan, toen stapte de man opzij om haar door te laten.

De muziek klonk haar overdreven hard in de oren en er hing een blauwe sigarettenwalm. De mensen op de dansvloer maakten de wildste bewegingen. Een van de meisjes had wel wat van Gerda weg. Ze danste met een jongeman met gepommadeerd haar.

Lilly moest zich afwenden, want verdriet kon ze hier niet gebruiken. Ze liep naar de bar en sprak met de barman, die haar vervolgens doorstuurde naar een groepje meisjes. Lilly vertelde ook hun over Gerda en bracht haar groeten over. Toen ze iedereen had gesproken keerde ze terug naar de achterdeur. Ze wist dat Gerda geliefd was, maar toch was Lilly verrast over het medeleven dat haar kennissen hadden getoond. Ze was ervan overtuigd dat Gerda blij zou zijn met de goede wensen van deze mensen.

Toen ze naar buiten liep, zag ze dat de portier weer alleen was. Hij keek haar even onderzoekend aan en het viel Lilly op dat zijn ogen opvallend rood zagen.

'Als je wat nodig hebt, zeg je het, oké?' zei Kalle onzeker. 'En doe die snoes de groeten van me. Ik mocht haar altijd graag.'

'Ze leeft nog, hoor,' zei Lilly. Ze draaide zich om en zei: 'Maar bedankt, ik zal het doorgeven.'

'Je krijgt de groeten van Kalle,' zei Lilly zondagavond, toen ze verslag deed van haar bezoekje aan het Ballhaus. 'En van Hannes en Frieder en de anderen. Ze missen je.'

De matheid in Gerda's blik verdween en haar ogen begonnen te stralen. 'Je bent er dus geweest?'

Lilly knikte.

'Wat speelde het orkestje? Weer "Täubchen"?'

'Je weet dat ik niet veel verstand van muziek heb,' zei ze afwimpelend, maar Gerda gaf niet op.

'Kom, vertel eens hoe het was. En met wie je allemaal hebt gedanst.'

Gerda zou moeten weten dat ze helemaal niet had gedanst. Maar aan de zweetdruppeltjes op haar voorhoofd zag Lilly dat ze weer koorts had. En dus begon ze te vertellen: over een gigolo met een opgedraaide snor, over een exotisch uitziende tangodanser en vrouwen in jurken van changeantstof. Ze vertelde over schalen met heerlijk eten en een piramide van champagneglazen.

Gerda sloot haar ogen en glimlachte. Lilly's verhalen leken beelden voor haar geestesoog te toveren. Na een tijdje zei ze: 'Hadden we maar een grammofoon, zodat we muziek konden afspelen.'

'Ja, dat zou fijn zijn,' antwoordde Lilly in plaats van haar erop te wijzen dat het afdelingshoofd waarschijnlijk zou zorgen dat het apparaat weer vlug werd verwijderd.

Toen ze Gerda's kamer een uur later verliet, liep ze zuster Hanna tegen het lijf, die er bezorgd uitzag. Lilly wilde vragen wat er aan de hand was – tenslotte onderhield ze contact met mevrouw Conradi en de gezondheidstoestand van de dokter was nog steeds erg instabiel – toen Hanna zelf begon: 'Lilly, kunnen we even praten?'

'Ja, wat is er, Hanna?'

'Laten we naar beneden gaan en samen een kopje thee drinken. Als je het niet te druk hebt.'

'Het is rustig op onze afdeling en ik moet toch even pauze nemen.'

Ze liep achter Hanna aan naar de eetzaal.

Daar haalden ze allebei een kopje thee uit de keuken en gingen aan een van de vrije tafels zitten. Even was het zo stil dat ze het zoemen van de buislampen boven hen konden horen.

'Heeft Gerda het ooit met je over haar ouders gehad, of over andere familieleden?'

'Eén keer maar,' antwoordde Lilly. 'Met haar moeder heeft ze volgens mij al lang geen contact meer en over andere familieleden heeft ze niets gezegd.' Het leek wel of Gerda's leven pas was begonnen met haar komst naar Waldfriede.

Hanna tuurde een poosje in haar theekopje. 'De artsen geven haar niet heel lang meer. Ik heb dokter Meyer vandaag gesproken. Hij vroeg wie we op de hoogte moeten stellen.'

Lilly zweeg. Ze wist natuurlijk dat er geen hoop voor Gerda was, maar dat haar einde zo nabij was raakte haar diep.

'Wat dat betreft kan ik je waarschijnlijk niet helpen.'

Hanna zuchtte. 'Dat dacht ik al. Ik kan proberen het haar te vragen, maar... ik vrees dat ik daar weinig mee opschiet.' Ze keek op. 'Zou jij misschien...'

'Ik weet niet of ik wel antwoord zou krijgen,' zei Lilly. Ze kon moeilijk tegen Gerda zeggen dat haar einde nabij was en dat ze dringend contact met haar moeder moesten opnemen. 'Is er geen andere manier? Misschien dat ze bij het bevolkingsregister een adres hebben...'

Het schoot haar te binnen dat ze zelf eigenlijk de handtekening van haar ouders nodig had gehad om aan de verpleegopleiding van het Charité te beginnen. Daar hadden ze er alleen van afgezien omdat ze had gezegd dat ze wees was. 'Hebben haar ouders erin toegestemd dat ze hier op Waldfriede de verpleegopleiding ging volgen? Ze is immers nog niet meerderjarig...'

Hanna knikte. 'Ik zal haar dossier erop nazien. Dokter Conradi bewaart de dossiers achter slot en grendel, maar als ik het dokter Meyer vraag...'

Lilly knikte. Dat had ze liever dan Gerda er in haar situatie naar te vragen en daarmee wellicht iets naar boven te halen wat haar toestand zou verergeren.

'Als we haar ouders niet kunnen bereiken,' begon Lilly en ze voelde opeens een dikke brok in haar keel. 'Hoe moet dat dan met haar...' Ze kon het woord niet over de lippen krijgen. Maar Hanna leek haar zo ook te begrijpen.

'Haar begrafenis?' vroeg ze.

Lilly knikte.

'Die regelen wij dan. Maar het zou echt beter zijn als haar ouders op de hoogte waren. Hoe de verhoudingen ook liggen.'

Hanna staarde een tijdje in de verte. Lilly voelde dat ze nog iets anders op het hart had.

'Je hebt momenteel veel op je bord, nietwaar?' vroeg ze voorzichtig.

'Ach, als je eens wist...' verzuchtte Hanna en ze schudde haar hoofd. 'Maar ik wil er niemand mee opzadelen.'

'Kan ik je ergens mee helpen?'

Hanna keek haar aan en er viel een schaduw over haar ogen. 'Dat is lief van je, maar het is niet nodig. Het vergt al genoeg van jou om er voor Gerda te zijn.'

# 45

*Zehlendorf, 30 januari 1932*

Lilly probeerde de volgende avond nog met Gerda te praten, maar ze was zo verzwakt door bloedarmoede dat ze nauwelijks kon volgen wat Lilly zei. Slechts eenmaal mompelde ze dat het haar moeder toch niet zou kunnen schelen hoe het met haar ging. Op de vraag of ze nog meer familie had gaf Gerda geen antwoord.

Ondanks al hun inspanningen moesten de artsen de strijd om haar leven opgeven. Dr. Meyer kwam die middag naar Lilly toe en zei: 'Ik zal professor Kirsch vragen of hij u voor de komende dagen wil overplaatsen naar mijn afdeling. Gerda mag niet alleen zijn als...'

'Hebt u haar moeder weten te bereiken?' vroeg Lilly bedrukt. Ze had er sinds haar gesprek met zuster Hanna niet meer naar gevraagd.

'We hebben haar op de hoogte gesteld en haar de keuze gelaten al dan niet te komen. Maar tot dusver heeft ze zich niet laten zien en ik vrees dat dat ook zo zal blijven.'

Lilly wist maar al te goed wat ruzie in een familie kon aanrichten. Dat Gerda in ongeveer dezelfde situatie zat als zijzelf had ze echter nooit verwacht.

Inderdaad sprak Rudolph haar een paar uur later aan. 'Ik heb dr. Meyer gesproken. Je gaat een dag of twee beneden op interne werken.'

'Tot Gerda...' Lilly brak in snikken uit. Rudolph stond er hulpeloos bij. Omdat ze op de gang van de afdeling stonden en de directrice in de buurt was, kon hij haar niet zomaar in zijn armen nemen.

’s Avonds op haar kamer, toen ze even bij Gerda was geweest en had gezien hoe slecht ze eraan toe was, bleef Lilly lang op de rand van haar bed zitten. Iets weerhield haar ervan tussen de lakens te kruipen. Bijna wenste ze dat Martha er was, maar die had nachtdienst. Ze verlangde naar Rudolph, maar hij kon onmogelijk op haar kamer komen zonder een schandaal te veroorzaken.

Dus restte haar niets anders dan rillend van de kou haar armen om haar schouders te slaan en te proberen aan iets anders te denken.

Dat lukte pas toen ze zich haar zoon voor de geest haalde. Gerda was haar vriendin, maar ook haar had ze niet over Benjamin verteld. Moest ze dat alsnog doen?

Ze bedacht dat hij in het voorjaar voor het eerst naar school zou gaan en dan, zoals alle kinderen, op de eerste dag de *Schultüte*, de grote puntzak met snoep en schoolbenodigdheden, zou meenemen. Tijdens een van haar bezoekjes had hij gezegd dat hij er graag een met wilde dieren erop wilde hebben. Op een van haar volgende vrije dagen zou ze naar een papierwinkel of warenhuis gaan om te zien of ze er zo een kon krijgen.

Uiteindelijk werden haar oogleden zwaar en ging ze liggen. Wat zou het fijn zijn, dacht ze, als ze Benjamin nu bij zich had en hem een verhaaltje kon vertellen. Een verhaaltje dat haar aandacht zou afleiden van wat onherroepelijk op hen allemaal afkwam.

De volgende middag meldde Lilly zich bij dr. Meyer. Ze was ingedeeld voor de avonddienst, zodat ze bij Gerda kon waken.

‘Hoe gaat het met haar?’ vroeg ze toen ze de dokter in de zusterkamer aantrof.

‘Iets beter,’ zei hij tot haar grote verrassing. ‘Maar het zal niet meer dan een korte opleving zijn. Vlak voor het overlijden verzamelt het lichaam nog eenmaal al zijn krachten, waarschijnlijk om de ziel gelegenheid te bieden afscheid te nemen. Verwacht dus niet al te veel als u bij haar gaat kijken.’

Toen Lilly de ziekenkamer binnenkwam zag ze dr. Meyers woorden bevestigd. Gerda leek er inderdaad wat beter aan toe te zijn, al zag ze nog steeds bleek. Haar vriendin begroette haar zittend in bed, wat Lilly al in geen dagen had meegemaakt. De meeste tijd had ze in een schemertoestand doorgebracht, zonder haar ogen ook maar op te slaan. Maar nu slaagde ze er zelfs in te glimlachen.

'Lilly,' zei ze zwakjes.

'Hier ben ik.' Voorzichtig pakte ze haar hand. Elke enigszins ferme aanraking, hoe minimaal ook, kon een bloeduitstorting veroorzaken.

'Het is zo jammer dat ik niet meer kan gaan dansen,' zei Gerda zacht. 'Ik was graag nog eens naar het Ballhaus gegaan.'

Lilly vroeg zich af of ze haar weer een verhaal over een verzonnen dansavond moest vertellen.

'Misschien zijn er in de hemel ook wel dansorkestjes,' ging Gerda verder.

'Misschien,' zei Lilly haar na en ze beet op haar lippen. Haar ogen stonden vol tranen, maar ze wilde niet dat het laatste wat Gerda hoorde een huilbui van haar zou zijn. Zij, die altijd had gelachen en vrolijk was geweest.

Toen Gerda's gezicht vertrok, sprong ze op. 'Heb je pijn?'

'Ja.'

'Zal ik iets voor je halen?'

Gerda schudde haar hoofd. 'Nee, blijf maar, het gaat zo wel weer.' Ze keek Lilly smekend aan. 'Ik weet namelijk niet... of ik... er nog wel ben als je terugkomt, snap je?'

Lilly wendde haar hoofd af, zodat ze niet zou zien dat de tranen haar over de wangen liepen. Even bleef ze zo zitten, tot ze zich enigszins had weten te vermannen. Ze boog naar voren en gaf Gerda een kus op haar voorhoofd.

'Ik blijf,' zei ze. Ze haalde haar neus op en veegde haar gezicht droog.

'Je zou me nog vertellen wie die man is,' zei Gerda zwakjes. 'De man op wie je verliefd bent.'

Lilly verkeerde in tweestrijd. Zou ze het haar vertellen? Gerda was wel de laatste om haar het geluk te misgunnen of haar te veroordelen.

'Het is professor Kirsch,' gaf ze toe.

Gerda keek haar opmerkzaam aan en langzaam verscheen er een glimlach op haar gezicht. 'Het werd ook wel tijd dat hij een goede vrouw vond. We dachten al dat hij geen interesse in het huwelijk had.'

'Hij heeft het wel over een gezin gehad, maar het is nog te vroeg om plannen te maken.'

Gerda fronste haar wenkbrauwen. 'Het wordt toch wel wat met jullie, of niet soms?'

'Het ziet er zeker naar uit.'

'Is hij lief voor je? Geeft hij je cadeautjes?'

'Lief is hij inderdaad. En cadeautjes... Hij heeft me een geweldige kerst bezorgd. Als ik bij hem ben, voel ik me een ander mens. Een beter mens.'

'Beter dan dat bestaat toch eigenlijk niet.' Gerda deed haar best om te glimlachen. 'Weet je, ik zal het missen, als ik op mijn wolkje in de hemel zit.'

'Dat wij samen praten?'

'Dat ook. Maar ik bedoel de liefde. Ik ben nog nooit verliefd geweest.'

'Wat? De mannen staan toch voor je in de rij?' Lilly dacht terug aan hun dansavond; het was voor Gerda nooit een probleem geweest een danspartner te vinden.

'Maar van hen wil ik geen...' Gerda tilde haar hand van de deken. Er prijkten grote blauwe plekken op haar vingers.

Lilly begreep wat haar gebaar betekende en reikte haar de hand. Zwakjes omklemde Gerda haar vingers.

'Ik wil eventjes slapen. Blijf je hier?'

'Ik blijf zo lang als je wilt.'

Gerda knikte en haar ogen vielen dicht.

Lilly streek zachtjes een lok uit haar gezicht. De koorts leek iets te zijn gezakt; haar voorhoofd voelde koeler aan dan eerst. Zou er toch nog hoop zijn?

Nee, hield ze zichzelf voor. Dr. Meyer was volkomen duidelijk geweest. Ze konden alleen maar afwachten.

De stilte in de kamer drukte zwaar op haar. Buiten werd het geleidelijk donker en Lilly deed het bedlampje aan. Gerda ademde zwaar en reutelde, maar haar borstkas ging op en neer. Hoeveel tijd zou haar nog resten? Eén dag? Twee?

Ten slotte kon Lilly geen weerstand meer bieden aan haar vermoeidheid. Omdat er niemand meer de kamer in kwam die haar deed opschrikken, viel ze in een diepe slaap.

Het duurde niet lang of ze droomde van Benjamin met zijn speelgoedpaardje. Hij speelde net zoals tijdens haar laatste bezoek aan hem. Toen hij haar aanwezigheid voelde, keek hij op.

'Tante Lilly!' riep hij uit en hij sprong op. 'Ik moet je iets laten zien!' Hij pakte haar bij de hand en trok haar mee.

Pas nu zag Lilly dat ze zich in een gebouw bevonden dat ze nooit eerder had gezien. Ze liepen door diverse gangen en grote lege kamers naar een deur die uitkwam op een achterplaats. Daar stond in het midden een enorme boom met Gerda in een groene jurk ervoor.

'Ik wilde je nog één keer zien,' zei ze, en ze strekte haar hand uit. Toen Lilly die aanraakte, veranderde Gerda's lichaam in een zwerm groene vogels...

'Gerda...' zei Lilly verward toen ze wakker werd. Ze keek opzij. Het was inmiddels helemaal donker, alleen het bedlampje gaf licht. Gerda's ogen waren gesloten, haar wangen ingevallen. Maar de pijn was van haar gezicht geweken. En haar vingers waren zo koud...

Als bij toverslag viel de vermoeidheid van haar af. Ze had geweten dat het kon gebeuren, en toch kwam het voor Lilly onverwacht. Met een brok in haar keel en tranen in haar ogen legde ze Gerda's hand behoedzaam op de deken en liep ze de kamer uit om een arts te halen, die zou bevestigen wat ze allang wist.

# 46

*Zehlendorf, 2 februari 1932*

Gerda's begrafenis vond een paar dagen later plaats. Het was nog steeds helder en zonnig weer, maar het daglicht was niet toereikend om de kou te verdrijven.

Op de begraafplaats aan de Spandauer Strasse, niet ver van het ziekenhuis, kwamen behalve de leerlingen van de verpleegopleiding ook artsen en verpleegsters bijeen die met haar gewerkt hadden.

Lilly keek bedrukt naar de groep begrafenisgangers. Gerda zou het fijn hebben gevonden te zien hoeveel mensen haar graag mochten. Maar ze had liever gehad dat ze weer samen door het park konden wandelen.

'Zuster Lilly,' hoorde ze Rudolph zeggen en even later stond hij naast haar. Hij droeg een zwarte jas en een zwarte hoed. Hij was over het gras komen lopen; er parelden waterdruppels op de neus van zijn zwarte schoenen.

Lilly droeg de donkerblauwe uitgaansjurk die haar door het ziekenhuis was verstrekt. Afgezien daarvan was haar bruine jas het donkerste kledingstuk dat ze bezat. Toen ze de inhoud van haar kast bekeek was het haar opgevallen dat er niets geschikts bij zat voor een sterfgeval.

'Professor,' antwoordde ze, want ze wist dat de anderen hen konden horen. 'Fijn dat u bent gekomen.'

Lilly keek hem aan en hoewel ze zich terneergeslagen voelde, verscheen er een glimlach om haar lippen. Rudolph beantwoordde die heel subtiel en keek toen voor zich uit.

'Hoe gaat het met u?' vroeg hij, hoewel hij dat eigenlijk zou moeten weten. Ze wisselden nog steeds boeken met berichtjes uit. Maar ze voelde aan dat hij een praatje wilde maken, een onschuldig praatje, en daarom antwoordde ze: 'Ik ben verdrietig.'

'Begrijpelijk,' zei hij. Lilly kon wel zien dat hij haar graag in zijn armen had willen nemen. En zij had zich graag tegen hem aan gevlijd en willen dromen van warmere dagen, van een einde aan de pijn die ze in haar hart voelde.

'Laten we maar naar binnen gaan,' zei hij en hij wees naar de stoet begrafenisgangers, die nu in beweging kwam.

Op de voorste banken van de kapel zat Gerda's familie, geen al te groot groepje. Lilly zag een vrouw die haar moeder zou kunnen zijn. Ze leek een beetje op Gerda, met een rug gekromd door de jaren. Of door verdriet. Maar waarom was ze dan niet naar Waldfriede gekomen om bij haar dochter te zijn? Waarom was ze hier eigenlijk als ze dat niet eens voor Gerda over had gehad?

Lilly onderdrukte haar woede; verwijten waren hier niet gepast. Bovendien kende ze de reden van hun onmin niet. Rudolph en zij gingen op een van de achterste banken zitten.

Zoals altijd deed hij zijn best om niet al te erg op te vallen. Dat kwam haar heel goed uit nu ze zijn aanraking voelde. Hier achterin, buiten het gezichtsveld van anderen, konden ze het riskeren. Rudolph gaf een kneepje in haar hand, hield hem vast, streelde met zijn duim over haar handrug. Ze kreeg een warm gevoel vanbinnen. Ze voelde zich geborgen als nooit tevoren en de pijn in haar hart werd minder.

Toen de pastor zich tot de gemeente richtte, werd het stil. Hij begon met een kort welkomstwoord en een gebed en vertelde daarna over Gerda's leven.

Pas nu besefte Lilly dat ze de vriendin met wie ze had gedanst en gelachen helemaal niet zo goed kende. Ze was in 1912 geboren als derde van vier kinderen. Haar vader was in de oorlog gesneuveld en haar moeder had hun kinderen daardoor alleen moeten grootbrengen. Zodra ze ertoe in staat was, had Gerda kleine klusjes aangenomen, zoals naaiwerk en de was doen, om het gezin financieel te steunen. Toen ze in 1929 naar Waldfriede kwam was ze begonnen als keukenmeisje, maar later werd ze toegelaten tot de verpleegopleiding.

Waar de pastor niets over zei was Gerda's levenslust, de zorg voor haar patiënten, haar plezier als ze op vrijdagavond kon gaan dansen. Of over de dromen van een liefde die niet meer in vervulling zouden gaan.

Toen de pastor klaar was met zijn verhaal zongen de aanwezigen nog een lied, waarna de kist de kapel uit werd gedragen.

Lilly en Rudolph sloten zich bij de andere gasten aan. Aan het graf probeerde ze zich groot te houden, al viel haar dat ontzettend zwaar. Ze dacht terug aan Gerda op de dansvloer in het Ballhaus en aan het plezier dat ze tijdens hun gezamenlijke diensten hadden gehad. En ze herinnerde zich hun eerste ontmoeting weer, toen Gerda bedeesd had geïnformeerd of ze haar om hulp mocht vragen.

Toen de kist in het graf was neergelaten liepen de genodigden er zwijgend langs; ze wierpen een roos op de kist, of drie handjes zand.

Lilly wierp niets op de kist maar bleef staan en boog het hoofd. Vanbinnen voelde ze een groot gat, een leegte die niemand op dat moment had kunnen vullen. Maar haar gedachten waren helder.

Ik zal leven, beloofde ze Gerda in stilte. Voor ons beiden. Ik zal het beste maken van de tijd die me gegeven is, zoals jij dat hebt gedaan, al was je er zo weinig van vergund. En ooit zal ik ook weer dansen.

~

Door en door verkleumd kwam Hanna terug in de spreekkamer. Ze had eigenlijk het liefst weg willen kruipen, maar het was bijna tijd voor het middagspreekuur en er was verder ook van alles te doen. Toch ging ze even op een stoel zitten om naar buiten te kijken.

De dood was in Waldfriede net als in elk ander ziekenhuis een steeds terugkerende gast, maar tot dusver was niemand van het verplegend personeel erdoor getroffen. Medewerkers kwamen en gingen, maar meestal omdat ze de wijde wereld in trokken, omdat ze trouwden of tot het inzicht kwamen dat hun bestemming elders lag. Het overlijden van leerling-verpleegster Gerda had iedereen in het ziekenhuis diep geschokt, omdat het veel te vroeg leek, en zo oneerlijk...

Wat is de mens, dacht Hanna. Ze besefte dat ze van nu af aan ook gebeurtenissen als deze zou moeten opnemen in de kroniek die ze al jaren bijhield. De zorgeloze tijden waren definitief voorbij.

Nadat ze nog een poosje naar de witte vederwolken aan de hemel had gekeken, stond ze zuchtend op om aan het werk te gaan. Haar blik viel op de stapel post, die een van de dienstmeisjes moest hebben binnengebracht.

Toen ze de brieven begon te sorteren viel er een ansichtkaart met een prachtig zeegezicht tussenuit. Onder aan de rand stond SKODSBORG.

Met een gevoel alsof er vuur door haar aderen schoot draaide ze de kaart om en las:

*Beste Hanna,*

*Vandaag schrijf ik u maar kort, want het ontbreekt me nog steeds aan kracht om de pen lang vast te houden. Ik hoop dat u het goed maakt en dat u blij zult zijn te horen dat ik van plan ben binnen drie weken naar huis te gaan. Het zal natuurlijk nog een tijd duren tot ik volledig genezen ben, maar ik heb heimwee en ben ervan overtuigd dat Waldfriede ervoor zal zorgen dat ik weer helemaal de oude word. Ik wil u vragen eens te kijken hoe het er bij mij thuis uitziet – er moet wel een dikke laag stof liggen – en ik wil u vooral vragen gezond te blijven.*

*Tot spoedig ziens, met hartelijke groeten,*
*Dr. Conradi*

# 47

*Zehlendorf, 24 februari 1932*

'Welkom thuis!' zei zuster Hanna glimlachend toen ze de Conradi's bij de voordeur van hun woning tegemoet trad. De dokter zag er nog steeds een beetje vermagerd en bleek uit en leek een paar jaar ouder te zijn geworden. Hetzelfde gold voor Catherine, die naast hem liep. Er zaten meer zilveren strepen in haar haar.

Maar Conradi liep op eigen kracht. En dat was heel wat na alles wat hij had meegemaakt.

'Het doet me plezier u weer te zien, zuster Hanna,' antwoordde de dokter. 'Ik hoopte meteen weer aan het werk te kunnen gaan, maar ik zal nog wel even moeten bijkomen.'

'Het voornaamste is dat u er weer bent,' zei Hanna en ze hield de voordeur voor hen open. Het viel haar op dat hij bij het spreken niet meer zo buiten adem leek, ook een heuglijke stap in de goede richting.

'Heb je misschien nog een ogenblikje, Hanna?' vroeg Catherine. 'Ik zou je graag even spreken als ik mijn man naar boven heb gebracht.'

'Ik kan wel alleen naar boven gaan,' zei dr. Conradi. 'Je hebt gehoord wat de artsen zeiden over traplopen.'

'Ze hebben ook gezegd dat je het rustig moest opbouwen.'

Catherine keek hem na en zei toen tegen Hanna: 'Bedankt dat je ervoor hebt gezorgd dat we niet met veel tamtam worden ontvangen. Het mag dan wel beter gaan met mijn man, maar hij heeft ook de komende tijd nog rust nodig.'

‘Dat spreekt toch vanzelf,’ antwoordde Hanna. ‘Ik heb de vrijheid genomen de dienstmeisjes opdracht te geven uw woning in orde te maken.’ Ze zweeg even en vroeg toen: ‘Wanneer denkt u dat hij weer aan het werk kan?’

‘Dat is moeilijk te zeggen. Hij moet nieuwe medicijnen krijgen, maar alleen dokter Meyer zal een nauwkeurige prognose kunnen geven.’ Catherine keek haar even aan en voegde eraan toe: ‘Het spijt me dat ik destijds zo tegen je tekeer ben gegaan. Het ligt niet aan jou dat mijn man ziek is geworden. Het was gewoon...’

Die verontschuldiging kwam voor Hanna als een verrassing. ‘Het is wel goed hoor, ik was het alweer vergeten.’ Ze glimlachte. ‘Ik ben heel blij dat de dokter terug is. Het ziekenhuis is niet hetzelfde zonder hem; dat hebben we allemaal gemerkt.’

‘Heeft zijn afwezigheid een erg negatieve invloed op de financiën gehad?’

‘Daar kan alleen onze boekhouder, meneer Kahl, u antwoord op geven. Maar de patiënten missen uw man zeker. Sommige bleven weg toen ze hoorden dat hij afwezig was.’

Catherine slaakte een zucht. ‘Het zal wel een tijd duren voordat alles weer z’n gewone gangetje gaat.’

‘Ondertussen houden we vol en doen we ons best.’ Hanna besefte heel goed dat Catherines excuses haar niet tot een bondgenote maakten, maar toch had ze het gevoel dat ze op één lijn zaten.

De twee vrouwen keken elkaar aan en ten slotte verscheen er een glimlachje op Catherines gezicht. ‘Dan zien we elkaar zeker weer bij de dagelijkse besprekingen?’

Hanna knikte. ‘Laat het me gerust weten als u iets nodig hebt, dan kan ik het meebrengen. En verder ben ik ook beschikbaar als u hulp kunt gebruiken.’

~

De lente brak aan, onopvallend maar vlug. In de weken die volgden werd de tuin steeds groener en algauw begonnen de forsythia’s te bloeien. Het twaalfjarig bestaan van het ziekenhuis in april naderde met rasse schreden.

Met de nieuwe medicatie verbeterde Louis' toestand met de dag, en toch vond hij het te langzaam gaan. Zijn ongeduld nam toe. Hij was toch zeker niet voor de dood bewaard gebleven om werkeloos af te wachten! Maar Erich Meyer hield strikt de hand aan zijn voorschriften en ook met Catherine viel niet te praten.

De afgelopen weken hadden ze gelegenheid gehad als paar weer nader tot elkaar te komen. In Skodsborg had hij nauwelijks iets terug kunnen doen voor alle zorg die Catherine hem had gegeven omdat hij overal te zwak voor was. Maar nu ging het hem weer makkelijker af haar een liefdevolle blik en een glimlach te schenken, of om haar te kussen zoals toen ze nog jong waren. Hij voelde dat ze van zijn aanrakingen genoot en ze leek veel rustiger en milder. Zouden ze de warmte die ze elkaar schonken, kunnen blijven opbrengen als hij weer in het ziekenhuis werkte?

Louis maakte er een gewoonte van 's ochtends als de zon al wat hoger aan de hemel stond in de serre op de eerste verdieping van hun huis te gaan zitten. Op de bouwtekening had die opbouw hem een tikje decadent geleken – het huis leek toch al bijna een villa – maar nu was hij er blij mee.

Hij genoot van het uitzicht: gazons, bonte krokussen, de groenblijvende taxusstruiken, die wel weer eens flink gesnoeid mochten worden, en natuurlijk het ziekenhuis zelf met de bedrijvigheid op de rotonde en achter de ramen.

Vanzelfsprekend maakte dat alles hem ook ongeduldig. Hij popelde om zijn spreekkamer en de ok binnen te gaan. Hij wilde weer met andere mensen praten, met zijn vrouwelijke en mannelijke patiënten, visite lopen...

In elk geval kwam Hanna dagelijks langs om hem op de hoogte te stellen van de gang van zaken in het ziekenhuis.

'We moeten erover nadenken wat we willen doen met het jubileum van de verpleegopleiding,' had ze die ochtend gezegd. 'Die bestaat nu ook al weer tien jaar.'

'Zijn degenen die met de opleiding te maken hebben eigenlijk niet verantwoordelijk voor de voorbereidingen?' had Catherine, die bij de bespreking aanwezig was, gevraagd.

'Ik heb ook met de opleiding te maken,' had hij geantwoord. 'Tenslotte geef ik daar les.'

'Maar Erich heeft er de leiding. En Hanna is een van de docenten.'

'Dat is waar, maar toch wil niemand iets doen zonder uw goedvinden,' had Hanna gezegd. 'Ik ben ervan overtuigd dat we samen met onze leerlingen een mooi programma zullen opstellen.'

Een kletterend geluid verdreef de herinnering. Achter hem verscheen Catherine met een dienblaadje. De artsen hadden hem aangeraden om naast de medicijnen 's ochtends een hartversterkende thee te drinken.

'Ik heb een besluit genomen, Catherine,' zei hij en toen zijn vrouw het dienblad op het tafeltje naast hem had neergezet, pakte hij haar hand.

'Dat je met pensioen gaat?'

Louis aarzelde. 'Daarvoor is het nog te vroeg, vind je niet?' Hij herinnerde zich nog goed dat ze het daar in Skodsborg over hadden gehad. Maar hij had nu eindelijk het gevoel dat het weer de goede kant op ging. 'Nee, ik ga contact met Peter opnemen over dat huis. Je weet wel, dat perceel aan het water in Werder.'

Catherine zette grote ogen op van verbazing. Sinds hij ernstig ziek was geworden hadden ze er niet meer over gesproken.

'Weet je het zeker?'

'Ja. Ik heb de laatste tijd genoeg gelegenheid gehad om na te denken, en hoe je het ook wendt of keert... ik zal er niet eeuwig voor het ziekenhuis kunnen zijn. Al kan ik misschien toch mijn werk weer oppakken, we worden er geen van beiden jonger op. Over een jaar of tien, vijftien misschien, zal ik met pensioen moeten en dan hebben we een plekje nodig waar we kunnen blijven wonen. Een plek waar ik niet in de verleiding kom om voortdurend aan Waldfriede te denken en me te bemoeien met de zaken van de nieuwe geneesheer-directeur.'

Catherine liet zich op de stoel naast hem zakken. Ze leek verrast, maar niet op de manier die Louis had verwacht.

'Is alles in orde, lieverd?' vroeg hij.

'Ja,' antwoordde ze. 'Maar... ik kan het nauwelijks bevatten. Dat jij ooit zou inzien dat er een leven na Waldfriede bestaat.' Ze lachte en haar ogen straalden van geluk toen ze haar armen om zijn schouders legde.

# 48

*Zehlendorf, 19 maart 1932*

Rusteloos wipte Lilly die zaterdagavond van haar ene been op het andere terwijl ze telkens over haar schouder keek. Rudolph had haar gevraagd om na het einde van haar dienst in de buurt van het S-Bahnstation te wachten, omdat hij nog iets wilde doen voordat ze de stad in gingen.

Die avond wilde hij haar aan zijn zus voorstellen.

'Is dat niet wat te vroeg?' had Lilly gevraagd, want afgezien van wandelingen en veel geknuffel en gekus was er nog niet veel tussen hen gebeurd. Ze was nog niet eens bij hem thuis geweest.

Toch stond hij erop dat ze kennis zou maken met Sarah.

'Ze is echt heel aardig en sinds ik haar over jou heb verteld is ze erg benieuwd.'

'Je hebt haar over mij verteld?'

'Een klein beetje. Maar zo veel dat ze je wil leren kennen. En je moet niet vergeten dat ze familie is!'

Lilly had heimelijk gelachen. Ze vond het fijn dat Rudolph zo zelfverzekerd klonk. En ze kon zich ook geen andere man voorstellen dan hem.

Na een tijdje kwam hij in looppas de hoek van het stationsgebouw om. 'Daar ben je!' zei hij buiten adem terwijl hij haar gezicht in zijn handen nam en haar een volle zoen op haar mond gaf.

'Is alles in orde?' vroeg Lilly bezorgd. Ze kon zich nog goed herinneren hoe Rudolph door de bruinhemden was lastiggevallen. De aanhangers van de NSDAP waren nu vaker in de stad te zien, de partij had zelfs een kantoor geopend in Zehlendorf.

Hoewel ze met haar uiterlijk weinig van hen te vrezen had, liep Lilly in een wijde boog om die mannen heen. Ze gedroegen zich onbeschoft, riepen leuzen en als ze iemand tegenkwamen die er Joods uitzag, werden ze echt vervelend.

Maar Rudolph glimlachte breed naar haar. 'Ja, alles is in orde. Zoals ik al zei, ik had gewoon nog iets te doen. Zullen we gaan?'

Ze stapten in de volgende trein, die hen naar het hart van de binnenstad van Berlijn bracht. Toen ze door de sloppenwijk reden moest Lilly weer aan Gerda denken, die nu alweer zeven weken geleden was gestorven. Zouden ze zich haar in het Ballhaus nog herinneren?

Een eind bij de kroegen vandaan bleven ze voor een huis staan. Op het tegenoverliggende gebouw zag Lilly een vlag met een hakenkruis. Het was hetzelfde teken als de bruinhemden op hun armen droegen, het teken van de NSDAP. Een koude rilling liep over haar rug en ze begreep nu waarom Rudolph zijn zus vergezelde, al kon hij weinig doen als ze werden aangevallen.

Zonder naar de vlag te kijken drukte Rudolph op een van de knoppen van het belbord.

Eerst werd er niet gereageerd, maar Lilly merkte dat er voor een raam op de eerste verdieping een gordijn werd weggeschoven. Even later klonken er voetstappen. Toen de deur openging, stond daar de vrouw die ze een hele tijd geleden aan Rudolphs arm had gezien. Ze droeg een strakke zwarte jurk, haar haar was naar binnen gekruld.

'Hallo broertjelief,' zei ze terwijl ze kort naar Lilly knikte. 'Kom binnen.'

Ze volgden haar door de koele gang de trap op naar de eerste verdieping. Sarah opende de deur en liet hen binnen, deed de deur weer op slot en schoof er ook een grendel voor.

Toen viel ze haar broer in de armen.

'Hebben jullie onderweg geen last gehad?' vroeg ze.

'Nee,' antwoordde Rudolph en hij wees toen naar Lilly.

'Mag ik jullie aan elkaar voorstellen, Lilly Wegner, Lilly, mijn zus Sarah.'

'Het doet me plezier kennis met je te maken.' Sarah gaf haar een hand. 'Je moet wel heel bijzonder zijn als mijn broer vergeet dat hij een kluizenaar en boekenwurm is.'

'Ik... nou, ik ben eigenlijk niet zo bijzonder,' antwoordde Lilly en ze kreeg een rood hoofd.

Rudolph sprak haar tegen. 'O ja, dat ben je wel. Je hoeft je licht niet onder de korenmaat te zetten.'

Sarah maakte een uitnodigend gebaar naar de woonkamer. Hoewel ze nog studeerde was het een ruim en goed ingericht appartement. Ondersteunde haar broer haar? Waren hun ouders rijk geweest? Tot nog toe had Rudolph weinig over zijn familie verteld.

'Ga toch zitten,' zei ze, wijzend naar de donkerblauwe bank, die eruitzag alsof hij al talloze avonturen had beleefd. De kussens waren verrassend zacht, zodat Lilly het gevoel had dat ze erin wegzonk. 'Helaas kan ik jullie geen beter uitzicht bieden,' zei Sarah, wijzend naar het raam. In het schijnsel van de straatlantarens kon je daar doorheen ook de hakenkruisvlag zien. 'Ze hebben hier sinds een paar maanden een afdeling. Nu durf ik mijn menora niet meer in de vensterbank te zetten.'

'Dat zou ik je voortaan ook afraden, traditie of niet,' antwoordde Rudolph.

'Gisteren liepen ze nog de straat langs en keken naar de naambordjes,' vervolgde Sarah. 'Ze wilden waarschijnlijk weten waar Joden wonen. Een van hen maakte aantekeningen.'

'Hebben ze bij jou aangebeld?'

'Nee, dat niet. Maar als ze dat wel hadden gedaan, was ik doodstil blijven staan.' Ze keek naar Lilly. 'Je hebt geen idee wat er momenteel op straat gebeurt. En ook op de universiteit. Sommigen van mijn medestudenten hebben zich bij de SA aangesloten, kun je je dat voorstellen? Ik heb weinig contact met ze, maar ik ben bang dat ze weten dat ik een Jodin ben.'

Lilly sloeg haar blik verlegen neer. 'Wij in het ziekenhuis leven nog erg beschut,' zei ze. 'Maar ook wij hebben af en toe problemen met patiënten.'

Sarah trok haar wenkbrauwen op. 'In hoeverre?' Ze keek naar haar broer, en Lilly begreep dat hij haar waarschijnlijk niet veel over zijn dagelijks leven vertelde.

'Soms vragen patiënten ons of we Joden zijn,' legde ze uit. 'Een van de zusters vertelde me dat onze dokter Rosenbaum door patiënten wordt afgewezen, of beter gezegd, door hun echtgenoten.'

Ze voelde Rudolphs blik op haar wang branden.

'O ja?' Sarah keek bezorgd. 'Is jou dat ook overkomen, broertje?'

'Tot nu toe niet,' antwoordde hij. 'In elk geval niet in Waldfriede.'

'En in het Charité?'

Lilly voelde dat de sfeer in de kamer veranderde. Het was haar al opgevallen dat Sarah geen blad voor de mond nam. Maar nu leek het of ze Rudolphs oudere zus was en niet de jongste van hen tweeën. Rudolph aarzelde, toen zei hij: 'Ik heb daar al een tijdje geen les meer gegeven. De decaan zei dat ik me op mijn onderzoek moest concentreren.'

Dat hoorde Lilly voor het eerst.

'Heeft hij je dit verteld?' vroeg Sarah boos.

Lilly schudde haar hoofd.

Sarah snoof gefrustreerd. 'Rudolph, je weet toch dat een goede man zijn vrouw alles hoort te vertellen?'

'Natuurlijk, maar...'

'Geen gemaar. Je moet haar alles vertellen. Zeker in tijden als deze.'

Nerveus plukte ze aan het tafelkleed, toen stond ze op. 'Ik ga eens even naar het eten kijken.'

Daarop verliet ze de kamer. Er volgde stilte op haar voetstappen. Lilly keek verlegen naar Rudolph. Ze had niet verwacht dat de avond zo'n wending zou nemen.

'Ik had het je nog willen vertellen,' gaf hij toe. 'Maar het was de laatste tijd allemaal zo hectisch.'

Ze pakte zijn hand. 'Je kunt me alles vertellen, hoe naar het ook is.'

'Dat weet ik.' Hij keek haar aan, met zijn duim streelde hij haar handrug. 'Maar ik weet zeker dat de decaan geen kwade bijbedoelingen heeft. Misschien is het onderwerp niet zo in trek. Op dit moment lijkt het of er overal nieuwe inzichten ontstaan en andere collega's willen ook aan hun trekken komen.'

Lilly wist niet zeker of dat wel waar was. Maar ze wilde de avond ook niet bederven en daarom boog ze zich voorover en kuste hem.

Even later kwam Sarah terug met een ovenschaal. Met een haastige beweging zette ze die op tafel. Het water liep Lilly in de mond, zo heerlijk rook het.

'Kan ik je ergens mee helpen?' vroeg ze.

'Graag, als je wilt,' antwoordde Sarah en ze ging haar voor.

In de keuken zag Lilly dat Sarah een grote hoeveelheid eten had klaargezet.

'Dat krijgen we echt niet allemaal op,' zei ze.

Sarah maakte een wegwuivend gebaar. 'Dat is ook niet nodig. Onze sabbat is altijd relatief overvloedig van eten voorzien. Rudolph en ik maken de restjes in de loop van de week op.'

Ze gaf haar een kom met sla en pakte zelf het met gist bereide gebak.

'Ik had de hoop al opgegeven dat Rudolph zich ooit nog eens voor iets anders dan zijn werk zou gaan interesseren,' zei ze. 'Ik kan niet wachten om je beter te leren kennen.'

'Nou, meestal ben ik aan het werk,' antwoordde Lilly een beetje onzeker.

Sarah begon te lachen. 'Dus je bent al net zoals mijn broer?'

'Ik werk met hem samen.'

'Soort zoekt soort, dus?' Sarah gaf haar een knipoog en gebaarde toen dat ze de kom naar de woonkamer moest brengen.

De avond met Sarah verliep beter dan Lilly zich had voorgesteld. Rudolphs zus was erg slim en beschikte over charme en scherpe humor, en soms zweeg Lilly verlegen omdat ze zich in het bijzijn van die universitair geschoolde mensen een beetje dom voelde. Toch schepte Sarah niet over haar kennis op en Lilly kreeg steeds meer zelfvertrouwen. Toen ze eindelijk afscheid namen had ze het gevoel dat ze het goed met Sarah zou kunnen vinden.

Arm in arm, in de bescherming van de duisternis, verlieten ze een uur later station Zehlendorf-Mitte. De klok van de Pauluskerk sloeg één keer, over een half uur zou het middernacht zijn.

De straten waren leeg, op een enkele kat na die vlug om de hoek verdween. Achter een paar ramen brandde nog licht. Sommige mensen bleven in het weekeinde langer op, af en toe hoorde ze muziek, de smeltende stem van een zanger of vlotte klarinetmelodieën. Net als indertijd in Potsdam, als ze voor ze naar bed ging nog achter het huis aan het spelen was.

Lilly vroeg zich af hoe het na vanavond verder zou gaan.

'Denk je dat ik de toets der kritiek bij je zus heb doorstaan?' vroeg ze terwijl ze langs de winkels aan de hoofdstraat liepen.

'Ik geloof van wel,' zei Rudolph. 'Ze heeft het immers tot daarnet met ons uitgehouden.'

'Jij bent haar broer. Ze kan jou er moeilijk uit bonjouren.'

'Sarah is een heel openhartig mens. Als ze iemand niet mag, zal ze dat duidelijk laten merken.'

'Ze leek me erg vriendelijk en aardig.'

'En daarom denk ik dat ze je wel mag.'

Een geluid onderbrak hem. Lilly voelde dat hij schrok. Het volgende moment verstijfde hij.

'Wat was dat?' vroeg ze. 'Het klonk als glas...'

Rudolph perste zijn lippen op elkaar. 'Vertrouw je me genoeg om mee naar mijn huis te gaan? In elk geval voor vannacht?'

Lilly trok haar wenkbrauwen op. Af en toe had ze zich voorgesteld hoe het was om bij hem thuis te zijn.

'Martha zal zich afvragen waar ik blijf,' zei ze.

Weer was er gerinkel te horen. Het geluid bezorgde haar kippenvel en het voelde alsof er stekels onder haar huid werden gestoken.

'Waar je de nacht doorbrengt is toch eigenlijk een privékwestie, of niet soms?'

Dat was zo, maar ergens ook weer niet.

Er klonk luid gejoel. Op dat moment besefte Lilly wat er aan de hand was.

Rudolph greep haar hand vast. 'Ik weet niet of ik voor je veiligheid kan instaan.' Hij keek haar aan. 'Ga alsjeblieft mee. Ik zal je morgenochtend vroeg terugbrengen en ervoor zorgen dat niemand ons ziet. En ik zal me als een echte gentleman gedragen.'

Het gejoel kwam dichterbij.

Lilly knikte. 'Goed.'

Ze bereikten de kruising met de Berliner Strasse en toen konden ze een blik op de groep werpen. Zeven of acht bruinhemden waren bezig bij een gebouw. Blijkbaar hadden ze een raam ingegooid en nu vielen ze de huiseigenaar lastig, die door hun actie uit zijn slaap was gerukt. Er viel geen politie te bekennen. Was er eigenlijk wel een nachtwaker in de buurt?

Rudolph versnelde zijn pas en trok Lilly uiteindelijk mee de Boltzmannstrasse in.

'Eigenlijk had ik het me heel anders voorgesteld,' zei hij. 'Ik wilde je niet mijn woning laten zien omdat we voor die mensen moeten vluchten.'

Het lukte Lilly ondanks de angst die ze nog in haar hele lijf voelde te glimlachen. 'Dat is niet belangrijk. Het enige wat telt is dat ik bij jou kan zijn.'

Voor zijn huis haalde Rudolph zijn sleutels tevoorschijn. Even later slopen ze de trap op. Rudolphs woning bevond zich op de eerste verdieping. De gang rook naar groene zeep en boenwas, achter de deuren was alles stil.

De bruin geschilderde deur had een raam van reliëfglas waar diffuus geel licht doorheen drong. Rudolph ontsloot de deur zo zachtjes mogelijk en ze glipten vlug de gang in.

Het licht, zo stelde Lilly even later vast, viel naar binnen door het raam van een kamer waarvan de deur openstond. Het was blijkbaar een soort logeerkamer. De gang was schaars ingericht, er stond alleen een schoenenkastje langs de kant. Aan de muur hing een telefoontoestel.

'Hier kun je slapen,' zei hij, wijzend naar de logeerkamer. 'Veel bezoek krijg ik niet, maar ik heb ook geen andere bestemming voor die kamer.'

'Hij ziet er heel goed uit,' zei Lilly nadat ze om zich heen had gekeken.

Ze glimlachten naar elkaar, een beetje verlegen bijna, alsof ze elkaar voor het eerst ontmoetten.

'Mijn slaapkamer is daar en de woonkamer ligt aan de voorkant,' vervolgde Rudolph terwijl hij zijn jas uitdeed en haar daarna voorging. Lilly trok ook haar jas uit en volgde hem.

Een grote met fluweel beklede bank domineerde de woonkamer. Op de glazen tafel ervoor lagen boeken, er stonden een dressoir met een glasplaat erop, een plantenbak met planten en een boekenrek waarvan de planken diep doorbogen onder het gewicht van de vele boeken. Voor zover ze kon zien was het vooral vakliteratuur, maar er stond ook een enkele roman tussen.

Rudolph pakte haar hand en trok haar mee naar de bank. Lilly leunde tegen zijn schouder.

'Het spijt me dat de avond op deze manier moest eindigen.'

Lilly legde een vinger op zijn lippen, toen boog ze zich voorover om hem te kussen. Verlangen laaide in haar op, zoals wel vaker als ze zijn lippen voelde. Het was heel anders dan toen met Theodor – en Rudolph was een man die ze vertrouwde.

'Het was de juiste beslissing,' antwoordde ze. 'We hadden het niet met die mannen aan de stok moeten krijgen.'

'Die bende loopt al een tijdje plunderend en rovend door de stad. Er wonen hier een paar Joodse artsen en advocaten. Meestal staan ze onder hun ramen te joelen en proberen ze de mensen uit hun slaap te houden. Maar dat ze tijdens hun nachtelijke rondgang spullen vernielen, is nieuw.'

Lilly vlijde zich tegen zijn borst. Hij sloeg zijn arm om haar heen en hoewel zijn woorden verontrustend klonken, werd ze een beetje kalmer toen ze zijn warmte en zijn hartslag voelde. Het was alsof haar lichaam volmaakt bij het zijne paste, alsof zij samen alleen maar geschapen waren om een geheel te vormen.

Ze probeerde van gespreksonderwerp te veranderen. 'Een mooie woning heb je,' zei ze.

'Zou je je kunnen voorstellen dat je op zekere dag bij me intrekt?' vroeg Rudolph plotseling.

Lilly keek naar hem op. 'Meen je dat serieus?'

'Als ik het toch zeg.' Hij gaf haar een kus op haar voorhoofd.

'Wat zullen de mensen in Waldfriede daarvan zeggen?'

Rudolph fronste zijn voorhoofd. 'Wat gaat hun dat aan?'

'De directrice zei dat zusters het ziekenhuis moeten verlaten als ze trouwen.'

'Dat weet ik, maar we zijn nog niet getrouwd. En ik geloof niet dat ze me kunnen dwingen om jou te ontslaan. Je bent tenslotte een van mijn beste verpleegsters.' Hij trok haar dichter naar zich toe. 'Daar hoef je je niet druk om te maken. Denk er eerder over na of je het zou willen. En wat het betekent in verband met je zoon.'

Lilly zweeg even. Ze wist dat Rudolph het serieus bedoelde. Tot nu toe had ze er nauwelijks over nagedacht, maar nu vroeg ze zich ineens af hoe het zou zijn als Benjamin hier was. Dat ze als gezin samenwoonden. Die droom was zo mooi dat ze hem nauwelijks durfde te dromen, uit angst dat het een illusie zou blijken te zijn.

'Ik denk het wel,' zei ze. 'Maar laten we het kalm aan doen. Want ik wil niet dat je me beu wordt.'

'Nooit,' antwoordde hij terwijl hij haar in zijn armen trok. Opnieuw zoenden ze en deze keer streelde Lilly met haar hand over zijn borst. Haar kussen werden dwingender en uiteindelijk merkte Rudolph wat ze van plan was.

'Ik... Ik had niet verwacht...' Zijn gezicht begon te gloeien.

'Ik weet het zeker,' zei ze.

'We... We moeten er in elk geval voor zorgen dat je niet opnieuw zwanger wordt.'

Even schoot de gedachte door haar heen dat haar dat niets kon schelen. Maar hij had natuurlijk gelijk. Ze wilde niet zwanger worden.

'Er zijn toch manieren en middelen om dat te voorkomen, nietwaar?' vroeg ze en ze kwam overeind. Langzaam knoopte ze haar jurk los. Rudolph gleed van de bank, knielde voor haar neer en legde zijn hoofd tegen haar borst. Heel voorzichtig, alsof ze onder zijn aanrakingen kon breken, schoof hij de bandjes van haar hemd naar beneden en begon hij haar borsten te strelen. Lilly legde haar hoofd in haar nek en kreunde. Ze voelde haar schoot pulseren en er ging een weldadige rilling door haar lichaam.

Ten slotte tilde Rudolph haar in zijn armen en droeg hij haar naar zijn slaapkamer. Daar trokken ze elkaars kleren uit. Lilly stond versteld van zichzelf. Jarenlang was de gedachte aan een aanraking door een man genoeg geweest om haar te laten gruwelen. Nu leek het of ze een heel andere vrouw was. Ze genoot van Rudolphs aanrakingen, zijn strelingen en zijn kussen, evenals van de aanblik van zijn verhitte gezicht. Toen hij eindelijk op haar ging liggen, hield hij even in.

'Weet je het echt zeker?' vroeg hij, maar Lilly sloeg haar armen om zijn nek en trok hem naar zich toe.

# DEEL 3

*'Ook dit jaar, dat ons zo veel angst, zorgen en toch ook weer blijdschap en verhoorde gebeden heeft gebracht, loopt ten einde. We hebben weliswaar als gevolg van de sterke daling in het aantal patiënten in met name de wintermaanden en het voorjaar een dieptepunt bereikt wat het gemiddelde aantal bezette bedden betreft, waardoor we ongeveer werden teruggeworpen naar het jaar 1926, maar nu, tegen het einde van het jaar, was er toch weer af en toe een gezonde stijging waarneembaar.'*

*(Kroniek van ziekenhuis Waldfriede, 1932)*

*'Waar het ziekenhuisleven in de hele periode vanaf 1920, afgezien van geringe en vlug voorbijgaande tegenslagen, door eensgezindheid, wederzijds vertrouwen en nauwe samenwerking van alle medewerkers werd gekenmerkt, werden helaas in het voorjaar van 1933 als gevolg van de veranderde staatsvorm onder Hitler verschillende stromingen merkbaar, die tot een reeks onverkwikkelijke problemen en meningsverschillen leidden.'*

*(Kroniek van ziekenhuis Waldfriede, 1933)*

# 49

*Zehlendorf, 22 september 1932*

Het deed hem goed weer in zijn spreekkamer te zijn. Louis was nu een week terug van zijn kuur, maar hij had nauwelijks gelegenheid gehad iets voor zijn patiënten te betekenen. In plaats daarvan ging het grootste deel van zijn tijd op aan de papierwinkel rond hun onlangs aangeschafte huis in Werder en het inhuren van een architect voor de verbouwing.

Nooit eerder had hij Catherine zo gelukkig gezien. Eindelijk had ze weer een doel, iets om naar te streven. Daardoor bloeide ze helemaal op.

Zijn vader daarentegen baarde hem steeds meer zorgen. Niet om zijn gezondheidstoestand, maar vanwege zijn verhouding met hun gemeenschap. Hij had het nooit goed kunnen velen als iemand hem tegensprak in geloofskwesties. Op de algemene vergadering van vorig jaar scheen er grote ophef te zijn ontstaan. Louis had er door zijn ziekte destijds niet veel over vernomen, maar hij was stukje bij beetje op de hoogte gebracht door zijn vader en pastor Heinrich Schubert, die de leiding had over de Oost-Duitse afdeling van hun gemeente in Berlijn.

Richard Conradi was zijn bevoegdheid als prediker ontnomen en daarop had hij zijn uittreding uit de gemeenschap aangekondigd. Of hij inderdaad zover zou gaan wist Louis niet, want Richard verbleef momenteel in Amerika. Maar hij kende zijn wilskrachtige vader en wist dat hij nooit ergens mee zou dreigen zonder van plan te zijn dat dreigement in daden om te zetten.

Louis zette die gedachte van zich af toen de deur openging en Hanna binnenkwam. 'Welke uitdagingen kunnen we vandaag verwachten?' vroeg hij.

Hanna gaf hem een overzicht van de patiëntes voor het spreekuur. Ook stond zijn eerste operatie sinds zijn genezing op het programma.

'Als u me dit voorjaar had gevraagd of ik in de herfst weer aan de operatietafel zou staan, had ik u geen antwoord kunnen geven,' merkte hij peinzend op.

'Maar nu bent u zover.'

'Dankzij de medicatie die dokter Meyer me heeft voorgeschreven. Hoewel ik al zo lang arts ben, sta ik telkens weer te kijken van de vooruitgang die de wetenschap en de geneeskunde weten te boeken.'

Louis' herstel was in het voorjaar nog erg traag verlopen, maar sinds juni was hij flink vooruitgegaan. Een nieuw hartmedicijn bleek zeer goed te werken; hij was er echter van overtuigd dat zijn verbeterde mentale gesteldheid ook een rol had gespeeld. Zijn somberheid van het afgelopen jaar had plaatsgemaakt voor de hoop nog vele jaren aan het hoofd van Waldfriede te mogen staan.

'Ik weet zeker dat we de komende jaren nog veel meer ziekten zullen kunnen genezen,' zei Hanna. Toen leek haar iets te binnen te schieten. 'Voordat ik het vergeet: vanavond is er weer een vergadering van de Maatschappij voor Geneeskunde. Dokter Lazarus geeft een lezing over nieuwe röntgentechnieken. Na uw lange afwezigheid zullen ze daar zeker blij zijn u te zien.'

'O ja, dat zou ik bijna vergeten,' antwoordde hij. 'Bedankt dat u me eraan herinnert.'

In de tijd dat hij in Skodsborg verbleef hadden collega's af en toe naar zijn gezondheid geïnformeerd en een groet naar het sanatorium gestuurd. Hij verheugde zich erop hen allemaal terug te zien – en zichzelf te laten zien opdat niemand zou denken dat hij zijn doktersjas aan de wilgen had gehangen.

~

Zoals elke ochtend als ze vroege dienst had maakte Lilly eerst een ronde over de kinderafdeling om te zien of alles in orde was. De kleine Willy was inmiddels bijna zover dat hij naar huis kon. Klara, een patiëntje dat net was opgenomen, had last van heimwee.

Onder de kinderen waren er ook weer twee uit ambassadeursgezinnen, een Franse jongen die Jean heette en een Japans meisje met de naam Aiko. Voor hun leeftijd spraken ze heel goed Duits, zodat ze geen tolk nodig hadden.

Het Japanse meisje fascineerde Lilly. Niet alleen door haar exotische uiterlijk, maar ook vanwege de vingervlugheid waarmee ze figuurtjes vouwde van vierkante velletjes papier. Zo stonden er naast haar op het nachtkastje ettelijke kraanvogels, bloemen en zelfs een klein schooltasje.

Ze had Aiko's vader nog niet gezien, maar haar moeder kwam heel vaak langs. Ze was een slanke, elegant geklede vrouw, die met haar dochter Duits en Japans door elkaar sprak. Bij haar bezoekjes droeg ze fraaie mantelpakjes in diverse tinten paars, maar op de foto die op het nachtkastje van haar dochter stond had ze een eigenaardige wikkeljas van zijde aan zoals Lilly hier nog nooit had gezien. Aiko had haar verteld dat het een kimono was.

Ook nu was Aiko weer verdiept in een vouwwerkje.

'Wil je me eens laten zien hoe je dat doet?' vroeg Lilly terwijl ze over haar schouder meekeek. Het meisje staakte haar bezigheid en keek naar haar op. Toen knikte ze. Maar voordat ze kon beginnen kwam Rudolph Kirsch binnen met zijn assistenten.

'Goedemorgen!' zei hij bijna vrolijk ter begroeting. 'Hoe gaat het vandaag met onze patiënten?'

Lilly rapporteerde wat Martha haar die ochtend had verteld. Rudolph knikte en schonk haar een glimlachje voordat hij de ziekenkamer weer verliet.

Later, toen ze op een karretje de patiëntenstatussen sorteerde, kwam Rudolph naar haar toe.

'Heb je dit weekeinde misschien tijd om een arme geneesheer gezelschap te houden?' fluisterde hij zonder zijn blik van de statussen af te wenden. Het was mogelijk dat de directrice of een andere verpleegster langskwam en daarom was het beter dat ze hun professionele masker ophielden.

'Dat hangt er helemaal van af,' antwoordde Lilly, ogenschijnlijk even onverschillig, maar in werkelijkheid met bonzend hart.

'Ik dacht dat we weer eens een uitstapje konden maken. Naar het park van slot Glienicke. Of naar Potsdam.'

Lilly aarzelde. In Potsdam liepen ze het risico haar ouders tegen het lijf te lopen. Het laatste waar ze behoefte aan had waren verbaasde blikken en nieuwsgierige vragen.

'Wat zou je ervan vinden om met de S-Bahn naar de Wannsee te gaan?' stelde ze als alternatief voor. 'Dan kunnen we de prachtige villa's daar bekijken en dan iets gebruiken in dat restaurantje even verderop.'

'Met dit mooie weer zouden we eigenlijk een iets uitgebreider tochtje moeten maken, vind je niet? Sanssouci is prachtig in de herfst en nu is het er niet meer zo druk.'

Lilly stond in dubio. Het park van slot Sanssouci in Potsdam was natuurlijk prachtig in de herfst en je had er talrijke plekjes waar je niet gestoord werd.

'Goed,' zei ze. 'Laten we naar Sanssouci gaan.'

Rudolph straalde. 'Daar krijg je geen spijt van. Maar tegen wie zeg ik dat, je komt immers uit Potsdam!'

Lilly knikte en onderdrukte de opmerking dat ze als klein kind al over de paadjes van dat grote park had gerend.

'Het wordt vast een heerlijk uitje,' antwoordde ze en toen ze zich ervan had vergewist dat niemand keek, gaf ze hem een vluchtige kus op zijn wang.

~

Terwijl de avond langzaam over Waldfriede viel haastte Louis zich met rasse schreden naar zijn woonhuis. Het spreekuur had meer tijd gevergd dan verwacht.

Catherine stond hem bij de deur op te wachten. 'Je bent laat,' zei ze misprijzend en ze hield zijn jasje voor hem op. 'Voor meer dan dit heb je geen tijd, je moet weg.'

'Laat me ten minste nog mijn handen en gezicht wassen,' antwoordde Louis en hij spoedde zich naar de badkamer. Van buiten hoorde hij de stem van zijn vrouw: 'Ik heb meneer Dressler vandaag gesproken en hij wil vrijdagmiddag naar het huis komen kijken.'

'Mooi zo!' riep Louis. 'Ik hoef er toch niet bij te zijn, of wel?'

'Vertrouw je het mij dan toe om de verbouwing met hem te bespreken?'

'Natuurlijk vertrouw ik jou dat toe!' Louis dacht aan zijn volle agenda. Hij kon het Hanna onmogelijk aandoen alle patiënten te verzetten. 'Trouwens, we hebben onze wensen al lang en breed doorgesproken.'

'Goed dan. Ach ja, er is een brief gekomen. Van professor Sauerbruch.'

Louis gooide een plens water in zijn gezicht en wreef de druppels van zijn wangen. 'Sauerbruch?' vroeg hij. 'Wat wil hij?'

'Ik heb zijn brief nog niet opengemaakt.'

Louis droogde zijn handen en zijn gezicht af en kwam even later de woonkamer in. 'Waar is hij?' vroeg hij.

'Op je bureau. Maar je moet nu echt gaan. Het zal druk zijn op de weg en Kowalski kan de auto niet laten vliegen.'

Louis liep naar zijn bureau en stak de envelop in zijn zak. Hij zou de brief wel in de auto lezen.

Hij gaf zijn vrouw een afscheidskus en liep vlug naar beneden, waar Fritz Kowalski al stond te wachten.

# 50

*Zehlendorf, 25 september 1932*

's Ochtends al beloofde het een mooie zondag te worden. Aan de hemel viel geen wolkje te bekennen en de zon deed de eerste herfstbladeren stralen.

Na een keurende blik in de kleine spiegel verliet Lilly haar kamer. Onder haar bruine jas droeg ze de jurk die ze vorige week in de stad had gekocht. Het had even geduurd voor ze het bedrag bij elkaar had gespaard en daarom droeg ze hem nu met des te meer trots. En natuurlijk was ze benieuwd naar Rudolphs oordeel.

Toen ze door de poort van het ziekenhuis was stak ze de Grunewaldallee over en liep langs de Alsenstrasse naar de binnenstad. Rudolph zou bij het kleine stadsbos op haar wachten.

Getoeter maakte haar aan het schrikken en meteen daarna stopte er een zwarte auto naast haar. Lilly deed een stap achteruit en toen zag ze dat het raampje naar beneden werd gedraaid.

Er klonk een mannenstem. 'Kan ik u een lift geven, jongedame?' werd er gevraagd. Lilly wilde al verontwaardigd afwijzend reageren, maar toen zag ze Rudolphs gezicht.

'Je laat me schrikken!' riep ze uit. 'En waarom praat je met verdraaide stem?'

Rudolph lachte. 'Ik wilde kijken of je bij vreemde mannen in de auto zou stappen.'

'Als je zo over me denkt, ken je me slecht.'

'Ik weet het.' Hij opende de deur en toen ze in de auto stapte, boog hij zich naar haar toe en kuste haar.

'Is die auto van jou?' vroeg Lilly verbaasd terwijl ze wegzakte in de zachte bekleding van de passagiersstoel.

'Sinds vorige week,' zei Rudolph terwijl hij de Potsdamer Chaussee in draaide.

'En dat heb je me niet verteld?'

'Het moest een verrassing zijn.' Hij keek haar glunderend aan. 'Daarom wilde ik ook niet naar de Wannsee. Zo'n autorit moet toch de moeite waard zijn?'

Er verscheen een glimlach op haar gezicht. Dat was wat ze zo aantrekkelijk aan hem vond: je wist nooit wat hij zou bedenken.

Ze reden naar het zuiden, langs dichte bossen, totdat uiteindelijk de grote blauwe vlakte van de Wannsee naast hen zichtbaar werd. Lilly zag een paar zeil- en roeiboten; langs de boulevard slenterden mannen in lichte kostuums, begeleid door dames die al net zo zomers gekleed waren. Even zou je kunnen denken dat de zomer was teruggekeerd.

Het dorp Wannsee sloot aan op een stuk bos, waarachter het kasteelpark Glienicke lag. Nadat ze de grote brug waren overgestoken passeerden ze de stadsgrens van Potsdam.

Bij Lilly kwamen tegenstrijdige gevoelens naar boven. De aanblik van de lichtgeverfde jugendstilhuizen was haar van kinds af aan vertrouwd en ze dacht er weer aan hoe haar ouders zondags met haar gingen wandelen. Misschien trokken ze straks ook wel hun zondagse kleren aan en gingen op pad. Zonder haar.

Het liefst had ze zich tegen Rudolphs schouder gevlijd, maar nu moest ze hem de auto laten besturen. Later zou ze daar zeker nog de kans toe krijgen.

Ze parkeerden de auto in een zijstraat vlak bij het park en namen de westelijke ingang. Voorbij een grote gele boerderij met stallen en schuren zetten ze koers naar een kleine rivierarm en liepen de houten brug over. Tussen de waterplanten spetterden meerkoeten en eenden rond, het riet ruiste. Luchtbellen stegen op van onder de waterspiegel.

Lilly haakte bij Rudolph in. De frisse herfstwind bracht de geur van late rozen mee. Bladeren dwarrelden als gouden regen uit de bomen. Overal ritselde en ruiste het.

Behalve zij waren er nog een paar andere wandelaars, maar je kon niet zeggen dat het park overvol was. In de verte luidden kerkklokken. Veel mensen waren er niet, de meeste vrouwen stonden nu in de keuken het middageten klaar te maken.

Ze slenterden over de paden en sloegen nu eens links, dan weer rechts af, totdat uiteindelijk het Nieuwe Paleis voor hen verscheen.

'Het is onvoorstelbaar hoeveel ruimte een koning nodig had,' zei Rudolph. 'En dan al die pracht en praal... Ik vraag me af of hij gelukkig was met al die kastelen en standbeelden.'

'Sanssouci en het Nieuwe Paleis waren buitenverblijven,' antwoordde Lilly. Zo had haar vader het haar uitgelegd. 'Dus kastelen van waaruit de koning niet regeerde, maar waar hij tot rust kon komen en feesten gaf. Bovendien waren hier ten tijde van de oude Fritz geen vrouwen toegestaan. In elk geval niet van vlees en bloed. Je zult er een heleboel van steen vinden.'

'Maar goed dat dit is veranderd,' zei Rudolph en hij kuste haar.

Achter hen klonk gelach van kinderen en ze draaiden zich om. Een paar kleine bengels lieten droge bladeren opdwarrelen en zaten elkaar achterna.

'Hoe gaat het met je zoon op school?' vroeg Rudolph nadat hij ze een poos had gadegeslagen. 'Je hebt het al lang niet meer over hem gehad.'

Twee weken geleden was Lilly voor het laatst in Hamburg geweest. Zoals altijd was Reinhard Heller ook aanwezig en hij had geprobeerd haar met zijn leuzen te overtuigen. Lilly had dat het ene oor in en het andere uit laten gaan terwijl ze zich bezighield met Benjamin en zich afvroeg wat Heller er wel van zou zeggen dat ze op een Jood verliefd was en dat ze een stel waren.

'Hij doet het uitstekend. De leraren zijn goed over hem te spreken.'

'Is je tante nog altijd samen met die man?'

Lilly snoof. 'Helaas. Maar hij lijkt in elk geval geaccepteerd te hebben dat ik geen naamsverandering wil. Waarom zou ik?'

'Vinden ze dat wel goed op die school? Je zei dat Cecilia erop wilde toezien dat er geen Joodse kinderen naartoe gingen.'

'Hij gaat naar een openbare school en daar zitten ook een paar

Joodse kinderen op,' zei Lilly. 'Gelukkig bleek de andere school toch te duur. En ik blijf erbij dat mijn zoon geen andere naam nodig heeft!'

Rudolph glimlachte. 'Ik wilde dat ik kennis met hem kon maken.'

'Dat komt nog wel,' antwoordde Lilly enigszins aarzelend. 'Op zeker moment...'

Ze lieten het Nieuwe Paleis achter zich en sloegen vervolgens een verlaten pad in dat volgens de wegwijzer naar slot Charlottenhof leidde.

Toen er achter hen geritsel klonk, schonken Lilly en Rudolph daar geen aandacht aan. Maar even later kwamen er drie mannen uit de bosjes tevoorschijn en gingen pal voor hen staan. Lilly herkende de bruine uniformen meteen. Hadden die SA'ers op de loer gelegen of waren ze hen gevolgd?

'Wat heeft een Jood in een Duits park te zoeken?' begon een van hen. 'Weet je eigenlijk wel wat Duitse koningen deden?'

Lilly voelde dat Rudolph haar hand steviger beetpakte.

'Kom, we gaan ergens anders heen,' zei hij kalm en hij draaide zich om. Maar daar stonden nog twee bruinhemden, die de weg versperden.

'Kijk eens, wat een laffe Jood!' sneerde de bruinhemd, waarmee hij het gelach van zijn trawanten oogstte.

Rudolph ging er niet op in, maar Lilly voelde dat zijn hand koud werd en trilde.

'We gaan al,' zei Lilly bevend. Maar de mannen bleven staan en keken haar met een valse grijns aan.

'Wat zeg je, Jodenliefje?' vroeg een ander.

'We gaan al,' herhaalde ze, maar de twee bruinhemden kwamen dichterbij.

'Wil je ons genetisch materiaal vervuilen?'

'Laat haar erbuiten!' snauwde Rudolph de man nu toe.

Daar leken die kerels op te hebben gewacht. Een van hen haalde uit en een vuist trof Rudolph op zijn slaap.

# 51

'Rudolph!' Lilly's stem sloeg over terwijl ze haar vriend, die languit op de grond lag, te hulp schoot. Terwijl paniek haar keel dichtsnoerde en haar hart als een razende tekeerging knielde ze naast hem neer.

'Rudolph!' riep ze en ze streek met haar hand over zijn bebloede gezicht. 'Hoor je me?'

Hij antwoordde niet. Panisch keek Lilly om zich heen. Ze voelde een beklemmende angst die haar de adem benam. Even voelde ze haar eigen lichaam niet.

Over een pad vlakbij liepen een paar mensen langs. Ze was ervan overtuigd dat ze hadden gezien wat er was gebeurd, maar geen van hen maakte aanstalten om te helpen.

Lilly legde zijn hoofd op haar knieën en probeerde met haar zakdoek het bloed van zijn gezicht te wissen.

Langzaamaan kwam hij weer bij. Hij kreunde, deed zijn ogen open. Hij bewoog zijn lippen, eerst zonder iets uit te brengen. Toen vroeg hij eindelijk met schorre stem: 'Wat is er gebeurd?'

'Ssst,' zei ze. 'Wees maar even stil.'

Dat hij zich het gebeurde niet herinnerde, was misschien maar goed ook.

Van opzij klonk een stem. 'Hebt u hulp nodig?' De man was nog heel jong en droeg hovenierskleding. Hij hurkte naast hen neer. 'Wat is er gebeurd?'

'We zijn aangevallen. Door bruinhemden,' zei Lilly.

'De smeerlappen,' zei de jongeman en hij hielp haar Rudolph

overeind te krijgen. 'Ze hangen hier sinds enige tijd in het park rond en vallen mensen lastig. Als je de politie roept gaan ze ervandoor. Jammer dat ik nu pas langskwam...'

'U had niets kunnen doen. Ze waren met z'n vijven.' Lilly haalde haar handen over haar gezicht en probeerde haar kalmte te herwinnen. 'Hij moet naar het Waldfriede-ziekenhuis in Zehlendorf,' zei ze toen. 'Zo vlug mogelijk.'

'Maar hoe dan?' vroeg Rudolph kreunend. 'Jij kunt niet autorijden.'

'Het St. Josef is hier vlakbij,' zei de hovenier.

'Ik heb liever dat hij naar Waldfriede in Berlijn gaat,' antwoordde Lilly. 'De artsen daar kennen hem. Maar ik kan niet rijden.'

'Lilly,' kreunde Rudolph, maar ze liet hem met een handdruk weten dat hij moest zwijgen.

'Later kun je me alles zeggen, maar hou je nu koest tot we je naar Waldfriede hebben gebracht.' Zonder blijk te geven van haar ongerustheid kuste ze hem op zijn voorhoofd.

'Ik rijd wel,' bood de hovenier aan. 'Hebt u zelf een auto of moet ik de bedrijfsauto halen?'

'We hebben er zelf een,' antwoordde Lilly, waarna ze de hovenier bijsprong om Rudolph te ondersteunen. 'Bedankt voor uw hulp.'

~

Louis legde zijn scheermes neer en bekeek zichzelf in de spiegel. Hij droeg zijn snor nu al jaren op deze manier. Werd het niet tijd voor iets nieuws? Goed, hij was eind veertig en hoefde eigenlijk niet met de mode mee te gaan. Maar als hij dacht aan al die gladgeschoren gezichten van zijn collega's...

'Wat vind jij, kan ik het best mijn crèmekleurige of mijn blauwe mantelpakje aantrekken?' vroeg Catherine vanaf de achtergrond.

'Wat dacht je van een jurk?' antwoordde hij terwijl hij een handdoekje pakte en de laatste sporen scheercrème van zijn wangen veegde. 'Het is zulk mooi, bijna zomers weer.'

'Ik weet het niet,' zei ze. 'Een mantelpakje lijkt me toch iets geschikter.'

'Sauerbruch schijnt een prachtige tuin te hebben. Ik denk dat we daar gaan zitten. Een mantelpakje is dan zo formeel...'

Toen hij opzijkeek door het raam, zag hij op de rotonde twee gestalten uit een auto stappen.

'Wacht eens even,' zei Louis bij zichzelf. 'Dat lijken professor Kirsch en zuster Lilly wel!'

Lilly ondersteunde de professor toen hij het trapje naar de ingang op liep. Toen Louis het bloed op diens jas zag, stoof hij weg.

'Wat is er aan de hand?' vroeg Catherine verbaasd.

'Ze hebben me nodig,' zei Louis bondig en toen was hij de deur al uit.

Hij liep dwars over het gazon en haalde Kirsch en Lilly op de trap in. Nu pas zag hij de gapende wond op het voorhoofd van zijn collega. 'Wat is er gebeurd?'

'We zijn in het park van Sanssouci door bruinhemden aangevallen,' antwoordde Lilly ontredderd. 'Ze hadden er iets op tegen dat de professor Joods is.'

Louis schudde verward zijn hoofd en zei toen: 'Kom, dit regel ik.'

Hij nam hen mee naar zijn spreekkamer, waar Hanna bezig was de planten op de vensterbank water te geven.

'Hanna, ik moet hechten!' riep hij naar haar terwijl hij de professor op de onderzoekbank zette. 'En we hebben een röntgenfoto van zijn bovenlichaam nodig.'

'Goeie genade, wat is er gebeurd?' vroeg Hanna verschrikt. Ze haastte zich naar de kast met instrumenten en hechtmateriaal.

Lilly perste haar lippen op elkaar. Haar wangen kregen opeens een donkerrode gloed.

'We... We waren gewoon aan het wandelen in het park toen er opeens een meute SA-lui aankwam. Ze identificeerden de professor als Jood, scholden ons uit en begonnen op hem in te slaan.'

Louis keek haar verbaasd aan, maar besloot nu niet door te vragen en zich op dr. Kirsch te concentreren. Behoedzaam begon hij de gewonde te onderzoeken. De ontsteltenis die hij als mens voelde moest wijken voor zijn professionaliteit. Hij was arts en zou helpen. Op dit moment was dat het enige wat telde.

De hoofdwond was niet diep, maar zag er door al het bloed angstaanjagend uit. Hij hechtte hem met vaardige hand en legde een eenvoudig verband aan. Daarna tastte hij de nek van zijn collega af, voorzichtig ook zijn gezicht. Hij kon geen breuk vaststellen. Toen scheen hij met zijn lampje in Kirsch' ogen. Zijn linkerpupil was groter dan zijn rechter, wat duidde op een hersenschudding.

'We moeten zijn hoofd ook röntgenen, zuster Hanna,' zei hij. 'Voor de zekerheid.'

'Komt in orde, dokter.'

'Collega, ik kan op het gevoel geen breuk vaststellen, maar we moeten een foto maken. Bent u in staat te lopen?'

Kirsch keek naar Lilly, toen naar hem. 'Ik weet het niet zeker. Mijn benen doen zeer.'

'Ik haal een rolstoel,' zei Lilly en ze deed vlug haar jas uit. Nu zag Louis de bloedvlekken op haar jurk; het leek of ze Kirsch' hoofd op haar schoot had gehad.

Het volgende moment was ze de kamer al uit.

~

Even later bracht Lilly samen met Hanna Rudolph naar de röntgenkamer. Onderweg kwamen ze een paar verpleegsters tegen, die hen vol ontsteltenis aankeken. Het kon Lilly niet schelen of ze het bloed op haar jurk zagen. Ze wilde alleen zekerheid dat er niets ergers met Rudolph aan de hand was.

Het was voor het eerst dat ze de röntgenkamer binnenging met iemand van wie ze hield. Alles zag er opeens veel dreigender uit: die grote buis, de tafel, de andere apparatuur...

Lilly moest zichzelf dwingen professioneel te blijven.

Samen met Hanna hielp ze Rudolph op de röntgentafel en ze keek gefascineerd toe hoe haar collega te werk ging. Na een poosje moest ze de kamer verlaten. Hanna maakte de foto en toen werd Rudolph weer in de rolstoel gezet. Al die tijd zei hij geen woord. Terwijl Hanna naar de donkere kamer ging reed Lilly hem terug naar de spreekkamer.

'Heb je veel pijn?' vroeg ze hem en ze streelde zijn wang.

'Nee,' antwoordde hij. 'Het is eerder een doof gevoel... En jij bent bij me.' Hij tilde zijn hand op en pakte de hare. 'Het spijt me dat onze dag zo moest eindigen.'

'Dat is jouw schuld toch niet,' antwoordde ze en ze voelde woede opkomen. 'Het kwam door die rotkerels.'

Ze probeerde de beelden te verdringen, maar ze bleven door haar hoofd flitsen. Na de vuistslag van de SA-man was Rudolph naar achteren getuimeld, hij had zijn evenwicht verloren en was gevallen. Daarop waren de andere bruinhemden begonnen hem te schoppen. Wanhopig had hij geprobeerd zijn hoofd te beschermen, maar de laarzen hadden hem ook daar geraakt.

'We hadden niet naar Sanssouci moeten gaan.' Rudolphs stem haalde haar terug uit haar herinnering.

'Dit had je overal kunnen overkomen,' antwoordde Lilly en ze streelde zijn hand. 'Kom, ik breng je terug naar dokter Conradi. We weten zo meer.'

Voor de spreekkamer kwam Conradi hun tegemoet. Hij hielp Lilly Rudolph weer op de onderzoekbank te leggen.

'Ik vind het vreselijk dat u dit is overkomen,' zei hij meevoelend. 'De tijden waarin we leven... Soms ken ik de wereld niet terug. De mensen wenden zich steeds meer van God af.'

Rudolph sloot zijn ogen, alsof de pijn terug was.

'Ik geloof niet dat het eraan ligt dat de mensen zich van God afwenden,' zei hij treurig. 'De tijd zal wel weer zijn gekomen dat ze een zondebok zoeken voor hun onvrede. Zo is het altijd geweest. Als het in hun kraam te pas komt, beschuldigen ze ons.'

Voordat Conradi kon reageren kwam Hanna binnen met de röntgenfoto. De dokter hing hem voor de lichtkast.

'Ik zie geen fracturen of kneuzingen,' zei hij ten slotte. 'Maar u hebt een flinke hersenschudding. Ik zal voor de zekerheid een halskraag aanbrengen.'

Lilly hapte verschrikt naar adem. Conradi wendde zich tot haar.

'Zuster Lilly, als u ondertussen eens naar boven ging om zich op te frissen? Dan kijk ik u straks even na.'

'Niet nodig,' antwoordde ze. 'De aanvallers hebben mij alleen opzijgeduwd. Ik ben in het gras terechtgekomen.'

Toch ging ze de spreekkamer uit. Dat Rudolph een halskraag nodig had, joeg alsnog golven van angst door haar heen. Wat had er niet kunnen gebeuren als die bruinhemden nog erger tekeer waren gegaan!

Op de gang zocht ze steun tegen de muur. Ze zuchtte diep. De schrik die ervoor had gezorgd dat ze tot handelen in staat was geweest ebde weg. Haar knieën leken van was en haar hoofd gloeide.

Weer kwamen de beelden terug. Ze had geprobeerd Rudolph te hulp te schieten, maar wat kon ze doen tegen de woede, de haat en de lichaamskracht van zo veel mannen? Ze hadden haar als een hinderlijke vlieg weg geslagen en uitgescholden.

*'Jodenliefje!'*

*'Zoek een Duitse man, sloerie!'*

*'Vuile slet!'*

Een ijskoude rilling trok door haar lichaam. Ze sloeg haar armen om haar schouders, maar het gevoel bleef. Wat hadden die lui toch tegen de Joden? Waarom deed niemand iets?

Afgezien van de feitelijke aanval was dat nog het ergste – dat er behalve die vriendelijke hovenier niemand was geweest die iets had gezegd. Niemand die hen te hulp was geschoten.

Toen ze de deur hoorde, rechtte ze automatisch haar rug. Zuster Hanna kwam naar haar toe.

'Is alles in orde?' vroeg ze. 'Hebben ze jou ook iets aangedaan?'

'Nee, met mij is alles goed,' loog Lilly. Natuurlijk was dat niet waar. Maar de woorden hadden slechts wonden in haar ziel geslagen. Daar kon je met jodium, naald en draad niet bij komen. 'Hoe gaat het met de professor?'

'De dokter neemt hem op ter observatie.' Hanna keek haar onderzoekend aan. 'Zullen we straks een ommetje door het park maken?' Hanna legde haar hand op Lilly's bovenarm. In haar ogen las Lilly dat ze wist van de relatie tussen haar en de professor.

'Ja, graag,' antwoordde ze.

'Goed. Ik ga zuster Maria van de mannenafdeling even inlichten en dan kom ik terug.'

Lilly keek haar na toen ze in de gang verdween. Het zou toch ooit zijn uitgekomen, dacht ze bij zichzelf. Maar op deze manier had ze het niet gewild.

Rudolph werd even later door twee verpleegsters met een bed opgehaald. Ze brachten hem weg zonder dat ze de kans kreeg hem aan te raken. Zo in bed zag hij er iel uit, zijn gezicht was vertrokken van de pijn. Het zou nog even duren voor de medicatie begon te werken.

Een poosje bleef Lilly besluiteloos staan, toen liep ze het ziekenhuis uit. De hovenier had gezegd dat hij de Wannseebahn terug naar Potsdam zou nemen en was inmiddels vertrokken. Alleen de auto stond nog steeds waar hij was neergezet.

Lilly strompelde over de grindpaden die zo leken op die van het Schlosspark en kromp in elkaar toen ze achter zich voetstappen hoorde. Het was gelukkig zuster Hanna maar.

'Hij ligt nu op de afdeling,' vertelde ze. 'Ze zullen daar goed voor hem zorgen.'

'Dank je,' zei Lilly benepen.

Hanna gaf haar even respijt en zei toen: 'Ik wil niet om de hete brij heen draaien om erachter te komen wat er speelt. Hoelang is het al aan de gang tussen jou en de professor?'

Lilly's wangen begonnen te gloeien. Ze keek Hanna verschrikt aan, maar besefte meteen dat ze zich hier niet uit kon redden. 'Sinds Kerstmis. We hebben ons best gedaan geen opzien te baren.'

'Nou, het baart wel degelijk opzien als een verpleegster samen met een professor terugkomt van een zondags uitje waarbij de laatste gewond is geraakt.' Na Lilly in de ogen te hebben gekeken liet Hanna haar blik over het uitgestrekte park gaan. 'Maar ik ben niet gekomen om je een zedenpreek te geven. Je bent een volwassen vrouw en, al wil menigeen het niet weten, ziekenhuizen zijn ook huwelijksfabrieken. Het gebeurt vaker dat een verpleegster verliefd wordt op een arts.'

Lilly reageerde niet. Haar privéleven ging niemand iets aan, ook Hanna niet.

'Het is mij ook overkomen,' zei Hanna toen.

Lilly spitste haar oren. 'Wat?'

'Een relatie met een arts,' antwoordde Hanna. 'Ik ben zelf ook verliefd geworden op een van de artsen. Lang geleden.'

'Wat is er gebeurd?' vroeg Lilly.

'Ik kwam erachter dat hij een ander had. Hij vond me te religieus, te terughoudend.' Ze zweeg even. 'Afgelopen jaar heb ik hem teruggezien, als patiënt. Hij is inmiddels getrouwd en ernstig ziek.'

'Wat erg.'

Hanna knikte. 'Ik hou van mijn werk. Ik heb ingezien dat dat even belangrijk voor me was als die man. Toen hij me niet meer wilde, toen ik merkte dat hij me bedroog, heb ik me op mijn werk gericht. Op de familie die ik in Waldfriede heb.' Ze liet een stilte vallen en voegde er toen aan toe: 'Maar bij jou ligt het anders. Jij wilt graag een echt gezin hebben, nietwaar?'

Dat wilde ze inderdaad. En ze was blij dat Hanna niet wist dat ze al zoiets als een gezin had. Ook al kon ze haar zoontje nog niet bij zich hebben.

'Ik kan je maar één advies geven: laat niemand er iets van merken,' ging Hanna verder.

'Bedoel je dat ik niet bij hem langs mag gaan nu hij op de afdeling ligt?'

'Natuurlijk mag dat! Maar wees voorzichtig. Waar liefde is, is ook jaloezie, en dan heb ik het niet over jaloezie tussen partners. Ik heb het over de jaloezie van degenen die niet het geluk hebben verliefd te zijn. Als je jouw leven en dat van de professor niet onnodig moeilijk wilt maken, neem dan alsjeblieft mijn advies ter harte.'

'Dat zal ik zeker doen,' zei Lilly. Ze keek Hanna aan. 'Mag ik jou vragen om er ook je mond over te houden?'

Hanna keek haar aan. 'Dat spreekt vanzelf. Destijds was het hier nog anders. De regels werden veel strenger geïnterpreteerd. Ik weet heel goed hoe dit voor je is.' Ze zuchtte en zei: 'Ooit zul je voor de keuze staan: verpleegster blijven of je man bijstaan.'

'Zover zijn we nog niet.'

'Maar het is denkbaar, nietwaar?'

Lilly wist het niet; ze wilde hem nergens toe dwingen. 'Misschien wel.'

Hanna legde haar hand op Lilly's arm. 'Ik wens je van harte toe dat het je vergund zal zijn de juiste beslissing te nemen.'

# 52

‘Kom binnen,’ zei de vrouw in de elegante lindegroene jurk toen ze Louis en Catherine bij de voordeur ontving.

Louis nam zijn hoed af en liet zijn blik dwalen door de entree van de villa aan de Koblanckstrasse in Wannsee: een marmeren vloer, een trap van rood hout en schilderijen aan de muur. Hun voetstappen werden gedempt door dikke tapijten.

De vrouw stelde zich aan hen voor. ‘Ada Sauerbruch.’

‘Aangenaam kennis te maken,’ zei Louis. ‘Dit is Catherine Conradi, mijn vrouw.’

De twee vrouwen gaven elkaar een hand.

‘Onze verontschuldigingen dat we te laat zijn. Er was een medisch voorval waardoor ik niet eerder weg kon.’

Catherine was enorm geschrokken toen ze hoorde wat professor Kirsch was overkomen. Maar ze konden er niet over praten, omdat ze al laat waren. Bovendien wilde Louis het er in aanwezigheid van Kowalski niet over hebben.

‘Dat geeft niet,’ antwoordde Ada Sauerbruch. ‘Ik ben blij dat u er bent. Mijn man heeft me veel over u verteld.’

Halverwege kwam de heer des huizes hun tegemoet.

Ferdinand Sauerbruch, die een zorgvuldig getrimde snor had, was gekleed in een wit overhemd en een beige broek met bruine bretels. Hij droeg geen colbertje.

‘Ah, kijk eens aan!’ riep hij. ‘Daar is hij!’ Met uitgestoken hand liep hij op Louis af ‘Wat fijn dat je er bent. En je hebt je vrouw ook meegenomen. Dat doet me plezier.’

Hij schudde Louis de hand en gaf Catherine een handkus.

'Het spijt ons dat we te laat zijn,' herhaalde Louis. 'Er heeft zich iets voorgedaan waarbij mijn aanwezigheid werd vereist.'

Sauerbruch trok zijn wenkbrauwen op. Louis kon zien dat hij erg graag wilde weten wat er was gebeurd. Maar tact, waarover hij toch wel leek te beschikken, weerhield hem ervan door te vragen. In plaats daarvan zei hij: 'Kom maar mee.'

Hij bracht hen naar de serre, waar zich in het midden een rotan zitje bevond. Op een van de stoelen zat een oudere man. Hij was kaal en zijn baard deed een beetje denken aan die van de voormalige keizer. Zijn tengere lichaam was in een grijs kostuum gestoken.

'Dit is mijn vriend Max Liebermann. We zijn buren en toevallig bracht hij me vandaag het portret dat hij van me heeft geschilderd.'

'O, dat zou ik graag zien,' zei Louis terwijl hij Liebermann een hand gaf.

'Aangenaam kennis met u te maken, dokter Conradi,' antwoordde hij. 'U bent toch de directeur van die kleine kliniek aan de Krumme Lanke waar zo veel over wordt gesproken?'

'Dat is juist, maar klein zou ik ons Waldfriede niet meer willen noemen. We hebben nu honderdvijftig bedden en het jaarlijkse aantal patiënten is meer dan vijftigduizend.'

'Niet elk ziekenhuis kan zo'n enorm patiëntenaantal verwerken als het Charité,' gaf Sauerbruch goedmoedig te kennen.

'Het was absoluut niet minachtend bedoeld,' zei Liebermann. 'Onlangs bezochten we kennissen in Zehlendorf. Hun dochter was net bevallen. Ze was vol lof over de artsen en vroedvrouwen.'

'Dank u, aardig dat u dat zegt. We hebben een gestage toestroom van aanstaande moeders en vrouwen die moeten bevallen. Het is mijn bedoeling dat we over niet al te lange tijd ook buiten de stadsgrenzen van Berlijn bekendheid genieten.'

'Ik twijfel er niet aan of dat je gaat lukken,' zei Sauerbruch. 'Laten we nu eerst eens het meesterwerk van Max bekijken. Het zal pas volgende week officieel worden onthuld, maar jullie hebben het geluk het nu al te kunnen zien, zonder een massa mensen.'

Hij ging hun voor naar de bibliotheek, waar het schilderij met een doek bedekt op een schildersezel stond.

'Het brengt toch geen ongeluk als ik het nu al laat zien?' zei Sauerbruch grinnikend tegen Liebermann.

'Je weet dat ik niet bijgelovig ben,' antwoordde de kunstenaar en hij trok het doek van de schildersezel. Het portret van een zittende professor Sauerbruch in witte doktersjas werd zichtbaar, met zijn armen over elkaar, zijn blik nieuwsgierig op de toeschouwer gericht. Louis rook olieverf en vernis en keek verbaasd naar de gewaagde, maar tegelijkertijd precieze penseelstreken van de kunstenaar. Hij had bewust een eenvoudige achtergrond gekozen, zodat het onderwerp beter tot zijn recht kwam.

'Ik noem het *De Chirurg*,' kondigde Max Liebermann aan.

'Je maakt me mooier dan ik ben,' zei Sauerbruch ginnegappend.

'Ik vind het heel treffend,' mengde Catherine zich in het gesprek. 'Mijn man schildert overigens ook.'

'Werkelijk?' vroeg Sauerbruch aan Louis.

'Een beetje. Amateuristisch. Niet te vergelijken met een meesterwerk als dit.'

'Nou, ik kan niet opereren,' zei Liebermann schouderophalend. 'Maar ik zou die schilderijen graag eens zien. Vooral bij amateurkunstenaars kun je kunst in haar oorspronkelijke vorm zien, onverhuld en zonder financiële belangen.'

Louis glimlachte verlegen en antwoordde: 'Dat kan misschien geregeld worden,' ook al wist hij dat het niet zou gebeuren.

'Hoe denken jullie eigenlijk over het huidige klimaat in ons land?' vroeg Sauerbruch nadat het dienstmeisje de koffie had gebracht. De marmercake en de aardbeientaart op de tafel in de serre verspreidden een heerlijke geur. 'En dan bedoel ik niet het weer.'

Louis keek even naar Catherine en antwoordde toen: 'Ik heb de laatste tijd weinig gelegenheid gehad de politieke gebeurtenissen te volgen. Ik heb alleen de motie van wantrouwen tegen von Papen meegekregen. En ik weet natuurlijk dat er binnenkort nieuwe verkiezingen zijn.'

'Nou, dan bof je,' antwoordde Sauerbruch. 'Bij ons wordt de machtsstrijd steeds heviger. Veel artsen worden lid van de NSDAP, sommige medewerkers ook van de SA. Het lijkt of de mensen de aantrekkingskracht niet kunnen weerstaan.'

En hoe zit dat met u? vroeg Louis zich af, maar hij zweeg.

'Ja, en dan gaan ze plunderend door de straten en dreigen ze Joden in elkaar te slaan,' voegde Liebermann er korzelig aan toe. 'Die jonge kerels zijn moreel volkomen ontaard en vormen een gevaar voor de mensheid. Maar ik denk niet dat ze bij u in Zehlendorf tekeer zullen gaan.'

'Een van mijn artsen is vanochtend in Sanssouci in elkaar geslagen door die kerels,' flapte Louis eruit. 'Vandaar dat ik later was. Ik moest hem verbinden.'

Sauerbruch en Liebermann keken hem geschrokken aan.

Louis probeerde zijn woede te bedwingen. 'Vandaag hoorde ik dat het niet de eerste keer was dat hij werd lastiggevallen. Maar nu hebben ze hem in elkaar geslagen.'

'Dat spijt me,' zei Liebermann. Stilte volgde op zijn woorden, maar Louis was er zeker van dat hij nog veel meer zou willen zeggen.

Sauerbruch trok een beduusd gezicht, maar zei niets.

'Wie weet wat er nog allemaal komt,' ging Liebermann na een tijdje verder. 'Ik heb niet veel vertrouwen meer in onze overheid en ik zie de verkiezingen met grote bezorgdheid tegemoet. Maar ik ben oud en wie weet hoelang ik deze aardse ellende nog zal hoeven aanzien. Jongeren daarentegen...' Hij viel stil en leek in gedachten te verzinken.

Louis merkte Catherines angstige blik op. Zij beiden spraken niet vaak over politiek, maar ze waren het erover eens dat er iets in de lucht hing. Dat was echter geen onderwerp voor een gesprek met een collega van de Maatschappij voor Geneeskunde, zeker niet met een hoogleraar die in de hoogste kringen verkeerde.

'Ik stel voor de politiek de politiek te laten en van de taart te genieten,' barstte Sauerbruch plotseling uit. 'Mijn vrouw heeft zichzelf overtroffen.'

Een uur later nam Max Liebermann afscheid. Louis was ook graag weggegaan. Nadat hij over het voorval had verteld deed het gesprek stijf en geforceerd aan. Louis was niet van plan zijn politieke opvattingen prijs te geven en daardoor leken de anderen ook hun gedachten voor zich te houden.

Maar voordat hij te kennen kon geven dat zij nu ook moesten gaan, zei Sauerbruch ineens: 'Kom mee, ik zal je mijn tuin en de paardenstallen laten zien. Ondertussen kunnen de dames de kunstcollectie bekijken.'

Ze verlieten de serre en liepen over een prachtig aangelegd grasveld. Een hond rende naar hen toe en begroette hen kwispelend. Louis streelde zijn kop.

'Je kunt goed met honden overweg, nietwaar?' vroeg Sauerbruch met zijn handen in zijn zakken.

'We hebben een waakhond in het ziekenhuis en van tijd tot tijd loop ik met hem mijn rondjes door het park,' zei Louis. 'Hij is al vrij oud en we zullen waarschijnlijk over niet al te lange tijd een nieuwe hond moeten aanschaffen.'

Hij dacht terug aan de enorm hoge prijs die tijdens de inflatie voor het dier was betaald.

'Ik ken een paar hondenfokkers die altijd uitstekende nesten hebben. Ik wil met alle plezier navraag doen.'

'Onze Rex is nog goed in vorm,' zei Louis afwerend. Waarom praatte Sauerbruch als een oude vriend met hem, terwijl hij zelf het gevoel had dat de middag niet al te best was verlopen?

Ze liepen een tijdje zwijgend naast elkaar en Louis begon zich af te vragen wanneer Sauerbruch hem zou gaan vertellen over de planten en bomen in de tuin.

Toen vroeg de professor: 'Wie is eigenlijk die arts die door SA-mannen in elkaar is geslagen?'

Louis verkeerde in tweestrijd. Moest hij het wel vertellen? Zou Kirsch het niet heel vervelend vinden als de Maatschappij voor Geneeskunde ervan wist?

'Je kunt het me gerust vertellen, het blijft onder ons.'

Louis wist niet of hij daarvan op aankon. 'U kent hem niet,' antwoordde hij ontwijkend. 'Hij is niet werkzaam op uw gebied, hij is gespecialiseerd in bottuberculose en heeft bedden bij ons.'

Sauerbuch knikte en Louis had ineens het gevoel dat hij al te veel had gezegd. Met een beetje rondvragen zou Sauerbruch de naam zeker te weten komen. Maar waarom wilde hij die eigenlijk weten?

'Als je iets nodig hebt, neem dan contact met me op,' zei Sauerbruch toen. 'Niemand kan voorspellen hoe het verder zal verlopen, wat dat betreft kan ik het alleen maar met mijn vriend Liebermann eens zijn. Maar nu wil ik je de paarden laten zien. Rij jij ook?'

'Wat een vreemde middag,' merkte Louis op toen de auto wegreed.

'Dat kun je wel zeggen.' Catherine slaakte een zucht van verlichting. 'Die Sauerbruch is erg van zichzelf overtuigd, vind je niet?'

'Ja, maar niet ten onrechte. Hij heeft uitstekende relaties op allerlei gebieden: kunst, bedrijfsleven, geneeskunde. En hij is een autoriteit op het gebied van chirurgie. Hij verricht operaties waar ik niet eens van durf te dromen.'

'Zet je licht niet onder de korenmaat. Jij bent ook een goed chirurg.'

'Vergeleken met Sauerbruch ben ik maar een klein lichtje.' Louis pakte Catherines hand. 'Maar dat is niet erg. God heeft me de talenten geschonken die Hij voor mij beoogde.'

Hij verzonk in gemijmer. De professor had hem niet alleen de paarden laten zien. Zodra ze in de stal waren had hij gezegd: 'Het bericht is misschien nog niet tot jouw ziekenhuisje doorgedrongen, maar zodra Hitler zijn doel heeft bereikt en met zijn partij aan het hoofd van de Rijksregering komt te staan, zullen er veranderingen in de medische professie en in de Maatschappij voor Geneeskunde plaatsvinden. Veranderingen waar jij ook mee te maken kan krijgen.'

Louis keek hem verbaasd aan. 'Wat bedoelt u?'

'Het gerucht gaat dat ze onze Joodse collega's in de Maatschappij hun positie willen ontnemen. Je weet wel, Lazarus, Hahn, von Gutfeld en vele anderen. De Crinis aast op de post van Bonhoeffer, ook al is die niet Joods, en Conti zou de nieuwe minister van Volksgezondheid kunnen worden als de NSDAP wint.'

'Hoe weet u dat?'

'Ik heb goede oren en er wordt over van alles gekletst bij het Charité.'

Louis wilde niet geloven dat kletspraatjes in de wandelgangen van het ziekenhuis tot dergelijke informatie leidden.

'Ook jij moet voorzichtig zijn,' vervolgde Sauerbruch. 'Achter je rug om wordt er gesmiespeld dat je Joods bent.'

'Ik ben adventist!'

'Dat weet ik. Maar weten degenen die niet de moeite nemen verder te kijken dan hun neus lang is dat ook?' Sauerbruch zweeg even en voegde er toen aan toe: 'Als het erop aankomt, moet je weten waar je heen kunt gaan. Je hebt toch contacten in Amerika?'

'Ja, maar ik zou Waldfriede nooit in de steek laten.'

'In het ergste geval kun je niet voorkomen dat het je wordt afgepakt.' Sauerbruch snoof en aaide een van de paarden. Het dier duwde zijn hoofd tegen zijn schouder.

'Afgepakt?' Louis had het gevoel dat hij een trap van een paard in zijn maag had gekregen. 'Weet u daar meer over?'

'Nee, maar ik zal mijn oor te luisteren leggen en je op de hoogte houden.'

Sauerbruch zei verder niets en Louis had het ongemakkelijke gevoel dat er meer aan de hand was.

'Ik kan je alleen maar zeggen, wees voorzichtig,' voegde zijn gastheer eraan toe. 'En zeg dit tegen niemand, ook niet tegen je vrouw. Dit moet onder ons blijven.'

'Dat gebeurt ook,' verzekerde Louis hem en hij bedankte Sauerbruch voor de waarschuwing, maar het viel hem zwaar niets te laten blijken toen ze de stal verlieten.

'Ada Sauerbruch lijkt me nogal ongelukkig,' haalde Catherine hem uit zijn gepeins. 'Ze zijn al sinds 1908 getrouwd, dat is heel lang.'

'Daarom hoeft ze toch niet ongelukkig te zijn.'

'Wel als de echtgenoot ontrouw is.'

'Heeft ze je dat verteld?'

'Ze heeft er een toespeling op gemaakt. De professor lijkt zich erg aangetrokken te voelen tot vrouwelijke kunstenaars.'

Louis begon te lachen. 'Kijk eens aan, de professor is een ouwe snoeperd.'

'Hij gaat vreemd,' antwoordde Catherine ernstig. 'Maar ik denk dat ik zijn vrouw, in tegenstelling tot hem, wel aardig vind. Ze heeft haar oudste dochter aan polio verloren toen die nog klein was. Daarna kreeg ze nog drie zonen en een dochter.'

'Mij is niet opgevallen dat ze ongelukkig is,' zei Louis. 'Met zo'n kinderzegen...' Hij zei niets meer toen hij zich realiseerde welk effect de kinderrijke Ada Sauerbruch op zijn vrouw moest hebben gehad.

'Soms geeft God aan vrouwen van ontrouwe mannen iets ter compensatie. Een houvast.'

Ze zweeg een tijdje en zei toen: 'Als het aan mij ligt hoeven we een volgende uitnodiging van hem niet aan te nemen. Of zie je dat anders?'

'Ik zal er niet onderuit kunnen hem een keer op Waldfriede uit te nodigen,' zei Louis, waarbij hij de klomp angst in zijn maag weer voelde. Wat had hij Catherine graag alles verteld. Misschien zou hij het ooit doen, later, als hij meer informatie had. 'Maar verder volstaat het als ik hem bij de avonden van de Maatschappij voor Geneeskunde ontmoet, denk je niet?'

# 53

*Zehlendorf, 28 september 1932*

Rudolph herstelde voorspoedig van zijn verwondingen. Na enkele dagen observatie kon hij de afdeling weer verlaten. Dr. Conradi schreef hem echter minstens een week bedrust thuis voor, waarna hij nog een week niet mocht werken.

'Dan kan ik eindelijk die stapel vakbladen die er nog ligt wegwerken,' grapte Rudolph toen Lilly hem uitgeleide deed tot de hal, waar zijn zus al op hem wachtte. Sarah, die een rijbewijs had, ontfermde zich over de auto en bood zichzelf als chauffeuse aan. Toen Lilly haar vertelde wat er was voorgevallen, ontstak ze in woede.

'Wat staat ons nog meer te wachten?' vroeg ze. 'Mogen ze binnenkort ook Joden doodslaan zonder dat de overheid ingrijpt?'

Lilly wist hier geen antwoord op. Ze had last van nachtmerries. Zo nu en dan doken daar bruinhemden in op die haar door de nauwe gangen van een onbekend huis joegen.

Rust en geborgenheid vond ze alleen bij Rudolph.

Elke dag ging ze na afloop van haar dienst even bij hem langs om hem zijn post en nieuwtjes uit het ziekenhuis te brengen. In de kliniek had het bericht dat hij gewond was geraakt de ronde gedaan. Ook vroegen sommigen van haar collega's of het waar was dat zij de professor had aangetroffen en naar Waldfriede had gebracht. Lilly zei ja, en deed dan alsof ze het druk had, zodat ze geen nadere uitleg hoefde te geven. Na een poosje lieten ze haar met rust. Als ze al achter haar rug roddelden, merkte ze daar niets van.

’s Avonds ging ze naar Rudolphs huis. Ze controleerde zijn hechtingen en verzorgde de wond, maakte eten voor hem klaar en bleef daarna nog urenlang bij hem om wat afleiding te bieden. Het viel haar dan op dat de stapel vaktijdschriften niet kleiner werd. Waarschijnlijk bracht hij zijn tijd door met piekeren.

Op een van de avonden dat ze hem bezocht ontving hij haar met een ernstig gezicht. Ze kon aan hem zien dat er iets niet in orde was.

‘Wat is er aan de hand?’ vroeg ze angstig.

‘Misschien kunnen we beter uit elkaar gaan,’ antwoordde hij.

Lilly sperde haar ogen open. Wat zei hij daar nou? Haar verstand weigerde de woorden op te nemen, die haar vanuit het niets troffen als een mokerslag.

‘Dat meen je niet!’ antwoordde ze. Haar stem brak bijna, terwijl haar hart als een razende tekeerging. ‘Waarom?’

Rudolf verkeerde in tweestrijd. In zijn ogen glinsterden opeens tranen. ‘Ik heb jou boven alles lief, maar ik wil je het leven niet onnodig moeilijk maken. Je bent wat ze “arisch” noemen en ze zullen jou niets doen zolang je niet de fout begaat met een Jood te trouwen.’

Lilly schudde ongelovig haar hoofd. ‘Hoe kan het fout zijn om van iemand te houden en met hem te trouwen?’ Ze keek hem aan. ‘Je kletst onzin, Rudolph! Ik laat me door die lui niet voorschrijven aan wie ik mijn hart schenk.’

Hij beantwoordde haar blik met ogen vol tranen. ‘Maar als ze je iets aandoen...’

‘Dat doen ze niet,’ antwoordde ze met vaste stem en ze omhelsde hem stevig. ‘We vinden wel een manier. Hoe dan ook.’

Twee weken later ging Rudolph weer aan het werk in Waldfriede. De hechtingen waren verwijderd, de kneuzingen en bloeduitstortingen verdwenen. Uiterlijk was er niets meer te zien, maar Lilly voelde dat er bij Rudolph diep vanbinnen iets veranderd was. Af en toe reageerde hij schichtig, vooral als hij zware voetstappen hoorde.

Uit angst opnieuw aangevallen te worden kwam hij bijna alleen nog buiten op tijden dat er weinig mensen op straat waren. Na het werk ging hij naar huis; uitstapjes durfden ze nog maar zelden te maken. Hij gaf de schuld aan het grijze weer, maar Lilly wist dat hij bang was gezien te worden.

Alleen op vrijdagavond gingen ze naar zijn zus om met haar sabbat te vieren. Als ze weer thuiskwamen zonder onderweg te zijn lastiggevallen, nam ze hem opgelucht in haar armen en trok ze hem mee naar bed. Het liefst had ze hem nooit meer alleen gelaten.

De familie Novak uit Praag werd op 29 oktober in Waldfriede verwacht. Hun zoon Alfred was alweer bijna twee jaar geleden ontslagen, maar professor Kirsch wilde zich toch op de hoogte stellen van zijn gezondheidstoestand.

Rudolph had Lilly gevraagd samen met hem het ontvangstcomité te vormen. Toen de Novaks rond het middaguur arriveerden liepen ze hun vanaf de ingang tegemoet.

'Professor!' riep meneer Novak, een mollige man van eind veertig. Zijn vrouw was in alles zijn tegendeel: klein, tenger, met chocoladebruin haar. Tussen hen in stond de kleine Alfred, die zichtbaar was gegroeid. 'Ik ben zo blij u weer te zien!'

'Het genoegen is geheel mijnerzijds,' antwoordde Rudolph. 'Je kunt je zuster Lilly vast nog wel herinneren, nietwaar Alfred?'

De jongen knikte. Lilly wist meteen weer dat ze enorm medelijden met hem had gehad toen ze hem voor het eerst zag: een mager jochie dat ertoe veroordeeld was stil te blijven liggen vanwege de zandzakjes aan zijn benen. Ze had de kinderen destijds nauwelijks durven aanraken en was geschrokken van de in haar ogen gruwelijke behandelmethode. Inmiddels begreep ze zo veel meer van de therapie en de noodzaak ervan.

'U hebt onze jongen het leven gered!' zei Novak met een licht accent en hij overhandigde Rudolph een draagtas. 'Hier, zomaar wat kleinigheden als bedankje.'

Aan de manier waarop Rudolphs armspieren zich spanden zag Lilly dat het blijkbaar nogal zware kleinigheden waren.

Rudolph ging zijn gasten voor naar zijn spreekkamer.

'Zal ik u koffie brengen?' vroeg Lilly.

'Dat zou heel fijn zijn,' zei Rudolph glimlachend, waarna hij zich tot zijn gasten wendde.

Onderweg naar de keuken hoorde Lilly vanuit de verte luide mannenstemmen. Toen ze de bruine uniformen zag, stokte haar ademhaling van schrik. Wat moesten die kerels hier? Begonnen ze nu ook al Joodse patiënten in het ziekenhuis lastig te vallen? Haar eerste impuls was om hulp te roepen, maar toen sprak een van de mannen haar aan.

'Pardon, zuster, waar kunnen we de mannenafdeling vinden?'

Lilly was als verlamd. Haar verstand zei haar dat deze SA-man niet tot degenen behoorde die hen in Potsdam hadden overvallen, maar ze zag alles ineens weer voor zich.

'U... U bent hier op de vrouwenafdeling,' zei ze. Ze had het gevoel dat iemand haar keel langzaam dichtkneep.

'En waar is de mannenafdeling?'

'Hans, maak die jongedame toch niet bang!' riep een van zijn kameraden onder luid gelach van de anderen.

Lilly kon aan niets anders denken dan wat er zou gebeuren als deze kerels Rudolph tegen het lijf zouden lopen. Alles in haar beefde, maar ze dwong zichzelf tot kalmte.

'Naar wie wilt u toe?' vroeg ze.

'Naar onze kameraad, Peter Friedrichs. We hebben gehoord dat hij hier is opgenomen.'

Lilly keek naar de deur van de spreekkamer. De mannen leken nog niet te hebben gezien welke naam er op het bordje stond. Of wel? Was de vraag naar hun kameraad maar een smoesje? Ze moest iets doen!

'Kom maar mee, dan breng ik u naar de mannenafdeling,' zei ze terwijl ze naar de deur liep.

Met de SA-lieden in haar kielzog had Lilly het gevoel dat ze boven een afgrond balanceerde. Ze was blij dat ze hen had weggeloodst van Rudolphs deur, maar stel dat die Peter Friedrichs helemaal geen kameraad was, maar iemand die ze wilden sarren?

De mannen hadden het er achter haar rug over hoe het zou zijn om een verpleegster als vrouw te hebben. Nooit van mijn leven zou ik met een van jullie trouwen, dacht Lilly terwijl ze er de pas in zette.

Voor de deur van de mannenafdeling zei ze: 'Ik ga het afdelingshoofd vragen waar de heer Friedrichs ligt. Wilt u hier even wachten?'

Ze verdween achter de deur. Het duizelde haar. Haar hart bonsde in haar keel en even was ze bang dat ze flauw zou vallen. Toch wist ze de zusterkamer te bereiken.

Hoofdzuster Maria was juist een paar leerlingen aan het instrueren.

'Neem me niet kwalijk dat ik stoor,' zei Lilly ademloos. 'Ligt hier ene Peter Friedrichs?'

'Waarom wilt u dat weten?' vroeg Maria streng.

'Een paar heren van de SA willen hem bezoeken. Ze zeggen dat hij hun kameraad is...'

Zuster Maria keek naar de meisjes, die allemaal de oren spitsten.

'Is hij inderdaad een kameraad van ze?'

'Ja,' bevestigde zuster Maria. 'Wees wel voorzichtig in de omgang met hen. Misschien weten jullie het niet, maar het is meer dan eens gebeurd dat wij adventisten met Joden op één hoop werden gegooid. Ik wil geen narigheid op mijn afdeling.'

'Ik heb ze heel vriendelijk bejegend,' antwoordde Lilly. 'Ze waren per ongeluk op de vrouwenafdeling terechtgekomen.'

Maria knikte en zei: 'Ik neem het wel over. Ze zullen de regels wel eerder accepteren als ze van een hoofdzuster komen.'

Onder andere omstandigheden had Lilly geprotesteerd, maar nu was ze blij dat ze zich niet met deze lieden hoefde in te laten.

Terwijl zuster Maria naar de toegangsdeur van de afdeling liep, haastte Lilly zich door de gang naar de achtertrap.

Hijgend bereikte ze de tweede vrouwenafdeling. Het schoot haar te binnen dat ze eigenlijk koffie zou gaan halen, maar ze kon het niet opbrengen. Ze had het gevoel dat er een knellende band om haar borst zat en haar knieën knikten. Toen de deur achter haar dicht was gevallen liet ze zich met haar hand tegen haar mond gedrukt op haar knieën zakken. Haar hartslag dreunde in haar oren en haar hoofd en hals leken te pulseren.

Toen ging er een deur open en vlak daarna kwam er iemand naar haar toe lopen.

'Lilly, wat is er?' vroeg Rudolph bezorgd. 'Voel je je niet goed?'

Lilly schudde haar hoofd. 'Er zijn mannen van de SA in het ziekenhuis. Ze... Ze wilden naar een van hun kameraden. Ik heb ze de weg gewezen.'

Het liefst had Lilly zich in zijn armen geworpen. Maar ze kon zich niet bewegen.

Toen ze het over de bruinhemden had trok Rudolph wit weg. Lilly keek hem aan en legde haar hand op zijn arm. 'Ga liever niet naar beneden, als je dat van plan was. En misschien kun je de Novaks ook maar beter op de hoogte stellen...'

Rudolph knikte en hielp Lilly weer overeind. 'Gaat het?' vroeg hij.

'Jawel.'

Lilly haalde diep adem. 'Het is voor het eerst dat ik ze hier zie.'

'Dat komt waarschijnlijk doordat wij hier boven werken. Ik weet van collega's dat ze al vaker met hen te maken hebben gehad.'

'Zuster Maria zei dat adventisten vaak voor Joden worden aangezien. Ze weten het dus! De mensen hier weten wat zich daarbuiten afspeelt.'

Nu trok Rudolph haar in zijn armen. 'Iedereen weet dat. Maar zolang ze zelf met rust worden gelaten storen ze zich er niet aan.'

'En als ze nu...'

'Sst,' zei Rudolph en hij streelde haar haar. 'We praten er vanavond wel over, goed? Ga maar even bij de kinderen kijken, dan probeer ik de Novaks nog een poosje binnen te houden.'

'En de koffie?'

'Ik vraag het wel aan een andere zuster en zal tegen de Novaks zeggen dat je iets voor de directrice moest doen.'

'Zul je voorzichtig zijn?' vroeg Lilly hem.

'Natuurlijk.' Hij gaf haar een kus op haar voorhoofd en maakte zich toen van haar los.

De aanwezigheid van de SA'ers was als een zware ketting die Lilly de hele dag met zich meesleepte. Hoewel haar maag knorde, zag ze ervan af naar de eetzaal te gaan, uit angst dat ze de mannen tegen het lijf zou lopen. Al had geen van hen haar aangeraakt, hun opmerkingen waren erg genoeg geweest.

Pas na afloop van het bezoekuur liep Lilly naar beneden. Ze voelde zich zwak en moe en moest nodig iets eten. Inwendig vervloekte ze de bruinhemden en ze vroeg zich af of het nodig was een van hen hier te behandelen.

Maar ze wist dat het niet anders kon. Artsen en verpleegsters dienden zich te wijden aan de patiënten, ongeacht hun overtuigingen. Hun ethos vereiste dat. En al was het een afschuwelijke overval geweest, ze wist dat Rudolph zou helpen als een van de daders bloedend voor hem lag.

Hoewel de avondmaaltijd nog niet helemaal klaarstond, wist Lilly een boterham met kaas en een appel te bemachtigen, die ze uitgehongerd wegwerkte. Het glas koude melk sloeg ze zo haastig naar binnen dat ze er lichte hoofdpijn aan overhield.

Toen ze voor de dienstoverdracht terugkwam in de zusterkamer ging het alweer iets beter met haar.

Vlak na Lilly kwam Martha binnen. De andere verpleegsters lieten nog op zich wachten; ze waren even alleen.

'Heb je een leuke dag gehad?' vroeg Lilly zoals altijd wanneer ze haar zag.

'Er waren vandaag mannen van de SA in het ziekenhuis,' merkte Martha opgewonden op. 'Heel aardige jongens.'

'Aardig?' vroeg Lilly verontwaardigd. 'Die kerels kun je toch niet aardig vinden!'

'Waarom niet?' vroeg Martha op haar beurt. 'Ze hebben me heel vriendelijk benaderd. Bovendien heeft Adolf Hitler hoog in het vaandel dat het alle Duitsers beter zal gaan als hij wordt gekozen. En dat kunnen we hier immers heel goed gebruiken.'

Lilly perste haar lippen op elkaar. Dat Martha zo warmliep voor de NSDAP was nieuw voor haar.

Martha kwam nu op stoom. 'Er zijn immers binnenkort verkiezingen. Als zij winnen zal er gauw weer werkgelegenheid zijn. Dat ons ziekenhuis er zo slecht voor staat komt alleen doordat de mensen geen geld hebben. Ze nemen huismiddeltjes, overlijden misschien zelfs en durven niet naar een dokter te gaan. Ze komen alleen naar het ziekenhuis als het niet anders kan.'

Ging het dan slecht met Waldfriede? Tja, de derde vrouwenafdeling was nog niet heropend, maar dat was te wijten aan het feit dat dr. Conradi zo lang weg was geweest. En hadden ze op hun eigen afdeling niet altijd volop werk?

'Als iedereen weer aan de slag kan, zal het ook weer drukker worden op de badafdeling. We zullen er allemaal van profiteren!'

Lilly wist niet wat ze daarop moest zeggen. Was Martha er dan nooit getuige van geweest hoe de bruinhemden met Joden omgingen? Had ze niet gezien hoe ze Rudolph hadden toegetakeld?

Maar voordat ze Martha erop kon wijzen dat het mensen van de SA waren geweest die de professor hadden aangevallen, stroomden de andere verpleegsters voor de overdracht de kamer in.

~

De dag was zonder veel bijzonderheden verlopen en Hanna had nog genoeg energie om 's avonds weer aan haar kroniek te werken. Sinds de terugkeer van de dokter vielen er eindelijk weer positievere gebeurtenissen te noteren; tegelijkertijd voelde ze dat ze er in tegenstelling tot de periode van zijn afwezigheid minder tijd en innerlijke rust voor had.

'Hebt u enig idee waar het laatste operatielogboek is gebleven?' vroeg ze aan dr. Conradi terwijl hij zijn witte jas uittrok. 'Ik heb het nodig voor de statistieken in de kroniek.'

'Ligt het dan niet op zijn plek?'

'Nee, daar heb ik al gekeken. Het schijnt onder de chirurgen rond te zwerven.'

'Ik zal het collega Lexow vragen, misschien heeft hij het naar zijn privévertrekken meegenomen om het daar bij te werken.'

'Dank u wel, dokter,' zei ze glimlachend en ze pakte de schaal met gebruikte instrumenten. Nog even langs de sterilisatieafdeling en dan kon ze achter haar schrijfmachine gaan zitten.

Toen ze de deur van de spreekkamer had dichtgetrokken, klonk er een mannenstem. 'Goedenavond, zuster Hanna.'

Hanna maakte een schrikbeweging en keek op.

‘Meneer Rasmussen!’

Ongelovig staarde ze de jurist aan. Hij droeg een jas en een hoed en had een aktetas bij zich. ‘Wat doet ú hier?’

‘Ik ben op zakenreis,’ antwoordde hij terwijl hij zijn hoed afzette en naar haar toe liep. Een brede glimlach deed zijn gezicht oplichten. ‘Een cliënt heeft advies nodig omdat hij in een Duits bedrijf wil investeren. Ik dacht, nu ik toch in Berlijn ben, ga ik eens kijken hoe het met u is.’

‘Dat is... heel aardig van u,’ antwoordde Hanna. Op hetzelfde moment besefte ze dat ze hem sinds hun telefoongesprek over dr. Conradi bijna een jaar geleden noch gebeld, noch geschreven had. ‘Het spijt me dat ik niets meer van me heb laten horen...’

Rasmussen lachte. ‘Geen probleem, ik neem het u niet kwalijk. Ik hoop alleen dat het inmiddels beter gaat met uw baas.’

‘Het gaat inderdaad goed met hem. Nogmaals dank dat u destijds voor me hebt geïnformeerd.’

‘Het was me een groot genoegen.’ Hij nam haar een poosje op, draaide zijn hoed in zijn handen en vroeg toen: ‘Zou u zin hebben om met me uit te gaan?’

‘Vanavond?’ vroeg Hanna wezenloos.

‘U hebt hopelijk geen avonddienst.’

‘Nee, ik...’

‘Dan is er toch niets op tegen om samen in een restaurant even bij te praten?’

In Hanna’s buik begon iets te fladderen. Sinds haar relatie met Alexander Kirchfeld had ze zo’n gevoel niet meer gehad.

Ik kan niet, wilde ze eigenlijk zeggen. Maar de woorden kwamen niet over haar lippen.

‘Toe nou, trek dat verpleegstersuniform uit en doe een gewone jurk aan. Wat hebt u te verliezen? U ontkomt aan het ziekenhuiseten en hoort eens iets nieuws.’

‘Het eten is hier anders heel goed,’ wierp Hanna tegen en even speelde ze met de gedachte hem mee te nemen naar de eetzaal. Maar de keukenmeisjes zouden zorgen dat dat het hele ziekenhuis rondging en ze wilde niet door Elisabeth, Grete of zelfs Maria worden uitgevraagd over de man die bij haar was.

‘Goed,’ zei ze. ‘Ik ga me omkleden.’

# 54

Het was niet Hanna's gewoonte doordeweeks uit te gaan. Soms ontmoette ze Leni in een café en van tijd tot tijd zag ze ook Rosa, een vriendin uit vroeger tijden. Die was getrouwd en haar dochter Nora was inmiddels al acht jaar.

Uitgaan met een man voelde helemaal niet goed. Maar ze wilde Eike Rasmussen ook niet afwijzen. Hij had immers in Skodsborg naar de toestand van dr. Conradi geïnformeerd. Daar was ze hem nog steeds heel dankbaar voor.

'Dit is dus het culinaire centrum van Berlijn,' merkte Rasmussen gekscherend op toen ze in een hoekje van het café gingen zitten.

'Het is gewoon een café,' antwoordde Hanna. 'Maar een van de beste van de stad.'

'Komt u hier vaker?' Hij legde zijn hoed naast zich neer en keek haar stralend aan.

'Nee, maar de patiëntes zijn er erg over te spreken.' Onzeker keek Hanna om zich heen, bijna in de verwachting enkele van haar patiënten te zien. 'We leven teruggetrokken en zijn erg op onszelf. Veel tijd voor plezier heb je niet als je in dienst van de gezondheidszorg staat.'

'Dat maak ik in Kopenhagen heel anders mee,' zei hij. 'Verpleegsters gaan zelfs in uniform naar restaurants en cafés.'

'Vast geen verpleegsters uit onze gemeenschap,' antwoordde Hanna een beetje verlegen.

'Daar hebt u ook weer gelijk in.' Rasmussen keek een tijdje naar haar, toen zei hij: 'Ik moest steeds aan u denken. Aan onze wandeling over het strand.'

Als Hanna eerlijk was, dacht ze ook af en toe aan hem. Maar meestal stond ze zichzelf die gedachten niet toe, want ze was niet van plan te trouwen en dr. Conradi in de steek te laten.

'Het spijt me echt dat ik geen contact heb opgenomen.'

'Dat hebt u al gezegd. En ik herhaal het nog eens: ik neem het u niet kwalijk. Ik vroeg me gewoon af wat u zoal doet en daarom ben ik hier.'

Hanna keek vluchtig naar zijn hand. Ze zag nog steeds geen trouwring.

'Ik ben hier en werk,' antwoordde Hanna. 'Veel meer valt er niet te vertellen. Ik heb geen tijd om op vakantie te gaan.'

'En als ik u in Skodsborg zou uitnodigen? Of Kopenhagen? U bent daar vast nog nooit geweest, nietwaar?'

Hanna schudde haar hoofd. Op dat moment verscheen de serveerster om te vragen wat ze wilden bestellen. Hanna nam warme chocolademelk en Rasmussen bestelde een stuk appeltaart en een kop koffie.

'Geen taart?' vroeg hij. 'Is dat te ongezond?'

'Dat hangt ervan af,' antwoordde Hanna. De warmte van het café gaf haar een behaaglijk gevoel en langzamerhand voelde ze zich wat meer op haar gemak, wat beslist ook te maken had met de manier van doen van de man tegenover haar. 'Maar ik heb op dit moment niet zo veel trek.'

De serveerster bracht in een mum van tijd hun bestelling. Terwijl de chocolademelk warm en zoet door haar keel gleed bedacht Hanna dat tien jaar geleden cacao met water al iets bijzonders was geweest.

'Hoe gaat het bij u op het kantoor?' vroeg ze aan Rasmussen, die met zichtbaar genoegen en bijna uitgehongerd op zijn taart aanviel.

'Heel goed. Al maak ik me een beetje zorgen over de politieke ontwikkelingen in Duitsland.'

'In hoeverre?'

'Geen enkele regering lijkt zich echt te kunnen handhaven. Binnenkort zijn er weer verkiezingen, als ik het wel heb.'

'Inderdaad.'

'En de rechts-nationalistische krachten worden steeds sterker.'

'Ook dat is waar.' Hanna had niet veel tijd om aandacht te besteden aan politieke gebeurtenissen, maar de krant las ze nog steeds.

'Aan welke kant staat u?' vroeg hij haar het volgende moment.

'Ik sta aan geen enkele kant. Alleen aan die van mijn patiënten en de artsen.'

'Maar u hebt toch vast wel een mening. Wat vindt u van Hitler en zijn ideeën?'

Hanna keek hem verbaasd aan. Waarom wilde hij het nu over politiek hebben?

'Over politiek kan ik vrijwel niet meepraten,' zei ze. 'En ik heb er hoe dan ook geen invloed op. Wij normale mensen leven van de ene op de andere dag en hopen dat er niets vreselijks gebeurt. Ik vertrouw erop dat God ons door alle crises heen zal helpen.'

Rasmussen leek een beetje teleurgesteld.

'Hoe kijkt u ertegen aan?' vroeg Hanna.

'O, ik denk dat we Hitler goed in de gaten moeten houden. Hij belooft uw land een opleving, maar welke prijs zal Duitsland daarvoor moeten betalen?'

'Dat weet ik niet, maar wat het ook is, het zal zeker weinig invloed op Denemarken hebben.' Hanna zweeg even en voegde er toen aan toe: 'Veel mensen hier hebben het slecht. De werkloosheidscijfers stijgen. Dagelijks zien we de gevolgen van het gebrek aan alles: uitgemergelde lichamen, mensen die niet naar de dokter gaan omdat ze de kosten van een behandeling niet kunnen opbrengen. In ons ziekenhuis zijn ook een paar mensen die willen dat er met strakke hand wordt geregeerd. Die weer ordelijke toestanden willen en geen regeringen die voortdurend falen.'

'Behoort u ook tot die mensen?' vroeg Rasmussen. Hanna merkte duidelijk dat zijn toon minder vriendelijk was.

'Ik behoor tot de mensen die ordelijke toestanden willen,' antwoordde ze. 'Maar ik ben geen aanhangster van Hitler, als u dat bedoelt.'

Rasmussen leek zich weer te ontspannen. 'Mooi.'

Hanna fronste haar wenkbrauwen. Was hij hier alleen om met haar over politiek te praten?

‘Misschien moeten we het over iets anders hebben,’ opperde ze. ‘Voor praten over politiek ben ik niet de aangewezen persoon.’

Rasmussen knikte, keek haar aan en glimlachte. ‘Welnu, zuster Hanna, bent u nog steeds niet getrouwd?’

Hanna beantwoordde zijn glimlach. ‘Uiteraard. Ik zou hier niet zitten als dat niet het geval was.’

‘Dus u zou net als vroeger alles voor een man opgeven?’

‘Ja,’ antwoordde ze. ‘Maar ik hou van mijn werk en ik zou het niet voor een ander leven willen ruilen.’

Rasmussen liep met haar mee terug naar het ziekenhuis. Intussen was het donker geworden, en ook een beetje mistig. Het schijnsel van de straatlantarens viel als lange sluiers op de stoeprand.

Hanna was verbaasd dat ze van de avond had genoten, hoewel ze het over serieuze onderwerpen hadden gehad. Stiekem wenste ze een beetje dat ze vaker met hem kon praten.

‘Denkt u erover na me eens in Kopenhagen op te zoeken?’ vroeg hij toen ze bij de poort van het ziekenhuis aankwamen, alsof hij haar gedachten had kunnen lezen.

‘Jazeker,’ zei Hanna met een glimlach.

Hij keek haar aan, boog zich toen voorover en voordat ze zich kon terugtrekken gaf hij haar een kus op haar wang.

‘Tot gauw, zuster Hanna.’ Hij zag haar nog eens diep in de ogen en draaide zich om.

Hanna keek hem met bonzend hart na. Ze wist niet waarom, maar in zekere zin beviel zijn manier van doen haar. In een ander leven, in een ander land, zou ze hem al sinds haar ontmoeting in Skodsborg als echtgenoot in overweging hebben genomen. Maar kon ze haar persoonlijke geluk boven het welzijn van het ziekenhuis stellen?

Uitgeput ging Lilly op weg naar Rudolphs woning. Officieel woonde ze nog steeds in Waldfriede, maar meestal overnachtte ze bij Rudolph. Omdat ze ’s ochtends altijd op tijd was voor de wisseling van de wacht, was er niemand die haar iets vroeg. Ook Martha verbaasde zich er blijkbaar niet over dat haar kant van de kamer er altijd onveranderd bij lag. Ze had het waarschijnlijk zo druk met zichzelf dat ze niet merkte dat Lilly's bed in Waldfriede onbeslapen bleef.

Huiverend van de kou trok Lilly haar jas dichter om zich heen terwijl ze de Boltzmannstrasse in liep. De belevenissen van die dag waren haar niet in de koude kleren gaan zitten en bovendien spookten Martha's woorden door haar hoofd. Geloofde ze echt dat het welzijn van Waldfriede afhing van Adolf Hitler?

Lilly realiseerde zich dat hun verschillende dienstroosters ervoor hadden gezorgd dat ze haar kamergenote niet echt kende. Was ze een vurig aanhangster van Hitler? Was ze misschien zelfs lid van de partij?

Bij Rudolphs voordeur stond mevrouw Berger, de hospita, met een andere bewoonster te praten.

'Goedenavond!' zei Lilly, maar voordat ze ook bij het gesprek kon worden betrokken drukte ze kort op de bel zodat Rudolph wist dat ze eraan kwam, glipte naar binnen en liep de trap op.

Rudolph kwam ditmaal niet opendoen, maar zijn voordeur stond op een kier. Er klonk muziek. Zoals altijd luisterde hij rond deze tijd naar de radio – zijn manier om op de hoogte te blijven van de dagelijkse gebeurtenissen.

Lilly ging naar binnen, zette haar tas neer en hing haar jas aan de kapstok. Rudolph was ergens in de woning met iets bezig.

'Hallo?' riep ze.

Vanuit de keuken klonk Rudolps stem. 'Lilly? Ben jij het?'

'Nee, een inbreker,' antwoordde ze lachend. Hij stond voor het fornuis en was bezig een pan kokend water eraf te tillen. De geur van aardappelen hing in de lucht, de ramen waren door de stoom beslagen.

'O, maar wel een mooie inbreker,' antwoordde hij, waarna ze elkaar kusten. 'Neem me niet kwalijk dat ik je niet bij de deur heb opgevangen, de aardappelen dreigden aan te branden.'

'Dat geeft niet, zolang je deur maar openstaat.' Ze aaide hem over zijn wang en hij veegde een lok van haar voorhoofd.

‘Ben je inmiddels van de schrik bekomen?’

‘Min of meer,’ zei Lilly. ‘In het vervolg controleer ik drie keer of die kerels in het ziekenhuis zijn voor ik me beneden vertoon.’

‘Eigenlijk heb je niets te vrezen. Je bent geen Jodin en bovendien ben je blond en blauwogig...’

‘Toch voel ik me in hun aanwezigheid niet op mijn gemak. En ik ben bang vanwege jou.’ Ze sloeg haar armen om zijn middel.

‘Dat is niet nodig. Ik let goed op.’

Lilly leunde met haar hoofd tegen hem aan. Ze wilde hem niet van streek maken door hem aan zijn machteloosheid tegenover de knokploeg te herinneren.

‘Trouwens, de Novaks hebben me uitgenodigd om naar Praag te komen,’ veranderde hij van onderwerp. ‘Wat denk je, kunnen we daar de kerst doorbrengen?’

‘Je weet dat ik met Kerstmis naar Benjamin ga.’

‘Dan rond de jaarwisseling. De stad is vast prachtig in de sneeuw.’

‘Dat klinkt beter,’ zei ze. Ze waren nog nooit samen op reis geweest. ‘Ik zou graag naar Praag willen.’

‘Dat gaat ook gebeuren. En misschien maken we van de zomer wel een grote reis.’

‘Waar naartoe?’ vroeg ze.

‘Waarheen je maar wilt. We zouden naar Frankrijk kunnen gaan. Naar Spanje, Engeland of Marokko.’

‘Naar Afrika?’ vroeg ze.

‘Waarom niet? De mensen in Waldfriede vertellen fantastische verhalen over de zendelingen die er werken.’

‘Ik zou niet weten wat ik moet kiezen.’ Lilly vulde een pan met water en zette die op het fornuis.

‘Dat hoeft nu ook nog niet.’ Weer kusten ze elkaar, toen zei Rudolph: ‘Trouwens, als je je eetlust wilt bederven, kijk dan eens in de zak die meneer Novak me heeft meegegeven.’

‘Heeft hij chocola meegebracht?’

‘Een heleboel. Je moet wat voor Benjamin meenemen als je hem komend weekeinde bezoekt.’

‘Daar zal hij heel blij mee zijn. Hij is dol op chocola!’ Een warm gevoel overspoelde Lilly toen ze zich Benjamins stralende ogen voorstelde. De angst die haar 's middags nog zo in zijn greep had gehad verdween even en Lilly zou willen dat het altijd zo bleef.

Maar toen moest ze weer denken aan Martha en haar enthousiasme voor de NSDAP.

'Gaan we dit weekeinde samen stemmen?' vroeg ze terwijl ze zich uit zijn omhelzing losmaakte. Het water begon langzaamaan te koken.

'Vanzelfsprekend.'

'En als zij er dan ook zijn?'

Er verscheen een zorgelijke rimpel tussen zijn wenkbrauwen. Ze hoefde niet uit te leggen wie ze bedoelde.

'We mogen ons toch niet het recht laten ontnemen de nieuwe regering te kiezen?'

Lilly boog haar hoofd. 'Nee, maar wat als de bruinhemden ons aanvallen?'

'Dan halen we de politie erbij. Bovendien betwijfel ik of ze dat zullen wagen. Ze willen immers dat de mensen stemmen.'

Lilly hoopte vurig dat hij gelijk zou krijgen.

Even zwegen ze, uiteindelijk zei Rudolph: 'Eigenlijk wilde ik het vanavond niet over de bruinhemden hebben, maar... Ik heb iets voor je. Wacht, ik ga het halen.'

Lilly fronste vragend haar voorhoofd. Rudolph draaide zich om, verdween uit de keuken en kwam even later terug. Met een mysterieuze glimlach verborg hij beide handen achter zijn rug en vroeg schalks: 'Links of rechts?'

Lilly dacht even na, toen zei ze: 'Rechts.'

Rudolph liet haar zien wat hij in zijn hand had: een gloednieuwe, glimmende sleutel.

'Waar is die voor?' vroeg ze verbaasd.

'Zodat je hier binnen kunt komen wanneer je maar wilt,' antwoordde hij. 'Misschien ben je er blij mee, ondanks die ellendige ontmoeting.'

'En of ik er blij mee ben!' riep Lilly uit, ze pakte de sleutel en drukte hem tegen haar hart. Het koele metaal werd algauw warm in haar hand en het was alsof het meteen een deel van haar werd.

Ze boog zich naar voren en gaf hem een kus. 'Dank je! Je had me vandaag geen groter plezier kunnen doen.'

Rudolph trok zijn wenkbrauwen op. 'Echt niet?'

Lilly keek hem verbaasd aan. 'Hoe bedoel je?'

'Wil je dan niet weten wat ik in mijn andere hand heb?'

Nu pas besefte Lilly dat hij zijn andere hand nog steeds op zijn rug hield.

'Ik dacht dat ik moest kiezen.'

'Als je links had gekozen, had ik je dit het eerst gegeven.'

Hij hield haar zijn andere hand voor, waarin hij een klein blauw doosje hield. Toen hij het openklapte zag Lilly een smalle gouden ring met een wit steentje.

De aanblik benam Lilly even de adem. Ze beefde en haar hart begon te bonzen. Ze kreeg een vermoeden.

'Het lijkt of ik de verkeerde keuze heb gemaakt,' zei ze met een bedeesde glimlach.

'Wie zegt dat je ze niet allebei kunt hebben?'

Rudolph glimlachte, nam de ring uit het doosje en knielde voor haar neer. 'Ik weet niet goed hoe je zoiets aanpakt.' Hij werd ineens zo rood als een biet. 'En misschien ben ik niet de meest romantische man, maar... wil je met me trouwen?'

Lilly staarde gebiologeeerd naar de ring.

'Ja!' flapte ze er toen uit en tranen welden in haar ogen op. 'Natuurlijk wil ik dat!'

Ze boog zich naar hem toe en kuste hem. Hij beantwoordde haar kus en schoof de ring aan haar linkerhand.

'Nu kan mevrouw Berger niet meer zeggen dat ik gejokt heb toen ik jou als mijn verloofde voorstelde,' zei hij lachend terwijl hij haar in zijn armen trok en haar kuste.

# 55

*Zehlendorf, 13 november 1932*

Rudolphs verloofde te zijn gaf Lilly een nieuw, ongekend levensgevoel. Ze liep met het hoofd in de wolken en betrapte zichzelf af en toe op een brede glimlach. Wensen die nu niet meer onbereikbaar leken namen voor haar ogen vorm aan.

Toch werd ze soms door twijfel overvallen. Had ze dit geluk eigenlijk wel verdiend? Zou het niet toch nog door het een of ander in rook opgaan?

Ze was het met Rudolph eens dat de bekendmaking van hun verloving in het ziekenhuis in een passend kader moest plaatsvinden. Vroeg of laat moesten de medewerkers het te horen krijgen, voor zover ze niet allang iets vermoedden. Lilly sprak de verpleegsters van andere afdelingen slechts zelden en ze vertrouwde volledig op Hanna's discretie. Toch moest het eens wereldkundig worden gemaakt.

Hoe zouden de anderen het opnemen dat ze een relatie met de professor had en weldra zijn vrouw zou worden?

Vooral Martha bezorgde haar in dat opzicht hoofdbrekens. Tijdens haar dienst liet ze zich zo nu en dan neerbuigend uit over Joden. Lilly's tegenwerpingen brachten daar geen verandering in.

Er was nog een reden dat ze Martha liever niet tegenkwam of met haar sprak: het was haar kamergenote opgevallen dat Lilly vooral op zaterdag 's nachts wegbleef.

'Ben je dan bij je ouders?' vroeg ze eens argwanend. 'Hebben jullie het weer goedgemaakt?'

Lilly had niets anders kunnen bedenken dan 'ja' te zeggen. Moest ze Martha echt voortijdig aan haar neus hangen dat ze een relatie met professor Kirsch had? Ze zou misschien jaloers worden, maar afgezien daarvan zou Martha haar het leven tot een hel kunnen maken, nu ze zo'n antipathie tegen Joden had opgevat...

Nee, ze zou aan de anderen zo min mogelijk prijsgeven. Tenslotte had ze ervaring met het bewaren van geheimen.

Op de zondag na de verkiezingen voor de Rijksdag zou dr. Rosenbaum Rudolph thuis bezoeken. Dat verbaasde Lilly, want in Waldfriede spraken Rudolph en hij elkaar maar zelden, hoogstens nu en dan over beroepsmatige zaken.

'Hij vroeg of ik tijd had voor een gesprek. Toen heb ik hem uitgenodigd.'

'Wat wil hij bespreken?'

'Daar heeft hij nog niets over gezegd, maar zo te horen is het belangrijk.'

'Moet ik er wel bij zijn?' vroeg Lilly, waarop Rudolph haar verbaasd aankeek.

'Waarom niet? Je bent immers mijn verloofde!'

'Je collega weet het toch niet van ons?' Lilly hield haar hoofd schuin. Behalve aan zijn zus en zijn verhuurster hadden ze het nog niemand verteld. 'Hopelijk denkt hij niet dat ik heb geprobeerd je te versieren omdat je mijn baas bent.'

'Ach, is dat dan niet zo?' vroeg Rudolph. Hij trok haar op schoot en kuste haar. 'Trouwens, het is in elk geval zuster Hanna opgevallen hoe het met ons zit. En ik denk dat wel meer mensen iets vermoeden. Als we volgend jaar trouwen, is het hoe dan ook officieel.'

'Dan zal ik mijn baan moeten opzeggen, maar tot het zover is...' Ze werd overvallen door tegenstrijdige gevoelens. Ze hield van haar werk in Waldfriede, was graag verpleegster.

Weer kuste hij haar. 'Maak je geen zorgen. Rosenbaum is een aardige man en een goede collega. Ik ben benieuwd wat hij te vertellen heeft.'

Toen die dag was aangebroken ging Lilly al vroeg de keuken in. Door het open raam droeg de wind klokgelui het appartement binnen. Een tochtvlaag veegde bijna het schriftje dat Rudolph daar gisteren had neergelegd van tafel. Sarah had er een paar recepten voor haar in opgeschreven. Omdat Rosenbaum net als Rudolph Joods was wilde ze hem niets voorzetten wat in strijd was met de regels van zijn geloof. Van Rudolph wist ze inmiddels dat hij het daar niet altijd even nauw mee nam. Hij at nooit varkensvlees, iets waarin de adventisten hem tegemoetkwamen. Maar in de ziekenhuiskeuken kon er niet op worden toegezien dat de maaltijden koosjer waren.

Lilly ging aan het werk. Ze wist inmiddels dat Joden afzonderlijk kookgerei gebruikten voor gerechten met melk en gerechten met vlees. Rudolph was wat dat betreft geen uitzondering.

Ze lette er ook op dat ze de juiste kommen en bakvormen gebruikte voor de kersenkwarktaart. Het recept zelf zag er verrassend vertrouwd uit. Ze had er rekening mee gehouden dat ook dat een tikje midden-oosters zou zijn, maar het kwarktaartrecept had zo van haar moeder kunnen komen.

Na een poosje kwam Rudolph de keuken binnen. Hij ging achter haar staan en legde zijn armen teder om haar middel.

'Waarom ben je eigenlijk al op?' vroeg hij en hij gaf haar een vluchtige kus op haar hals. 'Het is zondag!'

Lilly sloot haar ogen. Ze voelde een golf van warmte door haar lichaam gaan. 'Een taart bakt zich nu eenmaal niet vanzelf,' antwoordde ze. 'En kwarktaart al helemaal niet.'

'Hoe weet je dat dat mijn lievelingsgebak is?' Hij begon haar hals te liefkozen. Lilly kwam bijna in de verleiding hem te laten begaan en het bakken te laten voor wat het was. Maar ze wilde dat hij een goede indruk op zijn collega zou maken.

'Dat heb ik geraden,' antwoordde ze oprecht. 'En ik denk niet dat Sarah het recept van iets wat je niet lekker vindt voor me zou opschrijven. Tenslotte kent ze je al haar hele leven.'

'Dat is waar. Maar je had evengoed chocoladetaart kunnen maken.'

'Met de huidige cacaoprijzen?' vroeg Lilly lachend.

Hij hield haar nog even vast en zei toen: 'Weet je dat ik ernaar uitkijk dit binnenkort elke dag te hebben?'

'Bedoel je zo'n taart?'

'Nee, wat ik nu in mijn armen hou. Niemand is ooit zo belangrijk voor me geweest als jij.' Hij kuste haar slapen en wiegde haar zachtjes. Lilly deed haar ogen dicht en stond zichzelf toe van ochtenden als deze te dromen, zorgeloos en met Rudolph bij zich.

Even later was het hele appartement vervuld van een verrukkelijk zoete geur. Lilly had het gevoel dat ze was gehuld in een cocon van suikerspin, waarin niets naars kon gebeuren.

Aan het begin van de middag trokken Rudolph en Lilly hun zondagse kleren aan in afwachting van hun bezoeker.

'Je weet dus echt niet wat hij komt doen?' vroeg Lilly terwijl ze nerveus haar haar fatsoeneerde.

'Nee,' antwoordde Rudolph. 'Ik heb hem sinds zijn verzoek en mijn uitnodiging niet meer gesproken.'

Toen de bel ging, stond Lilly op en liep naar de deur.

'O, zuster Lilly!' zei Rosenbaum verrast.

Ze glimlachte wat onzeker. 'Kom binnen, dokter.'

Rosenbaum knikte en liep naar binnen. Hij keek haar verbaasd aan. Hij zou zich wel afvragen wat ze hier te zoeken had.

Lilly ging ervan uit dat Rudolph hem zo wel op de hoogte zou brengen. Ze nam zijn jas en hoed aan en hing die aan de kapstok. Rudolph kwam uit de woonkamer.

'Dag, collega,' zei hij en hij gaf Rosenbaum een hand. 'Mijn verloofde ken je al van het ziekenhuis, nietwaar?'

'Ja... natuurlijk,' antwoordde Rosenbaum enigszins verward. 'Maar ik wist niet dat je...' Hij keek Lilly aan alsof hij zich afvroeg hoe deze relatie tot stand was gekomen. 'Mazzeltof! Gefeliciteerd!'

'Dank je wel,' zei Rudolph. 'Kom binnen, collega, en maak het je gemakkelijk.'

Wat stijfjes liep Rosenbaum achter hem aan. Daarbij liet hij zijn blik over de muren en de inrichting glijden.

Lilly verdween naar de keuken. Ze had de tafel al gedekt en hoefde alleen nog koffie te maken. Ze zette de ketel op het fornuis, deed koffiepoeder in de pot en bleef wachten.

De mannen in de woonkamer spraken over het weer en de schaarste aan pijnstillers als gevolg van een niet-geleverde bestelling de afgelopen week.

Toen Lilly met de taart binnenkwam verstomden ze, wat ze een beetje vreemd vond. Hun zwijgen volgde haar tot in de keuken en ze zeiden ook niets toen ze terugkwam met de koffiekan.

'Al die moeite was toch niet nodig geweest,' zei Rosenbaum verlegen.

'Onze gast mag het toch niet aan spijs en drank ontbreken,' antwoordde Rudolph.

Rosenbaum knikte, maar hij nam nog steeds niets van de taart. 'Het punt is...' begon hij. 'Ik heb nieuws. Onrustbarend nieuws.'

Rudolph fronste zijn voorhoofd. 'Is er iets gebeurd?'

'Nog niet. Maar binnenkort zou er misschien iets kunnen gebeuren. Je hebt natuurlijk gehoord hoe de parlementsverkiezingen zijn verlopen. Dat de NSDAP ondanks grote verliezen de grootste partij van het land is gebleven en dat noch de SPD, noch de Centrumpartij een coalitie met de zittende rijkskanselier Franz von Papen wil vormen.'

Rudolph trok een somber gezicht. Ze spraken nauwelijks over politiek en Lilly wist dat hij onderzoek en ontwikkelingen in de geneeskunde belangrijker vond. Maar de verkiezingsdag lag bij hen nog vers in het geheugen. Ze waren niet lastiggevallen door mensen van de SA, maar dat kwam waarschijnlijk doordat ze die ochtend heel vroeg naar het stembureau waren gegaan.

'Mijn expertise betreft eerder de geneeskunde dan de politiek,' antwoordde hij, wat zijn collega alleen maar onrustiger maakte.

'Er wordt beweerd dat een aantal industriëlen en andere invloedrijke mannen een rekest hebben opgesteld waarin ze zich uitspreken voor Hitler als rijkskanselier. Na het appel van de professoren afgelopen zomer is die wens nu voor de tweede keer geuit. En als de andere partijen niet met von Papen tot een overeenkomst kunnen komen, zal von Hindenburg gehoor geven aan hun verzoek.' Rosenbaum, die nu zichtbaar beefde, zweeg even. Met een nerveuze handbeweging haalde hij een zakdoek uit de zak van zijn jasje en depte er zijn voorhoofd mee. 'Weet je wat dat voor ons kan betekenen?'

Rudolph keek naar Lilly. Ze voelde haar maag verkrampen. Weer zag ze de aanval van eind september voor zich. De bruinhemden waren de belichaming van de verkiezingsbeloften die Hitler had gedaan.

'Ze zullen ons als zondebokken opjagen!' riep Rosenbaum uit toen Rudolph niet reageerde. 'Heb je dat afgrijselijke boek gelezen?'

'Ja,' zei Rudolph. 'Maar ze zullen het niet wagen tegen ons op te treden.'

'Waarom niet?' Rosenbaums stem klonk nu schril.

'Velen van ons hebben in de Grote Oorlog gevochten. We hebben bloed voor ons vaderland vergoten.'

'En desondanks hebben die bruinhemden jou aangevallen, nietwaar? Er waren maar vijf mannen voor nodig die bereid waren je de schedel in te slaan!'

Rosenbaum bond meteen weer in. 'Neem me niet kwalijk, het was niet mijn bedoeling zo grof te zijn. Maar ik denk dat we, als Hitler aan de macht komt, ervoor moeten zorgen dat we onszelf en degenen die ons lief zijn in veiligheid brengen.'

'Al goed,' antwoordde Rudolph en hij keek peinzend naar zijn bord. Nu leek ook hij zijn eetlust te hebben verloren.

'Mocht het zover komen,' begon Lilly aarzelend. 'Wat denkt u dan te doen?'

Rosenbaum, die nu pas leek te merken dat zij ook aan tafel zat, haalde zijn schouders op. 'Ik weet het niet. Emigreren, naar Amerika misschien. De meeste mensen in mijn omgeving geloven niet dat het zo erg zal worden. Ze hebben nog geen plan. En ik eerlijk gezegd ook niet.'

'Hebt u familie?' vroeg Lilly.

'Ja,' antwoordde hij. 'Mijn ouders en een broer, maar die woont in Frankrijk.'

'U zou naar hem toe kunnen gaan. Of kunt u niet met hem overweg?'

'Jawel, we kunnen goed met elkaar opschieten. Misschien is dat een mogelijkheid.' Opeens leek alle energie uit zijn lichaam weg te vloeien. 'Er is nog iets anders,' vervolgde hij aarzelend. 'Ik... Ik ben mijn woning kwijt.'

'Wat?' vroeg Rudolph verbijsterd.

'Mijn huisbazin heeft me per einde van de maand de huur opgezegd.'

'Op welke gronden? Je bent arts en betaalt je huur toch zeker op tijd?'

In zijn stem hoorde Lilly echter een vermoeden doorklinken.

'Ze zet me op straat omdat ze de woning zelf nodig heeft,' antwoordde Rosenbaum. 'Ze beweert dat haar zoon er met zijn vrouw in wil trekken. Maar ik weet wat de echte reden is. Haar zoon is lid geworden van de NSDAP en daarom wil ze geen Joden meer onder haar dak hebben.'

Hij snoof en vervolgde verbitterd: 'En als ze eenmaal aan de macht zijn, zullen ze nog veel verder gaan.'

Lilly zag de ontsteltenis op Rudolphs gezicht. Ze verwachtte bijna dat hij zou zeggen: 'Dat zal niet gebeuren.' Maar hij had het vast ook niet voor mogelijk gehouden dat hij tijdens een zondagse wandeling in elkaar geslagen zou worden.

'Hoe kan ik je helpen?' vroeg Rudolph ten slotte.

'Als ik bij jou zou kunnen logeren... Een poosje maar...'

Rudolph keek Lilly aan. Hun avondjes samen zouden dan voorbij zijn.

'Zou u niet tijdelijk in het ziekenhuis kunnen verblijven?' vroeg Lilly. 'Voor zover ik weet zijn er in een paar verpleegsterskamers plaatsen vrij. Natuurlijk zou men u niet bij de vrouwen laten intrekken, maar...'

'Ik wil daar niemand in de weg zitten wat huisvesting betreft. Bovendien...' Hij stokte even. 'Bovendien is me helaas ter ore gekomen dat een aantal medewerkers... tja, om het voorzichtig uit te drukken, enthousiast zijn over de ideeën van de NSDAP. Ook in ons ziekenhuis.'

Martha's opmerking schoot Lilly te binnen. Dat die bruinhemden zo aardig waren en dat het programma van de NSDAP haar aanstond vanwege de belofte de mensen uit de ellende te helpen.

Waren er echt leden van de Waldfriede-familie die Rosenbaum het leven zuur zouden maken? Ze kon zich nauwelijks voorstellen dat iemand zover zou gaan, gezien de geest van naastenliefde die in Waldfriede heerste…

Rudolph tikte peinzend met zijn duim tegen zijn onderlip. Na een korte blik op Lilly wendde hij zich tot Rosenbaum.

'Wil je ons even excuseren?' Hij stond op en gebaarde Lilly mee te komen.

Ze verdwenen in de slaapkamer, waar Rudolph op fluistertoon zei: 'Ik had nooit gedacht dat zijn huisbazin hem eruit zou gooien. Hij is nota bene arts!'

Lilly boog haar hoofd. 'Wil je hem hier laten logeren?'

Rudolph zuchtte. 'Ik heb geen andere keuze als ik hem voor een leven op straat wil behoeden.'

'Nou ja, ik heb immers mijn kamer op Waldfriede,' zei Lilly. 'En op een paar uitzonderingen na slaap ik daar nog steeds. Bovendien zal dokter Rosenbaum hier niet de hele tijd zijn.'

Rudolph haalde opgelucht adem. 'Goed, dan zeg ik het zo tegen hem. Maar ik laat hem ook weten dat hij naar iets anders moet uitkijken.'

Lilly knikte. 'Goed.'

Hij nam haar in zijn armen en kuste haar. Even later gingen ze terug naar de woonkamer. Dr. Rosenbaum had inmiddels zijn stuk taart opgegeten; er hingen nog wat kruimels aan zijn lip.

'Aan het eind van de maand kun je je spullen hierheen brengen. Maar je meubels zul je ergens moeten opslaan.'

Rosenbaum sprong op. 'Heus?'

Rudolph knikte.

'Dank je wel, dat is ontzettend aardig van je!' Hij stokte en voegde er toen aan toe: 'Ik heb geen eigen meubels. Tot nu toe heb ik altijd gemeubileerd gehuurd. Maar desnoods slaap ik op een matras op de vloer.'

'Niet nodig, we hebben een volledig ingerichte logeerkamer,' zei Rudolph en hij keek Lilly aan, die bevestigend knikte.

Toen Rosenbaum weg was, bleef Rudolph in gedachten verzonken bij het raam staan. De grijze hemel trok steeds verder dicht, op de achtergrond sloeg de klok vier uur. Zijn silhouet stak donker af tegen het karige licht dat door de vitrage viel.

'Hij heeft gelijk, nietwaar?' vroeg Lilly toen ze naast hem ging staan. Rudolph was zichtbaar aangeslagen door het bezoek van Rosenbaum; het had diepe groeven in zijn gezicht achtergelaten.

'Ja,' antwoordde hij. 'Al wilde ik dat het niet zo was.'

'En als ze Hitler tot rijkskanselier benoemen?' vroeg Lilly.

'We kunnen niet op stel en sprong de boel de boel laten!' antwoordde Rudolph. 'Dat kan Rosenbaum ook niet. We zullen moeten afwachten. En blijven hopen.'

Hoop hielp ons ook niet tegen die bruinhemden, dacht Lilly verbitterd.

'Wat denk je dat er zal gebeuren?' vroeg ze zachtjes.

'Dat kan ik niet zeggen. Het is mogelijk dat ze ons beperkingen opleggen.' Nu draaide hij zich om. 'Ik heb echt geen idee.'

Lilly vlijde zich tegen hem aan. Hij rook nog steeds een beetje naar eau de cologne; zijn lichaam voelde stevig en sterk aan. Toen hij zijn armen om haar heen sloeg voelde ze zich geborgen. Maar ze wist ook dat zijn armen heel weinig tegen horden vechtlustige SA-lieden konden uitrichten. Dat ze ooit, als de tijden slechter werden, zouden moeten uitwijken naar een oord waar de bruinhemden hen niet konden bereiken.

'Als we hier weg moeten,' zei Rudolph na enige tijd, 'wat gebeurt er dan met je zoontje?'

Die vraag verraste Lilly zo dat ze er eerst niet op wist te antwoorden.

'Wil je hem dan bij je tante laten blijven?'

'Ik weet het niet,' zei Lilly aarzelend. 'Als ik daar ben vind ik het altijd vreselijk dat ik hem niet mee kan nemen.'

'Je tante heeft een relatie met een NSDAP'er. Die zal het zeker niet prettig vinden dat je met een Jood trouwt.'

'Nee, zeker niet,' antwoordde Lilly. 'Maar het kan me niet schelen wat hij zegt. Ik heb niets met hem te maken.'

'Door je zoon in feite wel.'

Lilly voelde een knoop in haar maag. Toen sprak Rudolph uit wat ze dacht.

'Als het ervan komt dat ik hier niet langer kan blijven, wat dan?'

Lilly wist niet wat ze moest antwoorden. Haar gedachten raasden door haar hoofd. Zou ze Benjamin bij Cecilia kunnen achterlaten?

Zeker, ze zag hem niet vaak en ze was eraan gewend geraakt dat haar tante voor hem zorgde. Ze herinnerde zich echter maar al te goed haar woede over het voorstel zijn naam te veranderen. En dat het idee Reinhard Heller over hem te laten beslissen haar ondraaglijk had geleken.

Wat moest ze doen als de omstandigheden haar zouden dwingen te kiezen tussen Rudolph en Benjamin?

Dr. Rosenbaum trok twee weken later bij Rudolph in. Lilly had nog eens goed schoongemaakt en opgeruimd, terwijl Rudolph de logeerkamer in orde bracht.

Het viel haar niet mee er weer aan te wennen elke dag in de kliniek te slapen. De geluiden waren anders en sommige leerling-verpleegsters hielden zich niet zo goed aan de regels van nachtrust. Bovendien kwamen de herinneringen aan Gerda terug, soms zelfs in haar dromen.

Telkens wanneer Lilly bij Rudolph langsging, bleef dr. Rosenbaum als hij geen nachtdienst had op zijn kamer. Toch voelden ze zich geremd en hoedden ze zich voor intimiteiten.

'Hoelang denk je dat hij nog zal blijven?' vroeg ze op een dag halverwege december. Ze zaten op de sofa in de woonkamer, terwijl Rosenbaum in zijn kamer hoorbaar aan het rommelen was.

'Ik weet het niet,' zei Rudolph. 'Hij heeft nauwelijks tijd om op zoek te gaan. Ik heb al bij wat kennissen nagevraagd, maar ik wacht nog steeds op antwoord.'

Hij trok haar in zijn armen. 'Maak je geen zorgen, zodra het nieuwe jaar begint vindt hij wel iets. Hij is eigenlijk geen vervelende huisgenoot. Hij zegt niet veel. Maar hij heeft me wel verteld dat hij tussen Kerstmis en Nieuwjaar met vakantie zal zijn.'

'O ja?' Lilly kreeg een idee. Eigenlijk had ze het al een tijdje in haar hoofd, maar nu leek de tijd rijp om het Rudolph voor te leggen. 'Wat zou je ervan vinden als ik Benjamin tussen Kerstmis en Nieuwjaar naar Berlijn haal?'

Rudolph trok verrast zijn wenkbrauwen op. 'Je wilt dus werkelijk dat ik hem leer kennen?'

'Absoluut,' antwoordde ze en ze vlijde zich tegen hem aan. 'Ik moet er tenslotte achter komen of jullie goed met elkaar kunnen opschieten.'

# 56

*Hamburg, 25 december 1932*

Vastbesloten om Benjamin tot Nieuwjaar bij zich te houden stapte Lilly de ochtend van eerste kerstdag in de trein naar Hamburg. Rudolph had ervoor gezorgd dat ze vakantie kreeg en op die manier konden ze de dagen gebruiken om de jongen al een beetje aan Rudolph te laten wennen.

Ze had bedacht hoe ze haar wens aan haar tante wilde voorleggen en ze wist zeker dat haar zoon niets tegen een verandering van omgeving zou hebben.

Behalve zij zaten er slechts twee mannen in de coupé. De een sliep, de ander was verdiept in zijn krant. Daarin werd in grote letters gespeculeerd over nieuwe nooddecreten voor het jaar 1933 en in een artikel werd de vraag opgeworpen of Adolf Hitler een geschikte rijkskanselier zou zijn.

Lilly keek door het raam naar buiten, waar de laatste huizen van Berlijn voorbijschoten. Ineens rilde ze van de kou en ze nestelde zich dieper in haar jas. Wat zou ze nu graag bij Rudolph zijn.

Ze hadden afgezien van hun plannen om naar Praag te gaan, maar dr. Rosenbaum was tot oudejaarsavond bij zijn ouders in Nedersaksen. Dat betekende dat Lilly de woning en Rudolph voor zichzelf had. Nou ja, misschien niet helemaal voor zichzelf, als ze Benjamin meetelde. Ze was benieuwd wat hij van Rudolph zou vinden. Ook al leek Rudolph op het eerste gezicht een beetje serieus, hij kon erg goed met kinderen omgaan. En ze vroeg zich af hoe het zou voelen om een gezin te zijn, in elk geval voor een paar dagen.

Na bijna drie uur reed de trein het centraal station van Hamburg binnen. Lilly's maag kriebelde van opwinding. Met rasse schreden liep ze naar het huis van haar tante.

Voor de buitendeur streek ze haar jas glad, rechtte haar rug en belde aan. De deur klikte open.

De geur van kerstgebraad kwam haar tegemoet toen ze de trap naar Cecilia's woning op liep. Het eten was altijd goed bij haar tante en Lilly hoopte vurig dat Heller de feestdagen weer met zijn gezin zou doorbrengen.

Ze was nog maar net boven of de deur ging al open. 'Hallo Lilly,' zei Reinhard Heller goedgeluimd.

Volkomen verrast was Lilly niet in staat zijn begroeting te beantwoorden. Haar plan om Benjamin mee te nemen dreigde plotseling als een kaartenhuis in te storten. Als Heller er was, gedroeg Cecilia zich anders, dan was ze nog onvriendelijker.

'Jij... hier?' vroeg ze uiteindelijk.

'Ja. Verbaast je dat?'

'Een beetje wel.'

'Nou, ik heb het bezoek aan mijn grotere kinderen een dag uitgesteld. Je tante was belangrijker voor me.'

Een ongemakkelijk gevoel bekroop Lilly. Het liefst had ze rechtsomkeert gemaakt, maar toen voelde ze het cadeau voor Benjamin in haar zak. Ze kon hem niet teleurstellen.

'Hallo Lilly!' begroette Cecilia haar ongewoon vrolijk. Ze droeg een serveerschort over haar jurk en had haar haar in een wrong in haar nek vastgezet. 'Trek je jas uit en ga maar vast naar de woonkamer. Benjamin wacht op je.'

Inderdaad zag ze haar zoon voor de kerstboom zitten.

'Lilly!' riep hij zoals gewoonlijk en hij stormde op haar af. Hij droeg een beige broek en een lichtblauw geruit overhemd, zijn haar was keurig en glad in een scheiding gekamd. Ze ving hem op en drukte hem tegen zich aan. Kon ze hem maar vertellen dat ze zijn moeder was!

'Wat ben je mooi gekleed,' zei ze terwijl ze het cadeau uit haar zak haalde. 'Kijk eens lieverd, ik heb iets voor je.'

De jongen scheurde het cadeaupapier open en keek haar met grote ogen aan. Het was een kleine uitgave van de sprookjes van Grimm. 'Ik kan nog niet alles lezen.'

'Maar binnenkort wel,' zei ze. 'Elke dag dat je naar school gaat, leer je meer woorden. En misschien wil...' Ze stokte. Het woord 'moeder' in verband met Cecilia kreeg ze niet over haar lippen. '... iemand je eruit voorlezen,' zei ze in plaats daarvan.

'Jij kunt me voorlezen,' zei hij met stralende ogen. 'Blijf je vanavond hier?'

Lilly dacht aan de ongewoon vrolijke stemming van haar tante. Misschien zou ze blij zijn als ze haar nieuwe aanbidder eens even voor zichzelf had. Dus besloot ze het haar zoon maar gewoon te vragen.

'Benjamin, heb je zin om een paar dagen met me mee naar Berlijn te gaan?'

De ogen van de jongen werden groot van verbazing en er verscheen een brede glimlach op zijn gezicht. 'Heus?'

Lilly knikte. 'We kunnen naar de dierentuin gaan en naar de stad. En ik zou je kunnen laten zien waar ik woon. Ik weet zeker dat je het leuk zal vinden.'

'O ja!' riep de jongen, zijn wangen begonnen te gloeien van opwinding en hij klapte in zijn handen. 'Mag ik het mama vertellen?'

'Laten we wachten tot na het eten. Ik ga met haar praten.' Ze streek liefdevol een haarlok uit zijn gezicht en glimlachte breed naar hem. Een warm gevoel verspreidde zich in haar borst. 'Als ze het goedvindt neem ik je vanavond al mee!'

Even later later serveerde Cecilia het middageten: gans, noedels, rodekool, zoals het vroeger ook bij hen thuis gebruikelijk was. Goedgehumeurd zei ze tegen Lilly dat ze moest toetasten. De hele maaltijd verliep in een harmonie zoals Lilly niet eerder had meegemaakt. Maar haar gevoel zei dat die vrede bedrieglijk was.

Na het eten ging Lilly met Benjamin op het bed in zijn kamer zitten en las hem het sprookje voor van Hans en Grietje, die gevangenzaten in het koekhuisje van de heks. Het was misschien niet helemaal eerlijk dat ze zich haar tante Cecilia voorstelde in de rol van de heks, maar het toverde een glimlach op haar gezicht.

Toen ze naar de wc wilde gaan hield Cecilia haar tegen en vroeg haar mee te komen naar de woonkamer. Heller en Cecilia monsterden haar op een manier die haar het gevoel gaf dat ze een steen had gegeten in plaats van ganzenbout.

'We willen je een aanbod doen,' begon Cecilia toen ze nog maar net was gaan zitten.

'Wat voor aanbod?' vroeg Lilly terwijl ze tussen Cecilia en haar vriend heen en weer keek.

'We zouden Benjamin graag adopteren.'

# 57

Lilly staarde in de toiletspiegel. Ze was langs haar tante heen gerend zonder op haar te reageren. Met haar armen op de wastafel geleund had ze haar woorden op zich in laten werken.

Hoe konden ze? Cecilia en Heller wilden haar zoon adopteren?

Lilly voelde haar hart ineenkrimpen. Ze had met alles rekening gehouden, maar niet hiermee.

'Nee!' fluisterde ze zachtjes. 'Nee, dat mogen jullie niet.'

Ze draaide de kraan open en waste haar handen. Ondertussen voelde ze dat haar woede zich in haar samenbalde. Ze was Cecilia dankbaar dat ze Benjamin in huis had genomen, maar dit ging te ver.

Vlug droogde ze haar handen af. Onderweg naar de woonkamer keek ze om de hoek van Benjamins kamer en zei: 'Ik wil graag iets met tante Cecilia bespreken, blijf je even alleen spelen tot ik terugkom?'

Benjamin knikte en vloog naar het raam waaronder zijn speelgoedkist stond. Lilly forceerde een glimlach, deed de deur dicht en rechtte haar rug. Vanbinnen beefde ze. Ze veegde haar bezwete handen aan haar rok af en stapte de woonkamer binnen.

Heller en Cecilia keken haar verwachtingsvol aan.

'Ah, daar ben je,' zei haar tante. 'Voor het geval dat je me daarnet niet hebt begrepen...'

'Ik heb het uitstekend begrepen,' zei ze en ze sloeg haar armen over elkaar. 'Het antwoord is nee.'

Cecilia's ogen versmalden zich tot spleetjes. Maar het was Heller die het woord nam. 'Hoor eens, Lilly. Het zou om zijn bestwil zijn. Hij is hier opgegroeid, kent niets anders dan ons. We kunnen hem een leven bieden dat hij bij jou niet zou krijgen.'

'Wie zegt dat?' Lilly sprong op. 'Ik ben zijn moeder!' Het liefst was ze de kamer uit gerend, maar nu kwam ook Cecilia overeind; dreigend rees ze als een toren voor haar op.

'Waar was die moederliefde van jou dan al die tijd?' vroeg ze honend. 'Je was toch blij dat je hem kwijt was, die bastaard? Je hebt geld voor hem gestuurd, maar nooit aanstalten gemaakt hem bij je in huis te nemen.'

'Je weet heel goed dat het de beslissing van mijn ouders was om hem bij jou onder te brengen,' antwoordde Lilly trillend van woede. 'Bovendien, hoe had ik anders aan werk kunnen komen?'

Cecilia snoof spottend, maar voordat ze Lilly naar het hoofd kon gooien hoe ze erover dacht, pakte Heller haar hand. Haar tante verstomde meteen.

'Dat begrijpen we wel, Lilly,' zei hij sussend. 'En het is nu niet het moment om ruzie te maken over dingen uit het verleden. Het gaat om de toekomst van het kind.'

Zwaar ademend staarde Lilly haar tante aan, die haar met van woede fonkelende ogen aankeek.

'We willen graag een vreedzame oplossing,' ging hij verder. 'Cecilia? Lilly? Ga toch alsjeblieft weer zitten. We kunnen het in der minne schikken.'

Schikken? Wat valt er hier te schikken? vroeg Lilly zich woedend af. Pas na een tijdje was ze in staat te gaan zitten. Haar lichaam bleef gespannen als een veer.

'Goed zo,' zei Heller als een circusdompteur die niet wilde dat zijn leeuwen en tijgers elkaar in de haren vlogen en zijn act verpestten.

'Lilly, je zoon is werkelijk een prachtjongen,' zei hij. 'Hij is alles wat een Duitse vader zich kan wensen! Ik beloof je dat ik hem de kans zal geven een opleiding te volgen die een jongen van zijn afkomst maar zelden zou worden geboden.'

Een jongen van zijn afkomst? Lilly had het gevoel dat de bodem onder haar voeten wegzonk. Misschien was dit het juiste moment om ervandoor te gaan. En Heller en vooral Cecilia te laten stikken in hun voorstellen!

Maar ze voelde zich te zwak, te beverig om nog eens op te springen.

'Je bent ongehuwd en je werkt de hele dag,' vervolgde Heller.

'Ik ben verpleegster!' snauwde Lilly hem toe. Ze kon niet verdragen dat hij haar nog altijd voor een snolletje aanzag en misschien wel dacht dat ze tippelde om in het onderhoud van haar kind te voorzien.

'En als zodanig ben je van grote waarde voor het rijk, voor alle plannen die Adolf Hitler met Duitsland heeft. Maar opgroeien in een degelijk gezin kun je hem niet bieden.'

'O nee?' vroeg Lilly en het lag haar op de lippen te zeggen dat ze verloofd was. Maar het leek haar beter hierover te zwijgen. Als Heller Benjamin al een andere naam wilde geven, wat zou hij er dan van zeggen dat ze een relatie met een Joodse professor had?

Cecilia viel hem bij. 'Bedenk eens welke voordelen het voor jou zou hebben.' Ze sprak weer wat rustiger. 'Je zou vrij zijn. Als je een man leert kennen, zal hij niets van je schande te weten komen. Je kunt een nieuw gezin stichten, onbelast door het verleden. Bovendien hoef je dan niets meer te betalen. Ingeval je besluit te blijven werken.'

Haar woorden stortten op haar neer als koude regen. Alles in Lilly schreeuwde haar toe Benjamin uit zijn kamer te halen en er samen met hem vandoor te gaan, maar haar ledematen weigerden dienst. Ze bleef als verlamd zitten en had tegelijkertijd het gevoel dat ze in een diepe afgrond viel.

'Denk erover na,' zei Heller. Het klonk alsof de woorden door watten heen kwamen. 'Je hebt nog de tijd tot ons huwelijk in het voorjaar. Het is een grote stap, dat beseffen we, maar zoals Cecilia zei heb je er alleen maar voordeel van.'

Lilly had geen idee wat ze moest doen. Heller zou hem natuurlijk een nieuwe naam geven. Een die overeenkwam met zijn denkbeelden. Haar tante zou het niet uitmaken, als ze er daarmee in slaagde die man vast te houden.

'En als ik het niet wil?' hoorde ze zichzelf vragen.

'Dan neem je hem in huis en moet je maar zien hoe je het redt,' zei Cecilia kil. 'Bij mij hoef je dan niet meer aan te kloppen.'

De wind floot door de openstaande poort van het station. Sneeuwvlokken dansten in het schijnsel van de straatlantarens. Het duister lag als een dikke jas over de stad. Het was lang niet zo druk als anders, maar ook nu waren er mensen op straat.

Eigenlijk had ze allang in de trein naar Berlijn moeten zitten, maar Lilly zat als verdoofd op de bank in de wachtruimte en probeerde het gebeurde te begrijpen. In plaats van Benjamin mee te nemen, zoals de bedoeling was geweest, was ze woedend de woning uit gestormd.

Het voorstel van haar tante liet haar niet los. Alles in haar verzette zich ertegen haar zoon aan Cecilia en Heller over te laten. Maar hoe moest ze het aanpakken? Waar moest ze hem onderbrengen?

Ze kon Rudolph eigenlijk niet vragen hem nu al voor lange tijd in huis te nemen. Hij was natuurlijk ook niet in staat om op hem te passen, want hij had zijn werk. En de jongen meenemen naar Waldfriede was onmogelijk. Ze was ervan overtuigd dat ze op staande voet zou worden ontslagen als bekend werd dat ze een kind had.

Kon ze hem echter wel bij Cecilia en Heller laten blijven?

Ze wist dat haar tante goed voor de jongen zorgde. Maar of ze van hem hield? Tijdens haar laatste bezoekjes had ze eerder het gevoel gehad dat hij ook een middel was om haar doel te bereiken: Reinhard Heller vasthouden. Heller leek Benjamin al in een SA-uniform voor zich te zien. De gedachte alleen al dat haar zoon zich zou kunnen ontwikkelen tot een jongeman die Joden in elkaar sloeg snoerde haar de keel dicht.

De woorden van haar tante weerklonken in haar hoofd.

*Dan neem je hem in huis en moet je maar zien hoe je het redt. Bij mij hoef je dan niet meer aan te kloppen.*

Was dat moment aangebroken?

Het ergste van alles was dat ze Benjamin had achtergelaten. Wat zou de jongen wel niet van haar vinden? Had hij iets van hun ruzie opgevangen? Zou hij denken dat ze zich niet aan haar belofte had gehouden?

Ik had hem meteen mee moeten nemen, dacht ze en ze voelde tranen opwellen. Haastig veegde ze ze van haar gezicht en keek op de stationsklok. Tien voor half elf. Ze kon teruggaan en hem ophalen. Maar Heller was er vast nog, en wie wist wat er dan zou gebeuren?

En als ze nu naar Berlijn terugging? Er kwam nog een nachttrein, die kon ze zeker halen. Rudolph vroeg zich vast al af waar ze bleef. Hij wist alleen dat ze met Benjamin wilde terugkomen. Hij had telefoon, maar het was tot dusver niet nodig geweest zijn nummer uit haar hoofd te leren.

Toch kon ze zich er niet toe zetten naar het perron te lopen. Ze dacht terug aan mevrouw Gebhard, die een nacht op een bank op de koop toe had genomen om in de buurt van haar dochtertje te zijn. Ook zij had de trein terug kunnen nemen, maar ze had het niet gedaan. En Lilly kon het evenmin.

Moeizaam stond ze op en liep dieper het stationsgebouw in. Gelukkig had ze vrijwel niets bij zich, maar het weinige wat ze had stopte ze onder haar jas, waarna ze op een van de vrije banken ging liggen. Ze zou niet veel kunnen slapen, maar haar lichaam snakte naar rust. Ze moest een besluit nemen, dat wist ze, maar welk?

Ze voelde zich een beetje als toen ze haar ouderlijk huis had verlaten. Het verschil was alleen dat het destijds zomer was geweest en de nachten in de verste verte niet zo koud waren als nu. Toch lukte het haar bijna weg te doezelen, tot ze voelde dat er iemand aan haar jas zat. Toen ze opschrok keek ze in het gezicht van een haveloze oude vrouw, die net haar hand in haar jaszak had gestoken. Lilly schoot met een kreet overeind.

De oude vrouw week vlug terug, spuugde voor haar op de grond en liep mompelend weg.

Lilly hapte naar adem en probeerde te kalmeren. Wat had ze dan verwacht? Dat ze ongehinderd zou kunnen slapen, alsof ze in de tuin van Waldfriede lag? Haar vermoeidheid was in één klap verdwenen, ze ging zitten en drukte haar handtas tegen zich aan. Een paar mannen keken haar kant op, gestalten met holle wangen en diepliggende ogen. Ze werd door angst overvallen. Wat zou deze lieden ervan afhouden haar te beroven? Of haar iets ergers aan te doen?

Misschien had ze toch beter naar een café kunnen gaan, dacht ze, maar toen besefte ze dat de meeste kroegen om deze tijd al dicht moesten zijn. En wie kon zeggen dat het haar daar beter was vergaan?

De resterende uren liep ze maar wat rond om niet door de kou bevangen te raken. Af en toe rustte ze op een van de weinige vrije banken even uit. Haar jas bood nauwelijks meer bescherming en haar voeten in haar laarsjes leken wel ijsklompen. Ze zag dat er op de andere banken ook mensen lagen die probeerden een beetje te slapen.

In haar halfslaap hoorde ze een ruwe mannenstem. 'Het wordt tijd dat ze dat gajes eens van de straat halen!' Maar er verscheen niemand om hen weg te jagen.

Tegen de ochtend werd het weer levendiger op het station. De daklozen verdwenen, de eerste treinen kwamen aan en de grote hal raakte langzamerhand gevuld met reizigers.

Vermoeid en uitgeput sleepte Lilly zich even over zevenen naar Cecilia's voordeur. Ze wist dat Heller vandaag bij zijn oudere kinderen zou zijn – hij had zijn bezoek aan hen alleen vanwege haar uitgesteld.

'Wie is daar?' vroeg de stem van haar tante door de intercom.

'Lilly,' antwoordde ze.

Ze bespeurde een aarzeling, toen klikte het deurslot open. Een lichte duizeling beving Lilly toen ze de trap op liep. Deed ze hier goed aan? Of ruïneerde ze op dit moment haar leven?

Cecilia ontving haar voor de deur van haar appartement. 'Ben je iets vergeten?'

Lilly vermande zich. 'Ik ben gekomen om Benjamin te halen.'

'Te halen?' vroeg Cecilia verwonderd, alsof het gesprek van gisteren nooit had plaatsgevonden.

'Ik heb besloten hem niet voor adoptie af te staan. Ik neem hem mee naar Berlijn. Nu meteen.'

Cecilia hield haar hoofd schuin, schudde haar hoofd en zei: 'Wat klets je nou?'

'Ik ben zijn moeder. Je hebt immers zelf gezegd dat ik hem bij me in huis moest nemen als ik besloot hem niet te laten adopteren?'

Cecilia's blik werd hard en toen begon ze spottend te lachen. 'Ach, nu ben je ineens zijn moeder?'

'Dat ben ik en dat zal ik ook altijd blijven. Ik sta hem niet aan jullie af.'

Lilly duwde haar tante opzij en stormde de gang in. 'Benjamin!' riep ze. 'Waar ben je, lieve schat?'

'Hier!' klonk het vanuit de woonkamer.

Het volgende moment was Cecilia bij haar; ze greep haar arm vast en trok haar voor de deur weg. 'En hoe wil je dan voor hem zorgen? Je hebt geen man!'

Lilly stond in dubio. Eigenlijk wilde ze haar tante niets over de heuglijke gebeurtenis vertellen, maar ze voelde dat Cecilia haar niet zou laten vertrekken voordat hierover duidelijkheid bestond.

'Ik ben sinds twee maanden verloofd!' zei ze. Ze trok haar handschoen uit en liet haar verlovingsring zien, die ze uren eerder nog verborgen had gehouden. 'Hij is arts en neemt Benjamin met alle plezier in huis.'

Cecilia's greep verslapte en ze zette grote ogen op. 'Waarom heb je daar niets van gezegd?'

'Omdat jullie me met dat voorstel volkomen hebben overvallen! Ik wilde Benjamin eigenlijk tot nieuwjaarsdag meenemen. En dan zou ik hem in de loop van volgend jaar voorgoed bij me hebben genomen, precies zoals jij altijd wilde!'

'Dus dit is de dank voor het feit dat ik voor hem heb gezorgd,' zei Cecilia met een grimmige blik.

'Ik ben je heus dankbaar! Maar je hebt tenslotte ook van mijn geld geleefd!' Lilly rukte zich los en rende de kamer in. 'Benjamin?'

De jongen stond met zijn zwaard in de hand voor haar en staarde haar verbaasd aan. 'Tante Lilly, waar was je gisteren nou ineens gebleven?' vroeg hij.

Lilly zag dat hij al een broek en een trui aanhad.

‘Het spijt me, ik voelde me gisteren niet goed en moest vlug weg,’ legde ze uit, terwijl Cecilia op de achtergrond iets schreeuwde wat ze niet verstond. ‘Maar vandaag kunnen we naar Berlijn gaan. Wil je nog steeds mee?’

Lilly’s hart ging tekeer en ze wist dat ze hier zo vlug mogelijk weg moest, voordat Cecilia de jongen van haar af kon pakken.

‘Ja, graag!’ riep Benjamin, op avontuur belust. Toen stokte hij. ‘Waarom was mama zo boos?’

‘Dat vertel ik je later wel, als we onderweg zijn,’ antwoordde Lilly. ‘Kom, we gaan je koffer pakken.’

Gelukkig wist ze waar Benjamins spullen lagen. Gauw gooide ze het hoogstnodige in Benjamins koffer. De jongen had nog geen idee dat dit een afscheid voor altijd zou zijn en Lilly zag ertegen op om hem dat te vertellen. Maar nu had ze even andere zorgen.

‘Ik ga Reinhard opbellen!’ dreigde Cecilia van achter de deur. Toen klonken er voetstappen. Waarschijnlijk liep ze naar de keuken, waar het toestel hing.

‘Bel hem gerust. Ik ben hem niets verschuldigd,’ mompelde Lilly zachtjes voor zich uit terwijl ze Benjamin in zijn jas hielp. Ze wist dat dit het beste moment was om de woning te verlaten.

Toen ze klaar was, nam ze Benjamin bij de hand en dwong ze zichzelf te glimlachen. ‘Zullen we dan maar?’

‘Ik moet mama nog gedag zeggen!’ riep de jongen en opeens bespeurde Lilly een lichte tegenzin bij hem. Ze mocht hem het afscheid van Cecilia niet ontzeggen, maar ze moesten hier zo vlug mogelijk weg.

‘Als je nu eens “dag” tegen haar roept als we in de gang zijn?’ stelde ze vriendelijk voor. ‘Ze is net aan het telefoneren en de trein vertrekt heel gauw, dus we moeten ons flink haasten.’

Benjamin knikte en liep met haar mee. Op de gang hoorde Lilly Cecilia opgewonden in de telefoonhoorn praten.

‘Dag mama!’ riep Benjamin en toen trok Lilly hem mee. Haar keel zat dicht van opgekropte tranen. Wat ze deed was misschien onvergeeflijk. Maar ze had geen andere keuze. Ze kon hem niet aan Heller en Cecilia afstaan.

Haastig liep ze de trap af en terwijl ze Benjamins handje in de hare voelde, bad ze in stilte dat er inderdaad gauw een trein zou gaan.

Op het trottoir probeerde Lilly rust uit te stralen, maar daar slaagde ze niet in. Haar vingers waren ijskoud en haar handen trilden. Op Benjamins vraag wat er toch met haar aan de hand was, gaf ze een ontwijkend antwoord. Keer op keer keek ze over haar schouder, doodsbenauwd dat Cecilia zou verschijnen of dat ze de politie op hen af had gestuurd.

Ze liepen net het station in toen ze achter zich snelle voetstappen hoorde. Panisch begon Lilly harder te lopen. 'Kom, de trein vertrekt zo!' riep ze. Hoe kon ze Benjamin anders uitleggen dat het belangrijk was dat ze niet zouden worden tegengehouden?

Ze rende naar het perron en hoopte in de menigte te verdwijnen, maar de voetstappen achter haar kwamen dichterbij.

'Lilly!' Ze voelde een hand op haar schouder.

Met een half ingehouden kreet draaide ze zich vlug om – en keek in het gezicht van Rudolph.

Nog in paniek hapte ze naar adem, maar even later viel ze hem om de hals. De tranen sprongen haar in de ogen.

'Wat doe jij nou hier?' vroeg ze toen ze hem weer had losgelaten.

'Je bent gisteren niet thuisgekomen. Ik was bang dat jullie iets was overkomen.'

'Wie is die man?' vroeg Benjamin nieuwsgierig.

Lilly richtte zich tot haar zoon. 'Hij gaat onderweg naar Berlijn op ons passen.'

Rudolph keek de jongen aan en ging voor hem op zijn hurken zitten. 'Ben jij Benjamin?'

'Ja,' antwoordde hij. 'Tante Lilly wil me meenemen naar Berlijn.'

Rudolph keek Lilly vragend aan. 'Wat is er gebeurd?' vroeg hij, want hij leek haar woede te voelen. 'Wilde ze niet dat je hem meenam?'

Lilly stootte een bitter lachje uit. 'Ik leg het je allemaal onderweg wel uit.'

'Ik ben met de auto,' zei Rudolph een beetje verward, maar hij begreep dat ze zo vlug mogelijk weg wilde. 'Kom maar mee!'

Ze verlieten het station en liepen een zijstraat in.

'Heb je wel eens in een auto gezeten?' vroeg Lilly aan Benjamin. Zijn handjes waren koud en klam; hij leek bang te zijn.

'Nee,' antwoordde hij benepen.

'Het is heel leuk, wacht maar af!' zei Lilly en nadat ze een blik over haar schouder had geworpen deed ze het portier open. 'Spring er maar in. Ik kom naast je zitten.'

Ze gaf Rudolph de koffer en schoof toen naast Benjamin op de achterbank. Even later startte Rudolph de motor.

Ze zwegen tot ze Hamburg achter zich hadden gelaten. Lilly's hartslag werd rustiger. Voorlopig waren ze in veiligheid.

'Waarom heb je niet gebeld?' vroeg Rudolph. 'Ik dacht echt dat jullie iets was overkomen. Toen bedacht ik dat de trein misschien was uitgevallen en dat jullie vastzaten op het station. Ik ben vannacht nog vertrokken.'

Lilly keek naar Benjamin. De jongen knipperde vermoeid met zijn ogen; het geluid van de motor leek hem slaperig te maken.

'Ik wist je nummer niet,' bekende Lilly. 'Bovendien was ik gisteren te zeer van streek.' Opnieuw keek ze naar haar zoontje. Zou hij begrijpen wat ze zo meteen aan Rudolph moest vertellen?

Toen Benjamins ogen dichtvielen zei ze: 'Cecilia en Heller boden aan hem te adopteren.' Lilly slaakte een zucht. 'Daar wilde ik niet mee instemmen. Toen zei Cecilia dat ik het dan zelf maar moest uitzoeken. Dus heb ik hem vandaag opgehaald.' Over de dreigementen zou ze hem later wel vertellen.

Rudolph zei eerst niets. Lilly wist dat ze hem meer uitleg moest geven. Tegelijkertijd was ze bang dat hij wel eens heel boos op haar kon zijn. Ze had haar besluit met hem moeten bespreken.

'En hoe wil je het nu aanpakken?' vroeg hij.

'Dat weet ik niet. Ik weet alleen dat ik hem niet meer naar Cecilia kan terugbrengen. Ik wil niet dat hij zo wordt als Heller. Zoals de mannen die ons hebben aangevallen.'

Ze kreeg het gevoel dat er een steen op haar borst kwam te liggen. Iemand zou voor Benjamin moeten zorgen. Hoe moest ze dat voor elkaar krijgen?

'Je had eerst met mij moeten overleggen,' antwoordde hij. 'Het naar Berlijn halen van de jongen is een grote beslissing, die we samen hadden moeten nemen.'

'Maar we hebben het er toch over gehad?'

'Ja, voor het geval dat de politieke verhoudingen verslechterden en we zouden moeten vluchten. Maar dat is nu niet het geval.' Hij snoof gefrustreerd. 'Zoiets moet je voorbereiden!'

'Ik krijg het wel voor elkaar.'

'Niet alleen jij moet het voor elkaar krijgen!' snauwde Rudolph haar toe. 'Dat moeten wij allebei!'

Lilly perste haar lippen op elkaar. Benjamin sliep ondertussen vast en diep; de woorden leken niet tot hem door te dringen.

'We hadden toch afgesproken dat hij een paar dagen bij ons kon logeren,' wist ze ten slotte uit te brengen.

'Een paar dagen, ja! Maar zoals het er nu uitziet, blijft hij. Dat is iets heel anders!'

Lilly boog haar hoofd. Ze kreeg het ineens benauwd. Had ze wel juist gehandeld? Of had ze met haar impulsieve besluit Rudolphs liefde op het spel gezet?

# 58

Toen de auto tot stilstand kwam, schrok Lilly op. Even wist ze niet meer waar ze was, toen besefte ze dat ze de gebeurtenissen van de afgelopen uren niet had gedroomd.

Benjamin, die naast haar zat, keek haar met grote ogen aan.

'Zijn we er?' vroeg hij.

Lilly keek door het raampje. Ja, ze waren er. Rudolph trok de handrem aan en zette de motor af. Hij stapte niet meteen uit, maar bleef nog even achter het stuur zitten en staarde in de verte. Ten slotte draaide hij zich naar haar om.

Hij zag er vermoeid uit, zijn ogen leken nog donkerder dan eerst. Of hij woedend of teleurgesteld keek, kon ze niet goed bepalen.

'Zullen we dan maar?' zei hij en hij stapte uit.

Met Benjamin aan de hand volgde Lilly hem naar het huis. Alles was stil, tot er plotseling achter een van de huisdeuren stemmen te horen waren. Blijkbaar was die bewoners ook geen rustig kerstfeest gegund. Maar mevrouw Berger, de verhuurster, kwamen ze tenminste niet tegen.

Toen de deur achter hen dichtviel, had Lilly zich het liefst in de gang laten neervallen en op de loper geslapen, zo moe was ze. Maar ze moest zich flink houden. Voor Benjamin. En voor Rudolph.

Licht wanhopig keek ze naar haar zoon, die de gang nieuwsgierig bekeek.

'Het is hier heel anders,' constateerde hij.

'Ja, dit is de woning van oom Rudolph,' zei ze. 'Hier woon ik nu. Wil je iets eten?'

'Ja!' antwoordde Benjamin en daarop nam ze hem bij de hand en bracht hem naar de keuken.

Ze hadden nog wat cake over en bovendien hield Benjamin ook van brood met jam. Tenminste, dat meende Lilly te weten. Ze maakte een bordje voor hem klaar en warmde een beetje melk op, waarin ze een lepel cacao deed die was overgebleven uit het pakket van meneer Novak. Benjamin at gulzig, Rudolph ook, en hoewel Lilly ook best wel trek had, kreeg ze geen hap door haar keel.

'Kunnen we nu gaan spelen?' vroeg Benjamin na de maaltijd. 'En heb ik hier ook een kamer?'

Lilly keek naar Rudolph, die stilletjes op het bankje naast het raam zat. De logeerkamer werd nog steeds door dr. Rosenbaum gebruikt. Benjamin zou daar nu kunnen slapen, maar de dokter kwam na oudejaarsavond terug van vakantie.

'Ja, natuurlijk,' zei Rudolph met een glimlach. 'Je kunt voorlopig in de logeerkamer. Je bent tenslotte op bezoek, nietwaar?'

Benjamin knikte en Lilly bracht hem naar zijn kamer. Later zou ze het bed verschonen. Lilly zette haar zoon erop en opende daarna de koffer. In de haast had ze veel te weinig meegenomen, maar het sprookjesboek was er tenminste, het houten zwaard en ook de doos met de bouwstenen.

Plotseling overviel haar een paniekerig gevoel. Had ze te snel gehandeld? Te ondoordacht? Wat wist ze nu van het leven met kinderen? Ze verzorgde ze op haar afdeling, maar dit was anders.

'Gaan we nu spelen?' vroeg Benjamin met ogen die straalden van opwinding.

'Met alle plezier,' zei Lilly, hoewel ze zich na de bijna zes uur durende reis nog steeds doodmoe voelde. 'Zullen we iets bouwen?'

'Ja!' riep hij. 'En wanneer gaan we naar de dierentuin?'

'Morgen misschien,' antwoordde Lilly terwijl ze zich realiseerde dat ze hem dat had beloofd.

Op dat moment kwam Rudolph binnen. In zijn hand hield hij een teddybeertje. Het was niet nieuw meer, maar je kon zien dat iemand hem liefdevol gekoesterd had.

'Nou, vind je hem leuk?' vroeg hij.

Benjamin knikte.

Rudolph ging op zijn hurken voor hem zitten en zei: 'Hij zat de hele tijd in een doos, wachtend op een nieuw vriendje. Wil je zijn vriendje zijn?'

'Ja.' Benjamin knikte.

'Dan moet je hem ook een naam geven.'

'Fredi,' klonkt het zonder aarzelen. 'Hij kan mijn schildknaap zijn en ik ben de ridder!'

'Nou, dan is schildknaap Fredi nu van jou.' Met een brede glimlach gaf Rudolph de teddy aan hem. Benjamin drukte hem dolgelukkig tegen zich aan.

Hoe doe je dat toch? dacht Lilly terwijl ze bewonderend naar Rudolph keek. Ze ging naast haar zoon zitten en opende de doos met de bouwstenen. 'Zullen we een huis bouwen voor Fredi?'

'Een kasteel!' riep Benjamin enthousiast.

Later die avond, toen de jongen in slaap was gevallen, ging Lilly naar Rudolph. Ze had zich hun samenzijn tijdens de feestdagen anders voorgesteld. De sfeer was bedorven en bovendien besefte ze nu pas welke problemen Benjamins aanwezigheid met zich meebracht. Dat hij op een andere school moest worden ingeschreven, was vers een. Maar hoe zou hij reageren als hij besefte dat hij bij zijn vriendjes was weggerukt? En hij zou zeker ook Cecilia missen, die hij alleen maar als zijn moeder kende...

Rudolph zat zwijgend op de bank en keek door het raam, waar dikke sneeuwvlokken tegen aan bleven plakken. Lilly ging naast hem zitten. Ook zij zweeg terwijl haar gedachten rondtolden.

'Alsjeblieft, Rudolph, wees niet boos op me,' zei ze ten slotte tegen hem. 'Ik kon niet anders. Ook al weet ik dat hierdoor mijn dagen in Waldfriede geteld zijn. Al die jaren heb ik een schuldig geweten gehad. De jongen kan er niets aan doen dat hij geboren is.'

Ze stokte toen ze voelde dat ze tegen een muur praatte. Luisterde hij wel naar haar? Zou hij haar uiteindelijk verlaten?

'Toen de kleine Ilse bij ons was opgenomen,' vervolgde Lilly, 'en al die andere kinderen... Toen ik zag wat ouders voor hun kinderen doen... Ik moet zo veel goedmaken. Toen ik hoorde dat ze hem helemaal van me wilden afpakken, kon ik niet anders. Ik hoop dat je het begrijpt en me kunt vergeven.'

Rudolph zei nog steeds niets. De stilte was drukkend en hoewel ze tijdens de rit had geslapen, had Lilly het gevoel dat ze wekenlang geen rust had gehad. Maar toen vermande ze zich.

'Als je me niet meer wilt, begrijp ik dat. Maar ik kan mijn beslissing niet meer ongedaan maken. Ook al betekent het dat ik weer van voren af aan moet beginnen.'

Rudolph keerde zich naar haar toe. Zijn ogen leken niet langer donker van woede, ze waren dof van uitputting. Zo zag hij eruit als hij een lange, vermoeiende werkdag achter de rug had.

Hij pakte haar hand vast, raakte de ring aan.

'Er staat je nog veel te doen,' zei hij. 'Benjamin moet de waarheid te horen krijgen zodat hij weet dat jij zijn moeder bent. Al zal hij misschien niet de redenen begrijpen waarom je hem nu pas onder je hoede neemt. Bovendien moet hij hier ingeschreven worden, en hij moet ook naar school. Heb je Benjamins papieren, zijn geboorteakte?'

Lilly knikte. Ze had een kopie voor Cecilia laten maken, zelf bewaarde ze het origineel bij haar eigen papieren.

'Wat de school betreft kan ik misschien helpen,' zei Rudolph. 'Is je tante zijn voogd?'

'Nee, ik ging altijd naar haar toe als er iets ondertekend moest worden.'

'Dan is er dus geen overheidsinstantie die van jullie regeling op de hoogte is?'

Lilly schudde haar hoofd. 'Betekent dit dat je me vergeeft?' vroeg ze timide.

Voor het eerst sinds ze Hamburg hadden verlaten glimlachte hij weer naar haar. 'Ja, ik vergeef je. En ik begrijp ook dat je als moeder zo moest handelen. In jouw plaats zou ik hetzelfde hebben gedaan.'

# 59

De volgende ochtend besloot Lilly haar zoon voorzichtig de waarheid te vertellen.

Na het ontbijt, dat voor Benjamin uit een plak koek en een glas chocolademelk bestond, nam ze hem mee naar de woonkamer. Hij leek helemaal niet van slag te zijn door hun plotselinge vertrek, maar was opgewekt en belangstellend en had alweer flinke trek.

‘Waarom hebben jullie geen kerstboom?’ vroeg hij verbaasd.

Lilly keek naar Rudolph en zei: ‘Sommige families vieren Kerstmis op een andere manier.’

‘Dus zonder boom?’

‘Als je wilt, krijg je de volgende keer een boom,’ zei Lilly vlug. Ze wilde niet de moed verliezen door een discussie over het al dan niet neerzetten van een kerstboom.

‘Luister eens, Benjamin, ik moet je iets vertellen,’ begon Lilly behoedzaam. ‘Je bent nu een grote jongen en je verdient het de waarheid te horen, vind je niet?’

Benjamin keek haar verbaasd aan en Lilly vroeg zich af of hij haar echt zou kunnen volgen. Toen knikte hij.

‘Mevrouw Hasenbruch zegt altijd dat je niet mag liegen.’

‘Precies,’ zei Lilly. ‘En daarom wil ik je ook de waarheid vertellen.’

Benjamin fronste zijn voorhoofd. ‘Waarover dan?’

‘Je hebt al die tijd bij... de mevrouw gewoond die jij als mama kent. Maar eigenlijk...’

Lilly voelde haar handen koud worden. Ze stond op het punt

Benjamins leven op zijn grondvesten te laten schudden. Zoals dat met het hare was gebeurd toen ze besefte dat ze zwanger was.

'Cecilia is niet jouw moeder.'

Benjamin zweeg. Lilly gaf hem tijd om dit bericht te verwerken en wapende zich er alvast tegen dat hij haar zou afwijzen.

'Maar dan heeft mama dus gelogen?' vroeg hij verward.

'Nee, niet echt,' zei Lilly. 'Het is... ingewikkeld.' Ze wrong haar handen en vervolgde: 'In werkelijkheid ben ik je mama.'

Benjamin deed zijn mond open, maar er kwamen geen woorden. Lilly streelde zachtjes zijn hand.

'Cecilia heeft gezegd dat je nu bij mij moet gaan wonen. Zoals dat hoort bij een mama en haar kind.'

'Houdt ze dan niet meer van me?' vroeg hij.

'Jawel,' zei Lilly. Ze wierp een blik op Rudolph. 'Maar ze wil dat je bij mij bent. Bij je echte mama.'

De jongen staarde haar met zijn grote blauwe ogen aan. Toen sprong hij ineens op, smeet zijn zwaard door de kamer en schreeuwde: 'Je liegt! Mijn mama is mijn mama!'

'Nee, Benjamin, ze is een tante van jou,' antwoordde Lilly en ze wilde zijn arm pakken, maar de jongen rukte zich los en rende de gang in.

Lilly sprong ook op, stormde achter hem aan en zag hem in de keuken verdwijnen. Hij stootte een stoel opzij, verstopte zich onder de tafel en schopte tegen een van de poten, zodat het servies dat op tafel stond rammelde. Lilly's hart werd verscheurd toen ze hem hoorde snikken. Ze hurkte neer op de vloer, maar maakte geen aanstalten om dichter bij hem te komen.

'Ik weet dat dit heel moeilijk voor je is,' zei ze. 'En het spijt me dat we het je niet eerder hebben verteld.'

Benjamin reageerde niet. Hij legde zijn armen om zijn knieën en begon zachtjes heen en weer te wiegen.

'Maar het is de waarheid: ik ben jouw mama.'

'En waarom was ik dan niet bij jou?'

'Omdat dat niet ging.' Lilly vroeg zich af hoe ze het hem zo kon uitleggen dat hij het begreep. Tranen sprongen haar in de ogen en uiteindelijk kon ze zich niet langer beheersen en barstte ze in snikken uit. 'Maar ik heb altijd van je gehouden, Benjamin, en dat is de waarheid. Ik hou zelfs ontzettend veel van je.'

De jongen keek even naar zijn handen. 'Was je ziek?' vroeg hij toen.

Lilly keek op. 'Wat?' Vlug haalde ze haar hand over haar gezicht.

'Of je ziek was. Omdat ik niet bij je mocht blijven.'

'Nee, ik... Ik was nog heel jong toen ik je kreeg. Te jong om je te mogen houden. Er zouden vreemde mensen zijn gekomen die je van me hadden afgepakt, en daarom heeft tante Cecilia je opgehaald...'

Benjamin hoorde het aan zonder enige emotie te tonen.

'Ik heb buikpijn,' verkondigde hij opeens. 'Mag ik een kruik?'

'Natuurlijk, ik maak er eentje voor je klaar,' antwoordde Lilly en ze krabbelde overeind. 'Ga nog maar even op bed liggen en als je wilt lees ik je een verhaaltje voor. We hebben je sprookjesboek immers ook meegenomen.'

Benjamin keek haar nog even aan, knikte toen en kroop onder de tafel vandaan.

Mismoedig keerde Lilly ten slotte terug naar de woonkamer. Ze voelde zich geradbraakt en verlangde naar de vergetelheid van de slaap. Maar het was ochtend en ze kon niet zomaar gaan liggen.

'Hoe gaat het met hem?' vroeg Rudolph.

'Hij heeft het niet lang in bed uitgehouden en zit nu voor zijn kasteel met Fredi te spelen,' zei Lilly. 'Hij praat met zijn beer, maar niet met mij. Wat ik ook helemaal begrijp. Ik zou ook niet met mij willen praten na zo'n onthulling.'

'Je hebt gedaan wat nodig was. Je kunt je leven met hem niet met een leugen beginnen.'

Lilly knikte en ging zitten. Ze hield één oor op de logeerkamer gericht voor het geval dat Benjamin zou proberen de woning te ontvluchten. Ze had de deur wel vergrendeld, maar het was een slim jongetje.

'In de Talmoed staat een verhaal,' zei Rudolph zacht. 'Op een dag verschenen twee vrouwen voor de troon van koning Salomo. Ze hadden allebei in hetzelfde huis een kind gekregen. Het kind van de ene vrouw stierf, het kind van de andere leefde. Toen verwisselde de moeder van het dode kind het hare met het levende en beweerde dat dat haar kind was. Salomo sprak: "Breng me een zwaard," en toen ze hem het zwaard hadden gebracht, gaf hij het bevel het levende kind in tweeën te delen. De echte moeder zei: "Ach, heer, geef haar het levende kind en dood het niet." De andere vrouw zei: "Laat het noch jouw, noch mijn kind zijn, deel het in tweeën." Zo wist Salomo wie de echte moeder was en haar gaf hij het kind.'

Lilly liet de woorden op zich inwerken. Hoewel haar ouders haar vroeger mee naar de kerk hadden genomen kende ze dit verhaal niet.

'Bedoel je dat ik de vrouw ben die het kind liet delen? Omdat ik het uit zijn vertrouwde omgeving heb weggehaald?'

'Nee,' antwoordde hij. 'Jij was destijds de moeder die inzag dat haar kind niet zou overleven als ze er zelf voor zou moeten zorgen. We weten allemaal hoe het er in de wereld aan toegaat en hoe er naar vrouwen die in de problemen raken wordt gekeken. Jij hebt je zoontje voor de dood behoed.'

# 60

*Zehlendorf, 29 december 1932*

Tussen kerst en oudjaar verbeterde de sfeer enigszins. Lilly was blij dat ze niet naar haar werk hoefde, maar ze wist dat het uur van de waarheid naderde. Als haar vakantie voorbij was, moest ze de mensen in Waldfriede haar verleden opbiechten.

Benjamin reageerde nog steeds terughoudend op haar, en Lilly besloot nu eerst eens haar beloften aan hem in te lossen. Dus gingen ze de volgende dag naar de dierentuin, waar het ondanks het koude weer erg druk was. Benjamin was enorm onder de indruk van de dieren en vergat even zijn wrok toen hij haar opgewonden vertelde wat hij allemaal had gezien. Lilly luisterde aandachtig en probeerde hem nog meer interessante dingen te tonen.

Tot haar opluchting merkte ze dat hij het goed kon vinden met Rudolph, die hij na een tijdje Rudi begon te noemen. En ze besefte hoe ze genoot van het feit dat de jongen bij haar was en dat ze zich nu echt zijn moeder voelde. Ook in de dagen daarna bleven ze uitstapjes maken en Lilly speelde zo veel mogelijk met hem. 's Avonds liet ze hem verhaaltjes uitkiezen, die ze dan voorlas, terwijl Rudolph hem bij de maaltijden zo veel mogelijk lekkere hapjes probeerde voor te zetten.

Af en toe vroeg Benjamin naar Cecilia, die hij dan 'mama' noemde. Lilly dwong zichzelf kalm te blijven en verbeterde hem telkens liefdevol, in een poging hem zo omzichtig mogelijk aan de waarheid te laten wennen.

Uiteindelijk voelde Lilly dat haar zoon haar langzamerhand begon te accepteren. Ze wist dat ze nog een lange weg te gaan had, maar voor hem was geen moeite haar te veel.

'Wil je dit jaar naar het eindejaarsfeest in Waldfriede?' vroeg Rudolph twee dagen voor oudejaarsavond. 'Je hebt immers nog vakantie...'

'Nee,' antwoordde Lilly. 'Ik blijf hier. Maar als jij graag wilt gaan...'

Rudolph schudde zijn hoofd. 'Je weet dat ik niet zo van bedrijfsfeesten hou.'

'Ja, ik weet het. Maar ik ben blij dat je toen met het zomeruitje bent meegegaan. Anders was ik waarschijnlijk verdronken.' Ze vlijde zich tegen hem aan.

'Dan zou vast iemand anders je hebben gered,' zei hij, maar ze schudde haar hoofd.

'Alleen jij sprong in het water, als enige.'

Ze kusten elkaar, toen vroeg hij: 'En wat zullen de collega's zeggen als je niet komt opdagen?'

'Ik denk niet dat het zal opvallen. Ik heb Martha verteld dat ik bij familie ben. Niemand verwacht dat ik verschijn, dus waarom zou ik?'

Rudolph glimlachte naar haar. 'Dan zal ik ervoor zorgen dat het een geweldige avond wordt – met ons drietjes.'

Bij het aanbreken van het nieuwe jaar stond ze met Rudolph en Benjamin voor het raam en keek naar buiten de donkere nacht in. Klokken luidden, ergens in de buurt stak iemand vuurwerk af.

'Gelukkig nieuwjaar,' zei Rudolph terwijl hij zijn arm om haar heen sloeg.

'Gelukkig nieuwjaar,' antwoordde Lilly. Ze wist inmiddels dat Joden een ander nieuwjaar vierden, waarbij ze schijfjes appel in honing doopten en zichzelf een 'zoet nieuwjaar' wensten.

Die nacht werd Lilly uit haar slaap gehaald doordat ze iets voelde bewegen. Eerst dacht ze dat het bed trilde, maar toen merkte ze dat Benjamin de kamer binnen was gekomen en op het bed was geklommen.

'Kun je me een verhaaltje vertellen, Lilly?' vroeg hij terwijl hij zich tegen haar aan nestelde. 'Ik kan niet slapen.'

Lilly zou het fijner hebben gevonden als hij haar 'mama' had genoemd, maar het feit dat hij naar haar toe kwam vervulde haar met een ongekend geluksgevoel. Ze liet hem onder de deken kruipen en trok hem tegen zich aan. Toen begon ze:

'Er was eens een prinsje dat in een vreemd land werd geboren. Zijn moeder was een heel jonge prinses die door boosaardige draken werd bewaakt. Om ervoor te zorgen dat de draken hem niet zouden opeten als ze hem ontdekten, besloot ze hem aan een fee te geven, die zeven jaar voor hem zou zorgen.'

Innerlijk beefde Lilly. Het was geen sprookje uit het boek, de woorden kwamen vanzelf in haar op. Ze waren zowel een verklaring als een verontschuldiging.

'Het prinsje groeide op met het idee dat de fee zijn moeder was. De fee hield zo veel van hem dat ze zichzelf er niet toe kon brengen hem de waarheid te vertellen. Maar zijn echte moeder miste hem en toen ze aan de draken was ontsnapt, ging ze naar hem op zoek.'

'Vond ze hem?' vroeg Benjamin slaperig.

'Ja, ze vond hem. Ze moest lang rondzwerven en in twee huizen als dienstmeisje werken. Ze had geen kroon meer, maar ze vond haar zoon. De fee wilde hem echter niet zomaar afstaan. Ze hield nog steeds van de jongen, maar ze had een tovenaar ontmoet die met haar wilde trouwen en de jongen wilde beheksen. Daar was de prinses achter gekomen en toen is ze gauw met hem weggelopen.'

Benjamin glimlachte, maar Lilly merkte dat hij steeds verder in dromenland verzeild raakte.

'Ze kon niet terug naar het koninklijk kasteel, maar ze vonden een huisje en leefden daar nog lang en gelukkig.'

Stilte volgde op haar woorden, slechts onderbroken door de gelijkmatige ademhaling van de jongen.

'Later, als je groot bent, zal ik je vertellen waarom je bij je tante woonde,' fluisterde ze terwijl ze zijn haar streelde. 'Dat had zo zijn redenen, maar ik beloof je dat je de waarheid ooit te horen krijgt.'

Ze sloeg haar armen om Benjamin heen en keek toen naar Rudolph. Ze had niet gemerkt dat hij zich naar haar had omgedraaid, maar nu zag ze het in zijn ogen verraderlijk glinsteren.

'Heeft de prinses geen prins gevonden?' vroeg hij zachtjes.

'Jawel,' antwoordde Lilly. 'Maar dat is toch een ander sprookje?'

Dr. Rosenbaum was, zachtjes uitgedrukt, behoorlijk verbaasd over het nieuwe huisgenootje toen hij op 1 januari bepakt en bezakt van vakantie terugkwam en Lilly hem aan Benjamin voorstelde.

'U hebt een kind?' vroeg hij onthutst.

Lilly glimlachte. 'Ja, zoals u ziet.'

'Weet dokter Conradi dat al?' Rosenbaum zette zijn tas neer. Benjamin legde zijn hoofd in zijn nek en keek naar hem, wat de arts zichtbaar in verwarring bracht.

'Nog niet, maar ik zal het hem vertellen zodra ik weer aan het werk ga.'

Lilly zei het alsof het niets bijzonders was, maar vanbinnen wist ze dat ze niet alleen een bekentenis moest afleggen. Iemand moest voor Benjamin zorgen, er voor hem zijn als hij uit school kwam. Omdat Rudolph te belangrijk was voor zijn patiënten, had ze besloten door de zure appel heen te bijten en haar ontslag in te dienen.

'Ik heb goed nieuws,' zei Rosenbaum. 'Ik heb tijdens de vakantie een oud-studiegenoot ontmoet die bereid is me als onderhuurder bij hem te laten wonen. Hij heeft een huis in de buurt van het Nikolasmeer.'

'Dat is niet zo ver van Waldfriede,' zei Rudolph.

'Dat dacht ik ook. Bovendien krijg ik een kamer met uitzicht op het meer.'

'Hoe kan een studiegenoot van u eigenaar van zo'n deftig huis zijn?' vroeg Lilly verbaasd. 'U bent nog zo jong!'

'Hij heeft het van zijn vader geërfd, die drie maanden geleden is overleden. Bovendien ben ik al dertig, zo jong ben ik niet meer.'

Lilly keek naar Rudolph, ze kon haar opluchting nauwelijks verbergen. Was het een teken dat alles voor hen ten goede zou keren?

# 61

*Zehlendorf, 2 januari 1933*

Die nacht lag Lilly lang wakker. Benjamin was weer bij haar in bed gekropen en sliep nu tussen Rudolph en haar in, maar het lag niet aan hem dat ze de slaap niet kon vatten.

In gedachten nam ze de volgende dag door, haar gesprek met dr. Conradi. Ze kende hem natuurlijk niet goed genoeg om te kunnen inschatten hoe hij op haar opzegging zou reageren. Maar ze wilde op alles voorbereid zijn.

Op zeker moment viel ze toch in slaap, maar toen ze wakker werd was het nog lang geen ochtend; toch moest ze opstaan, in bed was het voor haar veel te warm.

Ze keek naar Rudolph en Benjamin. Toen ze destijds in Waldfriede was begonnen had ze nooit kunnen dromen dat dit ooit zou gebeuren. Dat ze niet alleen een man zou vinden die van haar hield, maar ook haar zoon bij zich zou hebben.

Omdat ze via zuster Hanna bij dr. Conradi moest komen en wist dat haar collega op maandagochtend eerst de donkere kamer in orde bracht, bleef ze voor de röntgenkamer wachten.

Eerst verschenen de röntgenassistentes, die haar verbaasd opnamen. Toen zag ze dr. Conradi's spreekuurassistente haastig de gang in lopen.

'Hanna!' riep ze en ze liep naar haar toe. 'Gelukkig nieuwjaar!'

'Dat wens ik jou ook,' antwoordde Hanna. 'We hebben je gemist bij de eindejaarsviering.'

Lilly haalde diep adem en onderdrukte de drang om aan haar schort te friemelen. 'Ik zou dokter Conradi graag willen spreken als dat kan. Het is dringend.'

'Hij is de hele ochtend in de operatiekamer,' antwoordde Hanna. 'Maar ik zal het doorgeven.'

'Fijn,' antwoordde Lilly. 'Dank je wel.'

Hanna nam haar ongerust op. 'Is er een probleem?'

Dat was er inderdaad, maar het was niet iets wat ze met zuster Hanna wilde bespreken voordat ze het de geneesheer-directeur had verteld.

'Dat vertel ik je later nog wel. Eerst moet ik met dokter Conradi praten.'

Er verscheen een zorgrimpel op Hanna's gezicht. Toen knikte ze. 'Kom tegen één uur naar de spreekkamer, meestal is hij er dan al.'

'Dank je.' Lilly knikte naar Hanna en spoedde zich naar haar afdeling.

In de uren die volgden zat Lilly op hete kolen. Haar handen waren ijskoud en klam van het zweet en haar blik ging telkens naar de afdelingsklok, zo vaak dat het zelfs Elisabeth opviel.

'Wat is er toch met je, Lilly? Je bent vandaag zo rusteloos.'

'Niets aan de hand, zuster Elisabeth,' antwoordde ze ontwijkend. 'Ik heb alleen nogal slecht geslapen en de koffie vanochtend...'

'Je zou helemaal geen koffie moeten drinken, dat is niet goed voor de zenuwen,' raadde de directrice haar aan. 'Drink liever thee. Dat doe ik al jaren en kijk, ik ben de rust zelve.'

Dat was waar, al kon zuster Elisabeth haar stem af en toe flink verheffen als ze een nalatigheid bespeurde. Maar ook thee zou nu niet helpen, bedacht Lilly.

Tegen enen was het eindelijk zover. Met ijskoude handen en het gevoel een steen te hebben ingeslikt haastte Lilly zich naar de spreekkamer. Omdat er nog geen patiënten waren, ging ze op een van de banken in de wachtruimte zitten.

Niet veel later kwam de dokter met een aantal statussen onder zijn arm aanzetten.

'Zuster Lilly!' zei hij. 'U wilde me spreken?'

Lilly stond op en knikte bedeesd.

'Kom dan maar binnen.' Hij hield de deur voor haar open en liep achter haar aan de spreekkamer in. 'Ga zitten.'

Nerveus liet Lilly zich op de stoel zakken. Ze had nog steeds de keuze. Ze kon rechtsomkeert maken en de kamer verlaten, al zou dat een vreemde indruk wekken. Maar daar schoot haar zoon niets mee op. Ze kon niet langer doen alsof hij niet bestond. En hier blijven was ook onmogelijk.

'En, wat hebt u op het hart?' vroeg de dokter. 'Zuster Hanna zei dat het dringend was.'

Lilly kneep haar handen samen. Hij zou vast erg teleurgesteld in haar zijn. Maar toen dacht ze aan Benjamin, die alleen thuis was met Rudolph en binnenkort naar school zou moeten.

'Tja, ik weet eigenlijk niet goed waar ik moet beginnen,' zei ze.

Conradi glimlachte welwillend. 'Dat hoor ik vaker van mijn patiëntes. Neem rustig de tijd.'

Lilly trok haar wenkbrauwen op. Patiënte? Wat zou Hanna hem hebben verteld? Dacht ze misschien dat ze dr. Conradi wilde spreken omdat ze zwanger was?

'Ik ben hier niet als patiënte, dokter,' zei ze. 'Er... is iets wat ik destijds bij mijn sollicitatiegesprek voor u heb verzwegen.'

De geneesheer-directeur boog voorover en vouwde zijn handen op het bureaublad. 'Waar gaat het om?' vroeg hij toen met een gezichtsuitdrukking die Lilly niet goed kon thuisbrengen.

'Ik heb een zoon.' Lilly gaf hem een moment om deze informatie te verwerken en vervolgde toen: 'Ik heb hem gekregen toen ik nog een heel jong meisje was. Ik wil de omstandigheden graag voor me houden en alleen dit zeggen: mijn tante heeft hem onder haar hoede genomen zolang ik nog niet meerderjarig was. Ik heb haar door mijn werk financieel gesteund. Maar nu...'

Moest ze zeggen dat haar tante hem niet langer onder haar hoede kon houden? Dat was niet waar.

'Nu kan ik hem niet langer bij haar laten,' vervolgde ze. 'Ik ken de regels van uw ziekenhuis en het spijt me dat ik niet openhartig tegen u kon zijn. Maar ik had de betrekking en het geld nodig en wilde niet het risico lopen dat u me daarom niet zou aannemen.'

Lilly's gezicht en oren gloeiden van schaamte en emotie.

Dr. Conradi leunde naar achteren en keek haar zonder een woord te zeggen lange tijd aan.

'Het spijt me echt dat ik u heb misleid. Ik... Ik zal de consequenties aanvaarden en met onmiddellijke ingang vertrekken.'

Nog steeds zei hij niets. Lilly werd onzeker. Zou hij haar ontslag misschien niet accepteren? Wat moest ze dan beginnen? Ze kon niet van Rudolph verwachten dat hij minder zou gaan werken om op Benjamin te passen.

'Dit alles komt als een grote verrassing,' zei dr. Conradi uiteindelijk. Zijn stem klonk opeens erg vermoeid. 'Ik wilde dat u me hier eerder deelgenoot van had gemaakt.'

'Ik kende de voorwaarden waaronder de verpleegsters hier werken,' zei Lilly. 'Ik kon het u niet vertellen, want dan zou ik het onderhoud van Benjamin op het spel zetten. Maar ik ben u heel dankbaar dat ik die tweeënhalf jaar hier mocht zijn.'

Conradi zweeg weer. Hij zat haar met zijn armen over elkaar aan te kijken alsof hij niet wist wat hij met haar aan moest.

'En hoe zit het met professor Kirsch?' vroeg hij uiteindelijk. 'Hebt u hem deelgenoot gemaakt?' Achter zijn rustig klinkende stem bespeurde ze iets anders. Woede? Teleurstelling? Lilly kon het niet helemaal plaatsen.

'Hij is op de hoogte,' antwoordde Lilly en ze liet haar hoofd hangen. Ze wilde Rudolph geen problemen bezorgen door de dokter over hun relatie te vertellen.

Conradi stond op. 'Nou, dan wil ik u niet langer ophouden.' Nu klonk hij overduidelijk teleurgesteld. 'Ik accepteer uw ontslag. Pak uw spullen en vertrek. U kunt uw getuigschrift binnenkort komen halen.'

Lilly stond ook op. Het was haar benauwd om het hart, maar er was geen weg terug. 'Vriendelijk dank, dokter.'

~

Hanna was verbijsterd toen dr. Conradi haar inlichtte over zuster Lilly's bekentenis en haar ontslagaanvraag.

'Ze heeft dus een kind,' zei ze hoofdschuddend. Ze trok een stoel bij en ging zitten.

Conradi snoof. 'Ze had het ons moeten vertellen.'

'Had u haar dan aangenomen?' vroeg Hanna nadenkend.

'Vermoedelijk niet.'

'Ziet u wel! Ze heeft met haar loon haar tante die voor het kind zorgde financieel gesteund. Het getuigt van groot verantwoordelijkheidsbesef dat ze heeft besloten voor haar kind te gaan zorgen nu ze het bij zich heeft genomen.'

'Maar hoe wil ze dan in haar onderhoud voorzien? Zonder man...'

'Volgens mij heeft ze iemand.'

Conradi zette grote ogen van verbazing op. 'Heeft ze iemand?' herhaalde hij.

'Ze heeft het me in vertrouwen verteld, dus hou het alstublieft voor u.'

'Natuurlijk.'

'Ze heeft een relatie met professor Kirsch. Waarschijnlijk al een hele tijd.'

Dr. Conradi sloeg zijn armen over elkaar. Hanna maakte zelden mee dat hij sprakeloos was. Nu leek dat het geval te zijn.

'Hoe kan dat nou?'

Hanna glimlachte. 'Tja, ze hebben veel met elkaar te maken. Zij was voor hem wat ik voor u ben.'

Er volgde een stilte. Hanna wist dat haar woorden voor tweeërlei uitleg vatbaar waren. En dat dr. Conradi zijn huwelijk nooit ten behoeve van een liefdesrelatie met een verpleegster zou opgeven. Hanna vroeg zich wel eens af hoe het zou zijn gelopen als de dokter niet met Catherine was getrouwd. Waarschijnlijk zou ze daar nooit achter komen. Maar tussen Lilly en professor Kirsch was inderdaad liefde ontstaan. Dat verheugde haar en ze benijdde Lilly er ook een beetje om.

'Door zelf ontslag te nemen voorkomt ze dat u genoodzaakt bent haar te ontslaan,' vervolgde Hanna even later. 'U moet haar maar een mooie referentie meegeven, voor het geval dat ze die ooit nodig heeft.'

'Ik zal het er met professor Kirsch over hebben,' antwoordde de dokter.

Hanna knikte. 'Hoewel ik haar dit persoonlijke geluk van harte gun, vind ik het jammer dat we een goede kracht kwijtraken.'

'Zo zie ik het ook,' zei Conradi met een zucht. 'Het ergste is dat we vlug vervanging moeten vinden. En dat terwijl we toch al te weinig personeel hebben.'

'We zullen een advertentie plaatsen. Als u wilt, ga ik na het werk meteen naar het kantoor van de krant.'

'Nee, we moeten iemand uit ons eigen personeelsbestand nemen,' wierp hij tegen. 'Een leerling-verpleegster van wie we weten dat ze geen smet op haar blazoen heeft.'

~

Martha reageerde verbaasd toen Lilly voor het einde van haar dienst hun kamer in kwam. Ze waren al heel lang niet meer tegelijk op hun kamer geweest, waardoor Lilly niet eens wist wat Martha in haar vrije tijd deed. Nu zag ze dat ze met haar bijbel op schoot op haar bed lag en kennelijk aantekeningen maakte bij bepaalde passages.

'Wat is er met je?' vroeg Martha. 'Ben je ziek?'

'Nee,' antwoordde Lilly, die moest toegeven dat de hele situatie haar een ongekend gevoel bezorgde. Haar onvrijwillige vertrek uit het Charité had haar ook verdriet gedaan, maar toen had ze de toekomst met angst tegemoetgezien. Het viel haar zwaarder Waldfriede te verlaten, maar nu keek ze vol vertrouwen vooruit. Ze had haar zoon bij zich, ze had Rudolph. Alles wees erop dat het geluk haar weer had gevonden.

'Wat doe je hier dan?'

'Ik heb ontslag genomen,' antwoordde Lilly terwijl ze haar schaarse kledingstukken van de hangers pakte en in haar koffer stopte. Het uniform dat ze hier had gedragen, was net als de uitgaansjurk eigendom van het ziekenhuis. Nadat ze gereinigd waren zouden ze naar een andere verpleegster gaan.

Martha kwam met een ruk overeind. 'Je hebt wát gedaan?'

'Ontslag genomen,' herhaalde Lilly, al wist ze dat Martha haar heel goed had verstaan.

'Heb je een andere baan gevonden?'

'Nee, ik...' Ze aarzelde. Maar omdat het binnenkort toch het hele ziekenhuis door zou gaan besloot ze openheid van zaken te geven. 'Ik heb een kind.'

'Maar was je dan zwanger?' Martha stond perplex.

'Nee, mijn zoon is zeven en zit al op school. Hij woont vanaf nu weer bij mij.' Bij die woorden voelde ze warmte door haar lichaam stromen. Eindelijk kon ze Benjamin openlijk erkennen.

'En wat ben je van plan te gaan doen?' vroeg haar kamergenote terwijl Lilly haar koffer dichtklapte.

Lilly glimlachte. Ze was niet vergeten wat Martha over de bruinhemden had gezegd.

'Ik red me wel, maak je geen zorgen.'

Martha keek haar geschokt aan. 'Maar in je eentje met een kind...'

'Er is ook een man in mijn leven,' voegde Lilly eraan toe. 'Hij wil met me trouwen.' Ze liet haar hand zien. Voor haar dienst begon had ze haar verlovingsring altijd afgedaan, maar nu kon ze hem dragen en de hele wereld laten zien dat ze bij Rudolph hoorde.

'Dat is... geweldig.' Martha kwam naar Lilly toe en omhelsde haar. Toen ze haar weer losliet, zag Lilly in haar ogen tranen glinsteren. 'Ik wens je alle geluk van de wereld.'

'Dank je wel, dat wens ik jou ook toe.'

Een poosje bleven ze elkaar aankijken, toen pakte Lilly haar koffer. 'Tot ziens, Martha, en hou je taai.'

Ze omhelsden elkaar nog eens, waarna Lilly de kamer verliet die meer dan twee jaar lang haar thuis was geweest.

In de hal kwam ze zuster Hanna tegen, die daar op haar leek te wachten.

'Ik heb dokter Conradi zojuist gesproken,' zei ze. 'Ik had nooit gedacht...'

Lilly zette haar koffer neer. 'Ik heb geen andere keuze. Ik moet voor mijn zoon gaan zorgen. Dat heb ik veel te lang niet gedaan.'

Hanna wierp een blik op zuster Hedwig en bood Lilly toen haar arm aan. 'Zullen we een laatste wandelingetje maken?'

Lilly knikte, pakte haar koffer weer op en nadat ze nog eens in de hal had rondgekeken haakte ze bij Hanna in.

Ze liepen een tijdje zwijgend over het pad, tot ze uiteindelijk bij het park aankwamen. Er glinsterden ijskristallen op de grashalmen, hun adem veranderde voor hun mond in wolkjes.

'Was de dokter erg in me teleurgesteld?' vroeg Lilly.

'Hij was ontstemd, maar dat kun je hem niet kwalijk nemen,' antwoordde Hanna oprecht. 'Een ziekenhuis is als een goed geoliede machine. Alle tandraderen en overige onderdelen grijpen in elkaar. Als er één onderdeel ontbreekt, loopt de machine niet goed. Soms dreigt ze helemaal stil te blijven staan, zoals we tijdens dokter Conradi's ziekte hebben gezien.'

'Ik weet zeker dat professor Kirsch een goede vervangster voor me zal vinden.'

'Ben je gelukkig met hem?' vroeg Hanna.

'Ja, heel gelukkig,' zei Lilly. 'Hij is een geweldige man. En mijn zoon lijkt hem ook graag te mogen. Voor hem is het allemaal nog wennen, maar we groeien naar elkaar toe.'

'Daar ben ik van overtuigd.' Er verscheen een weemoedige uitdrukking op Hanna's gezicht, alsof ze treurde om een gemiste kans. 'Ik hoop dat je gelukkig wordt.' Er rolden tranen over haar wangen.

Ook Lilly moest huilen toen Hanna haar omhelsde.

Even later liepen ze naar de uitgang. Zonnestralen die door de bomen heen vielen lieten de sneeuwlaag op de taxussen smelten.

Toen ze bij het hek waren, ging Hanna met een ernstig gezicht voor haar staan. 'Beloof je dat je me eens zult schrijven hoe het met jou en je gezinnetje gaat?'

Lilly knikte. Ze had Hanna nooit als een vriendin beschouwd, maar ze behoorde tot de zusters die ze niet gauw zou vergeten.

'Als Rudolph en ik gaan trouwen, zou ik het fijn vinden als je op de bruiloft komt.' Lilly dacht even na en zei toen: 'En misschien kun je dan ook een paar andere verpleegsters meebrengen. De directrice bijvoorbeeld, en zuster Martha.'

Haar afscheid van die twee was bij lange na niet zo hartelijk geweest als dit van Hanna, maar toch was ze aan hen gehecht.

'Voor de anderen kan ik niet beslissen, maar ik zal er zijn, dat beloof ik.'

'Ook dokter Conradi is welkom,' voegde Lilly eraan toe. 'Al wenst hij me nu misschien naar de maan.'

'Ik zal het tegen hem zeggen.' Hanna gniffelde. 'Inwendig briest hij, maar dat gaat wel weer over. Je bent niet de eerste verpleegster die uit Waldfriede vertrekt omdat ze gaat trouwen.'

'Maar wel de eerste die een kind heeft.'

'Ja, dat is een noviteit,' zei Hanna. 'Maar wie weet wordt het ooit nog normaal dat verpleegsters hier met hun gezin wonen.'

Met elke meter die Lilly verder van Waldfriede verwijderd raakte voelde ze zich vreemd genoeg lichter worden, al sneed de greep van de zware koffer pijnlijk in haar handpalm.

Ze zou nooit meer bij haar tante langs hoeven gaan om Benjamin te zien. De komende tijd zou ze het beslist niet makkelijk krijgen, maar ze wist dat Rudolph haar zou bijstaan. Al had ze nog geen trouwring aan haar vinger, ze kon op hem rekenen.

De vorige avond had hij voor het slapengaan beloofd haar te helpen bij het zoeken naar een baan voor halve dagen als praktijkassistente bij een collega. Benjamin ging binnenkort naar school en naarmate hij ouder werd zou hij meer tijd in het klaslokaal doorbrengen.

Natuurlijk kon het even duren tot ze iets had gevonden en misschien zou ze het ook in een andere richting moeten zoeken om ervoor te zorgen dat Rudolph de financiële last niet alleen hoefde te dragen. Maar ooit zou ze weer als verpleegster werken; daar was ze van overtuigd.

Toen ze de hoek omging en de Boltzmannstrasse in liep, brak er een zonnestraal door het wolkendek. Van de bomen en de daken drupte dooiwater en uit de openstaande ramen klonken kletterende geluiden.

Bij hun huis aangekomen keek ze omhoog. Ze kon zich goed voorstellen dat dit de komende jaren hun thuis zou zijn.

Ze pakte de sleutel uit haar zak en ging naar binnen. Het was stil in het trappenhuis, maar ze was ervan overtuigd dat mevrouw Berger haar komst had opgemerkt. De komende weken zou ze vast vragen moeten aanhoren naar de reden van haar permanente aanwezigheid, maar Rudolph was haar bolwerk en beschermer. Ze had zich heel lang niet zo geborgen gevoeld.

Toen ze de woning in liep kwam Rudolph haar op de gang tegemoet. Zijn blik viel op de koffer en er verscheen een begrijpende uitdrukking op zijn gezicht. Achter hem keek Benjamin om de hoek van de deur.

'Je bent er weer!' zei hij en hij ging naast Rudolph staan.

'Ja,' zei Lilly. 'En ik ga ook niet meer weg.' Ze sloot de deur achter zich, zette de koffer neer en liep naar haar twee mannen.

'Wat zei Conradi?' vroeg Rudolph toen ze in de woonkamer gingen zitten. Benjamin was weer in zijn kamer verdwenen. Ze hadden hem beloofd dat ze straks Pas op je hoed! met hem zouden spelen, een nieuw bordspelletje dat ze onlangs in de speelgoedwinkel hadden gekocht.

'Hij was boos,' antwoordde ze, 'maar hij heeft mijn opzegging geaccepteerd.' Ze liet haar hoofd hangen. Het was haar zwaar te moede. 'Ik vind het naar dat ik hem zo heb misleid. En teleurgesteld.'

'Je hebt gedaan wat het beste was voor je kind,' antwoordde hij. 'Je had geen andere keuze. En hij zou pas reden hebben om teleurgesteld te zijn als je met hém had gewerkt. Je bent een goede verpleegster en ik zal je erg missen op de afdeling.'

'Maar in plaats daarvan heb je me elke avond na het werk bij je.'

Hij lachte en sloeg zijn arm om haar heen. 'Ik zal er altijd voor je zijn en zal altijd voor je zorgen, hoor je? Als je eenmaal mijn vrouw bent, adopteer ik Benjamin en dan verhuizen we naar een huis aan het meer.'

Lilly vlijde zich dicht tegen hem aan. Alles wat hij zei klonk onvoorstelbaar mooi. Bijna te mooi om waar te zijn. Maar ze wilde even niets anders dan erin geloven.

# 62

*Zehlendorf, 25 januari 1933*

Lilly kon er maar moeilijk aan wennen dat ze 's morgens niet naar haar werk hoefde. Het herinnerde haar een beetje aan de tijd dat ze bij het Charité was ontslagen, alleen hoefde ze nu niet meer te doen alsof ze nog werkte. Ze miste Waldfriede, de gezamenlijke maaltijden, de gesprekken en de patiëntjes.

Rudolph ging elke dag de deur uit om te werken. Als hij terugkwam was hij niet erg spraakzaam. Door haar vertrek behoorde ze niet langer tot de wereld van Waldfriede, ze was een buitenstaander en over patiënten mocht haar niets worden verteld.

Haar collega's lieten zelden hun groeten overbrengen.

Maar er ging wel een andere wereld voor haar open. Dat Benjamin nu bij haar was voelde nog steeds een beetje onwerkelijk. Hoewel ze veel met kinderen te maken had gehad, was de wereld van haar zoon helemaal nieuw voor haar. Af en toe vroeg hij naar Cecilia en of ze naar Hamburg terug zouden gaan. En als hij naar zijn vriendjes en schoolkameraadjes verlangde voelde Lilly zich schuldig.

Gelukkig was Rudolph erin geslaagd Benjamin op een school in Zehlendorf te laten plaatsen. Lilly bracht hem er 's ochtends heen en haalde hem 's middags weer op. Op de vraag of hij het er naar zijn zin had antwoordde Benjamin met ja, maar ze kon zien hoezeer hij zijn oude leven in Hamburg miste.

Desondanks zag hij kans om mensen voor zich in te nemen.

Toen Lilly op een dag wat later bij de school aankwam, zag ze hem met twee andere jongens spelen. Later legde hij haar uit dat Roland en Karl zijn nieuwe vrienden waren.

Cecilia nam geen contact met hen op en eigenlijk zou Lilly daar blij om moeten zijn. Maar de stilte beviel haar niet. Dat Heller niet kwam opdagen om haar te bedreigen betekende nog niet dat ze het erbij lieten zitten.

Maar de dagen gingen voorbij zonder dat er iets gebeurde. Lilly's gespannenheid verminderde daardoor niet, maar ze wende eraan. Het enige wat haar niet zo beviel was het gevoel van eenzaamheid en verveling. Koken was voor haar een uitdaging omdat ze niet gewend was voor drie personen te koken. In elk geval was Benjamin niet veeleisend wat het eten betrof en Rudolph hielp haar als er een keer iets niet lukte. Het boodschappen doen in de winkelstraat bood gelukkig wat afleiding, maar ze bleef verlangen naar haar collega's en Waldfriede.

Toen, op een woensdagochtend eind januari, vlak voordat Rudolph naar Waldfriede zou gaan, werd er aangebeld.

'Wie zou dat kunnen zijn?' vroeg Lilly verschrikt. Benjamin was al naar school.

Rudolph, die aan zijn manchetten stond te frunniken, liep naar het raam en keek omlaag naar de straat.

'Een man en een vrouw,' zei hij. 'Ze hebben aktetassen bij zich.'

Lilly voelde een rilling langs haar rug gaan. 'Kunnen we niet doen alsof we niet thuis zijn?' vroeg ze ongerust.

Opnieuw werd er aangebeld. Rudolph vermande zich. 'Nee,' zei hij. 'Als dit mensen van een of andere instantie zijn, moeten we ze laten zien dat Benjamin bij ons in goede handen is.'

Terwijl hij dat zei liep hij naar de voordeur. Op haar hoede volgde Lilly hem.

Misschien zijn het gewoon mensen die voor een of andere partij aan het werven zijn, ging het door haar hoofd.

Rudolph drukte op de zoemer, opende de deur en wachtte.

De twee bezoekers haastten zich blijkbaar, want niet veel later waren ze boven bij Rudolph, die als een bewaker in de deuropening stond.

Het stel, een man van rond de vijftig met dun grijs haar en een blonde vrouw die halverwege de dertig moest zijn, stelde zich voor als Lotte Krüger en Kurt Brinkmann.

'We hebben informatie dat we hier ene mevrouw Lilly Wegner kunnen vinden,' zei ze terwijl ze een brief uit haar tas haalde. 'Het gaat over haar zoon Benjamin Wegner.'

Lilly raakte in paniek en het kostte haar moeite haar slappe knieën in bedwang te houden. Ze was er zeker van dat Cecilia en Heller hierachter zaten. Heller was een directe confrontatie uit de weg gegaan, maar had waarschijnlijk wel iets in het werk gesteld.

Rudolph bleef zelfverzekerd. 'O, mijn verloofde!' Hij keek om. 'Daar is ze!'

'U bent Lilly Wegner?' vroeg de vrouw. Haar mantelpakje kleedde op sommige plaatsen slecht af, de man drukte de aktetas tegen zijn borst alsof het een schild was.

Lilly knikte en gaf beiden een hand. Ze voelde zich nerveus en zwak tegelijk, op dit moment stond alles op het spel.

'Waar is uw zoon?' vroeg mevrouw Krüger.

'Waar hij hoort te zijn, op school,' antwoordde Lilly met een onzeker glimlachje. Ze ving Rudolphs blik op. Eigenlijk moest hij nu weg, maar hij gaf haar met een vrijwel onmerkbaar knikje te kennen dat hij zou blijven.

'Laten we in de woonkamer praten,' stelde hij voor en toen hij hun voorging raakte hij even Lilly's hand aan.

Mevrouw Krüger en meneer Brinkmann lieten hun ogen door de kamer dwalen alsof ze op zoek waren naar lagen stof. Ten slotte gingen ze op de bank zitten. Brinkmann opende zijn aktetas en haalde er een paar formulieren uit.

'We komen van de sociale dienst om de omstandigheden waaronder uw zoon leeft te controleren. Cecilia Wegner is uw tante?'

Lilly voelde een koude rilling over haar rug lopen. Cecilia had waarschijnlijk tegen die mensen gezegd dat ze met Benjamin in een krot woonde en dat ze hem niet zou kunnen onderhouden omdat ze niet meer kon werken.

'Ja, dat is mijn tante.'

'En de hier aanwezige heer is uw verloofde?'

‘Ja, dat is mijn verloofde.’

De man wendde zich tot Rudolph. ‘Mogen we uw papieren zien?’

‘Natuurlijk,’ zei deze en hij liep weg om zijn portefeuille te pakken. Hij toonde de ambtenaar zijn legitimatiebewijs.

‘Rudolph David Kirsch,’ las de man harop voor, zodat zijn collega het kon noteren. ‘U bent een Jood, hè?’

‘Is dat relevant?’ vroeg Rudolph terug. De vrouw en de man keken elkaar aan en Lilly voelde dat ze allebei hetzelfde dachten. Haar nervositeit nam toe. Wilden ze haar verbieden met een Jood te trouwen?

‘Nee,’ zei de vrouw uiteindelijk. ‘We maken er alleen een aantekening van. Bent u van plan de jongen te adopteren?’

Rudolph maande zichzelf zichtbaar tot kalmte. ‘Ja, dat is de bedoeling. We gaan binnenkort trouwen.’

De vrouw schreef iets op, terwijl de blik van de man op Lilly bleef rusten.

‘Klopt het dat de jongen meer dan zes jaar bij uw tante heeft gewoond?’ vroeg hij uiteindelijk.

‘Ja,’ antwoordde Lilly. ‘Ik was minderjarig toen ik van hem beviel. Mijn ouders hebben dat zo besloten.’

‘U bent nu drieëntwintig?’

‘Ja.’

‘Dus sinds twee jaar meerderjarig.’

Lilly knikte.

‘U had uw zoon dus kunnen ophalen toen u meerderjarig werd.’

‘Dat was niet mogelijk,’ antwoordde Lilly. ‘Ik moest werken en ik had niemand die overdag op hem kon passen.’

‘En hoe is de situatie nu?’

Lilly keek naar Rudolph. ‘Ik heb mijn baan in Waldfriede opgezegd,’ verklaarde ze. ‘Mijn verloofde zorgt voor ons.’

‘En als dat in de nabije toekomst niet meer het geval zou zijn?’

‘Wat bedoelt u daarmee? vroeg Rudolph.

‘U zou uw baan kunnen verliezen.’

‘Ik ben professor aan het Charité en bovendien geef ik les aan de Friedrich-Wilhelms-Universiteit. En ik behandel patiënten in

Waldfriede. Denkt u dat iemand als ik zo gemakkelijk te vervangen is?'

De man keek hem licht spottend aan en vervolgde toen: 'We moeten alleen nog een paar dingen opschrijven, daarna zullen we u niet meer lastigvallen.'

'Wil mijn tante de jongen bij me weghalen?' vroeg Lilly geagiteerd.

'We zijn hier alleen om vast te stellen onder welke omstandigheden uw kind bij u woont,' zei de vrouw.

Dat was een ontwijkend antwoord, maar Lilly besefte dat verder aandringen toch niets zou opleveren. Dus beantwoordde ze de vragen van de ambtenaren tot ze hun vragenlijst hadden afgewerkt.

'Wanneer horen we de beslissing?' vroeg ze toen de twee eindelijk opstonden.

'Als er al een beslissing moet worden genomen hoort u dat binnen een paar weken.'

Toen de ambtenaren weg waren, zakte Lilly op de bank in elkaar. Ze had het gevoel dat ze de hele Avus, het beroemde Berlijnse racecircuit, had afgerend. Haar jurk plakte aan haar lichaam en na een tijdje begonnen haar spieren ongecontroleerd te trillen.

Rudolph ging naast haar zitten. Uiterlijk leek hij de rust zelve, maar ze merkte duidelijk dat het gesprek hem erg had aangegrepen.

'Eén ding moet je je tante nageven,' zei hij. 'Ze laat niet los.'

'Dit was door Hellers toedoen,' antwoordde Lilly terwijl ze haar armen om zichzelf heen sloeg. 'Hij wil de jongen koste wat het kost.'

'En niemand kan minder aanspraak op hem maken dan hij.' Rudolph trok haar tegen zich aan. 'Je zult het zien, ze kunnen je niets maken. Mijn woning is schoon en netjes en Benjamin gaat naar school.'

'En als ze nu naar de school gaan?' Een enorme schrik overviel haar. 'Als ze hem daar weghalen?'

'Dat mogen ze alleen als ze jou de voogdij afpakken. Maar daar ziet het niet naar uit. Als je tante heeft geprobeerd je in diskrediet te brengen, is ze daar niet in geslaagd. En als je eenmaal de vrouw van een professor bent...' Hij kuste haar en Lilly voelde dat haar ongerustheid een beetje minder werd. Het trillen ebde weg.

'Het spijt me dat je te laat komt,' zei ze zachtjes.

'Mijn patiënten zullen dat wel overleven. Ik heb Martha voor de vroege dienst ingedeeld, zij zal ervoor zorgen dat alles z'n gangetje gaat.'

'Toch moet je nu weg. Je mag je baan niet op het spel zetten.'

Hij kuste haar op haar voorhoofd. 'Het zou toch heel dom zijn van Waldfriede als ze mijn afdeling zouden opheffen, denk je niet?'

Ze keek Rudolph door het raam na en toen hij uit het zicht was, ging Lilly bij het raam vandaan. Hij had geprobeerd haar zorgen weg te nemen, maar met elke minuut die verstreek namen ze weer toe. Zouden die vreselijke mensen echt niet naar de school gaan? Ze hadden immers ook naar het adres van de school gevraagd.

Uiteindelijk draaide ze zich om, liep naar de slaapkamer en pakte haar tas. In de gang schoot ze haar schoenen en haar jas aan en pakte daarna de huissleutels.

Toen ze de deur achter zich had dichtgetrokken hoorde ze stemmen in de gang. Mevrouw Berger sprak waarschijnlijk met de postbode, die altijd rond deze tijd kwam. Lilly hoopte dat ze afgeleid was. Wat nieuwsgierigheid betreft deed ze op geen enkele manier onder voor haar voormalige verhuurster, mevrouw Hausmann.

Ze dacht al bijna dat ze zo de deur uit kon glippen, maar toen hoorde ze de stem van mevrouw Berger achter zich: 'Juffrouw Wegner, wilt u even wachten?'

Lilly verstijfde. Het betekende nooit veel goeds als de huisbazin met haar wilde praten.

'Goedemorgen, mevrouw Berger,' zei ze met een geforceerde glimlach. 'Is er iets niet orde?'

'Dat vraag ik u. Er stonden twee ambtenaren voor de deur. Hebt u soms problemen? U weet dat dit een rustig huis is en als er moeilijkheden zijn moet ik dat weten.'

Lilly schudde haar hoofd. Ze had de vrouw het liefst voor de voeten gegooid dat haar problemen haar helemaal niets aangingen, maar ze dwong zichzelf rustig te blijven.

'Die twee ambtenaren waren hier vanwege de adoptie van mijn zoon. Professor Kirsch en ik gaan immers binnenkort trouwen, zoals u vast wel weet.'

De vrouw bekeek haar van top tot teen en Lilly zag duidelijk achter haar voorhoofd de vraag opdoemen hoe ze aan een kind was gekomen.

'Dit is een keurig huis en onzedelijkheid wordt hier niet getolereerd.'

Lilly kreeg ineens een brok in haar keel. Wanneer zou het eindelijk ophouden dat vrouwen werden veroordeeld vanwege een buitenechtelijke zwangerschap?

'Maakt u zich geen zorgen, wij doen niets onzedelijks. En als u me nu wilt excuseren, ik moet er helaas vandoor.'

Mevrouw Berger antwoordde niet en Lilly liep de deur uit.

Op weg naar school wist Lilly niet waar ze bozer over was: haar tante die haar de sociale dienst op het dak had gestuurd, de mensen van de sociale dienst zelf of de hospita die geloofde dat er iets onzedelijks achter de voordeur van professor Kirsch gebeurde.

Uiteindelijk woog wat Cecilia gedaan had het zwaarst. Eigenlijk was ze van plan geweest haar nog een keer te schrijven en om de rest van Benjamins spullen te vragen. Maar nu besloot ze niets meer van zich te laten horen. Via de sociale dienst zou Cecilia er misschien achter komen waar zij en Benjamin woonden, en met wie. Maar de rest ging haar niets aan.

Ze arriveerde bij de school zonder de ambtenaren nog te hebben gezien. Maar dat hoefde niet per se een goed teken te zijn. Ze hadden een behoorlijke voorsprong en ze zouden al lang in de kamer van schoolhoofd Krajewski kunnen zitten.

Langzaam liep ze langs het schoolgebouw en gluurde door de ramen. Toen ze alleen oudere leerlingen had gezien, glipte ze door de poort van het schoolplein. Na een tijdje ontdekte ze het hoofd van haar zoon, die geconcentreerd in zijn schriftje keek en er iets in schreef of tekende.

Ze wist niet wat er de afgelopen uren was gebeurd, maar zo te zien wees niets erop dat er een incident was geweest. Ze zou het echter pas precies weten als de school uit was en ze het hem kon vragen.

Ze ging op een bankje vlak bij de school zitten. Het zou nog drie uur duren voordat de lessen afgelopen waren, maar dat nam ze op de koop, zolang ze er maar zeker van kon zijn dat die mensen hier niet zouden verschijnen.

Toen de schoolbel eindelijk voor de eersteklassers het einde van de dag aankondigde stond ze op en liep naar de poort. Ze voelde zich steenkoud en verlangde naar de warme woning en een kopje thee.

Normaal gesproken verscheen Benjamin vrij stipt, niet helemaal voor in de groep kinderen die zich naar buiten drongen, maar altijd ergens in het midden.

Deze keer liepen de kinderen langs haar heen zonder dat ze haar zoon zag.

Haar maag verkrampte van ongerustheid. Wat was er aan de hand? Zaten de ambtenaren toch in het kantoor van het schoolhoofd op Benjamin te wachten?

Toen verscheen hij plotseling, met zijn schooltas achteloos over zijn ene schouder en zijn jas scheef over de andere.

Toen hij haar zag rende hij naar haar toe.

Lilly slaakte een zucht van verlichting en glimlachte toen. 'Wat zie jij eruit!' zei ze terwijl ze voor hem neerhurkte en zijn schooltas pakte zodat hij zijn jasje netjes kon aantrekken.

'Lilly, we hebben vandaag kevers bekeken!' vertelde hij enthousiast. 'En bij muziek een nieuw lied geleerd!'

'Dat klinkt geweldig,' zei Lilly. 'Is er nog iets anders gebeurd op school?'

'Kurt heeft twee tikken op zijn handen gekregen omdat hij een inktpot omgooide. Maar verder was alles zoals anders.'

Lilly's nekharen gingen overeind staan. Zij had op school een keer klappen met een liniaal op haar handen gekregen toen ze tijdens de handwerkles de kruissteekjes verkeerd had gemaakt. Ze moest er niet aan denken hoe ze zou reageren als zoiets haar zoon overkwam.

'En is er niemand geweest die met je wilde praten?'

Benjamin keek haar vragend aan. 'Nee.'

Lilly knikte, toen stond ze op. 'Je mag met niemand meegaan, hoor je?' zei ze. 'Het doet er niet toe hoe vriendelijk iemand is. Ga niet mee.'

Benjamin knikte. 'Goed.'

Lilly omhelsde hem. 'Laten we maar gauw naar huis gaan. Ik heb nog geen tijd gehad om te koken, maar je mag zeggen wat je graag wilt.'

'Aardappelpuree!' klonk het zonder dralen.

De dagen daarna bleef Lilly ongerust. Als er werd aangebeld kromp ze van schrik in elkaar. Maar het was slechts de postbode, die iets wilde afgeven wat niet in de brievenbus paste.

Rudolph kreeg de laatste tijd veel nieuwe boeken en ze had voor de grap gezegd dat hij geluk had dat ze thuis was en hij dus niet zelf naar het postkantoor hoefde.

Wanneer ze naar de brievenbus liep, kreeg ze altijd hevige buikpijn, die meteen in opluchting omsloeg zodra ze zag dat er geen brief van de sociale dienst of van bureau Jeugdzorg was.

Op 30 januari had ze Benjamin net van school gehaald en hem gebakken aardappelen met spiegelei voorgezet toen Rudolph de woning kwam binnenstormen. Zijn gezicht was vertrokken van schrik.

'Wat is er gebeurd? vroeg Lilly angstig.

'Heb je vandaag al naar de radio geluisterd?' vroeg hij terwijl hij zich meteen naar de woonkamer haastte.

'Nee, hoezo?'

Rudolph zette het toestel aan, richtte zich op en keek er als een slangenbezweerder in het circus naar. 'Er wordt gezegd dat Hitler door Hindenburg tot rijkskanselier is benoemd,' verklaarde hij, en niet veel later bevestigde de radio-omroeper het gerucht.

In heroïsch getinte bewoordingen juichte hij de benoeming van de nieuwe regeringsleider toe. Lilly keek naar Rudolph. Tussen zijn wenkbrauwen ontstond een zorgelijke rimpel, die dieper werd naarmate de omroeper langer sprak.

Toen het nieuwsbericht afgelopen was keek hij op. 'Het is ze dus gelukt,' zei hij. 'Ze hebben de macht gegrepen, ook al was de verkiezingsuitslag anders.'

'En wat betekent dat voor ons?'

'Ik weet het niet.' Rudolph zette de radio weer uit. Als verdoofd schudde hij zijn hoofd. 'Het enige wat ik weet is dat ik er alles aan zal doen om jou en Benjamin te beschermen.'

# 63

*Zehlendorf, 27 februari 1933*

In de weken die volgden was Rudolph erg zwijgzaam. Vaak trof Lilly hem aan in zijn werkkamer, maar dan was hij niet verdiept in een wetenschappelijk boek. Hij zat voor zich uit te staren met een blik die ze nooit eerder bij hem had gezien.

Als ze hem vroeg wat er aan de hand was, ontweek hij een antwoord door te zeggen dat hij erg vermoeid was. Maar Lilly kende hem inmiddels goed genoeg om te weten dat niet zijn werk maar de politieke situatie hem zorgen baarde. De NSDAP verafschuwde Joden en communisten en maakte daar geen geheim van.

Ze wist zeker dat Rudolph het haar zou vertellen als hij was aangevallen. Maar er was toch zeker geen brute aanval voor nodig om hem angst aan te jagen? Waren schimpscheuten van collega's en opmerkingen van patiënten niet al voldoende?

Ook die avond kwam hij met een strak gezicht thuis. Zoals altijd vroeg hij eerst hoe haar dag en die van Benjamin was geweest, maar daarna verdween hij in zijn werkkamer.

Lilly ging hem achterna. 'Het eten is zo klaar,' zei ze zacht. Ze liep naar hem toe en begon zijn nek te masseren. Hij pakte haar hand, kuste die en legde hem tegen zijn wang.

'Ik vraag me wel eens af waaraan ik dit geluk met jou heb verdiend,' zei hij.

'Waarom?' vroeg Lilly. 'Ieder mens verdient geluk.'

'En maar heel weinig mensen vinden het.'

Ze liep om hem heen en ging op zijn schoot zitten. Warm sloten zijn armen zich om haar heupen.

'Wat is er toch?' vroeg ze. 'Zijn er problemen op het werk? Met je patiënten? Ik weet dat je je wilt houden aan je zwijgplicht, maar die is niet van toepassing op algemene kwesties. Ik weet toch hoe het in Waldfriede is...'

Rudolph aarzelde en keek haar toen aan. 'De sfeer in het ziekenhuis is aan het veranderen. Ongeveer zoals vorig jaar in het Charité.'

Lilly herinnerde zich dat hem was aangeraden zich op zijn onderzoekswerk te concentreren en niet meer in het openbaar op te treden. 'Ik voel de blikken van sommige collega's en ook van verpleegsters en verzorgers. Zelfs op onze afdeling. Ik heb steeds meer het gevoel een buitenstaander te zijn.'

'Misschien lijkt het maar zo,' antwoordde Lilly. 'Het kan zijn dat ze zo met zichzelf bezig zijn...'

Rudolph schudde zijn hoofd. 'Nee, dat denk ik niet. Ik denk dat ze ergens op zitten te wachten. Ik kan niet zeggen waarop, maar als ze naar me kijken... heb ik het gevoel dat ze zich afvragen hoelang ik daar nog zal rondlopen.'

In bed lag Lilly nog een tijdlang wakker. Ze staarde naar de lichtvlekken op het plafond en vroeg zich ongerust af of Rudolph niet toch gelijk had. Ze had zelf nooit een afwijzende houding bij haar collega's meegemaakt. Af en toe waren er kleine geschillen, maar dat was normaal als je zo veel tijd met elkaar doorbracht. Maar ja, zij was niet Joods. Zouden de anderen haar anders behandeld hebben als ze hadden geweten dat ze een relatie met Rudolph had?

Ze schrok op toen er werd aangebeld. Lilly kwam half overeind en schudde Rudolph, die al sliep als een blok, bij zijn schouder.

'Wat is er?' vroeg hij slaapdronken.

'De bel ging.' Lilly kwam nu helemaal overeind. Er werd opnieuw aangebeld.

'Misschien is het een dronkenlap die zich in het huisnummer heeft vergist.'

'Nee, dat denk ik niet.'

Weer klonk schril de deurbel, ditmaal drie keer achter elkaar.

'Goeie genade, het schijnt nogal dringend te zijn.' Rudolph stond op.

Er kwam een onrustbarende gedachte bij Lilly op, die ze meteen hardop uitsprak. 'Stel dat het mijn tante is?'

Het was wel iets voor Cecilia om midden in de nacht te komen binnenvallen als ze iets van je wilde.

'Dan zal ik haar eens vertellen waar ze op een uur als dit naartoe kan gaan,' antwoordde Rudolph half vermoeid, half geïrriteerd. Hij deed zijn ochtendjas aan en liep de slaapkamer uit. Even later drukte hij op het knopje van de intercom en vroeg: 'Wie is daar?'

'Dokter Rosenbaum,' was het antwoord. De arts klonk alsof hij het hele stuk naar hun huis rennend had afgelegd. 'Neem me niet kwalijk dat ik stoor, maar... mag ik bovenkomen?'

'Natuurlijk,' hoorde Lilly Rudolph zeggen. 'Maar wacht even bij de voordeur, we zijn nog niet helemaal toonbaar.'

Na die woorden ging hij terug naar de slaapkamer. Hij leek te overwegen zich aan te kleden, maar haalde vervolgens alleen een hand door zijn haar.

'Wat komt hij nou doen?' vroeg Lilly terwijl ook zij haar ochtendjas aantrok. Het was een kerstcadeau van Rudolf geweest, al vierde hij zelf geen kerst. De zware zijde was bedrukt met prachtige roze en bordeauxrode magnolia's en voegde zich soepel naar haar lichaam.

'Geen idee. Misschien heeft zijn kennis hem eruit gegooid.' Rudolph ging haar voor.

Bij de voordeur stond dr. Rosenbaum rusteloos van het ene been op het andere te huppen. Hij maakte een behoorlijk verwarde indruk. Lilly rook een mengeling van zweet en aftershave.

'Wat is er gebeurd?' vroeg Rudolph terwijl hij hem hun woning in dirigeerde. 'Zit er iemand achter je aan?'

'Nee, het is...' Rosenbaum hijgde nog steeds zo hevig dat hij eerst niet uit zijn woorden kon komen. 'De Rijksdag,' wist hij ten slotte uit te brengen. 'De Rijksdag staat in brand!'

'Wat?' vroeg Rudolph ongelovig. Lilly sloeg verschrikt haar hand voor haar mond.

'Ja, echt. De Rijksdag staat in brand. Ik was bij kennissen in de buurt van de Potsdamer Platz. Je kunt het schijnsel tot ver in de stad zien.' Rosenbaum zeeg neer op de stoel. Zijn haar zat aan zijn hoofd geplakt, in zijn ogen was wanhoop te lezen.

'Wie doet nou zoiets?' vroeg Lilly verbijsterd.

'Dat zal de politie moeten uitzoeken,' zei Rudolph, die ook zichtbaar van streek was.

Er viel een stilte na zijn woorden.

'Ik haal een glas water voor u,' zei Lilly uiteindelijk en ze liep naar de keuken. Daar bleef ze voor de kast staan, alsof ze was vergeten wat ze kwam doen.

De Rijksdag in lichterlaaie! Dat klonk zo ongelofelijk. Hoe kon er in zo'n gebouw in vredesnaam brand ontstaan?

Na een poosje kwam ze weer tot zichzelf. Ze pakte een glas uit de keukenkast en vulde het aan de kraan. Toen ging ze terug naar de woonkamer.

'Hier,' zei ze en ze gaf het glas aan dr. Rosenbaum. Hij dronk het gulzig leeg.

'We moeten met de andere artsen gaan praten,' zei Rudolph. 'Ze moeten weten wat er aan de hand is.'

'Als ik jou was zou ik nu niet naar Waldfriede gaan,' antwoordde Rosenbaum. 'Het wemelt overal van de SA'ers. Op straat hoor je al dat de communisten en Joden de schuld krijgen. Ik kan me overigens niet voorstellen dat een van ons...'

'En als het wel een van ons was?' vroeg Rudolph geërgerd. 'Dan is het de daad van een geestesziek of wanhopig mens. En geen daad van óns.'

'Maar je weet toch hoe het is,' hield Rosenbaum vol. 'Hoe het altijd al is geweest. Als een Jood iets heeft gedaan, al dan niet bewezen, dan hebben wij het allemaal gedaan. Of het nu ging om het vergiftigen van een waterput of samenzweren met de duivel, er werd altijd gezegd "de Joden". Als dit ook zo afloopt...' Zijn handen begonnen te trillen. 'Het zou immers een perfect excuus zijn om tegen ons op te treden, nietwaar?'

'Maar wat hebben jullie die mensen dan aangedaan?' vroeg Lilly.

Rosenbaum keek haar aan. 'Niets. Het is al voldoende dat we bestaan. Nog maar een enkeling heeft belangstelling voor onze geschiedenis, maar mijn vader gaf er les in. Er zijn altijd al pogroms tegen ons geweest, we waren altijd ongewenst. Ze voeren als reden aan dat Judas Jezus heeft verraden. Je zult zien, Lilly: één Jood staat voor alle Joden, en alle Joden worden in zijn plaats bestraft.'

Terwijl de mannen verder speculeerden over de brand en de gevolgen voor het Joodse deel van de bevolking ging Lilly naar Benjamins kamer. Ze wilde kijken of het dringende geluid van de deurbel hem had gewekt.

Voorzichtig deed ze de deur open. Haar zoon lag op zijn rug, met zijn armen en benen wijd. De deken lag maar half over hem heen. Maar hij leek vast en diep te slapen.

Lilly liep op haar tenen naar binnen en dekte hem behoedzaam toe.

Dr. Rosenbaums woorden lieten haar niet meer los en ze wist dat de brand in de Rijksdag de volgende schooldag tijdens de les onderwerp van gesprek zou zijn. Misschien zou het schoolhoofd zelfs alle leerlingen bijeenroepen.

Ze streek een lok uit Benjamins gezicht, boog naar voren en gaf hem een kus. Daarbij dacht ze terug aan haar eigen kindertijd. Toen werd er ook over de oorlog gesproken, maar die had haar leefomgeving nauwelijks geraakt. Haar ouders hielden haar buiten alle gesprekken onder volwassenen, alleen op school hoorde je af en toe iets. Maar ze had nooit een gevoel van rechtstreekse dreiging ervaren.

Met een bezwaard gemoed keek ze weer naar haar zoontje. Wat was dit voor tijd waarin hij moest opgroeien?

# 64

*Zehlendorf, 28 februari 1933*

Rond twee uur 's nachts was dr. Rosenbaum weer wat rustiger geworden. Hij sloeg het aanbod om bij hen te overnachten af.

'Ik ga naar huis,' zei hij. 'Morgen heb ik late dienst, dan kan ik nog een beetje uitslapen.'

Ze wensten hem goedenacht en namen afscheid. Terwijl het geluid van zijn voetstappen in het trappenhuis wegstierf, sloeg Rudolph zijn arm om Lilly heen. Even kon geen van beiden iets zeggen.

'Dus dat is het,' zei Rudolph uiteindelijk. 'Daar begint het mee.'

Lilly zuchtte diep. 'We weten toch nog niet hoe het is gegaan. En wie...'

De uitdrukking op Rudolphs gezicht maakte dat ze zweeg. 'Je kunt een gebouw als de Rijksdag niet simpelweg met een sigaret aansteken. Het moet brandstichting zijn geweest. En Hitler, de nieuwe rijkskanselier, zal de brand voor zijn eigen doeleinden gebruiken. Over een paar dagen is er immers weer een Rijksdagverkiezing.'

Hij haalde diep adem en trok haar toen stevig tegen zich aan. Lilly voelde zijn hart bonzen. Ze klampte zich aan hem vast, niet alleen omdat ze zelf steun zocht, maar ook omdat ze hem steun wilde bieden.

'Laten we weer naar bed gaan,' zei ze. 'We moeten geen overhaaste conclusies trekken. Morgen is er een nieuwe dag. Dan kunnen we onszelf nog altijd gek maken.' Rudolph kuste haar en arm in arm liepen ze terug naar de slaapkamer.

De volgende ochtend, nadat ze Benjamin naar school had gebracht, ging Lilly naar de kiosk, waar een ongewone drukte heerste. Iedereen wilde weten welke gevolgen de brand in de Rijksdag zou hebben. Na een tijdje lukte het haar eindelijk een exemplaar van de *Berliner Morgenpost* te bemachtigen.

'Brandstichting: Rijksdaggebouw in vlammen,' kopte de krant in vette letters. Daaronder stond een foto van het brandende gebouw. 'Koepel en vergaderzaal vuurzee. Gearresteerde brandstichter heeft bekend: een Nederlandse communist.'

Lilly ervoer een vreemd gevoel van opluchting. Geen Jood.

Ze vouwde de krant vlug op en liep terug naar de Boltzmannstrasse. Ze wenste dat ze naar Rudolph in Waldfriede kon gaan, maar toen besefte ze dat de brand daar ook onderwerp van gesprek zou zijn en dat ze daar ook de krant lazen.

In de gang kwam ze mevrouw Berger tegen, die met de oudere dame uit het souterrain in gesprek was. Sinds ze haar na het bezoek van de ambtenaren van de sociale dienst tegen het lijf was gelopen, had Lilly haar niet meer gesproken.

'Juffrouw Wegner!' riep ze toen ze haar zag. 'Hebt u al van die verschrikkelijke gebeurtenissen gehoord?'

'Jazeker,' antwoordde Lilly nadat ze ter begroeting naar hen had geknikt.

'Die communisten moeten met harde hand worden gestraft! Is het niet vreselijk om in zo'n gevaarlijke tijd te moeten leven?'

'Dat is het zeker, mevrouw Berger,' zei Lilly, waarna ze de trap op liep, blij dat de hospita een andere gesprekspartner had en niet kon zien hoezeer haar woorden haar raakten.

~

Hanna vernam het nieuws over de Rijksdagbrand toen ze de ochtendkrant op het bureau van dr. Conradi legde. Geschrokken vouwde ze hem open en las: 'Er is een gewetenloze daad gepleegd, waarvan de gevolgen nog niet te overzien zijn...'

Het volgende moment stormde dr. Conradi binnen. 'De Rijksdag heeft in de fik gestaan!' riep hij.

'Dat heb ik net gelezen.' Ze gaf hem de krant. 'Het vuur moet overal in de binnenstad van Berlijn te zien zijn geweest.'

'Wat een barbaren!' riep Conradi uit. 'Om het symbool van de Duitse hoofdstad in vlammen te laten opgaan.'

'Het lijkt erop dat het een communist was,' zei Hanna. 'De krant suggereert dat er nu een opstand komt.'

Dr. Conradi zuchtte diep. 'Moge de Heer ons bijstaan! En ik dacht nog wel dat die idiote tijden eens en voor altijd voorbij waren.'

Hanna kon zich nog goed de opwinding herinneren die de Kapp-putsch in 1920 bij haar thuis had veroorzaakt. Destijds hadden contrarevolutionaire generaals en politici de wettig gekozen regering verdreven. Een grote staking was het gevolg, waardoor de coupplegers het moesten opgeven. Ze waren uiteindelijk gevlucht. Stel dat iemand opnieuw met geweld de macht probeerde te grijpen?

'We moeten bidden,' zei Hanna. 'Dat er niet nog meer onheil volgt.'

'Ja, waarschijnlijk hebt u gelijk.'

Dr. Conradi sloot zijn ogen, zuchtte nog eens diep en leek toen zijn zorgen opzij te zetten. 'Ik heb mevrouw Braun in de wachtkamer zien zitten. Ze had toch geen afspraak, of wel?'

Hanna vond het lastig om haar aandacht weer op de alledaagse routine te richten, maar de wachtkamer zat vol en ze hadden geen tijd om over de onwezenlijke gebeurtenis na te denken.

's Avonds bracht een loopjongen de *Vossische Zeitung* naar het ziekenhuis. Daarin werd gemeld dat er nieuwe noodverordeningen ophanden waren. Dr. Conradi liet het personeel in de eetzaal bijeenroepen en las toen voor:

*Zeer harde maatregelen ter bescherming van het Duitse volk tegen het communistische gevaar afgekondigd.*

*Het rijkskabinet kwam vandaag om elf uur bijeen voor een vergadering waarin de rijkscommissaris voor het Pruisische ministe-*

*rie van Binnenlandse Zaken, rijksminister Göring, gedetailleerd verslag van de brandstichting in de Rijksdag uitbracht en ook mededelingen deed over het materiaal dat in de ondergrondse gewelven van het Karl-Liebknecht-huis is gevonden.*

Het personeel mompelde zachtjes. Hanna had gemerkt dat tal van speculaties de ronde hadden gedaan. Het leek nu duidelijk dat de communisten de schuldigen waren, maar er gingen ook stemmen op die niet uitsloten dat de Joden verantwoordelijk waren.

Haar blik dwaalde af naar dr. Rosenbaum, die naast professor Kirsch stond. Beiden bevonden zich op enige afstand van het overige personeel. Kirsch hield zijn armen voor zijn borst gekruist, Rosenbaum, die net binnengekomen moest zijn, zag er een beetje pips uit.

Dr. Conradi vervolgde:

*Op basis van deze mededelingen zal het rijkskabinet de rijkspresident voorstellen nog vandaag een nooddecreet uit te vaardigen om het Duitse volk te beschermen tegen het communistische gevaar.*

*Deze verordening zal inbreuk op de persoonlijke vrijheid in hoge mate mogelijk maken. Het rijkskabinet overlegt momenteel nog over de verordening.*

Opnieuw klonk er gemompel en nu werd er ook hardop gesproken.

'Heel goed!' riep Fritz Kowalski, en enkele werklieden vielen hem bij.

'Dat kunnen ze toch niet maken!' klonk het van de kant van de zusters, maar Hanna kon niet zien wie dat riep.

*Het officiële gezag voegt eraan toe dat overduidelijk is bewezen dat communistische leiders met de brandstichting in de Rijksdag te maken hebben en dat de communisten terroristische daden hebben voorbereid die onmiddellijk optreden vereisen.*

'Hang die vuile rooien op!' riep Kowalski luid met een rood gezicht, er duidelijk op uit de gemoederen te verhitten.

'Houd u rustig, broeder Kowalski,' berispte dr. Conradi hem. 'En dat geldt voor iedereen. We blijven alert en wachten af hoe de maatregelen van de Rijksdag uitpakken. Ik wilde alleen dat u op de hoogte bent, zodat er hier in het ziekenhuis geen schadelijke speculaties ontstaan. Voor zover ik weet zijn er geen communisten onder ons personeel, dus we hoeven niet bang te zijn voor maatregelen tegen ons ziekenhuis. Maar we moeten klaarstaan als er een opstand of staking komt waarbij gewonden kunnen vallen.'

Hij liet zijn blik rondgaan. 'Wij zijn een ziekenhuis waarin het christelijke gedachtegoed van naastenliefde vooropstaat. Iedereen die hier wordt binnengebracht wordt door ons zonder aanzien des persoons behandeld als dat wat hij is: een schepsel van God. Dank u. U kunt nu weer aan het werk.'

Hij vouwde de krant dicht en draaide zich om terwijl de medewerkers zich verspreidden.

Toen Hanna de eetzaal verliet, zag ze een gedaante in de gang. Onder een veel te grote herenjas waren magere benen zichtbaar, het gezicht was bedekt met een pothoed.

'Kan ik u helpen?' vroeg Hanna toen ze dichterbij kwam. Op dat moment tilde de vrouw haar hoofd op en zette haar hoed af. Haar gezicht was smaller dan ze zich herinnerde. Haar blauwe ogen keken zorgelijk, haar blonde haar was slordig in een vlecht gedraaid.

'Rosa!' riep Hanna verschrikt. 'Wat doe jij hier?'

De jonge vrouw liep vlug op haar af en viel haar om de hals. 'Hanna, je moet me helpen! Alsjeblieft!'

'Wat is er gebeurd?' vroeg Hanna. Ze had al een tijdje niets meer van haar vriendin gehoord en was ervan uitgegaan dat alles in orde was.

'Paul is gearresteerd,' zei Rosa wanhopig. 'SA'ers hebben de bouwplaats overvallen en iedereen meegenomen van wie ze wisten dat die bij de KPD zat. Paul...' Ze kromp in elkaar en begon te snikken.

'Kom eerst maar eens mee,' zei Hanna en ze bracht Rosa naar de lege wachthoek. Daarna haalde ze een schone zakdoek uit haar schortzak en gaf die aan haar vriendin. Terwijl Rosa bitter huilde, wreef ze zachtjes over haar rug. 'Het komt allemaal weer goed,' zei ze, maar haar woorden klonken hol en nietszeggend. Het zag er niet naar uit dat alles goed kwam. Integendeel, sinds 30 januari leek de ene ramp na de andere te volgen.

'Waar is Nora nu?' vroeg Hanna. 'Je hebt haar toch niet alleen thuisgelaten?'

Rosa schudde haar hoofd. 'Nee, de buurvrouw past op. Toen ik van de arrestaties hoorde, ben ik naar de bouwplaats gegaan, en daar vertelden ze me dat Paul ook was meegenomen.' Opnieuw barstte ze in tranen uit. 'Wat moet er van me worden als ze hem vermoorden?'

'Dat doen ze niet,' antwoordde Hanna. 'Je man had toch niets met de brandstichter te maken, hoop ik?'

'Nee,' zei Rosa jammerend. 'Hij is 's avonds altijd bij ons. Maar nu ze achter alle communisten aan zitten...'

Hanna nam haar in haar armen. Ze moest nog steeds aan het krantenartikel denken, maar ze was ervan overtuigd dat niet alle communisten terroristen waren. Paul was een zorgzame huisvader en Rosa had nooit over hem geklaagd.

'Misschien moet je de politie bellen en zeggen dat je man niets heeft gedaan. Ze kunnen toch niet zomaar alle communisten straffen!'

'En als ze dat toch doen? Misschien hebben ze hem al lang vermoord!'

'Dat is vast niet gebeurd.' Hanna wist niet goed wat ze moest zeggen om Rosa te kalmeren. Ze had nog nooit meegemaakt dat iemand uit haar kennissenkring gearresteerd werd. 'Ik zal je eerst iets warms te eten geven en dan kijken we verder. Kun je je buurvrouw op de een of andere manier bereiken?'

Rosa schudde haar hoofd, daarna ging er een schok door haar heen. 'Kun je meegaan?' Ze pakte haar hand en keek haar smekend aan. 'Alsjeblieft, Hanna. Ik kan het niet verdragen om alleen te zijn met die onzekerheid.'

Hanna verkeerde in tweestrijd. Bij alle onrust die er in de stad heerste was het er beslist gevaarlijk. Het zou niet de eerste keer zijn dat Rosa en zij werden beschoten.

Maar toen zag ze het smekende gezicht van haar vriendin. Haar wangen waren ingevallen en haar gezicht werd getekend door diepe rimpels van de zorgen.

'Goed, ik haal mijn jas,' zei ze. 'Ga jij naar de eetzaal, ik zeg tegen een van de keukenmeisjes dat ze je iets moet brengen.'

Op haar kamer aangekomen trok Hanna haar jas aan en wikkelde ze een sjaal om haar hals. Het was vast een goed idee om haar verpleegstersjurk te blijven dragen. Als ze onderweg werden aangehouden kon ze altijd nog beweren dat ze naar een patiënt op weg was.

Rosa zat aan een lege tafel aan de zijkant van de eetzaal met een kop bouillon voor zich. Haar blik dwaalde bijna verlangend over de muren en de andere aanwezigen.

'Er is niet zo veel veranderd sinds ik hier werkte,' zei ze een beetje weemoedig toen Hanna bij haar kwam staan. 'Soms zou ik wensen dat ik hier terug ben.'

Hanna legde haar hand op haar schouder. 'Voor ons allemaal is er maar één weg, voorwaarts.'

Rosa keek haar aan. 'Ik had naar je moeten luisteren. Als ik niet zwanger was geworden...'

Hanna schudde haar hoofd. 'Je houdt toch van je man? En van je dochter?'

'Natuurlijk,' antwoordde Rosa. 'Maar soms vraag ik me af of mijn leven niet makkelijker zou zijn geweest als ik gewoon nooit was getrouwd, zoals jij.'

'Ook het leven van een ongehuwde vrouw is niet makkelijk,' zei Hanna. 'Dat lijkt alleen maar zo. Maar de uren van eenzaamheid kunnen op je drukken. En er is niemand met wie je je last kunt delen.'

'Maar je hebt toch de familie hier in het ziekenhuis.'

'Sommige dingen kun je niet met hen delen.' Ze haalde diep adem en klopte Rosa toen op haar schouder. 'Drink je bouillon op, daarna gaan we op weg. Misschien is Paul alweer thuis en verdwijnt alle angst in het niets.'

Rusteloos liep Lilly in de woonkamer heen en weer. Inmiddels was het bijna zeven uur 's avonds en Rudolph was nog steeds niet thuis. Ze was bang en ongerust dat hem op de terugweg iets was overkomen. Misschien was er niets aan de hand en was hij alleen opgehouden door een spoedopname. Maar haar bezorgdheid hield aan en ze kreeg er buikpijn van.

Benjamin had ook al naar hem gevraagd. Zo dadelijk was het tijd om hem naar bed te brengen. Wat moest ze hem zeggen over het wegblijven van Rudolph?

Haar blik dwaalde door de open deur naar de telefoon. Als er in het ziekenhuis iets was gebeurd zou hij toch zeker van zich laten horen? Zou hij op weg naar huis zijn aangevallen?

Wat kan het voor kwaad om de receptie te bellen? dacht Lilly met een blik op de klok. Intussen was het al acht uur.

Nu hoorde ze de stem van haar zoon vanuit zijn kamer. 'Is Rudi er nog steeds niet?'

'Nee,' antwoordde Lilly. 'Maar hij komt vast gauw.' Ze keek weer naar de telefoon. Zou ze misschien toch...

Voordat ze in beweging kon komen hoorde ze de sleutel in het slot en even later kwam Rudolph binnen.

Lilly vloog naar hem toe en sloeg haar armen om zijn hals. 'Rudolph! Ik ben zo blij dat je thuis bent!'

'Het spijt me dat ik zo laat ben,' zei hij. 'Dokter Conradi riep ons voor een vergadering bijeen. En daarna moest ik dokter Rosenbaum tot bedaren brengen.'

'Hebben jullie het over de Rijksdagbrand gehad?' vroeg Lilly. 'Ik las dat de brandstichter een communist moet zijn.'

Rudolphs gezicht betrok. 'Dat klopt, en hoe het ook zij, dit zal voor ons allemaal ernstige gevolgen hebben.'

Hij maakte zich van haar los, deed zijn jas uit en zijn hoed af en liep toen naar de werkkamer. Lilly volgde hem.

'Wat bedoel je daarmee?' vroeg ze.

'Tijdens de bijeenkomst las dokter Conradi een krantenartikel voor. Daarin stond dat er een nieuwe verordening zou worden uitgevaardigd.' Rudolph zette zijn tas op de vloer en maakte zijn stropdas los. Met een nerveuze handbeweging gooide hij die van zich af. Lilly had haar verloofde zelden zo geagiteerd gezien.

'Wat zal die verordening dan inhouden?'

'Iets om de bevolking voor de communisten te behoeden,' antwoordde Rudolph terwijl hij tegen zijn bureau leunde. 'Er wordt gezegd dat persoonlijke vrijheden moeten worden ingeperkt. Ze noemen het niet zo, maar het komt eigenlijk neer op de staat van beleg.'

'Het is toch geen oorlog!'

'Nee, maar de overheid handelt daar wel naar. Ze beweren dat de communisten plannen hebben voor terroristische aanslagen. Ik zou niet in de schoenen willen staan van degenen die lid van de KPD zijn.'

Dat is beter dan dat ze ons zouden aanvallen, schoot het Lilly door haar hoofd, maar ze zei niets.

'Met die beperkingen van de persoonlijke vrijheid zullen wij eveneens moeten oppassen,' vervolgde hij. 'Wat zou hen ervan moeten weerhouden ook tegen Joden op te treden? Sommigen van ons zitten bovendien bij de KPD! Het is slechts een kwestie van tijd voordat iemand een verkeerd antwoord geeft.'

Hij haalde diep adem. 'Wie weet waar dit allemaal weer toe gaat leiden. Ik heb al jaren niet meer het gevoel gehad dat oorlog zo dichtbij was. Ik dacht dat we dat achter ons hadden gelaten.'

Stilte volgde op zijn woorden, toen klonken er voetstappen en even later werd de deur opengeduwd.

'Rudi!' riep Benjamin en hij rende naar hem toe. 'Waar bleef je zo lang?'

De spanning verdween meteen. Rudolph glimlachte terwijl hij door het haar van de jongen woelde.

'Ik moest wat langer werken.'

'Waren er vandaag veel patiënten in het ziekenhuis?'

'Net zo veel als altijd. Maar soms duren de behandelingen wat langer.'

Benjamin keek naar Lilly. 'Gaan we nu eten?'

'Natuurlijk,' zei ze. 'Wil je me helpen met tafeldekken?'

# 65

*Zehlendorf, 1 maart 1933*

De Rijksdagbrand had weliswaar geen enorme toeloop van patiënten naar Waldfriede tot gevolg, maar bracht wel onrust. Waar Louis ook kwam, overal werden discussies gevoerd over wat de communisten hadden kunnen aanrichten en wat ze nog zouden aanrichten, want het was onmogelijk ze allemaal in één keer op te pakken.

Toen hij die ochtend van huis ging viel zijn blik op de garage, waarin de auto stond. Kowalski had emmers water neergezet om hem te wassen. Het volgende moment kwam hij er zelf aan, niet in zijn gebruikelijke werkkleding, maar in een bruin uniform.

Louis hield zijn pas in. De bruinhemden hadden zich tot dusver zelden in het ziekenhuis vertoond, meestal alleen om een zieke kameraad te bezoeken. Kowalski was twee dagen eerder tijdens de vergadering opgevallen omdat hij vond dat alle communisten ter dood gebracht dienden te worden.

Louis liep over het gazon naar de garage.

'Goedemorgen, Kowalski,' zei hij. 'Dat is nieuw, die kledij van u.'

De chauffeur keek naar zijn uniform en zette een bijna hooghartig glimlachje op. 'Ik ben vorige week al lid van de SA geworden. Na de gebeurtenissen van de afgelopen dagen moet elke Duitser eigenlijk iets doen om de veiligheid van het volk te waarborgen. Daarom heb ik besloten vrijuit te laten zien dat ik aan de goede kant sta.'

Louis wist niet goed hoe hij moest reageren. Natuurlijk, ook hij vond de aanslag op de Rijksdag schandalig. Maar het zou in de verste verte niet bij hem zijn opgekomen een uniform aan te trekken!

'Het geloof zou bij u natuurlijk op de eerste plaats moeten staan. U bent toch nog adventist, of bent u teruggekomen van uw doopbelofte?'

'Natuurlijk niet,' antwoordde Kowalski. 'Maar God is niet de enige instantie waaraan we moeten gehoorzamen. Het land heeft ons nodig. En ik zal ervoor zorgen dat geen enkele communist dit ziekenhuis te na komt.'

'En als er een wordt binnengebracht?' vroeg Louis terwijl hij vanbinnen in woede ontstak. 'Vindt u dan dat ik hem moet laten doodbloeden?'

In verwarring gebracht keek Kowalski hem aan, maar hij herstelde zich vlug: 'Die laffe honden verdienen niet beter! Of wilt u beweren dat ze geen straf verdienen?'

Zulke geluiden uit zijn mond waren nieuw voor Louis. Er gingen alarmbellen bij hem rinkelen. 'Natuurlijk hebben de brandstichters straf verdiend. Maar je kunt geen onschuldigen laten sterven, alleen omdat iemand uit hun midden het verkeerde pad op is gegaan.'

'Die lui zouden stuk voor stuk in staat zijn rechtschapen Duitsers te vermoorden. Stel dat een van hen Waldfriede in de fik zou steken?'

'Waldfriede is een ziekenhuis en geen oord van politieke onrust, Kowalski. We dienen hier God door de mensen te helpen.'

Kowalski keek hem met een kille blik aan. 'Toch kan het soms beter zijn een vijand te laten sterven, nietwaar?'

In de spreekkamer werd hij opgewacht door een opgewonden Hanna. 'Dokter! Ik moet iets met u bespreken!'

'Wat is er, Hanna?' vroeg Louis en hij wapende zich tegen nog meer slecht nieuws.

'Herinnert u zich ons keukenmeisje Rosa nog?' vroeg ze. 'Rosa Pahlke?'

'Is dat niet degene die zwanger werd en voor wie we de bruiloft hebben georganiseerd?'

'Ja, die is het,' zei Hanna. 'Ze was gisteravond hier, in alle staten. Haar man is gearresteerd op de bouwplaats waar hij werkt en ze heeft sindsdien niets van hem gehoord. Ik ben met haar mee naar huis gegaan en rond middernacht was er nog steeds geen bericht. Bij de politie wilden ze ons geen informatie geven.'

Louis keek haar verschrikt aan. 'Was u midden in de nacht op straat?'

'Ik heb bij Rosa overnacht en ben zojuist met de trein teruggekomen. Mij is niets overkomen, maar Paul...' Ze stokte. 'Stel dat ze hem om het leven brengen? Of gevangenzetten?'

'Dat is onze zaak niet, zuster Hanna. Ik weet dat u met Rosa bevriend bent en ik vind het heel erg wat er is gebeurd, maar wij kunnen niets doen.'

'En als hij nu eens lang wegblijft? Rosa heeft een kind; ze is afhankelijk van Pauls loon.'

Louis legde zijn handen op Hanna's armen en keek haar aan. 'Zou het kunnen dat hij iets verkeerds heeft gedaan?'

'Rosa zegt dat hij thuis was. Hij is een eenvoudige arbeider, niet iemand die iets tegen de staat zou beramen.'

'Dat kunt u niet weten!' Louis liet haar weer los en stapte achteruit. 'Pardon,' zei hij. 'Ik ben nog een beetje van slag.'

'Wat is er dan gebeurd?' vroeg Hanna verbaasd.

'Wist u dat Kowalski lid van de SA is geworden?'

Hanna trok haar wenkbrauwen op. 'Nee, dat wist ik niet.'

'Hij grijpt alles wat er rond de Rijksdagbrand is gebeurd aan om met zijn uniform te pronken. Toen ik hem zei dat hij in de eerste plaats adventist is, antwoordde hij dat er belangrijker dingen waren, bijvoorbeeld het Duitse volk tegen de communisten te beschermen.'

Hij schudde zijn hoofd en liep om zijn bureau heen. 'En hij raadde me zelfs aan "vijanden", zoals hij zei, te laten doodgaan. Voor het welzijn van het volk.'

Hanna schudde ongelovig haar hoofd. 'Hij moet zijn verstand hebben verloren! Hoe komt hij erbij zoiets te zeggen?'

'Geen idee.' Louis liet zijn schouders hangen. 'Blijkbaar ken ik mijn broeders en zusters niet echt. En de tijden verruwen steeds meer.'

‘Dat geldt zeker niet voor iedereen,’ zei Hanna. ‘Velen hebben hun geloof en hun mededogen behouden.’ Ze zweeg even en vroeg toen: ‘U hebt hem toch wel van repliek gediend?’

Louis keek haar aan. ‘Denkt u dat je een man van repliek kunt dienen die het uniform draagt van lieden die er niet voor terugdeinzen een arts van mijn ziekenhuis in elkaar te slaan?’ Hij liet zich moedeloos op zijn bureaustoel zakken. ‘Geloof me, het is niet zo dat ik geen medelijden met Rosa heb, maar we kunnen niets doen. Ik heb geen connecties binnen de overheid. Ik zou niet eens weten waar ik moest informeren. Het enige wat we kunnen doen is blijven hopen.’

# 66

*Zehlendorf, 3 maart 1933*

De bezorgdheid om Paul hield Hanna ook de volgende twee dagen bezig. Het nieuwe nooddecreet was in werking getreden, maar niemand kon precies zeggen wat het betekende. Sommigen zeiden dat er zomaar huiszoeking kon worden gedaan, anderen dat er geen bijeenkomsten mochten plaatsvinden. Overal in de stad zouden er arrestaties zijn verricht.

'Mogen we wel onze kerkdiensten houden?' vroeg directrice Elisabeth tijdens een bijeenkomst van de hoofdzusters.

'Geen enkele verordening kan ons toch verhinderen om ons geloof te belijden!' antwoordde dr. Conradi. 'Zolang ik niet van ambtswege een bevel ontvang, komen we natuurlijk samen voor de sabbat!'

Die ochtend verliet Hanna net het leslokaal toen zuster Hedwig op haar afkwam. 'Er is iemand die u wil spreken, zuster Hanna. Ze zegt dat ze u kent.'

Hanna hield haar cursusmateriaal tegen haar borst terwijl ze met Hedwig naar de poort liep.

Rosa had haar handen diep in de zakken van haar veel te grote jas gestoken. Haar ogen waren rood en gezwollen.

'Rosa!' riep Hanna uit. 'Heb je bericht van Paul?'

'Hij leeft. Ze hebben hem gisteren vrijgelaten.'

'Dat is geweldig!' zei Hanna, maar Rosa's gezicht versomberde.

'Ze hebben hem gemarteld. Hij heeft dringend een dokter nodig.'

'Wat verschrikkelijk! Hebben jullie geen huisarts?' vroeg Hanna geschokt met haar hand tegen haar mond gedrukt.

'We zijn een eenvoudig arbeidersgezin,' antwoordde Rosa. 'We behelpen ons met huismiddeltjes. Bovendien loopt de dokter naar wie we een keer toe zijn gegaan nu in uniform rond.' Ze zweeg even en voegde eraan toe: 'Ik vertrouw niemand meer, behalve jullie. Zou dokter Conradi niet naar ons toe kunnen komen? Of een van de andere artsen? Paul is bang dat hij onderweg weer opgepakt wordt. Bovendien kan hij bijna niet lopen. Jullie hebben toch een auto? Ik zag er tenminste eentje naast het ziekenhuis.'

'Dat klopt,' antwoordde Hanna, en ze voegde er in gedachten aan toe: met een SA-man als chauffeur. Kowalski zou het beslist aan zijn mensen doorgeven als ze naar een communist gingen om die te behandelen.

'Alsjeblieft, Hanna!' Rosa omklemde haar handen met haar ijskoude vingers.

Hanna knikte. 'Ik zal zien wat ik kan doen.'

Ze maakte zich van Rosa los en liep terug.

Haar gedachten gingen net zo tekeer als haar hartslag. Aan wie kon ze het vragen? Wie had er tijd? Wie zou deze taak kunnen worden toevertrouwd?

Allereerst moest ze het natuurlijk met dr. Conradi bespreken. Als ze de auto van het ziekenhuis wilden gebruiken moest hij op de hoogte zijn. Ze wachtte tot hij met zijn patiënte klaar was, toen sprak ze hem aan.

'Rosa is weer hier. Haar man is thuisgekomen, maar hij is gewond. Ze zei dat hij tijdens het verhoor was gemarteld.'

Dr. Conradi keek geschrokken. 'Heeft ze hem hierheen gebracht?'

'Nee, hij durft het huis niet uit. Maar dat ze naar ons toe komt geeft aan hoe ernstig het is.'

Conradi kneep zijn lippen op elkaar. 'Ik kan moeilijk met Kowalski ernaartoe rijden om hem te onderzoeken.'

'Hoe zit het met dokter Meyer?'

'Die kan niet gemist worden. U weet toch dat hij vandaag de hele dag lesgeeft.'

Hanna dacht na. ‘En professor Kirsch? Die kan rijden, hij heeft zelf een auto.’

De dokter stond in dubio en zei toen: ‘Hoe laat is de operatie voor meneer Grauer ingepland?’

‘Om één uur vanmiddag.’

Conradi keek op de klok van de spreekkamer. De wijzers gaven kwart voor tien aan. ‘Dat zou moeten lukken.’

‘Zal ik met professor Kirsch praten?’

‘Nee, dat doe ik. Zorg voor Rosa en zeg haar dat we samen naar haar huis zullen gaan als de professor het ermee eens is.’

~

Een half uur later liep Louis met professor Kirsch het ziekenhuis uit naar de garage. Kowalski was druk bezig in de stookruimte om kolen te scheppen en dat kwam hun erg goed uit.

‘De auto is nog een ouder model,’ verklaarde Louis toen ze instapten.

‘Het zal me wel lukken,’ zei de professor en hij startte de motor. Hij reed naar de rotonde, waar Rosa vlug op de achterbank glipte.

‘Ik weet niet hoe ik u moet bedanken, dokter Conradi,’ zei ze terwijl ze de straat op reden.

‘U hoeft mij niet te bedanken, maar professor Kirsch, die bereid is om ons te brengen.’

Kirsch maakte een afwerend gebaar. ‘Niets te danken. Ik had mijn ochtendronde al gedaan en ik zou nu alleen een paar dossiers hebben doorgenomen.’

‘Dank u wel,’ zei Rosa toch en ze vroeg in één adem door: ‘Toen ik binnenkwam, zag ik een man in SA-uniform bij de auto. Ik hoop dat u niet in de problemen komt.’

‘Dat is onze stoker. En tot nu toe ook nog mijn chauffeur, al zal daar waarschijnlijk verandering in komen.’ Louis speelde met het idee zijn rijbewijs te halen, alleen had hij vanwege het werk nog geen tijd gehad om zich bij een rijschool aan te melden.

‘Als u wilt, kan ik u leren rijden,’ merkte Kirsch op. ‘Het is helemaal niet zo moeilijk.’

'De praktijk misschien niet, maar de theorie...'

'Het lukt u vast!' antwoordde Kirsch overtuigend. 'U zult zien dat u er plezier in hebt. En het mooiste is dat u onopgemerkt overal heen kunt gaan.'

Even later waren ze op weg naar de binnenstad. Het viel Louis op hoe de straten waren veranderd. De laatste bijeenkomst van de Maatschappij voor Geneeskunde was al een tijd geleden. Destijds had hij hier en daar een hakenkruisvlag gezien, maar nu waren het er veel meer. Blijkbaar wilde tegenwoordig iedereen zijn verbondenheid laten blijken.

Het huis van Rosa bevond zich in een zijstraat. Het pleisterwerk op de voorgevel brokkelde af en er zat nauwelijks nog verf op de kozijnen. Voor sommige ramen hingen dekens. De armoede sijpelde uit alle poriën van het gebouw.

Rosa bracht hen naar de derde verdieping. 'Ik weet niet hoe hij het voor elkaar heeft gekregen om naar boven te komen,' zei ze. 'Zijn rechterbeen is zwaar toegetakeld...'

Louis keek om zich heen. Hoe kon het dat iemand met een vaste baan onder zulke omstandigheden moest wonen? Het was geen wonder dat Hitler met zijn verkiezingsbeloften bij veel mensen gehoor vond.

Hoewel de woning armoedig was ingericht, wekte die een schone, verzorgde indruk. Rosa bracht de twee artsen naar de woonkamer, waar haar man op een versleten bank lag. Hij droeg geen broek, een deken bedekte zijn onderlichaam, het provisorisch verbonden been stak eronder uit.

'Ach, dokter Conradi,' zei Paul verbaasd. Er stonden zweetdruppels op zijn voorhoofd. 'U bent nog altijd aan het werk.' Hij wendde zijn blik naar professor Kirsch. 'En wie is dat?'

Deze stelde zich voor. 'Rudolph Kirsch.'

'Professor Kirsch was bereid als mijn chauffeur te fungeren,' verklaarde Louis terwijl hij zijn dokterstas naast de bank neerzette.

'Een arts en een professor, wat heb ik een geluk!'

Rosa bracht een waskom en zeep. 'Hierin kunt u uw handen wassen. Jammer genoeg heb ik geen ontsmettingsmiddel.'

'Zeep is voldoende.'

Nadat hij zijn handen had afgedroogd richtte Louis zich op zijn patiënt.

'Ik kan me nog goed herinneren dat ik u om Rosa's hand vroeg,' zei Paul terwijl Louis zijn been onderzocht. Even later vertrok Pauls gezicht van de pijn.

'Hebben ze u geslagen? Of geschopt?'

'Allebei. Die kerels leverden geen half werk. Toen ze in de gaten kregen dat ik niet meer op mijn been kon staan, namen ze me daar extra te grazen.'

'Het lijkt gebroken te zijn,' zei Louis. 'U hebt toch verstand van botten, collega. Wilt u alstublieft kijken?'

Professor Kirsch waste zijn handen, kwam dichterbij en betastte Pauls kuit. 'Ja, het voelt als een breuk.' Hij keek Paul aan. 'Hebt u nog ander letsel?'

'Ze hebben me bont en blauw geslagen. Allemaal vanwege die verdomde brand.' Tranen welden op in zijn ogen. Hij keek naar Rosa, die bedrukt bij de deur stond.

Louis kon zich voorstellen wat er in hem omging. Als man zag je het als je plicht om je gezin te beschermen. Maar hoe kon hij dat in deze toestand?

'We moeten u grondig onderzoeken om niets over het hoofd te zien.'

'Ga uw gang,' antwoordde Paul terwijl hij zijn gezicht met een nerveus gebaar afveegde.

In de daaropvolgende minuten betastten en beklopten de twee artsen zijn hele lichaam.

'Dit hier voelt als een ribbreuk,' zei Louis terwijl hij voorzichtig op de borstkas drukte. Paul vertrok zijn gezicht en kreunde. 'Ik zou het u precies kunnen vertellen als ik een röntgenfoto had.'

'En daarvoor zou ik naar uw ziekenhuis moeten,' antwoordde Paul terwijl hij zich probeerde te beheersen.

Louis knikte.

'Vergeet het maar, dokter. Ik ga de komende dagen nergens heen. Als die schoften me zien zullen ze me er nog eens flink van langs geven.'

‘Mogelijk hebt u ook inwendig letsel opgelopen,’ wierp professor Kirsch tegen. ‘We moeten het zeker weten, anders kunt u in een ernstige crisis geraken, waar uw vrouw u niet uit kan helpen.’ Hij keek naar Rosa, die nog steeds bij deur stond. ‘U wilt toch iets blijven betekenen voor uw familie en vrienden? Dat lukt niet als u sterft.’

‘Maar stel dat ze me uit uw ziekenhuis weg komen halen?’

Louis had graag willen zeggen dat ze dat niet zouden durven, maar inmiddels was hij er niet meer zeker van welke waarden er in dit land nog toe deden.

‘We geven u een valse naam. Niemand zal te weten komen wie u bent.’

‘Maar ik kan de behandelingskosten niet betalen als het ziekenfonds...’

‘Laat dat onze zorg zijn.’ Louis keek naar professor Kirsch. ‘We moeten hem de trap af loodsen.’

‘Dat spelen we op de een of andere manier wel klaar.’

‘Rosa, u blijft hier op uw dochter wachten. Ze zit toch op school?’

Rosa knikte.

‘Vanaf vanmiddag kunt u uw man bezoeken. Altijd. Maar ook voor u geldt: noem zijn echte naam niet. Meld u bij zuster Hanna.’

‘Begrepen,’ zei ze terwijl ze de tranen uit haar ooghoeken veegde.

# 67

## *Zehlendorf, 5 maart 1933*

Zoals elke ochtend maakte Lilly Benjamin klaar voor vertrek naar school. Haar zoon was inmiddels redelijk gewend en vond de lessen zelfs leuk.

Lilly was er blij om, hoewel haar minder beviel wat hij over zijn schoolkameraadjes vertelde. Sommigen zeiden dat Joden slechte mensen waren die verjaagd moesten worden. Ze wist niet zeker of haar zoon helemaal had begrepen tot welk geloof Rudolph behoorde.

Toen ze hem dat wilde vertellen, weerhield Rudolph haar. 'Bedenk dat hij er zelf last mee kan krijgen als hij mij tegenover die kinderen verdedigt.'

'Maar dit kan toch niet!' antwoordde Lilly. Rudolph had echter voet bij stuk gehouden en ze had het er maar bij gelaten.

'Zullen we?' vroeg ze nadat ze Benjamin in zijn jas had geholpen.

De jongen knikte en hing zijn schooltas op zijn rug.

Zoals altijd was het ook die ochtend druk op de Berliner Strasse. Lilly knikte naar de andere vrouwen die hun kind naar school brachten. Arbeiders en mannen met aktetassen haastten zich langs haar heen. Toen ze de Hauptstrasse eenmaal achter zich hadden gelaten werd het wat rustiger. De straatstenen en de trottoirs glansden van de regen die 's nachts was gevallen; in de tuinen van de omliggende huizen kwam het eerste lentegroen al tevoorschijn.

Het schoolgebouw wekte een massieve indruk, als een roodstenen burcht. De zware deur stond wagenwijd open; op het schoolplein leefden de kinderen zich nog even uit voordat ze gedwongen werden urenlang stil te zitten.

Lilly hield haar pas in toen ze de vlaggen zag die werden gehesen. Zwart-wit-rood – de kleuren van het Duitse Rijk. Daarnaast hing het hakenkruis, dat nu op allerlei plaatsen verscheen. Hier had ze het niet eerder gezien. Het gaf haar een onaangenaam gevoel. De honende stemmen van de SA'ers weerklonken in haar hoofd.

Ze had natuurlijk geweten dat de ommezwaai niet aan de school voorbij zou gaan. Maar ze had niet verwacht dat die zo gauw zo duidelijk zichtbaar zou zijn.

'Mevrouw Wegner!' Schoolhoofd Krajewski begroette haar met een brede glimlach op het schoolplein. Hij had kennelijk toezicht gehouden op het hijsen van de vlaggen. 'Brengt u uw zoon nog steeds naar school?'

'Ik wil er zeker van zijn dat hem onderweg naar school niets overkomt,' verklaarde ze en ze keek met klamme angst omhoog naar de vlaggen.

'U mag best wat vertrouwen in hem hebben,' zei Krajewski met een joviale grijns. 'Hij is tenslotte een Duitse jongen. Moed en dapperheid horen bij het volwassen worden.'

Lilly perste haar lippen op elkaar. Hoe durfde die man haar adviezen over de opvoeding van haar zoon te geven! Toen schoot haar te binnen dat ze samen met Rudolph tegenover hem had gezeten en hem ervoor had bedankt dat Benjamin op zo korte termijn bij hem op school kon komen. Was hij misschien vergeten dat haar verloofde Joods was?

'Ach, u weet het, loslaten valt een liefhebbende moeder zwaar,' antwoordde ze met een gekunsteld lachje. Ze had zoiets wel eens in de stad opgevangen toen ze vrouwen over hun kinderen had horen praten. Haar woorden leken bij het schoolhoofd in goede aarde te vallen.

'Dat begrijp ik,' zei hij. 'Maar als u eenmaal meer kinderen hebt, zult u blij zijn als de oudste zijn weg alleen vindt.'

'Dat zal hem zeker lukken,' zei Lilly en ze haalde haar hand door Benjamins haar. 'Wil je naar je vriendjes?'

'Ja!' riep Benjamin, waarop ze nog een kus op zijn wang drukte en hem liet gaan.

Terwijl haar zoon achter de schooldeur verdween keek ze nog eens omhoog naar de vlaggen.

Krajewski zag haar kijken en zei: 'Met het oog op de recente gebeurtenissen en de Rijksdagverkiezingen van vandaag leek het ons tijd om kleur te bekennen tegen het bolsjewisme.'

Het lag Lilly op de lippen te vragen waarom ze wel het vaandel van de NSDAP hadden gehesen en niet de banieren van andere partijen. Maar iets weerhield haar.

'U hebt natuurlijk ook gehoord,' vervolgde Krajewski, 'dat die laffe terroristen zich aan een Duits heiligdom hebben vergrepen.'

'Ja, ik heb van de brand in de Rijksdag gehoord.'

'Geloof me, dat hebben we allemaal te danken aan de chaos die hier de afgelopen jaren heeft geheerst. De mensen hebben weer een krachtige leider nodig, iemand die hun respect bijbrengt. Anders krijgen die criminele elementen de overhand, zodat we niet langer veilig over straat kunnen. Even afgezien van onze pedagogische inspanningen om van onze kinderen goede Duitse burgers te maken.'

En wie moet die leider dan zijn? dacht Lilly. Hitler soms, die zijn aanhangers door de straten laat trekken om onschuldige mensen lastig te vallen?

'Ik waardeer uw inspanningen zeer,' zei ze en ze wenste dat ze iets later was gekomen. Dit gesprek met het schoolhoofd was haar uiterst onaangenaam; ze wilde hier zo vlug mogelijk vandaan.

'U kunt van ons op aan,' antwoordde Krajewski. Het klonk haar eerder als een dreigement dan als een belofte in de oren.

~

Louis stond op het punt naar de operatiekamer te gaan toen Hanna de spreekkamer binnenviel.

'Mannen in uniform!' riep ze lijkbleek.

‘Wat komen ze doen?’ vroeg Louis verschrikt.

‘Ik weet het niet. Een van hen zei dat hij u wil spreken.’

Louis haalde diep adem. Was Kowalski achterdochtig geworden na hun autorit? Had hij gezien dat ze Paul Schulze door de achteringang naar binnen hadden gedragen?

De man was er slecht aan toe als gevolg van de martelingen. Behalve zijn been waren ook enkele ribben gebroken. Dankzij de röntgenfoto’s hadden ze inwendig letsel kunnen uitsluiten, maar zijn armen vertoonden talrijke kneuzingen en verwondingen. Louis schatte in dat hij nog twee of drie weken in het ziekenhuis zou moeten blijven.

Om te vermijden dat iemand lucht van de zaak zou krijgen, hadden ze hem de naam Gerhard Weber gegeven en de formulieren dienovereenkomstig ingevuld. Toch kon Louis zijn gevoel van onbehagen niet van zich afzetten.

‘Laat ze maar binnenkomen,’ zei hij ten slotte. Hij liep terug naar zijn bureau en probeerde zijn angst te verdringen. ‘En blijf zelf maar buiten.’

Hanna knikte en verliet de spreekkamer.

Even later kwamen er drie mannen binnen. Ze droegen een bruin overhemd, een rijbroek, een koppel met borstriem en een rode band met een hakenkruis om hun arm. De middelste had een aktetas bij zich.

‘Heil Hitler!’ groette de man die vooropliep.

Louis kreeg het er koud van. ‘Goedemorgen,’ antwoordde hij desondanks kalm. ‘Wat kan ik voor u doen?’

‘*Obersturmführer* Michaelis,’ zei de leider ter introductie. ‘We hebben opdracht gekregen u een paar vragen over uw ziekenhuis te stellen.’

Louis verstijfde. ‘Dan hoop ik dat ik u van dienst kan zijn.’

Hij wees naar de stoel voor zijn bureau, maar alleen de leider ging zitten. De andere mannen bleven bij de deur staan als wachters die ervoor moesten zorgen dat Louis niet zou vluchten.

Michaelis deed zijn aktetas open en haalde een paar vellen papier met een hakenkruis in het briefhoofd tevoorschijn.

‘Bent u de geneesheer-directeur van dit ziekenhuis?’

'Dat ben ik, ja.'

'U bent een zogenaamde "adventist", als ik goed geïnformeerd ben.' De minachting in zijn stem was onmiskenbaar.

'Ik ben zevendedagsadventist,' zei Louis en hij rechtte zijn rug.

'Is het waar dat het bij deze... groepering om nieuwe Joden gaat?'

De woorden van ambtenaar Wiedemann van het ministerie tijdens hun eerste ontmoeting in 1919 schalden door zijn hoofd: *Betreft het hier een afsplitsing van het jodendom?*

'Nee, we zijn christenen,' antwoordde Louis.

'Maar u neemt de zaterdag als vrije dag, voor zover we weten, u viert de sabbat net als de joden.'

'We zijn een evangelische vrije kerk. We leven strikt volgens de Bijbel. Ik weet niet in hoeverre u thuis bent in de Heilige Schrift, maar daarin wordt de zaterdag als rustdag beschreven, niet de zondag, zoals het bij andere geloofsrichtingen is ingeburgerd.'

Maar de Obersturmführer gaf niet op. 'Ook de joden erkennen de Bijbel.'

'Het Oude Testament,' antwoordde Louis. Zijn nekharen gingen overeind staan en zijn hart begon hevig te bonzen. Hij was ervan overtuigd dat Wiedemann hierachter zat. Stond hij te popelen om hem Waldfriede alsnog af te pakken? 'Wij beroepen ons op de gehéle Heilige Schrift.'

Michaelis maakte nog wat aantekeningen. Louis voelde het zweet langs zijn rug lopen. Zijn voorhoofd werd klam.

'De Führer verwacht van u dat u de staat en het welzijn van het volk boven alles stelt. Ook boven godsdienstige kwesties.'

Louis wist niet wat hij daarop moest antwoorden. Waren ze niet dagelijks in de weer voor het welzijn van het volk?

'Ik volg de aanwijzingen van mijn afdelingsbestuur,' zei Louis. 'Misschien ben ik als het om geloofskwesties gaat niet het juiste aanspreekpunt.'

Michaelis keek hem met tot smalle spleetjes geknepen ogen aan. 'Hebt u communisten in het ziekenhuis?'

'Pardon?' vroeg Louis.

'Communisten. U moet toch van die laffe aanslag op de Rijksdag hebben gehoord?'

'Inderdaad. En ik veroordeel die daad ten sterkste.'

'Dan zult u ons vast willen helpen bij het opsporen van vijanden van het Duitse volk.'

'Er zijn geen communisten in mijn ziekenhuis.'

'Althans voor zover u bekend is, neem ik aan. Maar vraagt u uw personeel naar hun partijlidmaatschap?'

'Dat gaat me niets aan.'

'O, dat lijkt me wel,' antwoordde Michaelis. 'We hebben voor dit ziekenhuis een vertrouwensman aangewezen. Fritz Kowalski, die hier als stoker werkt. Hij heeft opdracht gekregen in het ziekenhuis uit te kijken naar communisten. U gaat hem daarin zo goed mogelijk steunen.'

'Als het erom gaat bepaalde medewerkers te registreren is hij beslist niet de juiste persoon!' wierp Louis tegen.

'Hij is een getrouw aanhanger van onze zaak. U daarentegen bent nog niet eens lid van onze partij.' De SA'er haalde nog een vel papier tevoorschijn. 'Nu we het er toch over hebben, ik zou u dringend adviseren lid te worden van de partij.' Hij legde het formulier voor hem op het bureau. 'Onze gelederen kunnen versterking gebruiken.'

'Is dat alles?' vroeg Louis stijfjes.

De Obersturmführer stond glimlachend op. 'Voor vandaag wel. Maar ik weet zeker dat we elkaar terug zullen zien.'

Na die woorden gebaarde hij zijn mannen hem te volgen.

Louis was hevig verontwaardigd. Het liefst had hij hun verteld dat ze naar de maan konden lopen, maar de deur van de spreekkamer sloeg al dicht. Even later kwam Hanna binnenstormen.

'Dokter?' vroeg ze bezorgd. 'Waren ze hier vanwege Paul?'

Louis stond zwaar ademend achter zijn bureau en staarde naar het aanmeldingsformulier. Zijn ogen brandden en hij was even niet in staat te antwoorden.

'Dokter?' herhaalde Hanna. 'Is alles in orde?'

Er trok een schok door zijn lichaam. Hij pakte het papier, frommelde het tot een prop die hij langs Hanna tegen de muur gooide.

Hanna maakte een schrikbeweging.

'Pardon,' zei hij meteen. 'Die mannen... Ze vroegen niet naar onze patiënten, maar...'

Kort en bondig vertelde hij hoe het gesprek was verlopen. Toen Hanna hoorde dat hun stoker tot SA-vertrouwensman in het ziekenhuis was benoemd en als zodanig communisten onder het personeel moest uitfilteren, trok het bloed uit haar gezicht weg.

'Kowalski? Hij mag blij zijn dat u hem hebt aangehouden nadat hij zijn werk als elektricien zo ontzettend slecht had gedaan.'

'De SA acht hem voldoende betrouwbaar om te gaan rondsnuffelen onder onze medewerkers.' Hij keek Hanna aan. 'U moet maar met de hoofdzusters gaan praten. Mochten er toch sympathisanten van de KPD rondlopen, dan moeten ze zorgen dat ze hun partijboekje zo vlug mogelijk kwijtraken.'

'Zover is het dus al,' zei Hanna bedroefd. 'Dat we bang moeten zijn voor onze eigen broeders en zusters.'

'We moeten voorzichtig zijn, meer niet,' zei Louis in een poging haar gerust te stellen. Maar hij raakte het gevoel niet kwijt dat dit nog maar het begin was.

# 68

Lilly moest nog lang denken aan de aanblik van de vlaggen en de verklaring van het schoolhoofd. Een Duitse jongen... Die woorden leken zo veel op die van Cecilia's partner dat ze er koude rillingen van kreeg. Hoe zou hij zich tegenover Benjamin gedragen als ze met Rudolph trouwde?

Rond het middaguur haalde ze haar zoon op van school. De vlaggen wapperden nog steeds in de wind, maar ze probeerde er geen aandacht aan te schenken. In plaats daarvan vroeg ze haar zoon hoe zijn schooldag was geweest.

'Goed,' antwoordde hij kortweg, zoals alle kinderen die met hun gedachten ergens anders zijn.

'Hebben jullie het weer over de Rijksdag gehad?'

Benjamin schudde zijn hoofd. 'Nee, maar wel over dat er vandaag verkiezingen zijn.'

'Dat is interessant.'

'Ben jij ook wezen stemmen?' vroeg Benjamin.

'Ja,' antwoordde Lilly.

'En waar heb je op gestemd?'

Bij Lilly gingen alarmbellen rinkelen. Had de onderwijzer de kinderen soms opgedragen om hun ouders uit te horen?

'Op iemand bij wie we veilig zijn,' zei ze ontwijkend. Als haar zoon dat zou vertellen, kon dat van alles betekenen.

's Middags bracht Lilly Benjamin naar Kurt, een nieuw vriendje van school dat in de buurt woonde. Hij was erg opgewonden geweest omdat Kurt hem had verteld over zijn raceauto, waarmee ze zouden gaan spelen.

De vrije uren, die ze probeerde te vullen door een nieuwe trui voor Benjamin te breien, gaven Lilly alle tijd om na te denken.

Uiteindelijk verdween de zon achter de huizendaken aan de overkant. Benjamin kwam terug en vertelde haar enthousiast over de tinnen soldaatjes waarmee de twee jongens hadden gespeeld. Toen ze hem uit zijn jas hielp en hem daarna naar de keuken stuurde om een glas water te drinken, realiseerde ze zich dat Rudolph ook al bijna van zijn werk thuis zou komen. Lilly popelde om hem te vertellen wat ze bij de school had meegemaakt.

Toen hij eindelijk binnenkwam, moest ze zich beheersen om niet op hem af te vliegen en hem over het voorval te vertellen. Tenslotte kon Benjamin alles horen.

'Hallo schat, ik...' Hij stokte toen hij haar blik zag. 'Wat is er?' Lilly stond op, nam hem bij de hand en trok hem mee naar de slaapkamer.

'Volgend schooljaar moeten we Benjamin naar een andere school sturen,' zei ze zachtjes nadat ze de deur dicht had gedaan. 'We kunnen hem na de paasvakantie niet meer naar deze school laten gaan.'

Rudolphs gezicht verstrakte. 'Waarom?'

Lilly vertelde hem over de vlaggen en over het gesprek met schoolhoofd Krajewski.

'Ik heb hem nooit voor een vurig nationaalsocialist gehouden,' zei Rudolph. 'Ik dacht dat hij een fatsoenlijk man was.'

Hij dacht even na. 'Dan begint het dus ook al op school,' mompelde hij ten slotte.

Lilly sloeg haar armen om hem heen. 'Ik weet niet of Benjamin op zo'n school nog wel veilig is.'

'Hij is geen Jood.'

'Maar jij wel. En als we eenmaal getrouwd zijn, ben je zijn stiefvader.'

Rudolph huiverde. 'Ik had nooit durven dromen dat het nog eens zover zou komen. Dat we bang moeten zijn om ons normale leven te leiden.' Hij liet haar los, deed een stap terug en zette zijn armen in zijn zij. 'Vandaag waren er SA'ers in Waldfriede. Ze hebben met Conradi gesproken. Even later hoorden we wie hun nieuwe vertrouwensman in het ziekenhuis is.'

'Vertrouwensman?' vroeg Lilly.

'De stoker. Kowalski. Je kent hem vast wel.'

'Is hij niet ook de chauffeur van dokter Conradi?' vroeg Lilly.

'Ja, die is het. Ze hebben hem opgedragen om in het kader van het onderzoek naar de Rijksdagbrand op zoek te gaan naar communisten in het ziekenhuis. Je had eens moeten zien met wat voor gemene grijns hij voor me stond en me vroeg of ik bij de KPD zat.'

'Maar je bent geen lid! En je hebt nooit iets met hem te maken gehad.'

'Nee, maar geef iemand macht die met wrok naar zijn superieuren kijkt...' Hij zuchtte. 'Trouwens, na dat gedoe van twee dagen geleden...'

'Wat voor gedoe?'

Rudolph verkeerde zichtbaar in tweestrijd, zoals altijd als ze hem vroeg naar zaken die in het ziekenhuis speelden.

'Conradi en ik waren eergisteren bij een patiënt in de stad. Eigenlijk was hij niet mijn verantwoordelijkheid, maar omdat ik kan autorijden heb ik voor chauffeur gespeeld.' Hij schudde zijn hoofd. 'De SA had de man vreselijk toegetakeld. Vergeleken met hem stelden de klappen die ik kreeg weinig voor. We hebben hem onder een valse naam in het ziekenhuis opgenomen. Nu ligt hij op de afdeling chirurgie. Eventjes was ik bang dat ze voor hem kwamen.'

'Had hij iets met de brand te maken?' vroeg Lilly.

'Nee, maar hij is lid van de verkeerde partij. Ze hebben willekeurig communisten gearresteerd, alleen omdat een van hen de brand zou hebben gesticht.'

Lilly had graag willen zeggen dat de opwinding zou afnemen zodra de Rijksdagbrand was opgehelderd. Ze wist echter maar al te goed wat Rudolph de afgelopen maanden en jaren had meegemaakt.

'Angst waart door het ziekenhuis, dat merk ik,' vervolgde Rudolph. 'En nu moeten we patiënten stiekem opnemen. Hoe moet dat als ze hun aandacht op ons Joden richten?'

‘Gaan ze er bij jullie iets aan doen?’

Rudolph snoof gefrustreerd. ‘Ik weet het niet. Een deel van de medewerkers heeft zich al ontpopt als fervent aanhanger van Adolf Hitler. Zuster Martha...’ Hij keek haar aan. ‘Ze heeft zojuist om overplaatsing naar de mannenafdeling gevraagd. Ze kon het niet langer met haar geweten verenigen om met een Jood samen te werken.’

# 69

## *Zehlendorf, 1 april 1933*

Met een zorgelijk gezicht keek Louis vanaf het balkon van zijn woning naar het ziekenhuis. Het ochtendzonnetje scheen op het dak en op de gevel, die bedekt was met hoog opgroeiende wilde wingerd. Er waren nog geen bladeren te zien, maar als het weer zo goed bleef zou daar spoedig verandering in komen.

Hij wenste dat zijn gedachten net zo stralend waren, vooral nu het dertienjarig bestaan van Waldfriede naderde. Maar het tegendeel was het geval.

Door de machtigingswet die op 24 maart was uitgevaardigd was alle macht aan Adolf Hitler overgedragen. 'Geef me vier jaar de tijd en Duitsland zal onherkenbaar veranderd zijn,' had hij in een radiotoespraak beloofd.

Op zichzelf was Louis een voorstander van veranderingen, maar de huidige bezorgden hem slapeloze nachten. Als het parlement zo makkelijk uit de macht kon worden ontzet, wat zou er dan nog volgen? Zouden zijzelf hun bestaansrecht als adventisten kunnen bewaren? En Waldfriede kunnen behouden? Welke beperkingen zouden hun te wachten staan?

Hij had Heinrich Schubert deelgenoot van zijn zorgen gemaakt, maar die had hem slechts aangeraden te vertrouwen op Gods hulp: 'Als Jezus wederkeert, zal Hij een nieuwe wereldorde scheppen waarin voor mensen als zij geen plaats is.'

Louis had niets teruggezegd, maar hij wist dat je je kop niet in het zand moest steken. 'Mensen als zij' waren net zo reëel als het werk dat ze dagelijks verrichtten.

'Heb je vanmorgen geen spreekuur?' vroeg zijn vrouw achter hem.

Louis draaide zich om. Toen Catherine zijn afwezige blik opmerkte, voegde ze eraan toe: 'Het is bijna acht uur.'

'Ik weet het,' antwoordde hij en hij probeerde zijn sombere gedachten opzij te zetten. 'Ik ga zo.'

Ook Catherine had ontsteld gereageerd toen hij haar vertelde wat er in het ziekenhuis was gebeurd.

'Kowalski zou nu onze vertrouwensman moeten zijn? Die man is toch volstrekt onbekwaam?'

'Maar hij heeft blijkbaar wel een partijboekje.'

'Die man is adventist!' antwoordde Catherine verontwaardigd. 'Hoe kan hij zich nou achter die horde vechtjassen scharen?'

'Dat weet ik niet,' zei Louis. 'En eerlijk gezegd heb ik helemaal geen zin om hem naar zijn beweegredenen te vragen.'

'En stel dat hij de gesprekken die we in de auto voeren overbrieft aan zijn maten? Ik wil niet eens weten wat hij hun al heeft verteld.'

De herinnering aan zijn gesprek met de SA'ers lag Louis zwaar op de maag. Zijn vrouw had gelijk: ze zouden waarschijnlijk nooit meer vrijuit kunnen spreken, zelfs als ze het niet over de toestanden in het land hadden. De enige oplossing was zo snel mogelijk zelf zijn rijbewijs te halen.

'Er is trouwens een brief voor ons gekomen,' zei Catherine, waarmee ze zijn gedachtestroom onderbrak. Ze gaf hem de envelop. 'Ik ben gisteren helemaal vergeten hem aan je te geven.'

Louis bekeek de envelop. Hij was niet erg dik, maar droeg het stempel met het hakenkruis van de nieuwe regering. De afzender was het Pruisische Rijksministerie, afdeling Volksgezondheid.

Met een onbehaaglijk gevoel maakte Louis de envelop open.

Het was geen lange brief en hij was op een schrijfmachine getikt. Bij het zien van de inhoud en de ondertekening werd Louis zo duizelig dat hij steun moest zoeken bij de muur.

Catherine vloog op hem af. 'Wat is er, Louis? Voel je je niet goed?'

Louis kreunde en kneep zijn ogen dicht. De wereld leek uit elkaar te vallen. De spoken die hem na de aankoop van Waldfriede hadden achtervolgd waren teruggekomen.

'Louis, zeg eens iets!'

Door Catherines schrille stem kwam hij weer bij zinnen. 'Het gaat al weer,' zei hij terwijl hij zich afzette tegen de muur. 'Het is alleen...' Hij stak haar de brief toe.

Catherine pakte hem aan en las hem hardop voor.

*Zeer geachte dr. Conradi,*

*Op grond van de verordening van de Rijkspresident ten behoeve van de bescherming van volk en staat sommeren we u hierbij ons op de hoogte te brengen van uw afkomst. We verzoeken u de daartoe benodigde documenten van u en uw echtgenote Catherine, geb. Möller, uiterlijk op 23 april a.s. aan ons te overhandigen.*

*Indien u dit verzoek niet honoreert, zullen we ons gedwongen zien u te ontheffen van al uw functies en verplichtingen en uw overeenkomst met de ziekenfondsen te ontbinden tot er duidelijkheid omtrent uw afkomst bestaat.*

*Heil Hitler!*
*Gunter Wiedemann, ministerie van Binnenlandse Zaken, afdeling Volksgezondheid*

'Wiedemann,' zei Catherine als verdoofd. Louis wist dat ook zij zich de ambtenaar die erop uit was geweest Waldfriede te onteigenen nog goed herinnerde.

Zo te zien was hij weliswaar van departement veranderd, maar had hij het kennelijk met de nieuwe machthebbers op een akkoordje weten te gooien. Of zou hij al veel eerder lid van de NSDAP zijn geworden?

'Ik herinner me nog goed mijn eerste bespreking met hem,' zei Louis, die de schrik nog steeds in de benen had. 'Hij dacht toen dat onze geloofsgemeenschap een afsplitsing van het jodendom was.'

'En dat lijkt hij nog steeds te denken, gezien de brief die hij stuurt,' voegde Catherine eraan toe. 'Wat bedoelt hij trouwens met dat bewijs van onze afkomst?'

'Hij zal wel willen weten of we Joden in onze familie hebben. Mijn korte uiteenzetting over wat adventisten zijn lijkt niet te zijn blijven hangen.' Louis haalde diep adem. Hij voelde dat protesteren geen zin zou hebben. 'Je moet je familie schrijven. We hebben de geboorteakten van je ouders nodig. Ik zal eens kijken wat er nog over de mijne tussen mijn papieren ligt.'

'En als er niets meer is?'

'We moeten iets vinden, anders ontbinden ze mijn contract met de ziekenfondsen. En pakken ze ons misschien het ziekenhuis af.'

Dat hij bewijzen voor zijn afkomst moest aanleveren bleef de hele werkdag door Louis' hoofd spelen en zorgde er 's nachts voor dat hij nauwelijks een oog dichtdeed. Toen hij de volgende ochtend wakker werd, voelde hij zich geradbraakt en had hij het liefst zijn spreekuur voor de hele dag afgezegd. Hij had weer dezelfde pijn op zijn borst als toen zijn hartspier ontstoken was. Maar deze pijn was van mentale oorsprong.

Hij stopte de brief in zijn tas en liep naar het ziekenhuis. De eerste lenteboden kwamen met hun kopjes boven het gras uit. Het zou nog even duren voor de bomen weer groen werden, maar de dagen vlogen voorbij en algauw zou de winter vergeten zijn.

'Ik heb de stamboom van mijn vader en moeder nodig,' zei hij toen hij de deur van de spreekkamer achter zich had dichtgetrokken. Hij gaf Hanna de brief, die ze vlug las.

'Wiedemann,' riep ze uiteindelijk uit terwijl ze hem de brief teruggaf.

'Ja, onze oude vriend,' antwoordde Louis tandenknarsend en hij legde de brief voor zich op zijn bureau. 'Hij lijkt wel een kat, hij komt altijd weer op zijn pootjes terecht. En schijnt onder dit nieuwe regime zelfs carrière te maken.'

'Het zal toch hopelijk geen probleem zijn om aan die documenten te komen?' vroeg Hanna.

'Wat mijn vader betreft niet, maar mijn moeder was Amerikaanse. Alle documenten van haar familie zijn in Amerika. Bij mijn vrouw is iets dergelijks aan de hand; zij komt uit Denemarken en haar ouders leven niet meer.' Louis haalde diep adem en probeerde de paniek die bij hem opkwam te onderdrukken. 'Als we het niet voor elkaar krijgen, pakken ze me het ziekenhuis af.'

Hanna zweeg even en zei toen: 'U hebt niets te vrezen. U bent niet joods.'

'Maar Wiedemann denkt waarschijnlijk nog steeds dat zevendedagsadventisten joden zijn. Vanwege de sabbat.'

'Bewijs hem dan het tegendeel...' Hanna stokte en Louis zag dat er achter haar voorhoofd een gedachte opkwam. Opeens zag hij angst in haar ogen.

'Maar stel dat ze zo'n bewijs van alle medewerkers willen hebben?' vroeg ze. 'Wat moet er dan van professor Kirsch en dokter Rosenbaum worden?'

'Voor zover ik heb begrepen geldt deze verordening alleen voor leidinggevende functionarissen en ambtenaren,' zei Louis, maar terwijl hij het zei begon het te knagen. Wat moesten ze doen als de verordening toch op hen van toepassing zou zijn? 'We moeten maar afwachten. Een ziekenhuis is immers geen overheidsinstelling.'

Hij zag dat Hanna nog steeds twijfelde.

Hij stond even in dubio en vroeg toen: 'Hoe ziet de agenda voor vanmiddag eruit? Zouden dokter Rosenbaum en dokter Lexow mijn dienst kunnen waarnemen?'

'Wat bent u van plan?' vroeg Hanna.

'Ik ga naar Hamburg, naar mijn vader. Misschien heeft hij nog documenten die ik meteen kan meenemen.'

Hanna knikte. 'Ik zal het uw collega's vragen. Goede reis.'

Even na enen stapte Louis in de stadstrein naar station Lehrte. Hij hoopte de middagtrein naar Hamburg te kunnen halen. Of zijn vader thuis was wist hij niet, misschien zou zijn reis tevergeefs zijn. Maar de toon van de brief zat hem helemaal niet lekker en hij wist heel goed dat hij zich niet op zijn werk had kunnen concentreren.

In zijn jeugd had hij nooit over zijn afkomst nagedacht. Zijn moeder had hem liefdevol verzorgd terwijl ze afwisselend Duits en

Engels met hem sprak, opdat hij beide talen even goed leerde beheersen. Zijn vader was zelden thuis geweest en als hij er was, had hij altijd bezoek. Dat er mensen met een witte, zwarte en bruine huidskleur bestonden kwam hij eerder te weten dan de meeste kinderen, want zijn vader reisde ook naar Egypte en andere Afrikaanse landen, vanwaar hij plaatjes van de inheemse bevolking meebracht. In de VS, waar ze ook waren geweest, had je veel zwarte adventisten. Als ze bij elkaar zaten was iedereen gelijk, verenigd in het geloof in God. Dat het in Duitsland ooit belangrijk zou worden hoe je stamboom eruitzag, had hij nooit verwacht.

Eigenlijk zou hij als adventist niets te vrezen hebben gehad, als dat gerucht niet had bestaan. Hij was destijds vijftien jaar en vanwege zijn vader geregeld te gast in Friedensau. De twee zusters die hij had afgeluisterd leefden al lang niet meer, maar wat ze zeiden zou hij nooit vergeten.

'Conradi's moeder schijnt een katholieke non van Joodse afkomst te zijn,' had de een tegen de ander gezegd.

'Weet je het zeker? Hij ziet er toch helemaal niet Joods uit!'

'Er zijn zo veel Joden waar je het niet aan afziet. Als het waar is zou hij het ons toch vast niet vertellen?'

Die herinnering deed een rilling over zijn rug lopen. Zou het waar zijn? Had hij Joodse voorouders? Hij wist van zijn grootmoeder alleen dat ze katholiek was geweest. Zou ze bekeerd zijn? Hadden de zusters misschien gelijk gehad?

Het huis in de Hoheluftchaussee zag er nog hetzelfde uit. De tand des tijds had een beetje aan het pleisterwerk en de verf geknaagd, maar over het geheel genomen wekte het nog steeds een schitterende indruk.

Louis drukte op de bel. Kort daarop meldde zich een vrouwenstem. 'Antje', zoals ze in de familie werd genoemd, was een mollige, vriendelijke vrouw van halverwege de veertig die sinds 1928 het huishouden voor zijn vader deed.

Een tweede huwelijk was voor Richard Conradi geen optie geweest. Hij reisde nog steeds veel en aan huis gebonden zijn was niets voor hem. Hij was eigenlijk nooit een familieman geweest.

Dat hij zijn zoon in Skodsborg had bezocht, had Louis als een klein wonder ervaren.

'Louis Conradi,' zei hij door de intercom. 'Is mijn vader thuis?'

'Ja, hij is thuis. Kom binnen!' De deur sprong open en Louis liep de trap op.

Op de gang hoorde hij getjilp. Zou een van de buren een vogel hebben aangeschaft?

De huishoudster stond hem bij de deur op te wachten. 'Meneer Conradi, wat fijn u te zien!'

'Antje, pas op, de vogel!' hoorde hij zijn vader op de achtergrond roepen.

'Vlug!' zei de huishoudster en ze wenkte Louis naar binnen. Toen liet ze de deurvleugel dichtvallen.

Even later fladderde er iets geels over hen heen. Intuïtief trok Louis zijn hoofd in, toen zag hij de kanarie voor de deur rechtsomkeert maken en terugfladderen.

In verwarring keek hij de huishoudster aan.

'Uw vader heeft een kanarie aangeschaft,' zei ze.

'Dat zie ik. Maar waarom?'

'Vraag het hem zelf maar.' Ze glimlachte naar hem. 'Ik breng zo thee.'

'Bedankt,' antwoordde Louis. Hij trof zijn vader in de woonkamer aan, waar hij zoals altijd in zijn brede fauteuil zat. Ook de sofa, de lievelingsplek van zijn moeder, en de grote slingerklok waren er nog steeds, maar nieuw was de tafel bij het raam met een hoge kooi, waarvan het deurtje openstond.

'Friedolin moet nog een beetje wennen aan de grenzen van zijn rijk,' zei Conradi ter begroeting tegen zijn zoon terwijl hij naar de kanarie keek, die in het wilde weg cirkels draaide onder het plafond.

'Friedolin?' vroeg Louis. Hij zette zijn hoed af en trok zijn jas uit. Sinds zijn vader een jaar tevoren na weer een conflict zijn predikersvergunning vrijwillig had ingeleverd en hun gemeenschap verlaten had, leek hij steeds vreemder gedrag te vertonen.

'Mijn kanarie. Een lid van mijn nieuwe gemeente heeft hem me cadeau gegeven, opdat ik niet zo alleen ben.'

‘En waar laat u hem als u er niet bent?’

‘Dan past Antje op hem. Ik heb haar gezegd dat ze hem mee naar huis mag nemen als ik op reis ben.’

‘En wat vindt zij daarvan?’

‘Ze vindt het leuk.’

Daarvan was Louis niet overtuigd. Anne Harmsen was een goede ziel die liefdevol voor zijn vader zorgde en lange wandelingen met hem maakte. Maar hij vond dat haar goedheid niet misbruikt mocht worden.

Toen de kanarie op het dressoir was geland, keek Richard zijn zoon aan. ‘Wat voert je hierheen, Louis? Zijn er soms problemen?’

Hem had vast niemand om een stamboom gevraagd, bedacht Louis. Waarom zouden ze ook? Hij hoorde inmiddels bij de zevendedagsbaptisten, die een kleine gemeente in Berlijn hadden, en preekte voor hen. Dat kon je geen officiële functie noemen, al vond zijn vader dat hij belangrijk werk voor het geloof verrichtte.

‘Ik weet niet of u hier al van hebt gehoord.’ Hij haalde de brief uit zijn tas en overhandigde hem aan zijn vader. ‘Ze vragen overal naar je afkomst.’

Richard fronste zijn wenkbrauwen. ‘Wat gaat het ze aan wat iemands afkomst is? Een mens is een mens en voor God is ieder gelijk.’

‘Voor God, maar blijkbaar niet voor de nieuwe machthebbers.’ Louis keek zijn vader aan. ‘Hebt u nog documenten van moeder en uzelf die ik kan overleggen?’

‘Ik heb mijn geboorteakte. Maar verder wordt het lastig. Mijn moeder leeft niet meer en zoals je weet heb ik met haar gebroken toen ik naar Amerika ging.’

Louis kende dat verhaal. Richards moeder had hem alleen opgevoed met steun van een ambtenaar van de spoorwegen, die een soort vaderfiguur voor hem was geweest. Maar toen hij meerderjarig werd deden ze hem in de leer bij een kuiper. Zijn leermeester was een bruut die voor het minste of geringste harde straffen uitdeelde. Toen hij eens per ongeluk een ton kapot had gemaakt, vluchtte hij uit angst naar de kust. Een schip bracht hem naar Amerika, waar hij aanvankelijk bij een boer werkte. Daarna trok hij door het land en verdiende hij zijn geld met losse klussen, tot hij uiteindelijk door een adventistisch gezin in huis werd genomen.

Richards moeder scheen later te hebben rondverteld dat hij naar Amerika was gegaan om haar en zijn familieleden, die niet van zijn bestaan af wisten, schande te besparen. Meer dan dat was er binnen hun gezin niet over haar gezegd.

'Ze moet in een kerkelijk register zijn ingeschreven,' zei Louis. 'Ze was toch katholiek?'

'Ja, dat klopt. Ik zal zien wat ik kan doen.' Richard verzonk in gedachten. Het leek of hij door een venster terugkeek naar de jongeman die hij ooit was geweest. Hij scheen het getjilp van zijn kanariepietje niet eens meer te horen.

'Vader?' begon Louis na een poosje.

'Ja?' vroeg Richard zonder hem aan te kijken. Het verleden leek hem in zijn greep te willen houden.

'Destijds in Friedensau... Ik hoorde twee zusters over u praten. Een van hen beweerde dat uw moeder een bekeerde Joodse non was...'

Richard keerde in de werkelijkheid terug. 'Wie beweert dat?'

'Ik weet niet meer wie het zei. Maar... zou er iets van waar kunnen zijn?'

'Nee!' antwoordde Richard. 'Mijn moeder was geen non, dat staat vast.'

'Weet u het zeker?'

'Ze kende de catechismus goed. Zoals alle katholieken. Dat maakt haar nog geen non. Ik heb geen idee waar die vrouwen zulke hatelijke kletspraatjes vandaan haalden.'

'En kan ze Joods zijn geweest?'

'Dat weet ik niet en vermoedelijk zal niemand het ooit te weten komen.' Hij verviel in stilzwijgen en keek een tijdlang naar zijn handen. 'Ik maak me meer zorgen om de papieren van je moeder. De Wakehams hebben alles bewaard en zullen er ook de kerkregisters op na kunnen slaan. Maar dat zal tijd kosten. Ik weet niet of het voor de gestelde datum lukt en of ze niet al eerder zullen proberen je het ziekenhuis af te pakken.'

‘Dat zullen ze niet wagen. Bovendien zouden ze zo’n besluit ongedaan moeten maken zodra de papieren zijn aangekomen.’

‘Daar kun je gelijk in hebben. Maar in de huidige tijden...’ De kanarie tjilpte, fladderde op en landde boven op zijn kooi. ‘Als ik jonger was, zou ik misschien wel naar Amerika emigreren.’

‘Dat is toch geen kwestie van leeftijd,’ antwoordde Louis.

‘Toch wel, dat merk je vanzelf als je er eenmaal zo veel jaren op hebt zitten als ik.’ Richard glimlachte naar zijn zoon en legde zijn hand op zijn arm. Zo’n gebaar had Louis in zijn hele leven maar zelden van hem gekregen. ‘Ik zal zien wat ik voor je kan doen. En ik zal bidden dat God je Zijn hand boven het hoofd houdt.’

# 70

## *Zehlendorf, 18 april 1933*

'Wil je scheerzeep van Seifen-Losch voor me meenemen?' vroeg Rudolph vanuit de badkamer. 'Die is bijna op.'

'Dat doe ik, maar alleen als je me belooft dat je je baard niet helemaal afscheert,' antwoordde Lilly plagend terwijl ze het op haar boodschappenlijstje zette.

Voordat ze die dag iets met Benjamin ondernam zou ze langs de diverse winkels in de hoofdstraat gaan. Inmiddels waren de SA'ers die naast de winkels van Joodse kooplieden hadden gestaan verdwenen. Maar aanplakbiljetten waren er nog steeds en veel winkels waren beklad met leuzen. Overal stonden borden met het woord JOOD erop. Zelfs advocatenkantoren en medische praktijken werden niet ontzien.

De meeste voorbijgangers leken zich niets aan te trekken van wat er op de etalageruiten stond. Ze bezochten de winkels toch, maar ze voelden waarschijnlijk dezelfde angst en schroom als zij.

'Wat heb je erop tegen?' vroeg Rudolph. 'Gladgeschoren is de nieuwste mode! Als je die filmacteurs op affiches ziet...'

'Dat zijn gladde dandy's, meer niet.'

'En je geeft niets om ze?'

'Als dat het geval zou zijn, zou Hans Söhnker nu in mijn badkamer staan en niet jij!'

Rudolph kwam uit de badkamer en bracht de geur van scheerlotion met zich mee. Zijn snor en baard waren zorgvuldig getrimd.

Lilly strikte zijn stropdas en gaf hem daarna een kus op zijn mond.

'Heb je het druk vandaag?' vroeg ze.

'Niet bijzonder,' zei hij. 'Er komen momenteel maar weinig patiënten binnen. De situatie in het land lijkt het ambassadepersoneel terughoudend te maken.'

'Misschien is het ook een teken dat de tuberculose terugloopt.'

'Dat denk ik niet. De mensen staan nog steeds sceptisch tegenover vaccinatie. Niets van wat artsen zeggen of doen kan hen overtuigen. Ze vertrouwen liever op God en huismiddeltjes.' Glimlachend streek hij een paar haren uit haar gezicht.

'Maar zoals altijd doe ik mijn best. Zolang ik mijn handen kan laten wapperen zal ik deze ziekte bestrijden.'

Even later nam hij afscheid. Benjamin had paasvakantie en daar was Lilly blij om. Ze hoefde zich nu niet druk te maken over de vlaggen bij het schoolgebouw. Ze hadden nog geen oplossing gevonden voor het onderwijsprobleem. Met uitzondering van Joodse scholen leek iedereen blij met de verandering die had plaatsgevonden. Maar ze hadden nog even de tijd voor het nieuwe leerjaar begon.

'Wat wil je vandaag doen?' vroeg Lilly aan de ontbijttafel terwijl Benjamin zijn havermoutpap at.

'Ik wil naar de dierentuin!' riep hij. 'Kurt zei dat er een olifantsjong is.'

Lilly was eigenlijk niet van plan om ver van huis te gaan. In de binnenstad wemelde het beslist van de mannen in uniform.

'Wil je niet liever naar het slotpark?' vroeg ze. 'Of naar de Wannsee, bootjes kijken?'

'Ik wil liever naar de dierentuin,' hield Benjamin vol.

'Daar kunnen we in het weekeinde heen gaan. Rudi kan je dan veel vertellen over de dieren. Goed?'

'Best,' zei Benjamin en Lilly streelde glimlachend over zijn haar. 'Dan maar naar de Wannsee.'

Lilly knikte. Het was prachtig weer, dus een dagje aan het water was een goed idee.

'Schiet op met je ontbijt, zodat we eerst nog scheerzeep voor Rudi kunnen kopen.'

~

Het was een frisse, zonnige ochtend. Zijn schoenen werden vochtig van de dauw terwijl hij over het grasveld naar de poort liep. Zijn blik viel op de taxusstruiken, waarin spinnenwebben als diamanten halskettingen schitterden. De tuinman zou de struiken weldra weer in vorm moeten snoeien.

Zoals elke ochtend hoopte Louis ook vandaag dat de langverwachte brief uit Amerika zou komen.

Zijn vader, die bezig was met de opbouw van zijn kleine baptistengemeente, had hem nog meer papieren gestuurd die hij over zichzelf en zijn moeder had kunnen vinden. Helaas viel zijn afkomst van moederskant nog steeds niet te achterhalen. De documenten van de Wakehams uit Wisconsin lieten op zich wachten.

Catherine had hetzelfde probleem. Ze had diverse instanties in Kopenhagen aangeschreven, want haar ouders waren overleden en ze had geen broers en zussen. Maar de Deense ambtelijke molens leken niet harder te malen dan de Duitse.

Toen hij bij de poort kwam maakte hij de brievenbus open. Er viel een grote hoeveelheid brieven uit, te veel om ter plaatse te sorteren. Hij klemde de bundel onder zijn arm en liep ermee naar de ingang van het ziekenhuis.

Zuster Hedwig riep slaperig 'goedemorgen' naar hem, hij beantwoordde haar groet. Daarna begaf hij zich naar zijn spreekkamer.

De wachtruimte ervoor was nog leeg. Omdat er die ochtend twee operaties op het programma stonden, begon het spreekuur pas 's middags.

De deur van de spreekkamer stond op een kier en hij zag Hanna, die bezig was de medicijnkast met flessen aan te vullen.

'Goedemorgen, dokter!' begroette ze hem met een vriendelijke glimlach. 'Hebt u de post al opgehaald?'

'Ja, ik bedacht dat het misschien vlugger gaat als ik dat zelf deed.'

Hanna rekte haar hals toen hij de enveloppen begon te bekijken. 'En, zit er iets speciaals bij?'

Louis hield op toen hij de brief met het hakenkruisstempel zag. Die kwam echter niet van Wiedemann, maar van het ministerie van Arbeid. Hij scheurde de envelop open, haalde de brief eruit en begon te lezen. Eerst drongen de woorden niet echt tot hem door, maar toen hij eindelijk begreep wat er stond keek hij Hanna aan.

'Is er iets mis?' vroeg ze.

'Waar ik voor vreesde, gaat nu gebeuren,' zei Louis ontsteld. 'Kijk maar.'

Hanna hield van schrik haar adem in toen ze de tekst was doorgevlogen. 'En wat gaat u nu doen?'

Louis zuchtte diep. Hij had al gehoord dat de wet die op 7 april was uitgevaardigd Joodse burgers uitsloot van het werken in een publieke functie. Een ziekenhuis was echter geen ambtelijke instelling en hij had gehoopt dat hij zijn Joodse medewerkers niet hoefde te ontslaan.

'Ik heb waarschijnlijk geen andere keuze dan het bevel op te volgen als ik wil voorkomen dat de SA hier weer binnenvalt. Het is al erg genoeg dat Kowalski constant naar zijn nieuwe vrienden rent om ons vanwege kleinigheden zwart te maken.'

Hanna schudde bezorgd haar hoofd. 'Maar... dokter Rosenbaum en professor Kirsch zijn altijd loyaal geweest. Ze hebben zich nooit ergens schuldig aan gemaakt.'

'Dat weet ik.'

Hanna kneep haar lippen op elkaar. Tranen welden in haar ogen op. 'U zou zich kunnen verzetten!'

'Hoe dan?' vroeg Louis overstuur. 'U hebt gezien wat die bruinhemden de communisten in de stad hebben aangedaan! En Kowalski heeft overal oren! Waarschijnlijk hebben we dit bevel zelfs aan hem te danken.'

Paul Schulze was inmiddels hersteld en ontslagen, maar telkens als Louis SA'ers in de buurt van het ziekenhuis zag brak het angstzweet hem uit. Hij verwachtte elk moment als geneesheer-directeur aan de kant te worden gezet omdat zijn papieren niet compleet waren. Het feit dat de SA-vertrouwensman overal ogen had, maakte de situatie alleen maar erger.

'Ik heb geen andere keuze,' zei hij ten slotte. 'Ze zullen het begrijpen.'

Hanna keek hem met glazige ogen aan. 'Dat zullen ze niet. Ze zullen zich afvragen waarom ze u al die jaren trouw zijn gebleven.'

Louis perste zijn lippen op elkaar en boog zijn hoofd. Hanna had gelijk, maar dit ging over zo veel meer dan twee mensen. Als hij met twee ontslagen kon voorkomen dat ruim honderd mensen door die lui onder de loep werden genomen, kon hij geen andere beslissing nemen.

'Haalt u alstublieft professor Kirsch en dokter Rosenbaum hierheen.'

Hanna, die zichtbaar in tweestrijd verkeerde, wierp hem een teleurgestelde blik toe en verliet de spreekkamer.

~

Lilly keek tevreden naar de bos bloemen in de vaas. Het gebeurde niet zo vaak dat ze zo'n groot boeket in huis hadden, maar toen ze van hun uitstapje terugkwamen had ze zin gehad om de kleurige ranonkels mee te nemen. Het waren de eerste dit jaar, een onmiskenbaar teken dat de lente over de winter had gezegevierd.

Een geluid trok haar aandacht. Had Benjamin soms iets laten vallen? Voor ze in de kamer van haar zoon was, ging de voordeur open. Het geluid dat ze had gehoord was blijkbaar dat van de sleutel die in het slot werd gestoken.

'Rudolph, wat doe jij hier?' Meteen daarna zag ze dat hij niet alleen was. Dr. Rosenbaum hield hem gezelschap. Beide mannen zagen erg bleek.

'Lilly, ik moet met je praten,' zei Rudolph, en tegen Rosenbaum zei hij: 'Maak het je maar gemakkelijk in de woonkamer.'

'Dank je,' zei Rosenbaum terwijl hij zijn jas losknoopte.

Rudolph trok haar de slaapkamer in en sloot de deur achter zich.

'Wat is er gebeurd?' vroeg ze bezorgd.

'Dokter Rosenbaum en ik zijn vandaag ontslagen.'

Lilly keek hem vol ongeloof aan.

'Er is een nieuwe wet die niet-ariërs uitsluit van alle publieke ambten. Dokter Conradi beloofde voor ons op te komen, maar voorlopig had hij geen andere keuze dan ons te ontslaan.'

Stilte volgde op zijn woorden. Lilly had het gevoel dat ze een zware klap had gekregen. Verbijsterd zakte ze neer op het bed.

'Dat kunnen ze toch niet maken,' zei ze zachtjes. 'Je hebt zo veel gedaan voor Waldfriede en je bent een coryfee in je vakgebied.'

'Voor de nieuwe machthebbers ben ik vooral een Jood. Het kan ze niet schelen wat ik kan en wat ik heb gepresteerd.'

Lilly keek hem aan. Woede kwam in haar op, en teleurstelling over dr. Conradi.

'En heeft niemand iets gezegd? Heeft niemand het voor jullie opgenomen?'

'Wat hadden ze kunnen doen?' vroeg Rudolph en hij ging naast haar zitten. Toen hij haar hand vastpakte voelde ze hoe koud zijn vingers waren. 'Bovendien denk ik niet dat het vanochtend al algemeen bekend was. Conradi wilde ons de kans bieden de dag zonder veel ophef af te sluiten en daarna te vertrekken, maar we hebben besloten om meteen weg te gaan.'

'Maar... je spullen... je boeken...'

'Die kan ik ook later nog laten ophalen.' Hij sloeg zijn arm om haar heen. 'Ik bedenk wel iets.'

Lilly sprong op. 'En als we protesteren?'

'Dat heeft geen zin. Rosenbaum en ik hebben overwogen om een advocaat in te schakelen. Al maken we daarmee weinig kans...'

Hij zweeg even, toen stond hij ook op. 'Ga je mee naar de woonkamer om met Rosenbaum te praten?'

Lilly knikte als verdoofd. Ze besefte nog steeds niet echt wat er was gebeurd. Rudolph, die zo van zijn beroep hield, zou niet meer mogen werken?

Ze volgde haar verloofde naar de woonkamer.

Dr. Rosenbaum veegde vlug zijn gezicht af, maar hij kon niet verhullen dat hij gehuild had.

'Ik vind het heel erg,' zei Lilly verdrietig.

'Nou, zo doen ze het dus,' antwoordde Rosenbaum. 'Eerst de communisten. Nu wij. En wie weet wie ze nog meer weg willen hebben.'

'Rudolph zei dat u een advocaat wilt raadplegen.'

Rosenbaum keek naar de professor. 'We gaan het in elk geval proberen. Maar ik denk niet dat het zal lukken. Vroeg of laat blijft ons maar één mogelijkheid over: Duitsland verlaten. Ergens anders opnieuw beginnen.'

'Maar waar dan?' vroeg ze.

Rosenbaum keek haar recht aan. 'In Amerika. Zoals sommigen van ons al hebben gedaan. Ik heb gehoord over leden van mijn gemeenschap die hun koffers hebben gepakt zodra Hitler tot rijkskanselier werd benoemd. Ze waren ervan overtuigd dat daaruit niets goeds voor ons zou voortkomen. En ze hadden gelijk.'

'Hebt u daar dan contacten?'

'Een paar kennissen van mijn vader. Ik zal proberen hem over te halen om ook het land te verlaten.' Hij lachte vreugdeloos. 'Ik weet al wat hij zal zeggen: "Ik heb voor de Duitsers in de Grote Oorlog gevochten en het IJzeren Kruis ontvangen. Ze zullen me niets doen." En mijn moeder zal aanvoeren dat er niemand overblijft om voor ons op te komen als iedereen het land verlaat. Ik hoop maar dat ik ze toch kan overtuigen.'

Lilly keek naar Rudolph. Hij leek in zichzelf gekeerd en ze kon zich voorstellen wat er in zijn hoofd omging: zou zijn zus Sarah met hen meegaan als hij haar dat vroeg? Of zou ze ook zeggen dat ze hier moest blijven om voor haar geloofsgenoten op te komen?

'Nou, ik zal jullie niet verder ophouden.' Rosenbaum stond op en stak Rudolph zijn hand toe. 'Bedankt voor alles. En ik hoop dat we elkaar ooit terug zullen zien.'

'Dat hoop ik ook,' zei Rudolph, waarna de mannen elkaar omhelsden.

'Laat het me weten als jullie ook naar Amerika willen emigreren. Ik zal kijken wat ik voor jullie kan doen.'

'Dat is heel aardig van je.'

Rosenbaum gaf Lilly een hand. 'Word gelukkig, zuster Lilly.'

'Dat wens ik u ook toe, dokter Rosenbaum.'

De arts keek hen allebei aan en draaide zich toen om. Lilly prentte zich zijn beeltenis in, want iets in haar zei dat ze hem nooit zou terugzien.

De avond was mild, maar het had net zo goed nog hartje winter kunnen zijn. Rillend trok Louis zijn jas dichter om zich heen. De kou had hem sinds de ochtend niet meer verlaten, maar dat kwam niet doordat hij verkouden was geworden. Het was eerder een innerlijke kilte die hem had bevangen.

Hij herinnerde zich nog hoe hij dr. Rosenbaum overstuur in het park had aangetroffen toen een patiënt hem als arts had afgewezen. Nu zou hij in het beste geval een eigen praktijk kunnen voeren, maar hij mocht niet meer in een ziekenhuis werken. Dat gold ook voor professor Kirsch.

Hij had beloofd dat hij zou informeren of er nog een andere mogelijkheid was. Nog diezelfde dag had hij professor Sauerbruch opgebeld, maar dat had niets opgeleverd. 'Dr. Conti van het Pruisische ministerie van Binnenlandse Zaken was bij onze laatste ontmoeting zeer strikt,' had deze gezegd. 'Beide ministeries verwachten dat alle Joden zonder uitzondering worden ontslagen.'

'En hoe moet ik die artsen dan vervangen?' had hij gevraagd.

'Dat interesseert de heren niet. Ik ben bang dat we geen keuze hebben.'

Louis had hem graag willen vertellen hoe hij over die heren dacht, maar omdat hij Sauerbruch niet onvoorwaardelijk vertrouwde had hij gezwegen en opgehangen.

Een tijdje liep hij door het park, toen hoorde hij voetstappen. Van opzij verscheen zijn vrouw, die haastig haar jas had aangetrokken. 'Hier zit je!' zei ze. 'Ik heb je overal gezocht.'

'Waarom? Is er iets dringends?'

'Nee, maar je hebt niet gezegd waar je heen ging.' Hoewel zijn hart volgens onderzoek van dr. Meyer weer krachtig en regelmatig klopte, was ze nog steeds bang dat hij in het park in elkaar zou zakken.

'Ik had tijd nodig om na te denken,' antwoordde hij.

Catherine gaf hem een arm. Een poosje liepen ze zwijgend naast elkaar. Louis voelde haar warmte, maar die bereikte zijn hart niet.

Catherine wist dat hij professor Kirsch en dr. Rosenbaum had moeten ontslaan. Ze had er niet veel over gezegd, alleen dat ze medelijden met de twee mannen had. Maar wat hadden ze eraan kunnen doen? Tegen deze politieke situatie konden ze niets ondernemen. En hij moest ook rekening houden met de andere medewerkers in het ziekenhuis. Behalve Kirsch en Rosenbaum waren er geen Joden in Waldfriede. Het was een relatief klein offer om ervoor te zorgen dat de anderen ongemoeid werden gelaten.

Maar waarom had hij er dan zo'n slecht gevoel over? Waarom hield hij zichzelf voor dat dit allemaal slechts excuses waren om zijn geweten te sussen?

'We hebben een vervanger nodig voor dokter Rosenbaum,' zei hij ten slotte. 'Er zijn veel patiëntes die naar het gynaecologische spreekuur komen en dat kan ik niet alleen af.'

'En hoe zit het met de patiënten van professor Kirsch?' vroeg Catherine. 'Hij had toch een eigen afdeling.'

'De arts-assistenten die hij heeft opgeleid kunnen voorlopig zorgen voor de patiënten die nog opgenomen zijn. Daarna moeten we de behandeling van bottuberculose staken.'

'Die behandeling heeft er lang voor gezorgd dat Waldfriede regelmatige en vaste inkomsten had,' gaf Catherine te kennen.

'Ja, dat is waar,' beaamde Louis, maar daarna zei hij niets meer.

Iemand liep hun tegemoet. Het was een vrouw in een groene jurk onder een beige jas. In eerste instantie had hij haar waarschijnlijk niet herkend omdat hij niet vaak met haar te maken had gehad, en toen had ze ook nog haar verpleegstersjurk gedragen.

'Zuster Lilly,' zei Louis verbaasd. 'Kan ik iets voor u doen?'

De jonge vrouw bleef staan. Ze keek hem doordringend aan. 'Neem me niet kwalijk dat ik u stoor,' zei ze.

'Hebt u uw getuigschrift ontvangen?' Louis herinnerde zich dat Hanna had gezegd dat ze een relatie met professor Kirsch had. Nee, vanwege haar getuigschrift was ze hier vast niet.

'Ik... ik wilde u vragen me weer in dienst te nemen,' zei ze. 'Ik weet dat ik fouten heb gemaakt, maar ik...' Ze stokte.

'Ook al zou ik dat willen,' zei Louis, en hij dwong zich om rustig te blijven. 'De afdeling van professor Kirsch wordt opgeheven. Als de laatste patiënten ontslagen zijn, zullen we die niet voortzetten.'

'Dat is uw schuld!' snauwde ze hem plotseling toe. 'U hebt hem eruit gegooid!'

'Ik had geen andere keuze. De nieuwe wetten...'

De ogen van de jonge vrouw fonkelden. Nooit eerder had hij haar zo kwaad gezien.

'Het zijn ménsen die u hebt ontslagen. Goede artsen! Mogen ze alleen omdat ze Joden zijn niet meer werken?'

Catherine mengde zich nu in het gesprek. 'Zuster Lilly,' zei ze, 'we kunnen ons goed voorstellen hoe het u vergaat. Maar mijn man moet ook aan het welzijn van het ziekenhuis denken en aan het welzijn van onze gemeenschap.'

Er verscheen een minachtende uitdrukking op Lilly's gezicht. 'Dan hoop ik dat uw gemeenschap nooit in de situatie komt waarin u professor Kirsch en dokter Rosenbaum hebt gebracht.'

Even staarde ze hen aan, daarna draaide ze zich om en beende met grote stappen naar de poort.

# 71

*Zehlendorf, 22 april 1933*

De volgende dagen brachten Lilly en Rudolph door in een schemertoestand. Ze zouden de sabbat eigenlijk bij zijn zus vieren, maar hij had afgezegd. Sarah maakte zich zorgen en kwam diezelfde avond nog langs. Het verraste haar niet te horen dat hij ontslagen was.

'Op de universiteit is het net zo,' zei ze. 'Alle Joodse docenten zijn ontslagen! Hun arische collega's stonden te popelen om van hen af te zijn.' Ze richtte haar blik nadenkend op het raam. 'Ze hebben duidelijk het Pesachfeest als moment voor de uitvaardiging van deze wet gekozen. Ze haten ons zo erg dat ze ons zelfs onze feestelijkheden misgunnen.'

Een tijdlang hing er een stilte tussen hen in.

'Rudolphs collega zei dat hij naar overzee gaat emigreren,' merkte Lilly ten slotte op.

'Dat is waarschijnlijk het beste wat hij kan doen!'

'En wij dan?' vroeg Lilly. 'Wij allemaal...'

'Ik blijf en probeer stand te houden zolang het gaat. Maar ik ben studente en hoef niet te vrezen voor ontslag. Tenminste, nog niet.'

'Ze zullen ook de studenten van de universiteiten verwijderen.'

'Nou en!' Sarah maakte een wegwerpgebaar. 'Dan ga ik toch naar Frankrijk? Aan de Sorbonne zijn ze vast niet zo bekrompen als hier.'

'Naar Frankrijk? Alleen?' Rudolph fronste bezorgd zijn voorhoofd.

'Ik weet dat je me graag tegen alle kwaad wilt beschermen, grote broer, maar ik moet ooit leren op eigen benen te staan. En het ziet ernaar uit dat dat in Frankrijk beter zal lukken dan hier.'

Met tranen in haar ogen pakte ze Rudolphs hand. 'Als onze ouders dit hadden moeten meemaken...'

'Het is maar goed dat dat niet het geval is,' zei hij en hij omhelsde haar.

Gelukkig was het nog steeds paasvakantie, zodat Benjamin niet naar school hoefde en niet met het ontslag van de Joden in het hele land werd geconfronteerd. Voor zover Lilly wist was aan zijn school ook een Joodse leraar verbonden geweest, die lesgaf in de bovenbouw. Maar schoolhoofd Krajewski, die zo dweepte met Hitler, zou zijn collega's er zeker toe aansporen de nieuwe wetten in elke klas te bespreken.

Lilly en Rudolph zonderden zich thuis af en probeerden er niet aan te denken dat er buitenshuis een nieuwe werkelijkheid was ontstaan, dat de wereld veranderde op een manier die hun begrip te boven ging.

Uiteindelijk was Lilly wel gedwongen boodschappen te gaan doen. Het was haar zwaar te moede. Ze voelde de wanhoop op haar schouders drukken. Hun spaargeld zou nog wel even toereikend zijn, maar hoe moesten ze een leven opbouwen als het Rudolph verboden werd te werken? Er kon gezien de omstandigheden geen sprake van zijn een praktijk te beginnen. In een mum van tijd zou zijn deur beklad zijn, zoals de deuren die ze in de stad had gezien.

Op de ochtend van 26 april verliet ze het huis met haar gedachten bij haar boodschappenlijstje. Ze hield het briefje in haar hand geklemd alsof het een laatste redmiddel was, iets wat haar verbond met een normaliteit die haar steeds meer ontglipte. Maar het zonnetje scheen en ze kon haar zorgen beter voor thuis bewaren.

De deur was nauwelijks achter haar dichtgevallen of ze hoorde een stem. 'Zo, nichtje, hoe gaat het met je?' Lilly verstijfde.

Hij stond vlak bij haar tegen het huis geleund. Theodor! Ze deinsde terug alsof ze een stomp in haar maag had gekregen.

'Wat doe jij hier?' vroeg ze met schorre stem.

Haar neef maakte zich los van de muur en kwam naar haar toe. Hij was nog steeds een knappe man. Sinds ze hem op het station in Hamburg had gezien was hij nauwelijks veranderd. Hij droeg een donkere pantalon, een bruine jas en een camel hoed.

'Ik wilde de stad eens bekijken,' antwoordde hij schijnheilig.

'Het is die kant op naar het centrum!' Lilly wees naar het einde van de straat en haar hart begon wild tekeer te gaan. Nu ze tegenover hem stond kwamen alle nare emoties terug die haar sinds haar verkrachting hadden gekweld.

Theodor nam haar een poosje onderzoekend op en zei toen: 'Ik heb heel gezellig met tante Cecilia gepraat. Ze had me behoorlijk wat te vertellen.'

Natuurlijk, Cecilia. Ze werd overmand door angst.

'Ik wil niet met je praten,' zei ze en ze probeerde langs hem heen weer bij de voordeur te komen, maar hij pakte haar vast. Zijn ogen waren kil en donker, net als toen hij zich op haar had gestort.

'Ze zei dat je een kind hebt gekregen. Zeven jaar geleden.'

'Ik zou niet weten wat jou dat aangaat!' siste Lilly. Ze probeerde zich los te trekken, maar hij versterkte zijn greep.

'Weet je dan niet meer wat wij samen hadden?' vroeg hij. 'Ik herinner het me nog goed. Hoe je tegenstribbelde, ook al wilde je het graag, of niet soms?'

Lilly werd misselijk. Ze had absoluut niet gewild dat hij zich aan haar vergreep. En de zwangerschap die daarvan het gevolg was geweest had ze evenmin gewild.

'Het is jouw kind niet,' zei ze terwijl ze probeerde niets van haar angst te laten blijken.

'O nee? Met wie heb je het dan nog meer gedaan?'

Weer probeerde ze van hem los te komen, maar hij had haar in een ijzeren greep waaraan niet te ontsnappen viel.

In paniek keek Lilly om zich heen. Zou iemand haar te hulp schieten als ze schreeuwde?

'Dat gaat je niets aan,' antwoordde ze. 'En nu laat je me los of ik roep de politie.'

Theodor lachte. 'Wat zouden die tegen me moeten beginnen?

Misschien moet ik ze vertellen dat je nu een Jood neukt. Ik denk niet dat ze dat zullen waarderen.'

Het duizelde Lilly. Cecilia was dus door Jeugdzorg ingelicht. En blijkbaar had ze geen resultaat geboekt met haar aangifte. Waarom zou ze anders Theodor op haar af hebben gestuurd?

Opeens veranderde er iets in Lilly. De angst en de paniek waren er nog, maar daarbij voelde ze nu ook de drang om zich tegen hem te verzetten. Ze was niet langer het zwakke kind dat geen tegenstand kon bieden aan een man.

'Als de zaken zo staan, kan ik de politie meteen vertellen dat je me hebt verkracht,' siste ze. 'Dat je een kindermisbruiker bent. Wat zou je daarvan vinden?'

Theodor schoot weer in de lach, maar zijn ogen stonden vreemd star. Hij zou geen angst laten blijken, dat wist ze, maar misschien haalden haar woorden toch iets uit.

'Ik heb het aan allerlei mensen verteld, weet je,' vervolgde ze. 'Ik ben niet degene die wordt nagewezen, maar jij!'

Nu verdween de grijns van zijn gezicht. Hij keek haar met een priemende blik aan. 'Ik wil hem zien!' zei hij kil.

'Hoezo?' vroeg Lilly en ze was zelf verbaasd dat ze een spottend lachje wist te produceren. 'Het is jouw kind niet. Dat is hij nooit geweest. Vertel dat maar aan Cecilia als je haar weer ziet.'

Nu slaagde ze erin zich van hem los te rukken. Vlug zette ze een paar stappen naar achteren. De deur was vlakbij; ze hoefde hem alleen maar open te maken.

'Je zult nog met hangende pootjes bij me aankomen als die Jood van je je in de steek heeft gelaten,' zei hij. 'Of als ze zich eindelijk van al die Joden hebben ontdaan.'

'Loop naar de hel!' snauwde Lilly hem toe. Ze stak de sleutel in het slot en draaide hem om. De deur ging open, maar het volgende moment was hij bij haar en dwong haar hem weer aan te kijken. Zijn vingers boorden zich pijnlijk in haar gezicht.

'Ik kan zomaar je nek breken, besef je dat?' siste hij.

'Dan beland je in het tuchthuis,' antwoordde Lilly, vechtend tegen haar angst. 'Maar Cecilia zal de jongen nooit krijgen, daar heb ik voor gezorgd.'

Theodor keek haar dreigend aan; ze voelde zijn adem op haar gezicht. Even was het net als toen ze bijna in de Havel was verdronken. Wat moest er van Benjamin worden als hij zijn dreigement in daden omzette?

Toen liet hij haar los.

'Denk er maar eens over na,' zei hij terwijl hij een stap achteruit deed. Zijn ogen fonkelden nog steeds van woede. 'Of ik krijg hem te zien, of ik breng jouw Jood onder de aandacht van de SA.'

# 72

De wereld leek van haar terug te wijken. Terwijl ze een bonzende pijn in haar onderkaak voelde vloeiden alle geluiden in elkaar over tot een vage ruis. Theodor keerde haar zijn rug toe en verdween tussen andere gestalten die de straat bevolkten, maar zijn woorden bleven in haar hoofd nagalmen.

Lilly klampte zich vast aan de deurklink terwijl ze vocht tegen het donkere waas dat haar gezichtsveld dreigde te verduisteren.

Uiteindelijk keerde ze zwaar hijgend terug in de werkelijkheid. Met een wezenloos gevoel draaide ze zich vliegensvlug om en liep de trap op. Haar knieën waren slap en dreigden het elk moment te begeven, maar ze dwong zichzelf door te lopen, want ze wist dat ze pas achter haar eigen voordeur veilig zou zijn.

Met trillende handen probeerde ze de sleutel in het slot te steken. Pas na drie pogingen lukte haar dat. De deur sprong open, waarna ze de gang in duikelde. Haar knieën begaven het en ze viel neer op de voetenschraper.

Rudolph, die haar had horen binnenkomen, kwam de woonkamer uit en was in een oogwenk bij haar.

'Wat is er? Voel je je niet goed?'

'Theodor!' Ze had het gevoel dat dat ene woord haar de keel dichtsnoerde. 'Hij was hier.'

Rudolph trok haar in zijn armen. Lilly begon over haar hele lichaam te beven en barstte in snikken uit. Weer voelde ze de pijn die Theodors vingers op haar gezicht hadden achtergelaten. Haar hele lichaam trilde, het bloed ruiste in haar oren en overstemde bijna haar wanhopige gesnik. Vertwijfeld klampte ze zich aan Rudolph vast. Theodors dreigementen klonken nog na in haar oren.

Toen hoorde ze een ander geluid. Voetstappen, gevolgd door de stem van haar zoon. 'Mama, wat is er?'

Lilly kromp in elkaar en staarde hem aan zonder te kunnen antwoorden.

Er drong iets tot haar door wat haar even bevrijdde van angst en pijn. Benjamin had haar mama genoemd. Voor het eerst.

Het leek Rudolph ook te zijn opgevallen. Hij liet haar even los en draaide zich om naar Benjamin.

'Je mama voelt zich niet zo lekker. Blijf maar even op je kamer, goed? Ik ben dokter, ik zorg wel voor haar. Wees maar niet bang, ze is gauw weer beter.'

Benjamin zette grote ogen op van bezorgdheid. Wat had Lilly hem graag voor deze narigheid behoed. Maar ze kon niets doen. Ze kon haar eigen lichaam niet eens onder controle krijgen.

'Maak je geen zorgen, lieverd, Rudi zorgt voor me,' zei Lilly en ze probeerde zo kranig mogelijk te klinken. 'Als ik me beter voel kom ik met je spelen, ja?' Ze slaagde er zelfs in een glimlach op te zetten.

'Goed.' Benjamin knikte en deed gehoorzaam zijn kamerdeur dicht.

'Hoorde je dat?' vroeg Lilly terwijl Rudolph haar voorzichtig op de sofa neerlegde. 'Hij zei mama tegen me!'

'Ik heb het gehoord, ja. Hij maakt zich zorgen om je.'

'Hij heeft nog nooit mama tegen me gezegd.' Lilly brak in tranen uit. De beurse plekken die Theodors handen op haar lichaam hadden achtergelaten bezorgden haar een kloppende pijn, maar dat kon haar op dat moment niet schelen. Haar zoon had haar erkend als wat ze was: zijn moeder.

Rudolph trok haar zachtjes in zijn armen en streelde haar haar. Toen ze was uitgehuild kwam ze langzaam weer tot zichzelf. Rudolph had zijn hand op haar rug gelegd en streelde haar zacht.

'Wat is er precies gebeurd?' vroeg hij. 'Heeft hij je aangevallen?'

Het kostte Lilly enige zelfoverwinning om te kunnen spreken.

Haar kaak deed zeer, alsof iemand had geprobeerd hem te vermorzelen.

'Nee, hij...' wist ze uit te brengen. 'Hij stond me beneden voor de deur op te wachten.'

Met zijn vrije hand raakte Rudolph haar gezicht aan. 'Heeft hij je geslagen?' Het was duidelijk dat hij zijn best moest doen zich te beheersen.

'Hij heeft me alleen vastgegrepen. Hij wilde Benjamin zien. Cecilia heeft hem kennelijk alles verteld.' Lilly sloeg huiverend haar armen om zichzelf heen. 'Ik heb tegen hem gezegd dat Benjamin niet van hem is.' Lilly keek naar de deur.

'Ik moet naar hem toe,' zei ze, maar Rudolph schudde zijn hoofd.

'Nee, blijf hier. Ik ga zo bij hem kijken. Kom eerst maar eens tot jezelf.'

Lilly haalde diep adem. 'Ik had van alles van mijn tante verwacht, maar niet dat ze me hem op mijn dak zou sturen.'

'Hoe weet zij eigenlijk dat hij de vader is?'

Lilly boog haar hoofd. 'Dat ligt nogal gecompliceerd,' zei ze. 'Ze moet destijds hebben gemerkt dat ik goed met hem kon opschieten. Ze heeft me ooit zelfs verweten dat ik met hem had geflirt.'

'En was dat ook zo?'

'Ik was nog heel jong en natuurlijk vond ik mijn nieuwe neef geweldig. Ik was naïef en wist niet waartoe ook jonge mannen in staat zijn. Daar heeft hij misbruik van gemaakt.'

'En je tante heeft een en een bij elkaar opgeteld?'

Lilly knikte. 'Waarschijnlijk wel. Benjamin lijkt nogal op hem.'

Ineens werd ze door een andere angst bevangen. Stel dat Theodor haar in de gaten hield en haar zoon zou zien? Of dat hij hem toevallig tegenkwam en de gelijkenis zou opmerken? Hoe kon ze weten dat hij hem niet zou ontvoeren?

'Heeft ze het ook aan je ouders verteld?' vroeg Rudolph.

'Dat weet ik niet. Ik...' Lilly stokte. Ze probeerde met haar ademhaling de opnieuw opkomende misselijkheid te onderdrukken.

'Geen van hen krijgt Benjamin,' zei Rudolph. 'Daar zorg ik voor. Ook al lijken zij de overhand te hebben, er zijn nog altijd middelen en manieren om jullie te beschermen. En dat laatste zal ik tot mijn dood blijven doen.'

Lilly wierp zich tegen hem aan. 'Ik wil niet dat je doodgaat! Nooit!'

'Ik ga niet dood. En zo ja, dan zal ik er voor die tijd voor zorgen dat jij veilig bent.' Hij hield haar nog een poosje tegen zich aan en zei toen: 'Ik ga even bij Benjamin kijken. Daarna onderzoek ik je kneuzingen, goed?'

Lilly knikte en richtte haar blik op het plafond. Haar confrontatie met Theodor speelde zich onophoudelijk voor haar geestesoog af. Ze voelde zich als het hulpeloze vijftienjarige meisje van destijds.

Even later kwam Rudolph weer naast haar zitten. Nu had hij zijn dokterstas bij zich.

'Hoe is het met Benjamin?' vroeg ze.

'Hij is een nieuw kasteel aan het bouwen. Ik heb gezegd dat jij een poosje moet rusten.'

Lilly reageerde hierop met een hoofdknik.

Rudolph bekeek haar gezicht; hij bewoog het behoedzaam van links naar rechts.

'Heeft hij je alleen bij je gezicht vastgepakt?' vroeg Rudolph zacht. 'Je hebt blauwe plekken op je kaak.'

'Ook bij mijn arm.'

'Mag ik even kijken?'

Lilly trok haar mouw omhoog. Zijn greep had rode sporen achtergelaten, die langzaam blauw kleurden. Rudolph betastte ze voorzichtig en richtte toen zijn aandacht weer op haar gezicht.

'Je zult blauwe plekken op je kin krijgen, maar je arm ziet er vrij goed uit.' Hij streelde haar wangen. 'Ik vind het naar dat je dit hebt moeten meemaken.'

Lilly schudde haar hoofd. 'Mijn tante is echt vreselijk. Als ze op de ene manier haar zin niet krijgt, probeert ze het op een andere.' Ze keek hem aan. 'Hij heeft gedreigd jou in elkaar te laten slaan.'

'Zover komt het niet, dat beloof ik je.' Er verscheen een vastberaden uitdrukking op zijn gezicht.

Het voorval en haar huilbui hadden Lilly uitgeput en ze viel op de sofa in slaap. Ze werd pas wakker toen het al donker werd. Rudolph zat op een stoel naast haar in gedachten verzonken uit het raam te kijken.

'Hé,' zei hij toen hij haar hoorde bewegen.

'Hé,' antwoordde ze terwijl ze overeind ging zitten. Haar arm deed zeer bij de bloeduitstortingen.

'Hoe gaat het?'

'Beter,' zei ze. De slaap had niet alleen de misselijkheid verdreven, maar ook haar angst. 'Ik moet even bij Benjamin gaan kijken.'

'Dat mag je zo doen,' antwoordde hij. 'Maar eerst heb ik een voorstel voor je.'

Lilly trok haar wenkbrauwen op. 'Je wilt toch niet naar de politie gaan?'

Rudolph schudde zijn hoofd. 'Herinner je je Novak nog, de chocoladefabrikant uit Praag?'

Lilly knikte. 'Hoe kom je ineens op hem?'

'Hij heeft ons immers uitgenodigd hem te bezoeken.' Na een pauze voegde Rudolph eraan toe: 'Wat zou je denken van een reisje?'

Lilly keek hem aan. 'Een reisje naar Praag? Maar daar hebben we toch geen voorbereidingen voor getroffen?'

'Ik ben ervan overtuigd dat meneer Novak het desondanks leuk zou vinden. Praag is een grote stad en er zijn vast heel veel mooie hotels en pensions. Daar nemen we een paar dagen een kamer. Wat houdt ons tegen? Benjamin heeft nog vakantie; het nieuwe schooljaar begint pas over een tijdje.'

Hij aaide zachtjes haar haar en gaf haar een kus. 'Bovendien loop je niet het risico hem nogmaals tegen het lijf te lopen. Met wie hij hier ook komt aanzetten, wij zullen er niet zijn. En dan kunnen we in alle rust nadenken over wat ons te doen staat.'

Lilly keek hem aan. Weggaan klonk goed, al was het maar voor een paar dagen. Ze wist dat ze de confrontatie niet uit de weg kon gaan. Maar voorlopig zouden ze in veiligheid zijn.

'Wanneer zullen we vertrekken?' vroeg ze.

'Zaterdag.'

‘Maar dan is het toch sabbat?’

‘We gaan op reis, dat is niet verboden.’ Rudolph streelde haar wangen en kuste haar. ‘Voel je je goed genoeg om het aan Benjamin te vertellen?’

Lilly knikte, pakte zijn hand en drukte die een poosje tegen haar gezicht. Opnieuw zou ze weggaan. Opnieuw had ze geen andere keuze.

# 73

*Zehlendorf, 28 april 1933*

Lilly pakte wat dingen in die ze voor een kort verblijf nodig had. Veel bezat ze niet. Ze besloot haar nieuwste jurken, ondergoed, drie boeken, wat cosmetica en haar breiwerk mee te nemen.

Ook Benjamins bagage viel nogal karig uit. Ze legde wat kleren in de koffer, het sprookjesboek waaruit ze hem voor het slapengaan altijd voorlas, de doos met houten blokken en zijn zwaard.

'Met de andere dingen kun je weer spelen als we terug zijn,' zei ze en ze gaf hem een kusje op zijn kruin.

Rudolph had een iets grotere koffer gekozen. Lilly had zich beziggehouden met wat Benjamin en zijzelf mee moesten nemen en had niet gemerkt wat hij allemaal had ingepakt.

'Zit daar soms een harmonium in?' vroeg ze glimlachend.

'Een paar benodigdheden voor de moderne heer,' zei hij. 'Plus wat vakliteratuur. Voor het geval dat het regent.'

'Volgens de krant krijgen we goed weer.'

Rudolph lachte bitter. 'Zoals we hebben gemerkt kan het weer zomaar omslaan.'

In de vroege ochtenduren, terwijl de stad nog in diepe slaap verzonken was en zelfs de krantenjongens en de melkmeisjes nog niet op pad waren, laadden ze de auto in. Uit de provisiekamer hadden ze het een en ander voor onderweg meegenomen: wortelen, radijsjes, koekjes en de boterhammen die Lilly de halve nacht lang had staan smeren omdat ze van opwinding de slaap niet kon vatten.

Hoewel het onwaarschijnlijk was dat ze werden gadegeslagen, keek Lilly om zich heen. Behalve zijzelf was er geen mens te zien. Er stond niemand op de plek waar Theodor op de loer had gestaan toen ze naar buiten kwam. Toch liep er een koude rilling over haar rug.

Rudolph zag haar kijken en liep naar haar toe. 'Alles in orde?'

'Ja,' zei ze en ze schudde haar hoofd om de herinnering uit te bannen.

Nadat ze Benjamin op de achterbank had gezet en naast hem was gaan zitten nam Rudolph plaats achter het stuur. Peinzend keek hij voor zich uit naar de straat, toen glimlachte hij en startte de auto.

De straten van Zehlendorf waren nog stil en verlaten. Ze kwamen een omnibus tegen, maar achter de ramen zaten slechts weinig passagiers.

Bij het verlaten van de stad werd Lilly door een vreemd gevoel bevangen. Wat zou er nog zijn als ze terugkwamen? De mallemolen van veranderingen draaide momenteel zo hard dat ze het nauwelijks meer kon bijbenen.

Zouden ze bij terugkomst hun woning nog hebben? Of zou de regering de Joden ook een dak boven hun hoofd ontzeggen? En waar moest Benjamin naar school? Het was hun niet meer gelukt hem ergens anders in te schrijven; het was allemaal zo snel gegaan.

Toen ze de stad achter zich lieten en het platteland bereikten, probeerde Lilly haar onrust te bedwingen. Ze had al vaker in moeilijkheden verkeerd, maar altijd had zich een uitweg aangediend. Misschien zou dat nu ook weer gebeuren.

~

Met een zorgelijk gezicht pakte Hanna de formulieren voor de ziekenfondspatiënten uit het bakje. De beschikking van de Artsenkamer dat dr. Conradi voorlopig geen ziekenfondspatiënten mocht behandelen omdat zijn arische afkomst niet kon worden bewezen, was die ochtend aangekomen.

Conradi had zowel Catherines geboorteakte als de zijne en bovendien hun huwelijksakte opgestuurd, maar dat volstond niet voor de overheid. Die wilde een stamboom die meerdere generaties besloeg. Men was coulant waar het zijn vader betrof, die officieel tot wees was verklaard en weinig over zijn moeder en niets over zijn vader wist. Een vermeend Joodse afkomst van zijn grootmoeder kon niet worden aangetoond, maar men was uitermate geïnteresseerd in zijn Amerikaanse voorouders, omdat men veronderstelde dat ze Joods konden zijn geweest.

'Wiedemann houdt woord,' had dr. Conradi grimmig opgemerkt toen hij haar de brief liet zien.

'Maar dat de Artsenkamer u meteen de behandeling van ziekenfondspatiënten verbiedt...' had Hanna verontwaardigd geantwoord. 'Hoe moet het ziekenhuis dan blijven draaien?'

'We moeten een manier vinden,' zei hij, waarna hij visites ging lopen op de afdelingen.

Het lag voor de hand om dr. Meyer, die zijn paperassen volledig op orde had, voorlopig als geneesheer-directeur aan te stellen. Maar wie moest de vrouwen op de verloskamer bij hun bevalling bijstaan? Vooral nu dr. Rosenbaum weg was en er nog geen uitzicht was op een vervanger. Bovendien was het operatieschema volledig ingevuld en ook al betrof het deels particuliere patiënten, er stonden ettelijke ziekenfondspatiënten op de lijst. Vroeg of laat zouden er problemen optreden, want dr. Lexow en dr. Wolf konden Conradi's spreekuren en operaties er niet bij nemen.

Enige tijd later kwam Conradi terug naar de spreekkamer.

'Misschien moet ik maar op reis gaan,' zei hij gefrustreerd. Hij liep naar zijn bureau, maar ging niet zitten. Hij steunde met zijn handen op het blad en keek door het raam naar het park. 'Als die documenten niet heel gauw komen, zal ik vrijwel niets te doen hebben.'

'Die documenten komen heus wel,' zei Hanna. 'We bidden er allemaal dagelijks om. Heb een beetje vertrouwen.'

'Misschien is het niet Gods wil dat we dit ziekenhuis nog langer het onze noemen,' zei hij tobbend. 'Het kan immers best zijn dat mijn toekomst in Amerika ligt...'

Hanna schrok van zijn woorden. Ze herinnerde zich dat hij acht jaar eerder, toen hij met dr. Cushing had meegelopen, had overwogen in Amerika te blijven. Die gedachte had hij echter laten vallen omdat hij zich verantwoordelijk voelde voor Waldfriede.

Maar hoe zou dat nu zijn?

'U zou bezwaar kunnen maken,' zei ze. 'Het bestaat niet dat het u vanwege een formaliteit onmogelijk wordt gemaakt mensen te helpen.' Ze liep om het bureau heen, zodat hij haar in de ogen moest kijken. 'Dokter Conradi, u bent het hart van dit ziekenhuis. Als u opgeeft, wat moeten wij dan doen?'

De arts keek haar lang aan.

'Hebt u tijd om een brief op te nemen?' vroeg hij toen.

Hanna glimlachte. 'Natuurlijk, dokter.'

~

Tot zijn eigen verbazing slaagde Louis er de hele dag in te doen alsof er niets was gebeurd. De patiënten en de meeste medewerkers merkten niet dat er iets was veranderd.

Behalve Hanna, die hij had verzocht het stilzwijgen te bewaren, nam hij maar één collega in vertrouwen: zijn vriend Erich Meyer.

'Maar je bent toch geen Jood!' zei Erich verontwaardigd terwijl ze door het park wandelden. Het was een milde namiddag en vlak bij hen buitelde een vlucht tjiftjafs tussen de takken door. 'Hoe kan de Artsenkamer je nou verbieden ziekenfondspatiënten te behandelen?'

'Kennelijk vinden er in een nationaalsocialistische staat verschuivingen plaats die we voordien voor onmogelijk hadden gehouden,' zei Louis. Hij liep met zijn handen op zijn rug. 'Ik weet nu precies hoe professor Kirsch en dokter Rosenbaum zich moeten hebben gevoeld toen ik hen op de hoogte bracht van hun ontslag.'

'Alleen zullen ze in jouw geval de schorsing na ontvangst van de documenten moeten opheffen. Waarom bezorgen ze zichzelf en ons al dat ongemak?'

'Omdat ze ons niet goed kunnen plaatsen. Ze denken dat we Joden zijn, maar kunnen dat nog niet bewijzen. Ik vermoed dat ze ons om die reden de komende jaren vaker problemen zullen bezorgen.' Louis slaakte een diepe zucht. 'Gelukkig sta ik bij de Maatschappij voor Geneeskunde nog wel in een goed blaadje. Ze hebben daar ook diverse leden geroyeerd. Dokter Lazarus, dokter Hirsch en heel wat anderen... Ze raken daarmee niet alleen hun aanstelling kwijt, maar ook het contact met hun collega's. En niemand kan hen helpen.'

Erich knikte aangeslagen. 'We moeten deze kwestie beslist met de afdeling Oost-Duitsland bespreken.'

'Ik heb Heinrich al ingelicht. Hij is nog steeds van mening dat bidden zal volstaan. Maar op enig moment zullen we toch tot handelen moeten overgaan.'

'Of juist niet,' antwoordde Erich. 'Denk je niet dat we ons zo stil mogelijk moeten houden? De bewindslieden zullen de komende maanden en jaren hun handen vol hebben aan alles wat ze niet zint.'

'Maar Wiedemann vergeet ons beslist niet,' wierp Louis tegen. 'Hij zal ons blijven achtervolgen zolang dit ziekenhuis in ons bezit is.'

Erich keek hem nadenkend aan en zei ten slotte: 'Dan moeten we er alles aan doen om te zorgen dat Wiedemann ons nergens van kan beschuldigen.' Hij zweeg even en voegde er toen aan toe: 'Hoever ben je met je plannen om je rijbewijs te halen?'

'Ik heb me ingeschreven. Maar eerst ga ik een paar dagen weg met Catherine. Het heeft geen zin om in mijn spreekkamer duimen te gaan zitten draaien. Dan kan ik mijn tijd beter benutten door wat energie op te doen.'

Erich legde zijn hand op Louis' schouder. 'Als je behandelend arts kan ik het alleen maar eens zijn met dat besluit. En als vriend zeg ik: blijf optimistisch. We zullen allemaal voor je opkomen als ze proberen je uit je functie van geneesheer-directeur te zetten.'

Louis glimlachte. Het deed hem goed dit te horen, maar stel dat hun inzet ook niet zou baten? Hij keek naar het trompetboompje dat hij ter gelegenheid van het tienjarig bestaan van het ziekenhuis van zijn vader had gekregen. Was hij nu om een andere reden dan zijn ziekte gedoemd om noch het boompje, noch Waldfriede verder tot bloei te zien komen?

~

Na een overnachting in Dresden passeerden Lilly en Rudolph de volgende dag met Benjamin de grens met de Republiek Tsjechoslowakije. De douanier controleerde hun paspoorten, vroeg of ze iets aan te geven hadden en wenste hun vervolgens een prettige dag.

's Middags naderden ze Praag, de Gouden Stad, zoals Rudolph hem noemde toen hij hun iets over de geschiedenis vertelde. De stad was het toneel van veel belangrijke historische gebeurtenissen geweest, zoals de Defenestratie van Praag, die in de zeventiende eeuw de aanzet tot de Dertigjarige Oorlog was geweest.

'Je hebt hier twee bergen met een burcht erop: in het noorden de Hradčany en in het zuiden de Vyšehrad,' doceerde hij terwijl hij naar de desbetreffende herkenningspunten wees. 'Daardoor konden ze zich altijd goed tegen hun vijanden verdedigen.'

'Misschien moet je een carrière bij een uitgeverij van reisgidsen beginnen,' zei Lilly schertsend.

'Ik ben bang dat de nazi's zo'n baan ook als een "openbare functie" beschouwen,' antwoordde hij enigszins grimmig, maar hij glimlachte meteen weer. 'Maar daarvoor zijn mijn capaciteiten toch niet toereikend. Ik ben arts, geen schrijver. Ik heb het talent door te lezen kennis te vergaren zonder zelf ter plaatse te zijn geweest.'

'Nou, je bent er nu wel.' Ze zweeg even en zei toen: 'Ik hoop echt dat de Novaks niet schrikken als we bij hen op de stoep staan.'

'Ik weet zeker van niet. Ze zullen ons vetmesten met chocola tot we rollend naar huis kunnen. Onze tandartsen zullen staan juichen.' Rudolf schoot in de lach en Lilly keek achterom. De lange rit en de geschiedenisles hadden Benjamin blijkbaar vermoeid. Mooi zo, dacht Lilly, en ze wenste dat ze net zo zorgeloos kon zijn als haar zoon.

~

De laatste rode zonnestralen schenen op het dak van het station. Op het perron stonden talrijke reizigers die net als Catherine en hijzelf naar Hamburg wilden. Daar zouden ze bij zijn vader overnachten en dan doorreizen naar Skodsborg. Voor Louis was het ongebruikelijk om 's avonds op reis te gaan. Normaal gesproken vond hij het prettig om 's ochtends vroeg te vertrekken, als hij uitgerust was en weinig last had van de vermoeienissen die een reis met zich meebracht.

Maar hij had besloten geen dag langer over de nog niet ontvangen documenten te piekeren of in de werkeloosheid waartoe men hem had veroordeeld te berusten. De bezwaarschriften aan het ministerie van Binnenlandse Zaken en de Artsenkamer waren de deur uit. Op het laatst had hij Hanna nog enkele instructies gegeven. Ze had hem een goede reis gewenst, maar in haar ogen had hij bezorgdheid gezien. Het was dezelfde bezorgdheid die ook Catherine aan de dag had gelegd toen hij haar zijn onverwachte reisplannen onthulde.

'We moeten erover nadenken wat ons te doen staat,' zei hij nadat hij zijn medereizigers een poosje had gadegeslagen, 'als ik mijn documenten niet krijg en niet kan blijven werken...'

Catherine keek hem verschrikt aan. 'Waar denk je dan aan?'

'Ik weet het niet. Ik ben in elk geval niet van plan mijn ziekenhuis in de steek te laten,' zei Louis peinzend. 'Maar stel dat de overheid me niet meer aan het werk laat gaan?' Hij zuchtte diep. 'Misschien zou professor Cushing me een aanstelling in Amerika kunnen bezorgen. Of ik ga als arts in het Skodsborg-sanatorium werken.'

'En het huis aan het water dat we hebben gekocht dan?' vroeg Catherine. 'Het huis waarin we samen onze oude dag wilden doorbrengen?'

'Plannen veranderen. Niemand weet wat God nog voor ons in petto heeft.'

'Maar als we vertrekken, zouden we alles wat we hier hebben opgebouwd kwijt zijn! En het personeel rekent toch op je?'

Hij keek haar aan. Het zou niet voor het eerst zijn dat ze naar een ander land verhuisden. Terug naar Zwitserland wilde hij niet, maar Denemarken was hem welgezind. En in Amerika had hij familie.

Voelde hij zich maar niet zo bezwaard bij het idee Waldfriede te verlaten. Maar als de regering hem geen keus liet? Als Wiedemann uiteindelijk toch won?

'Ik vind dat je moet afwachten,' zei ze. 'We kunnen ons geen overhaaste beslissing veroorloven.'

Louis zuchtte. Hij was het wachten zat, die onzekerheid waarin ze verkeerden. Hij verlangde naar een beslissing, naar eindelijk weer zekerheid in zijn leven.

De fluit van de trein klonk en de grond trilde onder hun voeten toen de locomotief haar zware wagons over de rails het station in trok en de passagiers in stoomwolken hulde.

'Goed, laten we proberen onszelf duidelijkheid te verschaffen,' zei hij. 'Misschien gebeurt er intussen iets waardoor het mogelijk wordt in Waldfriede te blijven.'

~

Het hotel deed gezellig en huiselijk aan en Lilly voelde zich meteen behaaglijk. Praag leek niet erg op Berlijn en ze liepen hier niet het risico dat Jeugdzorg, Theodor of zelfs Cecilia zou opduiken. Voor het eerst sinds maanden ontspande ze zich een beetje.

De hotelhoudster was een vrouw van midden vijftig, een tikje mollig, keurig gekapt en gekleed in een felrode jurk. Ze begroette hen in het Duits en vertelde dat Duitsers graag bij haar kwamen en dat ze al met de gedachte had gespeeld haar hotel 'Deutscher Hof' te noemen. Rudolph zei tegen haar dat 'Dům růží', wat 'Huis met de rozen' betekende, een mooie naam was.

Hun kamer had grote ramen, een breed hemelbed en een kleiner bed voor Benjamin. In overeenstemming met de naam van het hotel was het behang voorzien van een rozendessin; de gordijnen waren van oudroze velours.

'Het ziet er hier bijna uit als aan de Oostzee,' merkte Benjamin op terwijl hij naar de ramen liep, die een mooi uitzicht op de straat en de buurt boden.

Lilly keek hem verbaasd aan, maar herinnerde zich toen dat hij met Cecilia op kuurvakantie was geweest.

'Alleen is er geen zee, hè?' vroeg Rudolph lachend. Ook hij leek nu iets meer op zijn gemak. Zwierig tilde hij de koffers op het bed en begon met uitpakken. Toen ze de berg boeken zag die hij had meegesleept, trok Lilly vragend haar wenkbrauwen op. 'Denk je dat dit zo'n saaie stad is?'

'Je weet toch dat ik van mijn werk hou,' antwoordde hij.

'Ik zou hier graag wat rondkijken.'

'Dat gaan we ook doen. Maar het kan geen kwaad om te zorgen dat mijn geest niet roestig wordt.'

Laat in de middag maakten ze met z'n drieën een wandeling door de smalle straatjes van de oude stad. Overal staken kapelletjes hun torens omhoog naar de hemel; bovendien stonden er prachtige barokke gebouwen.

'Praag wordt ook wel de stad met de duizend torens genoemd,' vertelde Rudolph.

'Hoe weet je eigenlijk zo veel over Praag?' vroeg Lilly.

'Ik heb hier nogal eens een medisch congres bijgewoond. Dat waren altijd fijne dagen en de Tsjechische collega's waren erg vriendelijk.'

Bij het stadhuis bleven ze ten slotte staan voor een grote klok. Die had een wijzerplaat voor de zon en de maan en een ring met de tekens van de dierenriem. Op een tweede schijf was een calendarium te zien.

Toen de klok het hele uur sloeg, kwamen de decoratieve figuurtjes op de klok tot leven. Benjamin klapte in zijn handen van plezier.

'Het verhaal gaat dat Magere Hein ongeluk brengt,' zei Rudolph terwijl hij zijn arm om Lilly heen legde. 'Er is echter ook een hoopgevend verhaal verbonden met die figuren. Een ridder die in de gevangenis tegenover het stadhuis op voltrekking van zijn doodvonnis wachtte, zag een mus naar binnen wippen toen Magere Hein zijn kaken van elkaar deed. Toen het carillon was uitgespeeld, zat het beestje in zijn mond gevangen en moest het een uur wachten. Toen de klok weer luidde, fladderde de mus weg – en kort daarop werd de ridder gratie verleend.'

Zal het ons net zo vergaan als die mus, vroeg Lilly zich af. Zullen we op een dag weer kunnen terugkeren naar ons normale leven?

's Avonds ging Rudolph naar de receptie beneden om te telefoneren. Toen hij terugkwam zei hij: 'Ik moet je de groeten doen van de Novaks. Ze hebben ons morgen voor het middageten uitgenodigd.'

'Dat is erg aardig van ze,' antwoordde Lilly. Toen keek ze naar Benjamin, die languit op zijn bed was gaan liggen en in slaap was gevallen. De wandeling had hem goedgedaan en had hem ook flink vermoeid. 'Weten ze dat wij...'

'Ik heb ze verteld dat ik samen met mijn verloofde en haar zoon kom,' antwoordde hij. 'Ze zullen natuurlijk verrast zijn, maar je bent nu immers geen verpleegster van Waldfriede meer.'

'Ga je ze vertellen dat jij ook niet meer in Waldfriede werkt?'

'Waarom zou ik dat niet doen?' antwoordde hij. 'Ik ben ontslagen omdat ik een Jood ben en niet omdat ik me ergens schuldig aan heb gemaakt.' Rudolphs stem zwol aan. 'Mijn patiënten hebben er recht op te horen hoe er in Duitsland met ons wordt omgegaan!'

Lilly pakte zijn hand en voelde dat hij over zijn hele lichaam beefde. Hij had zijn woede lang ingehouden, maar nu leek een uitbarsting nabij.

'Kom mee,' zei ze. Ze liepen het hotel uit om Benjamin niet te wekken en gingen in de auto zitten, waar Rudolph zijn frustratie de vrije loop liet.

'Wat zijn dat voor mensen die anderen alleen om hun religie veroordelen en de les lezen? Die ervoor zorgen dat we ons gezin niet meer te eten kunnen geven! Die barbaren zullen Duitsland in het verderf storten en het hele volk erbij!'

Lilly zei hier niets op, ze luisterde alleen en probeerde hem tot steun te zijn.

'En die lafaard van een Conradi? Die doet niets voor ons! Helemaal niets! Hij zegt dat hij voor ons wil opkomen, maar waar was hij al die tijd? Hij kruipt in zijn schulp, maakt zich klein voor de machthebbers omdat hij bang is met ons over één kam te worden geschoren.'

Even had ze de neiging dr. Conradi te verdedigen. Maar ze herinnerde zich maar al te goed dat hij met zijn vrouw in het park had gestaan en zich niet bereid had getoond haar te helpen. Misschien dacht hij toen dat ze haar verstand had verloren.

'Hij heeft tegen Rosenbaum gezegd dat hij voor hem zou opkomen. Dat heeft Rosenbaum me zelf verteld!' ging Rudolph verder. 'Ik heb hem naar zijn patiënt gereden, een communist die bont en blauw was geslagen. Ik had het gevoel dat hij geen enkele sympathie had voor die lui van de SA en voor fascisten. En toch helpt hij ons niet! Hij gooit ons eruit als honden die tot last zijn geworden!'

Hij zweeg om op adem te komen en haalde nerveus zijn handen over zijn gezicht. Geen enkele scheldpartij zou hem zijn aanstelling terugbezorgen of maken dat hij in een vrijgevestigde praktijk ongemoeid werd gelaten. Dat wist hij maar al te goed.

Langzamerhand werd zijn ademhaling echter weer rustiger. 'Neem me niet kwalijk,' zei hij uiteindelijk. 'Ik... wilde me niet zo laten gaan, maar het werd me opeens allemaal te veel. Het leek of alle verontwaardiging die ik al die tijd heb meegetorst zich vanbinnen had samengebald.'

'Geeft niet,' zei Lilly. 'Het moest er een keer uit.'

'Ik heb het bij jou nog nooit zien gebeuren,' antwoordde hij met een verlegen glimlach. 'En jij hebt veel meer narigheid meegemaakt dan ik.'

'Misschien ben ik er gewoon aan gewend om een zware last te dragen.' Ze glimlachte en voegde eraan toe: 'Een paar dagen geleden ben ik bij dokter Conradi geweest. Ik heb hem gevraagd me weer in dienst te nemen.'

Rudolph trok zijn wenkbrauwen op. 'Waarom heb je me daar niets over verteld?'

'Het was een spontane ingeving. En een dom idee. Hij zei dat hij je afdeling had gesloten.'

'En de patiënten?'

'De laatste patiënten zullen tot hun ontslag nog wel worden behandeld.' Lilly snoof woedend. 'Ik dacht dat hij een aardige man was, maar misschien hebben de nazi's hem ook al ingepakt met hun redevoeringen over het ariërschap.'

'Dat denk ik niet,' antwoordde Rudolph gelaten. 'Het is mogelijk dat hij echt niet anders kon. Het welzijn van zo veel mensen staat op het spel en ik weet niet hoe het de adventisten onder de nieuwe regering zal vergaan.'

'Hij heeft jullie opgeofferd!' Lilly's verontwaardiging was alleen maar heviger geworden.

Rudolph sloeg zijn arm om haar heen. 'Klopt, maar we kunnen er niets tegen doen en mogelijk is hij inderdaad aan handen en voeten gebonden.'

Hij gaf haar een kus op haar slaap. 'Misschien moest het wel zo zijn. Misschien moeten we een andere weg inslaan.'

'Er zal niets anders voor ons op zitten,' mompelde Lilly.

Rudolph knikte bedachtzaam. 'Ik had nooit kunnen bedenken dat ons ooit zo weinig keuze zou worden gelaten.'

'Gelukkig hebben we altijd nog de keuze om te vertrekken,' zei Lilly. Ze deed het portier open en stapte uit de auto. 'We moeten bij Benjamin gaan kijken. Als hij wakker wordt, mag hij niet denken dat we hem alleen hebben gelaten.'

# 74

*Praag, 30 april 1933*

De familie Novak woonde in een prachtige villa aan de rand van de stad. Door een uitgestrekt park kwam je bij hun witte huis met hoge vensters en een rood pannendak, dat door brede zuilen werd gedragen.

Benjamin was verrukt van de fontein, die zo was gevormd dat vier vissen, elk in een andere windrichting geplaatst, elkaar lange waterstralen toespuugden. Rondom waren primula's geplant, waarvan de bloempjes begonnen te ontluiken. Ze staken schitterend rood, blauw en geel af tegen het nog dorre gras.

Met Benjamin aan de hand liep Lilly achter Rudolph aan de trap op terwijl ze zich afvroeg of zijzelf ook ooit een eigen huis zouden hebben. Zo een als dit was te groot voor hen, maar een klein huisje, helemaal voor hen alleen?

De vrouw des huizes deed open; ze zag er verzorgd uit in haar lila jurk. Haar donkere haar was in een ingewikkelde wrong gelegd en ze droeg lange oorbellen met kleine amethisten.

'Welkom!' zei ze vriendelijk en toen viel haar blik op Benjamin. 'Dit is dus uw stiefzoon, professor?'

Rudolph keek naar hem. 'Misschien wordt hij dat binnenkort. Dit zijn mijn verloofde, Lilly Wegner, en haar zoon Benjamin.'

'Ja, zuster Lilly!' riep Milena Novak uit. 'Wat fijn om u beiden te zien. Alfred zal heel blij zijn met een speelkameraadje.'

Ze ging hun voor door de hal van het huis. Eerst weerklonken haar voetstappen op de marmeren vloer, maar die werden algauw gedempt door een dik donkerrood tapijt. Aan het plafond hing een kristallen kroonluchter, naast de trap stond een rood velours bankstel.

Lilly had altijd gedacht dat tuberculose een armeluisziekte was, dat de groep mensen die erdoor getroffen werd er met betere behuizing en meer voedsel tegen beschermd kon worden. Maar de Novaks waren niet arm. Hun zoon had een lange reeks zware behandelingen achter de rug. Hij had het geluk gehad dat zijn familie vermogend was, want anders had hij niet door een arts als Rudolph behandeld kunnen worden.

Even later kwam de jongen uitgelaten op hen afrennen. Hij was gegroeid en niets deed nog denken aan de tijd dat hij met zandzakjes aan zijn voeten het bed moest houden.

'Professor!' riep hij.

'En, Alfred? Hoe is het met je?'

'Goed,' zei hij. 'Bent u komen kijken of het goed met me gaat?'

'Volgens mij ben je bij je ouders in goede handen, maar ik vind het fijn je weer te zien.'

Alfred wendde zich tot Benjamin. 'En wie ben jij?'

'Benjamin,' antwoordde hij.

'Ik ben Alfred. Wil je mijn ridderkasteel zien?'

Benjamin keek naar Lilly en toen ze knikte ging hij er met Novak junior vandoor.

'Kinderen kunnen zo ongecompliceerd vriendschap sluiten,' merkte mevrouw Novak op, waarna ze hun voorging naar de wintertuin, van waaruit ze een mooi uitzicht op het park hadden. De forsythia's stonden in volle bloei en ook de wilgenkatjes waren op hun mooist. Her en der strekten zich tapijten van gele narcissen, hyacinten en krokussen uit. Daartussen stonden rozenstruiken met ontluikende groene blaadjes. 'Ik denk wel eens: konden wij volwassenen maar terugkeren tot die staat van onbezorgdheid.'

'Als je je jeugd achter je laat, doe je zo veel ervaringen op dat het moeilijk wordt anderen te vertrouwen,' zei Lilly.

'Daar hebt u gelijk in, maar de wereld zou misschien een beter oord zijn als er meer mensen waren die vertrouwen verdienen.'

De wintertuin was ingericht met rotan meubels en er stonden diverse soorten palmbomen, die sterk contrasteerden met de inheemse flora. Lilly vroeg zich af of de Novaks in de landen van herkomst waren geweest of dat ze slechts een bepaalde mode hadden gevolgd.

'Mijn man laat zich verontschuldigen, hij is even teruggeroepen naar zijn bedrijf,' zei mevrouw Novak terwijl ze gingen zitten. 'Als ondernemer heb je nooit rust. Maar daar weet u alles van, nietwaar?'

Rudolph knikte. 'Ja, ook in de geneeskunde doen zich telkens weer situaties voor die onmiddellijke actie vereisen.'

Er klonken geluiden in het huis, er werd een deur dichtgeslagen. Even later kwam meneer Novak op een holletje de wintertuin in. 'Neem me niet kwalijk dat ik zo laat ben. Ik moest nog iets afhandelen in de fabriek.' Hij kwam naar hen toe en gaf Lilly en Rudolph een stevige handdruk. 'U hebt uw collega meegebracht?'

'Zuster Lilly en ik zijn inmiddels verloofd,' legde Rudolph uit.

'Van harte gelukgewenst!' zei meneer Novak. 'Arts en verpleegster: het ideale paar.'

Lilly keek verlegen naar Rudolph. Die glimlachte en zijn borst zwol van trots. 'We vullen elkaar heel goed aan. En hebben inderdaad door het werk van elkaar leren houden.'

'Ach, wat romantisch!' riep mevrouw Novak uit. 'Anton en ik zijn min of meer door onze ouders aan elkaar gekoppeld. Tijdens een zomerfeest.'

'Maar dat laat onverlet dat ik vanaf het eerste begin verliefd op je was!' Meneer Novak glimlachte breed naar zijn vrouw, waarop ze diep begon te blozen.

'Waar is Alfred?' vroeg Anton Novak terwijl hij om zich heen keek.

'Hij is met zuster Lilly's zoon aan het spelen. Ze zijn zo leuk met elkaar!'

Novak nam Lilly verbaasd op. 'U hebt een zoon? U lijkt me aan de jonge kant om al een huwelijk achter de rug te hebben.'

Lilly perste haar lippen op elkaar.

'Anton, dat gaat ons echt niets aan,' zei Milena Novak misprijzend.

'Neem me niet kwalijk. Ik heb helaas de gewoonte mijn gedachten meteen uit te spreken.'

'Er zijn slechtere gewoonten,' antwoordde Rudolph. 'Ik waardeer mensen die het hart op de tong dragen.' Hij keek naar Lilly, die bedrukt aan haar mouw frunnikte. Natuurlijk viel het op dat ze een al leerplichtige zoon had.

'Ik ben niet getrouwd geweest,' zei Lilly vrijuit. 'Ik ben op mijn vijftiende zwanger geraakt onder omstandigheden waarover ik het niet wil hebben. Het is me lang onmogelijk geweest er als moeder voor hem te zijn, maar nu kan dat wel. En ik schaam me er niet voor. Ik hou evenveel van mijn zoon als u van de uwe.'

Er verscheen een glimlach op het gezicht van hun gastvrouw. 'Dat geloof ik graag. En er is werkelijk niets waarover u zich zou moeten schamen. Elk kind is een godsgeschenk. En bij ons in huis wordt niemand om zijn verleden veroordeeld. Wat telt is het heden.'

De nijvere dienstmeisjes serveerden een maaltijd van vijf gangen: een runderbouillon, salade, duifjes, gebraden rundvlees met knoedels en als nagerecht nog een zelfgemaakte chocoladecrème.

Het was verbazingwekkend hoezeer de Novaks rekening met Rudolph hadden gehouden. Het vlees was niet in aanraking geweest met melk, en meneer Novak had bij het snijden van het vlees benadrukt dat het in een koosjer slachthuis was gekocht.

Na het eten voelde Lilly zich wat slaperig. Ze was niet meer gewend aan zulke overdadige maaltijden. Het liefst was ze op de zachte sofa ingedommeld, maar dat stond de beleefdheid niet toe. Uiteindelijk kon ze een geeuw niet langer onderdrukken.

'Wat zouden jullie zeggen van een wandelingetje door de tuin?' stelde meneer Novak voor.

'O, dat is een goed idee!' antwoordde zijn vrouw. 'Ga maar vooruit en kijk eens rond. Ik geef de kokkin nog een paar instructies en dan kom ik naar jullie toe en laat jullie het tuinhuis zien.'

De lucht was mild en vervuld van een zoete geur toen ze door de deur van de wintertuin naar buiten liepen. Lilly haakte in bij Rudolph.

'Het is ellendig wat er met Duitsland gebeurt,' zei Novak toen ze een stukje hadden gelopen. 'Ik volg de politieke gebeurtenissen al een tijdje – tenslotte is Duitsland het grootste afzetgebied voor mijn chocola. Maar wat zich daar nu afspeelt bevalt me absoluut niet. Die onrust, de crisis en nu die nieuwe machthebbers. Mijn mensen zeggen dat Hitler niet te vertrouwen is. Sommigen hopen dat hij bij de volgende verkiezingen wordt afgezet.'

'Zo eenvoudig zal dat niet zijn,' antwoordde Rudolph. 'Ze hebben het nu al op de communisten en sociaaldemocraten gemunt. De Rijksdagbrand heeft hun een slechte dienst bewezen. We houden er rekening mee dat die partijen verboden worden, als mocht blijken dat ze iets met de brand te maken hebben gehad.'

'Dat zou heel slecht zijn voor het land en voor iedereen met een andere mening dan die van de rijkskanselier.' Novak bleef hem een tijdje aankijken. 'Hoe ziet het er voor de Joden uit?'

Lilly spitste verschrikt haar oren. Waren er weer nieuwe ontwikkelingen? Ze had de afgelopen dagen geen gelegenheid gehad om het nieuws te volgen...

'Er is een nieuwe wet die alle Joden van het werken in openbaar dienstverband uitsluit. Dat treft zowel ambtenaren als artsen.' Rudolf liet het hoofd hangen.

'Maar Waldfriede zal u toch niet ontslaan? U bent immers...'

Lilly mengde zich in het gesprek. 'Dat is al gebeurd. Dokter Conradi vertrok geen spier.'

'Hij had geen keuze,' zei Rudolph om hem te verdedigen. 'Toen collega Rosenbaum en ik ons ontslag kregen, moesten ook veel andere Joden het veld ruimen: in het Charité, aan de universiteiten...'

'In de stad hebben ze geprobeerd winkeliers hun klanten afhandig te maken,' zei Lilly, die een hevige woede voelde opkomen. Uit consideratie met Rudolph had ze voor zich gehouden wat ze had waargenomen, maar nu kon ze zich niet langer inhouden. 'De SA heeft "Pas op, Jood!" op hun etalages gekalkt. Ook advocatenkantoren en artsenpraktijken hebben ze niet ontzien.'

Ze voelde Rudolphs blik. Ja, dat had ze hem ook moeten vertellen. Maar de afgelopen weken was er zo veel tegelijk gebeurd. Ze had nu al het gevoel dat ze een jaar en niet pas vier maanden geleden bij Waldfriede was weggegaan.

‘Veel Joden overwegen het land te verlaten,’ vervolgde Rudolph. ‘Mijn collega Rosenbaum is van plan naar overzee te gaan.’

‘En u?’ vroeg Novak.

‘Ik weet het nog niet. We willen ons verblijf hier benutten om alles eens op een rijtje te zetten.’ Hij keek Lilly aan. ‘Om inzicht te krijgen in wat we kunnen doen.’

‘Waarom verhuist u niet naar Praag, professor?’ vroeg Anton Novak na een tijdje. ‘Mannen als u kunnen we hier goed gebruiken.’

‘In Tsjechoslowakije werken al goede artsen. Ik heb er een aantal leren kennen.’

‘Dat is waar, maar er zijn er niet genoeg. Met een praktijk op de juiste locatie – of zelfs op het platteland – zou u een nieuw leven kunnen opbouwen, vrij van de in Duitsland heersende willekeur.’

Rudolph keek met een vragende blik naar Lilly. Zou hij het voorstel van meneer Novak echt in overweging nemen?

‘Uiteraard begrijp ik uw aarzeling. Niemand verlaat zijn vaderland zo makkelijk. U hebt vast ouders, broers of zussen...’

‘Eén zus,’ zei Rudolph. Toen keek hij naar Lilly.

‘Ik heb geen contact meer met mijn ouders,’ zei ze. ‘De verhouding tussen ons is al lang niet meer goed.’

‘Bent u joods?’ vroeg Novak.

‘Nee, ik ben protestants.’

‘U wilt toch trouwen? Bent u van plan tot het jodendom over te gaan?’

Lilly keek naar Rudolph. ‘Ik... Ik weet niet... Kun je dat zomaar doen?’

Novak lachte. ‘Natuurlijk kan dat. U zou als jood ook tot het christendom kunnen overgaan.’

‘Uiteindelijk zou dat voor de Duitse machthebbers niet uitmaken,’ zei Rudolph. ‘Voor hen is een Jood iemand die ergens in zijn stamboom een Joodse voorouder heeft.’

‘Dat zal veel mensen in Duitsland dan nog een hoop leed bezorgen.’

Anton Novak bleef stilstaan voor een klein stenen gebouwtje dat er bijna sprookjesachtig uitzag. Het lag verscholen achter een hoge haag en paste niet helemaal bij het grote witte huis, maar het had een gemoedelijke uitstraling die Lilly meteen beviel.

'Ons tuinhuis!' zei hij. 'Jullie hadden eigenlijk geen hotel hoeven nemen; we hadden jullie hier graag ondergebracht.'

'Dat is erg vriendelijk van u,' antwoordde Lilly. 'Maar we wilden niemand tot last zijn.'

'Bezoek is ons nooit tot last,' zei Novak. 'Wilt u het eens bekijken?'

Hij haalde de sleutel uit zijn zak. 'Mocht u hier langer willen blijven, dan bent u van harte welkom.'

# 75

Nadat ze afscheid hadden genomen liepen ze langzaam naar de auto. Rudolph droeg Benjamin, die zich bij het ravotten met Alfred volledig had uitgeleefd en nu slaperig tegen zijn schouder lag.

'Wat zou je ervan vinden als we hier bleven?' vroeg hij terwijl ze door de avondlucht slenterden. 'Dan kunnen we proberen hier vaste voet te krijgen, werk te vinden, een nieuw thuis...'

'Opnieuw beginnen is allesbehalve gemakkelijk,' antwoordde Lilly. 'Dat weet ik, want ik heb het meer dan eens moeten doen.'

'Als je bedenkt dat ik in Duitsland niet de mogelijkheid heb mijn gezin te onderhouden...' Rudolph zweeg even, waarna hij vervolgde: 'Hier in Praag zouden we bestaanszekerheid hebben. Je hebt gehoord wat meneer Novak zei. Er zijn nogal wat families die behoefte hebben aan een particuliere arts. Ik zou hier een praktijk kunnen beginnen, ver weg van Hitler en zijn bruinhemden.'

Lilly dacht aan Benjamin; hij zou weer naar een andere school moeten, weer moeten wennen aan een onbekende omgeving. Maar waren ze dat niet toch al van plan geweest? Hem naar een school te sturen waar geen vaandel met een hakenkruis wapperde?

En dan had je ook nog Theodor en Cecilia. Om maar te zwijgen van de eventuele aanvallen van de SA op Rudolph, of op hen alle drie als ze samen gezien werden.

Lilly had geen zin in verstoppertje spelen en ze wilde ook nooit meer de angst voelen die haar had bevangen bij de aanval van de bruinhemden op Rudolph en de ontmoeting met Theodor.

'Benjamin moet naar school,' zei ze. 'Ik weet niet of ze hier een school met Duitse onderwijzers hebben. Hij moet in elk geval de taal van het land leren. En we hebben allemaal een vergunning nodig om hier voorgoed te kunnen wonen en werken.'

Rudolph sloeg zijn armen om haar heen. 'Dat zal geen probleem zijn. In Duitsland zullen ze blij zijn van me af te komen.'

Lilly moest weer aan dr. Rosenbaum denken. Zou hij in Amerika het geluk vinden? Sinds de middag waarop hij samen met Rudolph uit Waldfriede was gekomen had ze hem niet meer gezien.

'Ik moet toegeven dat het aanlokkelijk klinkt.' Ze dacht er een tijdje over na, probeerde erachter te komen wat ze voelde bij de gedachte hier te wonen. 'Laten we maar blijven. Nu meteen.'

'Nu meteen?' vroeg Rudolph verbaasd.

'Benjamin moet weer naar school. De vakantie is afgelopen, morgen begint het nieuwe schooljaar.'

'Wil je niet nog eens met je familieleden praten?'

'Nee.'

Rudolph nam haar weifelend op. 'En je ouders?'

'Ik stuur ze wel een brief,' zei Lilly vastbesloten. 'Ik weet zeker dat Cecilia me bij hen zal zwartmaken, maar erger kan het toch niet worden.' Ze stootte een vreugdeloos lachje uit. 'Ik vergeef hun wat ze hebben gedaan. Maar ze moeten ook weten wat de rol van Theodor is geweest. Dat niet ik de schuldige ben, maar hij. Dat had ik ze al veel eerder moeten vertellen.'

'Zouden ze je hebben geloofd?' Hij maakte het autoportier open en zette Benjamin behoedzaam op de achterbank.

'Dat weet ik niet. Maar praten over dingen die niet zijn gebeurd heeft weinig zin.'

'Daar heb je gelijk in.'

Hij trok het portier dicht en nam haar in zijn armen. 'Goed, we beginnen opnieuw. Samen. En we gaan trouwen. Maar eerst rij ik nog een keer naar Duitsland.'

'Dan ga ik mee!' zei ze meteen, maar hij schudde zijn hoofd.

'Nee, jij blijft hier met Benjamin. Bereid hem erop voor dat we voortaan hier zullen wonen. En geef me dan een lijstje met spullen die je nog wilt hebben. Ik zal onze meubels laten opslaan tot we een huis hebben gevonden.'

'Blijven we hier in het hotel?'

'Ik ga morgenavond met meneer Novak praten. Hij heeft ons zijn tuinhuis al aangeboden, waarom zouden we daar geen gebruik van maken? Hij kan ons misschien ook nog op andere manieren helpen.'

Lilly vlijde zich tegen hem aan. Weer een nieuw begin. Maar deze keer voelde het goed.

'Geef me ook die brief aan je ouders mee. Maar zet er niet in dat we in Praag zijn. Dat zou te riskant zijn gezien het feit dat Theodor je zou kunnen opzoeken.'

Lilly knikte. Na haar laatste bezoek aan haar ouders was ze enerzijds weggebleven omdat ze haar vaders afwijzende houding had gevoeld, anderzijds omdat ze bang was in discussies verzeild te raken waarvoor ze de energie niet kon opbrengen. Maar nu vond ze het spijtig dat ze hun niet eens kon laten weten waar ze was. Dat ze de deur naar verzoening niet open kon laten.

'Zal ik het hun ooit kunnen vertellen?' vroeg ze. 'Een verzoening zal lastig worden; er is te veel kapotgegaan. Maar misschien willen ze Benjamin wel leren kennen...'

Rudolph drukte zijn gezicht tegen haar kruin. 'Ooit, als deze waanzin voorbij is, zul je het hun kunnen vertellen. Je zou iemand kunnen aanwijzen bij wie ze zich kunnen melden als ze in jou of je zoon geïnteresseerd zijn.'

Lilly wilde al zeggen dat zo iemand niet bestond, maar toen schoot haar iets te binnen. Er was één persoon die ze nog altijd vertrouwde, al had ze diegene nu al een paar maanden niet gesproken.

'Dat is een goed idee,' antwoordde ze en in haar hoofd vormden zich reeds de woorden die ze later zou opschrijven.

*Lieve vader en moeder,*

*Sinds mijn bezoek aan jullie is enige tijd verstreken, tijd waarin ik niets van me heb laten horen omdat ik niet wist of jullie wel van me wílden horen.*

*Misschien had ik weer contact moeten opnemen, maar de afge-*

*lopen weken hebben de omstandigheden dat verhinderd. Dat maak ik nu goed. Ik weet niet of jullie het al van Cecilia hebben gehoord, maar Benjamin is nu bij mij en wat mijn tante ook in het werk zal stellen, ik zal nooit toelaten dat ze hem nogmaals van me afpakt.*

*Ik ben er nog steeds niet uit of ik moet geloven dat jullie destijds na het bekend worden van mijn zwangerschap alleen maar het beste met me voorhadden. Het is veel waarschijnlijker dat jullie aan jezelf hebben gedacht en hebben gezocht naar de beste manier om een schandaal te voorkomen. Er waren andere mogelijkheden geweest, maar jullie hebben deze gekozen en daarmee ook mijn leven bepaald.*

*Heeft Cecilia ooit met jullie over Theodor gesproken?*

*Hebben jullie enig idee wat hij me in november 1924 heeft aangedaan toen we bij zijn ouders op bezoek waren? Jullie kunnen je misschien voorstellen hoe het kind in mijn buik is terechtgekomen. Misschien hebben jullie je ogen ervoor gesloten, omdat het wel zo makkelijk was in mij, jullie toen nog maar vijftienjarige dochter, de schuldige te zien. Maar hij was degene die mij geweld heeft aangedaan.*

*Hoe het ook zij, ondanks alle verschrikkingen ben ik erin geslaagd weer gelukkig te zijn. Ik heb een beroep geleerd en zal straks een gezin hebben, een man die van me houdt en me bijstaat. Wat Cecilia jullie ook over mijn verloofde vertelt, niets van wat zij mogelijk zegt is de waarheid.*

*Ik zal proberen me jullie als de ouders uit mijn kindertijd te herinneren. Het zou onbillijk zijn te zeggen dat jullie me alleen maar slecht hebben behandeld. Maar die ene keer, die beslissende keer, hebben jullie me niet bijgestaan. Die ene keer hebben jullie een voor mij verkeerde beslissing genomen. Die keer heeft ons uiteengedreven, maar ik vergeef het jullie. Sterker nog: mochten jullie ooit de behoefte hebben iets over jullie kleinkind te weten te komen, wenden jullie je dan tot een zuster in Waldfriede, Hanna Richter. Ik zal haar vragen jullie berichten aan mij door te sturen, want mijn adres moet om verschillende redenen geheim blijven. Ik hoop dat jullie me schrijven, maar dat laat ik natuurlijk aan jullie over.*

*Ik wens jullie het allerbeste en bovenal een goede gezondheid. Leid een goed leven, zoals ik ook van plan ben te doen. En mochten jullie ertoe besluiten mij en jullie kleinzoon te vergeten, dan zal ik hem toch ooit over jullie vertellen.*

*Met hartelijke groeten,*
*Lilly*

De volgende dag kwam Rudolph pas 's avonds laat terug. Hij zag er doodmoe maar ook opgelucht uit.

'De Novaks vinden het goed dat je bij hen in het tuinhuis verblijft,' zei hij. 'Ze boden het meteen al aan toen ik zei dat ik naar Berlijn zou gaan. Voordat ik morgen vertrek breng ik Benjamin en jou ernaartoe.'

'Ik hoop echt dat we ze niet tot last zijn.'

'De Novaks zijn heel oprechte mensen,' zei Rudolph. 'Ze zouden het ons vertellen als iets hun niet schikt. En dat Benjamin vriendschap met Alfred kan sluiten is ook een voordeel. Kennelijk konden ze heel goed met elkaar opschieten. Alfred vroeg al naar hem.'

Lilly keek naar Benjamin. Hij had het wel eens over vroegere vriendjes uit Hamburg gehad, en over Kurt uit zijn klas, maar ze had niet het gevoel dat het daarbij om hechte vriendschappen ging.

'Benjamin, hoor je dat?' vroeg Lilly. De jongen keek op. 'We gaan bij de Novaks logeren. Dan kun je de komende dagen met Alfred spelen.'

'Ja!' riep hij uit en hij klapte enthousiast in zijn handen.

'En als je wilt, kun je misschien ook eens met hem mee naar school,' voegde Rudolph eraan toe.

'Maar hij zal geen woord kunnen verstaan,' wierp Lilly tegen.

'Alfred kan wel voor hem vertalen. Zo krijgt hij al een beetje een idee van de taal. Wat wij ook moeten doen.' Hij glimlachte naar haar. 'Milena heeft aangeboden jou les te geven. Tsjechisch is een erg mooie taal.'

'Ik was op school nooit goed in talen. Maar het bevalt me hier en ik zal mijn best doen.'

De hemel kleurde bedeesd rood toen ze het hotel tegen zes uur 's ochtends verlieten en hun bagage in de auto laadden. Het was nog stil op straat, net als op de dag dat ze uit Berlijn vertrokken.

De hotelhoudster gaf hun ten afscheid een papieren zak vol koffiebroodjes met een vulling van pruimenmoes, die ze *koláče* noemde en het deed haar genoegen dat Rudolph beloofde haar hotel aan al zijn collega's en bekenden aan te bevelen.

'Ik zou me kunnen voorstellen dat er leden van mijn gemeenschap zijn die een eerste opvang nodig hebben,' zei hij toen hij het parkeerterrein van het hotel af reed. 'Ik zal ze op het hart drukken ook naar Praag te komen. Hoe meer van onze mensen hier zijn, hoe beter. Meneer Novak heeft me over de joodse gemeente in Praag verteld en ik heb meteen contact opgenomen. Ook zij gaan ons helpen.'

'Dat heb je allemaal op één dag gedaan?' vroeg Lilly verbaasd.

In het huis van de familie Novak waren slechts weinig vensters verlicht. Heel even dacht Lilly dat ze te vroeg waren, maar toen verscheen meneer Novak bovenaan de trap.

'Goedemorgen!' zei hij en hij haalde de sleutel van het tuinhuis tevoorschijn. 'Ik zal jullie je nieuwe domicilie laten zien.'

Hij ging hun voor door de tuin, die er in het eerste ochtendlicht sprookjesachtig bij lag. Overal glinsterde en ruiste er van alles en hier en daar snoven ze een lichte bloemengeur op.

De dienstmeisjes hadden het huis al in orde gemaakt. De geur van schoon beddengoed kwam hun tegemoet.

Het huis beschikte over een smaakvol ingerichte woonkamer met lichte meubels, een slaapkamer en nog een kamer, zo te zien een kinderkamer, waarin een comfortabel ogend bed stond. Verder was er nog een badkamer met een zitbad op gouden leeuwenpootjes.

Lilly voelde zich direct op haar gemak, helemaal toen ze achter het huis een groot terras ontdekte, als het kasteel van Doornroosje omgeven door rozenstruiken.

'Mijn personeel staat u ter beschikking. U zou ons een plezier doen als u ons bij het avondmaal gezelschap houdt.'

'Dank u wel,' zei Lilly, nog steeds overweldigd door alles wat meneer Novak hun liet zien.

‘Ik zal het met mijn vrouw over uw zoon hebben. Onze Alfred leert hem graag een paar woorden Tsjechisch. En als u wilt, kunt u Benjamin vast wel op dezelfde school inschrijven.’

‘Dat waarderen we zeer,’ zei Rudolph. ‘Het is allemaal een beetje veel, maar we zullen de komende maanden de tijd hebben om te wennen.’

‘Goed, dan laat ik u met rust, zodat u kunt uitpakken. Schroom niet om uw wensen kenbaar te maken. Mijn dienstmeisjes zullen proberen u het verblijf zo aangenaam mogelijk te maken.’

Met deze woorden nam Anton Novak afscheid.

Lilly stond in de woonkamer, liet haar blik langs het met hout betimmerde plafond gaan en vroeg zich af of dit alles maar een droom was.

‘Ik kan het nog niet geloven,’ zei ze.

‘Ik zei toch dat de Novaks heel genereus zijn?’

‘Maar wat een geluk voor ons...’

‘We hebben het verdiend.’ Hij ging achter haar staan en legde zijn armen om haar heen. ‘En hier kan ik er zeker van zijn dat je in goede handen bent.’

Hij kuste haar en ging de bagage uit de auto halen. Terwijl ze alles uitpakten, begonnen de kamers al vertrouwd aan te voelen.

‘Wanneer mag ik eindelijk naar Alfred?’ vroeg Benjamin nadat Lilly zijn kleren in de smalle kast naast de deur had gelegd.

‘Eerst nemen we afscheid van Rudi,’ antwoordde ze. ‘Daarna mag je naar hem toe.’

Toen ze klaar waren zette Rudolph zijn grote koffer bij de deur. Hij zou hem nodig hebben om nog het een en ander uit hun appartement te halen.

Tijdens het uitpakken was het Lilly opgevallen dat hij erg veel van wat hem dierbaar was had meegenomen.

‘Je had het al in je hoofd om hiernaartoe te emigreren, nietwaar?’ vroeg ze. Ze woog een glazen presse-papier die van zijn vader was geweest op haar hand. Dit was bepaald niet iets wat je meenam op een kort vakantietripje.

‘Ja,’ gaf hij toe, ‘maar ik wist niet of jij bereid zou zijn alles achter te laten.’

‘Je bedoelt dat je al die spullen weer mee terug had gesleept als ik nee had gezegd?’

‘Ja. Maar ik zou eerst hebben geprobeerd je over te halen.’ Hij kwam naar haar toe en kuste haar.

‘Dat was niet nodig geweest,’ antwoordde ze. ‘Ik ga waar jij gaat. En als je terug bent, beginnen we een nieuw leven.’

# 76

*Skodsborg, 14 mei 1933*

De weken in Skodsborg deden hun goed. Louis benutte de tijd om samen met zijn vrouw lange strandwandelingen te maken en al die mensen weer te ontmoeten die tijdens zijn ziekte voor hem hadden gezorgd.

In Denemarken kon hij vergeten welke omwentelingen zich in zijn eigen land voltrokken. Hij genoot van het eten en de rust en won langzamerhand weer aan stabiliteit.

Hij zag zijn terugkeer naar Berlijn met gemengde gevoelens tegemoet. Het liefst zou hij blijven zitten in deze cocon van ontspanning, zeegeruis en mensen met wie hij het goed kon vinden. Maar de dagen vlogen om en hun vertrek was ophanden.

Zodra de trein de stadsgrens was gepasseerd en station Lehrte naderde, kwamen alle zorgen die in Denemarken zo ver weg hadden geleken weer terug.

'Wat denk je, zouden die documenten inmiddels zijn aangekomen?' vroeg Catherine alsof ze zijn gedachten kon lezen.

'Ik hoop het,' zei hij.

'Misschien hebben ze op het ministerie ingezien dat ze zich hebben vergist.'

'Dat is wel het laatste waar ik rekening mee hou. De ambtelijke molens maalden vroeger al langzaam, waarom zou het nu vlugger gaan?'

'Geef de hoop niet op,' antwoordde Catherine. 'God heeft ons eerder geholpen en dat zal Hij nu weer doen.'

Een kwartier later kwam de trein tot stilstand. Louis en Catherine stapten uit, haalden hun koffers op en namen op het stationsplein een taxi. De rit naar Zehlendorf brachten ze in stilte door.

Toen ze bij Waldfriede waren gearriveerd laadde de chauffeur hun bagage uit en Louis stopte hem een fooi toe. Vervolgens liepen ze naar hun huis.

Louis voelde zich onrustig. Hij had Hanna opdracht gegeven het hem te laten weten als er iets bijzonders gebeurde. Het ging daarbij zowel om de uitvaardiging van nieuwe wetten als om voorvallen in het ziekenhuis. Ook als Kowalski weer zou proberen Waldfriede in diskrediet te brengen moest ze contact opnemen.

's Nachts, als zijn gedachten als op hol geslagen paarden met hem op de loop gingen, had hij al voor zich gezien dat er een nieuwe geneesheer-directeur werd aangesteld of dat het ziekenhuis door Wiedemann en zijn bazen onteigend werd.

Maar het gebouw zag er net zo uit als altijd en ook had hij niets van Hanna gehoord.

'Wil je er niet even naartoe lopen om te zien of alles in orde is?' vroeg Catherine, die zijn blik had opgemerkt.

Louis stond in dubio. In de spreekkamer zou hij de post van de afgelopen dagen aantreffen. Hij zou bij Hanna kunnen aankloppen om zich door haar te laten informeren over de stand van zaken. Maar stel dat de documenten niet waren aangekomen? Hij had al zo weinig hoop op een gunstige wending. Moest hij daarvoor zijn laatste restje vakantierust voortijdig opgeven?

'Morgen lijkt me vroeg genoeg,' zei hij en hij maakte de voordeur open. Op de benedenverdieping heerste rust; kennelijk was het gezin van de pastor niet thuis. Louis droeg de koffers de trap op en haalde de sleutel van hun woning uit zijn jaszak. Bijna had hij de witte envelop over het hoofd gezien die iemand – vermoedelijk Hanna – met plakband naast de deur had bevestigd.

Hij zette de koffers weer neer en trok de envelop van de muur. Hij was nogal dik en gemaakt van stevig papier. Volgens het stempel was de brief per postschip vervoerd. De afzender was Edith Wakeham, een nicht uit Wisconsin.

Zijn hart begon sneller te kloppen. 'Catherine,' riep hij naar zijn vrouw, die nu ook de trap op kwam. 'Kijk eens! We hebben het binnen!'

'Wat?' vroeg ze, maar Louis gaf geen antwoord en scheurde meteen de envelop open. Er zaten diverse papieren in, afschriften van oorkonden en dergelijke, en bovendien een brief in Ediths handschrift. Hij keek alles vlug door en las ook wat zijn familielid schreef over de wijze waarop er in hun land naar de gebeurtenissen in Duitsland werd gekeken. Ze waren bang dat de leden van hun gemeenschap problemen zouden krijgen en boden hulp aan.

Al heel lang had hij zich niet zo opgelucht gevoeld als nu. 'Precies wat we nodig hadden!' jubelde hij. Hij omhelsde Catherine en drukte een kus op haar mond. 'Ik stuur de documenten meteen op naar Wiedemann.'

'Het is vandaag zondag!' antwoordde zijn vrouw, maar hij was de trap al af gerend.

Hij was evenwel niet onderweg naar de spreekkamer, maar naar het privévertrek van zuster Hanna. Om deze tijd zou ze daar zijn; haar ronde door het ziekenhuis deed ze veel vroeger.

Door de deur heen hoorde hij het zachte tikken van een schrijfmachine.

'Binnen!' riep ze nadat hij had aangeklopt. Hij liep de kamer in en zag haar aan tafel zitten. Naast haar lagen wat vellen papier; ze was blijkbaar weer met haar kroniek bezig.

'Dokter Conradi!' Haar gezicht begon te stralen. 'U bent terug.'

'En ik heb dit gevonden.' Hij liet haar de envelop zien.

'Ja, die zat gisteren bij de post. Ik wilde dat u hem meteen zou vinden.'

'Hartelijk dank daarvoor, Hanna. U hebt geen idee hoe opgelucht ik ben.'

'Als u wilt begin ik direct aan het bezwaarschrift aan de Artsenkamer.'

'Ik heb er veel zin in om Wiedemann de documenten persoonlijk te overhandigen.'

'En ik zou maar al te graag zien wat voor gezicht hij trekt. Maar hebt u de documenten goed nagekeken? Misschien ontbreekt er nog iets.'

'Jazeker, alles is er. De Wakehams zijn heel consciëntieus. En hiermee lijkt ook de kwestie van mijn vermeende Joodse herkomst opgelost te zijn...' Er leek hem iets te binnen te schieten. Hij vroeg: 'Hebt u nog iets gehoord van professor Kirsch of dokter Rosenbaum? Ik had hun een referentie gestuurd.'

'Nee. En dat is ze ook niet kwalijk te nemen, vindt u wel?'

'Nee, zeker niet. Ik moet er niet aan denken hoe ze eraan toe zijn. De hopeloosheid...' Hij boog zijn hoofd. 'Tijdens mijn reis heb ik zo nu en dan aan hen gedacht en me afgevraagd hoe het mij zou zijn vergaan.'

'U had in dat geval net zomin iets kunnen doen als zij.'

'Dat is waar en ik weet niet of ik de schuld die ik daarmee op mijn schouders heb geladen ooit nog kan inlossen.'

'U hebt het welzijn van velen op het oog.'

'Dat is waar, maar als we het welzijn van individuen daarbij uit het oog verliezen...'

Ze keken elkaar een tijdlang aan, toen voegde Louis eraan toe: 'Mocht u iets van hen horen, laat het mij dan alstublieft weten.'

'Dat zal ik doen,' beloofde Hanna. 'Ach ja, voordat ik het vergeet: morgenochtend komt dokter Blumöhr langs. Hij heeft gesolliciteerd naar een betrekking en wilde zich voorstellen zodra u weer terug was.'

~

Voor Lilly leken de uren en de dagen om te kruipen. Rudolph was nu twee weken weg. Bij zijn aankomst in Berlijn had hij haar opgebeld, maar daarna had de telefoon gezwegen. Hij had natuurlijk ook veel te regelen. Benjamin moest worden afgemeld van school, voor hun immigratie hadden ze bepaalde documenten nodig en de gemeente Berlijn diende van hun verhuizing op de hoogte gesteld te worden. Toch was Lilly ten prooi aan twijfels en angsten die haar vaak slapeloze nachten bezorgden.

Alleen omwille van Benjamin, die hiervan niets mocht merken, vermande ze zich en deed ze alsof het normale vakantiedagen waren die ze doorbrachten met wandelen en bezoekjes aan musea en de nog maar twee jaar oude dierentuin. Alfred leerde Benjamin inderdaad een paar Tsjechische woorden, die hij haar vervolgens vol trots voorzegde, waarna zij ze moest herhalen.

'Je moet toch met mijn nieuwe meesters en juffen kunnen praten?' zei hij opgetogen en Lilly deed haar uiterste best.

Toen mevrouw Novak haar aanbood Benjamin met Alfred mee naar zijn school te laten gaan, stemde ze toe, want ze had gemerkt dat het haar zoon goeddeed om een vriendje te hebben. En ze was blij dat hij ondanks alles wat hij had meegemaakt zo open en vrolijk was.

Ze verborg haar eigen zorgen daarom voor hem, maar als Benjamin sliep of met Alfred Novak op stap was, kreeg de onrust haar weer in zijn greep. Stel dat Theodor Rudolph zou opwachten en lastigvallen? Hij wist natuurlijk niet hoe hij eruitzag, maar wie kon zeggen dat de SA geen inzage had in de gegevens van het bevolkingsregister? Hij had immers eerder ook hun adres weten te achterhalen? Hellers arm leek verder te reiken dan ze aanvankelijk had gedacht.

Milena Novak merkte dat ze ongerust was en omringde haar met liefdevolle zorg. Haar uitnodiging om mee te eten nam Lilly echter niet altijd aan. Enerzijds wilde ze de Novaks, die al zo veel voor haar deden, niet tot last zijn. Anderzijds wilde ze zich ongestoord aan haar gedachten kunnen overgeven en zich in een deken nestelen als het haar allemaal te veel werd. Op zulke avonden stuurde mevrouw Novak resoluut een dienstmeisje langs met de avondmaaltijd.

Tweeënhalve week na Rudolphs vertrek stond Elsa, een meisje met rood haar en sproeten, rond het middaguur voor de deur. Ditmaal had ze geen dienblad bij zich en ze kwam ook niet schoonmaken.

'Er is telefoon voor u in het kantoor van meneer Novak,' zei ze.

Lilly sprong op. Dat moest Rudolph zijn!

Met bonzend hart stormde ze de villa en vervolgens het kantoor in en pakte de telefoonhoorn. 'Met Lilly Wegner.'

'Hallo liefste.' Toen ze Rudolphs stem hoorde, slaakte ze een zucht van verlichting. Hij had haar nooit eerder zo aangesproken, maar het koosnaampje klonk hartverwarmend.

'Is alles goed met je?' zei ze ademloos. 'Ik begon al te denken...'

'Maak je geen zorgen, alles is in orde. Het heeft alleen even geduurd tot ik de benodigde documenten had.'

Lilly drukte haar hand tegen haar borst. In haar ogen welden vreugdetranen op. 'Ben je al op de terugweg?'

'Ik vertrek morgen in alle vroegte.' Hij zweeg even en zei toen: 'Ik heb je brief bij je ouders afgegeven.'

'Mooi zo.'

'Ik heb hem persoonlijk aan je vader overhandigd.'

'Maar... Hoe...' Lilly schudde verward haar hoofd.

'Ik wilde hem op z'n minst één keer zien.'

'Je hebt hopelijk niet tegen hen gezegd wie je bent!'

'Ik heb gezegd dat ik een kennis van je ben en dat het goed met je gaat. En dat ze de rest in de brief konden lezen.'

Lilly kon niet antwoorden. Haar maag verkrampte. Met haar brief had ze afscheid van haar ouders genomen – misschien wel voorgoed.

'Liefste?' vroeg Rudolph zachtjes. 'Ik hoop dat je nu niet boos op me bent.'

'Nee, hoor,' zei ze. 'Ik... Ik moet alleen even verwerken dat je oog in oog met hem hebt gestaan.'

'Ik vertel je meer als ik weer thuis ben. Maak je geen zorgen, alles komt goed.'

'Dat zeg je altijd,' antwoordde Lilly.

Rudolph lachte. 'Ik ben daar dan ook van overtuigd.'

Inderdaad was Rudolph de volgende dag 's avonds weer terug in Praag. Lilly had Benjamin net naar bed gebracht toen ze de auto hoorde aankomen op de binnenplaats.

Ze liep vlug naar het raam en zag nog net dat de auto een stukje opzij van het tuinhuis tot stilstand kwam. Toen ze naar buiten liep kwam Rudolph haar al tegemoet. Hij droeg een grote koffer, die hij neerzette om haar op te vangen en aan zijn borst te drukken. Ze kusten elkaar innig, waarna Lilly haar hoofd tegen zijn schouder vlijde. 'Ik heb je zo gemist.'

'Ik jou ook,' antwoordde hij en hij kuste haar nog eens.

Lilly keek hem aan. 'Hoe was het in Berlijn?'

'Deprimerend,' gaf hij toe. 'Ik heb Sarah gesproken en andere leden van onze gemeente... In tegenstelling tot mijn zus peinzen veel mensen er niet over om het land te verlaten. Ze denken dat de regering weer tot rede zal komen.'

'Misschien gebeurt dat ook wel.'

Rudolph schudde zijn hoofd. 'Nee, zolang die regering in de Rijksdag zit niet. Er wordt ook al gezegd dat Hitler vroeg of laat het parlement zal afschaffen.' Hij sloeg zijn armen stevig om haar heen. 'Je zult zien dat wij het juiste hebben gedaan. Morgen zal ik meteen een nieuwe school voor Benjamin zoeken en dan een praktijkruimte. We gaan het leven dat ons is vergund ten volle benutten.'

Even later gingen ze naar binnen. Lilly haalde een bord van de soep die ze had bewaard van het middageten en ging naast hem zitten.

'Hoe ging het bij de politie?' vroeg ze op fluistertoon, omdat ze haar zoon niet wakker wilde maken. 'Deden ze moeilijk over de documenten?'

'Nee, het liep allemaal heel soepel. Ik had de indruk dat ze blij zijn met elke Jood die het land verlaat. Ik heb staan praten met een jonge meubelfabrikant die daar ook was. Hij was pas getrouwd en wil met zijn vrouw naar Palestina, om mee te werken aan de stichting van een Joodse staat. Kun je je dat voorstellen? Een land voor ons alleen!'

'Ik weet niet eens precies waar Palestina ligt.'

'Dat laat ik je zien zodra ik een atlas in handen krijg.' Hij at een paar lepels soep en vervolgde: 'Er is in Berlijn een vereniging die Hechalutz heet. Ze zoeken jonge Joden die met hen naar Palestina willen gaan. Mochten we hier in Praag om de een of andere reden geen voet aan de grond weten te krijgen, dan kunnen we ons bij hen aansluiten.'

'Maar ik ben niet Joods.'

'Je bent binnenkort mijn vrouw. Ik geloof niet dat ze in dat opzicht kieskeurig zijn. Het gaat hun erom daadkrachtige mensen te vinden.' Hij viel even stil en pakte haar hand. 'Ik heb in geen tijden zo veel hoop en ondernemingslust gevoeld.'

'Ik merk het,' antwoordde Lilly.

'Die politieagent wilde eigenlijk dat jij persoonlijk langs zou komen, maar ik heb het met je volmacht en je papieren uiteindelijk toch kunnen afhandelen.'

'En hoe zit het met je zus?'

'Ze is voorbereidingen aan het treffen om naar Parijs te gaan. Een bekende van haar regelt een kamer. Ze heeft het grootste deel van haar meubilair al verkocht en geld bij die kennis gedeponeerd.'

'Zul je haar niet missen?'

'Ja, heel erg,' bekende Rudolph. 'Sinds het overlijden van onze ouders had ik alleen haar nog. Maar ik weet dat ze in Parijs veilig zal zijn en dat is het enige wat telt. En we kunnen haar opzoeken, en zij ons.' Hij zweeg, pakte toen haar hand en voegde eraan toe: 'We gaan het beste van de situatie maken. En wie weet zijn we ooit in staat om ook mijn geloofsgenoten die in Duitsland moeten achterblijven te helpen.'

Lilly beantwoordde dit met een kus.

# 77

*Praag, 20 juli 1933*

Met kloppend hart ging Lilly in Milena Novaks slaapkamer voor de spiegel staan. In de voorgaande weken was ze 's nachts als Rudolph sliep telkens naar de doos geslopen waarin haar bruidsjurk lag te sluimeren. Ze haalde hem er dan uit en hield hem voor zich.

Het strakke lijfje was van wilde zijde waarop kruiselings over de borst twee brede kanten linten waren gestikt. De rok sloot aan op de heupen en liep naar de kuiten uit in een klokmodel. De zoom was afgezet met kant. De lange, tere sluier was bevestigd aan een diadeem met roosjes en mirte.

Eindelijk was de dag aangebroken waarop ze de jurk en de sluier kon dragen.

'Je lijkt wel een prinses,' zei Milena terwijl ze aan Lilly's mouwen en rok plukte. 'Alle vrouwen zullen groen zien van jaloezie.'

'Ik had nooit gedacht dat deze dag ooit zou komen,' antwoordde Lilly.

'Hoezo? Je bent toch een knap meisje! En de professor is precies de juiste man voor je.'

Daar twijfelde Lilly niet aan. Maar als ze terugdacht aan die dag in augustus, toen ze met weeën in bed lag en de toekomst er somber uitzag... Als haar toen was verteld dat ze ooit een man en een fijn leven zou hebben, had ze er niets van geloofd.

Ergens wenste ze dat haar moeder haar zo zou kunnen zien. Maar haar brief was onbeantwoord gebleven. Ook van Cecilia had ze niets meer gehoord. Wel was Rudolphs zus gekomen. Parijs leek Sarah goed te doen; tussen de Tsjechen sprong ze er in haar elegante kleding uit als een prachtige exotische vogel.

Soms deed het besef dat ze haar familie achter zich had gelaten haar nog verdriet, maar dan keek ze Rudolph en haar zoon in de ogen en wist ze dat ze een nieuwe familie had gekregen, en daarmee ook een nieuw leven.

Bij de huwelijkssluiting in de tuin van de Novaks waren vrienden van hun gastheer en gastvrouw aanwezig en ook mensen die Rudolph de afgelopen maanden had leren kennen. Zelf voelde Lilly zich een beetje alleen, want van haar kant kwam er niemand. Ze had ervan afgezien haar ouders uit te nodigen, maar aan Waldfriede had ze wel een uitnodiging gestuurd. Liever gezegd aan Hanna, want ze had beloofd haar op de hoogte te houden.

Maar een antwoord was uitgebleven. Dat stemde Lilly een beetje droevig, al begreep ze dat ze het in Waldfriede druk hadden. En wie wist welke problemen zich daar hadden voorgedaan.

Als bruidsmeisjes fungeerden dus bekenden van Milena Novak: jonge vrouwen die hoopten haar bruidsboeket te vangen.

'Zullen we dan maar?' vroeg Milena glimlachend. Lilly knikte en verliet het huis aan de tuinzijde.

Rudolph en zij hadden besloten in eerste instantie voor de wet te trouwen. Ze had tijd nodig om zich vertrouwd te maken met zijn geloof, want wat had het voor zin om, als ze niet geloofde, alleen ter wille van Rudolph aan een godsdienstige ceremonie deel te nemen?

Zo was de enige concessie aan zijn religie de choepa, het joodse huwelijksbaldakijn, dat de dienstmeisjes liefdevol met bloemen en linten hadden versierd. De ambtenaar van de burgerlijke stand was een slanke man met grijs gemêleerd haar die redelijk Duits sprak, alhoewel met een duidelijk accent.

Toen Lilly het baldakijn naderde begon het orkestje dat voor de ceremonie was ingehuurd de bruiloftsmars te spelen.

Heel even betreurde ze het dat haar vader haar niet volgens oud gebruik naar het altaar leidde. Anton Novak had aangeboden zijn plaats in te nemen, maar Lilly had besloten alleen te gaan – zoals ze de afgelopen jaren haar leven ook alleen richting had gegeven.

Haar blik viel op Benjamin, die enigszins rusteloos op zijn stoel heen en weer schoof. Hij kon nauwelijks wachten tot hij met Alfred en de andere kinderen, met wie hij inmiddels al heel goed kon praten, de tuin in kon verdwijnen.

Hij had geaccepteerd dat 'Rudi' zijn papa zou worden. Rudolph had het aan hemzelf overgelaten hoe hij hem zou noemen. Lilly was ervan overtuigd dat hij het bij Rudi zou houden, want dat vond haar zoon een leuke naam. Ze was blij dat hij nu buiten bereik van Cecilia was en dat ook Theodor hen niet meer kon opzoeken. Af en toe kwam de herinnering aan die ontmoeting terug in haar dromen, maar als ze dan opzij keek zag ze Rudolph en vlijde ze zich tegen hem aan.

Onder het baldakijn stond Rudolph al te wachten in een grijs jacquet met een wit overhemd en een blauwe stropdas. Door haar sluier heen zag Lilly hem glimlachen. Ze glimlachte zelf ook; ze had zich zelden zo gelukkig gevoeld als op dit moment.

Toen de muziek was afgelopen begon de ambtenaar van de burgerlijke stand aan zijn toespraak. Lilly had Rudolphs hand graag vastgepakt, maar ze moest op de verlossende woorden wachten.

'Wilt u, juffrouw Lilly Wegner, de hier aanwezige Rudolph David Kirsch tot uw wettige echtgenoot nemen?'

'Ja, dat wil ik,' zei ze voor iedereen duidelijk verstaanbaar.

'En wilt u, professor Rudolph David Kirsch, de hier aanwezige juffrouw Lilly Wegner tot uw wettige echtgenote nemen?'

'Ja, dat wil ik,' antwoordde hij.

'Dan verklaar ik u hierbij tot man en vrouw,' zei de ambtenaar. 'U mag de bruid kussen.'

Rudolph tilde de sluier uit haar gezicht en keek haar stralend aan. Lilly zag in zijn ogen tranen glinsteren. Toen trok hij haar naar zich toe en kuste haar innig, onder luid applaus van de aanwezigen.

Op de huwelijkssluiting volgde een feest, dat in weerwil van haar en Rudolphs voornemen tamelijk groot uitviel. Heel wat mensen zaten aan aan het diner, kwamen naar hen toe, feliciteerden hen, disten een of ander verhaal op. Sarah raakte met diverse vrouwen geanimeerd in gesprek en Lilly merkte dat ze de aandacht van heel wat mannen trok. Het was vast slechts een kwestie van tijd tot ook zij zou trouwen.

Anton Novak, vol lof over de genezing van zijn zoon, leek wel een verkoper die Rudolph als een smakelijke reep chocola aan de man wilde brengen, dacht Lilly.

Terwijl het orkestje speelde werd de maaltijd door de dienstmeisjes en het door de Novaks ingehuurde overige personeel opgediend.

Toen het bruidspaar ten slotte aanstalten maakte voor de openingsdans, kwamen de gasten om hen heen staan. Lilly had het gevoel op wolken te zweven, gedragen door Rudolphs armen. Het was voor haar als een droom waaruit ze niet wilde ontwaken.

Bij hun terugkeer naar de feestdis bespeurde Lilly een gestalte aan de rand van de groep gasten. Ze droeg een lichtblauwe jurk en had haar blonde haren in een krans om haar hoofd gelegd, waardoor ze een meisjesachtig voorkomen had.

'Hanna!' riep ze uit en ze liep haar voormalige collega tegemoet. 'Wat fijn dat je bent gekomen!'

'Dat had ik toch beloofd?' antwoordde ze en ze overhandigde haar een doos. 'Dit is van ons allemaal voor je huwelijk.'

'Ook van dokter Conradi?' vroeg Lilly enigszins aarzelend.

'Ja, ook van hem. Hij wenst jullie beiden alle goeds en was blij van jullie te horen.'

Lilly knikte en pakte Hanna's hand. 'Kom mee, Rudolph zal het geweldig vinden om je te zien.'

Ze vond haar man in een kringetje heren, allemaal kennissen van Anton Novak.

'Zuster Hanna!' riep hij uit. 'Wat een genoegen u terug te zien!'

'Het genoegen is wederzijds, professor. Ik hoop dat het goed met u gaat.'

'Op een dag als deze...' Hij wees naar de strakblauwe hemel en legde toen zijn arm om zijn nieuwbakken vrouw. 'Het gaat uitstekend met ons.'

Er gleed een schaduw over Hanna's gezicht. Even leek ze te twijfelen of ze daar verder op in zou gaan, toen glimlachte ze. 'Daar ben ik blij om. En ik wens jullie beiden alle geluk van de wereld en Gods zegen.'

Vlak voordat ze naar haar hotel vertrok kwam Hanna nog even naar Lilly toe. Die kon door haar schoenen nauwelijks meer op haar benen staan en verlangde naar een moment van rust.

Met een ernstig gezicht pakte Hanna haar hand en overhandigde haar een grijze envelop.

Van mijn ouders? schoot het door Lilly's hoofd en even was ze als verlamd. Toen ze hem openmaakte, zag ze een foto van haarzelf met een meisje: op de voorgrond de kleine Ilse met haar beugel in haar roze jurkje, zij erachter in het uniform van de zusters van Waldfriede.

'Ene mevrouw Gebhard is bij me geweest. Ze vroeg naar je en heeft me dit voor je meegegeven.'

De tranen sprongen haar in de ogen. Meneer Gebhard had woord gehouden. Ze dacht nog wel eens aan de kleine Ilse en vroeg zich dan af wat er van haar was geworden. Normaal gesproken zou het nu tijd zijn voor een nacontrole door Rudolph.

De foto was als een kijkje in een andere tijd. Lilly drukte hem tegen haar hart. 'Dank je wel, Hanna.' Ze aarzelde, maar kon er niet omheen het te vragen: 'En mijn ouders?'

'Niets,' antwoordde Hanna. 'Anders had ik je het wel gestuurd.'

Lilly knikte en voelde een steek in haar borst. Ze had zich geen illusies gemaakt en Rudolph en zij waren het erover eens geweest dat ze hen niet voor de bruiloft zouden uitnodigen. Toch hoopte ze nog altijd dat haar ouders iets van zich zouden laten horen. Ooit...

'Maar dat wil niet zeggen dat ze je nooit zullen schrijven,' zei Hanna. 'Soms hebben mensen veel tijd nodig om bepaalde zaken helderder te zien.'

'Bedankt dat je mijn postagentschap wilt zijn,' zei Lilly en ze dwong zich tot een glimlach.

Hanna knikte en keek nadenkend naar de grond. 'Ik weet niet zeker of ik je dit wel moet vertellen; het is tenslotte jullie bruiloft...'

zei ze uiteindelijk toen ze weer opkeek.

'Is er iets gebeurd?' vroeg Lilly. 'Zeg het gerust.'

'Jullie hebben er goed aan gedaan om op tijd te vertrekken.' Hanna keek over haar schouder naar Rudolph. 'Misschien hebben jullie het al gehoord: een paar weken geleden zijn er mensen van de SA door de hele stad getrokken en hebben jacht gemaakt op sociaaldemocraten, communisten en Joden. Veel mensen zijn gewond geraakt, ettelijke zijn vermoord. Onder hen waren ook een paar artsen.'

Lilly pakte Hanna's hand. Er sloeg een golf van angst door haar lichaam. Ze zag het gezicht van die jonge arts weer voor zich, zijn wanhoop na zijn gedwongen ontslag. 'En dokter Rosenbaum?'

'Ik weet niet hoe het met hem gaat. Sinds zijn vertrek uit Waldfriede heb ik geen contact meer met hem gehad. Ik weet alleen dat hij tegen een van de zusters heeft gezegd dat hij naar Amerika zou emigreren.'

'Dat heeft hij ons ook verteld.'

'Laten we hopen dat hij op tijd is vertrokken.' Hanna dwong zichzelf te glimlachen. 'Ik wilde jullie dit laten weten. Kom als het enigszins mogelijk is niet meer terug naar Duitsland. Het wordt nog erger; wie weet wat voor tijden Waldfriede tegemoetgaat.'

'Als het te erg wordt, kunnen jullie ook weggaan.'

Hanna schudde haar hoofd. 'Zo makkelijk is dat niet. Velen van ons zijn vergroeid met Waldfriede; de mensen daar zijn onze familie. We moeten maar hopen dat Gods hand ons zal beschermen.'

Lilly keek haar een moment lang aan, boog zich toen naar Hanna toe en gaf haar een kus op haar wang. 'Ik wens jullie alle goeds. Ik zal Waldfriede nooit vergeten.'

'Je kunt ons altijd komen opzoeken als de omstandigheden weer beter worden,' zei Hanna, en Lilly zag de tranen in haar ogen. 'Je bent altijd welkom bij ons.'

Later, toen Hanna weg was, ging Lilly terug naar haar man. Rudolph en Benjamin, die er vermoeid uitzag, waren met een tol aan het spelen.

'Mijn twee mannen,' zei Lilly glimlachend toen ze bij hen ging zitten.

Rudolph glimlachte terug, ook hij zag er enigszins afgemat uit. 'Ik heb nieuws voor je. Een van onze gasten heeft een praktijkruimte voor ons. In de oude stad, aan een binnenplaats. We kunnen er morgen gaan kijken.'

'Dat is geweldig!' zei Lilly. 'Dan heeft Antons verkooppraatje dus gewerkt.'

'En hoe!' Rudolph schoot in de lach, maar trok toen een ernstig gezicht. 'Ik wil graag dat je weer met mij gaat samenwerken. Ik wil geen verpleegster in dienst nemen, daar heb ik geen zin in en geen geld voor.'

'En Benjamin dan?'

'Hij gaat naar school en komt 's middags naar ons toe. Hij kan zijn huiswerk toch best in de wachtkamer maken?'

Benjamin knikte en vlijde zich tegen Lilly aan. Ze streelde hem over zijn haar en wendde zich tot Rudolph. 'Goed, laten we gaan kijken. En ik werk graag met je samen. Dat heb ik al die tijd gemist.'

Rudolph straalde. 'Ik hou van je,' zei hij teder en hij pakte haar hand.

'Ik hou ook van jou,' antwoordde Lilly en hun vingers verstrengelden zich tot een onscheidbaar geheel. 'In goede en in slechte tijden.'

# Epiloog

*Zehlendorf, 10 augustus 1936*

Zoals elke ochtend liep Hanna naar de röntgenkamer om te kijken of alles in orde was. Het operatieschema was vol en er hadden zich heel wat patiënten voor het spreekuur van vandaag aangemeld.

'Heb je in de bioscoop het nieuws over de Olympische Spelen gezien?' hoorde ze in het voorbijgaan een leerling-verpleegster tegen een andere zeggen.

Eigenlijk zouden ze zich met andere zaken moeten bezighouden, maar in heel Berlijn heerste de olympische koorts. Ook de patiënten leken het over niets anders te hebben. De bioscopen en filmpaleizen boden dagelijks een verslag; het weekoverzicht zat vol beelden van atleten uit de hele wereld.

Als je niet heel goed oplette zou je kunnen denken dat het leven weer zijn normale loop had genomen, maar Hanna was sceptisch. Door Waldfriede stonden ze in contact met geloofsgenoten uit de hele wereld die de ontwikkelingen in Duitsland met bezorgdheid volgden.

Zelf hadden ze ook alle reden zich zorgen te maken. In november 1933 was het hun van overheidswege verboden als gemeente bijeen te komen. Toen dr. Conradi navraag deed had men hem meegedeeld dat hun gehele gemeenschap was verboden. Ondanks zijn verzekering van het tegendeel beschouwde men het zevendedagsadventisme als een geloof dat zijn oorsprong vond in het jodendom. Heinrich Schubert, die eigenlijk al met pensioen was gestuurd, had geprobeerd die visie te ontkrachten. Een paar weken later was het verbod weer opgeheven. De gemeenschap had gereageerd met een memorandum waarin haar geloofsartikelen duidelijk uiteengezet waren. En toch grepen leden van de regering elke gelegenheid aan om de adventistengemeenschap ervan te beschuldigen dat ze uit het Amerikaanse jodendom voortkwam. In het afgelopen jaar nog hadden ze zich opnieuw tegen dat verwijt moeten verdedigen.

'Soms heb ik het idee dat we met z'n allen op het slappe koord balanceren,' had dr. Conradi eens gezegd. 'Je weet nooit wanneer de storm komt waardoor je in het ravijn stort.'

Wat zou er nog volgen? Welke storm lag er op de loer? Hanna zag het aantal deelnemers aan hun godsdienstoefeningen afnemen. Degenen die wel verschenen raakten echter meer verbonden met elkaar.

Een klop op de deur van de röntgenkamer haalde haar uit haar gedachten. Dr. Conradi kwam binnen.

'Ik heb post voor u, Hanna,' zei hij. Hij had er een gewoonte van gemaakt de post elke ochtend zelf op te halen.

Het pakketje brieven onder zijn arm was niet zo dik als anders, wat wellicht kwam doordat nu ook de ziekenfondsen en de overheid in de ban van het toernooi in het Olympiastadion waren geraakt.

'Voor mij?' vroeg Hanna verwonderd.

Conradi gaf haar de envelop. Ze zag meteen dat die van Lilly Kirsch kwam, die nog steeds in Praag woonde.

'Hij is van zuster Lilly,' zei ze en ze opende de envelop.

'Wat schrijft ze?' vroeg dr. Conradi. 'Of is het privé?'

'Dat weet ik nog niet,' antwoordde Hanna.

Conradi knikte en trok zich terug.

Hanna begon te lezen:

*Lieve Hanna,*

*Wat denk ik graag terug aan mijn tijd op Waldfriede en ook aan jou! Sinds onze bruiloft hebben we niet meer van elkaar gehoord, wat ik jammer vind. Het spijt me ook dat ik niet eerder contact heb gezocht. Er is zo veel gebeurd in de afgelopen drie jaar en ik hoop dat je blij bent met mijn brief.*

*Kort na ons huwelijk heeft Rudolph een nieuwe praktijk in de oude stad geopend. Het begin was een beetje moeizaam, maar met de steun van meneer en mevrouw Novak hebben we het volgehouden. Inmiddels hebben we heel wat particuliere patiënten en Rudolph kan zijn oude vak weer uitoefenen. Hij heeft ook banden met de Praagse universiteit aangeknoopt. Zo nu en dan wordt hij daar voor een lezing uitgenodigd en ook vanuit de ziekenhuizen wordt hem vaak advies gevraagd als specialist in bottuberculose. Je weet hoeveel hij van zijn werk houdt!*

*De laatste tijd verhuizen veel Duitse Joden naar Praag. De stad neemt hen met open armen op, wat niet door iedereen wordt gewaardeerd. Toch merken we maar zelden dat er negatief over de Joden wordt gesproken. We voelen ons veilig en alleen daarom hebben we besloten nog een kind te krijgen. Ik ben nu bijna vier maanden zwanger en merk elke dag hoe weinig ik nog van mijn eerste zwangerschap weet. Rudolph denkt dat Benjamin, die al bijna elf is, graag een zusje zou willen krijgen. Mij maakt het niet uit, zolang het kindje gezond is en ik het een toekomst kan bieden die vrij van angst is.*

*Ik hoop van harte dat het met jou en ook met Waldfriede goed gaat. Het was voor mij een toevluchtsoord en een plaats waar ik gelukkig was. Ik hoop zo dat jullie met rust gelaten worden en gelukkig zijn. Wil je mijn collega's mijn groeten overbrengen? Schrijf me alsjeblieft als je eens in de gelegenheid bent.*

*Met hartelijke groeten en de beste wensen,*
*Lilly*

Hanna vouwde de brief dicht. Ze had een brede glimlach op haar gezicht. Een mooiere boodschap had de dokter haar niet kunnen brengen.

Toen ze klaar was in de röntgenkamer ging ze terug naar de spreekkamer. 'Ze is zwanger!' riep Hanna uit. 'Lilly is zwanger!'

Dr. Conradi reageerde niet. Voor hem op het bureau lag een brief, zoals gebruikelijk voorzien van het hakenkruis en de rijksadelaar. Boven het briefhoofd prijkte een vet, rood stempel: vertrouwelijk.

'Dokter?' vroeg Hanna. Ze liep naar hem toe. 'Bent u niet in orde?'

Hij bleef nog een tijdlang roerloos zitten en keek haar toen aan. 'Ik heb altijd op u kunnen rekenen, zuster Hanna.'

'Natuurlijk,' antwoordde ze verwonderd. Wat had dit te betekenen?

'Ook nu heb ik uw hulp nodig.' Hij liet een stilte vallen en voegde er toen aan toe: 'We worden verplicht maatregelen voor luchtbescherming te nemen. Daarbij hoort het formeren van een brandweerploeg voor het ziekenhuis.'

'Luchtbescherming?' vroeg Hanna bezorgd.

Dr. Conradi keek haar met een verontruste blik aan. 'Deze brief kan maar één ding betekenen. Er staat ons een oorlog te wachten.'

# Nawoord

Het begin van de jaren dertig bracht voor ziekenhuis Waldfriede de eerste grote crises op persoonlijk en politiek gebied met zich mee. Net als in het eerste deel, *Gloriejaren*, heb ik in *Lichtpunt* feiten vermengd met fictie, maar wel geprobeerd de historische context te behouden.

In 1930 werd Hanna Rinder, degene op wie mijn Hanna Richter is gebaseerd, inderdaad verplicht tot het opnieuw afleggen van haar examen voor röntgenverpleegster. Haar probleem met de examendatum en het examen zelf hebben haar zodanig aangegrepen dat ze daaraan later een artikeltje ter gelegenheid van het vijftigjarig bestaan van Waldfriede heeft gewijd. Het is een van de weinige inkijkjes in haar persoonlijk leven.

Het verhaal van professor Kirsch, die eigenlijk Kisch heette, kwam ik voor het eerst in de kroniek van ziekenhuis Waldfriede tegen.

Hij was evenals de werkelijk bestaande dr. Rosenbaum het slachtoffer van een nieuwe verordening van 7 april 1933, die mensen met het joodse geloof uitsloot van arbeid in openbare functies. Deze wet, die de verhullende naam 'Wet voor het herstel van de beroepsambtenarij' droeg, had grote gevolgen voor het maatschappelijk leven. Talrijke Joden werden ontslagen, onder hen ook artsen. Velen zagen geen andere mogelijkheid dan te emigreren. Zo voer dr. Rosenbaum de oceaan over om aan de andere kant een nieuw leven te beginnen.

Behalve de aantekening dat professor Kisch werd ontslagen is in

Hanna Rinders kroniek niets over hem te vinden.

Meer informatie over hem trof ik aan in een doctoraalscriptie over ziekenhuis Waldfriede van de hand van Ulrike Weiland ter gelegenheid van het tachtigjarig bestaan van het ziekenhuis.

Daarin vertelt een patiënte over haar verblijf in Waldfriede. Ze moest daar als vierjarige een behandeling voor bottuberculose ondergaan, wat zo'n indruk op haar heeft gemaakt dat ze er ruim zeventig jaar later nog uitvoerig over kon vertellen.

Ze beschreef niet alleen het verloop van de behandeling en haar eigen beleving ervan, maar noemde ook een zuster Lily, die zoiets als een plaatsvervangende moeder voor het kleine meisje moet zijn geweest. Ze had zelfs nog een foto van haarzelf met zuster Lily, degene die ik als voorbeeld voor mijn Lilly heb gebruikt.

Toen deze patiënte later in het ziekenhuis naar haar informeerde, hoorde ze dat haar 'geliefde zuster Lily' met professor Kisch naar Praag was gegaan om daar voor het kind van een chocoladefabrikant uit Praag te gaan zorgen.

Ze schreef: 'Ik weet niet wat er [later] is geworden van professor Kisch, aan wie ik mijn leven zonder beperking te danken heb. Ik maak in dankbaarheid een diepe buiging voor hem.'

Over de aard van de relatie tussen de echte professor en Lily is mij niets bekend. Ik heb mijn fantasie de vrije loop gelaten en de fictieve personages een liefdesgeschiedenis cadeau gegeven.

De ziekte van geneesheer-directeur dr. Louis Conradi heeft lange tijd voor onrust in Waldfriede gezorgd. Hij heeft inderdaad eind 1931 op de drempel van de dood gestaan. Daarna duurde het nog meer dan een half jaar tot er verbetering in zijn toestand kwam. In de herfst van 1932 kon hij weer naar zijn spreekkamer terugkeren.

De politieke ommezwaai na de machtsovername van Hitler en de Rijksdagbrand werd ook voelbaar in Waldfriede en binnen de gemeenschap van de zevendedagsadventisten. Niet alleen moesten de Conradi's, net als alle andere Duitsers in die periode, documenten over hun afkomst overleggen, wat moeilijk bleek te zijn vanwege hun buitenlandse afkomst, maar ook werden de adventisten er algemeen van verdacht een joodse geloofsgemeenschap uit Amerika te zijn. In november 1933 werd de vrije kerk verboden, al werd dit verbod na een maand weer ingetrokken.

Hoewel de adventistische gemeenschap in een memorandum de verzekering had uitgesproken dat ze christelijk was, volgden er telkens weer pesterijen van de kant van de overheid. Ook het bedrijfsklimaat veranderde. Zo kon noch de vertrouwensman van de SA in het ziekenhuis, noch de verpleegster die openlijk met de NSDAP sympathiseerde, ontslagen worden. En dat zijn slechts twee voorbeelden die laten zien dat de indruk ontstond dat je je collega niet meer kon vertrouwen.

In die tijd speelde dr. Conradi, ongetwijfeld als gevolg van de last van zijn ziekte en die van de min of meer openlijke aanvallen op de adventisten, met de gedachte zijn positie als geneesheer-directeur op te geven, maar dat was niet mogelijk: elke verandering zou de aandacht van de nazi's op hen hebben gericht, wellicht met ernstige gevolgen voor het ziekenhuis. En dus bleef dr. Conradi op zijn post, ondersteund door zijn rechterhand, zuster Hanna.

LEES MEER VAN

*Corina Bomann*

Berlijn, 1919. Dr. Louis Conradi bevindt zich op een kruispunt in zijn leven. De oorlog zette een streep door zijn plannen om als missionarisarts naar Afrika af te reizen, en in Zwitserland, waar hij nu woont, lijkt geen toekomst voor hem te zijn weggelegd. Dan hoort hij dat in Berlijn een ziekenhuis herbouwd wordt. Waldfriede – voorheen een chic sanatorium voor de rijken – wordt een hospitaal voor álle Berlijners. Hij meldt zich aan en inspireert onder andere de jonge verpleegster Hanna Richter om er ook flink de schouders onder te zetten.

In een stad waar de Eerste Wereldoorlog diepe wonden heeft achtergelaten, waar de Spaanse griep heerst en armoede om zich heen grijpt, waar de nog jonge Weimarrepubliek ten onder dreigt te gaan aan nationalistisch geweld, wordt het personeel van Waldfriede geconfronteerd met talloze problemen. Maar ze zijn vastbesloten een veilige haven te zijn voor de bewoners van hun stad – wat de roerige politieke tijden hun ook voorschotelen.

Verkrijgbaar als

## LEES MEER VAN

Deel 2 van de *Kleuren van schoonheid*-trilogie

Parijs, 1929. De lichtstad lijkt Sophia geen geluk te brengen. Na een traumatische ervaring heeft ze het gevoel dat ze de liefde nooit meer zal vinden en ze voor altijd eenzaam zal zijn. Is Europa misschien te klein voor een vrouw die groots denkt? Ze besluit de grote oversteek te maken naar Amerika. Daar, in New York, begint haar leven weer kleur te krijgen. Een zakelijk aanbod van de befaamde Elizabeth Arden geeft haar een onverwachte kans en er komt ook weer liefde in haar leven. Maar een genadeloze concurrentiestrijd tussen haar oude en nieuwe werkgever dreigt roet in het eten te gooien. Plotseling staan haar toekomst en geluk opnieuw op het spel.

LEES MEER VAN

Deel 3 van de *Kleuren van schoonheid*-trilogie

New York, 1942. Sophia zet samen met de succesvolle Elizabeth Arden een beautyfarm op, maar als dat haar liefdesgeluk in de weg blijkt te staan, begint ze zich af te vragen of dan toch het moment is aangebroken om zelfstandig verder te gaan. Om haar ambities te kunnen verwezenlijken wil ze eerst haar scheikundestudie afmaken. Daarvoor heeft ze geld nodig en ze besluit terug te keren naar haar oude werkgeefster Helena Rubinstein. Deze geeft haar een bijna onmogelijke opdracht, maar Sophia gaat de uitdaging aan.

Haar huwelijk heeft daar echter onder te lijden en Sophia's wereld stort in als haar man zich als vrijwilliger aanmeldt om te vechten aan het front. De oorlog in Europa komt nu akelig dichtbij. Wanneer ze het verschrikkelijke bericht krijgt dat haar man vermist wordt in Frankrijk, besluit Sophia haar plannen om te gooien. Want als ze moet kiezen tussen alles wat ze tot nu toe heeft bereikt en haar grote liefde, is het antwoord snel gegeven.

**LEES MEER VAN**

Deel 1 van de *Vrouwen van de Leeuwenhof*-trilogie

Het is 1913 en Agneta heeft afstand genomen van haar machtige familie om een vrij leven te leiden als student aan de kunstacademie in Stockholm – met de charmante Michael aan haar zijde. Dan ontvangt ze een telegram waardoor haar leven op zijn kop wordt gezet: ze wordt gesommeerd terug te keren naar landgoed de Leeuwenhof om daar de stoeterij van haar familie te gaan beheren. Daarmee worden haar een adellijke titel en een leven vol luxe op een presenteerblaadje aangeboden, maar was dat niet juist het leven waaraan ze wilde ontsnappen? Kiest Agneta ervoor de familietraditie in stand te houden en haar adellijke plichten op zich te nemen, of wint haar verlangen naar vrijheid en echte liefde?

Verkrijgbaar als